中国社会科学院文库
文学语言研究系列
The Selected Works of CASS
Literature and Linguistics

中国社会科学院文库 · **文学语言研究系列**
The Selected Works of CASS · **Literature and Linguistics**

唐宋词流派史

VERSE SCHOOLS OF THE TANG
AND SONG DYNASTIES

刘扬忠　著

中国社会科学出版社

图书在版编目(CIP)数据

唐宋词流派史/刘扬忠著．—北京：中国社会科学出版
社,2007.1

ISBN 978-7-5004-5985-9

Ⅰ．唐… Ⅱ．刘… Ⅲ．①词(文学)—文学流派—研
究—中国—唐代②宋词—文学流派—研究 Ⅳ．I207.23

中国版本图书馆 CIP 数据核字(2007)第 001163 号

选题策划 雁 声
责任编辑 曲弘梅
责任校对 尹 力
封面设计 孙元明
技术编辑 张汉林

出版发行 中国社会科学出版社
社　　址 北京鼓楼西大街甲 158 号　　邮 编 100720
电　　话 010—84029450(邮购)
网　　址 http://www.csspw.cn
经　　销 新华书店
印　　刷 北京新魏印刷厂　　装 订 一二零一印刷厂
版　　次 2007 年 4 月第 2 版　　印 次 2007 年 4 月第 1 次印刷
开　　本 710×980 1/16
印　　张 29.5　　插 页 2
字　　数 497 千字
定　　价 45.00 元

《中国社会科学院文库》出版说明

　　《中国社会科学院文库》（全称为《中国社会科学院重点研究课题成果文库》）是中国社会科学院组织出版的系列学术丛书。组织出版《中国社会科学院文库》，是我院进一步加强课题成果管理和学术成果出版的规范化、制度化建设的重要举措。

　　建院以来，我院广大科研人员坚持以马克思主义为指导，在中国特色社会主义理论和实践的双重探索中做出了重要贡献，在推进马克思主义理论创新、为建设中国特色社会主义提供智力支持和各学科基础建设方面，推出了大量的研究成果，其中每年完成的专著类成果就有三四百种之多。从现在起，我们经过一定的鉴定、结项、评审程序，逐年从中选出一批通过各类别课题研究工作而完成的具有较高学术水平和一定代表性的著作，编入《中国社会科学院文库》集中出版。我们希望这能够从一个侧面展示我院整体科研状况和学术成就，同时为优秀学术成果的面世创造更好的条件。

　　《中国社会科学院文库》分设马克思主义研究、文学语言研究、历史考古研究、哲学宗教研究、经济研究、法学社会学研究、国际问题研究七个系列，选收范围包括专著、研究报告集、学术资料、古籍整理、译著、工具书等。

　　为迎接中国社会科学院建院三十周年，我们将历届院优秀科研成果奖中的部分获奖著作重印出版，作为《中国社会科学院文库》的首批图书向建院三十周年献礼。

中国社会科学院科研局

2006 年 11 月

自　序

　　《文学评论》杂志 1997 年第 4 期刊登了我的一篇谈研究者之困惑的短文，题目叫《研究者要重视理论》。在这篇短文中，我从自己专门从事古典文学研究工作近二十年的经历和感受出发，认为我们的学术研究如果要想有所创造，有所前进，研究者就必须加深理论修养，注重理论建构，拓展理论视野，以求在本学科的一些基本课题和本体理论层面上有所突破。

　　我的这些想法在很大程度上源于我所主要从事的词学研究工作。

　　词学研究原为传统诗学的一个分支。清代以前，这个分支小打小闹，一直没有多大的成就。清代词学大昌，在填词之风大盛的同时，评论、整理、研究历代词作的学术工作也蓬勃发展，遂使"词学"这项自宋亡之后沉晦了几百年的学问渐与诗学分了家，成为一种独立的、自成体系的专门之学。20 世纪 20 年代以来，词学逐步现代化，更是成果累累，骎骎然变为古典文学研究中的一门"显学"。词学的诸多成就早已人所共知，无须我来胪述；作为一个想在这个部门多做一些继往开来之事者，我倒是更多地看到了它的不足与缺陷。多年来，我在顺应这一部门的传统习惯进行作家作品研究和一般的风格、体式探讨的同时，对于有关的一些重要理论问题进行了反思和梳理。我的一些基本想法，已经形成了一篇长文，题为《关键在于理论的建构和超越——关于词学学术史的初步反思》（载《文学评论》1995 年第 4 期）。读者如有兴趣，可以参看此文，当会对我的思路有一个大致的了解。在那篇文章中，我接触到了词学界长期论争而至今尚未解决、或尚未圆满解决的一些基本理论问题，其中就包括唐宋词流派的划分和论证的问题。我这样说道："例如传统词论中很少有较为科学的关于风格、流派的系统论述，而只有一些印象式的、随意性很大而且又极为粗略的评点，以致几百年来论到宋词流派时，由于理论基础的薄弱和相关的概念范畴的贫乏，大多数论者只知搬用由明人张綖提出的'豪放'、'婉约'二分法，把唐宋词削足适履地硬分为豪放、婉约两个流派，而且愈到现代，这两个所谓'流派'愈被描述成势不两立的两大派别，一为词史主流，一为逆流等等。这个问题，直到 20 世纪 80 年代还在激烈争论，至今未有较为一致的看法。其实现代词学家詹安泰早就尖锐地指出：以豪放、婉约二派论唐宋词，不过是论诗文的阳刚阴柔一套的翻版，任何文体都可通用，要真正说明唐宋词的风格流派，二派说未免简单化。詹先生主张按风格的差异将宋词流派细分为八派（参见詹安泰《宋词散论》）。当然，詹先生的主张和论述未必就是人人接受的定论。事实上在这类问题上也不可能出现定于一尊之论。不过这类意见的提出以及不同意见之间的争论，至少是在启示和催促我们：立足于词史实际，运用科学的文学原理，总结历代关于风格流派问题的论述，尽快建构出词的风格学、流派学的理论。"

　　以上的简单追述，实际上已经大致说出了我撰写这部《唐宋词流派史》的动机、目的和思考问题的基本出发点。

　　这里还要提到我的已故十一载的老师吴世昌先生，他在唐宋词流派问题上曾给予我很大的启示。吴先生于词学一道，力反前人的许多似是而非的成说，主张独立思考，言前人之所未言，发前人之所未发，开创词学研究的新局面。他对"豪放"、"婉约"二派说早就极为不满，1979 年他在为中国社会科学院的研究生（包括我本人）讲授词学专题时就明确指出：豪、婉二派说"很不全面，不准确"，"无法包括全部宋词"（参见《我的学词经历》）。1983 年，他发表了《有关苏词的若干问题》和《宋词中的"豪放派"与"婉约派"》两篇代表性论文，对传统词论提出挑战，坚决反对以豪、婉二派说硬套一部唐宋词史。先生的观点，引起了国内词学界的热烈讨论和争鸣。有些人完全赞同他的意见；有些人部分地赞同他的意见；还有不少人完全不赞同他的意见，并发表文章进行了反驳和论辩。反对的意见之所以产生，除了各人所持学术观点大不相同之外，无可讳言地还因为吴先生的文章中对自己的意见一时未能阐发得十分周密，有些具体提法稍嫌过头，留下了可商榷的余地。但从总体上看，吴先生的新观点打破了以浅层次、粗线条的风格划分来代替科学的、细致深入的风格流派研究的沉闷局面，启发人们（包括我本人）对唐宋词的风格流派及相关的其他问题进行全方位、多角度的探讨。吴先生的观点，主要立足于破除前人成说，而尚未来得及"立"——全面地、系统地阐述关于唐宋词风格流派的若干重大问题，建立自己的唐宋词风格流派演变史的基本框架和理论体系。1986 年，吴先生突罹重病，遽归道山。我在哀悼老师之余，萌发了一个念头：在条件许可的时候撰写一部唐宋词流派史。我之所以有此打算，并不是要为 80 年代那场由吴先生的文章引发的关于"婉约"、"豪放"之争简单地画上句号，而是想在吴先生力破旧框框、锐意创新的治学精神启发下，在古典文学研究中打开新局面。因此我在思考这一课题时并不想亦步亦趋地应合吴先生在词的风格流派问题上的每一个具体观点，而是从自己的主体意识出发，依据唐宋词发展的全部史实，来建构流派理论与流派史的体系。吴先生生前曾写过这样的治学格言："虽尊师说，更爱真理。不立学派，但开学风。"我经过反复思考，认为自己在这个研究课题上的打算是完全符合老师的追求真理的根本原则的。于是，大约在先师逝世三周年之际，"唐宋词流派研究"这个课题在我的大脑中轮廓粗就了。

90 年代初，我正式将"唐宋词流派研究"这一课题列为自己的主攻项目。这一项目得到了国家社会科学基金资助，使我受到精神与物质的双重鼓励，得以悉心搜集和研读资料，进而全力投入书稿的写作和修改。此中甘苦，一言难尽。我力图将此书写成一部以流派演变史为主的新型唐宋词史，因此不但要打破"豪放"、"婉约"二分法等传统词论，而且还要打破传统词史按时代先后连缀单个词人词作的框架，注重从时代风会、文人心理、词学观念、社会审美习尚等等发展演变的角度，来全景式地把握唐宋词流变的过程；要变作家个体研究为群体研究，使人们看到一部唐宋词史不仅是作家个体活动的历史，而且更是群体互动及各流派互相影响、互相渗透、激烈竞争的历史；要着重考察唐宋时期哲学、政治、宗教、社会习俗、民族心理等，如何深刻地作用于不同的词人们，又如何影响不同的词人群的创作观念与审美情趣，以造成唐宋词风格与流派百花争妍、异彩纷呈的种种情况。本书并不想就唐宋词论唐宋词，而是尽力将研究的视境向广义的文化活动拓展，从横向与纵向上都体现对历史文化运动的辩证观照，探寻当时文化的基本特征及各个文化层面、各个文化部门与曲子词创作的有机联系，从文化的大背景下来说清唐宋词流派产生、发展、演变的过程。

数载艰辛，初稿出来了，又几经修改，这部倾注了我的大量心血的《唐宋词流派史》终告完成。至于它是否已经大致达到了我预先设想的目标，是否在唐宋词流派研究这一特定领域比之前人有所开拓，有所进步，则请读者和同行细读全书之后作出判断。我今年已满五十一岁，正是在人生道路上"知天命"的阶段完成了这部学术专著的。回顾五十一年的生命历程，觉得自己做过的许多事皆不足道，唯在做学问、追求真理的工作中多多少少实现了自我人生价值。先师吴世昌先生有诗云："五十年来只此身，不求闻达不辞贫。一生愧我无珍藏，半字从君便失真。"这诗本是先师因友人来信误将其字"子臧"书成"子藏"而写的打趣之作，但其中亦显示了先生的性情怀抱。我自己德、才均平平不足道，但差堪告慰先师并聊以自慰的是，我大半生为人与为学，尚能以求真、求实为标准。这部力图求真、求实的书稿，并未达到我所追求的理想境界。不是我不想达到，而是我的才、学、识还不够。因此，这部书稿的完成，并不意味着"唐宋词流派研究"这个课题的终结，更不意味着我的研究事业的终结。我将继续做下去，用我的生命和心血。

是为序。

刘扬忠　1997 年 7 月大暑之日

于北京东郊寓所奋笔书

目　录

第一章 总论:关于建构唐宋词流派史的理论思考和基本设想

第一节 文学流派在任何文学里都是一种普遍的存在

本书所要考察的,是古典诗歌样式之一的词在其黄金时期——唐末至宋末——流派衍生的概况。鉴于词学界对此问题有过许多争论,这里就先从文学流派的普遍性谈起。

文学史家在描述某一时代、某一领域或某一体裁文学创作高度成熟和繁荣的状况时,十之八九都爱使用一个比喻——百花园。比如说到唐诗,就称"唐诗的百花园";说到宋词,就赞"宋词的百花园"。这似乎成了一种"陈辞滥调",但在弄笔头的人们挖空心思想出来的各种形容词语中,确乎只有"百花园"之喻最能映现文学艺术繁荣的事实——一花(或寥寥几种花)独放不是春,唯有群芳争妍,万紫千红,方能托现出文学艺术发展的满园春色。就其本质而言,所谓文学,无非就是用艺术化的语言来表现人类无限丰富的心灵世界。相对于创作的终极目标来说,人类的心灵世界有多丰富,文学作品所反映出来的精神面貌和思想存在形式就该有多丰富。因此,文学史家在论证文学发展的这种多元特征时,也常喜欢引证先哲的这样一段名言:"你们并不要求玫瑰花和紫罗兰发出同样的芳香,那你们为什么却要求世界上最丰富的东西——精神只能有一种存在形式呢?"作为人类精神存在方式之一的文学,它的兴旺发达的确犹如百花园中众芳竞放,异彩纷呈。

而文学繁荣的重要标志,常常表现为在某一特定历史时期和具体的创作领域,除了卓有成就的大家巨擘争相出现之外,更有众多标新立异的流派彼此并立或对立,形成千岩竞秀、万壑争流的洋洋大观。研究者须兼顾作家个人与文学流派的新陈代谢，才能把握文学发展的全貌。文学创作活动并非孤立个体的活动，而是人与人之间的互动。每一个作家，总会自觉或不自觉地与前代、同代及后代作家发生直接或间接、有形或无形的关系。同时代的作家互相结成群体关系，而不同时代但在艺术传统、审美追求和风格趋向上有关联的作家则形成代群关系。群体与代群关系不都是流派关系，但文学流派却一般都是从群体与代群关系中产生的。在文学活动中，作家个体与文学流派，是两个相互联系的实体。无论在古代还是现代，确有少数杰出作家和伟大作家，完全是依凭自己的独特风格和成就而存在，成为文学发展的一个时期、一个领域或一个文体中的独立环节，他们并不以某一流派自限，或者并不一定能划归哪个流派。比如古代的屈原、李白、杜甫、曹雪芹，现代的鲁迅、巴金等，就是这样的独自处于一个阶段文学顶峰的人物。但是在更多、更广的场合，杰出的作家总是与他们的众多崇仰者和追随者一起，创作出一种具有类似风格的作品，从而形成了或紧密或松散、或有组织形式或仅仅声气相通的文学流派。这有如在自然界辽阔的陆地上，既有几座独立不倚、高耸云天之外的大山峰，但更多的是互相连结、蜿蜒不断的簇簇群峰，它们与那些大山峰或遥相对应，或奉其中的某座为主峰并与之联结在一起，按一定的走向组成纵横交错的一道道山脉。这又如在一片万紫千红的大花圃中，除了少数单株独放、高标出众的所谓"国色天香"之类的名花异卉以外，更有众多的以类相从、一畦畦一道道相连相倚地绽苞放蕾的自然花卉群落。不管是独立的大山峰与山脉，还是单株名花与自然花卉群落，它们的同生共处所反映的都是客观事物存在的基本形态。

　　以上的描述和比喻只是为了说明：文学流派作为一种基本文学现象，在任何文学里都是一种普遍的存在。正是由于认识到这种普遍的存在，文学研究者自近代以来逐渐将对文学流派的梳理和评论当成了不可或缺的重要课题。这是因为研究者已经懂得：流派是时代精神、文学习尚和作家美学追求的结晶，由于这种结晶并不是只表现在个别优秀作家身上，而是表现在若干作家群体身上，因而这种文学现象就更加富有探讨的意义和价值。研究文学流派，可以帮助我们掌握和分析纷繁复杂的文学历史现象，从中整理归纳出基本的发展脉络，并发现或总结出文学史的某些规律和经验，不仅能指出同一历史时期内文学的横的分化，而且也能看清前后不同时期文学的纵的关联。尽管流派史远远不是文学史的全部，但它却无疑是文学发展史中脉络最清楚、特点最鲜明的部分。开展流派史研究，可以把文学发展的主要过程及其流变的特点描述得较为准确，较为接近于历史的真实，做到比那些仅仅罗列与串联单个作家作品的旧文学史著作更加清晰简明和提纲挈领。我们可以看到，一个时期以来古典文学研究的好些部门已经注意或加强了对于古代文学流派的研究。比如在唐诗学的领域，人们不但早就承认了唐诗高度繁荣的重要标志之一在于流派的兴旺发达这个基本事实，而且自宋代以来就不断有人对这些流派进行梳理和评价；不但有近于唐诗流派通史的一些专著问世，而且有更多的研究单个流派如田园山水诗派、边塞诗派、大历十才子、元白诗派、韩孟诗派等的专书问世或专题论文发表。唐诗流派史的框架，已经大致建构起来，流派研究作为唐诗学的一个分支已成气候。

可是，在词学界，对于号称"时代之文学"的唐宋词的流派问题，至今连在基本的理论把握上都尚未达成共识，更不用说建构唐宋词流派史了。晚唐五代两宋词，作为从公元 9 世纪后半期至 13 世纪晚期这四百多年间最富时代特色、最有艺术个性的文学，曾经高度繁荣，异彩纷呈，涌现过堪与唐诗、元曲的丰富性比美的众多风格和流派。对此理应有与其丰富复杂状态相称的研究、梳理和描述。遗憾的是，囿于前人传下来的某些陈旧、粗疏和不科学的词学理论及观念，我们的研究界对于唐宋词丰富复杂的风格流派现象十分漠视，把四百多年的漫长复杂的词体文学流变史简单化地、削足适履地归纳为所谓"豪放"与"婉约"两大派"对立"和"斗争"的历史。在许多研究者笔下，原本众芳争艳、风格流派纷呈的唐宋词大花园不见了，只剩下"豪放"、"婉约"两朵孤零零的花儿；群峰簇簇、山脉交错的唐宋词山国隐没了，只剩下"豪放"、"婉约"两座（或最多两列）山峰；涵汇万状、众水奔流的唐宋词海洋消失了，只剩下一清一浊的"豪放"、"婉约"两条河流！试问：这难道是唐宋词流派史的原貌吗？

本书之所以一开头就把"豪放"、"婉约"两分法作为一个全局性的问题提出来，并不意味着前人运用这两个概念去粗略划分词体文学的基本类型风格的做法一无是处，更不是认为前人对于唐宋词风格流派的研究毫无成就，而是鉴于：人们曾经对这"两分法"作了极为浮浅和简单化的理解，用它来圈定了整部词史，取代了对于唐宋词风格流派本应进行的深入细致的分析研究；更有甚者，"两分法"的运用几百年来常常与词学史上甚为风行的"正"与"变"的观念纠缠乃至融合在一起，陷入正统词学观念的圈子里，对若干历史现象及相关的作家作品作了错误的定位和歪曲的评价。倘若不对以"豪放"、"婉约"两体两派论为核心的旧风格流派论进行梳理和评判，就难以拨开历史的迷雾和找出建构唐宋词流派史的新路子。

第二节　历史的回顾之一：传统的 "豪放"、"婉约"两分法

艺术风格是划分流派的基础，因此本书对历史的回顾即以评述前人对唐宋词最基本的类型风格的辨识作为起点。

阳刚与阴柔，是我国古代文论中习用的一对审美范畴，它们常常被用来粗略地划分和评价文学作品最基本的风格形态。古往今来，文学应时而变，因人而异，其风格形态的确纷繁万端；然撮其大要，不外乎刚、柔两大类，或曰刚、柔两种趋向。《文心雕龙》在谈文章的体性与风格时，从时代环境、作家禀赋气质与作品的关系着眼，多处论述了刚与柔的分立，指出："才有庸俊，气有刚柔"；"文之任势，势有刚柔"；"刚柔虽殊，必随时而适用"；"刚柔以立本，变通以趋时"，如此等等。这一对由《周易》首先提出的哲学概念，毕竟过于简单和抽象，不易反映出作为形象思维产品的文学的具体形态，于是自刘勰之后沿用"刚"、"柔"两分法的文论家们或多或少地陆续为之加进了一些形象性的阐释和具体描绘。就中当推清人姚鼐的体认和描述最为精彩传神。姚氏论文，力倡阳刚、阴柔之说，他指出："其得于阳与刚之美者，则其文如霆，如电，如长风之出谷，如崇山峻崖，如决大川，如奔骐骥；其光也，如杲日，如火，如金镠铁；其于人也，如凭高视远，如君而朝万众，如鼓万勇士而战之。其得于阴与柔之美者，则其文如升初日，如清风，如云，如霞，如烟，如幽林曲涧，如沦，如漾，如珠玉之辉，如鸿鹄之鸣而入寥廓；其于人也，漻乎其如叹，邈乎其如有思，暖乎其如喜，愀乎其如悲。观其文，讽其音，则为文者之性情形状举以殊焉。"[①]这段形象化的文字，的确道出了阳刚（壮美）、阴柔（优美）两种美的不同特征。人生天地间，其禀赋气质有刚柔之分，"偏胜"（即有的人阳刚之气多一些，有的人则阴柔之气多一些）是难以避免的；发而为文学作品，即相应地有阳刚、阴柔两大趋向，形成两种不同

的风格美。这是文学史上基本的事实。检视历代诗词文赋等各类作品,如果忽略细部,而仅仅作最粗略的体性辨识,是会得到如同姚鼐描述的这种一刚一柔的审美感受的。

但必须指出,人的禀赋气质虽然不能无所偏,偏的程度却有所差异;而且更重要的是,在社会生活实践中,作家所处环境和个人习染又各有不同,因而表现在文学上也就会呈现出多种多样的风格形态。面对这多种多样、纷繁复杂的风格形态,"阳刚"、"阴柔"二分法远远不能胜任辨识描述之责。因此,标举"刚柔以立本"的刘勰,在《文心雕龙·体性》篇中又划文章风格为八体(即典雅、远奥、精约、显附、繁缛、壮丽、新奇、轻靡);司空图《诗品》则干脆不提"阳刚"、"阴柔",而径行描述他所体验出的诗歌意境、风格美的"二十四品"。自唐、宋以来,文学理论家们对体性、风格愈析愈细,所立名目颇为繁多,这里无须备举。阳刚与阴柔,不过是最原始、最粗略的"二端"。人们之所以在文学风格学、修辞学已经十分发达之后还要回过头来援用阳刚阴柔之说,无非是为了便于在进行鉴赏和批评时从总体上把握文学的两种主要风格的大致分野,对之作最基本的体性辨识。这样做,原本是有理有据、无可厚非的。但如果仅仅停留于这种原始而粗略的"二分法",甚至以之取代对于纷繁复杂的文学现象所应进行的体性、风格、流派诸方面的具体研究,并且大而化之地断定一切时代、一切种类的文学无非都分为阳刚、阴柔两大类别、两大"流派",那就不但将文学研究简单化了,而且还会导致理论与实际操作上的混乱和谬误。词学史上旷日持久的关于所谓"豪放"与"婉约"的论争,便是这方面一个很突出的例子。

在中国古典文学的各种样式中,长短句的词是一种偏重于并适宜于表现人的深曲隐秘的心灵意绪的抒情文学,因而它本身在审美特征和风格形态上更具特殊性与复杂性。

词体文学,就其主流来看,由于它兴起和繁荣时期种种内部、外部条件的综合作用,形成了一种重柔轻刚、以阴柔之美为尚的审美倾向。王国维所谓:"词之为体,要眇宜修,能言诗之所不能言,而不能尽言诗之所能言。诗之境阔,词之言长。"[2]就是概括说明词之以阴柔美为尚的艺术特征的。这当然是就词的主导倾向而言的,这个结论并不能笼罩一部千年词史(尤其是自南宋以来的词史)的所有复杂现象和所有作家作品。事实上,即使在词的初起阶段,就已有少量阳刚之美的词出现。抛开敦煌石窟所藏的早期民间词不论，就拿第一部文人词总集《花间集》来看，其中虽十之八九是柔婉纤丽的艳体小词，但像牛峤《定西番》（紫塞月明千里）、毛文锡《甘州遍》（秋风紧）、孙光宪《定西番》（鸡禄山前游骑）、《浣溪沙》（蓼岸风多橘柚香）、《渔歌子》（泛流萤）、李珣《渔歌子》（九疑山）等等，或写戍边将士，或抒羁旅情怀，或颂水乡渔父，其风格或悲壮，或劲健，或放旷，就显然另趋阳刚一路。这样的作品尽管只有寥寥数篇，毕竟是词史（这里主要指文人词）上一种异质风格的萌芽。到了北宋中期，随着一些气性刚烈的士大夫开始尝试用作诗的精神来作小词，在词坛一片浅斟低唱、莺娇燕软的柔美之声中，渐有耸人耳目的"别调"——男子汉的雄音豪唱不时传出。到了苏轼，他不满于词坛的艳靡之风，立意自成一家，自觉地引士大夫之"逸怀浩气"入词，尽管所作豪旷清雄之词在他的全部作品中未占多数，但以他的磅礴才气和他在当时文坛的领袖地位，他的新词风理所当然地引起了时人的关注和评论。于是在社会接受的层面上，开始有了对于词体文学业已存在的刚与柔、"正"与"变"两种基本风格的辨识和褒贬。据现有文献资料，这种辨识和褒贬正是从苏轼在世的时候就开始的。那最有代表性、同时又是最形象、最生动的例证，便是人所熟知的宋人俞文豹《吹剑续录》的如下一条记载：

> 东坡在玉堂，有幕士善讴，因问："我词比柳七何如？"对曰："柳郎中词，只好合十七八女孩儿，执红牙拍板，歌'杨柳岸晓风残月'。学士词，须关西大汉，执铁板，唱'大江东去'。"公为之绝倒。

这里提到的"杨柳岸晓风残月"，是柳永写儿女柔情的名篇《雨霖铃》中的句子；"大江东去"则是苏轼怀古抒情的名篇《念奴娇》的首句。应该说明的是，柳永、苏轼都是北宋词坛第一流的大家，他们各自的词作都是内容极丰富且风格多样化的，举一两首词、一两个警句，并不能概括他们的卓著成就和风格面貌。历代不少论者，仅凭这段记载，就认定柳永主导词风为"婉约"、苏轼主导词风为"豪放"，甚而以之作为宋人自己就划宋词为"豪"、"婉"两大派的重要依据。这样做，既不符合宋词发展的全貌，对柳、苏二人的评价也是片面的。推原那位"幕士"的本意和《吹剑续录》记载此事的动机，无非是取便举例，赞扬苏轼锐意创新的一些词篇，已经树立起一种与传统柔婉小词大不相同的异质风格美——阳刚之美。这样的从审美感觉上来描述刚、柔两种基本风格形态的做法,初无强分"正宗"、"别格"之意,更无把宋词硬划为"豪"、"婉"两大流派之图。它在唐宋词风格学的历史上是有开创意义的。当然,由于这段记载所称述的两种词风具有某种对立意义,所涉及的两位词人又具有相当大的代表性,这就为宋代以后人们对唐宋词品识风格流派埋下了论争的种子。

除此而外,在明代之前,较为明确地将以苏轼、辛弃疾为代表的刚美词风与"花间"以来的传统柔婉词风对举,而一边倒地颂扬前者、贬抑后者的,是金人元好问。元好问为宋辽金时期北方文学的主要代表人物,论诗谈文力倡阳刚的"中州万古英雄气",瞧不起柔美的"女郎诗"和"吴侬"软调。持此标准以衡量唐宋词,自然崇"刚美",抑"柔婉"。其《赠答张教授仲文》诗云:

> 秋灯摇摇风拂席,夜闻叹声无处觅。疑作《金荃》怨曲《兰畹》词,元是寒螀月中泣。世间刺绣多艳巧,石竹殷红土花碧。穷愁入骨死不销,谁与渠侬洗寒乞。东坡胸次丹青国,天孙缫丝天女织。倒凤颠鸾金粟尺,裁断琼绡三万匹。辛郎偷发金锦箱,飞浸海东星斗湿。醉中握手一长嗟,乐府数来今几家?剩借春风染华发,笔头留看五云花。[3]

此诗以形象的比喻评唐宋词。按,"花间"鼻祖温庭筠有集名《金荃》,《兰畹》则为宋孔方平辑唐五代北宋诸家词之集子名,原书已佚。"《金荃》怨曲《兰畹》词",即以代指自温以来的具南方文学色彩的柔婉词风。而东坡、稼轩(辛郎)云云,显然是指自北宋中期以来异军突起的具有北方文学色彩的刚美词风。元氏态度鲜明,嫌柔婉一路的词"艳巧",斥之为月中螀泣;褒扬苏、辛的刚美词,誉之为天孙织锦。这已通过对比,壁垒分明地将唐宋词的风格划为阳刚与阴柔两股潮流。自北宋至元初,词学领域辨体、析派之风尚不发达,但上引的一些论词文字,无论其褒贬扬抑的主观态度如何,有一点是趋同的,这就是隐隐然援引传统论诗衡文的阳刚阴柔说以评词,将唐宋词大而化之地分为两大类。只是还没有为这两大类词分别确定名号而已。这个"两分法"无疑给后世词论以巨大的启发和影响。

词学史上第一个将刚美、柔美两类词冠以名号,分为所谓"豪放"、

"婉约"两"体"的，是明人张綖（南湖）。他于明万历年间著《诗余图谱》三卷，此书初刻于万历甲午、乙未之间（1594—1595），崇祯乙亥（1635）又经毛晋重刻。其"凡例"之后附识云：

> 词体大略有二：一体婉约，一体豪放。婉约者欲其词调蕴藉，豪放者欲其气象恢宏。然亦存乎其人。如秦少游之作，多是婉约；苏子瞻之作，多是豪放。大约词体以婉约为正。故东坡称少游为"今之词手"，后山评东坡"如教坊雷大使舞，虽极天下之工，要非本色"。

自清代以来不满于"豪放"、"婉约"两派说弊端的人们，常常集矢于张綖，以为他是此一论点的始作俑者。其实张綖这段话本身虽有漏洞和偏失，却并非纯然是谬论。先就其合理的一面来看，一、张綖标举"婉约"、"豪放"，是为了辨识词"体"，而不是如后来的论者那样以此来削足适履地强分流派。"体"与"派"之间虽有密切联系，但并非一个概念。从张氏行文的语意来看，他之所谓"体"，实际上是一个风格概念。而在唐宋词中，是确乎存在"婉约"和"豪放"这两种类型风格的。二、再就张綖对这两个风格概念的理解来看，他认为"婉约"的要求是"词调蕴藉"，这大致是指词的阴柔美；而"豪放"的意思是"气象恢宏"，这大致是指一种阳刚壮大之美。同时他又指出，究竟趋向哪一种美，"亦存乎其人"（即指决定于其人气质才性之所偏）。他所举之作者苏轼、秦观，其词风各趋一途，在宋词中是颇有代表性的。由此可知，张綖这是在祖述《文心雕龙·体性》篇"才有庸俊，气有刚柔"，"各师成心，其异如面"的论断，运用传统的阳刚阴柔说，将宋词概括为一豪一婉两大体类。这样的体性、风格把握，虽嫌太粗略笼统和不全面，却也是有一定道理和依据的。

我国传统文论注重直观把握和所谓"妙悟"，因而不少概念和术语的使用常带一定的模糊性。张綖用婉约、豪放来指称宋词中柔、刚两大类型风格，本身即带有不确切、不全面的毛病，从而引起后来词论家多歧义的理解和争论。

为了弄清问题的来龙去脉和张綖"二分法"的利弊，不妨从辞源学的角度简单追溯一下婉约、豪放二词的原生义、衍生义与附加义。

婉约，原为卑顺宛转之意。《国语·吴语》云："夫固知君王之盖威以好胜也，故婉约其辞，以从逸王志。"《世说新语·言语》篇"南郡庞士元闻司马德操在颖川"条，刘孝标注引《司马徽别传》云："时人有以人物问徽者，初不辨其高下，每辄言'佳'。其妇谏曰：'人质所疑，君宜辨论，而一皆言"佳"，岂人所以咨君之意乎？'徽曰：'如君所言，亦复佳。'其婉约逊遁如此。"此二例皆指言辞卑顺、俯仰随人之意。大约自魏晋之际始，"婉约"被移用于文学批评乃至文学描写中，形容一种宛转轻柔、含蓄蕴藉的风格。如晋陆机《文赋》："或清虚以婉约，每除烦而去滥"；南朝陈徐陵《玉台新咏序》："阅诗敦礼，岂东邻之自媒；婉约风流，异西施之被教"；又唐张彦远《法书要录》二引南朝梁庾元威《论书》："（孔）敬通又能一笔草书，一行一断，婉约流利，特出天性"。

有趣的是，晚唐五代之际，文学的时代风格转向柔靡浮艳，相应的，诗词作品中不时出现"婉约"一词，用以形容柔美的物态和美女的风姿。如唐末李咸用《咏柳》诗颈联曰："解引人情长婉约，巧随风势强盘纡。"④唐末五代文人词第一部总集《花间集》中，更多地出现了"婉约"的字样。试看：

毛熙震《浣溪沙》："佯不觑人空婉约，笑和娇语太猖狂"；《临江仙》："纤腰婉约步金莲"。

孙光宪《浣溪沙》："半踏长裙宛约行，晚帘疏处见分明。"（按：宛，通婉。）

由上可见，取《花间集》用过的"婉约"一词来命名自《花间集》开端的一种富于轻柔宛曲之美的传统词风，循名责实，并无不妥。问题在于，婉约词风虽有一定代表性和相当的涵盖面，但它毕竟只是"阴柔"（或曰优美）这一大类词中之一体，用以概括和代指全部柔美词风，就嫌不足。在一定的场合取便说明和粗略辨识风格大类尚可，若以之具体地析派辨体，甚至武断地认为天下不归杨即归墨，那就势必漏洞百出，左支右绌。试看"婉约"一词，无论其原生义和衍生义，都有宛曲含蓄之意，但并非所有偏于"阴柔"的词都宛曲含蓄。春兰秋菊，各饶自身的独特风致。比如柳永词一向被视为"风云之气少，儿女之情多"的典型，并自北宋时就被认为只适宜于由十七八女郎执红牙拍板歌唱，但他的许多词（特别是体现他的主要特色的那些表现市民生活、反映市民情趣的慢词），却写得明白如话，大开大合，乃至露而又露，尽而又尽，一点儿也不"婉约"。要强说柳永的主导风格为"婉约"，那是任何认真研读过柳永全部作品的人都不会认同的。且不说许多词人吸取了阳刚之美，创作了不少刚柔相济、柔中有刚的作品，即单以纯属阴柔一路的词来看，"婉约"亦只是其中之一体（尽管是颇有影响和代表性之一体）。任意扩大"婉约"的含义，拿它来硬套全部柔美词，将千姿百态的各有特色的词人们笼统地纳入一个几百年一以贯之的"流派"，岂不使词学研究简单化、狭隘化？

　　再看一看"豪放"。此词最初指为人处世狂放不检点。《魏书》卷六十四《张彝传》："彝少而豪放，出入殿庭，步眄高上，无所顾忌。"又《新唐书》卷二○二《李邕传》："邕资豪放，不能治细行。"文学鉴赏和批评中借用此词，形容一种气魄宏大而无所拘束的风格。唐司空图《诗品·豪放》具体描述此种风格形态是："观花匪禁，吞吐大荒。由道返气，处得以狂。天风浪浪，海山苍苍。真力弥满，万象在旁。前招三辰，后引凤凰。晓策六鳌，濯足扶桑。"从司空图的形象化的描绘可知，唐代文学批评家心目中的"豪放"，是一种属于阳刚之美的诗歌风格。拿唐宋词来看，虽然风格趋向阴柔一路的作品一直占据着主流，但具有阳刚之美的作品亦断断续续地出现，形成与前者对应或并立的另一潮流，而风格豪放者也确属阳刚之作中数量较多且较有代表性的一种。但须注意的是：豪放仅仅是阳刚风格之一种（尽管是其中较有典型性的一种），不宜用它来处处代指甚至总括一切阳刚美的文学作品。如果那样做，也势必使风格体性的辨析简单化和笼统化。比如司空图《诗品》所论列的属于阳刚的风格中，除豪放之外，就还有雄浑、高古、劲健、悲慨、旷达等多种。这些风格形态与"豪放"固有相同或相近之处，但其明显的相异之点却不容含混。倘若把"壮士拂剑，浩然弥哀"的"悲慨"形象与"由道返气，处得以狂"的"豪放"气派硬说成一回事，这就显然不只是误差，而是连基本的辨异能力都没有了。

　　更需强调的是，同样是"豪放"一词，不同时代和不同观点的人们对其内涵的理解大不一样；同样是被人们称为"豪放"的作家及其作品，其气性、风格的差异也各如其面。李白无疑是唐诗中豪放的第一大家，他的为人和他的诗歌的主导风格都表现为一种"飞扬跋扈"（杜甫语）、狂放不羁的外向气质，这典型地代表了唐代雄放宏阔、乐观昂扬的时代文化品格。苏轼向被称为宋代文人中"豪放"的代表，他的"豪放"便与李白心貌各异。不少有识之士均已指出：宋代文化与唐代文化大异其趣，表现出精细、内敛、内省等特征。苏轼作为宋代文化第一人，更典型地体现出这些特征。东坡居士的性格系统中确乎曾有"豪"和"狂"的一面,但他大半辈子饱受磨难,忧患余生,早就收敛了"豪"、"狂"之气,杂采道、佛,力学陶潜,形成了随缘自适、精思内省和旷达超逸的个人思想行为模式与风格。东坡始终是一个有理性善节制的人,他多次非议过唐人的粗豪和狂放。比如他就抨击李白道:"李太白,狂士也。又尝失节于永王璘,此岂济世之人哉!"⑤这话对于李白是否公允我们且不去管它,但有一点是可以先肯定的:苏轼并不赞赏,当然也就不会去仿效李白式的豪纵与狂放不羁。此外,对于唐代诗人中另一个豪纵不羁的典型杜牧,苏轼也讥诮道:"粗才杜牧真堪笑。"(《和文与可洋川园池·竹坞》)可见苏轼对于真正意义上的"豪放"是多么不以为然。如果一定要说苏轼的风格是"豪放",那亦无不可,但须解释其独特之处曰:苏之"豪放",更多地表现为谙熟事理、勘破世道人生之后的旷达超逸。这与另一种唐人式的"豪放"——慷慨豪纵、放任不羁是大异其趣的。故而历来善于辨体析派的学者论及东坡风格时并不人云亦云地称其为"豪放",如王国维即将辛弃疾与之对比而下判断曰:"东坡之词旷,稼轩之词豪。"斯乃有识之论。宋代诗人词客中,承唐人之风而真正具有"豪放"之性者另大有人在,下文还将详述,此处不赘。本节只想说明,以"豪放"概括苏轼词风,本就不确切,如果还要拿他来代表那些个性、风格与之相异的"豪放"作家,就更离实情远甚矣!

尽管我们数落了"婉约"、"豪放"二体说的如上一些弊病,我们却不否认,张綖此说毕竟粗略地反映了宋词发展中存在"柔"、"刚"两大风格类型或两种基本艺术倾向的情况。这种概括,尽管是以偏概全,并且含有传统词论褒"正"抑"变"的偏见(以"婉约"为正),但有宋词基本史实和传统风格论为根据,因而在前代曾得到词学界广泛的承认,直到今天,我们在辨识词的大致风格分野时,也还在一定范围内应用它。问题的麻烦之处在于:张綖提出此说的本意,只在于论词体之大类,说明词的风格取决于作者的才性,并不曾以此来强分词派,后人却将"婉约"、"豪放"理解为流派的概念,混一"派"、"体",以他的话来改说词派,将全部宋词作家硬行切割为"婉约派"与"豪放派"两大"流派",甚而以为二"派"绝对对立。这就偏离和歪曲了张綖的本意,导致了词派研究中的混乱和谬误。混"体"为"派"、高张"两派"说的始作俑者为清初的王士禛。王从标举"乡先贤"的地方观念出发,在他的《花草蒙拾》

中论述说：

> 张南湖论词派有二：一曰婉约，一曰豪放。仆谓婉约以易安（李清照）为宗，豪放惟幼安（辛弃疾）称首，皆吾济南人，难乎为继矣。

从此，"体"被篡改成了"派"，词人多达一千五百余家、词作数量多达二万三千余首的唐五代两宋词被刀切豆腐似地划为几百年一贯制的"婉约"、"豪放"两大"流派"⑥，并以此来褒贬词人，架构词史，成为传统词学风格流派论中影响最大、接受者最多的一种说法。余音袅袅，不绝如缕，直至20世纪90年代，响应赞同此说者也还不少。此说的流弊，早已不限于"体"、"派"的辨识和划分的范围，而实际牵涉和影响到对重要作家作品及词体文学发展史上一些重大问题的评价。因为几百年来，所谓"婉约派"不仅被视作唐宋词中一大流派，而且被奉为"正宗"，尽管在推谁为"宗主"等问题上颇有分歧（或推秦观，或推李清照，或推周邦彦，等等），但截至20世纪50年代止，"婉约派"的"正宗"地位迄未被否定过。与此同时，"豪放派"则被看作是在"婉约派"之后出现且与之对立的一大流派，苏轼和辛弃疾被公推为此派的盟主。尽管前代亦有人肯定此"派"之价值、意义并欲为之争取与"婉约派"并驾齐驱的地位，但传统保守的词学批评仍视之为"别派"和"变体"而多所贬斥。新中国成立后的五六十年代，由于当时政治、文化大背景的影响，词学界又一反陈说，极力推尊和拔高"豪放派"，批判和压低"婉约派"，并且像在土地改革中划阶级成分一样，以"豪放"、"婉约"为标签，对所有唐宋词人进行划线排队和褒贬抑扬。到了改革开放的新时期，此种"左"的做法受到否定，但又有人走到另一极端，斥苏、辛为"非本色"，重新把"婉约派"奉为词的"主流"。当然亦有主张对"婉约"与"豪放"两派不能厚此薄彼，而应作两点论的。

由上述情况看来，自古及今，词学界对于唐宋词，无论是朱非素，还是是素非朱，抑或是朱、素并重，具体褒贬虽在变化，却不脱一个习非成是的旧框框——认定唐宋词应该和只可能划分为"豪放"、"婉约"两大派！给人的印象是：无论具体观点如何，讨论问题的出发点只能是这个"两分法"的旧框框！丰富复杂的唐宋词风格流派现象，似乎只能始终套在"两分法"的旧框框内来研讨!如此长期束缚研究者的视野和思路的"两分法",难道还不是一个亟须打破的怪圈吗?

诚然,自清代以来,对"豪"、"婉"两派说表示不满并加以修正者亦不乏其人。虽然至今为止从总体上系统地斥此说之非者尚不多见,但不少论者在作具体风格辨析时已经指出:在被划为"婉约派"的诸多同时或不同时的词人中,如温庭筠与韦庄、贺铸与晏几道、秦观与周邦彦、周邦彦与姜夔、姜夔与吴文英等齐名者,其风格之差异十分明显,事实上不少人各自创体亦兼创派,难以统归一派;所谓"豪放"二大主将苏轼、辛弃疾,他们的个性、身份、经历、时代环境及作品抒写内容皆大不相同,除了题材上扩大抒写范围、音律上不愿受束缚这一点相同之外,苏、辛词风大异其趣,不应统筹为一个流派;⑦还有人在承认"豪"、"婉"两派存在的前提下,指出姜夔开创了第三派。⑧另有论者多次指出:自北宋中期词体、词风发生大幅度衍变始,柔美词风的一统天下已被打破,不但时代风格、群体风格趋向多极化,就个人风格而言,不少大作家并不以豪放、婉约自限,而往往兼备众体,呈现出风格的多样化,用一两个风格名称来指称这些人及其所代表的流派,必失之简单化和模糊化。

更值得注意的是一些词学家已从根本上指出"豪"、"婉"二派说的缺陷和弊端。晚清陈廷焯对张綖的婉约、豪放二体说即批评道:"此亦似是而非,不关痛痒语也。"⑨近人詹安泰先生更是切中肯綮地论述道:

> 一般谈宋词的都概括为豪放和婉约两派。这是沿用明张綖(世文)评价东坡、少游的说法(见张刻《淮海集》),是论诗文的阳刚阴柔一套的翻版,任何文体都可以通用,当然没有什么不对。不过,真正要说明宋词的艺术风格,这种两派说就未免简单化。⑩

詹先生言简意赅地点明了二派说的理论来源是传统论诗文的"阳刚阴柔"说,批评了它的主要弊病是"简单化"。20世纪另一位著名词学家胡云翼先生,虽然在五六十年代力主豪、婉二派说,并将"豪放派"抬为宋词发展的"主流",将"婉约派"斥为形式主义的"逆流",但这是受建国以来"左"的文艺思想影响所致,他本人在20世纪二三十年代初涉词学时对这个问题的看法曾经是清醒而正确的。那时他说:

将宋词词体分婉约与豪放二派，本是明朝张南湖的话。但在宋词中，显然有这两种趋势，宋初已然。如袁绹说柳词须十七八女郎，唱"杨柳岸晓风残月"；苏词须关西大汉，唱"大江东去"。这便是说柳词婉约、苏词豪放的明徵。王士祯又谓婉约以易安为宗，豪放惟幼安称首。可见南北宋都有这两种词的趋势。那末，将宋词分为豪放与婉约二派，将宋词人分别隶属于此二派之下，似乎是很适宜了。然而不然，根本上宋词家便没有一个有纯粹隶属于那一派的可能。《词筌》说："苏子瞻有铜琶铁板之讥，然其《浣溪沙·春闺》，'彩索身轻长趁燕，红窗睡重不闻莺'，如此风调，令十七八女郎歌之，岂在'晓风残月'之下？"又《爰园词话》"子瞻词豪放亦只'大江东去'一词，何物袁绹，妄加评骘！"那末，苏词可以列为纯豪放一派吗？又沈去矜云："稼轩词以激扬奋厉为工，至'宝钗分，桃叶渡'，昵狎温柔，消魂意尽……"那末，辛弃疾我们可以专称他为豪放派吗？如其我们承认词是表现思想的，则无论婉约派或是豪放派，不能概括的了。一个作家，有时当花前月下，浅斟低酌；歌筵舞席，对景徘徊；或追寻流水的芳年，或怅望故乡的情绪，这种情调，发而为词，自然是纤丽温柔，属于婉约一方面。又若有时醉里挑灯看剑，吹角连营；万里沙场，挥戈跃马；或则对大江东去，浩渺无涯，波涛万顷，吞天浴日，古昔豪杰的英爽如在，而举目不胜今昔河山之慨！这时的情况，发而为词，自然是悲壮排宕，属于豪放一方面了。所以辛弃疾、苏东坡有豪放的词，也有婉约的词。一切词人都是如此。在这里，我们既然不能说某一个词家属于某派，则这种分派便没有意义了；何况分词体为豪放与婉约，即含着有褒贬的意义呢？⑪

胡云翼先生这一大篇论述并非无懈可击，但从根本上看，他既客观地承认了宋词中确乎存在婉约与豪放"两种趋势"，又坚决反对以此为名目将宋代词人强行划分为婉约、豪放两大派；他还举出具体词人作品风格多样化的例子以及不同题材内容和情感基调的词必然呈现不同风格的普遍事实，证明了以"婉约"、"豪放"为标准划派的荒谬性和不可行性，这些都不失为自拔于流俗的卓见。只可惜，时隔三十年之后，胡先生没来由地推翻了自己原本正确的观点，变成了解放以后词学界大力鼓吹"婉约派"与

"豪放派"对立斗争的理论的主要代表人物,并以普及性选本《宋词选》向广大读者灌输这一荒谬的"两分法"。⑫

胡云翼先生这一可悲的观点大转变,并不意味着他原先反对"两分法"的见解错了,而只能说明20世纪80年代之前广为流行的庸俗社会学的观点曾经严重扭曲了学术研究的品格。的确,在五六十年代,陈旧而不科学的婉约、豪放二派说被灌进了时髦的现实主义、反现实主义两股潮流说的"新"内容,普遍地运用于词学研究和文学史撰写之中,一部唐宋词史被明确地描述为进步的"豪放派"与保守的"婉约派"的斗争史。60年代方自海外归国的吴世昌先生,对词学界这一现象颇不以为然,于80年代初接连发表文章,力斥这一"古已有之,于今为烈"的两派说之非。吴先生痛切地说:

> 近来有些词论家把宋词分为婉约与豪放两派,而以苏轼为后者的领袖。这样评价宋词和苏轼,是否符合历史实情?
>
> 这是一个宋代文学史上的重大问题。这是在解放以前即有人谈起,而解放以后越谈越起劲,越谈越肯定的问题。由此而推演发挥,则豪放一派变为中国词史上的主流或进步或革新的力量,思想性、艺术性、文学价值最高;而婉约派则是保守力量、消极成分、落后乃至庸俗不堪,不值得赞扬提倡,必须加以批判等等。于是不谈词则已,一谈则言必称苏、辛,论必批柳、周。……⑬

吴先生批驳"两派说"的几篇文章,在80年代曾引起词学界及广大读者的强烈反响和广泛讨论,其具体观点已为人所熟知,这里不再引录。吴先生通过这些文章,实际上提出了一个早就该解决而在新时代的词学界更迫切需要解决的课题:清理、总结传统的词学风格流派理论,构建新的词学风格流派理论。吴先生当年提出问题时尚未能将自己的观点阐述得周详完备,且未及正面而系统地建立新的唐宋词风格流派论就去世了。如今,彻底地清理和评判传统理论,在此基础上建构唐宋词流派史,亦后来者之重任矣!

第三节　历史的回顾之二：自宋以来的
诸家源流派别论

　　自古及今有不少词论家，不满意或不同意刚柔、豪婉的简单化的划派法，而另行对唐宋词辨认体性，考镜源流，对词派问题提出了各自的一些见解。这些见解，总的看来显得零星散乱，各执一词，其中缺少较有权威并得到大多数人首肯的结论。但它们大都有一定的事实为依据，体现着那些研究者对这一重大问题的认真思考，各自在一定范围和一定程度上接近了唐宋词流变的真实，因而值得我们作一番纵向的回顾和梳理，以便找到建构唐宋词流派史的起点，并作为我们讨论问题的参考。

　　唐五代至北宋前期，词体文学兴起不久，文人学士偶尔染翰戏作，仅供酒边花前即席演唱，体制短小而风格单一，因而尚未引起人们辨体析派的兴趣。自北宋中期柳永、苏轼相继闯入词坛之后，创作面貌大变：慢词兴盛，体制日繁；刚、柔分立，雅、俗异趋；词人亦各从其性，分道而驰。既有了流派繁衍的现实，辨体析派之风亦徐徐吹起。第一个详细描述北宋中后期词坛流派繁衍局面的，便是生活于北宋末南宋初的词学家王灼。他的论词专著《碧鸡漫志》虽未使用诸如体性、风格、流派等字眼，但却在中国词学史上首次对北宋词流派进行全局性的探讨，辨析了一大批重要词人的艺术渊源及其影响，提供了词体文学流变史的清晰线索。该书第二卷"各家词短长"条，堪称一部微型的北宋中后期词体词派史：

　　　王荆公长短句不多，合绳墨处，自雍容奇特。晏元献公、欧阳文忠公，风流蕴藉，一时莫及，而温润秀洁，亦无其比。东坡先生以文章余事作诗，溢而作词曲，高处出神入天，平处尚临镜笑春，不顾侪辈。或曰："长短句中诗也。"为此论者，乃是遭柳永野狐涎之毒。诗与乐府同出，岂当分异？若从柳氏家法，正自不分异耳。晁无咎、黄鲁直皆学东坡，韵制得七八。黄晚年闲放于狭邪，故有少疏荡处。后来学东坡者，叶少蕴、蒲大受亦得六七，其才力比晁、黄差劣。苏在庭、石耆翁入东坡之门矣，短气跼步，不能进也。赵德麟、李方叔皆东坡客，其气味殊不近；赵婉而李俊，各有所长，晚年皆荒醉汝、颖、京、洛间，时出滑稽语。贺方回、周美成、晏叔原、僧仲殊各尽其才力，自成一家。贺、周语意精新，用心甚苦。毛泽民、黄载万次之。叔原如金陵王、谢子弟，秀气胜韵，得之天然，将不可学。仲殊次之，殊之赡，晏反不逮也。张子野、秦少游俊逸精妙。少游屡困京、洛，故疏荡之风不除。陈无己所作数十首，号曰"语业"，妙处如其诗，但用意太深，有时僻涩。陈去非、徐师川、苏养直、吕居仁、韩子苍、朱希真、陈子高、洪觉范佳处亦各如其诗。王辅道、履道善作一种俊语，其失在轻浮。辅道夸捷敏，故或有不缜密。李汉老富丽而韵平平。舒信道、李元膺，思致妍密，要是波澜小。谢无逸字字求工，不敢辄下一语，如刻削通草人，都无筋骨，要是力不足。然则独无逸乎？曰：类多有之，此最著者尔。宗室中，明发、伯山久从汝、洛名士游，下笔有逸韵。虽未能一一尽奇，比国贤、圣褒则过之。王逐客才豪，其新丽处与轻狂处，皆足惊人。沈公述、李景元、孔方平、处度叔侄、晁次膺、万俟雅言，皆有佳句，就中雅言又绝出。然六人者，源流从柳氏来，病于无韵。雅言初自集分两体，曰雅词，曰侧艳，目之曰胜萱丽藻。后召试入官，以侧艳体无赖太甚，削去之。再编成集，分五体，曰应制，曰风月脂粉，曰雪月风花，曰脂粉才情，曰杂类，周美成目之曰"大声"。次膺亦间作侧艳。田不伐才思与雅言抗行，不闻有侧艳。田中行极能写人意中事，杂以鄙俚，曲尽要妙，当在万俟雅言之右。然庄语辄不佳。尝执一扇，书句其上云："玉蝴蝶恋花心动。"语人曰："此联三曲名也，有能对者，吾下拜。"北里狭邪间横行者也。宗室温之次之。长短句中，作滑稽无赖语，起于至和。嘉祐之前，犹未盛也。熙丰、元祐间，兖州张山人以诙谐独步京师，时出一两解。泽州孔三传者，首创诸宫调古传，士大夫皆能诵之。元祐间，王齐叟彦龄，政和间，曹组元宠，皆能文，每出长短句，脍炙人口。彦龄以滑稽语噪河朔。组潦倒无成，作《红窗迥》及杂曲数百解，闻者绝倒，滑稽无赖之魁也。夤缘遭遇，官至防御史。同时有张衮臣者，组之流，亦供奉禁中，号"曲子张观察"。其后祖述者益众，嫚戏污贱，古所未有。

王灼在这里一口气点名评论了北宋近六十个著名词人，所列词人之多，所讨论问题之广，为宋代词话所仅见。遗憾的是，后人仅仅看重这段文字对词人艺术短长的评点，而很少注意也很少采用他对北宋词艺术流派的划分和描述。有人看到了这里实际上是在辨体析派，却只承认："这无异是勾勒出了苏轼、柳永两大词派。"⑭但这里勾勒的不单单是苏、柳两派，而分明是北宋中后期四个主要的词派，即：一、以苏轼为主要先行者，以晁补之（无咎）、黄庭坚（鲁直）、叶梦得（少蕴）、陈与义（去非）为主要追随者的以作诗的精神来作词从而使词"佳处如其诗"的一大派；二、以沈唐（公述）、李甲（景元）、晁端礼（次膺）、万俟咏（雅言）等人为代表的"源流从柳氏（永）来"、风格俚俗侧艳的一派；三、以贺铸（方回）、周邦彦（美成）为主要代表，包括晏幾道（叔原）、僧仲殊以及张先（于野）、秦观（少游）、毛滂（泽民）等人，保持传统柔美词风而能接近风雅的一派；四、初起于仁宗至和年间而大盛于哲宗、徽宗朝，以张山人、王齐叟、曹组、张衮臣等人为主要作者的专作"滑稽无赖语"的俳谐词派。

尽管王灼描述的仅仅是一百来年间的词史中的一部分，尽管由于词话随笔评点的体裁局限致使此处对流派的分析和描述尚嫌简略粗疏，但由于王灼本人精于词学，审美评判较为准确，又兼生活于宋词流派赖以产生繁衍的那个文化环境之中，其目所见、心所感、笔所述就十分真切而准确，较之后人隔时隔境而仅凭文字材料所作的流派划分，自更可信可靠。因此，王灼的这段论述，可作我们辨识和评论北宋中后期词学流派的主要依据。

宋人明确地提出"词派"这一概念，已经是南宋后期宁宗朝的事了。嘉定元年（1208）立春之日，滕仲因为郭应祥（遁斋）的《笑笑词》作跋，首倡以"词章之派"论词，其说略云：

> 词章之派，端有自来，溯源徂流，盖可考也。昔闻张于湖一传而得吴敬斋，再传而得郭遁斋，源深流长，故其词或如惊涛出螯，或如绉縠纹江，或如净练赴海，可谓冰生于水而寒于水矣。⑮

宋人以"派"的概念论本朝诗，始于北宋末吕本中作《江西诗社宗派图》；而提出"派"的概念论词，据现有文献来看，始于滕仲因此跋，比诗派之说晚了近一百年。按这段文字中，张于湖指南宋初年词人张孝祥；吴敬斋指吴镒（字仲权，号敬斋），主要活动于孝宗、光宗朝；郭遁斋指郭应祥（字承禧，号遁斋），为与吴镒大约同时的词人。滕仲因仿禅宗传

代和江西诗派认祖归宗之例，为郭应祥之词寻源溯宗，以为自张孝祥经吴
镒至郭应祥，形成了一个词派。这是南宋词论中仅见的一段标"派"以论
词的文字。可惜他仅论一个小流派，而未能观照当时流派繁盛的全局。此
后直至元、明二代，再未见标"派"以辨析词史的议论。

　　清代以来，随着词学之"中兴"，辨流析派之风始盛。婉约、豪放两
派说虽因王士禛的明确张目而影响日增，但另具只眼而详析体派者亦渐渐
多了起来。初时人们认识尚比较粗浅，仅朦胧感觉到在豪婉或刚柔两大倾
向之外还有第三种倾向，于是提出划分三派的主张。不过同为三派说，具
体所指又有一些分歧。主三派者大约有如下四家：

　　其一，高佑�《陈其年湖海楼词序》引顾咸三语云：

　　　　宋名家词最盛，体非一格，苏、辛之雄放豪宕，秦、柳之妩媚风
　　流，判然分途，各极其妙。而姜白石、张叔夏辈，以冲澹秀洁，得词
　　之中正。

　　其二，汪懋麟《梁清标棠村词序》云：

　　　　予尝论宋词有三派：欧、晏正其始；秦、黄、周、柳、姜、史、
　　李清照之徒备其盛；东坡、稼轩，放乎言之矣。其余子，非无单词只
　　句可喜可诵，苟求其继，难矣哉！

　　其三，江顺诒《词学集成》卷五引蔡小石《拜月词序》云：

　　　　词胜于宋，自姜、张以格胜，苏、辛以气胜，秦、柳以情胜，而
　　其派乃分。

　　其四，《四库全书总目·东坡词提要》实际上将唐宋词分为正宗的
《花间》派、变异的柳永派与苏辛派这三大派，其说云：

　　　　词自晚唐五代以来，以清切婉丽为宗。至柳永而一变，如诗家之
　　有白居易；至（苏）轼而又一变，如诗家之有韩愈，遂开南宋辛弃疾
　　等一派。寻源溯流，不能不谓之别格，然谓之不工则不可。故至今

日，尚与《花间》一派并行而不能偏废。

清代中期，又有比三派说稍细一些的四派说产生。主四派者又有四种不同的分法。其一为郭麐《灵芬馆词话》卷一之说：

> 词之为体，大略有四：风流华美，浑然天成，如美人临妆，却扇一顾，《花间》诸人是也，晏元献、欧阳永叔诸人继之；施朱傅粉，学步习容，如宫女题红，含情幽艳，秦、周、贺、晁诸人是也，柳七则靡曼近俗矣；姜、张诸子，一洗华靡，独标清绮，如瘦石孤花，清笙幽磬，入其境者，疑有仙灵，闻其声者，人人自远，梦窗、竹屋，或扬或沿，皆有新隽，词之能事备矣。至东坡以横绝一代之才，凌厉一世之气，间作倚声，意若不屑，雄词高唱，别为一宗，辛、刘则粗豪太甚矣。其余么弦孤韵，时亦可喜，溯其派别，不出四者。

其二为周济《宋四家词选》以宋词四大家（北宋一家、南宋三家）为领袖，划两宋三百多年词为四大派。其《宋四家词选目录序论》云：

> 清真，集大成者也。稼轩，敛雄心，抗高调，变温婉，成悲凉。碧山，餍心切理，言近指远，声容调度，一一可循。梦窗，奇思壮采，腾天潜渊，返南宋之清泚，为北宋之秾挚。是为四家，领袖一代，余子荦荦，以方附庸。

其三为孙麟趾《词径》视唐五代两宋词为一个完整阶段，通划为"高澹、婉约、艳丽、苍莽"四大"门户"（实指流派）之说：

> 高澹，婉约，艳丽，苍莽，各分门户。欲高澹，学太白、白石。欲婉约，学清真、玉田。欲艳丽，学飞卿、梦窗。欲苍莽，学苹洲、花外。

这实际上是主张李白、姜夔为一派，周邦彦、张炎为一派，温庭筠、吴文英为一派，周密、王沂孙为一派。

其四为谢章铤《赌棋山庄词话》卷九只标派名、未列词人的三派加一

派之说:

> 宋词三派,曰婉丽,曰豪宕,曰醇雅,今则又益一派,曰饾饤。

此外自清代以来尚有一些三派、四派说,此不赘。以上所列多种三派、四派说,其所用名称及对具体词人的划分是否确当姑置不论,总都比豪婉二派说有进步。但无论三派或四派,毕竟也还过于粗略,远未能概括唐宋词多流派的全貌。于是自晚清以来,又有了更细的划分。较有影响的,首推陈廷焯的十四体说。其《白雨斋词话》卷八云:

> 唐宋名家,流派不同,本源则一。论其派别,大约温飞卿为一体,皇甫子奇、南唐二主附之;韦端己为一体,牛松卿附之;冯正中为一体,唐五代诸词人以暨北宋晏、欧、小山等附之;张子野为一体;秦淮海为一体,柳词高者附之;苏东坡为一体;贺方回为一体,毛泽民、晁具茨高者附之;周美成为一体,竹屋、草窗附之;辛稼轩为一体,张、陆、刘、蒋、陈、杜合者附之;姜白石为一体;史梅溪为一体;吴梦窗为一体;王碧山为一体,黄公度、陈西麓附之;张玉田为一体。其间惟飞卿、端己、正中、淮海、美成、梅溪、碧山七家,殊途同归。余则各树一帜,而皆不失其正。东坡、白石,尤为矫矫。

可以看出,陈廷焯这里的"体",即是"派别"、"流派"之意。他先将唐宋词名家划分为十四个流派,但文末又说:温庭筠、韦庄、冯延巳、秦观、周邦彦、史达祖、王沂孙七家"殊途同归"。这就把温、韦等七家合成了一派,连同另外"各树一帜"的七家,陈廷焯实际上将唐宋词划成了八个流派。

陈廷焯之后,另一种八派说的创立者为近人詹安泰先生。詹氏的《宋词风格流派略谈》一文,[16]在批评了豪放、婉约两派说"未免简单化"之后,正面申说自己的主张道:

> 照我的浅见,宋词的艺术风格,可归纳为:真率明朗、高旷清雄、婉约清新、奇艳俊秀、典丽精工、豪迈奔放、骚雅清劲、密丽险

涩等派，每派各有代表作家和附属作家，此外，北宋前期还有一些继往开来的风格流派。

这里除归纳出宋词有八个大的风格流派之外，又提到北宋前期尚另有一些继往开来的风格流派，詹氏并在这段文字之后说明道："至北宋前期的风格流派，则另文论述。"可见在詹氏的心目中，宋词流派还不止这八个。但笔者遍检詹氏业已发表的词学论著，未见另有明确论述北宋前期词派的文字，因此只能认定詹氏提出的是八派之说。这篇文章对所划的八派一一略加疏说，指出：

一、"真率明朗"派以柳永为代表，沈唐、李甲、孔夷、孔处度、晁元礼、曹组为其"嫡派"，聂冠卿、杜安世等亦属此派；

二、"高旷清雄"派以苏轼为代表，有意学苏的黄庭坚、晁补之、叶梦得、朱敦儒、陈与义等人，可划归此派，而南渡之际的张元幹、李纲、张孝祥等是此派过渡到豪放派的桥梁；

三、"婉约清新"派，以秦观、李清照为代表，赵令畤、谢逸、赵长卿、吕渭老等不同程度趋向此派；

四、"奇艳俊秀"派，以张先、贺铸为代表，属于此派者有王观、李廌、李之仪、周紫芝等人；

五、"典丽精工"派，以周邦彦为代表，同派者有万俟咏、晁端礼、徐伸、田为等人；

六、"豪迈奔放"派，以辛弃疾为代表，其源出于苏轼，经时代巨变而另成一种独特风格，陆游、陈亮、刘过、刘克庄等可划归此派；

七、"骚雅清劲"派，以姜夔为代表，源自周邦彦而有显著的新变，趋向此派的大约有史达祖、高观国、周密、王沂孙、张炎等人。

八、"密丽险涩"派，以吴文英为代表，趋向此派的有尹焕、黄孝迈、楼采、李彭老等。

詹安泰的上述划分，立足于自北宋中期至南宋末年词坛流派林立的实况，着眼于重要作家风格的独创性与较有影响的类型风格的承传变异，虽然所述尚不够全面和准确精密，但已有相当程度的概括性，是近人的唐宋词流派说中较系统也较有影响的一家。本书的唐宋词流派辨识划分，在北宋中期以后的部分，将尽可能多地参考和采纳詹先生的合理成果。

以上所举，当然远远不是自宋以来对唐宋词辨体析派之论的全部，但无疑是较有代表性和有一定合理性的几种。它们共同的优点是跳出阳刚阴柔或豪放婉约的两体两派说的狭窄圈子，注意到唐宋词人在艺术风格和审美追求上的明显差异。尽管划派的角度和依据各有不同，对"风格"、"体"、"派"的理解也有歧义，但上述诸说对唐宋词（主要是宋词）发展脉络的描绘都或远或近地努力向历史的真实靠拢。我们今天来建构较完整较科学的唐宋词流派史，不可能从零开始，而要充分吸取和运用前人这些思维成果中的有益成分。当然必须看到，上举诸家之说都有一些明显的不足乃至谬误。有的仅仅是描述唐宋词中一小段时期甚至只是某一范围的流派，因而只有局部的参考意义；有的囿于以《花间》为正宗、以柳永为异端、以苏辛为别调的传统偏见，所划派别和所作评价不无偏见，不宜为我们所吸取；有的甚至对重要词人错列时代，倒置源流（如周济竟以苏轼为辛弃疾之附庸，陈廷焯竟以柳永附属于秦观），有待我们予以纠正。凡此种种，都说明了唐宋词流派研究亟待推进和提高——推进到全面地而不是局部地、系统地而不是零碎地、真实地而不是歪曲地描述流派史的新阶段，提高到超越传统的刚柔正变论，而用现代文艺学理论来观照唐宋词流派史的水平上。早在清道光年间，词话家陆蓥鉴于唐宋词流派繁盛而词学家对此迄无认真梳理描述的状况，就呼吁道:

> 词家言苏、辛、周、柳，犹诗歌称李、杜，骈体举庾、徐，以为标帜云尔。无论三唐五季，佳词林立。即论两宋，庐陵翠树，元献清商，秦少游山抹微云，张子野楼头画角，竹屋之幽蒨，花影之生新，其见于《草堂》、《花间》，不下数百家。虽藻采孤骞，而源流攸别。安得有综博之士，权舆三李，断代南渡，为唐宋词派图，爰黜淫哇，以崇雅制，词学其日昌矣乎!⑰

陆蓥在一百五十多年前提出的作"唐宋词派图"的课题，稽迟至今很少有人问津。笔者未敢称"综博之士"，然有慨于词学研究中重大缺失之亟待填补，极愿执斧闯山，作一番探险开路的尝试。

第四节　辨析唐宋词流派的理论标准和历史依据

运用现代文艺学中相关的概念术语来研究唐宋词流派史，我们会感到双重的阻隔——理论上的困惑和实际操作上的困难。

在我国传统文论中，"流派"这个概念出现较晚，且是一个借喻之词。在古汉语中，"流"与"派"最初出现时均与水有关。如晋人郭璞《江赋》云："源二分于崏嵊，流九派乎浔阳。"⑱唐初诗人张文琮《咏水》诗云："标名资上善，流派表灵长。地图罗四渎，天文载五潢。"⑲正式将"流"与"派"联为一个词。到宋代，人们开始把此词引申来指派别。如胡仲弓《送丁炼师归福堂》诗："易东流派远，千载见斯人。"⑳按胡仲弓已是南宋末年人，笔者所阅文献有限，就已见知者而言，在南宋末之前，似尚未见用"流派"指派别者，倒是有一个与"流派"意义相近的词"宗派"——意指学术、文艺、宗教等的派别——至迟在北宋末南宋初已普遍运用。如吕本中作《江西诗社宗派图》，即用了"宗派"指诗派。王十朋《读东坡诗》云："谁分宗派故谤伤？蚍蜉撼树不自量。"㉑南宋中期岳珂《黄鲁直书简帖上赞》亦云："诗至江西，始别宗派。"㉒终宋之世，无论"流派"、"宗派"，都没有用来指唐宋词的。自清以来，论者始明确地用"流派"一词来指诗派。如朱彝尊《刘介子诗集序》即谓："（宋）南渡以后，尤延之（袤）、范致能（成大）为杨廷秀（万里）所服膺，而不入其流派……斯善于诗者矣。"㉓随着诗学中普遍运用这一概念，清代词学中也渐次有人用"流派"来指词派。但正如本章前两节所指出的，清代以迄近代词学研究中对"流派"一词的理解颇有歧义，且具体对唐宋词进行辨体析派时众说纷纭，莫衷一是。由于宋代词论中根本就没有现成的关于"流派"的理论可供参考，而明清以来的词论中关于"流派"的认识和理解又是如此纷乱和不成系统，因而我们今天建构唐宋词流派史，在理论认识和实际操作两个层面上都须从头做起。

人们都知道，在现代文艺学中，所谓"流派"，是用来专指一定历史时期里文学见解和风格相近似的作家自觉或不自觉的结合。一般都认为，文学流派，应是指这样一种作家群体：他们共处于一段特定的时期，在思想倾向、艺术追求和创作风格上相近或相似，从而形成了在当代和后世都有影响的一股势力。而历史上曾出现过的文学流派，则大致有如下两种不同的情况：

一种是在一定的社会条件下，一些在思想倾向、艺术见解和志趣上相同或相近的作家自觉地结合在一起，他们有一定的社团组织形式和名称，甚而发表共同的宣言，公开标榜一定的文学主张，并且按照这些主张来从事创作。固然，带有社团性质的文学组织并不一定都能形成文学流派，但当这种文学社团组织不仅提出了鲜明的理论主张，同时在创作实践中还产生了一些具有鲜明特色的作家和作品，在文学发展过程中产生了一定影响之后，它也会逐渐形成为文学流派。属于这一类的，多半是一些有自觉的群体意识的流派。

另一种是在同一社会环境中，由一些思想倾向、艺术见解和审美追求相接近的作家，以相近的风格从事创作而逐渐形成的。这种流派的作家们并没有建立什么共同的组织，也没有自行拟出什么共同的纲领和群体的称号，而只是以某一个或某几个有代表性的作家的创作和理论作为自己的规范，经过辗转传播，而逐渐形成为具有鲜明特色的、贯串了某一时期的文学流派。后来又经过一些作家、评论家把他们的创作和理论加以总结、归纳，才用一定的名称来概括这一流派的特点，使之在文学史上留下一席之地。

拿以上所述的在现代文艺学中属于常识的流派理论去对照唐宋词史，我们自然会看到，在北宋末年以前的漫长时期中，根本就没有产生过属于第一种的有一定组织形式和创作纲领的词体文学流派；即使南渡之后，虽词风巨变，词派繁衍，但明显地以"词社"面目出现的有一定组织形式的流派也只是极少数。在一整部唐宋词史上，占优势的是第二种流派——即并无组织形式和共同宣言，也无自己拟定的名称，仅因审美倾向与艺术风格相近而被后人归纳总结而认定的流派。甚至还大量存在这样的情况：一些被后人称为某派某派的作家群，连第二种流派的基本条件也不完全具备，他们其实不应该被称为流派，其中的一些作家群，当然可以放在广义的流派的框架中来讨论，但他们仅具"准流派"的性质。上述具体情况，给我们辨析唐宋词流派带来了相当大的难度。这就要求我们在解决这一问题时，不能照搬现代文艺学中关于流派的理论和标准，而必须从唐宋词流变史的实际出发，充分参考利用传统诗文论和词论中的风格流派论，对唐宋词的流派问题作出实事求是的分析和阐释。

但是，在参酌吸取前人的辨体析派之论来划分、评述唐宋词流派的时候，还有一个需要以清醒的理论头脑加以辨识的问题。前人使用"派"、"宗派"、"流派"这些概念的时候，常常与"体性"、"风格"混用，有时干脆就是用它们来指称体性与风格。流派或宗派，固然与体性、风格等有联系，但毕竟是另有所指的。前已说明，笔者以为，文学创作活动并非孤立个体的活动，而是人与人之间的互动，是作家群体的活动。我们所指的流派，就是一个个在思想倾向、审美追求和风格趋向上相近的作家群。因而流派并不是一个空泛的和可以任意扩大其内涵的风格概念，而是特指在一定时期内运动着的人群实体。流派，无论是有组织的或是无组织的，无论是松散的或是紧密的，既然是在文学历史上存在过的一股群体的势力，它就必须具备如下的几个基本的条件和因素：

一、必须有一位创作成就卓特、足为他人典范且个人具有较大凝聚力与号召力的领袖人物作为宗主；

二、在这位领袖人物周围或在他身后曾经聚集过一个由若干创作实践十分活跃并各自有一定社会影响的追随者组成的作家群；

三、这个作家群的成员们尽管各有自己的创作个性和艺术风采，但从群体形态上看却有着较为一致的审美倾向和相近的艺术风格。

笔者认为，唐宋词史上凡大体具备这几个条件的可称为流派；部分具备这些条件的则属于流派雏型或准流派形态；根本不具备这些条件的则不应称为流派。

诚然，词体文学的流派有一个为时颇长的渐趋成熟的发展过程。词派是词体文学发展到一定阶段的产物，它伴随着新兴的曲子词由体制单一到众体齐备，由文人学士从诗文之余酒边花前偶尔戏作到经常而且大量地创作、由专写儿女柔情到广泛地抒情言志写景叙事、由风格类型较少到风格多样化的演进历史，渐渐地从萌芽到出现雏型，由雏型到准流派形态，而后才渐至成型为完整意义上的流派。中国传统的齐言诗歌流派实体的成熟，是以北宋后期有宗主有纲领有大批追随者的江西诗派的崛起为标志的。词体文学的兴起和繁荣较晚，其流派的成熟也相应地比齐言诗歌晚得多。认真追溯起来，这个成熟期要到南宋前期才出现。在此之前，词体文学的流派现象颇为模糊和不真切。这里指的是南宋之前极少出现横向的共时性形态的词派，而仅有在题材、风格等方面前后趋同的历时性形态的松散流派或准流派。本书辨识、划分和描述唐宋词流派的重点，就在南宋之前的这一部分。如果理顺和说清了这一大段时期词体文学流派从无到有、从茫茫一片到众水分流、从萌芽到产生雏型到渐次成型的历程,那就摸准了、抉出了词体文学发展的独特脉络和大致规律,为阐释这一古典诗歌特殊样式的艺术个性做出了贡献。这就需要溯流寻源,作一番还原历史的艰苦工作,深入到当时的社会文化背景中去,探寻出流派产生与繁衍的独特成因,并说出流派形态之所以是这样而不是那样的道理。南宋时期的众多词派,就艺术渊源来考察,无非是唐末至北宋的流派萌芽和若干准流派形态的进一步发展。说清了前一段的问题,南宋词派的划分与评论也就迎刃而解了。

　　既然要辨识和划分流派,那就要弄清一个重要问题:风格与流派之间的关系。这是一个在过去的词派研究中被弄得十分混乱的问题,我们现在来确定划分词派的标准时,必须先把它予以澄清。风格是划分流派的主要依据,但我们却不能脱离具体的时空环境与风格生成因素,仅仅以一个空泛抽象的"风格"概念为标识来滥划和硬凑流派。在这个问题上,唐圭璋先生说过一段话:

　　　　我们谈流派,一定要注意从风格(包括内容和形式)上鉴别。不能一讲流派,就这也是流派,那也是流派。硬凑流派不行。我感到近来把流派划得太多了。流派是自然形成的,不是人为滥划的。艺术风格是划分流派的基础,一批风格相近的作家,我们把他们作为一个流派来看。[24]

　　唐圭璋先生这段话,是针对现代文学研究中的某些弊病而言的,但他所批评的"硬凑"、"滥划"现象,在古典诗词研究中也颇为常见。其实,以风格为基础来辨析流派,这一点倒是大多数研究者都没有异议的。问题出在不少人对"风格"这一概念的理解有表面化或简单化的倾向。拿词学研究来讲,过去就有过两种偏向。

　　先谈第一种。诚如唐圭璋先生所言,考察风格之异同,应兼顾"内容"与"形式"二者。但过去的某些辨析解说唐宋词风格流派的论著,或只看到某些词人题材上的趋同现象(有些人多写男女艳情,有些人则多写隐逸生活,等等),或只着眼于某些词人遣词用语、营造意象的共同特点,而不管其总体风格是否趋近,就笼统冠之以某某派的称号。有的论者甚至只着眼于词人选调填词的文字形式的不同，就把一些词人称为"小令派"、"慢词派"等。凡此种种，都不是兼顾"内容与形式"的风格流派辨析。

次说第二种。风格是一个较为复杂的概念，包含有多重的意义，就常见的层面来看，风格有：作品风格、作家个人风格、流派风格、地域风格、民族风格、时代风格等多种。在作词人流派归属的鉴别时，如果不说清风格的多层面意义，势必导致混乱和纷争。例如十多年前，有两位研究者在光明日报的《文学遗产》专刊上发表文章，激烈地争论韦庄是否属于"花间派"。争论的一方认为：《花间集》的十八个词人中，绝大多数人的作品"内容狭隘，词藻华丽，充满了脂香粉气的'靡靡之音'"，而只有韦庄的词"发愤抒情，存君兴国"，"寄托深远"，且风格"清丽绝伦"，与其他诸家的艳冶庸俗迥然有别，因而主张"把他从'花间派'中分离出来"。争论的另一方则针锋相对地指出："花间派"是一个公认的词体文学流派，其流派成员都有相同的创作倾向，韦庄本属此派，无需标新立异地把他从"花间派"中拉出来。㉕争论的双方过多地在《花间集》的"思想内容"上做文章，却没有充分注意风格的辨识。其实如果说清了《花间集》表现出来的时代风格、群体风格及个人风格等之间的关系，那么，诸如历史上有无一个"花间派"、《花间集》中十八家还可不可以再分派、韦庄属于哪一派及他本人是否另成一派等问题都可以迎刃而解了。

如果笔者的上述认识大致切合事实，那么下文对唐宋词流派的粗略把握就不是向壁虚构，而是可以反映流派史的基本脉络了。

第五节　唐宋词构体衍派的特殊
背景及其大致流派类型

唐宋词流派的形成和繁衍，与唐宋词人在艺术创新意识驱动下竞相建构各具特色之"词体"的自觉活动密切相关。可以说，在唐末至两宋的特定文化背景下，正是有了这种百花齐放的创"体"活动，才出现了唐宋词流派争胜的可观局面。

这里所谓"词体"，并不单指词的体裁形式，而是泛指词体文学成熟之后名家们所创的种种各显艺术个性的风格体貌。人们都知道，词初起时，体式比较单调、短小和不成熟。但入宋之后，这种新兴的音乐文学样式随着"歌台舞榭，竞赌新声"的音乐文化环境的形成，随着大量有艺创新精神的文人学士介入歌词创作领域，于是声色大开，体式剧增，各种不同风格的作品竞显其长的局面终于取代了由单一的"花间"范式统治的旧格局。所谓词体文学的繁荣，既表现为各种体式发育齐全，各臻成熟之境，又显示了词的表现手法、语言风格及艺术境界空前多样的高峰状态。因此，自宋以来，词学中所谓"词体"，自然成为包容颇为丰富的概念，它既指词的文字形式和格律体裁，但更多地指风格体貌；甚至在"流派"一语未广泛运用于词学之前，它还被不时借用来指词派。前已述及，明人张綖说词之"体"，即指风格体性。此外如清人先著《词洁序》所谓"诗之道广，而词之体轻"，近人王国维所谓"词之为体，要眇宜修"（《人间词话》）等等，"体"的概念皆指风格体性。而这种"词体"意识，实是宋人自己就明确而广泛地树立起来的。此种意识，以南宋为最盛，它横向流播至与南宋大略同时的金朝，纵向延伸至与南宋紧密衔接的元代，不绝如缕。检视宋、金、元人词集及部分笔记序跋之类，可知当时的人们虽然论及"词体"的文字不多，但在词的创作中标明效唐五代两宋某某人某某体者却十分普遍；一些开宗立派的大词人所创之"体"，更被人们不断地称引和模仿。按唐宋词发展的时间顺序，这些"体"大致有如下十八种：

玄真子（张志和）体　周紫芝《渔父词》六首题序："罗叔共五色线中得玄真子渔父词，拟其体，仆亦漫拟作六首。"

白乐天体　辛弃疾《玉楼春》题序："效白乐天体。"

花间体　辛弃疾《唐河传》题序："效花间体。"又《河渎神》题序："女城祠，效花间体。"元好问《江城子》题序："效花间体咏海棠。"邵亨贞《河传》题序："戏效花间体。"

南唐体　吕胜己《长相思》题序："效南唐体。"

柳永体　王灼《碧鸡漫志》卷二称："柳耆卿《乐章集》……浅近卑俗，自成一体。"另条又有"柳氏家法"之目。仇远《合欢带》题序："效柳体。"

小晏（幾道）体　周紫芝《鹧鸪天三首》题序："予少时酷喜小晏词，故其所作，时有似其体制者，此三篇是也。"

东坡体　王灼《碧鸡漫志》卷二谓："晁无咎、黄鲁直皆学东坡，韵制得七八。"按"韵制"指风格体貌。元好问《鹧鸪天》题序："效东坡体。"

山谷体　李吕《醉落魄》题序："对景呻吟，因效山谷道人'陶陶兀兀'之句，法其体。"

俳体　元好问《朝中措》题序："效俳体。"

李易安体　侯寘《眼儿媚》题序："效易安体。"辛弃疾《丑奴儿近》题序："博山道中效李易安体。"

朱希真体（又称樵歌体）　辛弃疾《念奴娇》题序："赋雨岩，效朱希真体。"吴儆《蓦山溪》题序："效樵歌体。"按：《樵歌》为朱敦儒（希真）词集名。又，元好问《鹧鸪天》题序："效朱希真体。"

吴蔡体　元好问《中州乐府》卷一称："百年来，乐府推（蔡）伯坚与吴彦高，号吴蔡体。"按，吴激（彦高）与蔡松年（伯坚）皆由北宋入金之词人，因而此"体"实宋人所创。

稼轩体　岳珂《桯史》卷二谓："嘉泰癸亥岁，（刘）改之在中都，时辛稼轩弃疾帅越，闻其名，遣介招之。适以事不及行，作书归辂者。因效辛体《沁园春》一词，并缄往，下笔便逼真。"戴复古《望江南》词："诗律变成长庆体，歌词渐有稼轩风。"蒋捷《水龙吟》题序："效稼轩体，招落梅之魂。"张埜《沁园春》题序："止酒效稼轩体。"

晦翁（朱熹）体　刘因《水调歌头》题序："同诸公饮王丈利夫饮山亭，索赋长短句，效晦翁体。"

姜尧章体（又称白石体）　黄昇《阮郎归》题序："效姜尧章体。"谭宣子《玲珑四犯》题序："重过南楼，用白石体赋。"

介庵（赵彦端）体　辛弃疾《归朝欢》题序："灵山齐庵菖蒲巷，皆长松茂林，独野樱花一株，山上盛开，照映可爱。不数日，风雨摧败殆尽。意有感，因效介庵体为赋。"按：赵彦端自号介庵居士。

赵昌父体　辛弃疾《蓦山溪》题序："赵昌父赋一丘一壑，格律高古，因效其体。"按：赵蕃，字昌父。

玉林体　冯取洽《水调歌头》题序："四月四日自广，用玉林韵兼效其体。"按：玉林，黄昇之号。

此外，南宋及金、元人词集中未标明"某某体"而实际效唐五代两宋某人某体者尚多。如宋末周密《效颦十解》有"拟花间"、"拟稼轩"、"拟蒲江"（卢祖皋）、"拟梅溪"（史达祖）、"拟东泽"（张辑）、"拟花翁"（孙惟信）、"拟参晦"（未详）、"拟梦窗"（吴文英）、"拟二隐"（李彭老、李莱老）、"拟梅川"（施岳）等十首。又如元代邵亨贞亦效周密作《拟古十首》，十首分别为："拟花间"、"拟雪堂"（苏轼）、"拟清真"

(周邦彦)、"拟无住"(陈与义)、"拟顺庵"(康与之)、"拟白石"、"拟梅溪"、"拟稼轩"、"拟遗山"(元好问)、"拟龙洲"(刘过)。如此等等,兹不备举。㉖前举十八种加上周、邵二人所列二十种中不重出的十三种,则宋、金、元人称引过的唐宋词之"体"传至今者共达三十一种。

诚然,上举唐宋词之"体",其中有少部分其含义仅指一个作家个别词作的体式语调作法等,非指作家总体风貌而言,不属本书讨论范围。另有几种"体"虽指某几个词人,但他们在词史上影响不大,追随者亦较少,未能衍体成派。但大多数由一流作家或作家群所创的"体",例如花间体、南唐体、柳永体、东坡体、李易安体、稼轩体、白石体等,由于特色鲜明,内涵丰富,创造性强,而引起广泛的社会反响和较多作者的仿效学习,因而在当时即已衍体成派,从而成了流派名称。宋代文人士大夫比前代人的群体意识强烈,文人团体及松散的文人群体自"西昆派"诗人集群唱和之后,即如雨后春笋般竞相出现。自北宋后期始,各色诗社、词社更是层出不穷。在这种特定环境中,具有创新意味或独具艺术魅力的词体词风一出现,往往会引起许多词人趋归崇奉,很快形成风行词坛并传播于歌台舞榭的某某体某某派。例如前引王灼《碧鸡漫志》虽竭力崇"雅"抑"俗",多处批评柳永词,但也不得不承认柳永词风因有"浅近卑俗"的特点,故能"自成一体",致使"不知书者(按:指喜欢浅近通俗风格的文人)尤好之",甚至有尊崇者推许其代表作曰:"《离骚》寂寞千年后,《戚氏》凄凉一曲终"。柳永体因其巨大影响而引起北宋中后期著名词人沈唐、李甲、晁端礼、万俟咏等的靡然向风,从而形成了一个足以与正统的雅词阵营分庭抗礼的以柳永为宗主的俗词派。㉗当柳永走红海内,达到"凡有井水饮处即能歌柳词"的火爆程度的时候,㉘后起的苏轼不满于柳永体那浓厚的脂粉气与"骫骳从俗"之风,立意自成一家,遂引士大夫"逸怀浩气"入词,扩大词的抒写题材,提高词的风格品位,创立了清健旷达、气局宏大的东坡体。东坡体问世之初,虽蒙"以诗为词"之讥,被认为是"别调",应者寥寥,连他的得意门生如秦观等也不愿追随。但不久因时代环境与国家政局的巨变,东坡体获得了繁衍为流派的大好机会,一批南渡词人如叶梦得、向子諲、朱敦儒、陈与义、张元幹等,迅速转变词风,"步趋苏堂",学习运用东坡体来抒写家国之忧、沧桑之变,形成了一个在南渡时期占据主流的学苏派别,并直接启示了后来的辛弃疾一派。与学苏派相衔接,12世纪60年代,负"青兕之力"的抗金英雄辛弃疾,挟带在北中国已成气候的东坡词风南下，在南宋政权统治区发扬光大，彻底改变过去文人作词的"谴浪游戏"态度，严肃地以小歌词作为民族忧患意识和抗战复国志愿以及士大夫多方面生活情感的"陶写之具"，以集阳刚壮美词之大成的宏伟艺术魄力，创立了以雄浑悲慨、豪壮沉郁为风格特征的"稼轩体"。"稼轩体"由于不仅是辛弃疾这位政坛名人兼词坛宗主的个人创造，更是时代气候与特殊社会文化条件的产物，因而在当时成了群起效法的艺术范本，一时间，在政坛、文坛皆负大名的许多作家如陈亮、陆游、韩元吉、刘过等等，皆趋向"稼轩风"，与辛弃疾酬唱。至南宋中后期，诚如辛氏的一位热心追随者戴复古所描写的那样："诗律变成长庆体，歌词渐有稼轩风。"以辛弃疾为主帅的真正意义上的豪放派，成了南宋最大的一个词派，其影响及于宋末元初乃至清代，绵延不绝。如此之类以一个大作家为典范、以一种明确的风格导向或体貌特征为创作追求的词人群体性聚合，并在当时就形成一定的规模与声势的情形，在整个唐五代两宋词的发展历程中为数尚多，留待后面的章节中再描述。

　　如本章第四节所言，唐宋词中基本上没有出现过由一群作家自觉地建立社团组织、公布共同的创作纲领并打出流派旗号的那种词派，而大致只有由一些以相近的风格和审美追求进行创作的作家逐渐聚合而成的流派或准流派。这些流派或准流派的形成，大致经历了如上所述的由个别一流作家创体、由一定数量的作家承流趋风衍成派别的过程。这种由构体到衍派的发展过程，主要是唐宋词人发扬艺术创新精神，独辟蹊径，由自创新体和趋奉新体的词人与词人群体或自立或聚合的结果；但对唐宋词某体某派的确认，则主要是后世词论家以自身的理论意识和方法对唐宋词的"体"与"派"的现象加以观察、总结和建构的结果。显而易见，就唐宋词流派（或准流派）的原生状态而言，我们今天来重新确认和描述它们时，既不能背离现代文艺科学的理论视野，而一味跟在前代词学家之后去重复进行正宗别格那一套划分和评论；同时又要实事求是，一切从已然的历史原貌出发，不能将研究对象完全定位于现代文艺学所规范的文学流派的意义上。也就是说，必须认识到：唐宋词史上出现的各种"词派"，其所指称的时空界域、作家群体范围、内部构成及风格体貌等等方面一般都不严密，多数都表现出界限模糊、互相包含和互相渗透等特点。这些派别称号，或是指一种时代风尚，或是指某一词人群体，或是指一种范围不确定的群体风格，或竟是单指某一有影响的词人的创作个性，或是兼几种情况而指之,如此等等。这就需要区分和梳理出唐宋词流派的几种主要类型,从而进行不同层面的说明与论述。

前已论证过:历史上出现过的"婉约派"、"豪放派"、"婉约体"、"豪放体"及"阳刚"、"阴柔"等两大派、两大体的概念,因其过于宽泛、模糊和无所不包(无所不包也就等于什么都没有说明),我们除在少数场合为作最粗略的风格辨识而取便使用之外,在作具体流派划分描述时应予排除。此外,前面提及的宋词中某些"体",例如所谓"山谷体"、"介庵体"、"玉林体"等,属于专指个体作家词风的过于狭窄的概念,这些"体"事实上也未曾衍成流派,因此也应排除在本书讨论范围之外。明确了这样一些原则之后,将我们的目光尽量贴近唐宋词人群体本身,则可发现当时的原生状态的流派(包括准流派)大致可以分为以下三种类型:

第一种类型是指在相当长一段历史时期内带有普遍性和倾向性的词坛风气与审美风尚。例如既被称为"花间体"、又被呼作"花间派"的从晚唐到五代直到北宋中期的一大批处于历时态的词人,就属此类。所谓"花间派"既不是词人们自觉的宗派聚合,也不是一批共时态的作者们交游酬唱或声气相通形成的事实上的创作群体,而是早期文人词主体风格和审美倾向的一个象征。尽管后世论词派者举温庭筠、韦庄为此派二大宗主,列《花间集》十八词人为其派成员,以《花间集》一书为其流派旗帜和宣言,但这些都是一种"追认",事实上五代后蜀的领地上并未正式宣布成立过这么一个流派实体。十八词人中,温庭筠、皇甫松等人为晚唐人,早几十年就作古了;孙光宪在荆南做官,后归宋;和凝为中原朝廷的宰相,未曾入蜀。这些不同时、不同地的词人未曾结派。但因他们同处于文人词的体貌风格发展定型的那个历史时段,都不约而同地以清切婉丽为各自的创作趋向,并因《花间集》将他们的作品聚集到一起而使这种共同的时代风格得到普遍倡导和推广,致使从五代到北宋前期的大多数词人都趋奉"花间"风格,因而我们不妨承认历史上曾经出现过"花间派"这么一个广义的词派——一个代表从晚唐五代至北宋前期的主导词风的、历时态的文学流派。承认并研究"花间派",有助于我们把握词体文学从兴起到繁荣阶段的发展脉络和基本动向。当然,这并不妨碍我们对庞大的"花间"阵营作进一步的"体"与"派"的划分和评论。又如北宋词与南宋词,抒写内容和体貌风格皆有很大的差异,反映出两种不同的时代风貌和审美情趣。故清人论两宋词,每每将"北宋"与"南宋"作两种不同的"体"和

"派"来对比评论。北宋词与南宋词，当然并非各成一个流派实体，但将它们视为两个不同的时代性风尚的概念，亦颇能凸显出两宋词风转变的粗略轮廓，于认识宋词源流不无意义。

　　第二种类型是指同一时代环境里若干趣味相投、风格相近的个体词人通过交游酬唱等社交活动而聚合起来的规模或大或小的词人群体。这是唐宋词（特别是北宋中期以后词）流派组合的主要类型之一。这种类型可举南宋前期的稼轩词派为代表。稼轩词派的创作成就卓特、足为众人典范且个人具有强大凝聚力与号召力的主帅，就是一代抗金英雄辛稼轩。这个词派虽然没有发表过共同的创作纲领或宣言，也没有出版过表明创作倾向的选本，但其主帅辛弃疾有明确的文学主张和审美理想，且此派成员大多自觉或不自觉地赞同和倾向主帅人物的文学主张与审美理想。[29]这个词派也未建立过统一的社团组织，但其中的若干骨干成员，例如韩元吉、韩玉、陈亮、刘过、陆游、杨炎正、赵善括、杜旟、程珌等等，都曾在辛弃疾游宦各地或闲居江西期间与之密切交往，频繁唱和，且这些唱和并非泛泛的社交应酬，而是写出了一大批思想内容、审美倾向与艺术风格相近的忧国伤时词篇，形成了一股强劲的"稼轩风"。因而这批词人实际上是一个以辛弃疾为核心聚合在一起的文学流派实体，它不仅是共时态的文学流派，而且繁衍至南宋中后期，成为一个历时态的大词派。

　　第三种类型是指某一群词人（共时的或历时的）当时互相之间未必有什么交往唱酬，也并未明确意识到在创作题材或表现手法上的类似，但却不同程度地倾向某种题材、体式和风格，因而被后世总结和确认为一个流派。例如，在长短句中作滑稽打趣之语，此种倾向在唐代已有萌芽。入宋之后，陈亚以药名作词，首启此风，但应者尚寥寥。至宋神宗、哲宗年间，竟有以"滑稽无赖语"传名于汴京者（如兖州张山人等）。到徽宗朝，滑稽词大盛，王齐叟、曹组、张衮臣等"滑稽无赖之魁"专以此类词的创作为业，其后流风所及，"祖述者益众"（前引王灼语），成为北宋末词坛上的一种独特倾向。清代沈雄《古今词话·词品下卷》为此而列"戏作"一类，冯金伯《词苑萃编》更有"谐谑"专卷；近人刘永济干脆把这批词人称为"滑稽词派"。[30]这样的总结和追认，是符合北宋晚期流派繁衍实情的。又如，"柳永体"（或曰"柳氏家法"）行世之后，北宋中期至晚期不断有人效法，沈唐、李甲、孔夷、孔处度、晁元礼等人为衍此体成派的代表性人物。但这些人都是柳永之后的词人，与柳并无交游唱和关系，他们互相之间也未必认识到题材、手法及风格上的类似。南宋初王灼看出了他们的倾向性,把他们作为一个群体——一点名,并指出其"源流从柳氏来"。到了现代,詹安泰先生进一步为之总结确认其流派性质,称之为"以柳永为代表"、以王灼所列六人为"嫡派"的"真率明朗派"。㉛詹安泰所总结的宋词八个流派,其中大多数皆属此种类型。放开来看,我们今天所说的唐宋词某某流派,大多就是此种类型。

以上所列,仅为三种常见的大类,并非唐宋词流派只有这三种类型。改换视角和方法,也许还会找出比这更多的词派类型。即使这三大类,每一类也还可划分出好几种小类,这留待具体论述流派的有关章节再予详细胪列。从总体上看,整个唐宋词发展史的阶段性转折与递进(例如:大而言之,唐、五代、北宋、南宋;中而观之,北宋的前期、中期、后期;细而论之,北宋前期尚可分为柳永之前与柳永时期二小期,等等),实际上都是某些代表性词体与词派新生、嬗变、延续或衰亡的结果;具体来看,各种词体词派自身的崛起与繁衍,也都在相互竞争、制约和促进的关系中添砖加瓦地共同构筑成唐宋词辉煌的七宝楼台,成为这座巨大建筑不可轻拆的有机零部件。为了理顺唐宋词发展的这种以流派产生与衍化为主要脉络的历史,本书拟分:晚唐五代、北宋前期、北宋中晚期、南渡时期、南宋前期、南宋中晚期六大阶段,兼顾时代风会、个人风格与群体风貌,论述唐宋词流派从萌芽、产生、衍化到争胜、延续、衰落的大略进程。这样的观察角度和阶段把握或许不尽恰切妥当,但目的是提纲挈领,宏观与中观、微观相结合,借以映现唐宋词发展的主要线索与轮廓。不望包诸所有,只愿得其骨干。

注　释:

①姚鼐:《复鲁絮非书》,《惜抱轩文集》卷六,嘉庆原刊本。

②王国维:《人间词话删稿》,《词话丛编》本,中华书局1986年版。

③元好问:《遗山先生文集》卷四,万有文库本。

④《全唐诗》卷六百四十六,上海古籍出版社缩印清康熙扬州诗局本。(以下所引《全唐诗》皆为此版本,不再注明。)

⑤《苏轼文集》卷十一《李太白碑阴记》,孔凡礼校点,中华书局1986年版。

⑥唐圭璋《全宋词》录入两宋词人一千三百三十余家,词作一万九千九百余首

（另残篇五百三十余首）；张璋、黄畲《全唐五代词》录入唐五代词人一百七十余家，词作二千五百余首。此处的统计数字，由二书相加而来。

⑦参见严迪昌《苏辛词风异同辨》，《社会科学战线》1980年第1期。

⑧高佑钜：《陈其年湖海楼词序》记顾咸三语。

⑨陈廷焯：《白雨斋词话》卷一，《词话丛编》本。

⑩詹安泰：《宋词风格流派略谈》，见《宋词散论》，广东人民出版社1980年版，第52页。

⑪胡云翼：《宋词研究》，巴蜀书社1989年重排本，第59—60页。

⑫胡云翼：《宋词选》1962年由中华书局上海编辑所出版，到1965年4次重印；1978年上海古籍出版社出新1版；1982年上海古籍出版社出新2版（重排）。该书为建国以来至80年代初国内印数最多（达几十万册）的一个宋词选本，是贯彻豪放、婉约二分法最力的一个选本。

⑬吴世昌：《有关苏词的若干问题》，原载《文学遗产》1983年第2期，后收入《罗音室学术论著》第二卷《词学论丛》，中国文联出版公司1991年版。

⑭吴熊和：《唐宋词通论》，浙江古籍出版社1985年版，第155页。

⑮滕仲因：《笑笑词跋》，引自施蛰存编《词籍序跋萃编》卷四，中国社会科学出版社1994年版。

⑯该文收入《宋词散论》，参见注⑩。

⑰陆鋆：《问花楼词话》，《词话丛编》本。按：据陆鋆《自序》，此词话作于道光二十八年（1848）六月，距今约一百五十年。

⑱《文选》卷十二《赋·江海》，中华书局影印本。

⑲《全唐诗》卷三十九。

⑳胡仲弓：《苇航漫游稿》卷二，文渊阁四库全书本。

㉑王十朋：《梅溪集》后集卷十四，四部丛刊本。

㉒岳珂：《宝真斋法书赞》卷十四，武英殿聚珍版丛书本。

㉓朱彝尊：《曝书亭集》卷三十九，文渊阁四库全书本。

㉔唐弢：《艺术风格与文学流派》，载《中国现代文学思潮流派讨论集》，人民文学出版社1984年版。

㉕关于此次论争，详见光明日报1985年12月17日羊春秋文《韦庄是"花间派"吗？》，1986年2月25日张式铭文《韦庄不是"花间派"吗？——与羊春秋先生商榷》，1986年6月17日羊春秋文《略论风格与流派——兼谈韦庄非"花间派"》及1986年8月26日刘扬忠文《关于"花间词"的风格与流派》，此不具引。

㉖上述各"词体"中，有十一种早经吴熊和《唐宋词通论》第四章列举过，本书除采用其成果外，作了若干补充，并对该书已列举者作了某些订正。特此说明。

㉗此处论述，参见王灼《碧鸡漫志》卷二之"各家词短长"及"乐章集浅近卑

俗"两条。

㉘叶梦得:《避暑录话》卷下,丛书集成初编本。

㉙关于辛弃疾的文学主张与审美理想,请详参拙著《辛弃疾词心探微》(齐鲁书社1990年版)第二章《辛弃疾的文学主张和审美理想》,此不赘。另外,稼轩派重要词人多有拥护辛氏文学思想的言论,如陈亮赠稼轩之《贺新郎》词有云:"只使君从来与我,话头多合。"此"话头"当然包括诗词创作在内。

㉚参见刘永济《词论》卷上《通论·风会第五》,上海古籍出版社1981年版;及其《唐五代两宋词简析》,上海古籍出版社1981年版。

㉛詹安泰:《宋词散论》,广东人民出版社1980年版,第53—54页。

第二章　初显流派端倪的晚唐五代词

第一节　孕育词体文学的文化土壤

巨流有远源，大树有深根。中国古典诗歌中的一个后起的特殊品种——用于配乐演唱的长短句歌词，萌芽于隋唐之际，至晚唐五代，得遇宜于自身发展壮大的文化"土壤"与"气候"条件，乃破土而出，伸干挺枝，开道衍流，具其规模，成其体貌，于泱泱诗国中居然别立一家。入宋之后，此种新兴样式恰似江分九派，树长百柯，繁密茂盛，蔚为一代大观。宋人追溯这一值得骄傲自豪的"时代文学"的起源时，即已将目光投向了唐五代。王灼《碧鸡漫志》卷一简述道："盖隋以来，今之所谓曲子者渐兴，至唐稍盛。今则繁声淫奏，殆不可数。"同书卷二又谓："唐末五代文章之陋极矣，独乐章可喜，虽乏高韵，而一种奇巧，各自立格，不相沿袭。"张炎《词源》卷下亦云："粤自隋、唐以来，声诗间为长短句。至唐人（按：实指晚唐五代——引者）则有《尊前》、《花间》集。"宋人去唐五代未远，于长短句词之发展源流，其所知所感自较为真切可信。王灼、张炎这两位宋代杰出词论家的话向我们提示了如下四条历史信息：一、词之起源在隋、唐之际；二、但词的成熟和繁盛则是在唐末五代；三、唐末五代时传统的"文章"衰落，唯新兴曲子词发展势头可喜，词人竞为"奇巧"（立意创新之谓），"各自立格"（即各自树立艺术个性，建立自己有别于他人的风格），出现了词体文学独盛的局面；四、唐末五代词已经有了体现创作水平和时代风格的作品选集《花间集》、《尊前集》（按，《尊前集》实为北宋人所编）等。

流派的衍生和繁盛，是一种文学高度繁荣的重要表征。就词体文学而言，词派的孕育和诞生，乃是词作为一种诗歌体式艺术上成熟、并建立自身独特风格的必然结果。因此，我们的词派溯源工作，理所当然地要把起点定在唐末五代这个时段上；而研究、论述问题的主要线索，也就是王灼、张炎已提示的上述四条。

词至唐末五代发展成熟，独具艺术个性和自身风格体貌，并开始有了衍生流派的能力，这是当时文化进展之必然，也是时代审美习尚与诗歌风格转变的结果。

一、燕乐的特点与词的特殊风格

词原非案头文学，而是一种文字与曲谱相配合并须经过声乐工作者（乐工歌妓）演唱才能实现其价值的综合艺术。在唐及五代，它本称"曲子"或"曲子词"，这种初始名称，很好地体现了它的"音乐文学"性质。词的产生与成熟，确与唐代城市经济繁荣、朝野文化需求日益高涨有关，但是更为直接的一个原因则是新兴燕乐特需这样一种能与之相配的新体歌辞。

词所配合的音乐——燕乐，是一个源于北朝而成于隋唐的新兴乐曲系统。北朝时，鲜卑等少数民族入主北部中国，带来了琵琶、箜篌、羯鼓等等西域乐器，"于是龟兹、疏勒、安国、康国之乐，大聚长安"（《旧唐书·音乐志》）。这些西域"胡乐"与中原地区的民间音乐交汇渗透，逐渐形成了与南朝的正统"清乐"迥然相异的北乐系统。隋朝统一中国之后，南北文化（包括音乐）得以交融乃至统一。隋炀帝于大业年间在隋文帝时所置七部乐之基础上增置康国伎、疏勒伎两部，而成隋"九部乐"，大致确立了燕乐的框架。[①]到了唐代，统治者气度恢宏，民族自信心十足，对外来文化采取了兼容并蓄和广泛吸收的开明政策。当时与四裔交往极为频繁，所谓"胡音"、"胡乐"、"胡琴"、"胡妓"随着"胡人"、"胡马"、"胡装"、"胡帽"源源不断地涌入唐帝国，为音乐领域增添了新声新曲新风格。贞观十四年（640），唐太宗李世民平高昌，得高昌乐，同年命协律郎张文收造燕乐，并去礼毕曲（即文康伎），改隋九部乐为唐十部乐："一曰谯乐，二曰清商，三曰西凉，四曰天竺，五曰高丽，六曰龟兹，七曰安国，八曰疏勒，九曰高昌，十曰康国，而总谓之燕乐。"[②]其后一百余年，天宝十三年（754），唐玄宗李隆基诏令"诸道调、法曲与胡部新声合作"，[③]大乐署并将许多外来乐曲易为汉名，予以正式认定。[④]由上可知，燕乐粗备于隋，增益发展于唐初，至盛唐则规模大备，气象恢宏，成为隋唐新音乐的总汇。此种新音乐曲调丰富，乐器繁多，旋律和节奏活泼而多变化，格调多姿多彩，既有中土韵味，亦兼容异域风情，更明显的一个特点是它的许多曲调迥然有异于传统庙堂乐章那种典重乃至沉闷的基调，而充溢着世俗性的欢快冶荡心音，因而赢得了朝野士庶各阶层众多接受者的普遍喜爱。这种"杂胡夷里巷之曲"的"燕（宴）乐"，是地道的"俗乐"与"淫乐"。它的基调与风格是什么样子呢？

且看《新唐书》卷二十二《礼乐志》的具体描述：

> 凡所谓俗乐者，二十有八调：正宫、高宫、中吕宫、道调宫、南吕宫、仙吕宫、黄钟宫为七宫；越调、大食调、高大食调、双调、小食调、歇指调、林钟商为七商；大食角、高大食角、双角、小食角、歇指角、林钟角、越角为七角；中吕调、正平调、高平调、仙吕调、黄钟羽、般涉调、高般涉为七羽。皆从浊至清，迭更其声，下则益浊，上则益清，慢者过节，急者流荡。其后声器寖殊，或有宫调之名，或以倍四为度，有与律吕同名，而声不近雅者。其宫调乃应夹钟之律，燕设用之。

此所谓俗乐二十八调，即指燕乐二十八调。其特点为"从浊至清，迭更其声，下则益浊，上则益清，慢者过节，急者流荡"，繁声淫奏，极富变化。这是北宋人对燕乐特点的描述。其实这些特点，早在"胡声"初入中原的北朝时期即已具备。《文献通考·乐二》记载道：

> 自宣武（北齐）已后，始爱胡声，洎于迁都屈茨，琵琶、五弦、箜篌、胡篪、胡鼓、铜钹、打沙罗、胡舞，铿锵镗鞳，洪心骇耳，抚筝新靡绝丽，歌音全似吟哭，听之者无不凄怆。……是以感其声者，莫不涉淫躁竞，举止轻飙，或踊或跃，乍动乍息，跷脚弹指，撼头弄目，情发于中，不能自止。

这种融入"胡乐"、中外合奏而雅郑不分的新兴燕乐，其演奏时的声音效果恰如《续通典》卷九十《乐六·清乐》附注所说明的：

> 高至紧五夹清，低至上一姑洗，卑则过节，高则流荡，甚至佚出

均外，此所以为靡靡之乐也。

无需再加引证，我们已经清楚地看到，隋唐之燕乐，有异于原先中土流行的从容雅缓之所谓"华夏正声"——清商乐，而另具"新靡绝丽"、"凄怆"、"轻飙"、"流荡"等容易拨动人心弦的风格特征。我们都知道，乐音是空间流动的一种特殊声波，它与在时间中展开的情感意绪及人的听觉器官有内在的联系，因此以声音为媒介的音乐得以发展为表情艺术之极致，是所有艺术门类中最善于表达情感、也最能够挑动人的情绪的。燕乐在当时的各种音乐中，具有最为强烈的感动人心的作用，能使人的感情尽量宣泄个痛快，乃至"或踊或跃，乍动乍息，跻脚弹指，撼头弄目，情发于中，不能自止"。此种音乐虽已在宋代以后失传，但从上述记载不难想见，入乐的长短句歌词一旦与此种音乐相应合，由于词之句式、平仄、用韵、择调及声情效果本就有较传统齐言诗为优的婉曲错落的特点，因而极易形成一种哀感顽艳、缠绵悱恻的风格。前人谓词有"极怒极伤极淫而后已"的特点，⑤之所以如此，多半与燕乐的基调有关。也就是说，词体文学由于以旖旎传情之辞，应合燕乐的管弦冶荡之音，因此成了一种委婉曲折活泼的抒情诗。燕乐的乐曲显然适宜于女声演唱，同时也自然地要求所配歌词以吟咏柔情绮思为其主要内容。早期民间词中，描写爱情相思、特别是征夫思妇离愁别恨的作品，就已占了很大的比重。在词的成熟时期产生的文人词，更是自觉地配合燕乐的上述特点，以女性化的描写为基本的体貌特征（例如《花间》、《尊前》二集所录作品中之大多数）。词的主体风格，便是在这种情况下奠定的。考察词派的萌芽和产生，绝不能忽略作为词风词体的有机构成因素——燕乐的重大影响。过去的某些考察和评价词风词派的论著，舍弃对词的音乐文学性质的探求，无视燕乐对词的特殊风格的合成作用，而从纯文学的角度来论证流派，甚至从庸俗社会学的荒唐理论出发来苛责晚唐五代"花间"词人群体冶荡无聊，说他们不写时代风云而专写儿女柔情，把民间词本来广阔的题材给缩小了，本来刚健的风格给柔化了。这些观点，至少可以说是只知其一而不知其二，忽略了燕乐与歌词间的关系。

二、诗体之渐衰与词体之代兴

当然，对于词之为体的形成，燕乐只是一个重要的合成因素，而不是唯一因素。词体之形成还与文学体式自身的兴衰衍化密切相关。前已述及，词之起源，在燕乐初具规模的隋唐之际。而燕乐的大盛，乃在唐玄宗时。据记载，"开元以来，太常乐尚胡曲"；⑥ "自开元以来，歌者杂用胡夷里巷之曲"。⑦北宋人更明确地考定："凡燕乐诸曲，始于武德、贞观，盛于开元、天宝。……肃、代以降，亦有因造。"⑧当时燕乐大盛的状况，可由《新唐书》卷二十二《礼乐志》的如下记载略见一斑：

> 唐之盛时，凡乐人、音声人、太常杂户子弟隶太常及鼓吹署，皆番上，总号音声人，至数万人。

太常即有如此多的"音声人"，民间音乐艺人就更不可计数。我们知道，唐玄宗开元、天宝年间，正是诗歌史上赫赫扬扬的盛唐时期。当时人们的文化创造能力和诗歌创作热情十分旺盛，燕乐又是如此广泛流播，为什么已经兴起于民间的曲子词却迟迟没有大批的诗人文士来问津，帮助它发展提高，却要等一百来年之后，才由温庭筠等晚唐诗家出来创体开派、促成它的成熟和繁荣呢？

对于这个问题，词学界至今似乎尚未有令人满意的解释。本书主旨不在此，故不拟旁涉这个问题的方方面面，只想简要地指出：尽管燕乐在盛唐时已十分繁盛，与之相配合的歌词创作也已不断产生（《乐府诗集》卷二十九《近代曲辞序》所谓"声辞繁杂，不可胜纪"云云，可以证明盛唐时燕乐许多曲调本来是不但有歌谱，而且有歌词的），但这种歌词作为一种初起于民间教坊里巷的艺术新品类，尚处于比较原始和粗糙的阶段，⑨其艺术优长和勃勃生机尚未引起文人墨客们的注意。并且当时正是传统的齐言诗艺术发展的高峰期，五七言古近体诗歌争奇斗艳，竞显其长；乐府诗（旧题乐府与新乐府等）也还是诗人们感兴趣的重要形式。诗人们的精力和智慧，都投注到"盛唐之音"黄钟大吕的交相奏鸣活动中去了，么弦秘响的民间燕乐新歌词，自然被诗坛的主流所掩盖，而暂时处于散流潜行状态，没有及时得到扶持和提高，这应该是情理中事。中经"安史之乱"，唐帝国的经济文化遭受了一段时期的摧残和破坏，但到中唐之世又恢复并再度繁荣起来，作为文化娱乐重要形式之一的燕乐亦再露发展势头，且比之开元天宝时期另有"因造"。一个可喜的现象就是：较多的诗人文士，包括一些一流诗家如白居易、刘禹锡、王建、韦应物等，都眼睛向下，介入了新兴长短句燕乐歌词的创作，写出了一批较民间词精美的、初具一定的艺术规范的小词。这使得词体文学迈过了漫长的初盛唐"萌芽"阶段，进入了出土舒苗挺茎抽枝的"成长"阶段。但是，由于中唐时期传统五七言诗发展势头未衰，在经过大历年间短暂的沉寂和徘徊之后又迎来了"唐音"的第二个高峰期，诗人们仍主要致力于齐言诗和乐府的创作，无暇多花精力从事小歌词的创作；又由于唐帝国在这段时间国运"中兴"，时代精神仍大致处于昂扬外向状态，诗客文士们的文化心态和审美倾向尚未衍变到如晚唐时遁入酒边花前、借调美情长的小歌词以寄托心灵意绪的地步；因而新体长短句歌词仍处于一个潺潺细流的过渡期。必待晚唐五代，文学体式代兴与时代文化风会转变这两方面的条件已经具备，词体文学体式成熟、风格独具，从而产生流派的时代才算到来了。

所谓文学体式代兴的条件，指的是诗歌（传统的五七言诗）过了中唐阶段之后，已由极度兴盛的高峰走向逐渐衰敝的状态，晚唐诗人们就其艺术修养与才气来讲其实并不亚于盛中唐那些开宗创体的大师们，但他们远不如那些先行者幸运，没有赶上诗体发展的黄金时代，而只能接受和利用已经发展得烂熟、格律风调表现手法都已十分完备的那些诗歌体式，在这个旧诗体的圈内写作，已经难于再创新格和另出新意。不甘守成而意欲"自出新意"的一些晚唐诗人，乃逐渐把精力转向新兴的长短句合乐歌词，希图以作新体而实现艺术上的解放与创造。这样，词代诗兴的契机终于在晚唐降临了。王国维《人间词话》说得好：

> 四言敝而有楚辞，楚辞敝而有五言，五言敝而有七言，古诗敝而有律绝，律绝敝而有词。盖文体通行既久，染指遂多，自成习套。豪杰之士，亦难于其中自出新意，故遁而作他体，以自解脱。一切文体所以始盛终衰者，皆由于此。故谓文学后不如前，余未敢信。但就一体论，则此说固无以易也。

占据唐代诗坛主流的古诗与近体律绝之所以至晚唐开始为新兴长短句曲子词所取代，其重要原因之一，确是出于当时诗人另作他体以求打开新天地的创新意识。对于晚唐诗坛这一新变，宋人陆游早有论述，他说：

> 唐自大中后，诗家日趋浅薄，其间杰出者，亦不复有前辈闳妙浑厚之作，久而自厌，然梏于俗尚，不能拔出。会有倚声作词者，本欲

酒间易晓，颇摆落故态，适与六朝跌宕意气差近，此集（按：指《花间集》——引者）所载是也。故历唐季五代，诗愈卑而倚声者辄简古可爱。盖天宝以后，诗人常恨文不迨；大中以后，诗衰而倚声作，使诸人以其所长格力施于所短，则后世孰得而议？笔墨驰骋则一，能此不能彼，未易以理推也。⑩

陆游的这段话，简要地描述了晚唐五代诗衰而词兴的重大变化，其所谓"摆落故态"、"简古可爱"及"跌宕意气"云云，实际上是在说明：词作为一种倚声而作的音乐文学，在晚唐五代已发展成熟，成为独立的文体，已经独具一种与传统五七言诗不同的风格体貌。而这些，正是产生词史上第一个流派——花间派的必要条件。可惜陆游在接触到词代诗兴的原因时无法作出解释，陷入"未易以理推也"的不可知论。其中之"理"，应该就是王国维所述的文体兴替规律。

再就诗歌与音乐结合的要求来看。我们都知道，汉民族古老的语言文字本就具有抑扬顿挫的音律美，以此种文字写作的诗歌，较宜于与音乐相配合。南朝齐、梁以来的声律论，更把平、上、去、入四声运用到文学形式上来，使文学作品具备或增加了可歌可诵的音乐美。沈约早就说过，"五色相宣，八音协畅，由乎玄黄律吕，各适物宜。欲使宫羽相变，低昂互节，若前有浮声，则后须切响。一简之内，音韵尽殊；两句之中，轻重悉异。"⑪唐人的近体诗，就是运用沈约提出的这些原则，并总结齐、梁以来几百年积累的经验而创作的。这种五七言近体律、绝诗，本就具有抑扬抗坠、铿锵悦耳的节奏感，音乐性非常强。如果不是形式过于整齐方板，拿它们来配合曲调演唱，是最适合不过的（事实上唐代许多近体律绝就是曾经配乐演唱的"声诗"）。与五七言近体律绝差不多同时兴盛流行的燕乐，是一种较"旧乐"繁复多姿的新乐，它急需多种形式的句式有变化有长短的歌词与之相配，而不满足于形式方板的齐言"声诗"。固然，从敦煌石窟发现的唐人写本《云谣集杂曲子》和其他小曲，我们也可以肯定：晚唐之前民间不但创作了许多新声曲调，而且同时也有了与之相配的长短句歌词。但毋庸讳言，由于民间词作者文化水平不高，艺术修养有限，这些长短句歌词未免粗糙朴野，作为一种新兴的韵文体裁，还有待于既精通诗歌文字声律、又懂得音乐节奏旋律的文人来对之加以改造和提高。唐代近体诗平仄声韵组合的原则，一旦广泛运用到配合管弦的长短句歌词创作中来，就可以解决许多问题，而使"辞"与"乐"吻合无间。在盛唐、中唐时期，仅仅是"声诗间为长短句"（张炎《词源》），诗人们主要精力和时间用于古、近体诗的创作，偶尔染翰试作几首长短句歌词，尚未能大范围地介入这一新领域。到了晚唐，由于诗风衰敝，有近体诗声律修养的诗人们遁入小歌词的领域以求解脱，于是曲子词终于跃过漫长的"低级阶段"，进入"声"、"文"双美而"乐"、"辞"相谐的成熟期。温庭筠词作的出现，是长短句合乐歌词终于独立为一体的标志。这位在晚唐诗坛与李商隐齐名的大诗家，同时又精通音乐，对长短句歌词的创作极有兴趣和专长。史载其"能逐弦吹之音，为侧艳之词"。[12]词学家们经过对他传世词作字声之考察，确认他作词"多为拗句，严于依声"，[13]可见他对确立长短句歌词之体格有决定性的贡献。温庭筠的典范性创作，使古典诗歌形式完成了从齐言诗向长短句词的衍变。

三、时尚之转变与晚唐诗风之渗透

促成词在晚唐成熟的另一个契机，则是时代文化风会与审美习尚的转移。

近年论唐代时代精神及文化心态者，每以雄放外向、昂扬乐观许之。这作为概指一个时代、一种类型的文化特征，并没有什么不妥。但若细分阶段考察，情况并非全然如此。事实上从中唐所谓"元和中兴"消失之后，时代精神已无可挽回地由外向渐转为内向，由雄豪奔放渐转向沉潜幽微，由乐观昂扬渐变而为感伤乃至悲伤；一代作家的审美情趣也由政坛风云、疆场血火转向酒边花前、庭院闺房，由大漠孤烟、长河落日转向烟柳画桥、清溪曲涧，由"春风得意马蹄疾"的功名追求转向"心有灵犀一点通"的男女柔情。到了唐末五代，更是干戈四起，乱象如沸，唐帝国的太阳坠下地平线，中华大地沉入瓜分豆剖的黑暗深渊。一代文人学士、诗人词客苟全性命于乱世，无路进取功名，无力救国回天，除少数人还在那里徒然无功地激昂呼喊，热心外部世界的斗争之外，大多遁入平康巷陌的朱楼画阁之中，沉醉声色，应歌徵辞，以求得心灵的慰藉与解脱。在这种社会文化大背景的作用下，文学风格大变，作为唐代文学之主干的诗歌创作，变盛、中唐之黄钟大吕之声为此时的么弦秘响之奏，题材多是艳情绮思，意境多趋狭深幽细，格调十九悱恻缠绵，风格不外缛丽婉约。而新兴的曲子词，本来就是以冶荡轻靡的燕乐曲调来配合句式长短错落曲折如意之歌辞的，更宜于负载此种题材、风格和审美时尚。词史上第一批大力创作文人词的作者——以温庭筠为代表的晚唐五代词人群，十之八九都是以诗人身份而兼作词人，于是把晚唐诗风带进了词中，铸成了作为词体文学主导风格的"花间"词风。显然，在词体成熟、词风奠定的晚唐五代，是时风决定了诗风，诗风又横向地影响乃至决定了词风。

具有类似于词境、词风之美的诗歌作品，自《诗经》以来即已时有出现，尤其是南朝乐府民歌和某些宫体诗中，这样的作品更不少见。但作为一种创作倾向，无疑是中唐以来的事。比晚唐诗风代表者李商隐、温庭筠、韩偓等时代稍早的李贺，即是此一倾向在唐诗中的始发其端者。袁行霈先生有《长吉歌诗与词的内在特质》一文，[14]从浓厚的都市色彩、对女性的出色描写、浓郁的抒情性和低回感伤的情调等诸方面详细论证了李贺歌诗"已经具有词的内在特质，并对词的内在特质的形成产生过影响"。此说甚有见地。李贺之后，晚唐诸人的诗风更趋艳丽婉约，乃至成为时风时尚，而其中之翘楚，无疑是李商隐。李商隐的诗歌，虽然其中也有少数如《韩碑》、《行次西郊作一百韵》等那样"濡染大笔何淋漓"的篇什，但其主导倾向却是绮情艳思，主体风格是丽密婉约。李诗大多注重个人内心意绪的抒发，语言艳丽而情思细密，题目常常很纤小，如"花"、"柳"、"蜂"、"蝶"、"泪"、"流莺"、"圣女"、"楚宫"、"锦瑟"、"屏风"、"霜月"、"细雨"、"妓席"、"歌舞"，乃至"袜"、"肠"、"灯"、"一片"、"碧瓦"、"破镜"等等，几乎是要多小有多小，要多细有多细，其审美趣味与艺术境界，比之盛唐的"黄河之水天上来，奔流到海不复回"的气派，真是迥然而异的两极（至于论者认为李商隐诗题小旨大，寄托深微，那又是另一层面的问题，此处不拟旁涉）。这样的创作倾向，导致李商隐诗大都哀婉曲折，意境狭深，形成一种深情绵邈、幽约朦胧的美。此外，由于"夕阳无限好，只是近黄昏"的晚唐时代气氛的感染和李商隐本人"虚负凌云万丈才，一生襟抱未曾开"的失意情怀的影响，他的诗充溢着比李贺歌诗更为浓郁的低回感伤情调。凡此种种，虽是通过五七言诗表现出来的，但已比李贺歌诗更加接近了长短句词的内在特质和主体风骨格调。

李商隐诗在题旨、意境、语言、风格、表现手法及感情倾向等主要方面都接近了"艳科"——词的艺术规范，只差穿上词的"外衣"——能配合燕乐曲调的长短句体式格律。令人难解的是他本人不曾倚声填词。个中原因不必去妄加推断，足以让我们为词体文学的成熟感到庆幸的是：这个将晚唐诗格诗风横向转移渗透到新兴词体之中、从而促成词体的独立和繁盛的历史任务，却由李商隐的朋友和诗坛齐名者温庭筠来出色地完成了！关于温庭筠在词的构体和创派过程中的作用及贡献，下文还将述及，这里要强调的是：词所配合的燕乐曲调的冶荡轻靡性质、词本身句式长短错落言美情长的文字形式以及词在歌筵酒席为歌女而作由歌女演唱的创作和演出环境等等，都决定了它最适宜于充当晚唐文化精神与审美时尚的载体。晚唐诗风确已相当程度地体现或带上了这种文化精神和审美时尚，但由于儒家传统诗教的制约，诸如绮情艳思、男欢女爱、"郑卫之音"之类毕竟不便于公然地和大规模地在正统的诗中表现，于是晚唐文士们找到了当时尚未登大雅之堂因而可以放肆地借之畅写"缘情而绮靡"之篇的词体形式，把"晚唐体"诗中的精髓——"下放"到了词体之中。

词之为词，兼具特定的格律形式和内在素质。在词体的形成过程之中，如果只是有了词的文字格式而缺乏其"要眇宜修"的内在素质，好比仅仅穿上"词"这件外衣而无词之骨、肉、内脏及灵魂气度，尚不能算作成熟的词。在这个过程中，晚唐诗人兼词人的作者们所从事的工作，一方面是依据燕乐曲调的要求，利用近体律绝的字声音韵组合原则，来使歌词的体式格律完善和规范化；另一方面则援引晚唐诗的风神格调入词，确立和强化词作为特种抒情诗体的内在艺术特质。温庭筠及奉温庭筠为鼻祖的五代西蜀"花间"词人之所以能在早期词坛开宗立派，成为宋词发展之前驱，而有别于张志和、白居易、刘禹锡等中唐时期偶尔尝试写词的诗人，主要原因就在于他们适时地在外在形式和内在特质两方面完成了词体的创造工程，为这种文学样式确立了特殊的艺术规范。

以上对于唐代文化环境与诗歌流变情况的简要论述，事实上已经说明了词史上第一个文学派别——晚唐五代"花间"词派赖以产生的基本条件和社会文化动因。在进入正式认知和描述"花间"这个流派之前尚须说明的是：作为词的发展史的第一个阶段——从兴起、成熟到词体独立为"一家"——的唐五代词，大致可以分为四大部分：唐代民间词、晚唐以前诗人试作之词、晚唐五代"花间"词、五代南唐词。前两部分词，基本上是词的初起阶段的产物，那时词作为一种文体来要求体制尚未完备，独特的风格尚未产生，其中更没有出现开宗立派以让时人和后人崇仰趋风的大作家，因而也无"流派"可言，不是本书所要讨论的对象。民间词（这里主要指今天尚能看得见的敦煌曲子词）是词体文学的重要源头，它们有浓厚的民间文学色彩，其题材广泛，格律宽松，风格清新朴野，现实性与社会性强，散发着浓烈的生活气息，这些对后世的民间词和文人词都产生了不可低估的影响，并对以后某些词派的风格生成起过一定的作用。但所谓流派者，是指一些互有联系（自觉的或不自觉的，宽松的或紧密的；或虽互无联系但在风格上有共同倾向而被后人将他们联系起来的）的作家群体，而民间词绝大部分是无名氏所作，从中无法找到群体聚合与联系的线索，因而也无法着手进行这一"派"那一"派"的分析和论证。有的论著在论列"词派"时，将敦煌曲子词列为词的初起阶段的第一个派别，[⑮]那样做，"流派"的意义就太过宽泛和不确切了，本书未能苟同。此外，晚唐以前的早期文人词（主要指唐玄宗至唐宣宗之间的诗人之词），多是诗人们在诗歌创作之余暇偶尔试作的小词，是地地道道的"诗余"（余绪、余波），尚未能成为一种独立自足的体式。这些数量稀少、形式短小的小词，体式介于近体诗与民歌之间，内容较简单，技巧还基本上停留在绝句和律诗的范围之中，词的长短句式的特点尚未充分发挥，还没有形成为词所独有的风格体貌。尽管宋人偶有"效白乐天体"、"效玄真子体"的游戏之作，但那是效白居易、张志和某一首或某几首小词的句式、语调和作风，并不表明这些中唐诗人在词的领域已经创出了什么"体"，更谈不上有什么追随者衍体追风而成了"派"。因而晚唐之前的诗人之词，或可视作是民间词和后来充分成熟了的晚唐五代文人词中间的过渡，而不足以作为流派研究的对象。

弄清了以上一些相关问题以后，唐五代词体文学流变的局面就明朗化了。下面我们将把观察的镜头对准晚唐五代词坛两大词人群体："花间"十八家和南唐词人。

第二节　审美时尚与"正宗"词风的代表者——"花间"派

"花间"派词的先导者、中国文学史上第一个专业词人温庭筠于唐懿宗咸通七年（866）去世。他死后才两年，以庞勋为首的桂林戍兵暴动，唐帝国的根基开始动摇。又再过几年，僖宗乾符初年，王仙芝、黄巢领导的农民大起义震动全国。接下来是黄巢失败后的军阀割据混战，唐帝国风雨飘摇，一蹶不振，天下分崩离析。自咸通年间起至天祐四年（907）唐王朝灭亡，五十来年间国无宁日，特别是中原大地基本上被血与火覆盖，天下之大似乎已放不下一张平静的书桌，更难容那些可供文人倚声挥毫创作"浅斟低唱"之小歌词的歌筵舞榭、秦楼楚馆安然存在了！刚刚超越民间词幼稚粗糙阶段和早期诗人试作状态而经温庭筠之手成熟起来的曲子词，一时面临断流的危险。天幸，在大动乱的荒漠之外，有两块因交通阻隔而未受破坏的"绿洲"——西蜀和江南。那两个地区的割据政权利用大自然的山水屏障各自苟安于一隅，却也在客观上保证了其统治区域免受战乱之苦，保存了相对安乐繁荣的局面。于是在中原地区无法存身的文人才士们，除了少数人回乡隐居终老之外（如司空图遁入山西中条山王官谷，后绝食而死），大多投奔西南、东南两地。比如韦庄入蜀辅王建，罗隐回杭州依钱镠，韩偓奔闽中投靠王审知，康骈、孙鲂南仕于吴，韩熙载由后唐改仕南唐，陈陶从北方南下隐居洪州西山，牛峤由唐入蜀仕王建，崔道融、黄滔等亦都终老于闽王王审知的麾下……这些人中，不少人是既能诗又能词的高手。他们携带新兴歌词的种子南下加以栽培繁衍，终于以西蜀的成都和南唐的扬州、金陵为中心，培育出了两个各具风格特色的专业词人群体。

一、"花间"派的形成及"花间"十八词人的个体与群体面貌

唐末五代时的西蜀首府成都，是一个极宜于新兴曲子词生存繁衍的文化都市。此地早就有喜好游乐宴集、征歌选舞的风气。不必等到唐末五代，早在盛、中唐时，益州（成都）就已是全国四大经济文化繁荣中心之一。唐代除西京长安、东京洛阳之外，扬州、益州就是人所公认的花柳繁华之都、富贵温柔之地，以致当时民谚有"扬一益二"之语。宋人洪迈《容斋随笔》卷九"唐扬州之盛"条有云：

> 唐世盐铁转运使在扬州，尽斡利权，判官多至数十人，商贾如织。故谚称"扬一益二"，谓天下之盛，扬为一而蜀次之也。

益州之繁盛在文化风俗上的一个重要表征，就是全民性的喜好歌舞游乐。唐代诗人描写成都歌舞之盛的篇什并不少见，杜甫的"锦城丝管日纷纷，半入江风半入云"（《赠花卿》）的名句，更是人所熟知的。这种地方民俗

习尚，很大程度上根源于富庶安逸的"天府之国"的文化优越条件和喜娱乐、好享受的民风。中唐史学家杜佑的《通典·州郡门》论及巴蜀地区风俗时指出：那里"土肥沃，无凶岁"，因而"巴蜀之人少愁苦而轻易淫佚"。当时甚至有人将成都与扬州相比较，认为成都远远超过扬州。《通典》成书（唐德宗贞元十七年，即公元801年）之后五十四年，卢求于宣宗大中九年（855）作《〈成都记〉序》，其中有如下一段话：

> 　　大凡今之推名镇为天下第一者，曰扬、益。以扬为首，盖声势也。人物繁盛，悉皆土著；江山之秀，罗锦之丽；管弦歌舞之多，伎巧百工之富；其人勇且让，其地腴以善；熟较其要妙，扬不足以侔其半。⑯

此处将扬、益二州从四个方面进行比较，褒益州而抑扬州，其中固然涉及到自然条件和人物，但放在突出位置的，显然是属于文化消费和享乐领域的"管弦歌舞"与"伎巧百工"之"多"、"富"和"要妙"。益州在这些方面是否都胜过扬州，我们且不必去硬比，但至少可以肯定，益州在唐代确属其文化条件宜于孕育发展娱乐文艺新品种的最佳地区之一。卢求所描绘的，应是他撰写此文时即晚唐之初的成都的情况。此时正是温庭筠在长安等地的秦楼楚馆大量地"逐弦吹之音，为侧艳之词"的时候⑰，词体文学已在中原大地发展成熟。以成都地区优厚的"管弦歌舞"基础，一旦有人来撒布歌词文学的种子，一座百花争妍的"艳科"新园囿就要问世了！

西蜀进入唐末五代割据时期以后，由于前蜀、后蜀君臣的酷爱与提倡，歌舞娱乐之风愈加有增无减，成都官绅士庶本就禀赋的"轻易淫佚"的音乐艺术习性被发挥到了极致。后蜀词人欧阳炯之友景焕在《野人闲话》中记述道：

> 　　后主时，（成都）城内人生三十岁，有不识米麦之苗者。每春三月、夏四月，多有游花院及锦浦者，歌乐掀天，珠翠填咽。贵门公子，华轩彩舫，共赏百花潭（按：即指著名的浣花溪）上。至诸王、功臣以下，皆各置林亭。

由此可见，除了贵族、功臣、富人之外，文化修养较高的官宦文士及中上层市民都不甘寂寞，争相游乐，于吉时良辰大肆宴集弦歌，娱宾遣兴。风气所至，不但城内和近郊风景名胜区如此盛行奏曲唱词，甚而"村落间巷之间，弦管歌声，合筵社会，昼夜相接"（宋张唐英《蜀梼杌》卷下。按：此书系据《前蜀开国纪》和《后蜀实录》撮其大要编年而成，所记皆五代时前、后蜀事）。以应歌合乐、娱宾遣兴为目的的西蜀曲子词，确有相当广泛而深厚的社会基础和民俗背景。

前蜀、后蜀帝王对声妓和歌词的特殊嗜好，对天府之国词业的兴旺也起了很大的推动作用。前蜀政权的建立者王建，虽是屠牛、贩私盐出身的大军阀，却雅爱歌舞。他死后入殡，棺柩下的石座上按他的爱好雕刻有盛大的妓乐场面。前蜀后主王衍、后蜀后主孟昶均酷好歌曲，并有词传世。孟昶的儿子、皇太子玄喆率兵上前线拒敌，竟然还要"携乐器、伶人数十以从"。⑱上有好者，下必甚焉。前、后蜀政权割据四川的六十年间，四川地区有名的曲子词作者多为王氏、孟氏的文学侍从之臣。他们中的第一代人如韦庄等，从中原携歌词种子入蜀加以繁衍；第二代、第三代则多为"蜀产"士子，他们承温庭筠、韦庄之作风，禀蜀地歌舞娱乐之习尚，继续从事歌词创作。而无论韦庄一辈抑或是西蜀本土的后辈词人，悉皆趋从王氏、孟氏皇室歌舞宴乐之风，填制声色享乐之艳词。晚唐时，由于社会腐化，时风尚侈尚淫，士大夫文人便早已"以不耽玩为耻"（唐李肇《唐国史补》）。五代时四海纷争，战乱不息，西蜀因地处偏远闭塞之地，中原统治者无力亦无暇顾及，于是得免兵火，安定繁荣。前蜀后蜀四任君主，自身国力军力弱小，无从问鼎中原，既乏四方之志，当然就自守小小盆地，但求偏安玩乐。而文人才士们处此环境之中，亦唯有迎合君主之所好，发挥己身之所长，以文艺为娱乐之具了。于是晚唐的时风、士风与诗风渐钟于西蜀一隅，并与此地域本就具有的歌舞宴集管弦游乐之风融而为一，培育出了集时代风尚与地域风尚于一体、带有典型的娱乐文艺特征的西蜀词。

西蜀词，源头是晚唐词，鼻祖是始创侧艳词体的温庭筠，直接播种者是以韦庄为代表的由中原入蜀的一批唐末士人，而衍流扬波的主干力量则是生长于蜀中的大批后一代文人。温庭筠的词，主要写作于9世纪中期。一百来年以后，到后蜀后主时，这支"一脉真传"的正宗文人词已规模全备，成为可以开宗立派的一股文学主流了。后蜀广政三年（940），孟昶小朝廷中书令赵庭隐之子、卫尉少卿赵崇祚精选这支词派十八家的"诗客曲子词"五百首，编纂为《花间集》十卷，并请十八家之一的欧阳炯作序贯于卷首，付梓印行。于是，中国词史上第一个流派算是打出了旗号，露出了阵营，显示了群体的风格和力量。

这个被后人以选本的名称命名的词派，它的十八位成员都是些什么人呢？这里依据史籍所载，并参酌吸收今人陈尚君《"花间"词人事辑》一文（载巴蜀书社 1992 年出版之《俞平伯先生从事文学活动六十五周年纪念文集》）的考证成果，将这些人的生平和文学活动简介如下。

被《花间集》列于首位的温庭筠（812？—866），字飞卿，太原祁（今山西祁县）人。为唐初宰相温彦博之裔孙。然家道中落，本人也屡试进士不第，坎壈终身。约在四十八岁时才得授隋县尉，后为幕府僚吏，任方城尉，官终国子助教。其落魄不遇的主要原因，乃在生性质直，嫉恶如仇，喜讥刺权贵（例如讥讽当朝宰相令狐绹等），多触忌讳；又疏狂不羁，纵酒放浪，多游坊曲妓馆，不合封建士大夫的道德规范。其诗虽已有绮丽婉约之倾向，然不废言志，颇能广泛反映现实和抒发本人政治抱负，于瑰丽秾致之中含悲凉郁勃之意。从艺术创新的角度看，温庭筠主要的文学成就显然在词的领域。但其词题材取向与风格趋向与其诗颇有不同。它们多写妇女生活与美女形象，几乎全是绮罗香泽之态与绸缪宛转之度，风格以秾丽绵密为主，颇为符合晚唐的时尚和用女音演唱以娱宾遣兴的音乐文学需求，是地地道道的香艳文学和"软性"文学的代表。《花间集》编成之时，距温庭筠去世已经六十多年，西蜀词人将他入选此书，列在首位，所选词作达六十六首之多，数量居诸家之冠，这表明了这个词人群体对温庭筠所创"艳科"词体词风的认同、尊崇和效法的宗派意向。

在《花间集》中排名第三、而实际上历来与温庭筠并称、该是"花间派"老二的韦庄（约 836—910），字端己，长安杜陵（今陕西西安东南）人。为武则天时宰相韦待价之后，诗人韦应物之四世孙。至韦庄时其族已微，父母早亡，家境贫寒。他青壮年时热心求取功名，然因战乱等原因，所志不遂。直至唐昭宗乾宁元年（894）才进士及第，任校书郎，时年已近六十。三年后因随人入蜀宣谕，得识王建。天复元年再次入蜀，应聘为王建府中掌书记，自此在蜀达十年，直至去世。天祐四年（907）唐朝灭亡，韦庄劝王建称帝，与篡唐而立的朱全忠后梁政权对抗。被王建倚为心腹，制定开国制度，仕至宰相而终。其文学活动以入蜀为界可分前期与后期。前期为仕唐期，主要写诗；后期为仕蜀期，主要填词。其诗虽不脱晚唐风调，以清辞丽句与婉曲情致见长，却以忧时伤乱为主要题材，较为广泛地反映了唐末动荡纷乱的社会面貌，大致属于传统的"言志"一派。其中尤以长篇叙事史诗《秦妇吟》堪称代表作。但韦庄词的风格情调却与其诗大异其趣。他是携带文人曲子词的种子入蜀撒播培育的主要代表人物，其词虽注重个人主观感情的抒发，风格清新流丽而疏淡，比之温庭筠主要用于应歌的浓艳华美之作有所不同；但在抒写内容上亦不外男欢女爱、离愁别恨和流连光景之类，基调也是"软性"的、宛曲柔美的，与温词无本质差别，同属"本色"曲子词。《花间集》将他放在显要位置（排第二的皇甫松仅被选了十二首词，韦庄虽排第三，入选词却多达四十八首），使之处在接近温庭筠的地位，而实际上此时韦庄已去世整三十年，西蜀亦已从前蜀过渡到后蜀许多年，韦庄已属"前朝"人物。这同样表明："花间"诸词人认同和尊崇韦庄的词体词风，并视之为自己作词的典范之一。

此外，《花间集》作者中年代较早的皇甫松，字子奇，自号檀栾子，睦州新安（今浙江淳安）人。为著名古文家皇甫湜之子。生卒年不详。约生于宪宗元和年间，与温庭筠大致同时。应举不第，以布衣终。兼善诗、赋。词存二十二首，其中《花间集》存十二首，《尊前集》存十首。他的词，多为绮丽之作，其佳者至被王国维赞为"情味深长，在乐天（白居易）、梦得（刘禹锡）上也"（《人间词话附录》）。《花间集》列皇甫松于温庭筠之后、西蜀诸人之前，也当是遵依词的"本色"、以示源流所自之意。

接下来排第四的薛昭蕴，当即薛昭纬，字纪化，号澄州，河东宝鼎（今山西荣河县）人。其曾祖、祖父及父亲皆为唐显宦。昭纬约生于会昌、大中间，曾登进士第。黄巢据长安后，飘寓荆楚一带。昭宗时先后任礼部员外郎、中书舍人、礼部侍郎、户部侍郎、兵部侍郎等，《北梦琐言》称为薛侍郎。天复中自御史中丞贬为澄州司马。卒于洪州（今江西南昌），时间约在唐朝灭亡之年（907）前后。词存十九首，均见《花间集》。薛昭纬性轻率，气貌昏浊，文章秀丽，恃才傲物，每入朝省，弄笏而行，旁若无人。其词多写思妇幽情和离愁别恨，情殷语婉，有六朝余韵。尤"好唱《浣溪沙》词"（《北梦琐言》），所存词亦以此调为多。薛昭纬为晚唐人，于西蜀诸人登上词坛前即已辞世。《花间集》选其词达十九首之多，也是祖述源流，引为同道之意。

牛峤，字松卿，一字延峰，安定鹑觚（今甘肃灵台县东北）人。为宰相牛僧孺之孙。约生于会昌、大中间。少年刻苦为文，志向颇高。乾符五年（878）登进士第，名列第四。曾随僖宗奔蜀，历官拾遗、补阙、尚书郎。又因逢动乱而飘泊东川。后王建镇蜀，辟为判官，牛峤遂走上与韦庄相仿的道路（仕宦的与文学的）。前蜀开国，任秘书监，迁给事中，卒。其词风与温庭筠相近，蕴藉而有风致，然较温词通俗流丽。词存三十二首，均见《花间集》。牛峤由唐入蜀，是"花间"派直接的开派人物之一。

张泌（非南唐入宋之张泌），生平不详。《花间集》列其词于牛峤后，毛文锡前，当为前蜀时人。约唐末至前蜀时在世。从其诗词中所述，知其曾在长安、成都居住，又曾游历湘、桂等地。《花间集》称他为张舍人，于此可推知他多半曾仕前蜀为中书舍人。其词存二十八首（《花间集》录二十七首）。多以女人和恋情为描写题材，用笔清秀而造语工巧，将相思之情表现得柔靡而委婉。

毛文锡，字平珪，高阳（今河南杞县西）人。父龟范，为唐潮州刺史、太仆卿。弟文晏，仕前蜀为兵部侍郎。子询，仕前蜀为司封员外郎。文锡精通音乐，尤妙于七弦琴。能诗工词，时名颇重。年十四，登进士第。初似曾仕唐，任职不详。后仕前蜀，任中书舍人、翰林学士。与诗僧贯休时有诗歌唱和。旋迁翰林学士承旨，永平三年（913）为太子元膺所怒而遭贬逐，又被拘捕，挝之几死，囚于东宫。太子败死，始得复官。后迁礼部尚书、判枢密院事。通正元年（916）兼文思殿大学士，晋位司徒。天汉元年（917）贬茂州司马。或云前蜀亡后，随王衍入洛而卒。又一说，文锡后又事后蜀，与欧阳炯等人以小词为孟昶所赏，恐不足信。其词存三十二首（《花间集》收三十一首），题材亦多为闺思艳情，宋叶梦得《石林诗话》谓其能于质直中见情致，然有时不免流于率意和浅露。

牛希济，为牛峤之兄子。约生于唐咸通末年。早年入学院，有志于试词科。遭逢世乱，流寓西蜀，依季父峤。为王建所知，召对，除起居郎。因直气使酒，为峤所责，旅寄巴南，十年不调。又曾任翰林学士。仕前蜀官至御史中丞。前蜀亡，随后主入洛。后唐天成初，作诗为明宗所赏，拜雍州节度副使。词存十三首（《花间集》收十一首），其佳者构思新颖，芊绵清丽，旨意悱恻温厚，为词论家所称道。

欧阳炯（896—971），益州华阳（今四川成都）人。少仕前蜀，为中书舍人。前蜀亡，随王衍入洛，补秦州从事。孟知祥镇蜀，炯复入蜀。知祥称帝，以为中书舍人。后主广政三年（940）为武德军节度判官，为赵崇祚编《花间集》作序。后拜翰林学士，迁礼部侍郎，领陵州刺史，转吏部侍郎，加承旨。广政二十四年（961）拜相，监修国史。后蜀亡，炯随孟昶入宋，任散骑常侍。卒赠工部尚书。能诗工词，精音律，善吹长笛。存词四十七首（《花间集》收十七首，《尊前集》收三十首），多写艳情，亦写南国自然风光。他为《花间集》所作的序，不但表达他自己的观点，也代表了"花间"词人群体对于词体文学的一般看法。

和凝（898—955），字成绩，郓州须昌（今山东平阳一带）人。后梁贞明二年（916）登进士第，年方十九。历仕后梁、后唐、后晋、后汉、后周。在后晋曾任宰相，在后汉为太子太保，在后周为太子太傅。长于创作短歌艳曲，曾号为"曲子相公"。其艳词皆为少年时所作，及入相，悔其少作，生怕有碍名声，悉收旧稿而毁之。故今存和凝词显然只是原作中的一小部分。其词存二十七首，其中《花间集》收二十首，《尊前集》收七首。和凝为中原文人，未曾入蜀，其创作小词的时间大约与西蜀前期词人平行。《花间集》选他的词作，表明西蜀词人群体认为这位远在黄河流域的"曲子相公"是他们艺术追求上相一致的知音者。

顾敻，字号、籍贯、生卒年均无考。前蜀王建时为内廷小臣，后擢茂州刺史。入后蜀，官至太尉。性诙谐，能诗善词。其词工致丽密，时复清疏有神，被誉为"五代艳词上驷"（况周颐《餐樱庑词话》）。词存五十五首，皆入《花间集》。

孙光宪（？—968），字孟文，号葆光子，陵州贵平（今四川仁寿）人。为农家子。少好学，广游蜀中，居成都尤久。与蜀中名士颇多交往。在蜀曾任陵州判官。天成元年（926）离蜀至江陵，为高季兴掌书记。在荆南累官至检校秘书监兼御史大夫。乾德元年（963），光宪劝高继冲尽以荆南地归宋，继冲许之。宋以光宪为黄州刺史。光宪博通经史，尤勤学，家中聚书数千卷，校勘抄写，老而不辍。尤好著述，有著作多种传世。光宪虽外仕荆南，然本系蜀产，是西蜀自己培养出来的词人。以故《花间集》编者对他极为重视，选录其词多达六十一首，仅次于温庭筠而居第二位。其词从体制风貌来看，仍在"花间"范围内，但格调清新，笔力紧健，不坠浮艳之道，已露出风格流派变异的端倪。

魏承班，许州人。其父弘夫为王建养子，屡立军功，前蜀时官至中书令，封齐王。承班本人则为驸马都尉、太尉。后弘夫叛蜀归后唐，后唐军人成都后，族诛弘夫家，承班亦罹难。其词传世者二十一首，其中《花间集》存十五首，《尊前集》存六首。

鹿虔扆，后蜀广政年间（938—950）事孟昶为永泰军节度使，晋检校太尉，加太保。词仅存六首，均载《花间集》，为十八家中存词最少者。其词亦多写美女相思，然个别篇什直抒亡国之痛，笔调凄凉，感慨淋漓。

阎选，蜀处士，字号、籍贯、生卒年均不详。存词十首，其中《花间集》存八首，《尊前集》存二首。

尹鹗，成都才士，曾仕前蜀为校书郎。其词传世者十七首，其中《花间集》存六首，《尊前集》存十一首。

毛熙震，蜀人，仕蜀（不详为前蜀还是后蜀）为秘书郎。其词存二十九首，全在《花间集》中。他的词风，大致属于浓艳一路，但颇有隽上清越之致，不独以浓艳见长。

李珣，字德润，其先为波斯人，家居梓州（今四川三台）。妹舜舷，为前蜀后主王衍昭仪。殉以秀才为王衍宾客。前蜀亡，不仕。有诗名，所吟诗句，往往动人，然诗集已佚。又精通医理，著有《海药本草》，亦已佚。与成都才士尹鹗相友善。尤工小词，其体格与"花间"诸人略同，然题材除闺情离愁之外，亦写南国自然风光及劳动妇女生活情趣，还有一些抒写隐逸生活之作，风格也比"花间"大多数人朴素，饶有南朝乐府民歌的清新风味。存词五十四首，其中为《花间集》选录者三十七首。

通过对这支历时态的词人群体队伍的"检阅"，我们可以看到：

（一）这些词人中，除了温庭筠、皇甫松、薛昭蕴、和凝四人之外，其余十四人或流寓于蜀，或生于蜀并仕于蜀，或为西蜀本地未曾入仕的布衣，或虽后来外出为官但原先是在西蜀出生、成长和写作过的。这十四人虽未聚集在一个团体内，但他们曾先后在同一地域、同一社会环境、同一文化氛围和同一审美习尚中创作过一种体式相同、题材取向相近、审美趋向有相当一致性的精美"诗客曲子词"。《花间集》的编者把这些人的词选编为一集，虽未必是出于标榜宗派的动机，却实际上起到了总结和追认一个词派的作用。《花间集》的编者把不是西蜀词人的温庭筠、和凝等人的词也入选，这并非"乱攀亲"，而是很严肃地认祖宗和认朋友，是为这个词派标示源头和指示同道者。因此，《花间集》中这十八个词人，可视为一个松散的流派，一个虽无组织联系和交际唱和关系但毕竟在艺术上有相似趋向的流派，一个代表我国从 9 世纪 30 年代至 10 世纪 40 年代这一百多年间文艺新时尚新风气的流派。法国结构主义理论家吕西安·戈德曼认为：

> 当一个群体的成员都为同一处境所激发，并且都具有相同的倾向性，他们就在历史环境之内作为一个群体，为他们自己精心地缔造其功能性的精神结构。这些精神结构不仅在其历史衍变过程之中扮演着积极的角色，并且还不断地表述在其主要的哲学艺术和文学的创作之中。[19]

这位理论家又说：

> 他们（按：指作为流派成员的作家——引者）在既定的范围内成功地创造了文学（绘画、音乐或概念的，等等）作品，创造了一个想象的、连贯的或几乎严格一致的世界，而这个世界的结构又与集团整体的趋向相一致。[20]

"花间"词人群体虽非自觉的有组织的聚合，但其创作活动却大致具备戈德曼所述的这些特征，因此他们应被确认为词史上的第一个流派。

（二）"花间"派有一个展示其创作实绩和群体风格的选本——《花间集》，更有一个表明群体的创作观与审美观的宣言——由群体中重要成员欧阳炯撰写的《〈花间集〉叙》。

（三）"花间"派拥有两位成就卓绝、足供其追随者学习和崇仰的宗主——温庭筠和韦庄。温庭筠是词史上第一个抒情范式——"花间"范式的创始者，[21]是词体文学绮丽柔婉的主导风格的奠基人。"花间"词人群体遥尊他为领袖，于《花间集》中首列他的词作，而以入蜀词人中成就最高的韦庄列在第三位（第二位列皇甫松，乃是因为他是温的同代人，并不说明他与温有同等地位），俨然为继承温而下启蜀中词派的枢纽人物。这一排列，颇类于南宋末江西诗派的方回尊杜甫为"一祖"而奉黄庭坚、陈师道、陈与义为"三宗"的做法（尽管《花间集》中未曾使用这些名称）。

（四）"花间"十八家尽管大多各有一己独擅的艺术风采和个性特点，但从群体形态上看却显然有着一致的风格体貌和审美倾向。这主要表现在：一、都专写小令（尽管唐代民间词中早就有长调，晚唐文人如杜牧等也写过长调词）；㉒二、都以爱情相思、离愁别恨为主要描写对象；三、都倾向于追求和表现阴柔之美，词风大多以清切婉丽为尚；四、拿他们中间的主要代表人物的诗与词相对比，可知他们都以诗言志，以词言情（儿女之情），视词为"艳科"，为娱乐性的另一样式（这一点下文将详论）。

以上四条，是构成文学派流的基本条件。"花间"词人群体具备这些基本条件，应被确认为一个流派。词学界关于"花间"诸人是否算一个流派的争论，可以画上句号了。

二、"花间"派的词体理论宣言——欧阳炯《花间集叙》

曲子词作为一种生命力极强的新兴娱乐文体，在西蜀得天独厚地得到了大发展和大传播，成为蜀国君臣士庶文化消费中不可或缺的重要样式。花酒宴集之时，经常需要以"清绝之词"来"助妖娆之态"，让人们饱赏声色之美，尽领宴饮之欢。这就需要提供一个精美的歌词唱本。从欧阳炯叙文中"庶使西园英哲，用资羽盖之欢"等语来看，赵崇祚编选《花间集》，应是出于提供范本以资文化娱乐的动机。赵崇祚，字弘基，祖籍开封。其父庭隐，初仕后梁、后唐，后随孟知祥入蜀，为后蜀开国元勋之一，仕至中书令，封宋王。崇祚以父荫而得为列卿，官居银青光禄大夫行卫尉少卿。他虽地位高贵，却"俭素好士"，与蜀中一些"年德俱长，时号宿儒"的著名文人"为忘年友"（宋马永易《实宾录》卷六）。他本人虽没有词作传世，但显然酷好此种"流行歌曲"，经常与词人们交往，并与许多人讨论过词的创作问题，否则欧阳炯叙中就不会有"广会众宾，时延佳论"之赞。这些词人中，欧阳炯是一位兼善诗、词、文的大手笔，在后蜀诸词人中官位与名望甚高，最宜于为《花间集》作叙。从欧叙中"以炯粗预知音，辱请命题"的谦语可知，操选政的赵崇祚为编此书曾与欧阳炯沟通思想，对歌词创作的理论问题统一了看法，为选本定名为《花间集》，甚至可能对于书的体例与选目也交换过意见。因此，欧阳炯这篇用骈体写就的美文，并非泛泛应酬文字，亦非仅为表达一己之见的叙文，而是一篇为包括他本人在内的歌词作者群体张目的理论宣言。

欧阳炯这篇叙文，是中国词学史上第一篇词论。正确地解读此文，不但是公允地评价"花间"词派之所需，而且也有助于正确地探寻词体文学独特风貌形成的历史——文化因由。兹先录其原文如下：

镂玉雕琼，拟化工而迥巧；裁花剪叶，夺春艳以争鲜。是以唱《云谣》则金母词清，挹霞醴则穆王心醉。名高《白雪》，声声而自合鸾歌；响遏行云，字字而偏谐凤律。《杨柳》、《大堤》之句，乐府相传；"芙蓉"、"曲渚"之篇，豪家自制。莫不争高门下，三千玳瑁之簪；竞富樽前，数十珊瑚之树。则有绮筵公子，绣幌佳人，递叶叶之花笺，文抽丽锦；举纤纤之玉指，拍按香檀。不无清绝之词，用助娇娆之态。自南朝之宫体，扇北里之娼风。何止言之不文，所谓秀而不实。

有唐以降，率土之滨，家家之香径春风，宁寻越艳；处处之红楼夜月，自锁嫦娥。在明皇朝，则有李太白应制《清平乐》词四首。近代温飞卿复有《金荃集》。迩来作者，无愧前人。

今卫尉少卿字弘基，以拾翠洲边，自得羽毛之异；织绡泉底，独殊机杼之功。广会众宾，时延佳论。因集近来诗客曲子词五百首，分为十卷。以炯粗预知音，辱请命题，仍为叙引。昔郢人有歌《阳春》者，号为绝唱，乃命之为《花间集》。庶使西园英哲，用资羽盖之欢；南国婵娟，休唱莲舟之引。

时大蜀广政三年夏四月日叙。㉓

对于这篇叙文中的某些关键字句，词学界普遍地有误读和误解。尤其是"自南朝之宫体，扇北里之娼风，何止言之不文，所谓秀而不实"四句，人们大多不联系上下文，也不仔细想想按情理而言它们究竟何所指，都视之为欧阳炯是在概括"花间"词风。有人将上二句与下二句割裂开来，认为欧阳炯是在"主张词应上承齐梁宫体，下附里巷娼风，亦即以绮靡冶荡为本"。㉔有人更认定："宫体""娼风"二句是在说明"花间"词"上承齐梁宫体，下附北里娼风"，"可以概括花间词的历史渊源与生存环境"，㉕如此等等。对于这种普遍的误读与误解，有的研究者曾不同程度地进行过纠正。比如吴世昌先生指出："其所以有必要结此一集（按：指《花间集》），乃是因为编者感觉到当时的'南朝宫体'和'北里娼风'，不但形式不好（'言之不文'），而且没有真实内容（'秀而不实'），因此他特别抬出温飞卿、李太白几个大名家来，把他们的词做为模范。"㉖吴先生正确地指出了欧阳炯这四句话是在说别人的词不好，并不是说"花间"词不好。近来贺中复发表《〈花间集序〉的词学观点及〈花间集〉词》一文，更对上述的误读误解尖锐地诘难道："欧阳炯既然应赵崇祚之请为其所编的《花间集》作叙，怎么能骂包括自己的词作在内的花间十八家词是宫体与娼风结合的产物，并借为人作叙之机自我定性、大加张扬呢？显然有乖事理。其实，叙文'自'、'扇'二句连同紧接其下的'何止言之不文，所谓秀而不实'，都不是揭示花间词的渊源、环境，更不是旨在说明花间词的词风特点，而是对南朝梁、陈宫体诗风作用下所产生的宫体歌辞的否定。……位处说汉论唐之间的'自南朝之宫体，扇北里之娼风，何止言之不文，所谓秀而不实'四句，所指所评的当是南朝歌辞（下兼隋代）。如若以为此四句就晚唐五代花间词而发，可其下又言初、盛唐，岂不时序错乱、语无伦次？而盛唐之后又言晚唐、五代，前后岂不犯复，失之一贯？特别是'何止言之不文，所谓秀而不实'之语，语意、口气皆显属批评，所批评的对象只能是南朝以来的宫体歌辞，如陈后主之亡国之音《玉树后庭花》之类，而不可能是《花间集》词，否则，不仅语意难与上文承接，而且与下文'近代'云云对花间词的肯定在观点上自相矛盾，无法自圆其说。"㉗今按，贺说甚是。但论者之所以产生误读和误解，主要地还不是在语言文字的串讲和理解上疏忽与粗心所致，而是因为心中隐然藏有儒家诗教的某些观念，认定南朝宫体是早期"艳科"，而"花间"派不过是与之一脉相承的同类货色，因而一见欧《叙》中"宫体""娼风"字样，便以为他是在坦然自报其"家门"，而不再细究"言之不文"、"秀而不实"二句本意之所在了！其实欧《叙》虽是用简约的骈体文字写成，缺少充分的思辩和论证，且多用比拟与典实，从而不免有某些笼统和含糊之处，但从文章的总体来看，他通过简述上古至唐的歌辞流变史以表达自己的词体文学观、并褒扬包括自己作品在内的《花间集》词的意图是十分清楚明白的，其思想脉络是不应该被误解的。上面引录欧阳炯原文时，为了正确解读，笔者特地顺其语意文情分出了段落。现逐段解说如下：

《叙》分三个段落。首段自开头至"所谓秀而不实"止，论述歌辞这种文艺样式应有的基本特征、文体风格、娱乐功用及生存发展环境，并追溯歌辞传统，简约地回顾这一特殊样式自西周至唐以前的演进历程，通过排比历史事例，褒贬不同历史时期的歌辞，阐明歌辞一体与一般诗歌不同的艺术规范、审美倾向和谐律合乐的独特要求，从而也就提出了新兴"曲子词"所应遵循的发展方向，强调它应鄙弃那种既"言之不文"（没有好的形式）又"秀而不实"（没有真实内容）的"宫体"、"娼风"之作——

亦即南朝以来在宫体诗熏染下形成的歌辞文学低级俗艳的颓风。对于自梁、陈至初唐的宫体诗、宫体歌辞及早期产生于平康巷陌歌妓乐工之手的俚俗小词，欧阳炯"何止言之不文，所谓秀而不实"的十二字否定评语或许非常偏颇，但可取的一点是：这里他实际上从反面提出了歌辞创作的总体要求，亦即既要有华美的形式，也要有充实的内容，二者缺一不可。在批评"南朝宫体"和"北里娟风"之前，他简述自上古至汉魏六朝的歌谣及古乐府的发展，从他褒扬性的语调来看，他对那一漫长历史时段的歌辞文学持肯定态度，认为它们符合言而文、秀而实的艺术水准。他先提到传说中的西王母为周穆王演唱的《白云谣》，后及汉魏六朝的《杨柳》《大堤》之曲和"芙蓉"（指《古诗十九首》之六）、"曲渚"（指何逊仿《西洲曲》所作的《送韦司马别》等）之篇，这些有代表性的不同历史阶段名篇的排列，实际上表达了对于唐代新兴曲子词源流的看法：这种新体歌辞并非从天而降，它的远源，是上古酒筵歌席即席演唱的歌谣（如《穆天子传》所载西王母于瑶池宴请周穆王时为之侑觞的《白云谣》等），其近亲则是合乐而歌的汉魏六朝乐府。南宋初词论家王灼《碧鸡漫志》卷一所谓"古歌变为古乐府，古乐府变为今曲子"的观点，即直承欧阳炯此段描述，无非是用语、论断更加明确而已。

　　这是欧《叙》中系统表明其词体文学观的核心段落。在这里，欧阳炯这位"花间"词派的理论发言人破天荒地对已经流行颇广但尚乏理论探究的词体文学进行了经验总结，在词史上首次提出了系统的艺术标准和审美规范。具体来说，欧阳炯认为，曲子词既是"乐府相传"的音乐文学产品，写作的目的是为了配合乐曲，"拍按香檀"，由"绣幌佳人"以"娇娆之态"向上层文化人物演唱，以达娱宾遣兴之效用，那么它的题材内容、文字音律、语言风格等等就应该与乐曲、歌者、歌唱环境及接受者的文化素养和审美心态一一相适应。为此他对于歌词提出了这样三条要求：一、要"声声而自合鸾歌"，"字字而偏谐凤律"，也就是必须使歌词的字声合于燕乐乐曲的音律，能够词曲相谐，婉转合度，唱出来流畅动听；二、在谋篇造境、铺采摛文时，要"镂玉雕琼，拟化工而迴巧；裁花剪叶，夺春艳以争鲜"，也就是说，要选取有富贵态、香艳美的创作素材，精心地加以提炼和剪裁，精雕而细刻之，使文辞不但华美鲜艳，巧夺天工，而且真实自然，充满艺术活力；三、既然当时的风尚是喜柔婉，重女音，而燕乐曲调中又多轻靡的"艳曲"，这就要求"绮筵公子"即席所制之词的风旨情调必须清婉绮丽，以适应浅斟低唱的环境气氛，用这种侧艳柔美的"清绝之词"，才能有助青春歌女的"娇娆之态"。

欧阳炯提出的这些歌词创作要求和规范，不但是对一部《花间集》的艺术倾向与审美风貌的概括，而且为作为"艳科"和娱乐文体的词定下了基本的批评标准和审美尺度。

欧《叙》的第二段，自"有唐以降"起至"无愧前人"止，承上段之绪，简述唐以来"今曲子"的发展，标榜李白、温庭筠两位代表作家，意在充分肯定合乎歌辞文学审美要求的唐五代"诗客曲子词"，张扬这一词苑"正宗"，同时也就不言自明地排斥了所谓"北里娼风"的尘下之作（照我的理解这是指产生于坊曲里巷乐工妓女之手的民间鄙俚俗艳之词），隐隐然把"花间"一派词树为新兴词体文学的主流和典则。这里"迩来作者"应是指自韦庄以来的西蜀词人群体，包括欧阳炯自己；"前人"则远指古歌、古乐府的作者，近指"今曲子"的杰出作者李白、温庭筠（但《叙》中称引李白而书中未选李白作品，其原因则不可晓）。中国古代文化人喜欢讲统绪，以证明自己的精神产品于古已有，来路正派。论文有文统，论道有道统，论诗则有《诗三百》。词虽属酒边花前娱宾遣兴之"小道"，但要名正言顺地写下去，似乎也需为自身连接出一个"词统"。于是此文远引古歌古乐府，近标李白、温庭筠，俨然为《花间集》这部唐五代西蜀曲子词集树起了一个渊源有自的歌辞文学统绪。

欧《叙》的第三段，起自"今卫尉少卿字弘基"，至文末止，说明《花间集》编辑的经过，同时也叙述出了西蜀词人群体聚集唱和，交流词艺，共同欣赏和趋尚温庭筠词风，最终形成流派的过程。日本学者泽崎久和对这一段文字的理解颇为允当，今摘引其说如下：

> 西蜀词人，除被称为"处士"的阎选而外，全部都是有地位的文人。他们聚集在以前蜀后主王衍和后蜀后主孟昶为中心的宫廷里，形成词坛，进行交流，对温庭筠的诗词及其他先行作品，共同欣赏并进行创作。欧阳炯《花间集序》云："广会众宾，时延佳论，因集近来诗客曲子词五百首，分为十卷。"说明了《花间集》形成过程的"广会众宾，时延佳论"这两句，暗示了西蜀词的欣赏享用不是采取孤独的方式，而是采取词人在一起交流的方式。……关于前蜀《花间集》词人用词相互欣赏享用的上述情况，是记载在《十国春秋》上的。当

然，我们也应考虑到它是后世编纂的资料。现摘录如下：

· 毛文锡……尤工艳语，所撰《巫山一段云》，当世传咏之。（卷四一）

· 牛希济……次牛峤《女冠子》四阕，时辈啧啧称道。（卷四四）

· 欧阳炯……小辞十七章，人亦时时称道之。《渔父歌》尤为辞家所倡和。（卷五六）

· （顾）夐善小辞，有《醉公子》曲，为一时艳称。（卷五六）

· （鹿）虔扆《思越人》辞……辞家推为绝唱。（卷五六）

· 李珣……制《浣溪沙》词……词家互相传诵。（卷四四）

以上第二例，是指牛希济与其叔父牛峤《女冠子》四首的唱和；第三例，说明对于欧阳炯的词，当时出现了许多唱和者。词的唱和，意味着词已具备了社交功能。唱和，是为了相互间的创作交流及欣赏享用。以上记载，虽然其中包含的一些比较次要的资料尚需仔细斟酌，但它们确实是补充说明了《花间集序》中"广会众宾，时延佳论"的话。㉘（黑点为引者所加）

一批作家艺术趣味相投，创作环境相同，聚集唱和，唱和时有共同的学习对象和尊奉目标，写出的是有相近风格和审美趣尚的作品，并且还有人在其中联络收集，把这些作品加以精选，编成集子向世人宣示其成绩，凡此等等，皆是一个文学流派已然存在的主要标志。欧阳炯的《叙》，实际上是揭示这个流派已然存在的一份宣言书。需要补充的是，第三段的末尾，在说清"花间"派的源流和《花间集》成书经过之后，又一次强调了词的娱乐功能，并力图划清"花间"词与"宫体"、"娼风"的界限，这就是："庶使西园英哲，用资羽盖之欢；南国婵娟，休唱莲舟之引"。西园，为汉末曹操在邺都所建之宴饮游乐之园。魏文帝曹丕《芙蓉池作》诗云："乘辇夜行游，逍遥步西园。双渠相溉灌，嘉木绕通川。卑枝拂羽盖，修条摩苍天。……遨游快心意，保己终百年。"曹植《公宴诗》亦云："公子敬爱客，终宴不知疲。清夜游西园，飞盖相追随。"欧语正出自曹氏兄弟的诗句，这表明：他心目中的曲子词，不但是佐宴饮之欢的歌唱之辞，而且应是典丽高雅、专供上层文化人（如同曹丕、曹植那样的"西园英哲"）欣赏享用的阳春白雪式的精品。这样的由辞章修养颇高的"诗客"所作的歌辞，自必要排斥那些"俗艳尘下"的宫体歌辞与民间曲子词。对于"休唱莲舟之引"一句，我同意贺中复的解说："在把《花间集》比作《阳春》、《白雪》的同时，指出'南国婵娟，休唱莲舟之引'，意即在歌坛上废止梁简文帝、元帝和陈后主诸王及梁都官尚书羊侃等人《采莲曲》一类的绮靡歌辞。《花间集》不选录民间词，也不选录诸王狎客词，这就表明，编集的目的一是用以在歌坛上取代粗俚未精的民间作品，进一步提高词体的表现力，使其格调趋于规范美听……一是有意取代王衍之流的淫曲曲词，一定程度地纠正歌坛的不良风气。"㉙

就这样，欧《叙》为"花间"派和"花间"词定下了一个很高的艺术品位：言而文、秀而实的娱乐体裁，既要香艳柔美、又不能是俗艳粗俚的诗客之词。至于南朝至初唐之宫体诗及唐代民间俗词应不应该被如此武断地否定，"花间"词是否真的没有从民间词汲取营养以及它是否就一点"宫体"、"娟风"色彩都没有，这些问题，欧阳炯或许并未认真思考过，或许有意回避开了。这里无须旁涉对于宫体诗与民间词的评价问题，也无须多花笔墨来描述"花间"词中实际存在而被欧阳炯忽略了的宫体诗和民间词的明显影响，只须指出：由于"花间"派作为词史上第一个成熟的词派的前导作用，由于欧《叙》所总结的经验和创作规范恰好代表着词体文学成熟期的审美大趋向，因而"花间"派的作风和基调大大影响乃至一定程度上左右了宋代词风、词派的发展。对此，下文相关部分还将具体论析。

三、"花间"派奠定的"诗庄词媚"、"词为艳科"的基本格局

欧阳炯《花间集叙》中称《花间集》所录自温庭筠以来的这一派文人的词为"诗客曲子词"，这个名称如果翻译成白话，就是"诗人们创作的曲子词"。取这个名称，当是为了自重身份与品位，以别于民间的歌唱（所谓"北里娟风"）；同时也反映出这样的历史实况：唐五代时，词体初立，凡为词者，皆以其主要精力创作诗歌乐府，而以余力作词，所以所谓"词人"，在当时来说本来都是诗人。"花间"派诸家，大体上都是以诗人的身份而兼词人的。这些人在文学创作上都有一种两面性特征，即对诗、词分持两种截然不同的态度：他们做诗遵依儒家诗教古训，谨守风上化下之义，填词则离经叛道，另辟绮靡侧艳之途；以诗言治国平天下之"志"，以词抒儿女闺帏之"情"；以诗展示外部世界的名山大川、沙场战火和政坛风云，以词细描温柔乡中的女性形象、艳遇绮思和微妙心理；诗重其社

会功利价值，词却重审美、娱乐价值；诗仍作为"兴、观、群、怨"的庄严文体，词却只作为酒边花前供消遣游戏的"小道"……于是乎，在他们身上，我们看到了一种"诗庄词媚"的群体创作倾向。在以做诗为主、偶尔以律诗绝句写法试作清新朴素小词的盛中唐诗人身上，我们看不到这种倾向。在晚唐大多数只作诗而不作词或只偶尔作几首小词的诗人身上，我们也看不到或看不清这种倾向。在唐五代文学史上，"诗庄词媚"作为一种带有普遍性和群体性的创作倾向，是自"花间"诸人开始的。广义来讲，词为古典诗歌样式之一种，"花间"作家群体首开"诗庄词媚"的创作格局，无异于在传统诗歌的领域中另外建立起一个流派。若仅就词之一体来讲，词的兴起，本应有广阔的发展道路，诚如俞平伯先生所论："词出诗外，源头虽若'滥觞'，本亦有发展为长江大河的可能，像诗一样的浩瀚，而自《花间》以后，大都类似清溪曲涧，虽未尝没有曲折幽雅的小景动人流连，而壮阔的波涛终感其不足。在文学史上，词便成为诗之余，不管为五七言之余也罢，三百篇之余也罢，反正只是'余'。"㉚作为词的创体阶段的第一个作家群体和流派，"花间"诸人首开的"诗庄词媚"的创作倾向，无论其为功为过，对后来词风、词派的发展衍变都有不可估量的影响。

通检被欧阳炯统称为"诗客"的"花间"十八家的现存作品，其中一半以上者的诗已经失传。但从其中几个代表性作家温庭筠、韦庄、欧阳炯、牛希济、顾敻、孙光宪等人的诗词及文论的对比中，不难看出：诗词异途、诗庄词媚及词为"艳科"、"小道"的倾向，是这个词派共同的创作观念和审美取向。

温庭筠的诗，确有艳丽的倾向，他曾拟作齐梁乐府诗，受到南朝诗风的一定影响。但从根本上来看，他的五七言诗仍属严肃的遵传统诗教、言士大夫之志的那一类。他曾郑重地宣称：好诗应该是"识略精微，堪裨教化；声词激切，曲备风谣；标题命篇，时所难著"。㉛因此他的诗中，颇多"自笑漫怀经济策，不将心事许烟霞"（《郊居秋日有怀一二知己》）和"莫怪临风倍惆怅，欲将书剑学从军"（《过陈琳墓》）这样的政治抒怀；不乏"千里关山边草暮，一星烽火朔云秋"（《回中作》）和"高风汉阳渡，初日郢门山"（《送人东游》）的雄浑阔大境界；更有"今日爱才非昔日，枉抛心力作词人"（《蔡中郎坟》）的牢骚悲愤和不少借古讽今、揭露皇帝与官僚荒淫生活的咏史之作。可是，温庭筠这位"花间"派开山祖的曲子词，却完全是另一种面貌。温词无论题材内容、艺术境界、语言风格，均与其"言志"之诗迥然而异，如出两人之手。在他的香艳旖旎小词中，全无风云之气与壮夫之志，亦无山高海阔、天长地迥之境界，而大致只有"小山重叠金明灭，鬓云欲度香腮雪"一类的美女形象和"画屏金鹧鸪"式的秾丽绮靡之景。之所以如此，是歌词创作的特殊文化环境使然，是重女音、尚柔美的音乐文学消费之需使然。史载温氏"能逐弦吹之音，为侧艳之词"，说明了是音乐演唱之所需；欧阳炯《叙》中也说明了只有用这种香艳的"清绝之词"，才能"助娇娆之态"。温庭筠始开的"诗庄词媚""词为艳科"之局，无疑为他的追随者——西蜀"花间"诸人定下了曲子词创作的基本走向。

韦庄诗词异趋的情况与温庭筠大同小异。他生逢唐末大动乱，其诗比温庭筠更广泛地反映了社会现实。他在苦难的时代却执著地宣称"平生志业匡尧舜"（《关河道中》），从对唐王朝的忠心出发，以忧时伤乱为五七言诗创作的重要题材。比如《铜仪》、《洛北村居》、《北原闲眺》、《辛丑年》等诗，表达了对唐朝"中兴"的热切期待；《咸通》、《夜景》、《忆昔》等诗，抚今追昔，无异于为唐帝国的式微唱出深沉的挽歌；《悯耕者》、《汴堤行》则对战乱中的人民所遭受的苦难深表同情；即使一些怀古诗，如《台城》、《金陵图》、《上元县》等，也是通过凭吊南朝史迹，寄寓对唐末社会动乱的哀婉之情。他的篇幅长达一千六百多字的长篇叙事诗《秦妇吟》，更是以重大政治事件为题材，描写黄巢农民军攻占帝都长安、与唐军反复争夺长安以及最后城中被围绝粮的种种情景，绘出了气势宏大的历史长卷。可是他的小词却绝不涉及任何重大现实题材，不抒写士大夫天下国家之情志，而自限于男欢女爱、离愁别恨与流连光景的小范围之内。他的词，虽不像温庭筠那样专为应歌而作，而能注重于一己情感的抒发，但所抒者也基本上是儿女柔情。王国维在《人间词话》中用温词"画屏金鹧鸪"和韦词"弦上黄莺语"来形容二人的不同风格，但无论是秾艳缛丽的"画屏金鹧鸪"，还是清丽流美的"弦上黄莺语"，其为"阴柔"美和"艳科"美的基本方向则一。韦庄诗与词之间的巨大差异，证明他所自觉地走上的，是一条与温庭筠大方向相一致的"诗庄词媚"之路。

欧阳炯其人，虽官居高位，却能约束自己不致奢靡放荡。史载其在蜀日，"卿相以奢靡相尚，炯犹能守俭素"（《宋史·蜀世家》）。又据《唐诗纪事》卷七四载：欧阳炯在一个酷暑天与同僚相聚于成都净众寺纳凉，大摆筵席于林亭中饮酒作乐，而寺外烈日下农民们却在挥汗耘田。诗僧可朋（欧之友）作《耘田鼓》诗以讽之，欧阳炯从善如流，"遽命撤饮"。他作诗学白居易，本"风上化下"之义，以关切现实为旨归，曾"拟白居易《讽谏》诗五十篇以献，（孟）昶手诏嘉美，赍以银器锦采"（《宋史》本传）。《全唐诗》卷七百六十一存其诗六首，除《杨柳枝》一首略有女性意象之外，余皆不涉绮思。七言歌行《贯休应梦罗汉画歌》、《题景焕画应天寺壁天王歌》皆有雄浑阔大气象，与所咏之画的狂逸风格与宏伟气势相谐调。可是他撰写《花间集叙》，却主张词应走侧艳之路，以为词的功能无非是以"清绝之词"助"娇娆之态"。他自己的词也大致以轻艳妍丽为尚，以致其名篇《浣溪沙》（相见休言有泪珠）因大写"兰麝细香闻喘息，绮罗纤缕见肌肤"的"床上镜头"，被后世词论家目为"自有艳词以来，殆莫艳于此矣"（况周颐《蕙风词话》卷二）。他批评"南朝宫体"不遗余力，他本人的诗歌倒是与宫体划清界限了，但词却与宫体不无某些相似之处。

牛希济存诗极少。但他曾著一篇《文章论》，[32]不满于"齐、梁以降，国风雅颂之道委地"，极力抨击晚唐以来诗文创作中"忘于教化之道，以妖艳相胜"的颓风。其仅存的一首诗，是七律《奉诏赋蜀主降唐》。[33]据五代何光远《鉴诫录》卷七《雪废主》载，此诗为前蜀亡国后希济奉后唐明宗诏命而作。同时奉诏赋此题的蜀降臣们都谴责"蜀主僭号，荒淫失国"，独希济一人"所赋诗意，但述数尽，不谤君亲"，以至于唐明宗览诗赞赏曰："如牛希济才思敏捷，不伤两国，迥存忠孝者，罕矣！"可见其人无论衡文作诗，皆重儒家教化和伦理。但他作词，却不避他在论诗文时反对的"妖艳"，甚至自吐心曲曰："须知狂客，拚死为红颜"（《临江仙》〔江绕黄陵春庙闲〕）。其诗其词，显示的是两副完全不同的面孔。

《花间集》中存词量占第三位的顾夐，作诗也秉持风雅教化之旨。据《鉴诫录》卷六《怪鸟应》载，前蜀通正元年，"有大秃鹙鸟飏于摩诃池上，顾太尉（夐）时为小臣直于内廷，遂潜吟二十八字咏之。近臣与顾有隙者上闻，诏顾责之，将行黜辱，顾亦善对，上遂舍之。至光天元年（918）帝崩，乃秃鹙之征也。诗曰：'昔日曾看瑞应图，万般祥异不如无。摩诃池上分明见，子细看来是那胡。'"但顾夐作词却把题材自限于"换我心，为你心，始知相忆深"（《诉衷情》）的男女恋情之内，风格亦以工致丽密为尚，与其诗大异其趣。

　　孙光宪生前著述颇丰，惜传世之诗极少，但他论诗主张恪守儒家教化之义的观点是十分鲜明的。其《北梦琐言》一书之序文中明确表示，作文著书的目的是"非但垂之空言，亦欲因事劝诚"。该书第五卷借评晚唐陈陶诗，提出"以诗见志，乃宣父之遗训"；第七卷又借批评晚唐高蟾务为奇险之诗，指明若作诗"意疏理寡"，即为"风雅之罪人"。与此相反，孙光宪此书在提到新兴曲子词时，则将其视之为君子所不齿的"艳词"，甚至斥之为"恶事"。该书卷六载：

　　　　晋相和凝，少年时好为曲子词，布于汴、洛。洎入相，专托人收拾焚毁之不暇。然相国厚重有德，终为艳词玷之。契丹入夷门，号为"曲子相公"。所谓好事不出门，恶事行千里，士君子得不戒之乎？

此外该书卷四关于薛昭纬（蕴）好唱《浣溪沙》词的一条记载也把吟唱小词视为与"弄笏"相类似的有悖于名教的浮薄之举。但十分有趣的是，孙光宪自己也十分喜爱这种"艳词"，并大力创作之。其传世之八十四首词作（居"花间"诸人之冠），虽题材较"花间"诸人稍广，风格亦有所变异，然仍以描写艳情绮思的婉约柔美之作为主，且其中竟有六十一首符合赵崇祚、欧阳炯所悬的"艳科"标准，入选《花间集》，俨然与和凝、薛昭蕴之流共有"恶事"之嫌，亦与他在《北梦琐言》卷四中所惋惜的"才思艳丽"、"而薄于德行"的温庭筠居然同科！孙光宪的自相矛盾的理论主张和行为表明，在"花间"派形成的时代，"诗庄词媚"、"词为艳科"的观念，不但流布甚广，而且已深植人心，已经左右着人们的创作方向。

　　由以上几位代表性作家将诗词分疆划界且使之各呈一种艺术风貌的情况可知，欧阳炯《花间集叙》将词体文学定性为"艳科"，乃是基于晚唐五代文人对词这种新兴艺术形式的一般看法。关于词体文学为什么在成熟期就趋向女性题材和阴柔之美，本章第一节已论证了其文化背景、音乐因素和社会审美习尚等诸方面的因由，现在再从创作主体身上找一找原因。是抒情文学表现人之多方面的丰富复杂情感的需要，使当时的文人选择了词，把它划为专门言情的另一体裁。

　　我国古代文艺批评自先秦儒家开始，就过分重视文艺的政治教化作用，对文艺的价值取向偏重于社会功利的一面。汉代独尊儒术，由孔夫子始创的诗教、乐教更成为文艺创作和欣赏的守则，诗歌被视为如《毛诗序》所谓的"经夫妇，成孝敬，厚人伦，美教化，移风俗"的工具。魏晋以来，文学进入自觉时代，一些批评家开始摆脱诗教的框框，阐发诗文应有的抒写人的多方面情志的功能。陆机《文赋》提出了"诗缘情而绮靡"的重大命题。齐、梁宫体诗的出现，客观地反映出当时人们对于文艺功能的一种新的价值取向，即悖离儒家诗教，用文艺来表现原先久被压抑的男女情爱等内容，借以获致精神和感官的愉悦。在宫体诗的所谓"清辞巧制，止于衽席之间；雕琢蔓藻，思极闺阁之内"的创作和传播范围中，⑭文艺消解了儒家外加的政治教化功能，而变成了娱乐性的乃至享受性的工具。隋、唐相继实现中国大一统之后，儒家诗教重新占据了统治地位，宫体诗在盛、中、晚唐持续遭到抨击和排斥。但宫体诗无疑给晚唐五代的文艺走向和审美时尚作了某种示范作用。

　　晚唐五代，天下大乱，"王纲解纽"，正统儒家思想的统治遭到空前的削弱，虽非完全正常但却是压抑不住的男女恋情意识，与社会享乐意识一起高涨。诗风趋向绮靡艳丽。但在"宝相庄严"的诗歌中塞进香艳的货色，毕竟为正统的舆论所不许，而新兴的曲子词此时还是秦楼楚馆、酒边花前供消遣的小玩意儿，上层社会尚未顾及。文人们惊喜地发现了它，选择了它，于是纷纷把在诗中不敢、不便或不屑表现但又很想另寻途径加以表现的那一部分生活内容、思想情感等等，肆无忌惮地写进了词中。"花间词"的问世与"花间"派的崛起，正是代表了晚唐五代这一时代性的选择。欧阳炯一方面正经八百地写作白居易似的讽谏诗，一方面又公然宣称小词的创作是"助娇娆之态"、"资羽盖之欢"的。孙光宪一方面标榜孔子"遗训"，强调"以诗见志"，不作"风雅之罪人"，一方面又大量创作他称为"恶事"的艳体小词。于此可见，在他们心目中，自《诗经》以来的传统诗歌是神圣的，不可亵渎的（所以欧阳炯《叙》中还须顺应正统舆论，批评诗歌中的"异端"南朝宫体），只能用来抒写"正经"的内容；而儿女柔情、心曲隐私、歌酒愉悦、冶游乐事之类，则不妨"走私"到不登大雅之堂的曲子词中去。欧阳炯、孙光宪二人的言论和做法，表明"花间"派已对诗词作了明确的分工，以诗言志，以词言情，畛畦分明，判然两家。自"花间"派始，诗与词的区别，已远远不止文字形式上诗为齐言、词为长短句和诗为案头文学、词为合乐之辞这两点，而更体现在抒写内容、价值功能及由此表现出来的风格体貌的不同上。

钱钟书先生论及宋诗与宋词的差异时说：

> 宋代五七言诗讲"性理"或"道学"的多得惹厌，而写爱情的少得可怜。宋人在恋爱生活里的悲欢离合不反映在他们的诗里，而常常出现在他们的词里。如范仲淹的诗里一字不涉及儿女私情，而他的《御街行》词里就有"残灯明灭枕头敧，谙尽孤眠滋味；都来此事，眉间心上，无计相回避"这样悱恻缠绵的情调，措词婉约，胜过李清照《一剪梅》词"此情无计可消除，才下眉头，又上心头"。据唐宋两代的诗词看来，也许可以说，爱情，尤其是在封建礼教眼开眼闭的监视之下那种公然走私的爱情，从古体诗里差不多全部撤退到近体诗里，又从近体诗里大部分迁移到词里。㉟

钱先生所论甚为谛当。若进一步追根溯源，这种将爱情从诗中"撤退"和"迁移"到词中，从而使诗词分疆各成一家的"工程"，是"花间"派始创其基的。"花间"派主"侧艳"的词论和词风，左右了词的成熟期的创作方向，使词体文学形成了以"真"、"艳"、"深"、"婉"、"美"为特色的主体风格，㊱从形式到内容都与五七言诗区别开来，成为抒情文学样式中名符其实的"又一体"。宋以后词论谈及词"别是一家"时，皆将此说之发明权属之李清照。其实"别是一家"说的发端者，应是"花间"派，李清照只是明确地将已然存在一个多世纪的东西总结和揭示出来而已。

四、后代词派之滥觞——"花间"派内部风格歧异现象的解释

《花间集》中十八词人，因为共处于词的成熟期，在词的题材、体式、表现手法和风格趋向上颇多相近之处，成为时代文艺风尚代表和文人词早期艺术范式的体现者，因而历来被承认为词史上第一个产生的流派。但这个流派并非一个整齐划一的封闭型的词人聚合体，而是一个由一些在艺术风格上既有共通点又有相异处、在审美情趣上既有相同追求又有各自特色的词人非自觉连结而成的松散结构。这个群体中的几位重要人物，各有一己的独特造诣，显露了逸出群体风格之外的艺术个性，甚至他们的个人风格成为后人学习的对象，开启了五代以后的某些新风格和新流派。因此，"花间"派实际上是一个堪称为"派中有派"的泛流派。

对于"花间"群体"派中有派"这一现象，词学批评史上的认知是从

浑然不觉到逐渐察觉，从粗略区分到逐渐细分的。北宋词坛，"花间"词风占据主流，人们作词奉《花间集》为圭臬，故自北宋至南宋前期，人们提到"花间"一派，都笼统地将它作为一个传统、一种范式和一支词源来看待。如李之仪《跋吴思道小词》三处提及"花间"，一曰"以《花间集》所载为宗"，二曰"较之《花间》所集"，三曰"专以《花间》所集为准"，都是将"花间"作为一个宗派、一个传统来理解的。晁谦之《〈花间集〉跋》称，"花间"词"皆唐末才士长短句，情真而调逸，思深而言婉"，也是将"花间"诸人作为一个流派来描述其群体特征。陈振孙《直斋书录解题》称赞晏幾道词"在诸名胜中，独可追逼'花间'"，亦俨然将"花间"视为一个难分的整体。但随着词学的发达，人们开始注意到"花间"两大领袖温庭筠、韦庄艺术上各有千秋，个人风格差异较大，于是将温、韦并列，以示二水分流、两峰对峙之意。如张炎《词源》卷下论小令时云："当以唐《花间集》中韦庄、温飞卿为则。"此后，明、清人论"花间"，往往温、韦并称。并称的含义有二：一是认为他们二人在《花间集》中成就最高，地位不相上下；二是他们二人风格趋向、艺术个性有异，单举其中一人代表不了"花间"派。这样并称的结果，就是用温、韦二派来概括《花间集》的艺术风格，对"花间"词人群体再作流派划分。

迄于现代，人们又进一步细察"花间"词人的风格之异，认为仅举温、韦，尚不足以遍赅"花间"词风的多歧之状，还有温、韦之外的第三派乃至第四派。如李冰若《栩庄漫记》标举李珣为温、韦之外的第三派，其说云：

> 《花间》词十八家，约可分为三派：镂金错彩，缛丽擅长，而意在闺帏，语无寄托者，飞卿（温庭筠）一派也；清绮明秀，婉约为高，而言情之外，兼书感兴者，端己（韦庄）一派也；抱朴守质，自然近俗，而词亦疏朗，杂记风土者，德润（李珣）一派也。

吴世昌先生是反对将"花间"诸人视为一个流派的，但反对的理由恰恰是：其中有温、韦、李珣三个代表作家的风格不相同。吴先生《宋词中的"豪放派"与"婉约派"》一文申其说云：

> ……也许为了讨论方便，提出了"花间派"这个名称，即用西蜀

赵崇祚编的《花间集》的名称来定派别，这当然是不正确的，因为此集所选的温庭筠与韦庄的作品就大不相同，他们二人中的任何一个与波斯血统的李珣的一些作品又很不相同。

此外有另标孙光宪而出之，以为"花间词"可分为温、韦、孙三派者。如詹安泰先生《孙光宪词的艺术特色》一文（载《宋词散论》）云：

> 历来论述"花间"词的人都以温庭筠、韦庄两派来概括，认为走密丽一路的属温，走清疏一路的属韦。这看法，我认为是比较简单的。如果就思想内容说，《花间集》绝大多数是写男女关系，少数是写风物习尚和赋咏本调，这类作品，温、韦一样有；个别作品写亡国哀思，这种表现，温、韦一样没有：那还有什么区别呢？把温、韦看成两派，当然是就艺术表现说的。就艺术表现说，照我看，孙光宪词有他自己的特色——不同于温、韦的特色，似也可成一派。一般说来，温的特色在体格，密丽工整；韦的特色在风韵，清疏秀逸；孙的特色在气骨，精健爽朗：各有所长，不能相掩。

诸家所论，皆不无道理。事实上，笼统地提"花间派"，一般来说只具有指称一种时代风尚、一个填词传统和一段早期词史的意义，而难以反映出那种风尚、那个传统和那段词史中树已开始分枝、水已开始分流、大派中已孕育小派的复杂情况。因而当我们需要横向考察晚唐五代那一段词史和微观分析某种特殊风格的产生、承传情况时，就不但可以、而且必须对"花间"诸人作进一步的流派辨异了。不过应该指出，当时词体初兴，而"花间"词人自身即处于此种文学的源头上，尚无既定的传统可资标榜和继承，因而也还没有很明显的宗派意识，不曾在词坛自觉地组成一个个的派别。上引诸家所说的"花间"可分几"派"，以及笔者所谓"派中有派"云云，仅是为了说明晚唐西蜀词坛并非只有一种整齐划一、众人无别的风格，而已有足以显示"花间词"丰富性的好几种独特风格了。以"派"标示温、韦、孙等几种不同的风格，非只为了辨异的方便，同时也可反映出这样的历史实况："花间词"是文人词的源头，温、韦等几位各有特色的"经典"作家的风格分别为后世词人所崇尚、沿袭或发展，形成了新的流派。

　　在"花间"派中，不但带有时代风格和流派风格、而且自有个人风格特色的，确有温、韦、李珣、孙光宪等好几家。但若要与"派"字挂钩，则须个人风格具有相当大的独创性、代表性、典范性和影响力，否则趋风从流者少，难以见"派"。准此而衡之，"花间词"内主要显出温、韦二派，而以温的势力在当时为大，韦的影响则主要在后世而不在当时。

　　关于温庭筠、韦庄这两位"花间"派领袖个人风格之差异，自清代以迄晚近多有辨析，撮其大要，则周济始以"严妆"、"淡妆"作区别，王国维继以"画屏金鹧鸪"与"弦上黄莺语"为比喻，又用"句秀"与"骨秀"为轩轾；近、现代诸家或曰温秾丽、韦清丽，或曰温密韦疏、温隐韦显，或曰温客观冷静、韦主观热烈，对温、韦个体词风差异的辨析愈来愈精细。如此等等，不必详引。诸家所论，于温、韦二家风格之异体认得大致不差。然而温、韦词风格体貌之异还有一点是最根本的，这就是温词多为应歌而作，多为代言体，故多客观叙写女性香艳形象与愁苦相思，而基本上没有作者个人情志之抒写；而韦词虽亦有应歌之迹象，却颇重作者个人情志之表现，多"自言"而少"代言"，故率真明朗，艺术个性更鲜明。温、韦之间这种差异，除二人个性气质、审美趣味不同有以致之外（拿二人的诗来比较也可以看出：温诗趋向绮丽，韦诗则疏淡清新），更重要的一个原因是，韦庄出世比温庭筠晚几十年，此时词的艺术功能与意境之演进，已使他有可能为原先单纯应歌的词注入个人的情志和生活内容（当然也仅仅是以男欢女爱为主的那部分内容，从题材范围来看与温庭筠无大异），把词当作抒情的工具之一，而不仅仅是代言之作。对于这一点，叶嘉莹《从〈人间词话〉看温韦冯李四家词的风格》一文中有很中肯的论证，[37]今摘其说如下：

　　　　（温、韦）这种风格之异，固由于二家性格之不同，然而自词之意境的演进方面来看，我认为也仍然是具有可注意的价值的。因为词在初起时，原来只不过是供人在歌筵酒席之间演唱的乐曲而已，用一些华美的词藻，写成香艳的歌曲，交给娇娆的歌妓酒女们去吟唱，根本谈不上个人一己的情志之抒写。飞卿的词，尽管被后世的常州诸老奉为与屈子同尊，但是，他们的解说也只能从联想及比附的猜测上去下工夫，至于就飞卿词本身而言，则其外表所予人的直觉印象却依然只不过是逐弦吹之音所写的一些侧艳的曲词而已，既无明显的怀抱志意可见，甚至连个人一己之感情也使读者难于感受得到。而端己（韦庄）的词，则在这一方面已有了一大转变。端己词从外表看来，虽然仍不脱《花间》的风格，可是他却把在《花间》中被写得极淫滥了的闺阁园亭、相思离别的情景，注入了新鲜的生命和个性，词在端己手中已不仅是徒供歌唱的艳曲而已，而是确实可以抒情写意的个人创作了。飞卿词所予人的多半仅是一片华美的意象，虽可引人联想，而其中之人物情事则不可确指。而端己之词，则使人读之大有其中有人呼之欲出之感……这种鲜明真切、极具个性的风格，不仅为端己词的一大特色，而且也当是晚唐、五代词在意境方面的一大演进，使词从徒供歌唱的、不具个性的艳曲，转而为可供作者抒写情意的极具个性的文学创作了。

如此说来，温、韦二人词风词境之异，从词作为一种新的审美结构的进化历程来看，是标志着两个阶段的转换：从徒供歌唱不具个性之艳曲，演进为虽仍供歌唱、但已具抒情写意功能之文学体式。"花间"派作为文人词之"词统"确立的过程，可以用陈洵《海绡说词》的一段话来概括："词兴于唐，李白肇基，温岐受命。五代缵绪，韦庄为首。温、韦既立，正声于是乎在矣。"温庭筠处于"受命"创体阶段，自必顺应于合乐与代言之需求，难以自抒情怀，且流连于花街柳陌，难免多染歌辞绮靡之风习；韦庄处此体声色已开之时期，且自身经历唐末大动乱，生活感受较温氏为丰富多彩，自觉不自觉地会将之注入词中，故在他手中，词增加了抒情写意的功能。但在他活跃于词坛的时代，词毕竟尚基本上处于音乐附庸的地位，演唱娱人是其主要功能，因而作词者追随温庭筠风格的多，而学韦庄用词抒写创作主体之情志者少。这样，虽然温、韦并为"花间"领袖，但温词占主流地位，韦词则势力小得多。日本词学家村上哲见认为：五代时西蜀词人"从大体的倾向来说"，都"热心于模仿飞卿的艳丽笔触"；"大部分作品中可以明显地窥见那模仿的痕迹"。[38]这个结论是符合实际的。另一位日本学者泽崎久和更通过大量举证，指出："温词是最主要的沿袭对象。甚至在与温词风格相异的韦庄词中亦可看到学习温词的痕迹。"[39]这就是说，韦词虽然与温词风格有所不同，但也还是处于温词所形成的艺术范式的笼罩之下。温、韦之异，是同中之异，并不表明韦庄不属"花间"派。相反，韦庄个人风格的创立，意味着"花间"派词艺的演进和新变，是一个流派从只有单一的派主风格进步到骨干成员各有创新、自具面目的表征。

温、韦的词风，若究其同，则知两家都承继着同一艺术倾向：共趋于尚艳尚柔尚女音的晚唐审美新风，共用谐音合律、精巧婉美的小令形式，去填写以恋情绮思为主要吟咏对象的应歌小词；若辨其异，则知两家大致预示着未来词体文学发展的分流趋向：一部分词人继续固守应歌合乐的圈子，一部分词人则逐步走上抒情言志的路子；一部分人自囿于"艳科"之中，一部分人则扩大了抒写的题材内容；一部分人尚秾艳密丽，一部分人尚清疏明快……谈温、韦二人的相同之处，其意义恰如陈洵所说："温、韦既立，正声于是乎在矣。"意指两家先后崛起，温开宗而韦缵绪，建立了词体文学"正宗"和"本色"的艺术规范。由温、韦这两位导师式的人物的相异处，则引出了五代及两宋一些重要的风格和流派。温庭筠秾艳密丽的词风和工笔彩绘的笔法，不但在西蜀词坛拥有如同顾夐、牛峤、毛文锡、魏承班、毛熙震等等一大批追随者，而且下启北宋周邦彦、南宋吴文英等语言典丽精工、风格尚艳尚密的大家。韦庄的跳出应歌之圈子、直抒一己之情志的新体格，以及他那洗却铅华脂粉而以淡雅明朗见长的词风，近则有孙光宪、李珣为同调，远则启示了南唐李煜、北宋苏轼等人去开发词的抒情言志的潜能，逐步把"伶工之词"变为"士大夫之词"。

"花间"派内部风格之异，除了温、韦两家之外，当数孙光宪较为引人注目，分流开派的苗头也较为显著。詹安泰先生论及孙光宪在"花间"派中自成一派、堪与温韦鼎足而三时，举出的理由是孙词"气骨遒健"。此说不无见地，但尚未道着最紧要处。孙词与"花间"诸人不同处，主要在两个方面：一是纵意抒写，其题材范围不但比温庭筠、也比韦庄和李珣远为宽广；二是风格已露清旷豪健的端倪，境界已越出所谓"清溪曲涧的小景"和闺阁庭院的狭小空间，而开始有了天高地迥的气象。关于第一点，论者早就列举过他的边塞词、农村词、怀古咏史词及羁旅行役词等等别人没有或甚少涉猎而唯他多所写作的篇什，这里不再赘述。关于第二点，国内学者似尚不大注意，今引日本学者的观点以证之。日本词学家青山宏《唐宋词研究》第一章第三节在论证孙光宪"与温庭筠、韦庄词风的不同点"时，对孙词艺术境界之广阔作了令人信服的定量分析。他收集孙词描写客观景物的词作，找出其中"表示视野广阔的词句"——加以排列，这样的句子竟有 23 例之多。青山宏进而将孙词与温、韦词比较之后下结论说："像这样表示遥远广阔的句子，温庭筠词中大体是孙光宪词中的二分之一，韦庄词中大体是孙光宪词中的四分之一，他们都不能跟孙光宪相比。孙光宪的词不像温庭筠的词是曲折的、象征性的；不过，也不像韦庄那样直接地、直线型地表达出感情。他在保持一定的节度的同时，还能对景物作客观的描写，而且具有广阔的视野。"[40]在词的发展的早期，众多风格轻靡柔婉的词人偶尔也写出一两首雄浑壮阔之作，这倒不足为奇。但相当数量的此类作品在一个作家身上出现，则显然昭示着一种异质风格的产生。恰如青山宏在同一著作中所说："孙光宪的词有着作为花间集词人与温、韦共通的特质，同时，还是有和这两人不同的优秀词风。"[41]孙光宪词已经露出了风格由"婉"变"豪"、境界由小趋大的明显倾向。虽然宋代趋向清雄豪健一路的词人们并没有尊崇过他，历代词话家追溯所谓"豪放"词之源时也没有提及他，但孙光宪其人确乎是这种新词风和新词派的始发端者。

除温、韦、孙之外，尹鹗的独特风格也颇堪注意。尹鹗的词，亦似"花间"诸人一样多艳冶之态，但语言浅俗，喜作详尽之铺叙，且写了一些中、长调的词，俨然是"花间"派中的别调（其长调词《金浮图》铺写都市游乐的盛大场面，让人想起北宋柳永的同类慢词，《花间集》不选此首，显然是目为别调）。前人论及尹鹗，视之为柳永一派的先导。如况周颐评点其八十四字的慢词《秋夜月》时即认定其为"所谓开屯田（柳永）词派者也"（《餐樱庑词话》）；李冰若《栩庄漫记》亦评曰："尹鹗词在《花间集》中似韦而浅俗，似温而繁琐，盖独成一格者也。其写冶游、写情思均分明如画，不避详琐，柳塘以为开屯田俳调，洵为知音。"

综观以上数人词风之异同，可知"花间"派中的创新苗头，实为后代词派繁衍的端倪。

第三节　五代词坛另一派——
南唐君臣词人群体

自从温庭筠以香艳柔美的主体风格奠定了"词为艳科"的基本格局之后，五代时期的词遂以分处长江两端的西蜀和南唐为两大创作基地。虽然西蜀远在"长江头"，南唐居于"长江尾"，中间被荆楚大地隔开，但由于两地之词皆为唐末小词传统之承续者，曾经"共饮一江水"，因而在前代词论家的笔下它们常被视为一体，统称"五代词"。比如陆游就统论之曰："故历唐季五代，诗愈卑，而倚声者辄简古可爱。"(《跋花间集》)又如江顺诒也说："词在五季，正如诗在初唐，有陈隋之绮靡，故变为各体之宏大；有晚唐之纤薄，故变为小令之秾厚"(《词学集成》卷一)。这样的论述，以宏观的眼光来观察一个较长历史时段中词的大体风貌，并无不可。但细而论之，由于时代的差异、地域人文环境的不同以及创作主体思想情绪、身世遭际与审美习尚的改变，西蜀词与南唐词实已形似而质殊，成为两个不同的艺术流派。

先从时间上来看，《花间集》编成于后蜀广政三年（940）。此书的问世，象征着"花间"派作为一个从萌芽到繁盛历时近百年的文学流派已经"瓜熟蒂落"。此后，虽然少数几个属于后蜀的后期"花间"词人仍有文学创作活动，个别人（如欧阳炯）还活到宋初，但"花间"派的时代已基本结束。而公元940年之时，南唐建国才三年，李煜还是一个四岁小童；其父李璟此时二十五岁，刚被南唐烈祖李昪立为皇太子。南唐词三巨匠中只有冯延巳年齿较长（这一年三十六岁），但中主李璟与冯延巳君臣之间进行文学交流（诸如以词唱和及互相评论名篇妙句等），从而标志南唐开始有群体聚合和流派活动之动向，显然在《花间》结集之后；[42]而南唐词最高成就的代表者后主李煜开始词的写作，又更远在此后。由此可知，南唐词是在"花间"词落潮之后在一个与西蜀地区隔绝的新环境中崛起的新词派。许多论著称，"花间"与南唐"大致同时"，这显然是没有细考词人时代先后所致。王国维《人间词话》竟十分认真地讨论《花间集》不选南唐二主和冯延巳词的原因，更是把时代弄混了。[43]

更为重要的是：南唐所处的地域人文环境和行将亡国的政治形势这两方面的影响，使南唐词人养就了不同于西蜀词人的审美趣尚和忧患意识，导致词风发生了新变，形成了有异于"花间"派的艺术倾向。关于江南地区人文环境与词人文化素养同西蜀的差别，下文还将详论。这里先强调的是，南唐不似西蜀有天险阻隔，可以躲在天外一隅恬然自乐，它立国不久，就先后处于后周和北宋强大的政治压力和频繁的武装入侵之下，国危势蹙，为时代忧患气氛所笼罩，无苟安之暇，有必亡之势。这些，对于身处君主、宰相之位的南唐二主和冯延巳不能无所影响，因而尽管他们也似西蜀君臣一样耽于享乐，仍以词为娱宾遣兴的工具，但其词已大量浸染了为"花间"词人所无的彷徨、感伤、忧患色彩，充溢着浓浓的悲剧气氛，从而成为另一种时代审美风尚的象征，成为五代词坛一个新的流派。陈洵《海绡说词》有云："天水（宋朝）将兴，江南（南唐）日蹙，心危音苦，变调斯作，文章世运，其势则然。"对南唐词另成一派的缘由阐述得颇为深刻。南唐词确为五代词之"变调"。

一、扬州—金陵：南国另一个文化中心和歌词创作基地

南唐立国，其极盛时奄有今江苏、安徽淮河以南和福建、江西、湖南及湖北东部，而以广陵（今江苏扬州）、金陵（今南京）为其两大政治经济与文化中心。扬州本为吴国京城，李昇篡吴而立，改都金陵，但扬州仍具陪都之地位——李昇受禅称帝于金陵时，即下诏以金陵为西都，以扬州为东都。隔长江相望的扬州和金陵，相连而成为南唐的核心基地。这片文化高度繁荣的基地，以其特有的文化乳汁，哺育了南唐词人群体，其中尤以扬州文化对几位主要词人的影响为大。

南唐词人中的元老冯延巳，本人就是扬州人。其父冯令頵，事本郡为军令，官至吴国吏部尚书而致仕。延巳生于扬州，长于扬州，唯十四岁时随父在歙州。成年后，以布衣会见已秉吴政之李昇，授秘书郎，李昇使与李璟游处。南唐建国时，延巳已三十多岁，始自扬州入金陵。

南唐中主李璟，吴天祐十三年（916）生于金陵，三岁时（918）其父李昇自润州（今江苏镇江）提兵渡江赴扬州平乱，得专吴政，李璟从此居扬州。十三年之后，当吴大和三年（931），李昇出镇金陵，留十六岁的李璟在扬州"辅政"，任司徒同平章事知中外左右诸军事。再过六年之后，李昇要在金陵建号称帝，才召李璟离扬州赴金陵。是知李璟自幼及长在扬州生活达二十年之久，基本上是一个扬州人。而后主李煜，恰好生于其祖李昇代吴而立的异元元年（937）七月初七，即其父刚自扬州移居金陵之时。"⑭

以冯延巳、李璟、李煜这样的出生经历，扬州的独特文化和民俗不可能不对他们的审美趣尚和文艺创作产生巨大的影响。

扬州，在宋代以前一直是全中国数一数二的繁华都市。自汉代在此地置广陵国以来，其富庶繁华就渐臻于人人心向往之的地步，以至南朝《殷芸小说》有这样的记载：

> 有客相从，各言所志。或愿为扬州刺史，或愿多赀财，或愿上

升。其一人曰："腰缠十万贯，骑鹤上扬州"——欲兼三者。

扬州的令人向往的繁华，主要表现在商业的发达和城市文化娱乐消费之盛皆可称海内之最。而作为城市文化之冠冕的歌舞艺术，早在汉魏六朝时就颇具规模，成为扬州市井间一大奇观了。试看南朝宋诗人鲍照在其《芜城赋》中是怎样以生花妙笔描写古扬州的："当昔全盛之时，车挂轊，人驾肩；廛闳扑地，歌吹沸天。㩳货盐田，铲利铜山；才力雄富，士马精妍"；那时扬州城里到处有"藻扃黼帐歌堂舞阁之基，璇渊碧树弋林钓渚之馆"；有"吴蔡齐秦之声，鱼龙爵马之玩"；更有许多"东都妙姬，南国丽人"。让人感兴趣的是，鲍照这些描写，每一处都以歌舞之盛来突出扬州的繁荣，可见喜好歌舞实为扬州古已有之的民俗特点和文化传统。

扬州在历史上的全盛，当是在隋炀帝开凿运河、久居江都之后。当时扬州实际上拥有相当于首都的显要地位。唐开国之后，依然重视扬州，以之作为东南第一大镇来治理和建设，特设扬州大都督府，以亲王遥领大都督。"安史"乱后，又以扬州为淮南节度使驻节之地。政治经济及文化地位之重要，诱使许多文化艺术精英纷纷聚集其地，加浓了、强化了扬州的文化艺术氛围。唐代著名诗人，尤其是中晚唐名家差不多都游览和描绘过扬州，不少人还曾在扬州做官或做都督府、节度使衙门的幕僚。白居易、刘禹锡、王建、张祜、李绅、徐凝、赵嘏、杜牧、温庭筠、罗隐等风流诗客的身影，都曾晃动在扬州的歌筵酒席之上。追根溯源，扬州在历史上有过两次繁荣。第一次在南朝时。此次之所以大繁荣，乃是因西晋末五胡乱华，帝室东迁，缙绅文士多避难来居此地，一时衣冠云集，艺文儒术及吟咏歌舞之事因之大盛。而扬州在中、晚唐之所以又一次迎来了有些畸形的大繁荣，乃是因为"安史"乱后唐帝国经济文化重心南移，使此地再次成为人文荟萃之地。且中唐后京城及中原地区的物资供应主要仰仗于东南，扬州地处盐铁漕运的枢纽，东南地区的贡赋财货，均到淮南集中然后向西北运送，此地乃俨然成为控制唐帝国经济命脉的咽喉重镇。"扬一益二"的谚语出现于中唐，绝非偶然。商业的繁荣，城市规模的扩大和市民阶层的膨胀，自然大大增加了文化娱乐消费的需求，刺激了音乐和歌舞艺术的发展。这里本是南朝吴歌艳曲的重要发源地，有深远的歌辞文学的传统。加上隋唐燕乐的风行和晚唐享乐时尚的催动，扬州成为新兴曲子词的创作基地就势所必然了。

　　中晚唐时期扬州歌唱艺术之盛，超过了西蜀的成都。其原因，一是扬州文化比成都发达，商业规模大于成都；二是扬州人的浪漫习气比成都人更浓。在中晚唐诗人的作品中，我们读到的描写成都管弦歌舞之况的篇什相对地少，而且所写多为片断小景；但描写扬州歌吹揭天之状的篇什却多得令人目不暇接，而且其中不少是描写通宵达旦歌舞作乐的"夜生活"的。为省篇幅，这里仅挂一漏万地略举几例：

　　　　霜落寒空月上楼，月中歌吹满扬州。
　　　　相看醉舞倡楼月，不觉隋家陵树秋。
　　　　　　　　　　　　——陈羽《广陵秋夜对月即事》
　　　　小巷朝歌满，高楼夜吹凝。
　　　　月明街廓路，星散市桥灯。
　　　　　　　　　　——张祜《庚子岁寓游扬州赠崔荆四十韵》
　　　　夜市千灯照碧云，高楼红袖客纷纷。
　　　　如今不似承平日，犹自笙歌彻晓闻。
　　　　　　　　　　　　　　——王建《夜看扬州市》
　　　　谁家唱水调，明月满扬州。
　　　　　　　　　　　　　　——杜牧《扬州三首》其一
　　　　二十四桥明月夜，玉人何处教吹箫？
　　　　　　　　　　　　　　——杜牧《寄扬州韩绰判官》

　　当我们引证这些描写扬州歌舞享乐夜生活的诗篇的同时，并没有忘记，唐代首善之区的长安，是一直有实行宵禁、由金吾卫清街巡逻的制度的。晚唐文宗开成五年（840）十二月，还在下敕："京夜市宜令禁断"。相比之下，"天高皇帝远"的扬州城，是一个多么自由自在的风流乐园！不用说，"小巷朝歌"、"高楼夜吹"的夜以继日的歌唱娱乐活动，需要大量知音识曲的乐工歌女，更需要大量的能"逐弦吹之音，为侧艳之词"的作家。由此，扬州自然成为晚唐五代曲子词创作的另一大基地。此种带有地方民俗色彩的音乐文学传统根基极为深厚，以至宋代以还扬州衰落、失去了海内文化娱乐中心的地位之后，流风余韵仍不绝如缕，直到清代，"扬州八怪"之一的郑板桥还在夸示这座古城"千家养女先教曲，十里栽花算种田"的盛况，⑤欣赏"长夜欢娱日出眠，扬州自古无清昼"的

风俗。㊻

扬州喜好歌舞艺术的传统，除了上述历史因缘有以致之以外，还根源于地域文化的特质——扬州居民的群体性格和普遍风俗习尚。唐杜佑《通典》卷一八二《州郡·古扬州下》述古扬州之风俗有云：

> 扬州人性轻扬，而尚鬼好祀。每王纲解纽，宇内分崩，江淮滨海，地非形势，得之与失，未必轻重，故不暇先争。然长淮、大江，皆可拒守。闽越遐阻，僻在一隅，凭山负海，难以德抚。永嘉之后，帝室东迁，衣冠避难，多所萃止，艺文儒术，斯之为盛。今间阎贱品，处力役之际，吟咏不辍，盖因颜、谢、徐、庾之风扇焉。

所谓"古扬州"为上古九州之一，其所辖范围很宽，包括今江苏、安徽、浙江、江西、福建、广东之大部或一部。汉置十三刺史部，扬州刺史部为其一，所辖范围较前有所缩小。魏晋南北朝续有扬州之设，治理范围亦有所变化，且历代治所亦屡有变更。故杜佑所指扬州，非仅指如我们今天所说的作为一个商业文化都市的扬州城，而是一个广阔的中国东南区域。但自东汉设广陵郡以来，今扬州市所在地即为淮南经济文化之中心，而隋唐五代时之所谓"扬州广陵郡"，治所即在其地。身为唐人的杜佑论述扬州风俗，虽所指范围是广义的扬州，但其心目中的扬州风俗的集中代表者，自应是作为淮南之中心与广陵郡治所的扬州城的居民。从杜佑这段话可知，扬州居民的性格及民俗特征有四：（1）"人性轻扬"；（2）"尚鬼好祀"；（3）因僻处海隅，则容易自行其是，"难以德抚"，即难以用儒家的那套礼教（包括正统诗教）去规范和约束；（4）受东晋以来南迁文士的影响，各阶层居民文化水平大大提高，皆趋尚风雅，喜艺文儒术及诗歌吟咏之事，就连下层市民（间阎贱品）及体力劳作者也能"吟咏不辍"。

以上四点，都极有利于歌辞文学的产生和繁荣：性"轻扬"则才气发越，浪漫多情，鄙静好动，喜欢游乐和艺文之事；"尚鬼好祀"则必自远古即有以歌舞乐鬼神的传统，原始歌舞必然发达，流波所及，民间歌辞当一直有不小的势力；地处海隅"难以德抚"，则正统文化的统治必然薄弱，有利于"小道"文艺如词曲之类产生和发展；全民性的趋尚风雅、热爱"艺文"和"吟咏不辍"，有利于上层精英文化与下层民间文化的沟通，从而使发源于民间的较为原始粗糙的曲子词有了被改造和提高为精美雅丽而又不失其"南方文学"特色的"诗客曲子词"的可能。

有了上述地域文化和民俗的条件，一种与西蜀"花间词"主体渊源相同而时代色彩与地域特色有异的江南曲子词不是已经呼之欲出了吗？

南唐词派的主要代表人物，都是扬州的独特文化与民俗培育出来的高级文化人。尽管他们的创作基地主要不是在扬州而是在金陵，然而有趣的是，金陵是广义的扬州范围内的一块宝地，本就在扬州文化圈（或称东吴文化圈）之中。它在南朝时就曾既是国都又兼是"扬州"的治所。这个六朝金粉之都，本亦为宫商流宕的"歌钟之地"，为古扬州地域文化的另一重镇，具有与广陵相同的文化民俗的基础。南唐刘崇远《金华子》有谓："淮南，巨镇之最，人物富庶，凡有制作，率精巧；乐部俳优，尤有机捷者。"这似乎主要是说的扬州人在文艺上（包括属于"乐部俳优"的曲子词）的精巧制作，但同在"扬州"文化圈内的金陵，何尝不是这样的"机捷"文艺制作的良好基地！这个六朝时江东地区吴歌艳曲的繁衍中心，虽因隋灭陈之后失去了大都市的地位，但几百年的文采风流迄未衰灭。诚如李白《留别金陵诸公》一诗所赞："六代更霸王，遗迹见都城。至今秦淮间，礼乐秀群英。地扇邹鲁学，诗腾颜谢名。"可见在盛唐时此地文艺事业仍十分旺盛发达。其中自六朝时就养成的喜好歌舞的地域风俗更是屡见于唐代诗人的吟咏。李白的友人魏万写道："建业龙盘处，楚歌醉吴酒"（《金陵酬李翰林谪仙子》）；大历诗人皇甫冉亦云："处处歌来暮，长江建业人"（《独孤中丞筵陪钱韦君赴昇州》）。唐末中原板荡，文人才士南下避乱来金陵，更加浓了此地娱乐文艺的氛围。韦庄《陪金陵府相中堂夜宴》诗云："满耳笙歌满眼花，满楼珠翠胜吴娃。因知海上神仙窟，只似人间富贵家。"如此盛况，已与扬州相侔。此二地相连而成词的创作中心，宜矣！

当然，南唐词之所以在五代词苑异军突起另成一派，除了扬州—金陵独特文化的滋养之外，更与几位主要词人自身的文化教养、个性气质及五代北宋之交的时代氛围密切相关。南唐词的独特风貌，是这几个方面的因素有机结合的产物。

二、多才多艺的风流君臣与"众芳芜秽，美人迟暮"的亡国心态

西蜀与南唐两个小朝廷的君臣都酷爱小词，因此而形成了"花间"与南唐两大词人群体。与西蜀君臣相比，南唐君臣文化品位特高，艺术修养

更深厚，因此决定了南唐词的士大夫味更浓，自我抒情写意的倾向更明显。

前蜀开国君主王建出身盗贼，目不知书，年少时被乡邻呼为"贼王八"。后应募当兵，凭勇力升为大将，成为军阀，出镇四川。朱温篡唐之后，王建在成都称帝自立。他虽亦附庸风雅，征歌选舞，然无非是一介武夫沉湎酒色的娱乐。其子后主王衍，也是一个庸俗不堪的狎客，未臻高雅的文化境界。他的作词水平，体现在其所自制的《醉妆词》中："者边走，那边走，只是寻花柳。那边走，者边走，莫厌金杯酒。"低级的感官享受，俗艳的艺术追求，便是这位暴发户子弟作词的倾向。供奉前蜀宫廷的一些"花间"词人，自身虽有较高的文化素养和较浓的诗人气质，但君上行而臣下效，作词多是为酒边花前娱乐君主，"寻花柳"、"金杯酒"遂亦成为文士的审美情趣，从而使相当一部分"花间"词作难免带上了艳而俗的色彩。后蜀政权的建立者孟知祥，河北邢州人，亦为武将出身。率后唐军攻灭前蜀，为成都尹，并充东、西川节度使。遂因其势而称帝建国。其子后蜀后主孟昶，虽似比王衍之流风雅，但也是一个"好打毬走马，又为方士房中之术，多采良家子以充后宫"（《新五代史·后蜀世家》）的花花太岁，以他的宫廷娱乐活动为核心的后蜀词苑，其作词风气因而与前蜀大体一致。

但南唐三代君主：烈祖李昪、中主李璟和后主李煜，却是文化境界高出于前后蜀君主的风流儒雅之士。李昪（原名徐知诰）虽出身微贱，少小孤贫，但仕吴之后，笃志向学："时江淮初定，州、县吏多武夫，务赋敛为战守，昪独好学，接礼儒者"。他秉吴国大政之后更"起延宾亭以待四方之士"，"士有羁旅于吴者，皆齿用之"，[47]以故聚集了江南大批有名才士在帐下，实际上为以后由李璟、李煜主持的南唐文苑储备了雄厚的创作队伍。李璟幼承其父儒雅之风，"尚清洁，好学而能诗，天性儒懦，素昧威武"（宋龙衮《江南野史》卷二），"多才艺，好读书，善骑射"（陆游《南唐书·本纪二》），十五岁时即在庐山瀑布前筑读书堂，虽堂未成即应父召回广陵参政事，[48]亦可见其向学之诚。他善书法，体学羊欣（陆游《南唐书·本纪二》），尤善八分（《佩文斋书画谱》）。宋初无名氏《钓矶立谈》更谓李璟"天性雅好古道，被服朴素，宛同儒者，时时作为歌诗，皆出入风骚，士人传以为玩，服其新丽"。李煜比起乃祖乃父，更有出蓝之誉。他"广颡隆準，风神洒落"（《钓矶立谈》），"幼而好古，为文有汉魏风"（宋陈彭年《江南别录》），"精究六经，旁综百氏"（宋徐铉撰李煜墓志语）；工书，学柳公权（或谓出于裴休），传钟、王"拨镫法"，续羊欣《笔阵图》，其书有"聚针钉"、"金错刀"、"撮襟"诸体；善画，尤工翎毛墨竹；收藏之富，笔砚之精，冠绝一时。⑲他更"洞晓音律，精别雅郑"（徐铉撰李煜墓志语），"凡度曲莫非奇绝"（《说郛》卷四十引宋邵思《雁门野说》），为南唐倚声填词第一高手。李煜真是一个"天纵多能"的文艺全才。因有这祖孙三代儒雅风流之君连续主政，南唐举国人文精神高涨，正如南唐刘崇远《金华子杂编》卷上所赞："六经臻备，诸史条集，古书名画，辐辏绛帷；俊杰通儒，不远千里而家至户到。"

南唐词坛，有中主、后主两位国君领头，有众多"俊杰通儒"参与，君臣唱和，朝野响应，必然有比西蜀更多的优秀词人和词作，惜乎没有一位像赵崇祚那样的有心人去收集并编辑成集，其国又仓促间为宋所灭，文献散失不少，作为"小道"的词更十不存一，传到后世的反而远比西蜀少了。但南唐文士的词，仅从其存词最多的冯延巳一家亦可看出其审美价值有高于西蜀之处。

冯延巳其人，出身官宦之家，"有辞学，多伎艺"（马令《南唐书》本传），《钓矶立谈》说他"学问渊博，文章颖发，辩说纵横，如倾悬河暴雨，听之不觉膝席之屡前，使人忘寝与食"。他工诗，虽贵且老不废，"识者谓有元和人气格"（陆游《南唐书》本传），可惜诗集失传。又善书法，似虞世南。尤喜为乐府小词，跟从中主李璟长达三十余年，贵至宰相，是李璟文学创作的主要唱和伙伴。其词"平视温、韦，下开欧、晏，为南方词家鼻祖"（夏承焘《唐宋词人年谱》语），词作虽在宋初已多散佚，但经仁宗时陈世修所辑录和后人补辑所得，仍有一百余首，数量为唐五代词人之第一；其质量虽未能遽言超过温、韦及李煜，但显然高于西蜀与其政治地位相同的欧阳炯、顾敻、毛文锡（欧曾为宰相、顾为太尉、毛为司徒）等人，则是无可怀疑的。

我们列举事实证明南唐君臣的文化修养和文艺才华明显高于西蜀君臣，这一点对于辨识流派风格之异并非是无关紧要的。因为像南唐君臣这样的儒雅风流、才富学赡的上层文化人来从事小词写作，势必将自身的学识襟抱自觉不自觉地熔铸于这种原先只属"下里巴人"的流行歌曲之中，提升其审美品位，使其风格趋向高雅，呈现比"花间"更士大夫化的体貌。事实上南唐词的全盘雅化的倾向早在北宋就已为人崇仰和称述，证据之一是晏殊、欧阳修等出身和仕历与冯延巳相似的台阁重臣作词不学"花间"而专学南唐；证据之二是李清照《词论》述及五代词时绝口不提"花间"而只强调南唐词之"文雅"，道是："五代干戈，四海瓜分豆剖，斯文道息，独江南李氏君臣尚文雅。"这已足以说明南唐君臣在五代异军突起，另成一派。如果说，仅言南唐君臣作词比五代其他人"文雅"还显得有些笼统和抽象的话，那么从词风、词境演进的角度考察，就更能看出南唐词是词史上一个新阶段的代表者了。在这个问题上，叶嘉莹氏谓："温庭筠为唐代词人中以专力为词之第一人……为词之演进之第一阶段。韦庄以清简劲直之笔，为主观抒情之作，遂使词之写作不仅为传唱之歌曲，且更进而具有了抒情诗之性质，为词之演进之第二阶段。冯延巳词虽亦为主观抒情之作，然不写感情之事件而表现为感情之境界，使词之体式能有更多之含蕴，此为词之演进之第三阶段。"⑤⁰叶氏又谓，冯延巳始开的这种南唐词的"感情之境界"，"为词之体式自歌筵酒席之艳歌转入士大夫手中之后，与作者之学识襟抱相结合所达致之一种特殊成就，为词史之一大进展，而冯延巳正为此种演进中承先启后之一重要作者"。⑤¹善乎此论。正是南唐君臣特有的极为高雅丰富的"学识襟抱"为艳体小词输入了抒情新质，使南唐词成了词体文学演进新阶段的象征。

南唐词之所以能自具风貌、自成流派，更重要的是靠了一种由特殊地缘政治和创作主体多愁善感之心交互作用而形成的忧患危苦的抒情基调。

南唐承吴国二十七州之地立国，虽在十国中可称"大邦"，然领土较蜀国为小（前、后蜀皆占据东西川及汉中共四十六州之地）。它不似蜀国那样四境有山川之险可倚仗，而是强邻压境，与中原只隔一条淮水，敌人随时可以长驱直入，所以国内一直没有安全感。加上东南之民，生山温水软之乡，气质安雅，尚文厌武，遂使南唐虽然文运昌盛却缺乏在战乱的时代自强自卫的国防能力。因此烈祖李昇颇有自知之明，立国之初就"志在守吴旧地而已，无复经营之略也"（《新五代史·南唐世家》）。到了"天性儒懦，素昧威武"的中主李璟继位之后，连"守吴旧地"都做不到了。公元956年，后周世宗柴荣下诏亲征南唐，很快夺得滁州，拿下扬州，攻陷泰州，迫降光州。李璟屡战屡败，只好削去帝号，遣使奉表于后周，请为外臣。后周军不许和，世宗多次亲征，进逼不止，李璟先割淮南六州，后献江北四州请和。战事延续了两年，后周共得淮南江北十四州六十县，与李璟划长江为界，迫使南唐成为退处江南十三州并去掉国号的外藩小邦。金陵对岸，即为敌境，南唐之危，可想而知矣。公元960年赵匡胤代后周而立，建立大宋帝国，次年李璟在忧惧之中病死于江西南昌。继李璟即位的南唐后主李煜更是一个敏于文学而昧于治国的亡国之君。李煜在位期间，宋朝统一南北、削平割据状态的事业已到了最后完成阶段，南唐风雨飘摇，有必亡之势，无复兴之理。李煜"尝怏怏以国蹙为忧，日与臣下酣宴，愁思悲歌不已"（《新五代史·南唐世家》）。终于在南唐享国三十九年之际（975），宋军攻破金陵，李煜肉袒出降，文采风流冠绝一代的江南小朝廷寿终正寝了！

在上述由地缘政治与天下统一大势所决定的特殊时代气氛的笼罩下，南唐君臣的文学创作自然呈现抑郁、惶惑、感伤乃至绝望的群体感情倾向。冯延巳、李璟、李煜，都属于我国古代这样一类悲剧性的"错位"人物：他们才高八斗，学富五车，长于文艺，却短于政治，若仅为文坛魁首，艺苑班头，皆可冠绝一世；但历史开了他们的玩笑，让他们既生错了时代，又不幸"走错了房间"，使他们不但干了政治，而且还被推到了秉持国家大权的要害地位上。若在所谓"承平之世"，他们为君为相无非是干得不好，落个骂名罢了。但命运偏偏让他们生长于乱离之世，主政于必亡之国，使他们经受比一般不在其位的文人才士更为深切沉重的时代磨难和精神痛苦，最终或身死国灭，或本人因精神之幻灭抑郁而死，所遗留于后世的，是那些烙下他们忧患、彷徨、感伤、悲郁之心灵印记的抒情写意文学。南唐词人群体，就是这样的一批"走错了房间"的悲剧文人；他们的多愁善感的哀婉小词，就是这类文人的心灵悲歌。李清照《词论》准确地把握住了他们的心灵脉搏所代表的时代脉搏，为之定性曰："语虽甚奇，所谓'亡国之音哀以思'也。"真称得上是南唐风流君臣的异代知音！

和"花间"词人一样，南唐君臣也喜好声色，耽于享乐，也顺应晚唐以来的传统，以小词娱宾遣兴，以小词描写男女私情、离愁别恨，塑造柔美纤丽的艺术形象。但与"花间"词人大有区别的是，在同样的题材，同样的描写对象和同样短小的令词体式中，南唐君臣的词已经多了一层深沉的身世感慨、一种凄迷的忧患意识和一腔哀伤的时代情调。试看：

冯延巳身处宰辅高位，从表面看，一人之下，万人之上，人臣之贵已极，但他内受朝中党争攻讦之困扰，外承国势衰亡之压力，时时感到大厦将倾，盛时难驻，举眼庭院园圃，虽有"细雨湿流光"的艳丽春景，却偏觉"芳草年年与恨长"（《南乡子》）；抬头纵观天地间，愈发感到"满目悲凉，纵有笙歌亦断肠"（《采桑子》）！居于花柳繁华地、温柔富贵乡中的当朝宰相，却乐不起来，欢不长久，只有莫名的困惑和惆怅，他坐在与"花间"词人同样的长夜作乐的欢场之中，却"为问新愁，何事年年有"（《鹊踏枝》），这是因为他心中有为"花间"诸人所缺乏的时代忧患，充溢着与"花间"诸人相异的士大夫意识。我们虽不必强为穿凿，去认定他每一首词的"寄托"，但他相当一部分作品中的确流露着一种"类劳人思妇羁臣屏子郁伊怆倪之所为"（清冯煦《阳春集序》语）的忧生忧世之情，则是无可怀疑的。

李璟传世之词仅有四首，但首首言"愁"，句句传"恨"，确给人以"多少泪珠何限恨"（《摊破浣溪沙》之二）的沉重感。这难道仅仅是客观叙写"思妇"的愁和恨吗？否。字里行间，显然饱含着衰国弱主的主观抒情成分。其《摊破浣溪沙》之二的起句："菡萏香销翠叶残，西风愁起绿波间"，比喻象征的意味极为明显，王国维别有会心，评为"大有'众芳芜秽，美人迟暮'之感"（《人间词话》）。这种盛景消逝，生命催伤的艺术境界，说它反映着江南小国的衰残没落与国主心态的萧瑟悲凉，并非毫无根据。史载李璟"折北不支，至于蹙国降号，忧悔而殂"（陆游《南唐书》）。则"菡萏香销"云云，无异自道身世。

至于"千古伤心人"李煜的词，更非"艳情文学"所能范围，而实实在在是"以血书"（《人间词话》）成的。表面看来，李煜当国君时沉溺声色，不恤民困，生活奢侈，似乎与西蜀王衍、孟昶一样是无心肝的货色。但实质上他是一个天性真挚仁厚的"多情种子"，早年即有着深沉的忧患之思与感伤之怀。他虽处帝王之尊，但在国家必亡的凄风苦雨中登位，以文弱怯懦不谙治国之道的书生而强充统驭万民的角色，应无多少愉悦之感，而只会觉得惶惑危惧。且内有丧妻失子之不幸，外迫于赵宋王朝的步步进逼，心灵所受的煎熬和痛苦，诚如他在《却登高文》中所述："空苍苍兮风凄凄，心踯躅兮泪涟洏。无一欢之可乐，有万绪以缠悲。"因此，他在亡国前所写的小词，虽不免有"晚妆初了明肌雪，春殿嫔娥鱼贯列"（《玉楼春》）的香艳描写，但却更多的是如《捣练子》（深院静）、《清平乐》（别来春半）、《虞美人》（风回小院庭芜绿）等等那样的感叹好景不长、充满幽愁暗恨的作品。至于他亡国后的作品，更是创巨痛深的人生苦难的呼喊，远不是"感伤"、"愁苦"之类的用语所能概括的了。李煜亡国后的词，已经不仅仅是自道个人身世之悲，也不仅仅是南唐一隅和五代之末的感伤基调的代表者，而是更有了代表人类某种普遍情感的意义。

从冯延巳到李璟再到李煜，南唐词人群体一以贯之地运用应歌小词来抒写一种带有忧患感伤时代色彩的士大夫意识，使词在从纯粹的娱乐文学向抒情文学演进的历程中迈出了关键的一大步。这一群体性的、倾向性的审美变异，已经逸出了温庭筠、韦庄以来的"花间"传统，使南唐词脱颖而出，成为五代词的新派别，并启示了宋词发展的新方向。

三、冯延巳：南唐词感伤主调的奠基者和新词境的开拓者

冯延巳（903—960）是南唐词苑的元老，他比李璟（916—961）长十三岁，比李煜（937—978）长三十四岁，于李璟为师长，于李煜为前辈。他年轻时即享有文名，"以文雅称"，大约在二十五六岁时以白衣谒李昇，得官秘书郎，李昇即令他与十多岁的李璟"游处"，实际上是让李璟跟从他学习儒术艺文。南唐保大五年（947）李璟提及冯延巳时称："相从二十年宾客故僚，独此人在中书"，可见冯、李相从之久与私谊之深。㉒由此亦能想见，冯延巳在作词方面是南唐二主的导师，是南唐词的先行者和这个由君臣师徒父子组成的群体的实际领袖。在有作品流传的南唐词人中，他存词最多（实际上他也是所有唐五代词人中存词最多者），成就与影响也最大（李煜的成就主要体现在入宋以后的词中，影响也主要在入宋之后）。清末冯煦在《唐五代词选叙》中说："吾家正中翁鼓吹南唐，上翼二主，下启欧晏，实正变之枢纽，短长之流别。"对于冯延巳在南唐词及五代北宋之际词派衍变中的地位与作用，作了确当的评价。

冯延巳在南唐词人群中的地位和作用，与西蜀的韦庄在"花间"词人群中的情况十分相似。韦庄仕前蜀为宰相，成为蜀中文臣骚客的"班头"，将在晚唐已成熟的文人歌词的种子撒播于蜀中，带出了一个"花间"词人群。冯延巳仕南唐亦为宰相，亦承晚唐文人词的传统而带头写作应歌小词，成为南国词坛的魁首。由于所承续的都是温庭筠开基的"艳科"词统，所以由冯延巳领头的南唐词和由韦庄发端的西蜀词颇有不少相同之处，例如都专写体制短小的令词，都在作品风格上趋向婉丽纤柔，都喜营造闺阁庭院、清溪曲涧的小境，都较多地描写女性形象和表现男女恋情等等。冯延巳及其追随者作词，也像韦庄他们那群人一样是为了应歌合乐以娱宾遣兴，这从自称是冯延巳外孙的陈世修在《阳春录序》中的一段话可以得到证实：

> 公（冯延巳）以金陵盛时，内外无事，朋僚亲旧，或当燕集，多运藻思，为乐府新词，俾歌者倚丝竹而歌之，所以娱宾而遣兴也。

这与欧阳炯《花间集叙》所描写的"广会众宾，时延佳论"、"使西园英哲，用资羽盖之欢"的应歌佐酒情形毫无二致。但是，大背景、大风尚的相同，却阻遏不住因地域、时代的移易和词体自身的进化所引起的风格、意境及抒情功能诸方面的变异。正如韦庄虽承续温庭筠的传统，却不专为应歌，已开始在词中自抒主观情意一样，冯延巳接受的虽也同是体制短小、风格香艳的应歌小词，但却不甘于只用这种样式来供合乐歌唱和代妇女言情，而是把它发展成为一种极具作者个性、可供作者抒写自己情感怀抱的文学创作。所不同的是：韦庄用词抒写个人情意尚属初创阶段，自不免常限于现实中一人一时一地一事之描写，在意境及抒情深度上颇受拘限，⑬且受时尚及西蜀应歌享乐环境的制约，他的风格变异在当时当地并未引起较大的反响和较多作家的追随，西蜀大多数词人在风格上从温而不从韦。而冯延巳则不但在词的抒情写意上大有加强，在意境的深度和广度上大有开拓，而且由于南唐所处地域和时代环境之不同，他创立的以感伤哀怨为主调的词风不但成为有别于"花间"诸家的个人主导风格，而且一呼众应地成了南唐词的流派风格。

"花间词"中虽也有不少代妇女言"愁"和抒写作者本人愁思恨意的作品，但其主导倾向无疑是大写特写所谓"寻芳逐胜欢宴，丝竹不曾休"（毛文锡《甘州遍》）的宴嬉逸乐生活。而我们只需打开冯延巳的《阳春集》，便会发现情况与《花间集》显然大不相同。他固有少量如《寿山曲》那样谀颂南唐小朝廷"太平"的作品和像《抛球乐》那样高唱"须尽笙歌此夕欢"的宴嬉逸乐之篇，但其大多数作品（尤其是他那些传世名篇）却是写愁遣恨、哀情怨意逼人而来的。笔者通过统计得知：《全唐五代词》（张璋、黄畬编，上海古籍出版社1986年版）共收冯延巳词一百十一首，其中有"悲"、"忧"、"愁"、"恨"或"啼"、"泪"、"断肠"等字样出现的竟多达五十四首，约占一半。加上一些虽未出现上述字样但显然是写"幽情暗恨"的篇什，冯词中忧患感伤愁苦之作至少有三分之二以上。根据这一量化分析，说冯词是以愁苦感伤为抒情主调，《阳春集》基本上是一部心灵忧患悲思录，似不为过。这样的带有强烈倾向性的忧患感伤色调，在"花间"派诸人的作品中还没有出现过。联系冯延巳的个性、经历和南唐小国在当时的处境来看，他的哀苦感伤的咏叹，并非"为赋新词强说愁"的无病呻吟和为文造情，而是集中地反映和典型地代表着当时一批生于衰乱之世、仕于必亡之国的士大夫的忧愁悲哀情绪和彷徨迷乱心理。

　　关于冯延巳的人品，宋以来的有关史籍多误信南唐时的朋党攻讦之辞，因而颇有过当之论，把他描绘成一个奸佞小人。对此，夏承焘《冯正中年谱》详引史实，加以考辨，得出了"正中宽恕，非陈觉、魏岑（按皆南唐'贼臣'——引者）等伦。史籍诋諆之辞，不尽实也"的持平之论。夏氏之说，此不赘引。综合历史上各种可信的记载来判断，冯延巳十足是一个志大才疏（此处指政治才能）而又不幸陷入复杂政治环境难以自拔的悲剧性文人。他是一个不甘寂寞、执著自信的才辩之士，身为不懂武略的书生却"好论兵、大言"，甚至讥诮武将出身的烈祖李昪曰："田舍翁安能成大事！"（《新五代史·南唐世家》）这样的人，其主观理想与打算和客观现实之间必然产生极大的矛盾。按他的实际才能，供奉翰林掌诏诰足矣，但他偏是两朝元老、东宫幕客，以旧恩致显，被李璟提拔到他所绝对不能胜任的负荷国家安危重责的宰辅之位。对于他当宰相，"时论以为非才"。⑭可见南唐国内早有公论。这一历史错位，足以使他左支右绌而产生迷乱彷徨情绪。加之南唐小朝廷党争剧烈，延巳本人属于宋齐丘、陈觉、冯延鲁（延巳之胞弟）、魏岑一党，与孙晟、常梦锡、韩熙载一党势不两立，互相攻讦。在无休止的党争中，冯延巳经常要为同党的其他成员特别是其弟冯延鲁分担"责任事故"，从而为敌党造成更多的攻击的把柄。如保大五年（947）冯延鲁、陈觉伐福州兵败，冯延巳只得上表自咎，旋为江文蔚、徐铉、韩熙载所弹劾，遂被罢相，出镇抚州。于此可见党争对这位敏感文人的困扰。比党争压力更大并给冯延巳造成更大的精神痛苦和宦途波折的，是邻近大国（尤其是后周）对于南唐的要挟和侵凌。据夏承焘《冯正中年谱》，冯延巳自四十四岁第一次拜相起，至五十六岁止，十二年间竟被罢相四次，经历了四上四下的折磨和痛苦。第一次罢相已如上述。后三次皆与南唐对外丧师辱国，冯延巳作为宰相须承担"领导责任"有关：第二次罢相在保大十年（952）十一月，刚复相才七个月的冯延巳因南唐尽失湖湘之地而自劾去职；第三次在保大十五年（957），复相已四年的冯延巳因后周军队大举南侵，南唐尽失江北地而被李璟罢相；第四次在此后一年，刚刚复相、奉命渡江去扬州犒劳后周师后才回朝的冯延巳，因李璟被迫去帝号而称国主并按周世宗的要求"贬损仪制"，再度罢相。如此频繁地因为对内对外政治斗争的失败而在宰辅之位上栽跟斗，这种象征着南唐危殆国运的身世经历，不可能不在冯延巳那颗本来多愁善感的"词心"里投下巨大的阴影！词之初起，本为应歌佐酒、娱宾遣兴，被目为小道，截至北宋中期之前，它普遍地只写男欢女爱和春花秋月的闲愁，尚未被用来负载政治社会人生的大题材和大感慨。但这是就一般情况而言。对于南唐几位大词人，尤其是冯延巳和李煜，应另作别论。冯词中如上所统计的占其词三分之二以上的言愁抒悲之作，显然并非都是客观地为"思妇"写怨情，而是有主观心灵的大量感伤哀怨之情的自觉或不自觉的投注。冯氏一生全力为词，在无诗文分泄其情（至少是冯氏诗文已基本佚去，使我们无法找到例外的抒情证据）的情况下，对他的词中所营造的那一片浩茫无际的愁山恨海，我们多半只能理解为是他忧患愁苦的主观精神和南唐时代地域气氛的艺术再现。

对冯延巳词的忧患感伤主调作出以上的认知，并不意味着我们要说他是一个悲天悯人、胸怀博大的政治抒情诗人。如陈世修《阳春录序》所谓冯延巳能"以远图长策翊李氏"、"磊磊乎才业何其壮也"，以及冯煦《阳春集序》所谓"翁具才略，不能有所匡救，危苦烦乱之中，郁不自达者，一于词发之，其忧生念乱，意内言外"云云，皆是对冯延巳人品和词品的溢美拔高之辞，不足凭信。至如张惠言《词选》、陈廷焯《白雨斋词话》专以政治寄托说冯延巳词，字穿句凿，强为附加"微言大义"，硬说冯词"忠爱缠绵，宛然《骚》、《辩》之义"，"忠爱缠绵，已臻绝顶"，更与冯词本身的实际含蕴和价值相去甚远。其实冯延巳就是冯延巳，他虽有政治家之地位却无政治家之才能，也没有政治家的情怀，他充其量只是一个生于衰乱之世的感伤词人，一个以自己浓得化不开的感伤忧思色彩为五代词坛提供了一种悲哀之美，从而建立了逸出"花间"风调的新词派的词人。

清沈雄《古今词话·词评》引《柳塘词话》评冯词云："诸家骈金俪玉，而阳春词为言情之作"。此评指出晚唐五代诸家多竞作香艳浓丽、镂金错彩的应歌之词，唯冯词能自抒作者一己之情怀，因而自立一派，甚为有见。稍感不足的是未能进一步指出冯词抒情之个人特点及风格——以忧患感伤为主调，以哀为美。因为五代词人中并非只有冯延巳一人用词抒一己之情，韦庄、李珣、孙光宪等亦不同程度地这样做了，如不点明冯词感伤哀美的特点，何以看出此人自成一家自开一派？又何以看出冯词所代表的不同于"花间"诸人的地域及时代特色？

王国维《人间词话》中对于晚唐五代词坛开宗立派的四大家温庭筠、韦庄、冯延巳、李煜的艺术成就和特征多有精辟的论述，就中虽稍觉贬低了温而过于偏爱冯、李二家，但对于四家风格之异却辨析得极为准确。如他说：

> "画屏金鹧鸪"，飞卿语也，其词品似之。"弦上黄莺语"，端己语也，其词品亦似之。正中词品，若欲于其词句中求之，则"和泪试严妆"，殆近之欤？

王氏此处所谓词品，当是指词的体貌特征以及艺术风格。关于温、韦，前文已有论述，此处不重复。这里只想说，王国维借冯氏之名句"和泪试严妆"以喻冯词的总体特征，真是活灵活现，把冯氏艺术上既不失五代风格极富审美个性的面貌都给概括出来了。冯氏此句，出于其《菩萨蛮》，全章如下：

> 娇鬟堆枕钗横凤，溶溶春水杨花梦。红烛泪阑干，翠屏烟浪寒。
> 锦壶催画箭，玉佩天涯远。和泪试严妆，落梅飞晓霜。

此词色彩极浓丽而情调极哀伤。俞陛云谓："'严妆'句悦己无人，而犹施膏沐，有带宽不悔之心。"[55]也即是说，冯氏借闺怨以寓悲怀。精心地"施膏沐"以作"严妆"，必然色泽浓丽，明艳照人；然而内心悲苦（孤独寂寞，悦己无人），泪流满面，虽美而实哀，透过外貌及梳妆之艳美来透露内心的深悲巨痛。似此以浓艳之美来表达哀情的方式，在冯词中比比皆是，如《鹊踏枝》之"一点春心无限恨，罗衣印满啼妆粉"；《更漏子》之"和粉泪，一时封，此情千万重"；《南乡子》之"烟锁凤楼无限事，茫茫，鸾镜鸳衾两断肠"；《采桑子》之"惆怅墙东，一树樱桃带雨红"、"斜月朦胧，雨过残花落地红"等等。我们知道，晚唐五代词的主导风格是香艳浓丽，主导的审美倾向是阴柔之美，在这一点上，冯延巳词顺其大势，外在体貌与诸家并无大异，所以王国维称其"不失五代风格"。但是，冯延巳又不满足于浮泛地描摹所谓"绮罗香泽之态"和一味摆弄"绸缪宛转之度"，不愿意全按娱乐的时尚而仅作冶荡轻逸的"欢愉之辞"，而是把自身在风雨飘摇的衰乱时局中体味产生的忧生忧世抑郁彷徨之情熔铸而成"愁苦之辞"，以沉哀入骨的笔调，创立了一种以艳美为表、以感伤哀痛的主观情怀为里的新词风。在冯氏的这些"愁苦之辞"里，所谓"严妆"亦即浓丽的色彩是其外在风貌，"和泪"才是其抒情本质。也就是说，他在外貌与"花间"派无大异的艳体小词中，寄寓了士大夫忧生忧世的思想感情，比起"花间"派写"欢"之词，他更多地表现了士大夫意识中的另一面。这就在同样的题材范围中开掘了思想深度，开拓了新的意境。宋代的晏殊、欧阳修等上层士大夫，最欣赏的就是他的这类饱含忧生忧世之情的艳美小词。所以王国维又说冯词"堂庑（指意境——引者）特大，开北宋一代风气"。可见冯词感伤主调的建立，具有开新词境、建新词派的重大意义。

由于冯延巳是南唐文臣中的元老，又是中主李璟从少年时就纳于幕下、即位后又一直倚重的师长一辈的腹心之臣，因而冯延巳的词风在南唐词人中，尤其是在中主、后主那里极具示范作用和艺术感染力。李璟做皇帝之后，还经常不拘形迹地与他少年时的师傅切磋词艺和鉴赏词作。据马令《南唐书》卷二十一：

> 元宗（李璟）乐府词云："小楼吹彻玉笙寒"，延巳有"风乍起，吹皱一池春水"之句，皆为警策。元宗尝戏延巳曰："'吹皱一池春水'，干卿何事？"延巳曰："未如陛下'小楼吹彻玉笙寒'。"元宗悦。

由此可见这君臣二人的审美情趣和词艺追求是多么投合。需要补充说明的是，冯延巳《谒金门》（风乍起）和李璟《摊破浣溪沙》（菡萏香销翠叶残）都是时序惊心、浓愁满纸的感伤之作，二人互相激赏对方的感伤代表作，可见他们在风格上桴鼓相应，高度合拍。不但如此，李璟仅存的四首词，全是感伤愁苦之作。李璟词在语言色泽上不似冯词浓丽，而颇有流畅清疏之致，但在"和泪"这一根本特征上与后者是一致的。李璟就连在营造愁苦感伤的意象时也留下了学习冯延巳的痕迹。比如李词《摊破浣溪沙》中的名句"丁香空结雨中愁"，就未必没有受冯词《鹊踏枝》之"愁肠学尽丁香结"及《醉花间》之"肠断丁香结"等句之启发；同调中的末句"多少泪珠无限恨，倚阑干"，也明显脱胎于冯词《鹊踏枝》之"一晌凭栏人不见，鲛绡掩泪思量遍"，等等。我们纵然不能说李璟是完全在冯延巳的影响和示范下进行创作的，但至少可以确认：李璟、冯延巳君臣二人共处于南唐这个必亡之国的权力中心，共同承受大厦将倾的巨大压力，共有危惧彷徨的忧患之思和感伤情调，又因性情相近文化教养相同而有相通的审美习尚和艺术趣味，因而他们同作感伤哀美之词，虽未有明确的宗派意识却实际上以他们二人为首结成了一个新词派，这是五代末词坛上的的确确的一大客观存在。至于李璟的肖子李煜，就不但大做感伤之词，更进而把低回感伤变为悲愤绝望乃至凄厉的人生大苦难的呼喊，把这一派词推向了艺术的高峰！

四、变"伶工之词"为"士大夫之词"的李后主

对李煜的词，历来评论者颇多，然亦有合有不合。如谓其"高奇无匹"、"超逸绝伦"、"芝兰空谷"、"词中之帝"、"古今绝唱"、"特殊例外"云云，一似其人未曾受过当时社会文化环境的影响和陶铸，与词的发展潮流无关，而是天上掉下来的异物一般。因此日本词学家村上哲见批评说：李煜研究中"有一种把它（按：指李煜的词——引者）奉为特殊存在的倾向"。[56]事实上李煜词虽有其特殊的风格和成就，却也是时代风会和词的流派发展的必然产物。还是村上哲见说得好：李煜词"虽然也可以看作是在特殊个性以及特殊生活体验的基础上，偶然出现的特异现象，但是毕竟不能完全脱离词的历史潮流去考虑它。如前所述，在他（李煜）成长为具备崇高趣味感觉的风流人物的背后，有着继承了唐代文化传统的南唐文化。正因为有这样的基础，才能够把陷于悲剧的境遇时的感慨提炼为优秀的文学作品；而且把它表现为词这种样式也绝非偶然的，其前提仍然是这种样式从唐末至五代的发展和流行"。[57]

考察李煜词的流派归属及其在词史上的地位，的确应该充分注意"继承了唐代文化传统的南唐文化"和词"这种样式从唐末至五代的发展和流行"这两个方面。

这当然仅仅是大而言之。若要具体说明李煜之所以成为五代词坛上的"这一个"而不是"另一个"，那么显而易见，所谓"南唐文化"中对他影响最为直接并起了决定性作用的，乃是以李昇—李璟儒雅家族为核心的南唐宫廷高级文化的浸润和滋养；而所谓词的"发展和流行"与李煜文学

创作之间的关系，则主要表现在：词从"花间"发展到南唐，不但意味着地域与时代的转移，而且标志着这一新兴样式从纯粹应歌代言向抒写士大夫主观情志的功能进化，李煜适逢其会，不但循其南唐词坛前辈之轨，顺应和推动了这一进化趋向，而且以独具个性的艺术创造，出色地完成了这一进化。关于李煜词与南唐宫廷高级文化及五代词风会转移之间的关系，龙榆生先生曾有所触及。其《唐宋名家词选》中之李煜小传略谓："（李）煜对歌词之成就，于家庭父子夫妇间，与当时风气，皆有绝大影响，尤以周昭惠后精通乐律，从旁赞助之力为多焉。"此说点到了事实，但嫌语焉不详，兹稍加发挥充实。

　　如本节一、二小节所论述，以扬州、金陵为中心地带的南唐文化，独具轻扬柔雅的江南地域特色，尤其适宜于浅斟低唱的歌辞文学的生存和发展。而连续三世崇文尚艺的李昇—李璟—李煜家族文化，更是南唐文化的冠冕和骄傲。纵观唐代以前的漫长历史，各朝各代封建君主虽处九五之尊、为万方之主，但其中多数人在文化上仅能附庸风雅，只有少数几位富于文才者能够在文艺创造上领袖群伦、左右一国一代文艺风尚。而南唐李氏皇室两代人，虽乏治国雄才，却饶文艺天赋，相继领一国风骚，创一代文风与词风，成为当时无可争议的艺文盟主。李煜作为这个家族的后来居上者，文艺才能超逾乃父，不但当了一国之帝，而且成为"词中之帝"，这毫不值得奇怪，乃是家族文化滋养的必然结果。这种根源于祖、父而更加发扬光大的文士气质，即在当时就给人以极为强烈的印象。李煜国亡被俘入宋，宋太祖赵匡胤见之，不以为他是帝王，乃直呼为"翰林学士"（见无名氏《宣和画谱》），可见其由家族文化涵茹而成的文士风度，并未因国破家亡而稍减。

　　李煜所赖以成长为杰出文艺大师的这个帝王文化家庭，内有博学多才的帝王后妃为骨干，外有冯延巳、韩熙载、成彦雄、潘佑、徐铉等等一大批才华横溢的高级文人为之羽翼，故能形成一个足以光大一国文风与词风的群体。前已述及：南唐君臣文人集团的文化品位和审美素养远远高于西蜀君臣；这里还要指出，他们在文化上的优势，也远远高于在政治、军事上征服了他们的北宋赵匡胤君臣。赵匡胤是靠武力发家的军人（其弟太宗光义通文墨、能作曲，又当别论），其宰相赵普是一个"少习吏事，寡学术"（《宋史》本传）的村学究，死后贻人以"半部《论语》治天下"之讥。赵氏君臣立国后，虽因长治久安之需而实行崇文抑武政策，但其自身短于文才，因而在文艺创作上绝无建树。宋初几十年间，文学上没有什么发展，词坛上基本沿袭被他们征服的西蜀、南唐（尤其是后者）的词风，迟迟没有自己的时代特色出现，这固有多方面的原因，但与当国者自身文化底蕴不足大有关系。北宋词的第一批大家晏殊、欧阳修出来时，所崇尚的仍是南唐词风，这也证明了由南唐二主及其臣下组成的词人群体，是自"花间"派衰歇之后至北宋中期之前近百年中能够左右时代风会的词派。

李煜既出生于这样一个优越的文化环境中，其文艺才华可以说是与生俱来的。从他主政后写的《即位上宋太祖表》和《送邓王二十六弟牧宣城序》二文中可知，他整个青少年时代，都是在他那位笃学好文的父皇李璟的"荫育"下成长的。此外，尽管他的作品中没有提到过老词人冯延巳的名字，但冯延巳死于公元 960 年，这一年李煜二十四岁，在此之前，李煜长期与这位两朝老臣有过许多文学上的交往，则是毫无疑义的。李璟的笃嗜文学和南唐小朝廷浓厚的文学艺术气氛，给予天资聪颖的李煜以极好的熏陶和极深的影响，使他"幼而好古"，勤学上进，博闻多能，为他后来用士大夫意识和胸怀去改造提高艳体小词打下了良好的基础。

李煜与精通书史音律并妙解歌舞的周娥皇（南唐大司徒周宗之女，史称昭惠皇后，或称大周后，以与其妹小周后区别）结为夫妇，这更增加了他对文艺创作的兴趣，在歌词文学的制作上得天独厚地有了"内助"。李煜十八岁时与比他大一岁的娥皇结婚，至他二十八岁时娥皇病逝止，夫妇二人在深宫切磋文艺、共作歌词达十年之久。陆游《南唐书·昭惠后传》载：

> （昭惠后）通书史，善歌舞，尤工琵琶。……尝雪夜酣燕，举杯请后主起舞，后主曰："汝能创为新声则可矣。"后即命笺缀谱，喉无滞音，笔无停思，俄顷谱成，所谓《邀醉舞破》也。又有《恨来迟破》，亦后所制。……后主以后好音律，因亦耽嗜，废政事。

这段记载中有两点颇堪注意：一是娥皇妙解音律，尤工琵琶，能自创新声且自己弹唱。琵琶是燕乐杂曲的主要乐器，娥皇精于琵琶，乃至她的公公中主李璟在世时因激赏其琵琶弹奏技艺，"取所御琵琶谓之烧槽者赐焉"（马令《南唐书·女宪传》）。可见娥皇独具制曲填词的高才。据《南唐拾遗》载："昭惠后善音律，能为小词，其所用笔曰点青螺。"这是南唐国中见于记载的唯一的女词人，可惜她二十九岁就死了，其作品也已不幸失传，但她应被视为南唐词派中的一个重要成员，则是无可怀疑的。二是从

"后主以后好音律，因亦耽嗜"云云，可知李煜之所以深通音律，精于曲子词的创作，多半是受了娥皇的影响和帮助，夫唱妇随，知音互赏，共臻艺术佳境所致。李煜传世的优秀词作中，融会着娥皇的一份心血。这里不妨摘引李煜自己所撰《昭惠后诔》，以见此种艺术化的家庭环境对他的歌词创作的重大影响：

> 曲演《来迟》，破传《邀舞》。利拨迅手，吟商逞羽。制革常调，法移往度。蔁遍繁态，蔼成新矩。霓裳旧曲，韬音沧世。失味齐音，犹伤孔氏。故国遗音，忍乎湮坠？我稽其美，尔扬其秘。程度余律，重新雅制。非子则谁，诚吾有类。今也则亡，永从遐逝！（着重号系引者所加）

以上的引证已足以说明，李煜并非一个无所依傍的遗世独立者，而是具体的文化艺术环境哺养出来的代表人物，是从南唐皇室这个由"家庭父子夫妇"组成的特殊词人群体中诞育成长的英才。至于他后来为什么能成为南唐词派的最高成就的代表者和变伶工之词为士大夫之词的关键人物，则主要是由生活环境的巨变和他悲剧性的身世遭遇所促成的。

前已论及：王国维先生所谓"变伶工之词而为士大夫之词"，指的是将原先代妓女立言、为应歌而作的小词，变为一种为士大夫（封建社会的知识分子阶层）自身立言、抒写士大夫自己的身世和思想情感的特殊诗体。王国维认为，这种面貌全新的士大夫之词，比之仅言闺情艳思、仅写身边小景的"伶工之词"，具有如李煜那样的"眼界大"和"感慨深"的两大特点。所谓"眼界大"，指的是艺术视野开阔，题材范围扩大，面向整个人生与社会，塑造深美闳约的艺术境界，而不仅仅局限于温庭筠以来的花前月下、闺房庭院的小范围；所谓"感慨深"，指的是由狭隘地"缘情"（儿女柔情）转向深广地"言志"（天下国家之志、人生重大问题等），具有深沉的宇宙人生的思考和超逾一己闲愁浅恨的大悲哀与大感慨。本来，在南唐词派的前期领袖人物冯延巳、李璟那里，已经明显地开始了这一重大转变。冯延巳、李璟的相当一部分词，已经有了浓厚的士大夫意识和特色，已经饱含了士大夫忧生念乱的深沉感慨和身世、国运的大悲哀。但是，冯延巳、李璟的这种转变尚是不全面、不彻底的。他们一是在眼界之大和感慨之深这两方面尚远远不及李煜；二是在表现手段上还明显受制于合乐应歌、代妓女立言的传统，仅仅是借闺怨相思和流连光景的艳美意象来寄托主观情志，或者更确切些说，仅仅是半自觉或不自觉地将自己的感慨和哀伤流露于艳情闺思的传统题材之中，尚未能抛弃那一层"艳科"的外壳，直接表现词人自己。李煜则与其父辈和师辈不同，他经历了远比冯延巳、李璟深刻惨痛的思想危机和人生大苦难（先是亡国前夕的极端忧危恐惧之感，后是由帝王变为阶下囚的大屈辱和大悲哀），已经顾不上或干脆就不屑于转弯抹角地描绘绮情艳思的意象或营造美人香草的境界，而是假长短句之体为"陶写之具"，直现士大夫的胸怀与感慨了。李煜早期的一些词，可以说是"少年不识愁滋味"，专写帝王享乐生活和花前月下偷情的感受，如《浣溪沙》（红日已高三丈透）、《菩萨蛮》（花明月暗笼轻雾）等篇，证明着他开始歌词创作时，还处于温庭筠以来的传统圈子里。可是，他在亡国前后所作的一大批新词，却完全自显特色，抛弃了香艳的外壳，纯任性灵，和盘托出自己的主体意识，这就不但自别于"花间"派，亦且超越了南唐的前辈，而完成了向"眼界始大，感慨遂深"的"士大夫之词"的转变。其亡国前的词，可举《清平乐》为例：

> 别来春半，触目柔肠断。砌下落梅如雪乱，拂了一身还满。
> 雁来音信无凭，路遥归梦难成。离恨恰如春草，更行更远还生！

其亡国后的词，更是人所共知的直抒胸臆、畅写人生大悲哀大苦难因而完全突破"艳科"之作。只需举名篇《浪淘沙》和《虞美人》二首为例就足以说明问题了：

> 帘外雨潺潺，春意阑珊。罗衾不耐五更寒。梦里不知身是客，一晌贪欢。　　独自莫凭阑！无限江山，别时容易见时难。流水落花春去也，天上人间。
>
> ——《浪淘沙》
>
> 春花秋月何时了？往事知多少！小楼昨夜又东风，故国不堪回首月明中。　　雕阑玉砌应犹在，只是朱颜改。问君能有几多愁？恰似一江春水向东流。
>
> ——《虞美人》

　　这样的词，不但不同于"花间"派，而且也明显地有别于南唐词派的大多数作品——尽管它们是从南唐词中发展出来的。它们预示着词体文学由唐五代向宋的阶段性转移——尽管这种转变太"超前"了一些，因为李煜这种新词风要到近百年之后才引起北宋中期苏轼等人的回应和发扬。从时间上来看，李煜二十五岁即位为南唐国君的时候，宋朝已经建立了一年（宋建立于 960 年）。宋朝的建立标志着残唐五代行将结束，新时代已经开始。李煜在政治上是横跨两个时代的人物，但在词的创作上，他的有代表性的作品却都作于宋朝建立之后，因此他的词大致可以被视为新时代——宋代的第一批词。从词的风格流派继往开来、发展衍变的角度来考察，亦可谓李煜是结束晚唐五代、开启宋代和总结旧词派、创建新词派的枢纽人物。

　　最后值得一提的是，李煜之所以能导引南唐词中抒士大夫之情的倾向到一个新的高度，除了身世家国之变有以促成之外，也与他原先就已具备的清高古雅的文化修养和审美积淀有关。他"幼而好古"，在文学艺术乃至文物收藏和金石之学等等方面刻意追求清俊高逸、超凡脱俗的士大夫情趣。在这个问题上他既深受其父及南唐宫廷文士们的影响，又有自己真率自然、神清气朗的雅士特色。他"为文有汉魏风"（《江南别录》），所谓"汉魏风"，用鲁迅的话来说，就是"清俊，通脱，华丽，壮大"。他绘画"清爽不凡，别为一格"（《宣和画谱》），不喜色绘，但重笔墨趣味；比如其所画林木飞鸟"远过常流，高出意外"（宋郭若虚《图画见闻志》）；其墨竹"老干霜皮，烟梢露叶，而披离偃仰若古木然"（明都穆《寓意编·题后主墨竹》）；其水墨短卷《江山摭胜图》"笔趣深长"（明张丑《清河书画舫》）。他的书法得钟、王"拨镫法"之真髓，"点画遒劲而尽妙"（宋计有功《唐诗纪事》卷四十八）；又善"金错刀书"，字形"作颤笔樛曲之状，遒劲如寒松霜竹"（宋陶榖《清异录》）。其文物收藏之富，冠绝一时，无论是图书、绘画、印篆、法书、笔砚等，都极为精致高雅。他洞晓音律，虽也作过少量艳词，但总的追求是雅正，诚如徐铉所评介："精别雅正，穷先王制作之意，审风俗淳薄之原，为文论之，以续《乐记》。"（徐铉撰李煜墓志语）尤为可贵的是，他虽生于帝王之家，被推上九五之位，却"出自胶庠，心疏利禄"，"思追巢、许之遗尘，远慕夷、齐之高义"（宋李焘《续资治通鉴长编》），为示远隐高蹈之本心，曾自号"钟山隐士"、"钟峰隐者"等等（参见夏承焘《南唐二主年谱》）。可以想见，这样一个从外形到内心、从人格修养到文艺审美追求都做到清雅高古超尘脱俗的人，他在歌词创作上必然厌弃俗艳之风，不喜繁缛矫饰和浓墨重彩，而会追求与其诗风、文风、画风和书法趣味相一致的真率自然、清俊洒脱的审美风格。有这样的高雅的士大夫人格和文品，才会创作高雅脱俗的士大夫之词。在这个基础上，加上他身历家国人生之巨变，心中"有许多话要说"，这才借长短句小词将满怀的士大夫情感意愿不假雕饰、不事隐曲地直倾而出！周济评论温、韦及李煜三家词风时打比方云："毛嫱、西施，天下美妇人也，严妆佳，淡妆亦佳，粗服乱头，不掩国色。飞卿，严妆也；端己，淡妆也；后主则粗服乱头矣。"（《介存斋论词杂著》）这个比喻，如果是指身遭亡国巨变的李煜，不假雕饰，不搞所谓"寄托"，而径用小词直抒胸臆，直显其士大夫之本色与本心，则是大致恰切的。

　　李煜的词，特别是其亡国后的词，在风格意境上已经逸出以小巧柔婉为基调的晚唐五代词的藩篱，而为词史提供了新的东西。他虽然在形式上并未突破小令的体制，但在气象之博大与风格之沉郁雄浑上却已迥异于"花间"诸人，也明显高于其南唐前辈。对于李煜词在意境风格上的变异与创新，前人亦已多所论述。如谭献谓其《虞美人》（春花秋月何时了）等阕"足当太白诗篇，高奇无匹"（近人徐珂《历代词选集评》引），谓其《乌夜啼》（林花谢了春红）为"濡染大笔"（谭评《词辨》卷二），谓其《浪淘沙》（帘外雨潺潺）"雄奇幽怨，乃兼二难"（同上）；王闿运亦谓同调词"高妙超脱"（《湘绮楼词选》）；陈廷焯赞其《望江梅》（闲梦远）"寥寥数语，括多少景物在内"（《别调集》卷一）；俞平伯更赞其名句"恰似一江春水向东流"曰："无尽之奔放，可谓难矣"（《论诗词曲杂著》），如此等等。然诸家之评点，皆就个别词篇而论之，对李煜词总体上之新面貌，则缺少宏观把握。还有不少论者无视李煜后期词刚柔相济、沉郁雄浑和直抒胸臆的特色，把他圈定为所谓"婉约派"，更是无识。唯王国维总论李煜词之特征为"眼界始大，感慨遂深"，差为近之。叶嘉莹氏总结李煜词之贡献说："至于后主之成就，则可以分为两方面来看：其一是内容方面的，由于一己真纯的感受而直探人生核心所形成的深广的意境；其二是由于他所使用之字面的明朗开阔所形成的博大的气象。"[58]叶氏认为，这两点中，第二点比第一点更值得注意。因为第一点为天才的流露，不可以学而致；第二点则大大影响了后人，开宋词中言志一派的广大法门。叶氏在将李煜与冯延巳对比后进而指出："后主在用字方面所开拓出的博大开朗的气象，则又是正中所没有的，正中词的意境虽然有'深美闳约'的含蕴，可是字面上实在仍'不失五代风格'，而后主的开朗博大的字面与气象，则有令人耳目一新之感。后人称东坡词'逸怀豪气'，'指出向上一路'，后主实在乃是一位为之滥觞的人物。"⑲这一段话，实际上已经把李煜在词的风格流派从唐五代向宋代衍变历程中的作用和地位说清楚了。

注　释：

①详见《隋书·音乐志》。

②郭茂倩：《乐府诗集》卷七十九《近代曲辞序》，中华书局1979年版。

③白居易：《法曲》诗"明年胡尘犯宫阙"句下注。见《全唐诗》卷四百二十六。

④《唐会要》卷三十三："天宝十三载七月十日，大乐署供奉曲名改诸乐名。"所改乐名此处从略。

⑤沈雄：《古今词话·词品上卷》引王岱语，据《词话丛编》本。

⑥《新唐书·舆服志》。

⑦《旧唐书·音乐志》。

⑨敦煌曲子词体格未全，守律未严，任二北：《敦煌曲初探》谓其下语用字时或有"重沓矛盾，并无文理"的现象。任说甚是。

⑩陆游：《渭南文集》卷三十《跋〈花间集〉》二，四部丛刊本。

⑪《宋书》卷六十七《谢灵运传论》。

⑫《旧唐书·温庭筠传》。

⑬夏承焘语，见《唐宋词论丛·唐宋词字声之衍变》。

⑭载台北"中央"研究院文哲所编《第一届词学国际研讨会论文集》，1994年出版。

⑮参见吴熊和《唐宋词通论》第四章《词派》第一、二节。

⑯见《全唐文》卷七百四十四。

⑰参见夏承焘《唐宋词人年谱·温飞卿系年》，上海古籍出版社1979年版。

⑱《新五代史》卷六十四《后蜀世家》。

⑲吕西安·戈德曼：《文学社会学方法论》，工人出版社1989年版，中译本第46页。

⑳同上书，第183页。

㉑参见王兆鹏《宋南渡词人群体研究》下篇第七章，台北文津出版社1992年版。

㉒"花间"词人也写过长调词，如《尊前集》即载有尹鹗《金浮图》1首，为94字长调。但这属偶尔为之。而且《花间集》为了表明选者独尊小令的意向，对这种偶尔为之的长调1首也不选。该书中无90字以上词，其60字以上者总共亦仅6首。如按90字以上为长调，60字至90字之内为中调的标准来衡量，别《花间集》无长调，中调亦仅6首，仅占500首词总数的1.2%。故《花间集》大致可称小令集，"花间"派可称小令派。

㉓《花间集叙》的文字，自南宋晁谦之以来，各家刻本略有不同，此依人民文学出版社1981年版李一氓《花间集校》抄录。本书其他地方所引时人论著中提到的《花间集叙》的文字有与此相异者，则不作改动。特此说明。

㉔方智范等《中国词学批评史》，中国社会科学出版社1994年版，第21页。

㉕见吴熊和《唐宋词通论》第五章《词论》第一节。

㉖吴世昌：《花间词简论》，载《罗音室学术论著》第二卷《词学论丛》。

㉗㉙贺中复：《〈花间集序〉的词学观点及〈花间集〉词》，《文学遗产》1994年第5期。

㉘㊴泽崎久和：《〈花间集〉的沿袭》，马东歌译，载《词学》第九辑，华东师范大学出版社1992年版。

㉚俞平伯：《唐宋词选释·前言》，人民文学出版社1979年版，第4—5页。

㉛温庭筠：《牓国子监》，载《温飞卿诗集笺注》附录二。按此文为温氏咸通七年（866）任国子监助教时所作。《全唐文》录此文，题为《牓进士邵谒诗牓》。

㉜载《全唐文》卷七百四十二，中华书局影印清嘉庆内府刊本。

㉝载《全唐诗》卷七百六十。

㉞《隋书·经籍志》。

㉟钱钟书：《宋诗选注·序》，人民文学出版社1979年版。

㊱参见杨海明《唐宋词风格论》，上海社会科学院出版社1987年版。

㊲载《迦陵论词丛稿》，上海古籍出版社1980年版，第70—72页。

㊳村上哲见：《唐五代北宋词研究》，杨铁婴译，陕西人民出版社1987年版，第116页。

㊵青山宏：《唐宋词研究》，程郁缀译，北京大学出版社1995年版，第66—67页。

㊶同上书，第70页。

㊷据马令、陆游两种《南唐书》的记载，冯延巳与李璟互相评赏词作时，冯称李为"陛下"，此显为李璟即位后的事。按李璟于南唐昇元七年（943）嗣位，改元保大，其时《花间集》刊行已三年。

㊸按王国维《人间词话》谓"冯正中……与中后二主皆在《花间》范围之外，宜《花间集》中不登其只字也"。对此夏承焘《南唐二主年谱》驳正道："此时（按：指《花间集》结集的940年——引者）正中未显，后主才四岁，与《花间》时代不相及，

非词派不同。王说失考。”

㊹以上对冯延巳和南唐二主早年经历的叙述，据夏承焘《唐宋词人年谱》，并参马、陆二家《南唐书》及《新五代史》、《宋史》中的《南唐世家》。

㊺郑板桥：《扬州》四首其一，《郑板桥集》，上海古籍出版社1979年新一版，第30页。

㊻郑板桥：《广陵曲》，同上书，第63页。

㊼《新五代史·南唐世家》。

㊽㊾夏承焘：《唐宋词人年谱·南唐二主年谱》。

㊿缪钺、叶嘉莹：《灵溪词说》，上海古籍出版社1987年版，第92页。

(51)同上书，第72页。

(52)以上据夏承焘《唐宋词人年谱·冯正中年谱》。

(53)参见叶嘉莹《从〈人间词话〉看温韦冯李四家词的风格》，文载《迦陵论词丛稿》。

(54)阮阅：《诗话总龟》卷四十二。

(55)俞陛云：《唐五代两宋词选释》，上海古籍出版社1985年版，第108页。

(56)村上哲见：《唐五代北宋词研究》，杨铁婴译，陕西人民出版社1987年版，第129页。

(57)同上书，第129—130页。

(58)叶嘉莹：《迦陵论词丛稿》，上海古籍出版社1980年版，第117页。

(59)同上书，第118页。

第三章 宋代审美时尚及北宋前期雅俗二词派

上一章，描述了词作为中国古典诗歌中一种后起的抒情样式在唐五代体段初备并初显流派端倪的大致情况。纵观一千多年的词史，唐五代只能算是一个序幕，元明清以迄近代的六百多年，尽管时间极长，作家作品极多，但因已经过了"词的时代"，只能算是词的尾声和余韵了，只有在宋代，词才可称一代之胜。词体和词的流派的发展、变化及其波诡云谲的高潮，都是在两宋三百来年间有声有色地进行的。恰如明人夏树芳在为毛晋的大型宋词别集丛刻《宋名家词》所作序言中描绘的：

> 夫词至宋人，而词始霸。曼衍繁昌，至宋而词之名始大备。其人韶令秀世，其词复鲜艳殢人；有新脱而无因陈，有圆情而无沾滞，有纤丽而无冗长，有峭拔而无钩棘。一时之以赓和名家，而鼓吹中原，不啻肩摩于世云。①

这里列述的四"有"四"无"，说明了宋词鲜明的艺术个性和风格上的丰富多彩、尽态极妍；而所谓"曼衍繁昌"、"以赓和名家，而鼓吹中原"及"肩摩于世"云云，又为我们勾画出了当时词人群体活动频繁，声势浩大，各种流派竞相登场表演，蔚为一代大观的历史盛况。

当然，宋词风格、流派的萌生、发展和繁荣并非一蹴而就，它有一个从酝酿到成熟、从潜滋暗长到高潮迭起的过程。唐五代词为宋词的发展和繁荣创造了条件，打牢了基础，做好了艺术上的准备，但王朝的更迭和国家基本上重归一统并未立即给词的世界带来新的变化，相反，宋初词坛除了被俘入汴的李后主的几声凄怆动人的灵魂绝唱之外，竟然几十年间呈现园圃丢荒、花枝稀落的景象。必待适宜于词体文学发展繁荣的新的社会——

文化条件基本具备，并与传统的民间词、"花间"词和南唐词这三股势力大致接上轨之后，宋词自身风格流派众芳争妍的春天方才来临。有鉴于此，本章在评述北宋前期词派之先，要对宋初词坛暂时的沉寂及其原因有所交代，并对影响和制约着宋词（特别是北宋词）风格流派基本面貌的若干社会因素及文化条件做简略的阐释，然后再转入对始现宋代词派特色的有关作家群体的描绘。

第一节　宋初六十年词坛的沉寂及其主要原因

本书的作者认为：宋词产生自身流派的重大标志，就是以"二晏一欧"为骨干的江西词派和以"变旧声作新声"的柳永为主将的俗词派的同时崛起。在此之前，宋初的词坛作者稀少，作品更少得惊人，是为"沉寂期"。之所以将这段"沉寂期"大致划为六十来年（即从公元960年赵宋建国至1022年真宗去世仁宗继位），主要是考虑到：现在词学界一般都依从唐圭璋先生的推断，认为柳永大约生于太宗雍熙四年（987），比所谓"北宋倚声家初祖"的晏殊（生于991年）还长几岁，而不管是柳永还是晏殊，虽在真宗时即已开始作词，但他们主要的创作活动和各自所代表的流派的对立和斗争，都是在仁宗朝，因此我们把所谓"沉寂期"截止在仁宗即位之年。这段"沉寂期"中有作品传世的词作者，就是《全宋词》中列在柳永之前的从和岘到杨适这十七位文士。现将这十七位词作者生卒年、身份及作品数列举如下：

和岘（933—988），主客郎中判太常寺兼礼仪院事，存词三首。（此人系和凝之子）

王禹偁（954—1001），翰林学士，知制诰，存词一首。

苏易简（958—996），参知政事，存词一首。

寇准（961—1023），宰相，存词四首。

钱惟演（962—1034），翰林学士，枢密使，存词二首。

陈尧佐（963—1044），宰相，存词一首。

潘阆（？—1009），滁州参军，存词十首。

丁谓（966—1037），宰相，存词二首。

林逋（967—1028），隐士，存词三首。

杨亿（974—1020），翰林学士，知制诰，存词一首。

陈亚（生卒年不详，活动于真宗朝），太常少卿，存词四首。

夏竦（984—1050），宰相，存词二首。

聂冠卿（988—1042），翰林学士，知制诰，存词一首。

李遵勖（988—1038），驸马都尉，宁国军节度使，存词二首。

范仲淹（989—1052），参知政事，存词五首。

沈邈（生卒年不详），陕西都转运使，存词二首。

杨适（生卒年不详，主要活动于仁宗朝），隐士，存词一首。

以上总共十七位词作者，其作品合计起来仅仅有四十五首。尽管有作品散佚的可能性存在，但五六十年间全国只存下这么一点词，实在是太少太少了！况且，仔细检查一下，上述诸人中，聂冠卿、李遵勖、范仲淹、杨适四人生年晚于柳永，且主要活动于仁宗朝；夏竦、沈邈虽然生年可能早于柳永或与之大致同岁，但主要活动也在仁宗朝。如果再严格地将这六人及其十一首作品除去，那么真正属于"沉寂期"的词作者只剩下十一家，词作就只剩下三十四首了！少乎哉！

不过，仅就这些少得可怜的词作者和作品本身的内容、风格倾向来分析，我们倒是发现了三点有规律性的现象：

首先的一点是：这些词人除了两三位与仕途绝缘的"处士"之外，大多数是身处封建政府中枢的宰辅重臣和宫廷高级文士，或为高级地方官。这样以高级官吏和上层文人为主干、以江湖处士或失意文人为辅翼形成创作队伍，不独宋初词坛为然，整个宋代词坛也大致如此。词虽在宋代始终被目为"艳科"和"小道"，被主要地当成应歌的娱乐文体，但由于创作主体是这么一批高级官僚士大夫和虽然政治社会地位较低但文化品位却很高的江湖知识分子群，那么这种抒情文学体裁注定要渗透士大夫的意识，表现出宋代知识分子特定的心态与精神世界。同时这也在很大程度上规范着、影响着宋词风格流派的基本面貌。

其次的一点是：从宋初词坛作者不多、作品更少，并且这仅有的几十首作品多是小令、全不脱晚唐五代风格体貌的基本事实可以看出，词这种前程远大的新兴样式当时尚未受到宋人的重视，更谈不上利用这种样式来进行有声有色的艺术创造，当时的词坛仅仅是散漫而稀少地回响着晚唐五代的流风余韵，基本上还没有（或曰还来不及）显出宋人自己的风貌。文人士大夫之流偶尔操觚染翰做几首小词，不过是一时兴到之作，无人想在这个领域投注才力来开宗立派，因而也没有产生专门名家（如同"花间"

诸子、南唐君臣及以后的柳永等人那样的开派立宗的专业词人）。因而宋初五六十年是宋词的流派史的一段空白期，同时也是一段必不可少的准备和酝酿时期。

第三点是，宋初几十年仅有的这几十首词，虽然艺术上尚无创新与开拓，但从总的倾向上来看，它们偏重继承的是"花间"词中韦庄、孙光宪、李珣一流的清疏淡远之风和南唐词人言志抒怀的传统，因而大多数作品并没有庸俗的富贵气和脂香粉腻的艳情渲染，作风比较朴素，意境也较为清新优美。比如林逋的《长相思》，虽写爱情，却不故作"绮罗香泽之态"，只以山水作比兴，营构深婉的抒情意境，有浓郁的民歌风味；寇准的《阳关引》主旨是咏叹离别，却能哀而不伤，构思新颖而境界开阔；钱惟演《木兰花》承南唐感伤之调，写自己暮年失意之怀，情意真笃而风格凄婉；潘阆的歌咏杭州西湖胜景的十首《酒泉子》，大笔挥洒，语带烟霞，格调清新而意境壮阔，富于浪漫情味。这些作者，不脱诗人本色，借词的宛转轻柔之调，来抒发诗家真挚而深厚的主观情怀，这为北宋中期以后"以诗为词"的革新趋向开了一个好头。故而我们可以说，宋初几十年虽然词坛沉寂冷落，尚未产生独创的风格和流派，但却有一股清新的晨风扑面而来。当宋词的广阔天空刚刚"破晓"之际，这股"晨风"的势头显得微弱了一些，但它毕竟是预示了宋词发展的好兆头。

宋初五六十年间，一度在晚唐五代枝繁叶茂的词体文学为什么一下子几乎消歇，以致只留下少得可怜的几十首作品呢？

首先应该看到王朝交替、政局巨变对文学的冲击作用。赵宋以公元960年立国，之后一直忙于巩固中原地区和陆续以武力削平各地分裂割据小国，以实现国家的重新统一。直到公元979年宋太宗御驾亲征，灭掉十国中的最后一国北汉为止，这个南征北讨的过程持续了大约二十年。在此前后，太祖、太宗两朝为了夺回后晋时失去的燕云十六州，又几次筹划乃至发动与契丹的战争，致使国内动荡不安。与此同时，接着残唐五代烂摊子的统治集团还需努力恢复和发展经济，以使新政权能立住脚跟。在这一大背景中，文化事业作为比政治、军事、经济大计次要的一环尚未得到必要的扶持，一时还未具备复苏和繁荣的基本条件。在当时，有久远深厚传统的诗、文等领域尚且在创作上处于散漫和冷落的状态，何况后起的、被目为小道、且只在西蜀与江南两地得到过小范围培植的小词，就更难获取繁荣的契机了。

其次，就文学传统和创作主体自身来看，一个新的时代来临，并不意味着文学传统立即就会产生与时代变化相一致的推陈出新。从旧文学的基地上发展出带有新时代特色的新文学，总是有待于一段时间的酝酿和积聚以及多方面文化条件的成熟。一般地谈论"文学是时代的晴雨表"、"文学是时代精神、时代风尚的反映"，这只是一种宏观的时空判断，实际上文学永远只能反映已然产生的现实和作为现实在人们头脑中反射之精神产物的思想情绪，这种反映，比起现实生活中正在发生着的变化，总要滞后一步。宋代的不同于前代的新文明、新时尚、新精神，是经过宋初几十年的酝酿和积聚，大致到了仁宗朝才潮水般地涌现出来的，在此之前，此类新东西尚未完全成熟，比它们滞后一步的文学（包括词）更无从去反映它们或预示它们。从创作主体这方面来看，宋初的作家，或是五代入宋的旧时代人，或是在开国之初文学传统尚未改变时出生的，他们带来的（或承袭的）只能是晚唐五代的旧传统，一时尚未找到创新之路，或干脆连创新的意识都还来不及产生，只能受传统的驱动，走旧的创作路子。唐诗为一代之胜，但在"盛唐"之前，初唐诗人们只能散漫地沿袭齐梁余风，即是一个显例。宋初文学的不发达，亦略同于唐初。日本汉学家吉川幸次郎在《宋诗概说》中评论宋初文学道：

> 直到进入十一世纪初，人们一直继续着时代错误的努力，就是说尚未达到创造新文明地步，而是权宜地依靠堪称大帝国唐代文明的残影，并且拙劣地祖述它。

该书《北宋中期》章的开头又说：

> 北宋的人们自觉到生活在新的时代之中，并确立了与新的时代相适应的新的诗风，是在建国经过半个世纪以上之后，即在第四代皇帝仁宗拥有长达四十二年的治世的时期。②

吉川先生所论的是宋诗，其实宋词的情况也大致如此。这当中的道理十分简单：就连作为案头文学的宋诗都需等到仁宗朝才能"确立了与新的时代相适应的新的诗风"，那么寄生于城市经济与文化之上的歌词文学，其振兴与繁荣就更有待于城市经济与文化的发展进入高潮的仁宗时期的到来了！

第二节　影响北宋词风格流派总体
格局的多种社会文化因素

宋仁宗在位的时代（1022—1063），词坛新声竞起，百花盛开，出现了繁荣的局面，词这种音乐文学开始展示出它新的时代特色和流派风貌。在这一节里，我们不拟一般地谈论宋词发达和繁荣的原因，而想侧重说明一下：是些什么社会文化因素促使北宋词形成"风云气少，儿女情多"和少写政治社会人生大题材、多写作者自己的心曲隐私的总体风貌；以及这些社会文化因素虽然促成了北宋词风格流派的繁盛，但又是如何导致了一种偏嗜阴柔之美、排拒阳刚之美的畸形繁盛格局的。

一、最高统治者倡导的士大夫歌舞享乐之风以及由此而来的燕乐"新声"之盛

每一时代的审美趋尚，根源于某种特定的"精神气候"。法国文艺理论家丹纳对此作过精辟的解说：

> 精神气候仿佛在各种才干中作着"选择"，只允许某几类才干发展而多多少少排斥别的。……时代的趋向始终占着统治地位。企图向别方面发展的才干会发觉此路不通；群众思想和社会风气的压力，给艺术家定下一条发展的路，不是压制艺术家，就是逼他改弦易辙。③

北宋文人士大夫为什么热心于继承"花间"和南唐词偏嗜女音、娱宾遣兴的歌词文学传统，把"艳科"从原先的地区性局部繁荣演为全国性的大繁荣，并造成北宋词流派以"缘情绮靡"者占绝对优势的局面？这显然首先与当时的精神大气候——由最高统治者有意倡导的一代歌舞享乐之风密切相关。

浅斟低唱的歌舞享乐之风的"风源"，可以追溯到开国君主——一代奸雄赵匡胤那里。

赵匡胤以发动"陈桥兵变"而夺得全国政权，深知武将擅权拥兵对于封建政权的危害，以故立国之初即演出了一幕"杯酒释兵权"的滑稽戏。对于这个著名的历史故事，历来的人们都只注意其中剥夺高级将领兵权、

根除藩镇动乱之源的内容，却忽略了：这位雄猜深沉的"人主"，在那一席谈话中实际上还为宋代士大夫指出了一条既不要关心权力斗争和危及皇家宝座、又能保证他们安享人生之乐的淫逸放纵之路，因而也就造成了全社会追逐歌舞享乐、浅斟低唱的浓厚风气。试看《宋史·石守信传》的记载：

> 帝（赵匡胤）因晚朝与（石）守信等饮酒，酒酣，帝曰："我非尔曹不及此，然吾为天子，殊不若为节度使之乐，吾终夕未尝安枕而卧。"守信等顿首曰："今天命已定，谁复敢有异心？陛下何为出此言耶？"帝曰："人孰不欲富贵？一旦有以黄袍加汝之身，虽欲不为，其可得乎？"守信等谢曰："臣愚不及此，惟陛下哀矜之。"帝曰："人生驹过隙尔，不如多积金，市田宅以遗子孙，歌儿舞女以终天年。君臣之间无所猜嫌，不亦善乎？"守信谢曰："陛下念及此，所谓生死而肉骨也。"明日，皆称病，乞解兵权，帝从之，皆以散官就第，赏赉甚厚。

这位开国皇帝在向他的臣民们倡导一种不要过问政治权力而只追求个人享乐的人生观。这一指示和倡导，似乎不但对石守信等目不知书的武夫，而且对整个士大夫文化阶层，乃至对于宋代的世风民俗及文艺创作都起了导向作用。夏承焘先生《瞿髯论词绝句》将这个历史故事反映的帝王机心与宋代（尤其是北宋）的浅斟低唱、柔靡艳丽词风的发展联系起来，论说道：

> 九重心事与谁论，酒畔兵权语吐吞。
> 说与玉田能信否？陈桥驿下有词源。④

夏先生这一论断绝非夸大其词，而是有充分的事实为依据的。开国皇帝首倡官僚缙绅"多积金"、"市田宅"和多蓄"歌儿舞女"以进行享乐，自此，所谓"优容士大夫"作为宋代的一项基本国策被定了下来，一直延续到这个政权灭亡之时。在这项国策的鼓励和纵容下，宋代地位较高的官僚士大夫们既领着丰厚的俸禄，又被默许聚敛生财，大量置办包括田宅庄园和家庭声妓班子在内的私人财产，从而形成了包括歌儿舞女之乐在内的整整一个朝代的享乐之风。此风自石守信等开国功臣始，相沿而及后世，且愈演愈烈。史载石守信解兵权而为外藩节镇之后，"专务聚敛，积财巨万"（《宋史》本传）；其子保兴亦"世豪贵，累财巨万"（同上）。在积金聚财以事享乐之后，莫说原本就有文艺之才的文官，就连日不知书的武将们，也在征歌选舞的日常生活中迷上了艺文之事，并自行组织培养供自己使用的家妓队伍。比如开国名将高怀德原为将家子，"练习戎事，不喜读书"，后来却"善音律，自为新声，度曲极精妙"（《宋史》本传）；并大蓄家妓，"声伎（'伎'通'妓'）之妙，冠于当时，法部中精绝者，殆不过之"（宋江少虞《宋朝事实类苑》卷十八）。宋初这种风气，发展至仁宗朝就更趋全盛，官僚士大夫蓄养歌儿舞女成为普遍的习尚。当时一位宫人曾谓："两府（中书省和枢密院）两制（翰林学士和知制诰）家中各有歌舞，官职稍如意，往往增置不已"（宋朱弁《曲洧旧闻》卷一）。宰相词人晏殊家有众多歌儿舞女，"每有佳客必留……亦必以歌乐相佐"（宋叶梦得《避暑录话》）；风流尚书宋祁更是"后庭曳绮罗者甚众"（宋魏泰《东轩笔录》），凡宴客则"外设重幕，内列宝炬，歌舞相继，坐客忘疲，但觉漏长……名曰不晓天"（宋陆游《老学庵笔记》）。此外，欧阳修家中常有"朱唇白玉肤"的妙龄歌妓"八九妹"（宋葛立方《韵语阳秋》卷十五）；韩琦"家有女乐二十余辈"（《宋朝事实类苑》卷八）；韩绛有"家妓十余人"（宋赵令畤《侯鲭录》卷四）。延及北宋中后期及偏安东南的南宋时期，此风有增无减。比如：苏轼"有歌舞妓数人"（清陈梦雷、蒋廷锡等编校《古今图书集成·艺术典》卷八二四）；王黼有"家姬十数人"（宋王明清《玉照新志》卷三）；驸马杨震"有十姬"（明蒋一葵《尧山堂外纪》卷六十）。循王张俊的裔孙张镃蓄家妓"无虑数百十人"，曾办"牡丹会"，令家妓十人为一队，穿一色衣、簪一种花出帘唱歌劝酒，"衣与花凡十易"，令宾客眼花缭乱，"皆恍然如仙游"（宋周密《齐东野语》卷二十）。凡此种种，宋代文史书籍记载颇多，兹不赘举。

　　古代文人士大夫早自先秦时就有以女乐倡优娱情悦性的嗜好，但蓄养家妓以专供一己享乐，汉魏之前尚不多见。东晋以来，士族生活豪侈，纵情声色，蓄养家妓遂蔚然成风。隋唐两代，贵族大官僚及一般士大夫家中更是普遍盛行广蓄妓妾之风。唐代统治者还对官僚士大夫蓄养家妓的数量和规模作了明确规定，如唐中宗、玄宗都曾下诏规定三品以上官员得备女乐一部，五品以上女乐不得过三人（宋王溥《唐会要》卷三十四）。到了宋代，官僚士大夫私人蓄妓的规模大致与唐代相侔，甚或过之。而像赵匡胤那样由皇帝公开号召士大夫蓄家妓以供享乐，则是史无前例的。此风一长，宋代（尤其是北宋）歌词创作会出现什么风格和怎样的流派，就完全在情理之中，丝毫不足为怪了。

在倡导和纵容官僚士大夫蓄养歌儿舞女以事声色之乐的同时，最高统治者从太祖、太宗开始就有意识地扶持和发展燕乐，通过对这种娱乐样式的大力提倡和创作，来消弭被解除兵权的贵族官僚的反抗，并且把一般文人士大夫的注意力也引导到歌舞享乐方面去，以巩固这个专制政权的统治。太祖、太宗在削平十国割据政权之后陆续地把这些地方的歌妓、乐工、乐谱集中到汴京。据《宋史·乐志》载：

> 宋初循旧制，置教坊，凡四部。其后平荆南，得乐工三十二人；平西川，得一百三十九人；平江南，得十六人；平太原，得十九人；余藩臣所贡者八十三人；又太宗藩邸有七十一人。由是，四方执艺之精者皆在籍中。

由此可以得知，从宋初始，各地燕乐之精华就被用行政手段集中到国家政治经济文化的中心。其中光是从"花间"派的繁衍地西蜀收编入京城教坊的乐工就多达一百三十九人，高居十国之首；其次吸取南唐的应也不少，虽然此处提到得自该国的乐工仅十六人，但《乐志》另外又特意提到："宋初置教坊，得江南（按指南唐）乐，已汰其坐部不用。自后因旧曲创新声，转加流丽。"可见南唐系统的音乐对于北宋教坊乐曲创制所起的作用。宋代统治者从五代十国接收和继承下来的音乐，主要就是隋唐燕乐，尤其是开元教坊流传下来的燕乐旧曲。《宋史》卷一百四十二《乐志》十七提到燕乐，即推本于唐代"以张文收所制歌名燕乐，而被之管弦。厥后至坐部伎琵琶曲，盛流于时，匪直汉氏上林乐府、缦乐不应经法而已"。试看北宋教坊所奏燕乐十八调、四十六曲，其中如《万年欢》、《剑器》、《薄媚》、《伊州》、《清平乐》、《绿腰》等等，都是唐开元教坊所遗旧曲；这四十六曲中，除了龟兹部《宇宙清》、《感皇恩》所用乐器以觱篥为主外，其余都是以琵琶为主的歌曲（以琵琶曲为主，正是唐燕乐的主要特色）。在宋教坊"队舞"的"女弟子队"中，开首就是"菩萨蛮队"。这些都说明：北宋时的音乐主要是从唐开元教坊旧曲的基础上发展起来的。

当然，宋代统治者及其文艺创作队伍如果仅仅是被动地继承唐代燕乐旧曲，那么宋代燕乐绝不可能成为一代之胜，从而作为合乐歌辞的宋代曲子词也难以成为一代之胜了。宋代统治者很早就意识到创制新声以满足新时代娱乐之需的必要性，开展了"因旧曲创新声"的音乐文学活动。自第二任皇帝赵光义起，宋代重文抑武的各代皇帝大都勤习艺文之业，亲自动手创制新曲，以带动音乐文学的全面繁荣。《宋史·乐志》载："太宗（赵光义）洞晓音律，前后亲制大小曲及因旧曲创新声者，总三百九十，凡制大曲十八"；又载："仁宗（赵祯）洞晓音律，每禁中度曲，以赐教坊，或命教坊使撰进，凡五十四曲"。单是太宗、仁宗祖孙二人就创制了这么多的新曲，再加上教坊所收集和保存的旧曲，以及无数民间乐工"因旧曲创新声"的歌曲，这个燕乐创新发展的规模该是大得惊人的。由此，以最高统治者为领袖所造成的北宋前期歌词创作万花争妍斗奇的局面就是完全可以想象的了。此外，王易《词曲史·衍流第四》亦依据史料描绘两宋各代君主带头创作词曲的盛况道：

> 有宋词流之盛，多由君上之提倡。北宋则太宗为词曲第一作家；真、仁、神三宗俱晓声律；徽宗之词尤擅胜场，即所传十余篇，固已无愧作者。……南渡以后，流风未泯。高宗能词，有《舞杨花》自制曲，廖莹中《江行杂录》谓光尧《渔歌子》十五章，备骚雅之体，虽老于江湖者不能企及；又复刻意提倡，奖掖词才……孝、光、宁三宗虽鲜流传，而歌舞湖山，其游赏进御各词，至今犹有清响。

总上可以清楚地看出：君主刻意提倡，文人学士群起响应，加上民间文艺从业者的趋风趁时，遂使两宋歌舞娱乐之风大盛，燕乐大盛，在此基础上产生的以柔丽软美的主调服务于娱乐之需和应合燕乐之性质的长短句词，因而也走向词风大煽、流派林立的全盛时期。词之普及，在几个高潮期皆令人叹为观止：仁宗朝是满世界的"歌台舞席，竞赌新声"（清宋翔凤《乐府余论》）；徽宗朝是"新声巧笑于柳陌花衢，按管调弦于茶坊酒肆"（宋孟元老《东京梦华录·序》），如此等等，不必一一列述。在唐代，燕乐虽已十分繁盛，但曲子词的成熟条件尚未具备，统治者和文人学士也还未注意和倡导此种创作。五代时，曲子词进入成熟和繁衍流派的阶段，但由于天下分崩，文化发展受到阻碍和割裂，曲子词的创作仅得以在西蜀、南唐两块适宜于艺文繁衍的土地上畸形地延续。入宋之后，天下大致复归一统，被破坏干扰了一百多年的文艺事业逐渐随着社会整体的进步而复苏。曲子词本有自中唐以来二百多年的深厚沉淀，此时因主、客观条件的成熟——尤其是音乐文学发展条件的成熟，于是君主倡于上，士大夫文人及教坊乐工歌姬等民间艺人应于下，以南北统一的大帝国为基地，迎来了北宋词风格流派大繁荣的局面。

二、"独重女音"、"浅斟低唱"的音乐文学审美时尚

促使北宋词人变本加厉地继承晚唐五代清切婉丽的词风，从而导致北宋词派以趋向艳靡柔美者为多的一个重大的因素，就是北宋人在创作和欣赏歌词时"独重女音"。对于这一偏执的审美时尚，南宋初年的词学专家王灼早就给点明了，他在《碧鸡漫志》卷一就此论述道：

> 古人善歌得名，不择男女。战国时，男有秦青、薛谈、王豹、绵驹、瓠梁，女有韩娥。汉高祖《大风歌》，教沛中儿歌之。武帝用事甘泉圜丘，使童男女七十人歌。汉以来，男有虞公发、李延年、朱顾仙、朱子尚、吴安泰、韩发秀，女有丽娟、莫愁、孙琐、陈左、宋容华、王金珠。唐时男有陈不谦、谦子意奴、高玲珑、长孙元忠、侯贵昌、韦青、李龟年、米嘉荣、李衮、何戡、田顺郎、何满、郝三宝、黎可及、柳恭，女有穆氏、方等、念奴、张红红、张好好、金谷里叶、永新娘、御史娘、柳青娘、谢阿蛮、胡二婥、宠妲、盛小丛、樊素、唐有态、李山奴、任智、方四女、洞云。今人独重女音，不复问能否。而士大夫所作歌词，亦尚婉媚，古意尽矣。（着重号为引者所加）

这里王灼列举事实，详数历代歌唱家之名，证明自先秦至唐代，声乐演唱和欣赏皆是男音与女音并重，谴责宋代（今人）竟然"独重女音"，导致"士大夫所作歌词，亦尚婉媚"的畸形时尚。本来，燕乐轻靡冶荡的特性（参见本书第二章第一节）和唐五代民间及文人词多写男女恋情的倾向，已使得宋以前的词坛开始以女音为尚。欧阳炯《花间集叙》所谓"递叶叶之花笺，文抽丽锦；举纤纤之玉指，拍按香檀。不无清绝之词，用助娇娆之态"云云，以及"有唐以降，率土之滨，家家之香径春风，宁寻越

艳；处处之红楼夜月，自锁嫦娥"等等，就是在说明曲子词的风调，应符合女音演唱的要求；并说明唐以来演唱曲子词的，多是美女。但到了宋代，"独重女音"才成为全社会的习尚，进而发展到嘲笑和排斥男音，使曲子词成为"软性"文艺。试看苏轼的门客李廌，一次在阳翟（今河南禹县）遇见一位善唱曲子的老翁，就当场写了一首《品令》词加以刻薄的嘲笑。词曰：

> 唱歌须是，玉人檀口，皓齿冰肤。意传心事，语娇声颤，字如贯珠。　　老翁虽是解歌，无奈雪鬓霜须。大家且道，是伊模样，怎如念奴！

李廌的老师苏轼写的词，被人认为适合由"关西大汉"执铁绰板演唱；李本人虽不以词享名，而传世的几首词却多以清疏淡远见长，与"艳科"似乎异趣。但连他也执着地认定曲子词须适合"玉人檀口"，须能"意传心事，语娇声颤"，就可见一般的文人学士是如何的沉于习俗、专尚"女音"了！

既然要创作和欣赏这种"语娇声颤"、软媚移情的"女音"，就绝对地需要一种在酒边花前"浅斟低唱"的创作和欣赏环境。中国古代诗词创作和演唱，一直是以酒为媒介、在饮酒活动中进行的，对此拙著《诗与酒》（台北文津出版社1994年版）有详细论述，此处不赘。这里只说明一下，在唐末五代两宋词坛上，歌筵与酒席是二而一的东西，而"浅斟低唱"则是指创作和欣赏歌词时的一种啴缓从容、文雅细腻的作风。晚唐五代时，由于社会的变迁和文化环境、审美风尚的转移，人们的艺术情趣渐由粗豪变为细腻，由狂放变为收敛，由壮美转向柔美，大量的"香奁体"小诗和艳丽小词被从酒边（酒用以激发灵感和兴奋神经）花前（花，美色也）创制出来。创制或欣赏这种小巧玲珑、香艳婉美的作品，当然容不得"长鲸吸百川"式的狂豪之饮，而宜于用小小的酒杯，浅浅地斟酒，细细地品尝；更用不上"关西大汉"或"东州壮士"铜琵琶铁绰板的雄声豪唱，而只能由十七八岁的娇娘执红牙拍板轻启樱唇低声慢语地唱。这就是所谓"浅斟低唱"！这种以软美、绮美为尚的"浅斟低唱"作风，唐末"香奁体"名家韩偓早有形象化的描写，其《袅娜》诗云：

　　　　著词暂见樱桃破，飞盏遥闻豆蔻香。

　　　　春恼情怀身觉瘦，酒添颜色粉生光。

　　此后西蜀"花间"派词人亦多次渲染此种"浅斟低唱"作风，如牛峤《女冠子》："浅笑含双靥，低声唱小词"；和凝《临江仙》："披袍窣地红宫锦，莺语时啭轻音"；顾夐《甘州子》："红炉深夜醉调笙，敲拍处，玉纤轻"；魏承班《玉楼春》："轻敛翠蛾呈皓齿，莺啭一枝花影里。声声清迥遏行云，寂寂画梁尘暗起。　　玉斝满斟情未已，促坐王孙公子醉。春风筵上贯珠匀，艳色韶颜娇旖旎"，如此等等。

　　不过，"浅斟低唱"的风气虽在唐末及五代之初就已成气候，但"浅斟低唱"这一专门用语则大约是在五代末至北宋初才发明出来的。宋初陶穀《清异录·释族》载：南唐后主李煜曾"微行娼家，乘醉大书石壁曰：浅斟低唱偎红倚翠大师鸳鸯寺主，传风流教法"。李煜是否曾"微行娼家"，史无旁证，姑且不去管他，但陶穀为由后周入北宋的人，他的这条记载至少说明了五代末至宋初之际社会上已使用了"浅斟低唱"一语来形容作词听曲的风度。在北宋，"浅斟低唱"成为一种词坛主流风尚，甚至成为创作和欣赏艳美小词的代用语。如柳永《鹤冲天》词即谓："青春都一晌，忍把浮名，换了浅斟低唱。"而宋仁宗黜落柳永时亦云："且去浅斟低唱，何要浮名！"（宋吴曾《能改斋漫录》卷十六）柳永是北宋词体制风格的重要开拓者和弄潮人物，他的"浅斟低唱"实际上代表了时代的风尚。北宋词，以"独重女音"的审美趣尚为里，以"浅斟低唱"的创作和鉴赏风气为表，形成了清切婉丽的主流词风与派别。虽经北宋中期和靖康南渡时的两次词风转变，词坛增加了一些"男音"，并时有与之相适应的"豪饮"与"高唱"，但"浅斟低唱"作为一种根深蒂固的时代主潮却直至南宋后期仍流风未泯。不但文人创作和鉴赏如此，即使民间里巷也一直崇奉和流行此种作风。南宋末年吴自牧《梦粱录》卷二十《妓乐》条即记述当时杭州街市坊曲的歌舞风气道：

　　　　街市有乐人三五为队，擎一二女童舞旋，唱小词，专沿街赶趁。元夕放灯，三春园馆赏玩，及游湖看潮之时，或于酒楼，或花衢柳巷妓馆家祇应……若论动清音，比马后乐加方响、笙，与龙笛，用小提鼓，其声音亦清细轻雅，殊可人听。更有小唱、唱叫、执板、慢曲、曲破，大率轻起重杀，正谓之"浅斟低唱"。若舞四十六大曲，皆为一体。但唱令曲小词，须是声音软美，与叫果子、唱耍令不犯腔一同也。……自景定以来，诸酒库设法卖酒，官妓及私名妓女数内，拣择上中甲者，委有娉婷秀媚，桃脸樱唇，玉指纤纤，秋波滴溜，歌喉宛转，道得字真韵正，令人侧耳听之不厌。（着重号为引者所加）

时代风格会产生文学流派，时代风格也大体上制约和影响着流派风格。词在晚唐五代构体衍派的过程中本就形成了艳丽柔婉的总体风格，入宋之后，更由于统治者倡导的享乐观念和整整一个时代的"独重女音"、"浅斟低唱"的审美风习的浸染滋育，形成了大部分作品与大多数流派趋艳趋柔的整体格局。

三、歌妓对于词的风格体貌形成的重要参与作用

词在它的黄金时代——宋代，并非案头文学，而是音乐文学。写在纸上的歌词，只有当它配乐演唱时，才能通过声乐艺人这一必不可少的艺术中介，传达到接受者——读者或听众那里，完成其传播过程，充分地表现出它的艺术效应，实现其审美价值。因此，讨论词的风格流派及与此相关联的题材内容、时代精神和民俗习尚等问题时，便不能像对待其他一些文学样式（例如诗、小说、散文）那样只注重文字上的材料，而必须充分注意其艺术创造与传播全过程中的重要参与者——声乐艺人（亦即《新唐书·礼乐志》所谓"音声人"）的角色身份、艺术素质和思想情绪等等。如前所述，由于宋人"独重女音"并总是喜欢"浅斟低唱"，因此宋代演唱曲子词者大多数是"娉婷秀媚"、"歌喉宛转"的妙龄歌妓。尽管自北宋中期苏轼"以诗为词"和南宋前期辛弃疾等人"以文为词"之后，文人词中或多或少、时隐时现地有了一种脱离音乐的倾向，但终宋之世，合乐应歌一直是词体文学创作的主流；并且，即使是苏轼、辛弃疾等人的词，其中合于音律、可以演唱的那一部分，大多数也并非由"关西大汉"、"东州壮士"来讴歌，而是仍由歌妓执红牙拍板来演唱的。因此，可以毫不夸大地说：歌妓参与了宋词发展史的全过程，对于宋词独特的风格流派面貌的形成起过重要的作用。

宋代的歌妓，若从其职业性质来下定义，就是指一批从事曲子词演唱工作的女艺人。这些人，虽也有卖艺兼卖身的，但毕竟与明清以来以操皮

肉生涯为主的"娼妓"不同，是以表演声乐为主的特殊职业妇女。这支职业队伍，从历史上来追溯，是汉、唐以来封建国家"女乐"制度的延续。特别是唐代，由于燕乐的兴盛和大量的"声诗"、曲子词需要合乐歌唱，教坊与平康坊曲的"音声人"队伍急剧膨胀，促使以歌唱为专业的歌妓大量增加。宋承唐制，公私各种音乐机构与娱乐场所大量蓄养和使用歌妓，且因曲子词的空前发达和城市文化娱乐需求的增加，歌妓的数量远较唐代为多，对文艺创作与传播所起的参与乃至审美导向作用远较唐代为大。宋人的审美情趣偏于阴柔之美，表现在曲子词的创作与演唱上，特重女音，并要求女艺人色、艺俱佳。因为只有色、艺俱佳，貌、音双美，才能在酒边花前产生娱宾遣兴的强烈效应，使接受者获得心灵与感官的双重愉悦和兴奋。就是在这样的环境中，歌妓以自己艳丽的体貌和柔美的音乐素质（有些人还自己填词），全面参与了词的审美活动。宋词中有很多作品，就是专门描写女音演唱时色、艺双美的艺术效果的。兹略举二例：

> 有个人人，飞燕精神。急锵环佩上华裀。促拍尽随红袖举，风柳腰身。　簌簌轻裙，妙尽尖新。曲终独立敛香尘。应是西施娇困也，眉黛双颦。
>
> ——柳永《浪淘沙令》
>
> 裙曳湘波六幅缣，风流体段总无嫌。歌翻檀口朱樱小，拍弄红牙玉笋纤。　腔子里，字儿添，嘲撩风月性多般。忔憎声里金珠迸，惊起梁尘落舞帘。
>
> ——赵福元《鹧鸪天》

上文论述宋代士大夫享乐之风时提到的家妓，仅仅是宋代歌妓中的一个种类。宋代歌妓大而分之有官妓、家妓、私妓三种；若再细分，则官妓又包括宫廷歌妓、教坊歌妓、中央及各地方官署歌妓（营妓），私妓又包括酒楼茶坊妓、勾栏妓、流动做场妓、平康诸坊（妓院集中地）妓等等。前已述及，蓄养家妓是有较高官位和较多财富的上层士大夫才做得到的事，而宫廷、教坊和中央官署的女乐也不是一般人能轻易接触的，因而宋代大多数词人（特别是那些官位不高的中下层士大夫和仕宦无门的失意文人）大量和经常接触的，是市井私妓和地方（州、军、府、县等）官署的官妓。一些曾经长期沉沦下僚或落拓江湖的著名词人如柳永、秦观、周邦彦、姜夔、吴文英、张炎等，他们的作品中都经常写到了与这些市井私妓和下层官妓的亲密交往，并且还留下了其中的一些名噪当世的"流行歌星"的名字。这些市井私妓和下层官妓，在宋代歌妓中占大多数，她们寄居于城市，生活于市民群体的汪洋大海之中，不似那些上层官妓和贵族士大夫家妓那样与世隔绝，而是浸染着市民意识，艺术创作和表演上充满了市民情趣和市民作派。这一点大大地影响了相当一部分宋词作品的题材取向和语言风格，并在一定程度上促成了宋词中市民色彩极浓的俚俗词派的产生和繁衍。下文将要论述的柳永及其一派的词，就是显著的例证。此外，即使主导倾向不是俚俗的一些士大夫词人如黄庭坚、欧阳修、秦观、周邦彦等人，也都写了不少以市井私妓和下层官妓为描写对象因而市民味很浓的俗词，于此亦可看出这些歌妓对宋词中"以俗为美"的艺术趋向的助长作用。

打开一部《全宋词》，其中随处可见描写歌妓的篇什；那些虽未描写歌妓、但从其柔婉的风格与圆润曼妙的音律可以推知其为专写给歌妓演唱的作品更让人数不胜数。歌妓对宋词发展影响之广与作用之大，应是不争的事实。此种影响与作用，归纳起来主要有以下三个方面：

（一）宋人于词这种音乐文学"独重女音"，喜欢"浅斟低唱"，这样的审美效应必须靠歌妓的演唱来实现。前引北宋李廌的《品令》词说演唱要求"玉人檀口"来"意传心事"，务使"语娇声颤，字如贯珠"；南宋吴自牧《梦粱录》亦说唱词必须"声音软美"、"清细轻雅"，"歌喉宛转，道得字真韵正，令人侧耳听之不厌"。为要适合这种女音演唱的要求，文人学士纷纷"男子而作闺音"，在词里写女性题材，仿女性腔调，抒儿女柔情，从而使得歌词文学的主体风格柔化、女性化，也使大多数词人的主导风格和大多数词派的审美趋向归于艳丽婉曲一路。这样的作品，就其从文字写作到通过合乐演唱实现其审美效应的全过程来说，实际上是词人与演唱艺人（歌妓）两相合作的产物，因而从内容、意境到外在的文字、语音风格都烙上了歌妓所代表的阴柔之美的印记。我们还注意到，这其中有许许多多的作品，干脆就是应歌妓之请、按她们的审美要求和演唱特点而创作的。比如大词人柳永青年时"多游狭邪，善为歌辞，教坊乐工，每得新腔，必求永为辞，始行十世"。⑤柳永《乐章集》中的大部分篇什，显然都是在这样的环境中与歌妓乐工亲密合作而成的，难怪这些作品中随处有歌妓的绮罗香泽之态和莺娇燕昵之语。此外，比如北宋词人刘几作过一首颇为流行的《花发状元红慢》，据明陈耀文《花草粹编》卷十一记载，此词的来历是：

> 洛阳花品曰状元红，为一时之冠，乐工花日新能为新声，汴妓郜懿以色著，秘监致仕刘伯寿（几）尤精音律。熙宁中，几携花日新，就郜懿欢咏，乃撰此曲，填词以赠之。

由此可知《花发状元红慢》这首著名的"流行歌曲"，是词人（刘几）、乐工（花日新）、女歌唱家（郜懿）三人合作的产品；而其词的内容，则是借描绘名花（状元红）赞颂"倾城倾国"的京城名妓郜懿（词载《全宋词》第一册，兹不录）。耐人寻味的是，在苏轼等人扩大词的表现功能，促使词由单纯应歌向抒写文人士大夫"逸怀浩气"转变之后，不少大作"诗人之词"的文人也还受时俗推动，为歌妓作词，代歌妓立言，并且使这部分作品成为他们全部词作中不可或缺的艺术精品。比如南渡词人中以学苏著名的叶梦得，就作过一首赠歌妓的名篇《贺新郎》（睡起啼莺语），被誉为一时之绝唱（词载《全宋词》第二册，兹不录）。据南宋初洪迈的记载，此词的来历是这样的：

> 叶少蕴左丞初登第，调润州丹徒尉，郡守器重之，俾检察征税之出入。务亭在西津上，叶尝以休日往，与监官并栏干立，望江中有彩舫，傃亭而南，满载皆妇女，嬉笑自若，谓为富贵家人，方趋避之，舫已泊岸。十许辈袨服而登，径诣亭上，问小史曰："叶学士安在？幸为入白。"叶不得已，出见之，皆再拜致词曰："学士俊声满江表，妾辈乃真州妓也。常愿一侍尊俎，惬平生心；而身隶乐籍，仪真过客如云，无时不开宴，望顷刻之适不可得。今日太守私忌，郡官皆不会集，故相约绝江，此来殆天与其幸也。"叶慰谢，命之坐。同官谋取酒与饮，则又起言："不度鄙贱，辄草具殽醴自随，敢以一杯为公寿，愿得公妙语持归，夸示淮人，为无穷光荣，志愿足矣。"顾从奴挈榼而上，馔品皆精洁。迭起歌舞。酒数行，其魁捧花笺以请。叶命笔立成，不加点窜，即今所传《贺新郎》词也。……卒章盖纪实也。⑥

以上所举，不过是二三典型事例。两宋时期普遍流行的文人学士与歌妓亲密交往、与歌妓合作度曲填词及专为歌妓作词的风气，皆可由此推想而得知大概。

（二）宋代词人在与歌妓的频繁而亲密的交往中，产生了真挚而缠绵的爱情，这种爱情被大量地、经常地写进了词中，形成了宋词题材内容上以歌唱"婚外恋"为能事的一大特征，同时这也在一定程度上影响了宋词风格与流派的面貌。

宋代词人大部分是官僚士大夫或有一定社会地位的中下层知识分子，而歌妓，无论其为官妓、家妓或市井私妓，都是身隶乐籍、婢籍和娼籍的"贱民"与奴隶。若无艺文方面的交流与合作，这两个社会阶层之间的人无论如何是不会有感情沟通与共鸣的。偏巧，曲子词的创作和演唱，使词人与歌妓之间建立起了联系的桥梁。秦楼楚馆、歌筵舞席是他们亲密交往的主要场所。在艺术上亲密合作的过程中，男女双方自然互相吸引，互相倾慕，互为知己。歌妓爱慕词人的才华和风度，并以他们为自己艺术上的知音和感情上的依托，而词人（尤其是坎坷失意的下层文人如柳永等）在与这些善良美丽、色艺俱佳的低贱女子的交往中，亦多能消减和克服居高临下的"狎妓"心理，以平等的态度对待她们，同情她们的遭遇，乃至尊重她们的人格，欣赏和赞美她们的品貌、才华与技艺。于是男女双方因为"体态的美丽、亲密的交往、融洽的旨趣等等"（恩格斯语）而经常产生着优美动人的爱情故事。在宋代，这种词人与歌妓之间的爱情故事数不胜数，并被多情的词人把其中的不少部分写进了词中。最近浙江教育出版社出版的《词学大辞典》，在十一个条目大类中专设"名词本事"一类，其中宋代词本事三十多个；这三十多个故事中，大部分是反映词人与歌妓之间哀感顽艳的爱情经历的。可见描写词人与歌妓的爱情，是宋词中不容忽视的一个重要内容。爱情题材在宋词中可以说压倒一切，但其中真正是描写夫妻之间爱情的却少得可怜。就连陆游那首传说是写陆与妻子唐氏的爱情悲剧的名篇《钗头凤》，据吴熊和先生周密的考证，也非忆妻之作，而可能是陆游客居成都时的恋妓之篇。[⑦]事实上宋代文人学士与明媒正娶的妻子间产生爱情的可能性是很小的，因为那时的婚姻并不是建筑在男女双方自愿的爱情基础上，而是门阀关系、政治利害与经济因素的产物。诚如恩格斯所说，古代所仅有的那一点夫妇之爱并不是主观的爱好，而是客观的义务；不是婚姻的基础，而是婚姻的附加物。现代意义上的爱情关系在古代只是在官方社会以外才有。……而在奴隶的爱情以外，我们所遇到的爱情关系只是灭亡中的古代世界的崩溃的产物，而且是与同样地也处在官方社会以外的妇女——艺妓，即异地妇女或被释放的女奴隶发生的关系。⑧

在宋代那样的封建宗法社会中，一方面，婚姻不是爱情的产物；另一方面，男性又有权在自己的妻子之外公然地和广泛地（宋代统治者对此是一直鼓励纵容的）接触那些自由身份的女子（如艺妓等）。宋代词人与歌妓之间的恋爱关系大致属于恩格斯所说的古代官方社会以外的爱情。两宋词人"缘情绮靡"的名篇佳作，多是咏叹这种官方社会以外的"走私"之情的。柳永的"执手相看泪眼，竟无语凝咽"和"衣带渐宽终不悔，为伊消得人憔悴"；秦观的"销魂，当此际香囊暗解，罗带轻分"和"天还知道，和天也瘦"；周邦彦的"许多烦恼，只为当时，一饷留情"，"拼今生对花对酒，为伊泪落"；以及姜白石的"淮南皓月冷千山，冥冥归去无人管"，史达祖的"一笛当楼，谢娘悬泪立风前"，吴文英的"隔江人在雨声中，晚风菰叶生秋怨"等等，这些脍炙人口、千古传诵的痴情妙语，竟全都是咏叹"婚外恋"、写给那些与他们情投意合的歌妓的。古今中外，描写文人与妓女之情的文学作品不知凡几，但像宋词这样，竟以一种文体和一代之文学中的大部分作品来竭力讴歌恋妓之情，则在中外文学史上实属罕见。这构成了宋词主体风格香艳缠绵的一大特征，并且使得两宋词坛众多的名家与流派，不论其风格和艺术趣尚有多大差别，都或多或少地带上了这一时代性特征。

当然，同是描写恋妓之情，由于所写歌妓身份、处境、性情之殊，也由于词人自身性情、心境与审美趣味的差异，宋词中咏妓之作的内容、情调和风格大不一样，从而引起当时和后世的不同评价，甚至在一定程度上标志着艺术倾向不同的流派的产生。比如，北宋前期晏殊、欧阳修等人作词尚雅，士大夫趣味较浓，写恋妓之情时就比较含蓄蕴藉，一般不致流于俗艳。而柳永作词尚俗，市民习气较重，喜欢直接而大胆地吐露与下层歌妓（尤其是市井私妓）的火热恋情，不避尘俗，不讳言床第之欢，甚或为妓写心，写出"彩线闲拈伴伊坐"（《定风波》）一类的俚俗名句。这就遭到晏殊等人的当面斥责，后来又被李清照批评为"词语尘下"，被王灼骂为"野狐涎"。柳永及其追随者的词，因此而在两宋时期一直被排斥于士大夫"雅词"之外，事实上被划为另一个"异端"的流派。又如周邦彦作词虽有典雅之誉，但由于受柳永影响，未能真正"脱俗"，时有诸如"为伊泪落"、"许多烦恼，只为当时，一饷留情"一类不事含蓄直抒恋妓之情的词句，因而被张炎批评为"为情所役"，"失其雅正之音"，"淳厚日变成浇风"（《词源》卷下）。直至清末，尚有词话家据此而斥责周词"旨荡"（清刘熙载《艺概·词曲概》）。历来评北宋词"柳、周"并称，很大程度上缘于二人恋妓之词有若干共同点，于此可以略见二人之间的风格流派继承关系（尽管严格说来柳、周不是同一流派，但至少可以说周邦彦及其同道者是部分继承柳永传统而变化发展出的一个流派）。此类情况，宋词中尚多，下面具体描述词派时还将有所涉及。

（三）宋代不少歌妓，不但精通音乐，善于演唱文人所作的词，而且她们自身就有文学才华，自己就能动手填词。她们的自言其情的优秀词作，在宋词中独树一格，丰富了宋词的艺术宝库。宋代这样的能自己作词的歌妓，其名字与作品屡见前人称引，被收入《全宋词》的就有陈凤仪、琴操、盼盼、苏琼、美奴、谭意哥、乐婉、聂胜琼、赵才卿、张珍奴、仪珏、严蕊、尹温仪、张师师、钱安安、楚娘、谢福娘等等二十余人。她们的作品，曾使当时的许多男性词人折服。尽管由于封建时代性别歧视等原因，歌妓作词不可能得到鼓励和扶持，写出的作品也只有极少数得以传世，但我们不能不承认：宋词的兴盛繁荣，不仅要归功于那些文人士大夫，而且还应归功于这些参与了创作的歌妓。

四、时髦的都市文化与传统的士大夫意识之间的对立和调和

宋词，尤其是北宋词中不同流派的产生和它们之间的对立斗争，还与当时新兴的都市文化同以儒学为核心的正统士大夫意识两者的冲突矛盾、消长起伏密切相关。

中国封建社会的发展有其前期与后期的不同，上升阶段与没落阶段的不同。而宋代，正是封建政治、经济与文化的发展从前期走向后期、从上升阶段走向没落阶段的重大转折时期。在宋之前，以诗文辞赋为主要样式、以宫廷文学和山林文学为主干、以士大夫意识为灵魂的正统文学居于绝对统治地位，是封建社会上升阶段的代表文学。随着中唐之后封建社会逐渐走向衰落，正统文学也就日趋老化。与此同时，城市繁荣，商业发达，市民阶层日益膨胀，自晚唐至宋，市井间的娱乐活动也日益兴盛，在市井说唱娱乐活动的土壤里滋长了与正统诗文辞赋迥然有别的市民文学。宋代以来，新兴的市民文学呈不断上升之势，在元、明、清三代，其成就已高出于正统的士大夫文学之上，事实上占据了创作的主要地位。宋代正处于正统文学与市民文学盛衰交替的重大转变期，而新兴的曲子词，正好是从正统文学向市民文艺过渡的一个重要标志。在词的兴盛繁荣中，充满了市民意识与士大夫意识、新兴都市文化与传统士大夫文化之间的矛盾冲突和融合妥协，由此推动了一些词派、词风的产生和消长。

中国古代诗歌最初起源于乡村，是以乡村生活为背景的歌唱，这有《诗经》的十五国风和《楚辞》中的《九歌》等为佐证。而依傍于都市文化娱乐的词则与传统的诗歌大不相同，它是地地道道的都市文学，原就是为都市坊曲歌妓演唱之需而创作，因都市文化娱乐活动的高涨而兴旺繁荣起来的。唐五代北宋的词，基本上可以称为都市的"流行歌曲"，是以都市生活为背景的歌唱。⑨这是唐、宋两代都市文化的一个特殊产儿。本书第二章第一节论述词体文学赖以产生的文化土壤时，实际上已经接触到都市文化的作用问题。在论述五代时期两大词派"花间"派和南唐派时，更特意指明了这两个词派之所以能产生，是因为有成都、扬州两个文化大都市作为基地。林庚先生论词的起来时，将它与都市的繁荣和市民阶级的形成挂上钩，正确地指出：

> 在商业资本与封建土地关系的矛盾纠缠中，后者只能一味保守，前者却一力要求发展，尽管由于这一纠缠而并不能突破封建的局限，然而一点一滴，总还是在发展中，这表现在中唐以来社会各方面都在衰落苦闷中，而独有商业却是并不衰落的。《琵琶行》所谓"商人重利轻别离，前月浮梁买茶去"，这自由商人还是干得正起劲哩。同时由于六朝、隋、唐这一阶段商业及手工业的突飞猛进，城市中也逐渐形成了市民阶级。这虽是到了宋代才表现得更为明显，而唐代却已是萌芽了。这样市民文学，由于它是发展的、新生的、富有创造性的，便将代替正统的文学而成为文坛新的主潮。而由正统文学过渡到市民文学，便表现为大历以来市民文学与词的起来。⑩

林庚先生所述，主要是唐代中晚期的情况。如果说，作为中国古代文化中后起的一个特殊支流的都市文化，在隋唐五代时期还只是初具规模、初显特色和有时仅在局部地区得到发展的话（比如在战乱频仍的五代，都市文化仅在成都、扬州、金陵等几个地区得以发展），那么，到了农业生产力大大提高、商业与手工业空前发展和城市经济全面繁荣的宋代，都市文化就进入了它在我国古代社会中的第一个高潮期，成为封建社会由前期向后期过渡中一股支配文艺创作新动向的决定性力量。

为了便于说明问题，有必要简略地追述一下都市文化是如何生成的，它有什么特点，然后才能看清它是如何影响词体文学的创作，又如何遭受传统士大夫意识的抵制或改造的。

中国古代封建文化，在隋唐之前，是农业自然经济的产物；在隋唐之后至近代以前，也大致还是这个基本格局，但其中明显地增加了都市文化这一支流。这是一种在异质的环境中逐渐生成的新型文化。都市比之上古时期因生存之需而自然聚合的乡镇及为行政管理之需而设的州、郡、县、治等等不一样，它不是农村自然经济的产物，而是从商品经济中化育而出的。我国封建时代的社会经济确实是自然经济占绝对优势的，但自然经济也少不了一定范围和一定数量的商品交换。于是，随着生产力的逐渐发展和商品交换的增加，在华夏古国汪洋大海似的农耕社区中，兴起了岛屿式的大大小小的都市。都市的建立和增多，大大促进了商品经济的发展；商品经济补充着自然经济，同时又对后者起着腐蚀和分解作用。欧洲的资本主义，就是从中世纪的都市萌芽和成长起来的，它最终导致了整个世界的变革。但我国古代的都市，不能和欧洲中世纪的都市等量齐观。这不仅因为我国古代都市经济里的资本主义萌芽始终未能发展到欧洲都市的高度，更由于我国的那些所谓"通都大邑"多半是封建王朝各级政府的所在地（不像欧洲封建领主都散居于庄园，而把城市让给了市民），贵族和官僚的势力占据统治地位，作为商品经济的弄潮儿的市民阶层，虽然人数多，但政治上没有地位，力量十分弱小，迄未成为左右社会发展动向的势力，他们所创造的都市文化，难免带有浓厚的封建文化色彩，不似欧洲城市商品经济初发时期的市民文化那样具有新鲜而强烈的资本主义光芒。话虽如此，我国中古时期的都市文化既然产生于市民之中，就必然带有为过去的纯粹农业自然经济社会所没有的某些特点。

说到底，我国中古时期新兴的都市文化有些什么特点呢？司马迁在《史记·货殖列传》中一针见血地点明："富者，人之情性也，所不学而俱欲者也。"又说："天下熙熙，皆为利来；天下攘攘，皆为利往。"意欲过上富裕的生活，一心追逐财利，确是城市工商业者普遍的心态。既然要谋取财利，就不能不承认人的种种物质欲望，因为追求物欲正是经商谋利行为的思想动力。"利"与"欲"连成一体，构成了都市文化的精神出发点。

而市民的利欲观念又是会随着城市经济的日益发达和城市文化形态的成熟而不断扩张与演进的。这种扩张与演进，按理是双向进行的：一方面，从经济上追求财利提高到政治上追求权利；另一方面，从物欲的满足进而扩展到追求情欲与性欲等等。这是都市文化发展的必然趋势。这里应该指出：中国的都市，由于封建正统势力的统治比较强大和根深蒂固，前一方面的趋势极不明显，诸如民权、法权、参政权与执政权等等方面欧洲市民阶层曾如火如荼地为之进行过斗争的东西，在这里基本上是一片空白。中国古代的都市文化，仅在后一方面——从物欲扩展到情欲、性欲——得到了长足的、甚而是畸形的发展。这在自唐代中期以后至宋、元、明、清各代的都市"俗文学"中表现得最为突出。⑪试看那些市民意识最浓的市井歌谣、变文、俗讲、民间曲子词、散曲、小唱、杂剧、传奇、演义、话本、拟话本之类，公开鼓吹"好货"与"好色"、颂扬发财致富和男女自由情爱乃至露骨地进行性描写者触目皆是。市民文艺中的这类描写，是为了满足市民阶层那种日益强烈的对物欲、情欲的欣慕与渴求。这样的审美供求关系，在都市文化开始繁荣的唐代中晚期就已经很热火了。生活于中唐至晚唐初年的文人赵璘所撰《因话录》卷四记载了这样一个俗讲僧吸引市民的故事：

> 有文淑僧者，公为聚众谭说，假托经论，所言无非淫秽鄙亵之事。不逞之徒，转相鼓扇扶树。愚夫冶妇，乐闻其说，听者填咽寺舍，瞻礼崇奉，呼为和尚。教坊效其声调，以为歌曲。其氓庶易诱，释徒苟知真理及文义稍精，亦甚嗤鄙之。

这所谓"愚夫冶妇"最感兴趣的"淫秽鄙亵之事"，说穿了就是男女情爱之事。这是都市里市民文艺中比重最大的题材。值得加以注意的是这条记载中提到：当时的教坊将文淑僧俗讲的内容（"淫秽鄙亵之事"）仿其"声调"（俗讲是一种有讲有唱的通俗文艺形式）写成了"歌曲"。按：文淑僧为唐宪宗元和年间最活跃的俗讲僧，这个时期教坊的"歌曲"就是新兴的以燕乐为基础的曲子词。这时正是都市民间词已十分盛行而文人学士也纷纷拿起笔来尝试创作小词的时期。这条记载，透露了作为新兴都市文艺重要形式之一的曲子词大量吸取男女情爱题材的信息。词起源于民间，而我国民间文艺自古就有偏重于表现男女恋情的传统。即在都市文化尚未成为引人注目的一股势力之前的先秦、汉魏时代，农村与乡镇的民歌中就以恋歌占较大比重。在都市文化初兴的六朝时代，产生于建业、荆襄一带城镇商业中心的"吴歌"、"西曲"，就更十之八九都是缠绵悱恻的男女情歌。这个情况似乎可以证明：民间文艺越向商业都市发展，越要迎合市民文化中"好货"与"好色"的倾向，从而加重其"艳情"成分，乃至最终以"艳情"为最重要的内容。从"胡夷里巷之曲"发端的词，更是明白无误地走这一条都市化、艳情化的道路。

　　多年以来，在词学研究者几乎一边倒地褒扬民间词"题材宽广"、"内容健康"，谴责文人词以艳情为主的议论中，有这么一种似乎振振有辞的观点，即认为词初起于民间之时，清新朴素，反映现实广泛，转入文人之手以后，才被扭曲成为"艳科"，充满了"媚"态。论者还竞相引用王重民《敦煌曲子词集叙录》中的一段话为重要论据："今兹所获，有边客游子之呻吟，忠臣义士之壮语，隐君子之怡情悦志，少年学子之热望与失望，以及佛子之赞颂，医生之歌诀，莫不入调。其言闺情与花柳者，尚不及半。"但论者对民间词题材倾向的判断并不完全符合事实；王重民对《敦煌曲子词集》题材的分析本身并无什么谬误，但它并不能证明早期民间词不是以闺情及花柳为主。姑且不论《敦煌曲子词集》仅收得一百六十多首词，这可能只是唐五代曾经出现过的民间词中的一小部分，仅凭它们，难以确切判定当时题材取向究竟如何；如果可以单凭这个集子来作为"抽样调查"的范本，我们反倒可以说：恰恰是这个集子证明了早期民间词中就是以"言闺情与花柳"为主要内容的。不信请看，这里有一个按王重民所列类别而作的粗略统计数字：在《敦煌曲子词集》中，"言闺情及花柳者"最多，约占百分之四十左右；其次为"忠臣义士之壮语"，约占百分之二十五；第三为"边客游子之呻吟"，约占百分之十二；以下"佛子之赞颂"约占百分之七；"隐君子之怡情悦志"约占百分之五；"少年学子之热望与失望"约占百分之四；"医生之歌诀"约占百分之二；其他内容，约占百分之五。⑫由此可见，"言闺情及花柳者"虽"尚不及半"，但在各类题材中却高居榜首，将及一半，是比重最大、在各种题材中唯一显出主导倾向性的题材。而从这些"言闺情及花柳"的作品我们可以看出，它们描写的多半是城市妓女，如《望江南》（莫攀我）、《抛球乐》（珠泪纷纷湿绮罗）等等。由这些描写中不难了解到当时城市中色妓是多么盛行，市民阶层追逐物欲和情欲是如何普遍。由此也可指出：笼统地说"词起源于民间"，难以说清词的文化特质，不如说词是唐宋时代都市文化的产儿，更为恰切。

我们自然并不否认：词在从民间转入晚唐五代文人之手成为一种时代性的流行文艺之后，更加重了艳情的成分。但这种加重，是在都市享乐环境中进行、由都市文化的畸形繁荣促成的。欧阳炯《花间集叙》中所渲染的"有唐以降，率土之滨，家家之香径春风，宁寻越艳；处处之红楼夜月，自锁嫦娥"的曲子词创作和欣赏环境，正是一种典型的以追逐女色为中心的都市享乐文化环境。五代时两大商业文化都市成都、金陵所滋育出来的"花间"词和南唐词，因而更公然以女性为中心，以表现男女情爱为压倒一切的主题。《花间集》所收的五百首词中，有四百一十一首是以女性为描写对象的，约占总数的百分之八十二。在比"花间"词士大夫气重的南唐词中，这一倾向有增无减，只不过色情味淡了些，表现得雅致含蓄了而已。南唐词人冯延巳今存一百一十首词中，以女性为抒情主人公者达一百首之多；李璟仅存的四首词全写女性；李煜国破家亡后专抒自身的哀怀，但他传世的三十四首词中也还有一半是写女性的。这些以女性为中心的艳体小词，大多数是写因情爱的失落或残缺而引起的孤独、苦闷、寂寞、怨恨等情绪，少数作品则写幽欢艳遇时的快乐感和满足感。"花间"、南唐两个不同流派在题材上的这一趋同性，乃是受制于当时都市中广大接受者的文化消费心理与趣味的。五代时天下大乱，王朝如走马灯似地不断更迭，文人士大夫治国平天下的使命感和责任感已荡然无存，而沙漠中的两块绿洲——西蜀的成都和江东的金陵这两大都市的经济和文化却畸形地繁荣，贵族、官僚、市民和各色文人艺人等的享乐欲望高度膨胀，他们几乎一致地追求现世的娱乐和官能刺激，而不愿去过问社会人生的前途。正是在这种都市享乐文化的肥沃土壤里，通过艳丽女性——歌妓演唱的以女性、女色为中心内容的曲子词，恰好充分地适应和满足了广大接受者的消费需要。创作者——都市各阶层文人需要通过描写女色来麻醉自己和宣泄内心的要求，接受者——都市广大市民更需要欣赏女音女色来满足自己的享乐之欲，于是，供求相应，曲子词作为当时都市享乐文化所开放的一束艳体之花，被定位为文学中的"艳科"，就丝毫不足为奇了！

唐宋词的传播史的事实告诉我们：一旦词这种娱乐文艺的接受者消费取向定型之后，作为创作者的文人墨客就长期地被都市消费趋向推动着，依照既定的"艳科"模式去进行"生产"。这一强大的"惯性"一直从五代延续到宋初，在北宋前期统治词坛达一个世纪之久。直到苏轼闯入词坛之前，词的创作一直在以女性、女色为中心内容的惯性轨道上运行。这种运行，既有北宋时远比唐五代发达的都市文化为强大后盾，又有最高统治者鼓励士大夫和老百姓及时行乐的政策为推动力，因而酿成了比晚唐五代更为繁荣发达的"艳科"文艺新局面。

不过，由于正统的士大夫意识的顽强存在和不断渗入，"艳科"在两宋词坛难以维持一统天下。且不说北宋中期苏轼崛起之后的巨大变化，即在北宋前期，在近乎一边倒地以女性女色为描写中心的词坛上，就已经因为士大夫意识的抬头而出现了"雅"与"俗"二派的严重对立。宋代广大的在儒家思想教育下成长起来的文人士大夫，他们对曲子词这种都市俗文艺形式的态度一直是十分矛盾的。

宋代是一个儒学复兴的时代。一方面，统治者为了维持长治久安，就不能光是纵容享乐之风与声色之好，还须扶持儒学来作为治国平天下的精神支柱和统治思想，乃至最终将当代的新儒学——理学定为官方哲学；另一方面，作为依附于统治阶级的广大文人士大夫，亦以儒教为立身的根本，大都以为人生首要之务是在孔孟学说指导下致力于建功立业，在政事之余可做文章，文章之余可以作诗，作诗之余乃可寄情于绮席花丛偶作小词。儒家一向主张抑制人欲（包括情欲），在涉及男女绮思之时，标榜"发乎情，止乎礼义"，自"诗教"敷设以来，汉代以后的诗歌描写男女情爱者极为稀少，除六朝乐府民歌及梁陈宫体之外，文人士大夫的作品即偶有言"情"者，也多含蓄蕴藉，力避"淫靡"。入宋之后，由于儒学的复振与理学的行时，士大夫更戴起理学面具作诗，诗中多"言理不言情"。而新兴的都市文化色彩极浓的曲子词，却放肆地表现男女情爱，冲破了正统士大夫意识中所谓"发乎情，止乎礼义"的信条。士大夫政事文事诗事之余发现了、利用了这种不登大雅之堂的新样式，惊喜万端地用它来"走私"自己作为"人"积压于内心的但却被礼教的牢房关锁着的男女之情。但在竞相喜爱、趋之若鹜地作艳体小词的同时，他们中的大多数人还不能无视正统礼教、诗教的规范，必须把这种私下喜爱的文艺样式排一个位置，在不妨碍诗文"正宗"地位的前提下为它找到一个"合法"存在的理由。于是"诗庄词媚"、诗大词小的观念和议论应运而生。提到词的时候，总要加一个"小"字，以示爱憎分明，尊卑有别。称这种风行海内的流行歌曲为"小词"，无非是想向正统势力表白：文人偶尔染指写它几首，仅仅是做点游戏，纯属"小道"、"余事"，嬉弄笔墨，娱乐情性，无碍于正儿八经的"文章政事"。北宋著名词人，差不多都是这种态度：在感性上、在潜意识里非常喜欢"小词"，但在理念上、在正经场合则贬低和装模作样地排斥它，做出一副不足珍惜和不屑一顾的姿态。苏轼曾云："近颇作小词，虽无柳七郎（永）风味，亦自是一家。"⑬语气似颇轻此体，但既欣然自赏，自称已是此中之"一家"，则内心之笃爱也是显然无疑的。就这样既似轻视又实重视，表面厌恶内心酷爱，北宋士大夫在矛盾的心态中欣赏着词，创作着词，俚俗、冶荡、都市市民味极浓的词，亦因之在他们手中开始了某种士大夫味的变异。

以"治国平天下"的功业为己任的封建士大夫们纷纷"未能免俗"地爱上了艳体小词，对这种文化现象当时的舆论总要作出合情合理的解释。一种自我辩解性的主张就是：正人君子亦未免有"情"，因而所谓"正人端士"在不影响政事和文章等"经国之大业"的前提下，亦可有"艳丽之辞"。试看北宋人有这样一段力求通达的议论：

> 文章纯古，不害其为邪；文章艳丽，亦不害其为正。然世或见人文章铺陈仁义道德，便谓之正人；若言及花草月露，便谓之邪人，兹亦不尽也。皮日休曰："余尝慕宋璟之为相，疑其铁肠与石心，不解吐婉媚辞。及睹其文，而有《梅花赋》，清便富艳，得南朝徐庾体。"然余观近世所谓正人端士者，亦皆有艳丽之辞，如前世宋璟之比，今并录之。如乖崖公张咏《席上赠官妓小英歌》曰："天教抟百花，抟作小英明如花，住近桃花坊北面，门庭掩映如仙家。美人宜称言不得，龙脑熏衣香入骨。维扬软縠如云英，亳郡轻纱若蝉翼。我疑天上婺女星之精，偷入筵中名小英。又疑王母侍儿初失意，谪向人间为饮妓。不然何得肤如红玉初碾成，眼似秋波双睑横。舞态因风欲飞去，歌声遏云长日清。有时歌罢下香砌，几人魂魄遥相惊。人看小英心已足，我看小英心未足。为我高歌送一杯，我今赠尔新翻曲。"韩魏公晚年镇北都，一日病起，作《点绛唇》小词曰："病起厌厌，宴堂花谢添憔悴。乱红飘砌，滴尽胭脂泪。　　惆怅前春，谁向花前醉？愁无际，武陵回睇，人远波空翠。"司马温公亦尝作《阮郎归》小词："渔舟容易入春山，仙家日月闲。绮窗纱幌映朱颜，相逢醉梦间。　　松露冷，海霞殷，匆匆整棹还。落花寂寂水潺潺，重寻此路难。"

又曹修古立朝，最号刚方蹇谔，尝见池上有所似者，亦作小诗寓意曰："荷叶卓芙蓉，圆清映嫩红。佳人南陌上，翠盖立春风。"⑭

这里举作例证的韩琦和司马光等人，都是北宋时名震一世的宰辅重臣，他们尚且不免有绮情艳思，当时一般士大夫酷喜都市艳体小词的情况就可想而知了。

但是，曲子词"先天"所带上的都市文化露骨的情爱内容和冶荡绮靡风格，与士大夫所尊崇的诗教中所谓"好色而不淫"、"发乎情止乎礼义"及"温柔敦厚"等理念和主张毕竟是格格不入的。仅仅用"正人君子未免有情"和"亦有艳丽之辞"这样的辩解，实难以为士大夫喜好曲子词的文化现象找到合法存在的理由。最有效的办法是用士大夫的审美理想和风雅意识去改造和提高艳体小词，使它即使免不了表现情爱与女色也要由俚俗淫靡变为雅致含蓄，由市井伶工的俗文学提升为士大夫的雅文学，成为士大夫正统文化能接纳或至少能容忍的一种形式。五代后期的南唐词，虽仍以女性描写为中心，但已明显地出现了以士大夫意识使之雅化、文人化的倾向，淡化了、甚至基本上取消了早期民间词和"花间"词常见的那种露骨直率的情爱表白与淫亵描写。北宋前期，柳永等一些泡在都市文化海洋中的风流浪子直承民间词和"花间"派的传统，变本加厉地大写特写市民味极浓的艳词，俚俗而冶荡的词风畅行天下，乃至"凡有井水饮处即能歌柳词"；与之同时的晏殊等人则一反柳永俚俗尘下的词风，力追南唐君臣的流风遗韵，大作典丽含蓄、温润秀洁的士大夫"雅"词。于是词坛上开始出现了雅、俗两个词派的对立——实质上是正统士大夫意识与新兴都市俗文化的对立。也就是说，北宋词的第一次流派分立，是由当时特定的社会文化、审美思潮的矛盾斗争决定的。

柳永一派词出来以后，正统士大夫势力对之十分头疼，以为有伤"风化"，违背了儒家礼教。当时上自那位号称"留意儒雅，务本向道"的仁宗皇帝，下至宰相、词臣及众多官僚士大夫，大多标榜"雅正"，对柳词严加斥责，甚至发展到用不让中举、不给磨勘转官等惩罚手段来冷落和打击柳永本人。但柳永一派词作为一种有广泛社会基础的都市文化产品，并不因为作者本人受到排斥打击而影响稍减，反而随着都市文化的进一步繁荣滋长而在北宋中后期更加风行海内。文化传播史的事实证明：对于精神产品，硬堵是堵不住的，硬压是压不倒的，聪明的办法是从根本倾向上进行有效的改造与引导。于是乃有苏轼应运而生，引士大夫之"逸怀浩气"入词，用以改革此种一向只用于市民娱乐的"艳科"样式。关于苏轼在北宋中期词风、词派衍变关头的导向作用，夏承焘先生作过这样一段切中肯綮的论证，他说：

> 比欧阳修迟一辈的苏轼，他一方面不满那些不近人情的理学家，一方面也不满柳永有损传统文学尊严的艳词，他开始把封建意识和市民意识调和起来。前人说他"以诗为词"，那只是外表的看法，其实则是拿市民文学的形式来表达封建文人的意识。他的作品对礼教作了合乎人情的修正，是从人的感情出发的，不是从宗法观念出发的，这一点是对理学家的抗议。当时的封建士大夫的理学家，用种种手段压迫词，由于苏轼放宽了词的门路，在词里增添了士大夫阶层的生活内容，于是宋词才有在士大夫阶层作进一步发展的可能。词作为一种文学形式的影响，也从此扩大起来。⑮

这就是说，苏轼的词，是北宋中期有识之士为求得词在士大夫阶层的进一步发展，而将封建士大夫意识与市民意识调和起来的产物，是一方面抵制了理学家压抑人欲压迫词体的行为、一方面又反对柳永俚俗艳冶词风的"中间路线"的产物。有些论者述及苏轼在词坛的贡献时多认为他是创立了所谓"豪放词派"与从"花间"至柳永的所谓"婉约词派"相对立。这是一种十分浮浅、表面和似是而非的看法。首先，传统的文人词，在从"花间"至柳永的一百多年中并没有一个统一的"婉约"派，柳永既不与"花间"同派，也不与南唐君臣同派，与同时的晏欧"江西词派"更是雅俗异趋的对立词派，对此下文还将论及。其次，所谓"豪放"风格的词，并非苏轼首创，"花间"派中的韦庄、孙光宪、李珣，南唐的李煜，北宋前期在苏轼之前作词的柳永、范仲淹、刘潜、苏舜钦、王安石等人，都各有一定数量的风格豪放的词；苏轼写的"豪放"词，比上述诸人多，以致我们可以视之为苏轼革新词体、改变词风的重要标志之一，但"豪放"词在苏轼传世的三百多首词中仅占不到十分之一，"豪放"并非他的主导词风。再次，从苏词中有大量的描写女性、抒写爱情和专门咏妓赠妓的词篇这一点来看，苏轼本人作词不废婉约、不弃阴柔之美，也绝无意如有人胡说的要"一洗绮罗香泽之态，摆脱绸缪宛转之度"，因此也未曾建立什么

"豪放"派来和"婉约"派相对抗。辨析流派，不能仅仅依据一部分作品外在风格的异同，还须仔细考察和识别作品蕴含的不同的文化特质、审美趋向及作者所代表的文艺思潮等等更本质的因素。苏轼作词，的确是有意要在柳永之外另立一派，他的词也确实于柳永之外另成了一家，并因后人的追随而另成了一派，但柳、苏的对立，主要地不是"婉约"、"豪放"两种词风的对立，而是在文学描写内容和审美趋向上市民意识与士大夫意识的对立。柳、苏词的根本不同点在于：柳永较多地迎合都市文化的潮流，按市民情调和市民趣味来表现艳情绮思与都市享乐生活，因而词风比较俚俗乃至有些"尘下"；苏轼则较多地借用这种市民文学的形式作为一种新诗体来表现士大夫阶层的生活内容与思想情调，因而词风变得迥别尘俗、清旷高雅而已！说到底，柳、苏两种不同词风、两个不同词派的出现，乃是市民意识与士大夫意识在词坛相互排斥又相互调和、妥协的结果。

几乎贯穿两宋三百余年历史的词坛"雅"、"俗"之争，本质上是正统的士大夫文化与世俗的市民文化的斗争。曲子词从市民文化中养成的娱乐性、消遣性、世俗性和香艳性等特征，为一部分因生活落拓而沾染了市民意识的浪子型文人所乐于接受和发挥，也为另一部分主张"雅正"、致力于把这种新形式改造成别一种抒情言志诗体的文人所抵制，而主张加以革新。于是自晏殊批评柳永始、中经苏轼反对门人"学柳七作词"和李清照讥弹柳永"词语尘下"，后至南宋词坛"复雅"思潮的兴起，"雅"、"俗"之争不绝如缕。随着时代环境的变迁，围绕着这条文艺思潮斗争的主线，陆续产生了不同的词派，丰富了词的艺术宝库。但须指出的是：一方面，由于大批出身士大夫的诗人投入词坛，用士大夫的意识和文学水准去改造、革新和提高词体，使之在艺术上不断丰富和发展，产生出不少代表不同时期文艺思潮和水平的新流派，并逐渐把词这种文体从"小道"、"末技"的地位上解放出来，成为光芒四射的"一代之文学"；另一方面，由于士大夫意识的增强，词渐渐地被引离了它本来很宜于在其中运转的世俗的轨道，特别是经历南宋前、中期所谓"复雅"运动之后，词被填塞满了文人墨客的士大夫"雅趣"，消减和改变了它原先具有的生机勃勃的市井气和市民味，最终被引进了士大夫的"象牙之塔"之中，失去了唐五代、北宋时形成的市民大众接受圈子，从而影响缩小，流派发展的张力也逐渐衰竭，不但俗词的派别销声匿迹，而且雅词的新流派也日益缩小了阵营，至南宋末期，再也没有"凡有井水饮处"皆传唱曲子词的盛况，于是宋词的发展史也随着宋王朝的覆灭而宣告终结。此是后话，留待评述南宋后期流派时再来详论，这里先提出北宋前期"雅"、"俗"二派来印证一下笔者的观点。

第三节　宋词流派初分：晏欧台阁词风
与柳永俚俗格调的对立

未入正题之先，笔者要评说一种强行将艺术趣味和审美趋向大不相同的晏殊、柳永两派词笼统划为一个所谓"婉约"派的流行观点。近年出版的一部权威性的辞书在"婉约派"这个辞条的释文中这样介绍说："在词史上宛转柔美的风调相沿成习，由来已久……这就形成了以《花间集》为代表的'香软'的词风。北宋词家承其余绪，晏殊、欧阳修、柳永、秦观、周邦彦、李清照等人，虽在内容上有所开拓，运笔更精妙，并且都能各具风韵，自成一家，然而大体上并未脱离宛转柔美的轨迹。因此，前人多用'婉美'（宋胡仔《苕溪渔隐丛话》后集）、'软媚'（宋张炎《词源》）、'绸缪宛转'（宋胡寅《酒边集序》）、'曲折委婉'（清宋翔凤《乐府余论》）等语，来形容他们作品的风调。明人（按：指张綖、徐师曾——引者）径以'婉约派'来概括这一类型的词风，应当说是经过长时期酝酿的。"⑯

这种仅仅因为晏欧与柳永的词风都有"香软"的一面、都有"宛转柔美的轨迹"就把他们划为一个"婉约派"的观点，在现代的词学论著和文学史书籍中广泛地为人们所采用，但究其实却是十分悖谬的。晏殊、柳永两个词派在当时作为艺术趋向迥异的对立流派出现，占据文坛盟主地位的晏殊等人对于柳永及其词始终采取批判、排斥的严厉态度，痛心疾首地视之为士大夫主流文化的叛逆。晏、柳二派，直如冰炭不同炉，水火不相容，以至终宋之世，凡论词主"雅"而斥"俗"的文人士大夫，无不把他们视作对立词派来评论，一边倒地尊晏、欧而抑柳永。宋人这方面的评论文字，斑斑皆在史籍，无烦全加胪列。而今天，论者为了迁就"豪放"、"婉约"两分法的框框，却将这本来对立的两派牵合为一派，岂非强古人以就我？

一、柳永的趋俗与晏殊的尚雅

为了具体了解晏殊、柳永这两位风格异趋的"派主"在艺术趣味和美学思想上的矛盾与对立，不妨来仔细琢磨一则久已为人熟知的历史故事的含义：

> 柳三变（永）既以词忤仁庙（宋仁宗），吏部不放改官，三变不能堪，诣政府。晏公（殊）曰："贤俊作曲子么？"三变曰："只如相公亦作曲子。"公曰："殊虽作曲子，不曾道'彩线慵拈伴伊坐'。"（引者按，唐圭璋编《全宋词》此句为"针线闲拈伴伊坐"。）柳遂退。⑰

在这个故事里，我们明显地看到了作为宰相和词坛领袖的晏殊，是如何鄙夷不屑地讥讽和排斥俗词大师柳永的。天真而单纯的柳永，在为自己作词辩护时说：只不过像相公你一样也写写词罢了。晏殊却摆出坚决与柳永划清界限的严厉姿态，驳斥道：同样是作词，我的词与你的词绝不是一路货，至少我不曾像你那样写什么"彩线慵拈伴伊坐"！从这一小段唇枪舌剑的争论中，任何人都可以感觉得出：当时晏、柳二人虽同时活跃于词坛，但各自走的是对立的、不相容的创作路子。显然，在晏殊的心目中，并不是认为柳永词只有这一句有问题，而是认为以这一句和这一首词为代表的一系列柳永作品都违背和远离了士大夫作词应有的思想艺术规范。为了看清晏、柳两家词的巨大艺术差异和流派分野之所在，先读一读柳永这首直率坦露地高唱"彩线慵拈伴伊坐"的《定风波》词：

> 自春来、惨绿愁红，芳心是事可可。日上花梢，莺穿柳带，犹压香衾卧。暖酥消，腻云亸。终日厌厌倦梳裹。无那。恨薄情一去，音书无个。　　早知恁么，悔当初、不把雕鞍锁。向鸡窗、只与蛮笺象管，拘束教吟课。镇相随，莫抛躲。针线闲拈伴伊坐。和我。免使年少，光阴虚过。

这是柳永俗词的一篇代表作，它充满了市民阶层的文学趣味。其主题是古已有之的"闺怨"，但绝不是贵族官僚士大夫家深闺女子的情调，而是表现市民之家思妇不耐空闺寂寞、大胆吐露青春骚动心曲的"代言"之作。这首不讲求含蓄、不故作文雅的市民气十足的俗词，以直白浅俗的语言，畅快淋漓的笔调，一泻无余地倾吐和表露市民女性的真感情。它生动活泼而带着明显的世俗（乃至庸俗）意味，反映了市民阶层情爱意识的勃发之势及其在文艺作品中尽兴加以表现的强烈要求。这就十分典型地体现着市民群众的"以真为美"、"以俗为美"的审美情趣，而与正统文人所谓"好色而不淫"、"温柔敦厚"和"含蓄蕴藉"的艺术嗜好大异其趣，难怪要遭到按士大夫文雅规范作词的晏殊的斥责和贬抑了！

不妨看一看，同样是思妇春闺怨情的题材，晏殊是如何加以表现的。其名篇《玉楼春》云：

> 绿杨芳草长亭路，年少抛人容易去。楼头残梦五更钟，花底离愁三月雨。　　无情不似多情苦，一寸还成千万缕。天涯地角有穷时，只有相思无尽处。

我之所以举这首词为例，乃是因为它在晏殊的恋情词中是较为显豁明白、主要采用白描手段的一首，而即使是这样一首词，也与上举柳永俚俗之作在表现手法和风格上有绝大的不同。两相对比，晏词的士大夫情趣与柳词的市民风味即判然有别。柳词铺叙详尽，描写细致，情感发露，歌咏活生生的人和具体的心理活动、行为细节；晏词则精约概括，甚至有点概念化，轻写实而重写意，用比喻、夸张手段来寄寓和烘染感情，而避免直述。语言的使用上，柳词浅俗直白，以市井口语为主；晏词则典雅工致，多用士大夫诗化的词句。柳词以真率而火热的口吻直抒女主人公对"所欢"的又恋又怨的愁丝恨缕；晏词则含而不怒，只略说心中愁苦，而毫无埋怨之语，讲究"温柔敦厚"。柳词是不折不扣的为市民写心的俗词，晏词则是温润秀洁的士大夫雅词。所以陈廷焯《白雨斋词话》称晏殊此词"婉转缠绵，深情一往，丽而有则，耐人寻味"；而黄蓼园《蓼园词选》亦谓其"总见多情之苦，妙在意思忠厚，无怨怼口角"。从以上的对比，难道还看不出晏、柳二人所走的是不同的艺术道路，所代表的是不同的风格和流派吗？

由于柳永所走的是一条"眼睛向下"和"深入民众"的市民文学道路，所创立的是一个体现都市文化特征而背离士大夫意识的词派，因而他生前身后就不断遭到传统士大夫阵营的鄙弃、打击和排斥。带头围剿和斗争他的，就是正统势力的主帅宋仁宗。吴曾《能改斋漫录》卷十六记载：

> 仁宗留意儒雅，务本理道，深斥浮艳虚薄之文。初，进士柳三变好为淫冶讴歌之曲，传播四方。尝有《鹤冲天》词云："忍把浮名，换了浅斟低唱？"及临轩放榜，特落之曰："且去浅斟低唱，何要浮名！"景祐元年方及第，后改名永，方得磨勘转官。

宋仁宗所力加排斥的"浮艳虚华之文"和"淫冶讴歌之曲"，主要就是当时文艺界所出现的以柳永为代表的市民文艺流派。柳永的词作与词风，作为一种与传统的文艺创作异质的都市文化产品，对于士大夫的伦理道德体系有很大的对抗、渗透和腐蚀、分解作用，因而必然遭到意欲通过建立理学来维系传统儒学的主体地位的统治集团的抵制和围攻。柳永的文化行为方式在当时的广大士人中明显地有一种"败家子"和叛逆的色彩，他的不思进取、甘心混迹于市井坊曲并还要公然宣称"忍把浮名，换了浅斟低唱"的浪漫生活，与他的那种在浪漫生活中酿就的所谓"淫冶讴歌"、"浮艳虚华"的词风是互为表里的，也就是说，柳永这位都市文化的弄潮儿，从生活态度（不肯"务本向道"）到美学趣味、艺术风格（直白俚俗地颂扬市民情爱等）都整个儿地违反了传统士大夫的规范和口味，因此，他和他的词就不可能不被统治集团（从皇帝到大臣）一致地排斥了。

从社会接受和文艺批评的范围来看，当北宋前期因审美倾向的雅、俗异趋而出现风格面貌决然不同的晏欧、柳永两派词的同时，随之也就出现了两派的接受者、拥护者和排斥者、反对者。晏欧、柳永这两派词和它们各自的欣赏者，既然在文化品位和审美趣味上具有极大的差异，就必然会产生矛盾和斗争。在这种矛盾和斗争中，排斥、反对柳永的一派一直占据着优势。这是一些上层官僚士大夫和艺术观念比较正统的文人。他们认为柳永的词有损传统文学的尊严和高雅，所以从宋仁宗、晏殊开始，正统的封建文化势力即把柳词作为一种异己文化产物来加以抵制和压抑。检视自北宋中期至南宋的诸家词论可知，对柳词的口诛笔伐几乎全都集中在所谓"骪骳从俗"这一点上。[18]大约在南宋初年词坛"复雅"思潮兴起时，人们开始明确地把柳永及其追随者划为一个反传统的俗词派来加以评论。成书于宋高宗绍兴间的严有翼《艺苑雌黄》一书，有这样一段尊晏欧等"雅词"而抑柳永"俗词"的评论：

> （柳永）日与狷子纵游娼馆酒楼间，无复检约，自称云："奉圣旨填
> 词柳三变。"呜呼！小有才而无德以将之，亦士君子之所宜戒也。柳之
> 乐章，人多称之，然大概非羁旅穷愁之词，则闺门淫媟之语。若以欧阳
> 永叔、晏叔原、苏子瞻、黄鲁直、张子野、秦少游辈较之，万万相辽。
> 彼其所以传名者，直以言多近俗，俗子易悦故也。皇祐中，老人星现，
> 永应制撰词，意望厚恩。无何始用"渐"字终篇，有"太液波翻"之
> 语，其间"宸游凤辇何处"，与仁庙挽词暗合，遂致忤旨，士大夫惜之。
> 余谓柳作此词，借使不忤旨，亦无佳处。如"嫩菊黄深，拒霜红浅"，
> 竹篱茅舍间何处无此景物。方之李谪仙、夏英公等应制辞，殆不啻天冠
> 地履也。世传永尝作《轮台子蚤行词》，颇自以为得意。其后张子野见
> 之，云："既言'匆匆策马登途，满目淡烟衰草'，则已辨色矣，而后又
> 言'楚天阔望中未晓'，何也？柳何语意颠倒如是！"[19]

这段内容颇为复杂的评语对柳词艺术价值的评估是否公允，我们暂且
不必理会，但它抓住了雅俗对立的关键，指出柳永在行为方式上"纵游娼
馆酒楼间，无复检约"，跟从都市文化的享乐潮流；所作的词则言多近都
市之"俗"，为都市"俗子"所普遍欢迎；并进而举出从欧阳修、晏幾道
至秦观的士大夫"雅词"与柳词作对比，指出两者"万万相辽"，泾渭分
明，是代表不同文化与审美倾向的流派。这就从对北宋文化艺术两股异流
的亲切体认中辨析出尚雅与趋俗的两大词派，比起明清以来某些论者照搬
"豪放""婉约"二分法的框子将晏欧与柳永笼统划为一个"流派"的做
法，无疑是更切合词史实际的。

宋人普遍认为晏欧与柳永是艺术倾向不同的词派。对这两派作了更彻
底而具体的对比评论的，当推与严有翼大致同时的词学专家王灼。其《碧
鸡漫志》卷二先对晏、欧一系的雅词作了如下褒扬：

> 晏元献公（殊）、欧阳文忠公（修），风流蕴藉，一时莫及，而温
> 润秀洁，亦无其比。……叔原（晏幾道）如金陵王谢子弟，秀气胜
> 韵，得之天然，将不可学。

接着就将柳永词作为对立物加以贬损道：

> 柳耆卿《乐章集》，世多爱赏该洽，序事闲暇，有首有尾，亦间出佳语，又能择声律谐美者用之。惟是浅近卑俗，自成一体，不知书者尤好之。予尝以比都下富儿，虽脱村野，而声态可憎。

在王灼的描述中，北宋前期晏欧一派与柳永一派面貌决然相异，壁垒分明。他与严有翼一样，看出了柳永一派词的本质特征就在一个"俗"字。他对这尚雅与趋俗的两个词人群体的比拟形容也十分符合实际：二晏一欧是"温润秀洁"、"秀气胜韵"的士大夫高人雅士，拟诸前人，则如南朝时金陵的王谢及其子弟；而拟柳永为"声态可憎"的"都下富儿"云云，虽迹近谩骂，但却无意间点出了柳词那浓浓的都市俗文化特征。从严有翼、王灼的这些有代表性的评论褒贬可以清楚地看出，北宋词流派初分是以晏欧与柳永的对立开其端的，而基本风格的尚雅与趋俗，则是这两个词派的艺术分野。

二、尚雅与趋俗相对立的文化动因

在宋代词坛上之所以长期有尚雅与趋俗两种词风与词派的对立，并且文人学士绝大多数都尊雅而抑俗，处于压倒优势的始终是俗词的反对派，其中的原因是比较复杂的。对此，本书后半部分还将陆续涉及，这里仅仅先简说北宋前期的状况。笔者认为，出现这种状况的主要原因，是传统士君子的文化理念和文艺思想对于异质的新兴都市俗文艺渗透力量的控制、压抑与反拨。

前文已经论述过，北宋前期社会环境的相对安定、城市经济的空前繁荣、物质财富的大量增加和都市文化娱乐设施的普遍建立，以及最高统治者优容厚待士大夫的政策等等，都极大地鼓励了文人学士官僚士大夫参加艳冶游乐活动和享乐文艺创作的热情，从而使曲子词成了文艺创作领域中最时髦的一个新品种。但这只是问题的一面。问题的另一面是，士大夫文化理念的约束，又使得词人们对于这种时髦的流行文艺一直抱着极为矛盾的态度。宋代词人绝大多数是通过科举考试得以确认其士大夫资格并进入仕途的大大小小的官僚。正如人们所熟知的，我国古代的文官制度，是在崇文抑武的北宋时期建立和完善起来的。当时，文人官僚即现代西方汉学家所谓 mandarin 阶层以不同于自汉至唐各封建朝代的面貌和姿态登上了政治舞台。这是一个完全以科举制度为基础的文人官僚组织系统。这个组织系统同与它时代相近的唐代官僚阶层有着本质上的重大差异。唐代虽已有开科取士之举，但录取进士的数量很少，大部分官僚的选拔、进用和擢升，是通过家庭门第、血缘关系、军功等等传统渠道进行的，"学而优则仕"并未在那时成为官僚政治的主要人才选拔途径。但宋代却在立国不久就通过扩大科举取士名额和健全科举制度而确定了这样一个大原则：只有通过了科举考试（这种考试的最终判定者和亲自点名录取的主持人则是皇帝），被确定了士大夫资格的读书人，才能被任命为各级官僚。应考者和被录取者，并不受出身、门第、血统的限制或优待，而全看其对于儒家经典与艺文的熟谙程度和作为"士君子"的道德品行修养的是否合格。按这种制度和标准选拔进入文人官僚队伍者，既可以是名门望族富贵人家的子弟，也有更多出身寒门乃至出身农家的下层知识分子。这样就形成了一个既有异于前代官僚集团、又区别于同时代的市庶农工商贾之流的特殊文人仕宦阶层。对于这些全凭具体成员的儒家文化教养而取得晋身之阶的文人官僚，一方面，最高统治者要求他们必须具备士君子的"体统"和"规范"，保持作为封建朝廷之门面的起码尊严；另一方面，他们自己自幼奉儒尊孔、苦读儒家诗书经典的学习经历，也使他们头脑里形成了颇为鲜明而自觉的士大夫意识。客观的做官与做人的社会规范和主观的学养意识，都使得这一阶层的人们常常要注意将自己的文化行为与世俗的平民百姓区别开来。出身于簪缨诗礼之家的士大夫自不必说，就是庶民、俗吏或农家子弟一旦登科中举、跻身朝班，也无不以士大夫的理念、风度和行为模式来规范自身，甚至比"世家子弟"更严格地以士大夫的风范来责己与责人。在士大夫的所谓"士君子"理念中，"雅正"无疑是重要属性之一。

还是以晏殊这位雅词派之祖为例。此人是出身寒庶却因"学而优"得以入仕并成为宰辅重臣的。晏殊家自其曾祖至其父三世都极寒微，其父晏固仅是江西抚州衙门的一个小吏。出身于市井"风尘俗吏"之家的晏殊，十四岁得以"神童"之目荐入朝堂，真宗皇帝特赐同进士出身，从此平步青云，位至宰相。一旦跻身文人官僚阶层，自觉的士大夫意识便支配着他的言行。他的文学创作便处处自重身份，崇雅黜俗，必以清雅高贵、脱却凡俗为旨归。词史专家曾指出并论证过唐宋词中充溢着"富贵气"的有趣现象。㉑在诗词文赋中描写和赞颂富贵荣华景象，本来极易流入都市文化中"好货"与"好色"的烂套子，透露出粗鄙俗劣的都市"乞儿"的贪馋相。晏殊身为富贵宰相，免不了要表现自己的富贵优游的生活，但他在诗词中写到富贵气象时，却以居高临下的达官贵人意态运笔造境，力斥俗滥尘下的市井小气，而自置于清雅如仙的士君子境界。宋人吴处厚曾褒赞晏殊的"官样"与"馆阁气"道：

> 王安国常语余曰："文章格调，须是官样。"岂安国言官样，亦谓有馆阁气耶？又今世乐艺，亦有两般格调：若教坊格调，则婉媚风流；外道格调，则粗野嘲哳；至于村歌社舞，则又甚焉。兹亦与文章相类。晏元献公（殊）虽起田里，而文章富贵，出于天然。尝览李庆孙《富贵曲》云："轴装曲谱金书字，树记花名玉篆牌。"公曰，"此乃乞儿相，未尝谙富贵者。"故公每吟咏富贵，不言金玉锦绣，而唯说其气象，若"楼台侧畔杨花过，帘幕中间燕子飞"，"梨花院落溶溶月，柳絮池塘淡淡风"之类是也。故公自以此句语人曰："穷儿家有这景致也无？"
>
> 公风骨清羸，不喜肉食，尤嫌肥膻，每读韦应物诗，爱之曰："全没些脂腻气。"故公于文章尤负赏识，集梁《文选》以后迄于唐别为集，选五卷，而诗之选尤精，凡格调猥俗而脂腻者皆不载也。公之佳句，宋莒公（庠）皆题于斋壁，若"无可奈何花落去，似曾相识燕归来"；"静寻啄木藏身处，闲见游丝到地时"；"楼台冷落收灯夜，门巷萧条扫雪天"；"已定复摇春水色，似红如白野棠花"之类，莒公常谓此数联使后之诗人无复措词也。㉑

这一大段述评，不但说明了晏殊自重其士大夫身份、以高雅脱俗自许的个性，亦且道出了晏殊及其一派词的崇雅黜俗的"台阁"风格之所从来。此外，晏殊的门生与晏氏词风的追随者欧阳修也有过类似的记载："晏元献公喜评诗，尝曰：'老觉腰金重，慵便枕玉凉'未是富贵语，不如'笙歌归院落，灯火下楼台'，此善言富贵者也。"（《归田录》卷二）关于晏殊自矜台阁地位、贬抑文艺创作中的"都下富儿"气的例子，宋人笔记、诗话中所记尚多，不必再加引证。仅由上举之例即可理解，身为士大夫"班头"的高人雅士晏殊，为什么要讥讽作为士大夫之"逆子"的柳永："殊虽作曲子，不曾道'彩线慵拈伴伊坐'了！

　　不过，曲子词毕竟是产生于民间、流行于市井坊曲的地地道道的俗文艺，士大夫喜爱和创作曲子词，在当时总是难逃"从俗"的责难。高雅如晏殊，虽对词的风调与内容作了士大夫意识的改造，亦未能免于正统思想的讥议。特别是"小词"这种东西，从发源于民间之初至转入"花间"诸人之手，都主要用来抒写爱情和描写色情；北宋文人士大夫在歌舞娱乐场合利用它来"娱宾遣兴"，也主要是为着宣泄那么一点儿在正经场合和正统诗文中难于公开的恋妓私情，而这样做，是为士大夫正统意识所不能公然认可的。因此宋人既酷喜小词，又总是偷偷摸摸，遮遮掩掩，在自我谴责和被人谴责中，像做一件既有诱惑力又觉得不正当的"亏心事"那样，进行着"偷尝禁果"似的创作。恰如胡寅所描述的："文章豪放之士，鲜不寄意于此者，随亦自扫其迹，曰谑浪游戏而已也。"（《酒边集序》）陆游的一段话可以代表宋人这种矛盾万端的心理，其《长短句序》有云：

　　　　予少时汩于世俗，颇有所为，晚而悔之。然渔歌菱唱，犹不能止。今绝笔已数年，念旧作终不可掩，因书其首以志吾过。

　　既喜爱香艳小词，又把它视为与士大夫"雅正"观念格格不入的"世俗"之物，这正是宋代文人学士对词体文学普遍抱有的困惑态度。之所以产生这种在后人看来是"大可不必如此"的困惑，除了词人们自身的士君子理念在作反方向牵引外，当时社会环境中由于道学的日渐兴盛而形成的舆论压力也在起着一种强大的反拨和抑制作用。清高如晏殊，作词那么注意尚雅避俗，写男女恋情写得那么"温润秀洁"，处处表示要与柳永的尘下俗白划清界限，尚且要被稍晚于他上台执政的王安石、吕惠卿等人讥笑其身为宰相而竟作淫荡的"郑声"，其他词人的作品是如何地不能见容于士大夫正统舆论，就可想而知了！据魏泰《东轩笔录》记载：

　　　　王安国（安石之弟，字平甫——引者）性亮直，嫉恶太甚。王荆公（安石）初为参知政事，闲日因阅读晏元献公（殊）小词而笑曰："为宰相而作小词，可乎？"平甫曰："彼亦偶然自喜为尔，顾其事业岂止如是耶！"时吕惠卿为馆职，亦在坐，遽曰："为政必先放郑声，况自为之乎！"平甫正色曰："放郑声，不若远佞人也。"吕大以为议

己，自是尤与平甫相失也。㉒

　　这段记载所包含的其他内容这里不必旁涉，笔者引用它是要说明：北宋时士大夫（尤其是负一时人望的当权士大夫）从俗而作艳体小词，至少在公开场合是要被非议的。从"郑声"之谴可知，作词竟被目为有损士大夫雅正风范的一种失德之行。关于这一点，晏殊的儿子晏幾道所受到的舆论压力和精神困扰似乎更大。《邵氏闻见后录》有这样一则记载：

　　　　晏叔原（幾道），临淄公（晏殊）晚子。监颍昌府许田镇，手写自作长短句，上府帅韩少师（维）。少师报书："得新词盈卷，盖才有余而德不足者，愿郎君捐有余之才，补不足之德，不胜门下老吏之望"云。一监镇官，敢以杯酒间自作长短句，示本道大帅；以大帅之严，犹尽门生忠于郎君之意；在叔原为甚豪，在韩公为甚德也。㉓

晏幾道为晏殊雅词派的后劲，其词风虽与乃父有差异，然基本内容与风调相近。作为晏殊门生的韩维，既讥小晏作词为"才有余而德不足"，则想必对恩主晏殊作词也大不以为然。事实上，宋人记载中虽然谴责晏殊作"小词"的文字并不多见，但当时对他这方面的非难之辞必定不少，以致晏幾道觉得有必要挺身而出，为父亲掩饰和辩解。试看南宋人赵与时的如下记载和评论：

　　　　《诗眼》云："晏叔原见蒲传正云：'先公平日小词虽多，未尝作妇人语也。'传正云：'"绿杨芳草长亭路，年少抛人容易去。"岂非妇人语乎？'晏云：'公谓"年少"为何语？'传正曰：'岂不谓其所欢乎？'晏曰：'因公之言，遂晓乐天诗两句，盖"欲留所欢待富贵，富贵不来所欢去"。'传正笑而悟。"余按全篇云："绿杨芳草长亭路，年少抛人容易去。楼头残梦五更钟，花底离愁三月雨。　　无情不似多情苦，一寸还成千万缕。天涯地角有穷时，只有相思无尽处。"盖真谓"所欢"者，与乐天"欲留年少待富贵，富贵不来年少去"之句不同，叔原之言失之。㉔

　　这里所涉及的晏殊词《玉楼春》（绿杨芳草长亭路）一阕，本章上一节曾全文抄录之，并与柳永题材相近的《定风波》（自春来、惨绿愁红）一阕相对比，指出柳词俚俗直白充满市民味，而晏词则典雅工致一派士大夫气。但即使这样的词，也因描写了恋情相思，有了干犯正统士大夫意识的"妇人语"，而弄到要在作者本人都死了之后还须由儿子来曲为之讳的地步，这就可见当时词坛上士大夫理念、意识对市民审美倾向排拒和抵制之甚，更可见当时词坛的对立，根本不是什么"豪放"、"婉约"两派的对立，而是士大夫意识与市民情趣之争了！

由此我们就更可理解：柳永及其一派词，为什么在当时会被视为异端，被自命高雅的上层文人官僚们逐出士大夫阵营而后快了！柳永出身于诗礼相传的官宦门第，祖父柳崇以儒学名世，崇有六子，都先后做过南唐或北宋的官。永之父柳宜，先仕南唐为监察御史，入宋后为沂州费县令，太宗雍熙二年（985）考上进士，官终工部侍郎。柳永的二位兄长三复、三接也都进士及第，跻身文人官僚的行列。柳永生在这样一个士大夫家庭，自幼受到良好的儒学教育和正统士大夫文化的熏陶，成年后游历汴京，参加科举考试。无论从哪一方面说，他都应该具备士大夫的观念和风度，成为士大夫行列的杰出一员。但他却生性风流浪漫，到达汴京之后，混迹于娼楼酒馆，沾染浓厚的市民意识，以其一系列言论、行动和俚俗的文艺作品，公然背叛士大夫的理念并向士大夫的文学流派进行挑战。他虽也热衷于科举，力图通过进士考试步入仕途，但因狎游汴京市井坊曲作"淫冶"之词的坏名声而被黜落功名之后，转而大发牢骚，大放厥词，公然藐视读书君子们人人视为神圣的科举成名入宦之途，自称"才子词人自是白衣卿相"，并宣称"忍把浮名，换了浅斟低唱"。尽管他的叛逆精神并不是很彻底，仅仅是失意之后发发牢骚，且中年过后终于向上层势力妥协，改名应举而当了小官，但他青年冶游时期发出的这一串"不和谐音符"，在儒教复兴、道学日盛的当时，已经够让人觉得刺耳的了。所以，以仁宗天子为头领的整个文人官僚体系，一定要把这个有损于他们的体统的浪子划在圈子之外。当然，促使整个宋代上层文人阶层把柳永划为对立派的，主要不是他的不羁的言行，而是他创作的那些与"雅正"标准绝不相容的俗艳之词。尽管柳永的词事实上并存着雅俗两类作品，但当时的人们却多半只盯住他的俗的一类作品，把它们作为异己的文艺倾向来加以谴责和围攻。在宋代，也有一些士大夫文人称赞过柳永的词，但引人深思的是：这些称赞柳永的人，都不是无条件地肯定他的全部词，而只是称赞他的一些雅词和他在具体写作技巧上的一些长处，对于他的所谓"浅近卑俗"的主导作风，则未曾加以认同或容忍。这就证明了在宋人心目中，柳永的词在当时建立起了一个为"雅词"阵营（尽管在这个阵营中有许多风格不同的群体或流派）所共同不容忍的俗词派别。在当时，官僚文人阶层是要将柳永及其一派词开除而后快；但在我们今天看来，柳永作词趋俗的倾向，却是在词体文学的发展上另开新路，丰富了宋词的流派，增强了本来起源于都市民间的词的艺术发展活力。北宋前期的词，明显分为两股潮流、两个流派：晏殊等人身为高级文人和台阁重臣，作词自然走士大夫的"上层路线"——风格求雅正，艺术渊源上直承与他们口味相近的南唐君臣词人群体所开创的士大夫之词的传统；柳永作为混迹于市井坊曲的失意文人，自然"眼睛向下看"，走的是"群众（广大市民）路线"，继承和吸取的主要是民间词的形式（慢词等）与内容（市民生活、都市风光等）。两个词派一在上一在下，一雅一俗，并行发展，互相对立，却又在竞争中互相促进，造成了宋词风格流派的第一次繁荣昌盛的局面。

第四节　以二晏一欧为骨干的北宋江西词派

晏殊、柳永为同时代的人，他们作词和二人词风发生对立的时间主要在宋仁宗朝。但晏殊在世时就有一大批唱和者和追随者，事实上已经隐隐然聚合成了一个以他为核心的词派；而柳永在世时备遭士大夫阵营的排斥和压抑，虽已在词坛另树一帜；但在文人圈子里却基本上只是孤零零的一个人，他的响应者当时主要在民间，以他为宗主的俗词派是在他死后的北宋中晚期才由一些文人沿其流而扬其波而逐渐形成的。所以这里先对以晏殊为核心的北宋江西词派进行述评。

本章分析北宋前期词坛雅俗对立的时候，为了行文方便，曾称晏欧一派为"雅词派"。这里正式冠以"江西词派"的流派名称，有必要先对这个名称的使用作一个说明。

一、江西词派名称的由来以及北宋江西词派范围的界定

"江西词派"这个名称，最早是由清代中期浙派词人厉鹗提出来的。但厉鹗所指并非晏殊、欧阳修等人，其《论词绝句十二首》之九有云：

送春苦调刘须溪，吟到壶秋句绝奇。
不读凤林书院体，岂知词派有江西？㉕

厉氏于此首论词绝句末自注云："元《凤林书院词》三卷，多江西人。"所
谓"凤林书院体"，指元初庐陵（今江西吉安）凤林书院所刻《名儒草堂
诗余》。该书所选除首二人为元代词人外，其余均为南宋遗民，凡六十家，
而江西人即占其中的一半，除厉鹗提到的刘辰翁（须溪）、罗志仁（壶秋）
之外，文天祥、邓剡、赵文等宋末江西名人的词作均在入选之列。厉鹗把
这一批有相近的思想倾向和艺术风格的遗民词人称为"江西词派"，主要
是着眼于他们当中江西人占优势且可代表流派的风格。对这个遗民词派，
本书末章将作专门评介，这里先要说明，它与本章所论北宋晏欧诸人全然
没有流派关系。

厉鹗以地域来划分流派的做法，启发了以后的词学研究者。晚近冯
煦、朱祖谋等对厉鹗的做法作了进一步的发挥，用"江西"（或曰西江）
来指称宋代其他时期的籍贯江西的词人。冯煦《蒿庵论词》云：

　　宋初大臣之为词者，寇莱公、晏元献、宋景文、范蜀公，与欧阳
文忠并有声艺林，然数公或一时兴到之作，未为专诣。独文忠与元
献，学之既至，为之亦勤，翔双鹄于交衢，驭二龙于天路。且文忠家
庐陵，而元献家临川，词家遂有西江一派。

朱祖谋《映庵词序》更谓：

　　西江诗派，卓绝千古，唯词亦然。有宋初造，文忠、元献，实为
冠冕。平园（周必大）近体，踵庐陵之美；叔原（晏幾道）补亡，嬗
临淄之风。若乃《桂枝》高调，振奇半山（王安石）；《琴趣外篇》，
导源山谷（黄庭坚）。南渡而后……尧章（姜夔）以鄱阳布衣，建言
古乐，襟韵孤复，声情道上，瑰姿命世，翕无异辞。㉖

此外，刘毓盘《词史》论江西词派时，与朱氏观点相近，亦谓"晏家
临川，欧家庐陵，王安石、黄庭坚，皆其乡曲小生，接足而起。词家之西
江派，尤早于诗家"。㉗朱、刘二家之说，不问具体作者的审美倾向与风格

之同异，大有凡江西籍词人皆可称江西词派之意。近年有学者认同朱、刘二家之说，撰文论述一个起自北宋晏欧、终于南宋末刘辰翁、罗志仁等遗民的庞大"江西词派"，并划线说："我们可以从时空上作一限定，即此派词人限于宋代而不下延至元、明、清，其地域大体限于唐之江南西道，宋之江南西路地区，即今之江西省境内。"按此标准，该文将两宋三百多年间出现过的江西籍词人，无论其审美倾向与艺术风格是否相同，都视为一个"江西词派"。㉘

笔者不赞同这种漫无标准的"唯籍贯论"的泛江西词派观。两宋三百多年间，并没有出现过一个从头贯穿到尾的统一的"江西词派"，人们所津津乐道的江西词人中的大多数人，并没有因为占籍江西就都同奉一个宗主、同按一种艺术范式和审美趣尚来进行词的创作。唯有如厉鹗所论的宋末一批江西籍遗民和如冯煦所论的北宋前期晏欧等几位江西籍文人官僚，具有未必自觉的结派倾向，因此可以分别冠之以"宋末元初江西词派"和"北宋江西词派"的称号。尤须说明的是，分处于宋代一头一尾、时间相距二百多年的这两个"江西词派"，乃是在不同的时代环境中产生的两个面貌不同的词派，它们之间没有艺术承传的直接关系，在论述时没有理由把它们当成一个流派来看待。

明白了以上的名称来源之后，可以对北宋江西词派进行严格的界定了。所谓北宋江西词派，是以江西籍文士二晏父子和欧阳修为骨干聚合而成的一个台阁词人群体，这个词派以南唐词派为主要艺术渊源，以小令为主要抒写工具，以雅洁婉美为主导风格，与同时期的柳永形成对立的两股势力。一般论述这个词派时都只提到二晏一欧这几位江西人，而实际上当时还有一些与他们曾频繁交游唱和、词风与他们相近但并非江西籍的词人，如宋祁、王琪等人，在艺术上与他们应属同派。杨万里《江西宗派诗序》谓："江西宗派诗者，诗江西也，人非皆江西也。人非皆江西而诗曰江西者何？系之也。系之者何？以味不以形也。"准诗派之例，非江西籍的晏殊之词友或门客宋祁、王琪等辈，理应为北宋江西词派成员。

所谓"北宋江西词派"，当然是我们为着辨体析派的方便而追加的名称，而并非一个严格意义上的文学流派。这一批词人当时并未自觉地结盟（甚至，欧阳修虽为晏殊的门生，但晏殊并不喜欢他，以致欧自谓"足迹不及于宾阶，书问不通于执事"。事载宋邵博《邵氏闻见录》），未曾打出什么旗号，也没有明确地提出什么创作主张。但他们的作品确确实实地共同趋向南唐词风，代表着北宋前期士大夫雅词的主流方向。对此，自北宋以来论者多有认可。如宋刘攽《中山诗话》谓："晏元献尤喜江南（按：指南唐）冯延巳歌词，其所自作亦不减延巳。"清刘熙载《艺概·词曲概》谓："冯延巳词，晏同叔得其俊，欧阳永叔得其深。"晏幾道更自谓其词是"试续南部诸贤（南唐词人）绪余，作五七字语"（《小山词自序》）。近人夏敬观也明确地指出："晏氏父子嗣响南唐二主。"㉙因此，可以把这个词人群体视为一个虽非自觉组合、但却有共同的艺术倾向并代表着一种文化势力的准流派。以二晏一欧为骨干的这个词人群体，是以"二主一冯"为骨干的南唐词派在北宋前期的延续和变异，或曰是北宋前期的一个以继承南唐词风来打开词体文学发展新局面的词派。在这个词派的形成和扩展过程中，晏殊以其尊贵的文官魁首地位和典雅雍容的士大夫词风，起到了凝聚同派作家、导引艺术方向的核心作用，俨然成为一派宗主。

二、晏殊的领袖地位和典范词风

晏殊是北宋真宗、仁宗朝封建文化高潮中孕育出来的一位士大夫领袖。他才华早露，暴得大名，却又仕途通显而平稳，无大起落，几十年一直处于士大夫人人景仰的政坛、文坛的中心地位，因此他的文学活动便从来不是一种单纯的个人行为，而具有很大的表率作用和群体效应。试看他从十四岁就幸运地跻身朝堂，成为皇帝的文学侍从之臣。年纪轻轻的就入史馆、知制诰、判集贤院，三十岁就官拜翰林学士。以后"芝麻开花节节高"，三十五岁时自翰林学士礼部侍郎迁枢密副使，四十岁时以资政殿学士、翰林侍读学士知礼部贡举。四十一岁为三司使，四十二岁为参知政事（副相），五十岁加检校太尉枢密使，五十二岁自枢密使加同平章事（宰相），五十三岁加同中书门下平章事、集贤殿大学士，并兼枢密使。其间虽时有小波折和小不如意，短期出镇宋、亳、陈等州，但此数州皆所谓"近畿名藩"，来此等地区任职实属照顾性质。故晏殊纵使外任期间也未曾离开宋王朝的政治文化中心地带。他五十四岁以后才罢相出知颍州，后又移知陈州、许州，六十岁知永兴军（今陕西西安），后移知河南，兼西京留守，晋阶至开府仪同三司，勋上柱国，爵封临淄公。六十四岁以疾归汴京，入见皇帝，犹优礼有加，以"旧学之臣"留侍讲迩英阁，诏五日一朝于前殿，仪从如宰相。直至次年正月疾作逝世，仁宗还亲临其丧，并诏特辍朝二日，以示哀悼。㉚以上胪列其五十一年的仕历，意在说明：此人大半生牢牢地站在封建王朝文官领袖的位置，具有那个时代一般文人难以得到的以稳固的高官地位主盟文坛的条件，因此他的文学活动足以团聚众多的追随者，而形成代表那个阶层审美倾向的文学流派。

晏殊其人虽久处政权中枢地位，却缺乏政治才干，未能在政治上有所建树，没有像寇准、范仲淹等人那样的显著政绩。所幸的是他利用自己的地位和权力，在文化教育、文艺创作和荐拔人才等方面做了不少好事。他平生好兴办学校，汲引贤能之士。比他小十六岁的欧阳修，就是仁宗天圣八年（1030）他以翰林侍读学士知贡举时在礼部试中以第一名录取的。比他长两岁的范仲淹也是他的门生。此外韩琦、富弼、杨察等人都出自其门下，王安石也受过他的奖掖。宋祁、张先等均曾在他手下任职。这些人全是当时政坛、文坛的一流人物。晏殊极喜交游唱和，主办诗酒之会。所从游者多为文学之士。通过这种方式，晏殊事实上领导着上层文人士大夫圈子里的歌词文学创作，造就了北宋前期的主流词风。《宋景文笔记》载："相国（晏殊）不自贵重其文，门下客及官属解声韵者，悉与酬唱。"（近人丁传靖辑《宋人轶事汇编》卷七引）这种由晏殊领头进行群体诗词唱和的盛况，可由南宋初叶梦得《避暑录话》卷上的记载窥见一斑：

> 晏元献公虽早富贵，而奉养极约。惟喜宾客，未尝一日不燕饮，而盘馔皆不预办，客至旋营之。顷见苏丞相子容（颂）尝在公幕府，见每有佳客必留，但人设一空案一杯。既命酒，果实蔬茹渐至，亦必以歌乐相佐，谈笑杂出。数行之后，案上已粲然矣。稍阑即罢，遣歌乐曰："汝曹呈艺已遍，吾当呈艺。"乃具笔札，相与赋诗，率以为常。前辈风流，未之有比。

另外，叶梦得《石林诗话》卷上又载：

> 晏元献公留守南郡（按：指宋之南京，即今河南商丘——引者），王君玉时已为馆阁校勘，公特请于朝，以为府签判，朝廷不得已，使带馆职从公。外官带馆职，自君玉始。宾主相得，日以赋诗饮酒为乐，佳时胜日，未尝辄废也。尝遇中秋阴晦，斋厨凤为备，公适无命，既至夜，君玉密使人伺公，曰："已寝矣。"君玉亟为诗以入，曰："只在浮云最深处，试凭弦管一吹开。"公枕上得诗，大喜，即索

衣起，径召客治具，大合乐。至夜分，果月出，遂乐饮达旦。前辈风流固不凡，然幕府有佳客，风月亦自如人意也。

宋人杨湜《古今词话》更言之凿凿地点明日期、地点、人物和具体作品，记载晏殊领导小词的群体唱和活动云：

> 庆历癸未（按即庆历三年）十二月十九日立春，甲申元日，丞相晏元献公会两禁于私第。丞相席上自作《木兰花》以侑觞曰："东风昨夜回梁苑，日脚依稀添一线。旋开杨柳绿蛾眉，暗折海棠红粉面。无情欲去云间雁，有意飞来梁上燕。无情有意且休论，莫向酒杯容易散。"于时坐客皆和，亦不敢改首句"东风昨夜"四字。今得三阕，皆失姓名。其一曰："东风昨夜吹春昼，陡觉去年梅蕊旧。谁人能解把长绳，系得乌飞并兔走。　清香激滟杯中酒，新眼苗条江上柳。尊前莫惜玉颜酡，且喜一年年入手。"其二曰："东风昨夜传归耗，便觉银屏寒料峭。年华容易即凋零，春色只宜长恨少。　池塘隐隐惊雷晓，柳眼初开梅萼小。尊前贪爱物华新，不道物新人渐老。"其三曰："东风昨夜归来后，景物便为春意候。金丝齐奏喜新春，愿介香醪千岁寿。　寻花插破桃枝臭，造化工夫先到柳。镂酥剪彩恨无香，且放真香先入酒。"

从以上各条宋人所记事例中，我们清楚地得知：在北宋前期歌舞升平的都市文化环境中，过着优裕的贵族生活的太平宰相晏殊，常常在自己的私第为文酒之会，每逢这种宴饮活动，必以歌乐相佐，并亲自带头"呈艺"——即席填制歌词，与宴者则全体奉和凑趣；在他带领下进行这种娱宾遣兴的诗词创作活动的人物，多为当时中上层文人士大夫，其中有："两禁"（按：指中书省和枢密院，庆历四年之前晏殊为宰相兼枢密使）官属、相府门客及晏殊的门生、文友等等。这就形成了一个以宰相为领袖、以上层文人官僚为主体的台阁词人群。他们的人员组成、创作方式、创作环境及群体审美趋向，与南唐冯延巳为中心的那一批词人极为相似。试看陈世修为冯延巳《阳春集》所作序文的描写："公（冯延巳）以金陵盛时，内外无事，朋僚亲旧，或当燕集，多运藻思为乐府新词，俾歌者倚丝竹而歌之，所以娱宾而遣兴也。……观其思深辞丽，韵律调新，真清奇飘逸之才也。"我们只消将其中的主名冯延巳改为晏殊，将地名金陵改为汴京，则陈世修所描述的南唐词派的创作情景，与晏殊江西词派岂非一模一样！有趣的是，陈世修辑成《阳春集》是在仁宗嘉祐三年（1058），这时晏殊刚去世三年，文采风流，恍如眼前。陈世修想必是由今推昔，由晏殊的情况联想到自己的外祖冯延巳当年的词坛盟主风范了！沈括《梦溪笔谈》卷九"晏元献"条记述晏殊词派歌词创作的背景道："时天下无事，许臣僚择胜燕饮。当时侍从文馆士大夫为燕集，以至市楼酒肆，皆供帐为游息之地。"我们须注意：沈括所说北宋前期"天下无事"是真，而陈世修所谓南唐时金陵"内外无事"则是假。事实上冯延巳为相时南唐国势危殆，灭亡在即，冯氏乃佯为不知，苦中作乐。正是这一点时代背景的不同，决定了以晏殊为领袖的北宋士大夫雅词派虽然继承的是南唐词的艺术传统，但在感情色彩、艺术格调和时代风貌上已与南唐词大不相同。简言之，晏殊为盛世之元辅，"太平无事荷君恩"（《望仙门》）是其基本心态，"一曲新词酒一杯"（《浣溪沙》）是其悠闲从容的基本风度；其"一场愁梦酒醒时，斜阳却照深深院"（《踏莎行》）的吟咏，虽写的是愁，却无非是贵族士大夫在安适恬静生活中因暂时的寂寞而引起的淡淡闲愁。而冯延巳是衰世危国之宰相，"每到春来，惆怅还依旧"（《鹊踏枝》）是身处必亡之国中的他的基本心态；"愁肠学尽丁香结"（《鹊踏枝》）是其憔悴不堪的基本风度；而其"独自寻芳，满目悲凉"（《采桑子》）的愁吟，就不仅仅是一般的闲愁，而是预感到好景将逝的幻灭式的哀音了。正是这一点基本情调和基本风格的不同，将晏殊与冯延巳二人的词大致区分得开，也将南唐词派与北宋江西词派之间大致区分得开，从而标志着北宋江西词派是一个代表新时代承平环境中上层士大夫基本心态的文学派别。

晏殊不仅以上述的领袖作用吸引并聚集了一批同属一个阶层和有相近心态与艺术趣味的士大夫词人，而且更以自己典雅雍容、温润秀洁的词风为他们树立了追随的榜样，从而使这个群体成为有共同艺术倾向和集体风格的词派。

对晏殊词的基本风格如何定义和评价，这首先就牵涉到对于一部《珠玉词》的基本题材内容与格调的看法。多年来，论者对这位宰相词人在文学史上的地位估价不高，理由便是说，他的词"没有什么真实的思想内容"，只是富贵者的"无病呻吟"。笔者则以为：题材狭窄（相对于从不同方面开拓了词境和扩大了表现生活范围的柳永、苏轼等人来说）固是大晏词的一个明显缺陷，但若结合具体历史文化背景和他个人经历来看，毋宁说其词最富个性的一点恰恰在于，它们真挚而毫不做作矫饰地反映了属于这种身份地位的人们特定的生活情趣、特定的欢乐和悲哀。对于大晏词"真"的特质，似乎不应该有什么怀疑。大晏的门生欧阳修早就称赞过："公为人真率，其词翰亦如其性。"㉛大晏生前"词翰"极为丰富，文集达二百四十卷之多，可惜绝大多数已经失传，清人为之辑佚，仅得文十多篇，诗一百三十多首，仅凭这点幸存的诗文，当然难以断定是否"皆如其性"。所幸其晚年手自编定的《珠玉词》（收其词一百三十余首）得以传世。由于词是可以在酒边花前无所掩饰地即兴抒发作者性情思绪的样式，因而从《珠玉词》中确可亲切地感受到一个上层文人领袖和太平宰相的真实个性与独特风度。吴世昌先生论填词之道"只二句足以尽之，曰说真话；说得明白自然，切实诚恳"。他在举宋词名家以证其说时特赞晏殊曰："惟大晏身历富贵，斯能道富贵景象。"㉜这个判断，准确地抓住了晏殊"这一个"的艺术特征。晏殊的人生观是极为坦诚的，他曾对友人张先宣示其内心的想法道："人生行乐耳"（宋王晔《道山清话》）。他的《珠玉词》便主要是表现上层文人在升平之世及时行乐的生活。清代常州派词论家们强为"寄托"之说，把晏殊的某些作品（如《踏莎行》"小径红稀"等阕）牵强附会地解释为隐喻政治斗争、斥责政坛"小人"之作。这毫无历史依据。大晏生活于"太平无事荷君恩"的时代，他当宰相时朝野政治生活并无巨大动荡，宰辅重臣们无所作为，检视其一生从政的经历，他本人亦从未陷入党争，因此他既无必要佯为沉湎歌酒以逃避政治斗争，更无必要用在当时尚被普遍用来娱宾遣兴的娱乐文体去遮遮掩掩地"寄托"政治情怀。他所做的只是一件老老实实的事：用小词来写自己的富贵安乐的生活。富贵生活亦有高雅与庸俗之别。晏殊是有高度士大夫文化教养的台阁重臣，他"自少笃学，至其病亟，犹手不释卷"，㉝士大夫书卷气与清高儒雅的风度贯穿其整个人生，因此他能以从容淡雅之笔，自写其升平富贵之态，写得雍容而典雅，神清而气远，风流而蕴藉。他的典型词风，便因此而产生，并成为同时代文人士大夫趋尚的圭臬。

应该承认，晏殊尽管自命高雅，但他受安逸享乐的太平时尚的影响，加上本人长期高官厚禄，生活未免平庸而缺少新鲜的审美体验，因而他的思想意识和艺术情趣中也有庸俗浮滥的一面，表现在歌词创作中，有时也似晚唐五代的颓靡词人一样，弹唱着"今朝有酒今朝醉"的陈辞滥调。诸如"座有嘉宾尊有桂，莫辞终夕醉"（《谒金门》），"劝君莫作独醒人，烂醉花间应有数"（《木兰花》），"有情无意且休论，莫向酒杯容易散"（《木兰花》）等等句子，在《珠玉词》中并不少见。其中还有一些套话连篇的祝寿词，艺术价值不大。在这些方面，他比起被他瞧不起的那个"骪骳从俗"的柳永，并无太多高明之处。大晏词的内容，确如论者多次指出的那样："大都不出男欢女爱，离情别绪，没有什么特异的地方。"但他的艺术创新和借以显出自己台阁词人的独特风格之处，在于他的相当一部分抒情之作对传统的庸滥题材作了典雅化、含蓄化和"以理节情"、"情中有思"的审美处理。试看他的不少写男欢女爱和离情别绪的精美短章，已经没有了晚唐五代同题材作品那种轻佻浅薄的情趣和色情描写，也没有同时期柳永那种直白俚俗和一泻无余的作风，而是表现得乐而不淫，哀而不伤，风流蕴藉，清丽雅洁。这就显示了作者安雅淳厚的士大夫情操，赋予传统的"艳科"题材以新的特质。试看他的名篇《蝶恋花》：

> 槛菊愁烟兰泣露，罗幕轻寒，燕子双飞去。明月不谙离恨苦，斜光到晓穿朱户。　昨夜西风凋碧树，独上高楼，望尽天涯路。欲寄彩笺兼尺素，山长水阔知何处！

此词写离别相思之情，缠绵悱恻，却又表现得委婉含蓄，耐人细细回味。作者并不直接地吐露相思之苦，而是将主观情感融进客观景物，借助于对秋天清晓和夜晚自然景物的描绘，曲折地传达出抒情主人公与情人离别后的那一种蟠结于胸臆的愁苦和哀怨，创造出深远含蓄的抒情意境。抒情主人公那绵绵的思绪、细腻的感受、脉脉的温情和低回往复的矛盾心态，其实无一不是富于高度儒家文化教养的作者本人的贵族士大夫主体意识的自我表现。这正是上层士大夫的情爱心理特征的典型表现。这种与市民情爱的热烈大胆迥不相同的"优雅"之情，是那样风流蕴藉，回肠荡气，既符合所谓"风人之旨"，也不违背儒家"发乎情，止乎礼义"的道德规范。毋怪王国维要将它与《诗经》中的风诗相提并论，认为："《诗·蒹葭》一篇，最得风人深致。晏同叔之'昨夜西风凋碧树，独上高楼，望尽天涯路'意颇近之。但一洒落，一悲壮耳。"（《人间词话》）这里不过略举一例，大晏其他的写恋情相思的名篇如《玉楼春》（绿杨芳草长亭路）、《浣溪沙》（阆苑瑶台风露秋）、《撼庭秋》（别来音信千里）、《采桑子》（时光只解催人老）、《玉楼春》（池塘水绿风微暖）等等，都是清雅含蓄之作。可见晏殊虽然像晚唐五代人一样好作"妇人语"，但对这种题材已经作了雅化、士大夫化的审美处理。这就开创了以雅笔写艳情的新风，而为后来的大多数宋词作家所效法。

晏殊的词大致可分为"艳情"（男女恋爱相思离别之类）与"闲情"（富贵生活中安逸闲暇的感受）两大类。艳情词的特征已如上述。其闲情之作，则呈现一种与他的富贵显达的身世相谐调的圆融平静、安雅舒徐的风格。这种风格，是他深厚的文化教养、敏锐细腻的诗人气质与其平稳崇高的台阁地位相浑融的产物。试看他的这样一首感秋抒情的闲适词《清平乐》：

> 金风细细，叶叶梧桐坠。绿酒初尝人易醉，一枕小窗浓睡。
> 紫薇朱槿花残，斜阳却照栏干。双燕欲归时节，银屏昨夜微寒。

在这首词里，丝毫找不到自宋玉以来诗人们一贯共有的衰飒伤感的悲秋情绪，有的只是在富贵闲适生活中对于节序更替的一种细致而优美的体味与感触。想在这种作品中去寻求什么"现实意义"和"社会价值"的人们将会大失所望，因为它所具有的仅是一种闲静优美的诗意的感觉。抒情主人公是在安雅闲适的庭园中从容不迫地咀嚼品尝着暑去秋来那一时间的自然界变化给人之心灵的牵动之感。这当中，也有因节序更替、岁月流逝而引发的一丝闲愁，但这一丝闲愁是淡淡的、细柔的，甚至是飘忽幽微、若有若无的。作者用精细的笔触，含蓄的意象，将自己的心理感触通过对外物的描写舒徐平缓地宣泄出来，整个意境十分柔婉动人。其实不单这首词，还有他那些历来传诵的名篇佳句如"无可奈何花落去，似曾相识燕归来"，"一场愁梦酒醒时，斜阳却照深深院"等等，也大致是这样的写法，这样的风格。

总上所论，大晏词继承南唐冯延巳委婉含蓄的士大夫风格而能加以创造变化，以带有北宋时代特征的上层士大夫意识去改造艳体小词，用它来表现承平无事社会里文人官僚闲适的生活，做到写富贵气象而不流于鄙俗，写男女艳情而不流于纤佻，从而创立了虽然历代词话家未曾点明但却事实上存在的"大晏体"。这种典型词风为其一些同僚、门人和子嗣所响应或继承，形成了北宋词坛的第一个雅词派别。

三、与晏殊并驾齐驱的欧阳修以及其他同派词人

晏殊的同乡兼词坛同道欧阳修（1007—1072）于晏殊为晚辈。他出生的时候，十六岁的晏殊早已因"神童"之誉而跻身朝堂担任秘书省正字了。他成年后应进士试得中第一，又恰是晏殊任主考官，从此欧阳修正式成为自己的乡前辈的门人。但欧阳修后来的文学成就远远超过了晏殊。他是当时文坛革新的主帅，苏轼谓其"论大道似韩愈，论事似陆贽，记事似司马迁，诗赋似李白"（《宋史·欧阳修传》），他在北宋中叶诗文革新运动中的巨大贡献、他在政治上的建树以及他在当时文坛上无可争议的一代宗师之地位等，都是晏殊望尘莫及的。不过在曲子词创作这个小小的领域里，还不能说他的地位和成就超过了晏殊。大致可以说，欧阳修开始作词的时候，晏殊早已负词坛盛名，于是他加入了由晏殊领头的上层士大夫歌词创作群体，学习晏殊而追步南唐词风，逐渐在词艺上追上了晏殊的名声，成为北宋江西词派中与晏殊并驾齐驱的两位主将之一，但在词的成就与实际影响上并没有取晏殊而代之，基本上还属晏殊这个词派中的第二号人物。

在唐五代和北宋时期，词的主要功用在于合乐应歌以娱宾遣兴，因而词作者是否于音乐为内行就成为参与创作的首要条件。和晏殊一样，欧阳修具备很高的音乐素养。前引叶梦得《避暑录话》载晏殊对歌妓乐工说："汝曹呈艺已遍，吾当呈艺。"这所谓"呈艺"，当指晏殊能够调弦抚管，引商刻羽，即席按调填制新歌词，另外，晏殊的同时代人刘攽（亦江西人）在其《中山诗话》中说，晏氏"乐府《木兰花》皆七言诗，有云：'重头歌韵响铮琮，入破舞腰红乱旋。''重头'、'入破'，皆弦管家语也"。于此可见晏殊对燕乐歌舞的精通。欧阳修在这方面的精湛修养，比起他的座师晏殊丝毫不显逊色。他精于辨音，善于弹琴，晚年自号"六一居士"，所谓"六一"者，其中就包括"琴一张"（《六一居士传》，《居士集》卷四十四）。唐代韩愈有一首著名的《听颖师弹琴》诗，其中"昵昵儿女语，恩怨相尔汝。划然变轩昂，勇士赴敌场"等句，被认为描写音乐极为生动形象，常被人们所称道。但欧阳修不以为然，指出："此诗最奇丽，然非听琴，乃听琵琶耳。"（宋胡仔《苕溪渔隐丛话》前集卷十六）由此可见欧公音乐素养高于前人。他在自己创作《西湖念语》组词（即描写颍州西湖的《采桑子》十首）时所写的小序中又说："因翻旧阕之辞，

写以新声之调，敢陈薄技，聊佐清欢。"可见他对音乐的内行。他能熟练地运用"新声之调"，这是他在曲调运用上超过晏殊的地方。晏殊的词作在曲调上基本未脱晚唐五代旧格，因而影响到在题材和写法上均无大的突破。而比晏殊作词时间晚的欧阳修却已开始注意吸收民间市井音乐的营养。写颍州西湖的《采桑子》十首，以及他的另外两套以鼓子词写成的咏一年十二个月节物风习的《渔家傲》，都是用民间流行的"定格联章"形式创制的俗乐曲辞。尽管比起柳永来欧阳修这种"写以新声之调"的做法还只是偶尔为之（其词作之大部分还是晚唐五代的旧调），但这已足以表明，在江西词派中，后起者比创派者在艺术上已有进步和新变。晏、欧两位主将人物对音乐曲调的高度熟悉，无疑使他们的歌词具有极高的艺术合格率，使江西词派能风靡于当时士大夫阶层。由此可见后来李清照《词论》谓晏殊、欧阳修的词"皆句读不葺之诗尔，又往往不协音律"，当属苛求与妄评，不可轻信。

　　欧阳修在词的创作上之所以会与晏殊成为同派，主要有两方面的原因：一是他们二人都属于同一历史时期中互有社会联系和文化渊源关系的上层文人士大夫，有相近的士大夫意识和审美趋尚，欧又刚好是晏的门生，自有可能以座师的歌词创作为典则；二是二人皆为江西人，而江西为南唐旧地，其首府南昌一度是南唐京城，冯延巳罢相后又出镇抚州三年之久，因而此地遗留的南唐词风颇为深厚，在南唐灭亡之后不久就出生成长于此地的晏、欧二人受到熏染，作词自然趋向南唐，尤其趋向于与他们地位相若、艺术情趣相近的冯延巳。宋代论词者曾指明晏殊极喜冯延巳词，其所自作亦趋向延巳，而于欧词之艺术师承则未曾有所涉及。自清及近代，词论家始纷纷重视源流之探讨，指出晏、欧二人的词皆源于冯延巳。王国维尤其拈出例子专门论证欧词有意学冯延巳。其《人间词话》本编第二十一则有云：

　　　　欧九《浣溪沙》词："绿杨楼外出秋千。"晁补之谓：只一"出"字，便后人所不能道。余谓：此本子正中《上行杯》词"柳外秋千出画墙"，但欧语尤工耳。

其第二十二则紧接着又说：

冯正中《玉楼春》词："芳菲次第长相续，自是情多无处足。尊前百计得春归，莫为伤春眉黛蹙。"永叔一生似专学此种。

前一则所提到的《浣溪沙》词，全阕为：

> 堤上游人逐画船，拍堤春水四垂天。绿杨楼外出秋千。
> 白发戴花君莫笑，六么催拍盏频传。人生何处似尊前。

王国维认为欧词中"绿杨楼外出秋千"的名句，是学冯延巳《上行杯》（落梅著雨消残粉）一阕上片末句"柳外秋千出画墙"而写成的。欧词炼字造境力学冯词的工巧和婉美，固是其追步南唐的一个方面，但他学冯延巳，更重要的还在于学其风神。即以此词而论，其"调句宛藻，而造理甚微"（《草堂诗余》卷一杨慎评语）的优长，其自道"老成意趣"、以情景交融的"含蓄不尽"之"妙笔"自抒其胸中之"无限凄怆沉郁"（《蓼园词选》）的典型表现手法，不正是冯延巳风格的复出和发扬吗？

后一则所举之《玉楼春》词全阕云：

> 雪云乍变春云簇，渐觉年华堪送目。北枝梅蕊犯寒开，南浦波纹如酒绿。　　芳菲次第长相续，自是情多无处足。尊前百计得春归，莫为伤春眉黛蹙。

这种思致深婉、意境绵远而又笔触清丽的词，正体现了南唐词的典型作风。此词虽非名篇，但在意境、风格上却有一定代表性。王国维认为，欧阳修的词品便倾向"此种"。需要说明的是，冯延巳此词究竟是他本人所作还是欧阳修所作，学界对其归属有两种不同意见。此词未见于陈世修所辑《阳春集》；而《尊前集》作冯延巳词，未知何据。它另又见于南宋罗泌校《欧阳文忠公近体乐府》，如果说罗泌将它当成欧词可能是有其根据的，那么，早于罗泌的朱翌在其《猗觉寮杂记》卷上引"北枝梅蕊犯寒开"句作冯词，则所言亦必当有据。究竟谁的意见正确，至今这个历史的悬案未获解决。王国维引这首著作权有争议的词作为例证，似乎有所不妥。但换一个角度观察，晏、欧、冯三家的集子，往往有作品互见的现象，词论家早已指出这说明三家主体风格颇为相近，是一个派别。欧、冯二家集中互见同一作品，正是二家词品相似的例证。欧词在主导倾向上的确像晏词一样，是趋向南唐词派主将冯延巳的。

在北宋词人中，第一个自觉地大力学习南唐词的当推晏殊。晏殊学南唐又主要是学冯延巳，但他的词风与词艺并非对冯延巳的简单重复，而是带有了新的时代特征和一定的个人特色。这一点已如上述。欧阳修作为晏殊的后辈和门生，作词也是走的这条路子。由晏、欧二家词的许多相同或相近点我们甚至可以说，欧阳修作词主要是学习晏殊，南唐词对欧词的影响主要是通过晏殊而发生作用的。我们将欧词与大晏词细加比较，不难看出两家相同之点颇多，比如大致都注意以传统诗教的所谓"风人之旨"为抒情之规范，运用雅洁清丽的语言、含蓄蕴藉的方式，来表现温柔敦厚的情感等等。欧阳修从事词的创作，大约是从中进士后在洛阳任西京留守推官时开始的。在他的几首可以确认为早年在洛阳所作的《玉楼春》词（如"春山敛翠低歌扇"、"尊前拟把归期说"、"洛阳正值芳菲节"等阕）及《浪淘沙》（把酒祝东风）等篇什中，我们都可以看出对晏殊词的有意吸取：词意婉曲含蓄，语言清雅流丽，音节铿锵谐调，境界深邃而悠远。如这首《玉楼春》：

> 尊前拟把归期说，未语春容先惨咽。人生自是有情痴，此恨不干风与月。　　离歌且莫翻新阕，一曲能教肠寸结。直须看尽洛城花，始共东风容易别。

此词完全是传统题材，无非写与歌妓惜别之情，但能做到深挚而不隐晦，清雅而不俗艳，温厚而不纤细，确为学晏而得其神髓的言情佳作。但须注意，欧阳修毕竟是欧阳修，他的个性比晏殊丰富复杂，身世遭遇也比晏殊坎坷曲折（比如几次遭贬以及在党争中屡受攻讦等），因而同为应歌小词，同奉南唐词为正宗，欧词比之大晏词，最终要自显个性，自出特色。即从上举早期词中，亦已可以看出，他的深婉沉挚，已与晏殊的舒缓雍容有所区别。欧公受晏殊的影响学习冯延巳词，但晏殊多有得于冯氏那俊雅的上层士大夫气度，而欧公却似更喜爱冯氏那感伤的基调与深挚沉哀的情怀。试看名篇《踏莎行》：

> 候馆梅残，溪桥柳细，草薰风暖摇征辔。离愁渐远渐无穷，迢迢

不断如春水。　　寸寸柔肠，盈盈粉泪，楼高莫近危栏倚。平芜尽处是春山，行人更在春山外。

对这首词，前人及近人赞语颇多，无论是李攀龙所谓"极切极婉"（《草堂诗余隽》），茅暎所谓"韵致远"（《词的》卷三），还是黄苏所谓"语语倩丽，情文斐亹"（《蓼园词选》），抑或是俞陛云所谓"言情婉挚"（《唐五代两宋词选释》），唐圭璋所谓"写来极柔极厚"（《唐宋词简释》）等等，都可以归结成一点：深挚婉曲。由此可见刘熙载所论"冯延巳词，晏同叔得其俊，欧阳永叔得其深"（《艺概·词曲概》），颇合实情。在承接南唐传统以衍成北宋江西词派的道路上，晏、欧二人确是并驾齐驱、各擅胜场的。

欧阳修比晏殊晚去世十七年。在他生活和创作的晚期，他所领导的诗文革新运动已经取得了全面的胜利，词坛也在孕育着由歌者之词向士大夫之词转化的变革。尽管在他的主观意识和实际创作中词还基本上是"艳科"和"小道"，但他或多或少、有意无意地在这种背景下开始了对词风、词体革新的尝试。比起固守传统的晏殊，欧阳修在创作上有了一些逸出"花间"、南唐藩篱的"动作"。除了如前所述的中年以后采用市井民间新声创制俗乐曲辞以外，其较为引人注目的一个突破本派规范的倾向，就是有的词篇已转变了单纯应歌和专写艳情闲情的功能，而开始直接抒写士大夫的"逸怀浩气"了。试看作于晏殊去世的次年（仁宗嘉祐元年，即公元1056年）的《朝中措·送刘仲原甫出守维扬》：

平山阑槛倚晴空，山色有无中。手种堂前垂柳，别来几度春风。文章太守，挥毫万字，一饮千钟。行乐直须年少，尊前看取衰翁。

词为送友人守扬州而作，实际上却是怀念自己任扬州太守时的豪迈潇洒的生活。在欧公之前，冯延巳、晏殊等人的小词虽已有一定的士大夫意识与士大夫色调，但毕竟多托美人香草，多涉儿女私情，局限于传统题材，喜欢用比兴象征，作者自己的主体意识总不是那么完整和鲜明。但欧公此词却毫无假借，直写景色物象，直写生活感想，自抒士大夫的胸怀，自塑士大夫的形象。这才是真正的、彻底的"士大夫之词"！就风格来看，此词也因抒写内容的不同而一改作者清深婉曲的主体风格，而表现出疏宕清旷的特色。词史上屡有这样的现象：旧词派中异质风格的产生，往往给新的词派繁衍作先导。欧公的清深婉曲与疏宕清旷两种风格，就分别启示了他的晚辈和学生中的不同流派。清人冯煦《宋六十一家词选例言》认为欧词"疏隽开子瞻（苏轼），深婉开少游（秦观）"，就是深悉北宋中期词坛风格流派衍化情况的中肯之论。

在晏殊、欧阳修周围，曾聚集过一大批士大夫词人。主宾之间，过从甚密，唱和诗词也甚多。有交游，有唱和，当然不一定完全属于同一个艺术流派。比如张先与晏、欧二人都交往甚密，情谊甚笃，但他的词题材接触面比晏、欧要广，并且集子里有不少创调和慢词，其词风既不同于晏、欧，也有异于柳永，不能将他划入这两派中的任一派。陈廷焯创唐宋词十四体说，主张"张子野为一体"，是有道理的。张先在晏、欧的时代未能成派，只是独自一人，与其词风相近者要到北宋晚期才出现，故留待下章再适当论其派别。除张先之外，与晏、欧交往唱和的许多词人，尽管多半不是江西人，但艺术趣味和风格与他们大致相近，可算江西派中人。遗憾的是由于文献的散佚，这些人中的大多数已湮没无闻。这有两种情况。一种是有些与晏殊唱和的作品有幸流传下来了，但却不知道是谁写的。比如前引杨湜《古今词话》中所载的"两禁"官员奉和晏殊的三首《木兰花》，就至今找不到作者名。另一种情况是明明知道那些人曾经与晏殊及其子幾道等交游唱和，但却没有作品流传下来。比如孔平仲《谈苑》、欧阳修《归田录》和王辟之《渑水燕谈录》里都写到的晏殊镇南京时与之唱和的幕客张亢，以及晏幾道《小山词自序》中提到的他年轻时与之频繁唱和"狂篇醉句"的沈廉叔、陈君龙等人，就属于这种情况。由于以上原因，我们对于北宋江西词派的全貌，难以得其大略。这里仅评介宋祁、王琪这两位名声很大而又有幸传下一些作品的晏、欧同派人。

宋祁（998—1061），字子京，开封雍丘（今河南杞县）人，侨寓安陆（今属湖北）。天圣二年（1024）进士。历官大理寺丞、国子监直讲、史馆修撰、工部尚书、翰林学士承旨等。卒谥景文。他是晏殊的门下士，又曾受命与欧阳修同修《新唐书》，故与晏、欧二人关系均密切。其作词之旨趣、风格也与晏、欧极为相近。比他晚出的词人李之仪就将他与晏、欧相提并论，说："晏元献、欧阳文忠、宋景文，则以其余力游戏，风流闲雅，超出意表。"㉞以"风流闲雅"概括三人的共同风格，显然是把他们视为同派。清人刘熙载亦谓："宋子京词，是宋初体。"（《艺概·词曲概》）如前所论，所谓"宋初体"，就是"大晏体"。宋祁与晏、欧，确属同派。可惜他的词流传至今的只有六首（全为小令）。今仅举其脍炙人口的《玉楼春》：

> 东城渐觉风光好，縠皱波纹迎客棹。绿杨烟外晓寒轻，红杏枝头春意闹。　　浮生长恨欢娱少，肯爱千金轻一笑？为君持酒劝斜阳，且向花间留晚照。

此词的主旨与情调，同晏殊"莫辞终夕醉"的吟咏、欧阳修"莫教辜负艳阳天，过了堆金何处买"的呼唤，简直如出一辙，是典型的晏、欧语言。唯上片"红杏枝头春意闹"一句，非但炼字极工，体现了此派词高超的语言艺术水平，且为宋词造境增加了新的路子，在词体文学中首创了如现代评论家所说的审美上的"视听通感"手法。

王琪，字君玉，成都华阳（今四川双流）人。儿童时即能为歌诗。起进士，调江都主簿。天圣三年（1025）上时务十二事，仁宗嘉之，除馆阁校勘、集贤校理，历官知制诰。嘉祐中守平江府，数临东南诸州，以礼部侍郎致仕。卒年七十二。所制词集名《谪仙长短句》，已佚。《全宋词》录其词十一首。此人是晏殊门下士中与晏氏关系最密切的一位，据前引叶梦得《石林诗话》的那则记载，他与晏殊的关系竟然亲密到可以深夜直闯晏的卧室拉他起来赏月做诗的地步。晏殊之所以十分赏识爱重他，大约是因为他聪慧敏捷，且艺术趣味与自己完全相投。晏殊在诗与词中重复使用的那副千古名联"无可奈何花落去，似曾相识燕归来"，传说是他凑的下联。据《复斋漫录》载，晏殊道经扬州，憩大明寺，得观当时正任江都主簿的王琪的诗板，遂十分赏识他，于是：

> 召至同饭，饭已，又同步池上。时春晚，已有落花，晏云："每得句，书墙壁间，或弥年未尝强对，且如'无可奈何花落去'，至今未能对也。"王应声曰："似曾相识燕归来。"自此辟置馆职，遂跻侍从矣。㉟

于此可见王琪才思之高。欧阳修也十分欣赏王琪。据吴曾《能改斋漫录》卷十七："欧阳文忠公爱王君玉燕词云：'烟径掠花飞远远，晓窗惊梦语匆匆。'"今将王琪这首咏燕《望江南》词全章抄录如下，以见江西派词人艺术之一斑：

> 江南燕，轻飏绣帘风。二月池塘新社过，六朝宫殿旧巢空。颉颃恣西东。　　王谢宅，曾入绮堂中。烟径掠花飞远远，晓窗惊梦语匆匆。偏占杏园红。

四、晏欧词风的强大后劲晏幾道

晏殊的儿子晏幾道是南唐词风的极为自觉的追随者，他以自己迥拔于北宋中后期词坛主流之外的独特艺术风貌，成为他父亲所开创的词派的强大后劲。小晏是苏轼、黄庭坚等人的同辈人，并死于苏、黄之后，在词史上应属于下一时期的人物。但他在词的创作路子上却完完全全是远绍南唐而近承其父，属于地道的"宋初体"，从流派发展的角度看，他是延伸到新时期的旧词派之一员，因此我们把他放在这里和大晏、欧公一并评介。

晏幾道（1038—1110），字叔原，号小山，是晏殊九个儿子中的第八个。[36]他的童年正逢晏氏家族赫赫扬扬的时期，父亲高居相位，几个哥哥也先后步入仕途。他在绮罗丛中长大，在脂粉队中厮混，不知人世艰辛为何物，养就了一身天真烂漫的脾性。可是好景不长，他十八岁的时候（1055），父亲去世。此后家道中落，他亦遭遇坎坷，不但终生仕宦不得意，而且还受到种种意外的磨难。比如神宗熙宁七年（1074）郑侠上流民图，反对王安石新法，被逮捕治罪。小晏因曾赠诗与郑，也被牵连下狱。出狱后生活境遇每况愈下。元丰元年（1078）其父墓被盗，遗骨被强盗用斧砍碎，这对小晏心灵上更是一个沉重打击。他四十多岁时才当了一名小官——监颍昌府许田镇。此后大约又做过一任开封府推官，又曾提举西京（洛阳）崇福观。其宦迹如此而已。

晏幾道的独特出身与经历，使得他遗世独立，与物多忤。他家财散尽，不愿践贵人之门，而旧日奔走晏府的人们也乐得不理他。因此他晚景凄凉，有时甚至弄得衣食不继。他的好友黄庭坚在《小山词序》中说他有"四痴"："仕宦连蹇，而不能一傍贵人之门，是一痴也；论文自有体，不肯一作新进士语，此又一痴也；费资千百万，家人寒饥而面有孺子之色，此又一痴也；人百负之而不恨，己信人，终不疑其欺己，此又一痴也。"由此可以想见其为人。这也正是典型的"不失其赤子之心"（王国维语）的词人性格。但大半生沦落社会下层的遭遇，丝毫也没有使他像柳永等人那样把生活的基点和艺术的创造视野转向市井民间，相反，他对原先的富贵生活无比怀念，对自己的门第、家风从不放弃精神上的依托。有这样一件事足见他在精神上是多么清高孤傲：元祐年间，他词名颇盛，苏轼让黄庭坚向他转达慕名求见一面之意，他竟谢绝说："今政事堂半吾家旧客，亦未暇见也！"[37]以苏轼的才学、成就和名望，他尚不愿稍稍假以辞色，对于其他的"时流"，他当然更不屑一顾了。这就难怪他作词要不预流俗，既不跟柳永，也不傍苏轼，而是直承宰相之"家风"，作父亲所开创的士大夫雅词派的传人了。黄庭坚《小山词序》中谓小晏词"清壮顿挫，能动摇人心，士大夫传之，以为有临淄（晏殊）之风耳"。可见小晏词承大晏之词风、传大晏之流派，已是当时人所公认的事实。

和大晏词一样，小晏词也主要表现上层士大夫的富贵生活，描写这种生活中的两个重要侧面——艳情与闲情。只不过，由于各自的经历和背景的歧异，同为表现富贵生活，却有两点不同：第一，大晏表现的是自己正在过着的富贵生活，而小晏表现的却是过去享受的、现在已经一去不复返的富贵生活；因此，第二，大晏的抒情基调是圆融舒徐、雍容典雅的，而小晏的抒情基调却是感伤哀怨、婉曲幽峭的。这两点不同，导致了同一词派中的两个主要人物在基本艺术趣味和师承一致的前提下产生个人风格的变异。试看小晏的两首代表作：

> 彩袖殷勤捧玉钟，当年拚却醉颜红。舞低杨柳楼心月，歌尽桃花扇底风。　　从别后，忆相逢，几回魂梦与君同。今宵剩把银釭照，犹恐相逢是梦中。
>
> ——《鹧鸪天》
>
> 梦后楼台高锁，酒醒帘幕低垂。去年春恨却来时。落花人独立，微雨燕双飞。　　记得小蘋初见，两重心字罗衣。琵琶弦上说相思。当时明月在，曾照彩云归。
>
> ——《临江仙》

前一首写重逢的喜悦，后一首写别后的凄凉，而两首抒写的重点都是"当年"、"当时"——亦即少年得意时富贵温柔乡中的前尘往事。作者善于选取动人的往事片断,与眼前情景相对照,来烘托出一种凄迷恍惚的感伤怀旧心绪,体现了典型的小晏风格。

晏殊生前,除了说过一句"殊虽作曲子,不曾道'彩线慵拈伴伊坐'"以表示个人审美情趣外,不曾留下什么词论。而晏幾道则写过一篇具有词论性质的《小山词自序》,坦然陈述了自己的创作动机、艺术师承、创作背景及词集编纂经过等等:

> 补亡一编,补乐府之亡也。叔原往者浮沉酒中,病世之歌词,不足以析酲解愠,试续南部诸贤绪余,作五七字语,期以自娱,不独叙其所怀,兼写一时杯酒间闻见,所同游者意中事。尝思感物之情,古今不易,窃以谓篇中之意,昔人所不遗,第于今无传尔。故今所制,通以补亡名之。始时,沈十二廉叔、陈十君龙,家有莲、鸿、蘋、云,品清讴娱客,每得一解,即以草授诸儿。吾三人持酒听之,为一笑乐。已而君龙疾废卧家,廉叔下世,昔之狂篇醉句,遂与两家歌儿酒使俱流转于人间。自尔邮传滋多,积有窜易。七月己巳,为高平公缀辑成编。追惟往昔过从饮酒之人,或垅木已长,或病不偶,考其篇中所记,悲欢合离之事,如幻如电,如昨梦前尘,但能掩卷怃然,感光阴之易迁,叹境缘之无实也。

对这篇自序,有如下两点最值得注意:

(一)小晏自谓:"续南部诸贤绪余,作五七字语"。这就是说,生活于慢词盛行、柳永与苏轼词风争胜于词坛的时代的小晏,作词却志在复古,亦即像他父亲晏殊和前辈欧阳修那样,承接南唐二主一冯(南部诸贤)的传统,专以"五七字语"(亦即"花间"、南唐文人词惯用的主要由五、七字句组成的小令,不同于柳永根据民间词创制的篇幅长、句式复杂的长调慢词)来抒情写意。因此,小晏的词,是晏欧江西词派在北宋中后期的延伸,它不属于"新时期",而是属于旧词派,是从南唐到晏、欧的士大夫小令雅词传统的最后一家。当然,结合具体作品来看,同为学习继承南唐词派,由于各人的性情、学养与身世遭遇不同,晏殊、欧阳修与晏幾道对学习对象亦各有侧重:大晏、欧公偏重于学习冯延巳,而小晏则俨然李后主再生。这是因为他那"不失其赤子之心"的个性与李后主笙磬同音，他那家道中落、个人社会地位一落千丈的遭遇，也与李后主由皇帝变为囚徒的经历不乏相似之处。所以小晏词像李后主词一样专主情性，其作风亦与李后主的哀婉凄艳十分相似。过去论者仅仅指出了小晏词与南唐词及李后主词颇多相似之处，但从此序"试续南部诸贤"的自白来看，这种词风词体的趋同，乃是有意追求的结果。

（二）"花间"词的创作是为了"资羽盖之欢"（欧阳炯语），南唐词的创作是为了"娱宾而遣兴"（陈世修语），小晏的父辈填词也为了"聊佐清欢"（欧阳修语）。这里小晏也坦言其作词是为了"析醒解愠"、"品清讴娱客"，"为一笑乐"。这似乎可以表明：北宋江西词派一以贯之地奉行着一种从"花间"、南唐承继下来的重视词的娱乐功能的创作主张。北宋江西词派的重要词人，多官居高位，有足够的经济能力蓄养家姬，大宴宾客，通过即席填写演唱歌词，与宾朋僚属一道充分享受精神与感官的双重愉悦。小晏在此序中对于早年酒间作"狂篇醉句"给家妓演唱以供自己与友人"笑乐"的盛况之追忆，既描绘出北宋江西词派诸人的身份、地位和群体精神面貌，也说明了他们的歌词是在怎样的文化环境、怎样的创作观念支配下产生和传播的。因此小晏这篇文字，大致可以视为对江西词派创作的一个小结和该派词学思想的一个小型宣言。

晏幾道的《小山词》，抒情之深婉超过他那生活平庸的父亲所写的《珠玉词》，在形象之优美、音律之谐畅、情事之曲折及辞采之秾丽等方面，比起大晏及欧公，也颇有出蓝之处。但从整体上看，他的艺术造诣无以超逾南唐—宋初这个传统。在苏轼的时代出现《小山词》，既显示了晏欧江西词派一定的后续力和影响力，同时也标志着这个词派的最后终结。晏幾道在词史上的地位，略如叶嘉莹所譬喻的："确实曾在词之发展中，虽未随众水俱前，而回波一转，却能另辟出了一片碧波荡漾、花草缤纷之新天地。"⑱小山词的确只是旧词流在新时期的"回波一转"，两宋词的更广阔的"新天地"，属于那些突破"花间"、南唐传统的新词家和新词派！

第五节　俚俗词派的开山祖——柳永

在北宋词人中，第一个突破"花间"、南唐清辞丽句、小境短章的传统格局而在题材内容、风格意境、体制形式诸方面都有大开拓与大创造的，是上层文人士大夫很不喜欢而市井坊曲十分欢迎的"浪子"文人柳永。此人堪称北宋词坛的第一个开辟手。他的开辟主要在两个方面：一是大量引市民意识、市民生活及市民情调入词，扩展了词的表现内容；二是学习、汲取和利用民间的旧曲新声，创制大量的长调慢词，变文人词单一的小令格局为众体兼备、体式齐全的繁盛局面。这两方面的创辟，都根源于对民间俗词传统的开掘和弘扬。由于他的创意与创调的双重贡献，宋代词坛崛起了一个以他为开山祖的俗词派别。当然柳永对宋词发展的贡献远远不止于开创俚俗词风与词派，他的卓特的艺术创造（比如他创制的多种慢词体式以及写景抒情的铺叙展衍之章法、细密妥溜明白家常的笔法等等）还泽被了晚出的众多不同流派的词人（包括不喜柳词的苏轼等人）。不过这里专论他的开派之功，就先来说他的风格。

一、反传统的"柳耆卿体"：俗调俗情

在北宋那个都市文化十分发达的特殊环境中，柳永这个本属传统士大夫文化圈的儒学之家的子弟，习染世俗的时尚，走了一条从俗随流的民间文艺之路，在词坛别树一帜。

柳永出生于诗礼簪缨之家。如本章第三节所曾提及的，这是一个"奉儒守官"的传统士大夫之家。柳永的祖父柳崇，是地方名儒。崇之六子，皆为南唐、宋初的官员。柳永这一辈弟兄三人又都先后于真宗、仁宗朝进士及第，名登宦籍，号称"柳氏三绝"。其家乡福建崇安（今称武夷山市）古属建州，"建州至宋而诸儒继出，蔚为文献之邦。……家有诗书，户藏法律，其民之秀者狎于文"（《嘉靖建宁府志》卷四）。生在如此"文献之邦"的官宦门第的柳永，按常理多半会倾心于士大夫"雅"文化，如果作词，本该加入士大夫雅词派的队伍中去的。但柳永却似乎早就对民间俗文化情有独钟，在价值取向与创作道路选择上一开始就向"俗"的一面倾斜。历来论柳永者都说他是游学与求官于汴京时沾染市井习气、醉心民间曲词的。其实他自少年读书时就已走上了通俗文学的道路。《历代词话》卷四引宋代杨湜《古今词话》云：

> 宋无名氏《眉峰碧》词云："蹙损眉峰碧，纤手还重执。镇日相看未足时，忍便使、鸳鸯只。　薄暮投村驿，风雨愁通夕。窗外芭蕉窗里人，分明叶上心头滴。"真州柳永少读书时，遂以此词题壁，后悟作词章法。一妓向人道之，永曰："某于此亦颇变化多方也。"然

遂成屯田蹊径。

　　这则记载中的《眉峰碧》词，未必一定是民间歌妓乐工或下层文人所作。宋神宗也颇喜此词，曾诏令曹组访明作者姓名上奏，但终无下落。（见宋王明清《玉照新志》卷一）此词广泛流传于民间，其情感真挚浓烈不加掩饰，语言质朴通俗，其比喻、对比、联想等修辞方式也是典型的民间文学手法，其章法结构之自然而精巧，也体现了民间词的高度艺术水平。可见它纵使可能是文人作品，也是学习民间词的产物。柳永开始作词就选择这样的作品作为学习对象，难怪在他后来大半生的创作道路上会深深地留下民间通俗文艺的影响。杨湜将他这条创作路子冠以"屯田蹊径"的称号。与杨氏大略同时的王灼称之为"柳氏家法"。近人蔡嵩云在其《柯亭词论》中又改称为"屯田家法"。这种竞相用柳永的姓氏或官名（屯田员外郎）来称呼其词体词格的做法，表明柳词在宋代是一个有别于诸家诸派的独特存在。然而，通观古今的一些词论，似都仅从章法结构的角度来阐释"屯田蹊径"或"柳氏（屯田）家法"。此仅见其具体技法而未知其总体风貌之论也。笔者以为，从根本审美艺术倾向上着眼，无论称"屯田蹊径"还是"柳氏（屯田）家法"，都应是指柳永以通俗俚浅的语言和民众喜爱的艺术形式去反映当时都市生活和新兴市民阶层的思想情趣这样一种独特的创作路子。

　　柳永与同时代士大夫雅词派不同的独特创作路子，首先在大力开发和创造长调慢词形式这一点上鲜明地表现出来。

　　追溯音乐史可知，自唐至宋，燕乐系统的乐曲一直有短调小令和篇幅较长的慢曲两大类。但自中唐至宋初的漫长岁月里，文人按谱填词时，由于近体诗格律形式的影响和士大夫审美习惯的驱使，同时也由于酒边花前即兴行酒令写短章以供妓女当筵演唱的环境限制，只利用和发展了由"五七字语"（近体律绝的基本句式）组合而成的小令形式，而忽视和埋没了潜藏于教坊与市井民间的生命力很强、发展前途很大的慢曲子。实际上，宋人所称的"今体慢曲子"这种声调比"急曲子"舒缓延长因而篇幅也相应加长的形式，自唐开元以来就已大量存在。但唐五代文人词中用这种慢曲子填制的长调，仅有杜牧《八六子》、薛昭蕴《别离难》、尹鹗《金浮图》、后唐庄宗《歌头》等寥寥数篇。到了北宋真宗、仁宗朝，由于都市经济与文化的高度繁荣和日益庞大的市民阶层的迫切需求，适应市民生活内容和审美要求的慢曲长调获得了迅猛发展的时代机遇。清人宋翔凤《乐府余论》谓：

> 词自南唐以后，但有小令。其慢词盖起宋仁宗朝。中原息兵，汴京繁庶，歌台舞席，竞赌新声。（柳）耆卿失意无俚，流连坊曲，遂尽收俚俗语言，编入词中，以便伶人传习。一时动听，散播四方。其后东坡、少游、山谷辈，相继有作，慢词遂盛。

这段追述，大致符合历史实况。在文人词的领域里，第一个大量吸取市井民间之"新声"以建立慢词体制的宗匠，就是市民气十足的叛逆文人柳永。柳永的这一艺术选择，于文人士大夫的作词传统是一种背离，但对于当时汹涌的市民文化潮以及整个宋代文学的发展大势，则是一种适时适势的顺应和推动。为什么这样说呢？

第一，宋代写词的多半是文人士大夫，但唱词的多半是市井坊曲之妓，听词的也多半是普通市民。他们要求词人写一些与他们的心理、情趣及实际生活合拍的东西，以便唱的唱得顺畅，听的听得懂，听得舒服愉快。这就需要词更加向口语靠近，同时更要加长篇幅，以便具体描绘人物心理和铺叙都市风光与市民生活。用民间流传的"今体慢曲子"来填写长调慢词，是解决此项需求的重要途径。而高高在上、根本瞧不起市井俗流并且只习惯于用短章小令含蓄概括地抒写士大夫闲情逸致的晏殊等人，是不可能也不愿意来参与这种开拓革新工作的。仕途失意流落市井坊曲的柳永，却因其才之所长、性之所近与身之所处，乃与乐工歌妓打成一片（如同后来元代的"浪子班头"关汉卿那样），潜心琢磨新声新曲，做起宋代俗文学的开山祖师来。叶梦得所记"教坊乐工，每得新腔，必求（柳）永为辞，始行于世"（《避暑录话》），就是指的这种顺应俗词潮流、创作新声长调的活动。柳永自己写的慢词中就不止一次地描述过歌妓央求他填写新词的情况："罗绮丛中，偶认旧识婵娟……珊瑚筵上，亲持犀管，旋叠香笺。要索新词，䴙人含笑立尊前。按新声、珠喉渐稳，想旧意、波脸增妍。"（《玉蝴蝶》"误入平康小巷"）他甚至写到，为了填好新词，自己索性住进"歌姝"们的"画楼"、"兰台"，与她们一道推敲修改曲词："省教成、几阕清歌，尽新声，好尊前重理"（《玉山枕》"骤雨新霁"）；新词填成之后，还要与歌妓一道反复修改，甚至扯了重写："新词写处多磨，几回扯了又重按"（《西江月》"师师生得艳冶"）。拿这样的"深入生活"、与市民阶层亲密相处所写出的新声长调与晚唐五代咏妓的文人短章小令对比，一眼就看出它们不但形式大不相同，而且内容与风格也判然而异：前者叙事详尽，抒情明畅而细密，还有曲折尽致的人物心理刻画；而后者则只有一些简略含蓄的意象和美人香草的比兴之笔，抒情写意极为概括和凝练。这样，柳永就以他谐俗顺流的慢词创作，在传统文人词中另立新的一体，使词又恢复了民间传统的活力。

　　第二，柳永创制慢词，促成慢词体制成熟与兴盛的举动，正与宋代文学发展的大趋势相一致。宋代是我国古代文学史上文体、文风与文学特质开始发生大变革的时代。由唐入宋，中国的文学艺术之神，大踏步地从贵族的殿堂、儒生的书斋和高人雅士的山林跨向世俗的社会。前此，主要是文人士大夫清高典雅的吟唱；自宋以来，则更多地走向市俗化、市井化。相应的，文学体裁也不再是正统诗文的一统天下，而出现了更适宜于市井说唱和欣赏的多种文学样式，如曲词、杂剧、话本、讲史等等。就连正统诗文，也发生了顺应潮流的某种变革。与世俗化、通俗化的大趋势相一致，各种文体大都由凝趋散，由深奥藻饰衍变为浅近明白。比如，文章由奇险艰涩衍变为平易流畅，由晚唐五代尚艳冶的骈体衍变为以欧阳修、苏轼为代表的朴实自然的散体；五七言诗歌由专写精约的五七言律绝的晚唐体、西崑体衍变为以文为诗大放厥词的欧、梅、苏体；小说由唐以来文言体的简约古雅的传奇志怪衍变为白话体的叙事详赡通俗易懂的话本。词的发展趋势，也大致与其他文体的解放同步。吸取民间文艺的养料，按照表现世俗生活的要求来创制长调慢词，以促成词体的解放和前进，这是柳永对宋代文体变革的巨大贡献。柳永利用市井"新声"创制慢词的成功之举，还遥为金元曲子之先声，启示了后来以关汉卿等人为代表的市井文艺流派。这是另一个研究课题，这里点到为止。

　　从以上两点可以清楚地看到，柳永作词，与沿袭"花间"、南唐小令词风的"宋初体"对立，与晏欧士大夫"雅词"派异趋，而另创以长调慢词为主要抒写工具、以市民意识市民生活为主要抒写内容的"柳耆卿体"（陈廷焯《白雨斋词话》列唐宋词十四体派，竟无柳耆卿体，而仅将"柳词高者"附于比柳晚出的"秦淮海体"，可谓倒置源流，故此特为表出），在当时的文化、文学背景下，不仅具有一般的新词体、新词风和新词派的衍生意义，而且在一定程度上标示着宋词与宋代文学由雅趋俗、由凝趋散、由上层社会走向市井民间的时代趋势。过去论柳永，多就风格论风格，就体制论体制，就"家法"论"家法"，缺乏文化与文学大背景下的宏观考察，以致对柳词难以进行历史定位和准确衡估。现在是到了摆脱传统词论的影响，对于柳词在唐宋词史上的里程碑地位予以充分肯定的时候了。

柳耆卿体的主要特征是什么？自宋以来的词话家有许多褒贬不一、说法颇多的评点和阐述。我愿删繁就简，仅以一字概括之，曰：俗。过去的一些论者，不满于宋人的崇雅黜俗之论，有心要为柳永在词史上争一席之地，遂将柳词划分为雅、俗二类，以此来说明柳永也写有质量很高的雅词，在词史上无愧为大家。将柳词分为雅、俗二类，粗看并无不妥，但这种做法及其动机，仍未摆脱封建士大夫"雅词"审美观的框框。超脱这种旧的词学审美观，我们要问一句："俗"有什么不好？从旧的词学审美观来考察，柳词确可大略划为雅、俗二类，但是，使得柳永及其词派成为唐宋词中的"这一个"而不是另一个（比如张先、苏轼或姜夔等）的，主要不是他的雅词，而是他那些"凡有井水饮处即能歌"的大量俗词。而且，进一步仔细分辨我们还可以发现，他的被称为"雅词"的那部分作品，也与宋代一般被人颂扬的其他人的雅词有所不同，而是或多或少地带着为柳永所独有的"俗"的色彩。让我们看看这首人所熟知的《八声甘州》：

> 对潇潇暮雨洒江天，一番洗清秋。渐风霜凄紧，关河冷落，残照当楼。是处红衰翠减，苒苒物华休。惟有长江水，无语东流。　不忍登高临远，望故乡渺邈，归思难收。叹年来踪迹，何事苦淹留。想佳人、妆楼颙望，误几回、天际识归舟。争知我、倚阑干处，正恁凝愁！

这首词，与柳永那些恋妓的俗词内容有异，所抒为羁旅之愁，所怀为"故乡"之"佳人"（大概是妻室）；风格也与其他俗词有所不同，属于叶嘉莹氏所谓"秋士易感"式的佳作。[39]其境界之高旷，连不喜柳词的苏轼，也禁不住要对之称赞几句。据宋赵令畤《侯鲭录》：

> 东坡云："世言柳耆卿曲俗，非也。如《八声甘州》云：'风霜凄紧，关河冷落，残照当楼'。此语于诗句不减唐人高处。"

此外吴曾《能改斋漫录》卷十六也记此赞语，却说是苏门文人晁无咎（补之）评"本朝乐章"时所发之论。未知孰是。不管是苏轼说的还是晁补之说的，总之从这段赞语可知以雅正自命的苏门文人对此词是持欣赏态度的。但即使是这样的雅词，也带有柳永式的俚俗之处。陈廷焯《白雨斋词话》卷五谓：

> 如柳耆卿"对潇潇暮雨洒江天"一章，情景兼到，骨韵俱高。而有"想佳人妆楼长望"之句。"佳人妆楼"四字连用，俗极！亦不检点之过。……此类皆失之不检，致使敲金戛玉之词，忽与瓦缶竞奏。白璧微瑕，固是恨事。

陈廷焯的贬斥态度我们当然不取。但他却比一般词论家更敏锐地看出了此词亦有浅俗处，不可谓无识。"想佳人，妆楼颙望"（按"颙"字吴重熹本《乐章集》作"长"，此据《疆村丛书》本）云云，确为秦楼楚馆常用的市井之语。但说其"俗"则可，斥其"不检点"则未必。柳永正是有意用此等明白直致的俗语，方能真切而深挚地写出游子的心绪和情感，赋予上片高旷的悲秋情怀以极为实在的生活内容，这样就增强了全词的感染力。柳永的不少"雅词"都不同程度地具有这样的雅而不避俗的特点。又如另一名篇《雨霖铃》，上片写长亭送别，其中所用的"执手相看泪眼"等句，皆为市井浅俗之语，但下片写离别后的孤寂无聊，忽用"今宵酒醒何处，杨柳岸、晓风残月"，则景中寓情，充溢着诗人的雅趣。这种雅俗并陈，雅中带俗的作风，实际上反映出当时少数文人中已有了将传统士大夫雅文化与都市俗文化兼蓄而并包的思想倾向。

柳永词之"俗"，不仅仅是采民间新声，创慢词俗调，用俚俗语言，用俗文学表现手法，更在于他习染市民意识，变成了都市浪子，整个思想境界偏离了士大夫的传统观念，抒情写意时常以市民文化的代言人自居，因而出现在柳词中的柳永的自我形象，已经不是传统士大夫和书香子弟的形象，而是历史上尚未见过的市民文艺家的形象。他的词中常说："红颜白发，极品何为"（《看花回》）；"狎玩尘土，壮节等闲消"（《凤归云》）；"绮陌红楼，往往经岁迁延"（《戚氏》）；"名缰利锁，虚费光阴"（《夏云峰》），如此等等，完全不是高人雅士的口吻，而纯然是都市里及时行乐、好货好色的意识十足的浪子文人的口吻。"花间"鼻祖温庭筠的个人行为有类于此，但温氏并不在诗词中表达这类思想，可见其内心里仍不一定以都市浪子的处境为然。在文学作品里抒写自我的市民意识，以市民文艺家自居，当自柳永始。他的那首为士君子訾议的俗词《传花枝》，便是对浪子文人和市民文艺家自我形象的生动完整的刻画，甚至可以说是一曲都市梨园班头的颂歌：

> 平生自负，风流才调。口儿里、道知张陈赵。唱新词，改难令，总知颠倒。解刷扮，能哄嗽，表里都峭。每遇着、饮席歌筵，人人尽道。可惜许老了。　　阎罗大伯曾教来，道人生，但不须烦恼。遇良辰，当美景，追欢买笑。剩活取百十年，只恁厮好。若限满、鬼使来追，待倩个、淹通著到。

读这首词，我们立即就联想到元代"书会才人"（都市俗文艺作家）首领关汉卿那著名的套曲《南吕一枝花·不伏老》。的确，柳永堪称书会才人的老祖宗。他这首俚俗得十分到家的慢词，以市井口语自写民间通俗文艺家洒落旷达的情怀。抒情主人公多才多艺，风流自负，混迹于市井歌筵舞席，虽生活失意，年纪老大，却以乐观顽强的态度对待人生，表现出不服老的精神和都市文人及时行乐的颓放情态。这种疏离于士大夫主流意识形态之外的俗文艺家的自我形象，在柳永之前的词中从未出现过，在柳永之后的词中虽偶有所见，但远不及柳永所写的这样集中、鲜明而具有高度典型性。这种俗文化大师的精神气度，要到元代时才在关汉卿等人那里得到全面的再现和发扬。由此可见，柳永以其反传统的新型市井文化人的姿态，自立于士大夫高人雅流之外而另成一家，他的词也因此而自立于宋代雅词之外，另成一派。

柳永词中正面地塑造和张扬自己反传统的人格形象的作品毕竟不多，他的市民意识和市民文化情趣，更多地表现在大量的为市井细民写心——即代言体的歌咏市民妇女（主要是市井妓女）生活和心理的慢词之中。唐五代至宋初的文人令词中确已有过许多描写妇女形象与生活的作品，但那些妇女多是贵族官僚之家的闺中人或官妓、家妓等地位较高的妓女，其生活与心理皆与市民妇女有所不同，而且经过骚人墨客的笔头，那些妇女的举动、言语及心理等，已被相当程度地"士大夫化"——亦即"雅"化和

"儒"化了。柳永笔下的妇女形象则是市俗化与市井化的，这些形象，在敦煌曲子词中可以找到一些影子，但更多地带有宋代都市文化的烙印。她们并不受传统封建礼教的限制和儒家"妇德"的约束，不同于传统文人诗词中那些温柔敦厚、怨而不怒和逆来顺受的妇女形象（例如前文所举冯延巳、大小晏、欧阳修词中那些妇女形象），而表现为大胆、奔放、泼辣，人格有一定的觉醒，敢怨敢怒，不甘心由别人摆布自己的命运，不愿谨遵"妇道"，而比较看重并努力追求现实的欢爱和利益。我们在前文引证过的那首为晏殊所嗤笑的《定风波》词，其中那位大骂"薄情一去，音书无个"，发誓要"把雕鞍锁"的市民妇女，就是一个比较典型的不合传统规范的形象。现在再看《锦堂春》一阕：

> 坠髻慵梳，愁蛾懒画，心绪是事阑珊。觉新来憔悴，金缕衣宽。认得这疏狂意下，向人诮譬如闲。把芳容整顿，怎地轻孤，争忍心安！　依前过了旧约，甚当初赚我，偷剪云鬟。几时得归来，香阁深关。待伊要、尤云殢雨，缠绣衾、不与同欢。尽更深、款款问伊："今后敢更无端？"

词中这位市民妇女不愿因丈夫（或情人）的"疏狂"和薄情而久久沉溺于感伤憔悴之中，她振作精神，重新打扮，动心思要报复和教训薄情郎。比起《定风波》中那个女子，这个女子更加泼辣、精明和心思细密。那一位在抱怨之余只会天真地设想要把"薄情"关在屋子里，不再放他出门；这一位却明白收人先收心，预先连惩罚、教训"他"的具体步骤都设计好了：第一步，他要再来涎皮赖脸地求欢寻爱，就闭门不纳，独自裹被而卧，不予理睬，以促其反省；然后，第二步，待更深人静，对方在僵持与冷淡中觉得后悔、渴求温情之抚慰时，再从容不迫地数落责备他，令其在惭愧惶惑中就范。这些细致而真实的描写，表明柳永对市民生活了解之深，同时从一个重要的侧面反映出柳词市民情味之浓。

　　在文学历史上，每出现一个能从自身的艺术创新多多少少推动和促进文学的发展的流派，总是因为那些创派的作家在特定的时代文艺思潮的推动下，超越旧的艺术传统和规范，提供了前代和同时代所没有的新东西。柳永，就是这样的创派大家。他受当时都市文化大潮的推动，沾染市民意识，跳出传统文人词的窠臼，沉浸于都市文化与艺术的海洋中，充分汲取其营养，从形式与内容两方面为词坛提供了新的东西。从形式上看，他的《乐章集》里所用的一百三十个曲调中，只有《玉楼春》、《清平乐队》、《河传》、《西江月》、《浪淘沙令》等等十余调是晚唐五代的"旧声"，而《戚氏》、《柳腰轻》、《过涧歇》、《倾杯》、《合欢带》、《小镇西》、《如鱼水》、《夏云峰》、《驻马听》、《竹马儿》、《内家娇》、《引驾行》、《曲玉管》等等，则全为"市井新声"或唐教坊曲的"旧曲翻新"。从内容、风格等方面看，他引入词中的市民意识、市民情调、都市风光、俚俗风格乃至浅俗直白的口语等等，使词的艺术宝库一时光彩四射，美不胜收。他的贡献远远不止于增加了一种新风格、新体式和新流派，而是使宋词的艺术发展从词调、题材内容、风格类型到具体手法都进入了一个全新的阶段。

二、"柳耆卿体"：对词体发展及词的艺术手法的大贡献

上文提到柳永作词，衍成了不同于"花间"体、南唐体和宋初晏欧体的"柳耆卿体"。所谓"柳耆卿体"，是指带有柳永强烈的个性特征的一种新型词体。这是一个复合的概念，它大致包含：一、思想内容上鲜明的市民意识、大量的都市生活题材；二、风格趋向上以俚俗为其主要特征；三、以从民间汲取乐曲新声创制的长调慢词为主要的表现形式；四、"以赋为词"的一整套铺叙手法。柳永是一位音乐素养与辞章修养兼备的文艺天才，一位同时具有创调与创意的双重智慧的宗匠。当他活跃于词坛时，文人士大夫之流一方面不满意于他"骫骳从俗"的艺术倾向和流连市井坊曲的"冶荡"行为，但另一方面却不得不暗中钦佩和认可他在艺术体制、艺术手法上的杰出创造与开拓。于是，在"柳耆卿体"的社会传播和接受史上出现了一个奇特的现象：人们竞相訾议和排拒柳词俚俗的风格和"俗艳"的内容，痛心疾首地讨伐其市井化、市民化的叛离倾向，但对于他在表现形式、表现手法上的天才创造，却几乎"照单全收"地学习、汲取和继承下来。对于"柳耆卿体"中的三、四两个层面的东西，因其为艺术形式、艺术技巧方面的创获，虽与风格和内容不无关联，但毕竟有独立存在的价值，所以自宋及清，即使审美观念上尚雅黜俗的词论家们也乐于总结之、褒扬之，并单独冠以"柳氏家法"、"屯田蹊径"一类的名目。自北宋中期以来，柳永始创的长调慢词的体式和"以赋为词"的章法技法，实际上成了整个词坛各家各派共同享用的艺术财产。这是柳永这个创体创派的

大家对于词史的大贡献。

首先，从词体进化的角度来看，柳永适时适势地提供了词的艺术发展急需的新形式——长调慢词。文人词中小令独行的单调而沉闷的局面，起始于中唐，绵延于五代、宋初，到了柳永之时，已维持了二百多年之久了。染指既多，自成习套，内容已千篇一律，章法技巧、修辞用字等更是陈腔滥调迭出不穷，新意新境难以再创。人们常常提到南唐的冯延巳与宋初的晏殊、欧阳修，三人的作品往往相混，这一方面固然是晏、欧同派且都学冯所致，但另一方面何尝不表明：单一的小令体制已到了山穷水尽疑无路的地步！这时如果没有新的形式、新的体制出而补充或替代，则词的发展定会停滞，甚至会就此萎缩消亡。与文人士大夫中间盛行的小令同时而潜在于民间的，是艺术生命力与负载力极强但尚处于粗糙原始状态的慢词。照理，文人才士要发展词的艺术，早就该把手伸向民间，择取和改造、提高新形式了。可是这种文艺发展的客观需求却在文人士大夫那里遇到了两重主观的障碍：一是这些自命高雅的上层诗客们鄙视市井民间"俗物"，对于市井新声长期采取不屑一顾的态度；二是纵有一些有识之士可能想到这个路子，但也缺少从事此项创造所需的能力和机会。试想，五七字句的小令，其格式与声律颇近于近体诗，这自然是长于作诗的士大夫们所易于掌握和采用的，而所谓"慢曲子"篇幅既长，乐句之曲折变化更多，较之小令更难于熟练掌握，要学会这种形式，一须有相当的音乐修养，二还得深入市井坊曲见习琢磨，通过长时间的观摩仿作，把此种形式转换到自己手中。当时的士大夫恐怕十之八九难于兼备这两个条件，故尔迟迟无人对慢词问津。而柳永，一则禀赋音乐才能，二则思想观念上能突破士大夫"风雅"的迂见，三则失意无聊、混迹秦楼楚馆，有了发挥自己专长的机会和场所。于是他的主观条件丝丝入扣地切合了时代的客观要求，大量地运用长期受到文人士大夫鄙薄和忽视的慢调俗曲来谱写新歌词。从柳永本人来看，他之所以爱上并经常使用这种为市民群众所喜闻乐见的艺术形式，是为了更好地反映他所熟悉和喜爱的都市风光、都市生活、恋妓之情及个人羁旅飘泊之愁、身世浮沉之悲等等，是一种非常"自我"和偏向于市井俗文化的艺术创造。但这种形式上的开拓与创辟，无疑适应了当时普遍的审美需求，并显示了词体进化和发展的新动向。他在艺术表现新形式上的成功创造，已经超出了一体一派的范围，而为整个词坛（包括众多的思想意识与审美趋向上与他格格不入的"雅词"作者）提供了驰骋才力的艺术工具。诚如龙榆生所言："由于他（柳永）有深厚的文学素养，对付这些格律很严的长调，不论抒情写景，都能够运用自如；这就使一般学士文人对这些民间流行的曲调，不再存轻视心理，而乐于接受这种新形式，从它的基础上予以提高。如果不是柳永大开风气于前，说不定苏轼、辛弃疾这一派豪放作家，还只是在小令里面打圈子，找不出一片可以纵横驰骤的场地来呢！"（《词曲概论》第五章：《慢曲盛行和柳永在歌词发展史上的地位》）

其次，从表现手法的多样化来看。赋、比、兴为我国传统诗歌的三种基本表现手法。词的发展初期，文人习用小令，多用较为含蓄的比兴手法。然而赋的手法更为长调慢词所急需。柳永一反文人词的传统，打破小令的"一统天下"，大量创制长调慢词，这就给赋的手法提供了用武之地。近年词学界有人总结柳词的基本手法为"以赋为词"，这是抓住了柳永艺术创新的关键。"以赋为词"是"变旧声作新声"的需要。所谓"以赋为词"，其完整的含义应是如近人夏敬观所言："用六朝小品文赋作法，层层铺叙，情景兼融，一笔到底，始终不懈"（《手评〈乐章集〉》）。只不过，夏氏将柳词分为"雅、俚二类"，而谓赋法为其雅词之基本手法，而我们则认为，柳词无论雅、俚，皆用这一基本手法，皆有"层层铺叙"之优长。赋，作为文体，要求"铺采摛文，体物写志"（《文心雕龙·诠赋》）；作为表现手法，要求"敷陈其事而直言之"（朱熹《诗集传·国风·葛覃》注）。在柳永的长调慢词中，这种文体特征和表现手法都得到了淋漓尽致的发挥。自宋以来，论者或谓其"铺叙展衍，备足无余"（李之仪），或谓其"序事闲暇，有首有尾"（王灼），或谓其"铺叙委宛，言近意远"，"总以平叙见长"（周济），或谓其"细密而妥溜，明白而家常，善于叙事，有过前人"（刘熙载），如此等等，都是确认其"赋"法之优长的，不必细举，赋法为慢词的基本表现手法，而其奠基者则无疑是柳永。蔡嵩云《柯亭词论》有云："宋初慢词，犹接近自然时代，往往有佳句而乏佳章。自屯田出而词法立，清真出而词法密，词风为之丕变。"信然。慢词之赋法，为柳永所始创，是地道的"柳氏家法"，但其优长显示出来之后，逐渐为后来的各派慢词名家所采用和消化，又成了词坛的"公"法。柳永所创之调与所立之法，都为其后的词体文学创作提供了基本的样式与法则。从词体、词法的角度看，柳永在词史上所开创的，不只是一个流派，而是一个时代。以往对柳永的评价，即使全力褒扬他的，也偏低了。当然我们必须指出，柳氏词法究属草创，尚多不足。赋若不参以比兴，则少寄托而欠含蓄；铺陈时若不在章法上求变化，则少曲折回环之趣而易致一泻无余。这也正是柳氏词法美中不足之处。这些不足，有待于秦少游、周清真之辈来圆满解决了。

鉴于历来的词论对于柳永的创调之功与慢词技法并无多少异议，而对于柳词的题材内容、风格情调及审美趣味等却贬多于褒、抑多于扬的情况，这里有必要就柳词多方面的开创再说几句话。柳永对词的奉献，绝不仅仅在艺术形式与技法方面。宋词中第一个开拓题材、扩大词境的，并非苏轼，而是柳永。柳词中的都市风光、名山胜水、太平盛世繁华景象及失意士子羁旅之愁等等题材，就为唐五代、宋初词中所没有或很少有。他的风格，也并非全倒向"十七八女郎"柔婉绮靡一路，而另有不少健朗清壮、高旷雄浑之作，特别是他那些大笔挥洒地描写都市胜景和山水风光、畅写身世之感及今昔之慨的长调名篇，其风格岂能以"婉约"或什么"绮罗香泽之态、绸缪宛转之度"去硬套？他这些作品的雄健气度和大开大合的笔法，已经被后起的苏轼、辛弃疾等人所吸取和借鉴过去。可是人们却一直把他视为纯粹的"婉约派"，而认定"豪放"词风是苏轼创立的，这既过高地估价了苏轼在词史上的地位，同时对柳永也是极不公平的。再如宋词中的怀古词究竟是如何来的，人们只愿从王安石的《桂枝香》金陵怀古说到苏轼的《念奴娇》赤壁怀古，却无视柳永的《双声子》苏州怀古——其实只要不怀偏见就该承认，柳永这一首才是宋代怀古词之祖。

此外，人们谈到柳词中男女之情写得太多。这是事实。但如果要说这是一病的话，那么一整部唐宋词史的通病就是"风云之气少，儿女之情多"。这是由如前所述的特殊历史文化因素造成的，不必苛责柳永等少数几个人。况且，情爱乃是文学的"永恒主题"之一，词这种形式本就宜于表现此种内容，问题在于怎么写。正是在这一点上，柳永是有瑕疵的——毛病不在于他写得俚俗浅白了，而是有一些作品格调低下，不是浅俗而是庸俗，且带有色情味。但这不是他的恋情词的主要方面，其主要方面是：对于市民的新的生命价值观的充分肯定，对于情爱自由的正当追求，对于被侮辱被损害的歌妓的真挚爱情和深刻同情。这正是柳永恋情词的最可宝贵的灵魂。

从内容、风格、形式几方面来综合考察，柳永及其一派词，符合于中国古代文学自宋代以来由雅趋俗、由贵族化走向平民化的大潮流，尽管在词的发展中与那一股日益使歌辞文学士大夫化、雅化的小潮流相背离。

三、北宋中后期的柳派词人

历史资料表明，柳永的俗词范式产生之后，以比当时任何一位词人都受世俗社会欢迎的态势，迅速而广泛地获得了众多的接受者，形成过一个自北宋中期延续到靖康南渡之后的庞大的俗词流派。宋王灼《碧鸡漫志》记述柳词"浅近卑俗，自成一体，不知书者尤好之"，又谓"今少年……十有八九不学柳耆卿，则学曹元宠"。严有翼《艺苑雌黄》谓柳词："言多近俗，俗子易悦。"徐度《却扫编》亦谓柳词"流俗之人尤喜道之"，虽苏轼等出而"柳氏之作殆不复称于文士之口，然流俗好之者自若也"。宋张端义《贵耳集》更谓柳词在当时"虽颇以俗为病，然好之者终不绝也"。综合这几位宋人的记述，可以肯定：一、柳词在当时受到极为广泛的欢迎和传播；二、柳词受到欢迎的主要原因是风格浅俗，"俗子易悦"；三、当时民间作歌词者大多数（十有八九）都学柳永，即使苏轼等人崛起、文士们不再有人称赞柳词之后，民间词人仍"好之者自若"；四、即使到了词风词派几度变异的南宋后期，对于柳永，词坛上仍"好之者终不绝"（按：张端义为南宋后期人）。由此可见，在宋代曾经形成过一个以民间词人为主的阵容颇为庞大的学柳的词派。令人痛心的是，这个俗词流派，一直受到排斥、冷落和打击。宗主柳永，生前坎坷落魄，流浪四方，死后还一直被骂，其作品也被士大夫者流拒之门外（例如南宋曾慥编《乐府雅词》，不选柳词；黄昇《花庵词选》虽略选一些柳词，也要注明柳永"长于纤艳之词，然多近俚俗"）。至于众多学柳永作词的"流俗之人"、"市井之人"及"不知书者"，则绝大多数不但未能留下作品，连名字也不为人知了。但宋代确曾出现过这么一个独特的俗词流派，文学史也应该记下这个词派。由于资料的缺乏，描绘这个词派的全貌已属不能。唯王灼《碧鸡漫志》卷二评介的沈唐、李甲、孔夷、孔榘、晁端礼、万俟咏六位"源流从柳氏来"的北宋中后期词人，尚有传记材料及部分作品可考。今依王灼列名的次序，对这六位柳派词人略加评介。

沈唐（生卒年不详），字公述，为韩琦门客，始为楚州职官，熙宁间辟充大名府签判，后改辟渭州签判，卒于官。其词仅存五首（《全宋词》四首，《全宋词补辑》一首），其中四首为长调。今举其学习柳永铺叙手法描画都市风光人物的《望海潮·上太原知府王君贶尚书》：

　　山光凝翠，川容如画，名都自古并州。箫鼓沸天，弓刀似水，连营十万貔貅。金骑走长楸。少年人一一，锦带吴钩。路入榆关，雁飞汾水正宜秋。　　追思昔日风流。有儒将醉吟，才子狂游。松偃旧亭，城高故国，空余舞榭歌楼。方面倚贤侯。便恐为霖雨，归去难留。好向西溪，恣携弦管宴兰舟。

　　将此词与柳永咏杭州的同调词相比较，不难看出沈唐在风格情调、章法结构乃至造语用字诸方面，皆有得于"柳氏家法"。

　　李甲（生卒年不详），字景元，华亭（今上海松江）人。哲宗元符中为武康（今浙江德清）令。善画翎毛，兼工写竹。存词九首，其中八首为长调。今举其《击梧桐》一首：

　　杳杳春江阔。收细雨、风蹙波声无歇。雁去汀洲暖，岸芜静，翠染遥山一抹。群鸥聚散，征航来去，隔水相望楚越。对此、凝情久，念往岁上国，嬉游时节。　　斗草园林，卖花巷陌，触处风光奇绝。正恁浓欢里，悄不意、顿有天涯离别。看那梅生翠实，柳飘狂絮，没个人共折。把而今、愁烦滋味，教向谁说？

　　孔夷（生卒年不详），字方平，汝州龙兴（今河南宝丰）人。为孔子四十七代孙。隐居山林，绝意仕进，与苏门文人李廌为诗酒侣，有号曰滍皋渔父。词存三首。黄昇谓其词"词意婉丽，似万俟雅言"（《花庵词选》）。孔榘，字处度，为孔夷之侄，叔侄二人齐名。词存二首。今从孔氏叔侄二人之词中，选录孔夷的一首颇有柳永羁旅行役词风味的《南浦·旅怀》：

　　风悲画角，听单于、三弄落谯门。投宿骎骎征骑，飞雪满孤村。酒市渐闲灯火，正敲窗、乱叶舞纷纷。送数声惊雁，下离烟水，嘹唳度寒云。　　好在半胧溪月，到如今、无处不销魂。故国梅花归梦，愁损绿罗裙。为问暗香闲艳，也相思、万点付啼痕。算翠屏应是，两眉余恨倚黄昏。

晁端礼（1046—1113），字次膺，济州巨野（今属山东）人。熙宁六年（1073）进士，任单州城武主簿，瀛州防御推官，历知平恩、莘县。忤上官，罢职。徽宗时，以承事郎为大晟府协律，卒年六十八。有词集《闲斋情趣外篇》六卷，共一百三十余首，为王灼所列柳派六词人中存词最多的一位。且精于音律，善于创调，成就较高。其词多慢词，风格在柳永和周邦彦之间，唯才情较柳、周二人为弱。今仅举其名篇《绿头鸭·咏月》：

> 晚云收，淡天一片琉璃。烂银盘、来从海底，皓色千里澄辉。莹无尘、素娥淡伫，静可数、丹桂参差。玉露初零，金风未凛，一年无似此佳时。露坐久，疏萤时度，乌鹊正南飞。瑶台冷，栏干凭暖，欲下迟迟。　念佳人、音尘别后，对此应解相思。最关情、漏声正永，暗断肠、花影偷移。料得来宵，清光未减，阴晴天气又争知。共凝恋、如今别后，还是隔年期。人强健，清尊素影，长愿相随。

万俟咏（生卒年不详），字雅言，自号大梁词隐。游上庠不第。徽宗时曾任大晟府制撰。南渡初补下州文学。有《大声集》五卷，周邦彦、田不伐皆为作序，今集与序均失传。近人辑得其词二十九首，凭此难以窥其全貌。王灼《碧鸡漫志》于柳派六人中对万俟咏评价最高，称："就中雅言又绝出"，又谓其作词"每出一章，信宿喧传都下"。黄昇《花庵词选》又谓其词"平而工，和而雅"。但观其编集时先自分"雅词"、"侧艳"两体，后又削去侧艳之作，再分"应制"、"风月脂粉"、"雪月风花"、"脂粉才情"、"杂类"五体的情况（见《碧鸡漫志》卷二），则其原作中除雅词之外，俗艳之词必多，其基本情调与风格，应与柳永无大异。今仅举其长调名篇《三台·清明应制》为例：

> 见梨花初带夜月，海棠半含朝雨。内苑春、不禁过青门，御沟涨、潜通南浦。东风静、细柳垂金缕。望凤阙、非烟非雾。好时代、朝野多欢，遍九陌、太平箫鼓。　乍莺儿百啭断续，燕子飞来飞去。近绿水、台榭映秋千，斗草聚、双双游女。饧香更、酒冷踏青路，会暗识、天桃朱户。向晚骤、宝马雕鞍，醉襟惹、乱花飞絮。
> 正轻寒轻暖漏永，半阴半晴云暮。禁火天、已是试新妆，岁华到、三分佳处。清明看、汉宫传蜡炬。散翠烟、飞入槐府。敛兵卫、阊阖

门开，住传宣、又还休务。

除了上述六人之外，生活于北宋末南宋初的两位柳派词人左誉、康与之也值得一提。

左誉，字与言，号筼翁，天台（今浙江临海）人。徽宗大观三年进士，官至湖州通判。曾恋钱塘名妓张秾，为之作了不少柳永式的香艳之词，其中有"盈盈秋水，淡淡春山"以及"堆云剪水，滴粉搓酥"等名句，都人为之作"晓风残月柳三变，滴粉搓酥左与言"之对（见宋王明清《玉照新志》卷四）。由此可见其词风。高宗绍兴初，他到杭州求官，游西湖，忽逢已经委身于"立勋大将"的张秾，遂拂衣东渡为僧。其孙编次其遗词为《筼翁长短句》，欲以刻行，求王明清为序。其书后失传。

康与之，字伯可，号顺庵，洛阳人，居滑州（今河南滑县）。建炎初，高宗驻扬州，与之上《中兴十策》，名震一时。后媚事秦桧，为秦门下十客之一。专为应制歌词。官军器监。秦桧死，与之编管钦州，移雷州，再移新州牢城，卒。其人品极坏，词却颇有成就，其词音律谐婉，多杂俗白之语，风格追随柳永，为南宋学柳第一名家。有《顺庵乐府》五卷，不传。近人所辑佚作二十五首，仅为原帙的小部分。南宋人论其词，往往"康柳"并称，如张炎谓"康、柳词亦自批风抹月中来"（《词源》），沈义父谓"康伯可、柳耆卿音律甚协，句法亦多有好处，然未免有鄙俗语"（《乐府指迷》）。今仅录其通俗而不鄙俗的小令《长相思》一首：

南高峰，北高峰，一片湖光烟霭中。春来愁杀侬。郎意浓，妾意浓，油壁轻车郎马骢。相逢九里松。

注　释：

①夏树芳：《刻宋名家词序》，据汲古阁本《宋六十名家词》。

②转引自村上哲见《唐五代北宋词研究》下篇《北宋词论》，杨铁婴译，陕西人民出版社1987年版，第148—149页。

③丹纳：《艺术哲学》第一编第二章《艺术品的产生》，傅雷译，人民文学出版社1983年版。

④夏承焘：《瞿髯论词绝句》增订本，"北宋词风"条，中华书局1983年版。

⑤叶梦得：《避暑录话》卷下。

⑥洪迈：《夷坚丁志》卷十二。

⑦吴熊和：《陆游〈钗头凤〉词本事质疑》，载《文学欣赏与评论》，浙江人民出版社 1982 年版。此文后被作者收为《唐宋词通论》一书（1989 年第 2 版）之附录。

⑧恩格斯：《家庭、私有制和国家的起源》，《马克思恩格斯全集》第 21 卷。

⑨参见袁行霈《长吉歌诗与词的内在特质》，文载台湾中研院文哲所编《第一届词学国际研讨会论文集》，1994 年出版。

⑩林庚：《中国文学简史》第十五章《文坛的新潮与词的发展》，北京大学出版社 1988 年版。

⑪以上关于都市文化的生成及其特点的描述，参考并采用了陈伯海《中国文化之路》第二章《文化精神的历史建构》中的一些基本观点。该书由上海文艺出版社 1992 年出版。

⑫这些统计数字，系据杨海明《论唐五代词》一文录出，特此说明。杨文载《唐宋词论稿》，浙江古籍出版社 1988 年版。

⑬苏轼：《与鲜于子骏书》，《东坡续集》卷五。

⑭江少虞：《宋朝事实类苑》卷三十八《诗歌赋咏》，上海古籍出版社 1981 年版。

⑮夏承焘：《唐宋词叙说》，《浙江师范学院学报》1955 年第 1 期。

⑯《中国大百科全书·中国文学》下册，中国大百科全书出版社 1986 年版，第 872 页。

⑰张舜民：《画墁录》，文渊阁四库全书本。

⑱"骫骳从俗"为苏门文人陈师道《后山诗话》评柳词语。骫骳（wěibèi），委曲宛转。骫骳从俗，当指柳永作词完全依从都市俗文化的口味和倾向，以尚女音，写情爱，多写俚俗艳冶之篇为能事。

⑲严有翼：《艺苑雌黄》，郭绍虞：《宋诗话辑佚》本，中华书局 1980 年版。黑点为引者所加。又见宋胡仔《苕溪渔隐丛话》后集卷三十九引。

⑳参见杨海明《唐宋词中的"富贵气"》，《文学遗产》1995 年第 5 期。

㉑吴处厚：《青箱杂记》卷五，中华书局 1985 年点校本。黑点为引者所加。

㉒魏泰：《东轩笔录》卷五，中华书局 1983 年点校本。按王安石本人其实也作小词，且也有恋情词，此不具论。

㉓邵博：《邵氏闻见后录》卷十九，中华书局 1983 年点校本。

㉔赵与时：《宾退录》卷一，上海古籍出版社 1983 年版。

㉕厉鹗：《樊榭山房文集》卷七，四部丛刊初编本。

㉖朱祖谋：《映庵词序》，载《映庵词》，中华书局 1939 年版。

㉗刘毓盘：《词史》第四章《论慢词兴于北宋》，上海书店 1985 年影印本，第 68 页。

㉘刘庆云：《江西词派之词学观论略》，《中国韵文学刊》1995 年第 2 期。

㉙夏敬观：《夏评小山词跋尾》，转引自龙榆生《唐宋名家词选》。

㉚以上晏殊生平官历，据《宋史》本传及欧阳修《居士集》卷二十二《观文殿大学士行兵部尚书西京留守赠司空兼侍中晏公神道碑铭》。

㉛欧阳修：《居士外集》卷二十三《跋晏元献公书》。

㉜吴世昌：《罗音室词跋》，《罗音室诗词存稿（增订本）》，商务印书馆香港分馆1984 年版。

㉝欧阳修：《居士集》卷二十二《观文殿大学士行兵部尚书西京留守赠司空兼侍中晏公神道碑铭》。

㉞李之仪：《跋吴思道小词》，《姑溪居士文集》卷四十，丛书集成初编本。

㉟胡仔：《苕溪渔隐丛话》后集卷二十引《复斋漫录》。《能改斋漫录》卷十一所记与此略同。

㊱关于晏幾道生卒年，史传缺载。夏承焘：《唐宋词人年谱》推测其约生于1030年，约卒于1106 年，学界多从之。近有人据晏氏宗谱确认其生卒年为1038—1110，又从该谱确知晏殊有九子，幾道为第八子。兹从之。参见《文学遗产》1997 年第 1 期涂木水文《关于晏幾道的生卒年和排行》。

㊲丁传靖：《宋人轶事汇编》卷七引《研北杂志》。

㊳叶嘉莹：《论晏幾道在词史中之地位》，《灵溪词说》，上海古籍出版社 1987 年版，第 189 页。

㊴叶嘉莹：《论柳永词》，同上书，第 137 页。

第四章 新体新派迭起的
北宋中后期词坛

北宋中后期是宋词体、派大裂变与大繁荣的重要时期。清代浙西词派宗师朱彝尊偏嗜南宋姜、张一派词，曾谓"词至南宋始极其工，至宋季而始极其变"（《词综·发凡》）。实际上，南宋词几个重要的流派，都是北宋中后期词派在新的时代环境中的延伸和衍变，南宋词名家的艺术渊源，大致都可以追溯到北宋。倒是浙派另一干将汪森对宋词流派衍自北宋这一点看得更为真切，他说："西蜀、南唐而后，（词）作者日盛。宣和君臣，转相矜尚，曲调愈多，流派因之亦别，短长互见。"（《词综·序》）只是他将流派剖分的时间定在徽宗宣和年间（亦即北宋末年），未免太晚了一些。自从苏轼创出"以诗为词"的士大夫化的"东坡体"，与俚浅俗艳的"柳耆卿体"对立，北宋词体派多元共存的格局就已形成。在宋神宗熙宁、元丰年间至哲宗元祐年间这一段时期，北宋文学的发展达到高潮，其全盛局面，堪与唐代开元、天宝时期媲美。而曲子词体派的分流曼衍，也自这一时期开始呈汹涌澎湃之势。以"东坡体"的崛起为主要标志的词体词派演进的历史运动，又是在北宋中叶政治改革与诗文革新大气候的带动和笼罩下开展起来的。

北宋中叶，以欧阳修为主帅的诗文革新运动，经过数十年的努力与斗争，取得了基本的胜利，宋代各种体裁的文学（如诗文等）开始表现出自己时代的艺术特点与文化风貌。同时，根源于富国强兵的历史需要的政治革新运动也以范仲淹庆历新政和王安石熙宁变法为标志时起时落地展开，各种社会集团、政治力量和文化阶层也为此而进行着长期曲折反复的斗争。这是一个充满动荡和新变的改革时代。政治、经济、文化领域的巨大变化不可能不波及文艺中的一个部门——词坛。词虽为"小道"，毕竟与时代思潮和文化人的精神脉搏相连相通。柳永在词的体制和题材范围的开辟，反映着新兴都市文化对传统士大夫文化的冲击和渗透，预示着文学的发展由雅趋俗的历史倾向。苏轼则是继欧阳修之后将诗文革新运动推向彻底胜利的文人士大夫作家群的无可争议的领袖，欧阳修没有想到或来不及进行的对词体文学的革新，要在他手里来实现。这位文化品位与思想见识高于柳永的文学革新大师，以士大夫意识和诗体革新的主张来改造体卑文小的曲子词，将这种民间流行的文艺样式纳入主流文化之中。他也终于完成了这一历史任务。他的词体革新虽在当时引起了很大的争议，但在整个词史上来看，却为以后的创作开了广大法门，启示了新的风格、新的流派，促成了宋词体派的多元共生与众芳竞艳。在各体文学全面繁荣的北宋中后期，特别是苏轼主盟文坛的元祐时期，与诗文领域名家如林、流派竞起的大趋势相同步，词坛也呈现了令人目不暇接的新体新派迭出、名家如群星争辉的壮观场面。

第一节　东坡体——完整意义上的士大夫之词和诗人之词

关于苏轼及其所创"东坡体"以及北宋晚期以来学苏的流派在词史上的作用和地位问题，词学界长期纠缠于"正"与"变"、"刚"与"柔"、"豪放"与"婉约"等概念之争（有时甚至是研究者执拗于一己审美偏嗜的意气之争），未能作出公允恰切的评价。枝枝节节地陷在风格、音律及本色与非本色等意义不大的争论中，则治丝益棼，永远理不清这桩历史旧案。而如果将苏词置于北宋词流变的大潮之中去考察，看看这位作家在那个词体文学革新的关键时期提供了什么，改变了什么，发展了什么，问题就明朗化了。简而言之，苏轼于仁宗朝晚期嘉祐二年（1057）进士及第，大约十来年以后，神宗熙宁年间，他开始进行词的创作。那时，词体文学的发展正到了十字路口。仁宗朝同时崛起的两个主要的词派：二晏一欧士大夫雅词派与柳永俗词派，代表的是两种不同的审美思潮和文化倾向。晏欧一派承南唐余绪，以小令为主要表现形式，以士大夫的艳情与闲情为主要表现内容，艺术视野颇为狭窄，在词的艺术发展上没有很大的开拓能力。大晏和欧公先后谢世（欧卒于熙宁五年即公元1072年，这一年为学界公认的苏轼开始写词的第一年）之后，此派的硕果仅存者晏幾道只能（或只愿）遵父辈传统作艳体小令，适足以显示自南唐至宋初的士大夫令词传统已到了终结阶段。而代表另一潮流的柳永及其追随者，虽然另辟蹊径，吸收市井"新声"以大量创制长调慢词，沾染市民意识而把词的表现范围扩大到市民生活及都市风光等方面，为词的发展开拓了较为广阔的艺术天地，但因此派具有背离文人士大夫思想文化传统而趋于世俗化、市井化的倾向，遂为整个文人词的阵营所拒纳和排斥。在这种情况下，要使词体文学得以发展，就必须跳出晏欧与柳永两派的蹊径，另寻"第三条道路"。这就是：把封建士大夫意识与市民意识加以调和，解决士大夫"雅歌"与市井"新声"的矛盾，用士大夫意识与审美观去改造业经柳永一派开拓壮大起来了的合乐歌词，使之士大夫化和雅化，以便堂堂正正地使之成为文人士大夫手中的抒情言志体裁之一。苏轼创新体、开新派的主要手段，就是人们常说的"以诗为词"。照笔者的理解，"以诗为词"不仅仅是一种创作主张和具体方法，而是一个包括本体论、创作论、风格论及具体创作方法、语言、技巧等在内的完整体系。完整地理解"以诗为词"这个体系的方方面面，有助于我们准确地评价作为北宋词坛新体的"东坡体"。下面仅就其主要方面略加描述和评析。

一、"以诗为词"的创作观及其实践

词自晚唐五代以来，一直被视为酒边花前娱宾遣兴的艳科小技，其功用多在应歌合乐，其为体十分卑下，在北宋中期之前，从来没有人想到要将它与士大夫文学之"正体"——诗文联系起来。当时，所谓"文章豪放之士"虽然很少有不喜爱这种新兴文艺形式的，但大家都必须遮遮掩掩，声明这不过是"谑浪游戏而已"（宋胡寅《向芗林酒边集后序》）。位尊名高如晏殊、欧阳修等，莫不如此。至于柳永，因沾染市民意识而在作小词时涉于"淫滥"，其功名为"词名"所毁，这更从一个侧面看出当时词体之卑下。近有学者为了推尊欧阳修在词史上的地位，下结论说："欧阳修后期较自觉地以诗为词，促使其词风转变，形成了一种新的旷放疏宕的艺术风格。"①这是没有根据的。欧阳修晚年的几首小词有诗化的倾向，风格也较为疏宕，但很难说是"自觉"的。在他的心目中，词始终是卑下的应歌佐欢之体。且不说他在《归田录》中借钱惟演之口说小词适宜于上厕所时阅读，他本人晚年所作《西湖念语》组词的小序中不就特意声明是"敢陈薄技，聊佐清欢"吗？在唐宋词史上，第一个从理论意识上自觉地要将词提升和纳入士大夫主流文化之内，用"以诗为词"为主要手段在传统应

歌佐欢小词（不管其为"花间"、南唐或宋初体，也不管其为晏欧雅词或柳永俗词）之外自立一家、自创一体的，无疑是苏轼。文学历史上，凡自创一体、自开一派者，无论其自觉程度如何，总是在一定的创作思想、审美意识的驱动与支配下从事革新创造的。苏轼属于理论上极为自觉的一类人。他的诗论、文论、画论等等，早已为人熟知。他对作为"诗余"的小词所发的议论，也证明着他有一个明确的词学观。

　　诚如论者所多次指出的，苏轼的文艺思想是一个完整的体系，他论诗、文、书法、绘画的许多精辟见解，都可以通之于词。他的词学观，无疑与他的整个文艺思想乃至与其哲学观、人生观密切相关。不过，词毕竟是一种独具特色的文学样式，要讨论苏轼的词学观，必须主要依据于他对词体文学的直接言论。相对于苏轼关于诗、文、书、画的大量言论，他的词论不多，且正面地、完整地对词体和词的创作阐述其观点的言论更少见。但苏轼关于词的少量言论却互有内在的联系，表达出他对词体的基本看法。这就是：一方面，从文学功能上视诗词为一律，为"以诗为词"打开通道，从而推尊了词体，提高了词的文学品位；另一方面，在注意保持词的特殊"法度"和艺术个性（比如声律之严格与表情之婉转等）的前提下，力主在风格与意境上创新。

　　苏轼论画，认为"诗画本一律"（《书鄢陵王主簿折枝》）。这个命题是要表明：诗与画既同为艺术，就有其共同性，两者的根本性质是一致的。（在此姑不论诗与画并非同一门艺术，因而在共同性之外应各具特殊性；也姑不论中国传统文艺批评对诗和画有不同的标准。读者若对此有兴趣，可参读钱锺书《七缀集·中国诗与中国画》。这里只谈苏轼本人的文艺观。）他论词，虽未明言"诗词本一律"，但实际上也包含了这个意思。比如其《祭张子野文》云：

　　　　（张先）清诗绝俗，甚典而丽。搜研物情，刮发幽翳。微词婉转，盖诗之裔。

将张先的诗与词并提，虽将诗称为"清诗"，将词称为"微词"（微者，细也，小也），略有诗大词小之意，但把词定义为"诗之裔"，则较之前人视词为游戏、小道的观点，无疑是提高了词的地位，认为小词可直承诗的传统。裔者，后代也，后嗣也。以词为"诗之（苗）裔"，就是认定词为诗的派生物，本质上应是一种诗。另，苏轼在《题张子野诗集后》中又说："张子野诗笔老妙，歌词乃其余波耳。"此话当然也有重诗而轻词之意，但视词为诗之"余波"，其义却略同于"诗之（苗）裔"，皆指词与诗同源，词为诗的一股支流。这是迥然不同于五代、宋初娱乐游戏观念的一种新的词体观念，它在宣告一种诗化的新词体与新词派的产生。南宋时文人士大夫普遍地将词称为"诗余"，这一称呼即源于苏轼。诚如吴熊和先生所言："把词称为'诗余'，这在当时并非贬义，它也是苏轼推尊词体、改革词风之后所形成的新观念。"②

苏轼视词为诗之一体，并非偶然和无意的思想表露，而是对于词的本体特征的成熟思考。他常常将诗与词进行类比，认定词从文学表达的性质和特征上看，无非是一种长短句的诗。如《与蔡景繁书》云：

　　颁示新词，此古人长短句也。得之惊喜，试勉继之。

其《答陈季常》书又云：

　　又惠新词，句句警拔，此诗人之雄，非小词也。

蔡景繁、陈季常的"新词"是个什么样，由于文献失传，已不可得见，但从苏轼行文的语意与语气我们明确无误地得知：他心目中的"新词"（亦即"以诗为词"的新体小词）应是摆脱时俗应歌之作那种柔靡俗艳之风，而写得警拔雄浑，像"古人长短句"那样，成为抒情言志的有力工具。所谓"古人长短句"，应是指《诗经》、《楚辞》中之句式参差者及句式较为灵活的汉魏古乐府。为了显示自己诗词同源、诗词本一律的文学观，有时他甚至把词直接当做诗，比如他把自己的一首小词《阳关曲》（暮云收尽溢清寒）径直题为《书彭城观月诗》，并说是"为识一时之事"（《东坡题跋》卷三）。

基于如上的诗词同源、词为诗余的本体论，苏轼决心拔出流俗，在风行海内的柳耆卿体之外另创新词体。其公开的宣言，便是论者竞相引证的《与鲜于子骏书》：

　　所惠诗文，皆萧然有远古风味，然此风之亡也久矣，欲以求合世俗之耳目则疏矣。但时独以闲处开看，未尝以示人，盖知爱之者绝少也。所索拙诗，岂敢措手，然不可不作，特未暇耳。近却颇作小词，虽无柳七郎风味，亦自是一家。呵呵，数日前猎于郊外，所获颇多，作得一阕，令东州壮士抵掌顿足而歌之，吹笛击鼓以为节，颇壮观也。写呈取笑。

对于这封著名的书信所表达的词体革新意念，有如下几点是颇可注意的：

（一）一般引用此信者，均只引用自"近却颇作小词"以下这一段直接谈词的文字，而不及于前半段。其实，信的开头："所惠诗文，皆肃然有远古风味，然此风之亡也久矣，欲以求合世俗之耳目则疏矣。但时独以闲处开看，未尝以示人，盖知爱之者绝少也。"这是在借题发挥，以评论他人诗文来表达自己革新词体的决心。他对于鲜于子骏不合"世俗之耳目"但却有"远古风味"（应是指《诗》、《骚》及秦汉古文）的诗文持肯定和赞赏态度，实在是夫子自道，暗示自己作词不求与世俗相合，但求与诗的传统相接续。在词坛，所谓"世俗"，主要是指晏欧江西词派衰落之后新的一代词人十之八九竞学柳永的现象。而柳永的词，如前一章我们所论述过的，在思想内容上沾染市民意识，不合士大夫的审美口味；其主要功能为应歌合乐，大致与五代宋初词一样处于音乐之附庸的地位；其风格，受其内容的制约和演唱环境的影响，趋于冶荡柔媚。凡此种种，使词处于体卑调俗的小道和艳科地位，不能为士大夫主流文化所容纳。苏轼要推尊词体，使之变革为一种独立的抒情诗体，就须力矫"世俗"，让词的创作上接《诗》、《骚》传统。

（二）苏轼不愿"求合世俗之耳目"，甘心忍受"爱之者绝少"的暂时处境，转而创作不同于时下应歌俗词的诗人之词。"近却颇作小词，虽无柳七郎风味，亦自是一家。"此语乃是正面宣示自己革新词体的目标：与风靡一时但并不足为作词榜样的"柳七郎"一派相对立，自创词苑的另"一家"。

（三）苏轼自谓写《与鲜于子骏书》之前的一段时间"颇作小词"，其中尤以"数日前猎于郊外"时所作的一首为"壮观"，他自以为这些词"虽无柳七郎风味，亦自是一家"。那么，他所提到的是一些什么样的词，这些词有些什么不同于柳永的"风味"、足以使作者于柳永之外自成"一家"呢？据王水照先生考证，《与鲜于子骏书》大约为"熙宁八年十一月左右所作"。③"近"所作"小词"，当主要指苏轼上一年九月罢杭州通判任赴密州途中、及十一月到密州任所后至写此书简前的一年中的作品。他自杭移密行程中（包括杭州宴别时）共作有《泛金船·流杯亭和杨元素》、《南乡子·和杨元素时移守密州》、《醉落魄·苏州阊门留别》、《菩萨蛮·润州和元素》、《更漏子·送孙巨源》、《醉落魄·席上呈杨元素》、《沁园春·赴密州早行马上寄子由》、《永遇乐·孙巨源以八月十五日离海州……作此词以寄巨源》等等约二十来首词；到达密州后的一年中作有《蝶恋花·密州上元》、《江城子·乙卯正月二十日夜记梦》、《雨中花慢·初至密州……雨中特为置酒，遂作》、《江城子·密州出猎》、《减字木兰花·送东武令赵昶失官归海州》等等八首。④这些词，多数为唐五代及宋初小令旧调，少数为新声慢词，从形式的使用和艺术创造上来看，总体水平尚未赶上柳永，还不能说已经超越晏欧、柳永两派而卓然另成大宗（实现这一目标是稍后一段时间的事）。但应该承认，这些词已经突破了他自己在杭州通判任上初学作词时单纯地为游乐、宴饮、赠妓、送别之需而陷入的五代宋初式格局，也大大不同于柳永倚红偎翠的俗艳描写和羁旅行役的愁苦之吟，而是注入了浓烈的士大夫意识和诗人情怀，大写其致君尧舜的儒家理想与射虎戍边的报国之志，大写其坎坷不平的生活遭遇与进退行藏的思想矛盾，表露其率真热切的主体生命意识，笔触伸进若干为过去的雅、俗二派词迄未触及的生活领域。这些词已相当程度地洗去了为晏欧、柳永两派所共有的绮罗香泽之态和"浅斟低唱"之风，流露出了"以诗为词"、让词像诗那样成为士大夫抒怀言志之工具的革新倾向。所谓"东坡体"，就是在这个阶段初显其峥嵘之貌的。其中最有代表性、也是苏轼自己最感自豪的，就是这封书简中提到的"猎于（密州）郊外"所作的《江城子·密州出猎》一阕：

> 老夫聊发少年狂，左牵黄，右擎苍，锦帽貂裘，千骑卷平冈。为报倾城随太守，亲射虎，看孙郎。　　酒酣胸胆尚开张，鬓微霜，又何妨？持节云中，何日遣冯唐？会挽雕弓如满月，西北望，射天狼。

平心而论，这首小词写得过于直露而少蕴藉，风格稍嫌粗豪，并非东坡词中上乘之作。但是，苏轼在这里既然是把它作为与柳七风格相异的

"自是一家"之作列举出来的，则此词就无疑具有代表苏轼新词风、显示苏轼改革词体之方向的典范意义。相对于柳永的多写市井艳情与凡夫俗子哀乐之情，此词写的是士大夫的逸怀浩气和报国立功之志；相对于柳永词中愁苦低吟和放浪形骸的失意秀才形象，此词塑造的是士林精英、"衣冠伟人"（谭献评苏词语）的自我形象；相对于柳词的"昵昵儿女语"和伤春悲秋、羁旅天涯的低沉悲叹语，此词全是豪言壮语和直抒胸臆的快言快语；相对于柳词的须十七八女郎执红牙拍板曼声娇唱的阴柔之调，此词则是适于东州壮士吹笛击鼓、抵掌顿足而高唱的阳刚之调……总之，一切都要与"柳七郎"那位"流行歌曲"大师不同，要把词改造成从内容到风格都区别于市井俗调软调的诗人之词！从《与鲜于子骏书》这篇论词文字我们可以看出，东坡词与柳词的这种种不同，不单源于两位词人个性、遭遇与才调的不同，而且还基于词体文学观的不同，是苏轼在歌辞文学创作上志在复"古"、有意要在柳永之外另张一军的必然结果。

苏轼作词有意要与柳永对立，这并非在山东密州时偶然心血来潮的举动，而似乎是一种长期而且高度自觉的矫正流俗、另树新风新派的行为。他一生多次发表对柳永词风不满的言论，这些，宋人多有记载，学界亦熟知，不必赘引；他于元丰、元祐年间严厉地批评门人"学柳七作词"，这更是论者乐于经常举证的故事。需要补充的是，苏轼不但自觉地创立与柳永相异的词风和词派，对于自己的创新之词有别于"柳七郎风味"深为自喜自负，而且还力图在艺术上超越和压倒柳永，以自己"以诗为词"的新流派来取代柳永俗词在词坛一度占据的主流地位。比如，柳永创制的一首长调《戚氏》，为其高超词艺的代表作，在当时享有"《离骚》寂寞千年后，《戚氏》凄凉一曲终"（王灼《碧鸡漫志》）的崇高声誉。超越此词，实乃意味着艺术上超越柳体与柳派。苏轼为定州安抚使之时，歌者有意演唱柳永《戚氏》词，以挑战的姿态请东坡老人即席填写一首。苏轼以他天才的气度，于顷刻间圆满完成了此项与柳永争胜的历史"任务"。目睹此事全过程的苏门文人李之仪详叙其经过道：

> 中山控北虏，为天下重镇。异时选寄，皆一时人物。然轻裘缓带，折冲樽俎，韩忠献、宋景文公而已。元祐末，东坡老人自礼部尚书以端明殿学士加翰林侍读学士，为定州安抚使。开府延辟，多取其气类。故之仪以门生从辟，而蜀人孙子发实相与俱。于是海陵滕兴

公、温陵曾仲锡为定倅。五人者，每辨色会于公厅领所，事竟，按前所约之地，穷日力尽欢而罢。或夜则以晓角动为期。方从容醉笑间，多令官妓随意歌于坐侧，各因其谱，即席赋咏。一日，歌者辄于老人之侧作《戚氏》，意将索老人之才于仓卒，以验天下之所向慕者。老人笑而颔之。邂逅方论穆天子事，颇摘其虚诞，遂资以应之。随声随写，歌竟篇就，才点定五六字尔。坐中随声击节，终席不间他辞，亦不容别进一语。临分曰："足以为中山一时盛事。"前固莫与比，而后来者未必能继也。方图刻石以表之，而谪去，宾客皆分散。⑤

东坡此词及柳永原作文长不录。《戚氏》系柳永之创调，也是《乐章集》中篇幅最长的一个词调。此调凡二百一十二字，三叠，为平仄韵通叶格，首叠九平韵，一仄韵；中叠六平韵，三仄韵；末叠六平韵，三仄韵，要求同韵部参错互叶。其句式错落多变，有二字、三字、四字、五字、六字、七字及八字句，且其领字多在音律吃紧处，多要求用去声。此词人中吕调（夹钟羽），字声、乐律的要求极为严格而繁复。且因篇幅长、段落多（于传世词调中仅次于二百四十字、四叠之《莺啼序》），容量大，故写作时必然要求有极强的铺叙展衍、谋篇布局的才能。从艺术技巧的角度看，此调的创制代表着柳永创调与创意双重才能的最高成就。东坡填此调时，年已五十九岁（元祐末年，即公元 1094 年）。此时他早已词名满天下，同时也由于大量创作"以诗为词"的词篇而导致固守词之"本色"的人们（包括其门人陈师道等）"非本色"、"不谐音律"之讥。大约是感到有必要显示自己绝非不懂和不守音律、更非不谙词之本色吧，偶然碰上这次挑战和机会，遂潇洒自如地对客挥毫，于顷刻谈笑之间竟将柳七郎的看家本领演示得淋漓尽致。你看："随声随写，歌竟篇就，才点定五六字尔。坐中随声击节，终席不间他辞"。这一才华横溢的表现，难道还不足以表明：东坡与柳七争胜的目标已经达到，"东坡体"在艺术上已经平睨"柳耆卿体"了吗？

从李之仪对苏轼填制《戚氏》经过的记载中我们还可引申出两点对苏词的认识，这就是，一、苏轼虽然"以诗为词"，但并没有想到要破坏或不顾词的特殊艺术规范和要求，尤其是音律方面的要求；二、苏轼革新词体虽然以柳永为对立目标，但却没有全盘排拒和否定柳词，而是有所肯定和有所吸取。

　　关于第一点，拟先从近人胡适的一个说法谈起。胡适《词选·序》推许苏轼"以诗为词"，略谓："苏东坡一班人以绝顶的天才，采用这新起的词体来作他们的'新诗'。他们不顾能歌不能歌，也不管协律不协律；他们只是用词体作新诗。这种诗人的词起于荆公、东坡，至稼轩而大成。"胡适这段话，在"豪放"、"婉约"，两派说盛行的时期被奉为警策之论，而近年来又被一些人嗤之以鼻，全盘否定。其实无论全盘肯定还是全盘否定都失之偏颇。考察"东坡体"的实际情况和东坡本人的言论，可知胡适此论对了一半，错了一半。胡适看准了东坡体不同于五代、宋初体及柳耆卿体的文学特征，认为苏轼所创新体其本质在于不为应歌而为抒情言志，称之为"诗人的词"，这是对的。但认为所谓"诗人的词"就可以不合词的独特艺术要求，甚至"不顾能歌不能歌，也不管协律不协律"，这样妄下结论，既不合苏轼革新词体的本意，也不合苏词的实际情况。

　　苏轼革新词体、转变词风，主要是用作诗的精神去提高词的艺术品位，扩大词的艺术功能，用士大夫意识去改造词，把这种新兴的民间俗文艺纳入士大夫主流文化之中，而绝不是想把词做得不像词，更不是要消解和毁灭这种独特的文艺样式。苏轼在文艺创新问题上有一个总的原则，叫做"出新意于法度之中"，其于词的创新与改革，也未违背这个由他自己提出的原则。具体到词体文学来讲，它的"法度"，当然包括音韵声律等一系列特殊规定在内。恰恰是在这个问题上，苏轼并不像人们所想象和描述的那么"豪放"，而是不同意"豪放"太过。比如前引《答陈季常》书中，他在称赞陈季常的新词有"诗人之雄"后，紧接着又批评道："但豪放太过，恐造物者不容人如此快活"。请读者千万注意：关于"豪放"一语，尽管宋代以后赞苏词者任凭己意把它解释为风格之雄放与阳刚、意境之壮阔与高旷，但宋代评词者却主要是用它来特指作词时任情挥洒、不协律腔、有乖音乐法度的作风。试看陆游说："世言东坡不能歌，故所作乐府多不协律。晁以道谓：绍圣初，与东坡别于汴上，东坡酒酣，自歌《阳关曲》。则公非不能歌，但豪放不喜剪裁以就声律耳。"（《历代诗余》卷一百十五引）沈义父说："近世作词者不晓音律，乃故为豪放不羁之语，遂借东坡、稼轩诸贤自诿。诸贤之词，故豪放矣，不豪放处，未尝不协律也。"（《乐府指迷》）如此等等。此外如晁补之说东坡词"横放杰出，自是曲子中缚不住者"（宋吴曾《能改斋漫录》卷十六引），张炎说辛弃疾、刘过"作豪气词"（《词源》卷下）等，所谓"横放杰出"、"豪气"，其意也和"豪放"差不多，都指任情抒写而不协律腔。而苏轼，就其主观理论意识而言，是明确反对"豪放太过"，亦即不同意在音律声韵等方面太离谱的。因为他十分明白，词虽似"长短句诗"，但毕竟不等同于诗。词是一种音乐文学，必须按当时流行的燕乐曲谱来填制，才便于合乐演唱，向社会传播，得到受众的认可。所谓词体革新，主要应指题材内容、意境风格、表现手段等方面的推陈出新，而绝不是要破坏和违反其特殊的声律。不合声律法度，词也便不成其为词，社会就不予承认了。从李之仪的上述记载，可知苏轼不但谙熟燕乐曲调，而且填词时是严格依照曲谱和歌者演唱的声腔来操作的。"随声随写，歌竟篇就"，顷刻写成，一首长达二百多字的歌词才"点定（修改）五六字"，这需要多么深厚的音乐素养！谁谓东坡不懂音律、不会唱曲？！东坡一向主张词须合声律，他在谈论词的有关文字中就多次提出过"称声"、"就声律"等写作要求，如其《和致仕张郎中春昼》诗云："细琢歌词稳称声"，这虽是称赞别人（张先）的词艺，但实在也是表明他自己认为作词理当如此；又如他的《水调歌头》（昵昵儿女语）的小序中特意说明此词是应友人家"善琵琶者"之请，取韩愈诗"稍加隐括，使就声律"之作；他的长调词《哨遍》（为米折腰），其小序也自述此调是取陶渊明《归去来兮辞》"稍加隐括，使就声律"而成。可见东坡无论在理论上还是在实践中都是遵从词之"法度"的。当今词学研究者已依据历史材料一致确认：苏轼不仅懂音律、会唱曲、会作曲，而且力主作词要协律，其所作词也大致协律；他多少有一些不协律之作，亦属不愿以声害辞、以辞害意，不足为其病。宋代一些斤斤于"本色""守律"之说者，嫌苏轼作风太"豪放"而不肯受律腔束缚，那些议论只能说明持论者自己在文艺观上的拘泥与保守。

　　关于第二点，即苏轼对柳永的态度，亦须有所分析。苏词基本风貌确与柳永大不相同。加上苏轼本人说过一些批评柳永的话，而南宋许多崇雅黜俗的词论家也往往褒苏贬柳，并将苏词与柳词作为对立物来进行比较，于是长期以来造成一种印象，似乎苏词与柳词是水火不相容的对立派别，苏轼本人对柳永也只有反对和排斥可言。当代一些论者也还受这一"思维定势"的支配，动辄概言苏轼"力辟柳词"、"贬斥柳永的浮艳之词"等等。事实并非全然如此。苏轼对于柳永这位词坛前辈和先行者所留下的丰富"遗产"并非全然抛弃和厌恶，而是有所肯定也有所否定，有所吸收也有所扬弃。即以长调《戚氏》而言，考之《全宋词》，今存宋人词中，此调竟只有两首（柳永、苏轼各一首）。此调为柳永所创，⑥苏轼在定州能即席倚声填出此调，可见其平日已暗中把柳永词研习得滚瓜烂熟，否则怎么可能"随声随写，歌竟篇就"？苏轼并不单单学习和仿制柳永的长调及其音律格式，事实上对柳永的铺叙手法和大开大合、一气流转始终不懈的章法也颇有所得。这一点，只消将二人的长调名篇稍作对比即可明白。东坡、柳七不同派，这种不同，主要在于柳俗而苏雅，苏之自创一派，目的在于去柳氏之俗，调和士大夫文化与市民意识的矛盾，把词体提升为堂堂正正的抒情言志的样式。除却风格情调的雅俗之异，苏轼与柳永倒有不少才情相近之处。陈廷焯《白雨斋词话》曾将苏轼与柳永并称为"豪苏腻柳"，并说他们的共同点是"发越"，⑦这个见解颇有合理性。"豪"应指苏词之雄放不羁，"腻"则应指柳词之"绮罗香泽"的浓艳色彩。这是两家风格相异之处。但二人的风格相异中确有相同之处：发越。发越，乃是昂扬外射之意。苏、柳雅俗不同道，但二人的个性都是外倾型的，表现在文学创作上，二人都不事过多的含蓄蕴藉，而都喜欢快言快语地直抒胸臆，开合动荡地宣泄激情，气势充畅地谋篇布局。正是在这些方面，作为后起者的苏轼向柳永学到了许多东西。更何况柳永作词也并非一味地"俗"、一色地"艳"，他的相当一部分自抒士子胸怀的羁旅行役、登山临水及怀古伤今之作，实已融进了诗人的健朗风格、诗歌的高旷境界和诗化的句式格调，多少已露出了一些"以诗入词"的端倪。这一点与苏轼的革新意愿和方向不谋自合，并被他别具眼光地表而出之，加以赞扬了。赵令畤《侯鲭录》卷七引东坡语云："世言柳耆卿曲俗，非也。如《八声甘州》云：'风霜凄紧，关河冷落，残照当楼。'此语于诗句不减唐人高处。"所谓"于诗句不减唐人高处"，意指柳氏此词所呈现的高旷境界，已越出传统香艳小词狭窄卑下的藩篱，而堪与唐诗的优秀作品媲美了。而用小词创造像五七言诗一样的雄浑高健境界，正是苏轼要追求的重大目标。他在从整体风格上不满意柳词的同时，又发现和承认柳词中有值得吸取的宝贵因子，这正体现了苏轼这位创体立派大师含纳众长以另起艺术高峰的风度和眼光。

　　总起来看，苏轼不满意自晚唐以来词体文学一以贯之的卑下俗艳的发展道路，另辟"以诗为词"的蹊径以拯拔、改造和提高这种新兴文艺样式。他有极为自觉的理论意识和创作主张，一方面从词为"诗之裔"的理念出发，以作诗的精神来革新词体，为之添注抒情言志的功能；一方面又注意吸收传统雅、俗二派词的优长，并维护词的基本艺术法度和审美特征，创立了双向接续诗、词传统而又有别于诗、词传统的新词体——东坡体。以东坡体的成熟和独立为标志，在我国文学史上，词才真正摆脱音乐附庸的地位而成为一种独立的抒情诗体。

二、东坡体："变体"何妨为大宗

文学发展史上有一条铁的规律："设文之体有常，变文之数无方。"（《文心雕龙·通变》）"变"主要指创新。与其他的文学样式一样，词的发展也正所谓"若无新变，不能代雄"（《南齐书·文学传论》）。词自隋唐之际萌芽于都市坊曲，中经晚唐五代的发育成长，至北宋中期已有四百多年的漫长历史。在这段漫长的发展史上，赖有温庭筠等人的定体立格、"花间"与南唐的流派分衍和柳永在形式与内容方面的大力拓展，词作为一种文体已不可谓不成熟，词之技艺的由粗到精、由简单到繁复的进程亦不可谓尚未完成。但这几百年间变来变去，有一点最根本的甚至可以说是属于致命伤的东西没有被改变：这就是词始终未得登于文学大雅之堂，一直被定位于"小道"、"末技"、"艳科"，一直被视为流行音乐的附庸和佐酒助欢的工具。苏轼及其词派的崛起，第一次使词体文学从根本上改变了面貌，并在一定程度上改变了性质。苏轼以前的词派，无论其为雅为俗，也无论其尚小令还是创慢词，都仅仅是词的内部源流的分衍和变化，苏轼则是借用这一流行样式的外壳另创"诗体"，这种创体对于晚唐五代的"正宗"来说，是异质的加入导致的原质裂变。它并非一般的题材扩展和风格增加，而是一种反传统的新词体的产生。苏轼这样做，并非昧于词源和无视词的独特传统，而是借助诗的传统来在词坛另创流派。诚如近人罗根泽《中国文学批评史》所论：

> 从词的变迁而言，"以诗为词"是词的一种革新，"词为诗裔"就是革新的论证。用这种说法考史固然错误，但苏轼的意思，本来是用以创派。后人据此谓词源于诗，或谓苏轼昧于词源，都是痴人前说不得梦也。

"以诗为词"在宋代本是一个贬语，它最先出于苏门六君子之一的陈师道的《后山诗话》："子瞻以诗为词，如教坊雷大使之舞，虽极天下之工，要非本色。"此外，苏门另两位门人晁补之、张耒所谓"先生（苏轼）小词似诗"（《苕溪渔隐丛话》前集卷四十二引《王直方诗话》），北宋末李清照《词论》所谓"苏子瞻学际天人，作小歌词……皆句读不葺之诗耳"，以及南宋初王灼《碧鸡漫志》所批驳的"或曰：长短句中诗也"和"今少年妄谓东坡移诗律作长短句"云云，都和"以诗为词"的意思差不多。这些批评集中到一点，都是指责苏轼以诗为词，使本来用以应歌合乐的柔媚小词走了样、失去了"本色"。宋代大多数文人词客（包括苏门文人中的多数人）泥于应歌合乐的时俗，拘守声律形式和风格上的"本色"，对东坡词时有微辞。今天我们大可不必跟在他们后面去继续进行这些无谓的争论（特别是声律问题，永远也无法扯清，比如周邦彦对乐律那样精通，张炎还要批评他"于音谱且间有未谐"，那么究竟宋人中谁的词才完全谐律？是张炎吗？可也没有人承认他为唯一的谐律者。可见陷入这种争论是钻牛角尖），倒是应该充分地认识到，苏轼这种突破传统、超越时俗的大胆创新，从根本上改变了词的面貌。约而言之，这种改变主要表现在：一、打破"花间"以来单一的"缘情绮靡"的抒写程式和并非健全的创作心理定势——亦即"独重女音"，好作"妇人语"，多以女性为描写对象，以类型化、普泛化的男欢女爱、相思艳情为主题的倾向，而另行建立起一种全新的抒情韵文的体式，改为歌妓创作的"代言体"为士大夫抒写自我心灵世界的言志体，像写诗那样，向现实生活撷取广泛的题材和多种表现对象，大力开拓词的意境，使词由原先为曲造文、为文造情转变为缘事而发、为情造文，把词的表现范围由单一的艳情与闲情扩大到人的全部丰富复杂的主观心灵世界和广阔的现实人生。二、在风格上，由于不专为应歌而作，不需经常考虑写香艳题材和适应女音，遂使原先单一的女性化的柔婉艳丽之美转为以男性化的雄健清刚之美为主的多样化的美。三、在声律上，由于目的不专在应歌合乐而主要为了表现自我，遂使词从附属于音乐转向独立于音乐，成为抒情文学。而所有这些，归结到一点，就是在词的性质和功能上整体地、彻底地实现了如王国维所说的"变伶工之词为士大夫之词"的历史转化。

王国维认为："词至李后主而眼界始大，感慨遂深，遂变伶工之词而为士大夫之词。"这个论断屡经无数评词者称引，本书论南唐词派时亦曾引用，它本身没有什么错误。但我们须得注意：李后主只是开始了这一转变，还不能说已经彻底完成了这一转变。王国维在这里连续使用了

"至……始……遂"三个表示时间和程度的副词，用语是极有分寸的。李后主的一部分词（主要是亡国后所作词）不为应歌而为自抒哀怀而作，开始了将词由普泛化、类型化的香艳歌辞转为个性化、士大夫化的抒情歌辞的衍变。但一则李煜的词尚不是对自身生活境遇和精神世界的全面反映，二则李煜死后至苏轼开始作词之前的近百年间，基本上无人来接续和扩大这一历史转化，因而大致可以说，李煜只是首开其端，而并不是这一历史革新的完成者。晏殊、欧阳修一派是南唐词派的继承者，但他们的作品大多仍为应歌合乐的"伶工之词"，其部分小词确也反映了士大夫的生活，但仅仅是比较狭窄地反映了士大夫有关男女关系的生活和一些风花雪月的闲情，尚非完整意义上的"士大夫之词"。柳永诚然创制了新体，拓展了题材范围，但他的词明显的是向市民文学的道路发展，与士大夫文学分道扬镳，且其基本倾向是应歌合乐（胡适《词选·序》以柳词为"歌者的词"的代表，是言之有据的），大部分作品属于为歌妓而作的货真价实的"代言体"。只有苏轼，才全面而彻底地完成了从"伶工之词"（应歌的，代言的，意境风格类型化的）向"士大夫之词"（独立于音乐的，自抒己情的，多方表现士大夫主体意识的，意境风格个性化的）的历史转化。

从这个角度来看，东坡体的建立，意味着传统应歌之词诸派别（不论其为小令派还是慢词派，也不管其为俚俗地描写女性抑或是较为典雅地描写女性，其为应歌的、娱宾遣兴的和代言体的基本文体性质是一致的）之外产生了面貌全新的一派——言志派。所谓言志，就是指把词定位于"诗之裔"，用它作为抒发自己士大夫情怀的文学工具，不受拘限地尽兴流露和表现自己的主体意识（亦即作为士大夫的作者自身的人格、性情、理想、胸襟、思想矛盾及学问才华等等），达到我手写我心、词风如其人的境地。以前的词人，都只用词来反映自己的某一范围的生活和某一部分的思想情绪，苏轼则用词来反映自己整个的士大夫生活、整个的人格和整个的心灵世界，几乎达到了如刘熙载《艺概·词曲概》所赞扬的"无事不可言，无意不可入"的地步（尽管他诗文中的一些重大社会政治题材在词中并没有直接写到）。这样，就如论者曾经正确指出的："有处于何时、何地、何种精神状态下的苏轼，就有与这种时、地、心境相一致的词——这样，苏词的风格就如同他的人格一样，具有多侧面、多风貌的丰富多样性；而在这种丰富多样中，又无不贯穿着他为人的情深、思深和真率的总特点。"⑧苏词的创作个性与苏轼的人格是一致的，苏词风格的多样化来源于他的个性和精神世界的丰富与复杂。苏轼以前的词人，视词为"小道"与"艳科"，只在词中表现某一种生活内容和思想情绪，因而他们的词的艺术个性与其整个的人格及个性大多不一致，个人与流派的词风也比较单一。苏轼以诗为词，以词言志，摆脱"艳科"传统的束缚，把长短句的韵文形式作为一种"新体诗"来纵意地表现自己心灵世界的各个侧面，因此苏词的风格实现了多样化。这是"东坡体"区别于、高出于传统各家各派的主要之点。

诚然，任何一位宗主型与大师级的杰出文学家，在他的多样化的风格中必有一种起统摄作用和基调作用的主导风格。苏轼作为一个截断众流、高标独秀的创派词人，自有最显其个性的一种主导风格。在这个问题上，几百年来众口一词、几于不拔的一种说法是：苏词是豪放词，苏轼是豪放词派的开山祖。这种体认不能说毫无依据，但揆诸苏词的实际面貌，则显得浮浅和片面。所谓"豪放"，如果是用来泛指苏轼作词时摆落拘限，不拘一格，纵意放笔，多方面呈现自己主体意识的气概风度，则差为近之，但如果作为一种阳刚型、壮阔型的文学风格来考量苏词，则其大多数词篇恐不能作如是观。"豪放"之作为一种特定的文学风格，唐末司空图《二十四诗品》早有形象化的描述和认定：

> 观花匪禁，吞吐大荒。由道返气，处得以狂。天风浪浪，海山苍苍。真力弥满，万象在旁。前招三辰，后引凤凰。晓策六鳌，濯足扶桑。

用这种境界来衡量三百五十来首苏词，真正具有"吞吐大荒"之概和"天风浪浪，海山苍苍"阔大气象的，数来数去无论如何不会超过一二十首。有人争辩说：苏轼豪放词虽然不多，但这代表了他的创新倾向，显出了他的本质特征，豪放是苏词的基调，云云。此话毫无说服力，因为所谓"本质"、"基调"，必以相当的量为基础，如果一个作家的全部作品中某种风格的作品只占极少数，你能硬说这种风格代表了他的"主要倾向"、是他的"主导风格"吗？还有人习于"苏轼创立了豪放词风"的成说，担心一旦否认了苏词的主导风格为豪放，就会贬低了苏轼在词史上的地位。笔者的看法正好相反，以为如果将"创立豪放词风"视为苏轼对词体文学发展的主要贡献，那才真是歪曲和贬低了苏词的地位。因为事实很清楚：

豪放在苏轼本人复杂的性格系统中并不占主导地位，作为风格，在苏词多样化的风格系统中也不是主导倾向。苏词的主导风格是清旷，这是苏轼个性在词中的反映，他的词中清旷之作最多，即使是其豪放与婉约之作，也程度不同地渗透了清旷的情调，呈现亦豪亦旷和婉中有旷的特点。

对此需要略加论证。

我在拙著《诗与酒》中曾将李白、苏轼这两位同被人们目为"豪放派"的异代人作为两个不同时代的文化精神的代表进行过比较。在那本书中我指出：李、苏二公的"豪放"，具有本质的区别，严格说来，李白才称得上是真正的豪放，而苏轼则很少"豪"得起来，也很少真正地"放"得开，他的身上更多的是参透物理之后的旷达。这是因为，从外向追求到内向探寻，从热情开放到沉思内敛，从狂放粗豪到清雅细腻，这是唐宋两代社会文化背景差异造成的文人士大夫心理、性格的差异，而李白、苏轼的心态与性格的实质上的不同，正好典型地代表着这种时代的差异。李白性格的一个主要特征为"狂"。这是一种豪气四溢的外铄式的性格，其目标是张扬其真率热烈之个性，真有吞吐八荒之概，此种个性表现为诗风，就是豪放恣纵。而苏轼性格的本质特征则显然不是豪放而是旷达，这是一种内省式的性格，其目标是超越种种是非、荣辱、得失，而获得内心的平衡与安适。虽然这两种性格都表现为主体自觉的肯定和珍爱，但其本质之异是一目了然的，也是不容混为一谈的。⑨

所谓"豪放"，是封建时代男子汉大丈夫们几乎人人都孜孜以求的一种雄放外向的精神境界。苏轼自幼饱读诗书，慨然而有"登车揽辔，澄清天下"的壮志，他何尝不想"豪放"？但是，内忧外患、积贫积弱、党争剧烈和文化专制主义盛行的宋代社会环境，并没有给他提供多少发展"豪放"性格的营养。他本人遭遇坎坷，成为北宋中后期党争的牺牲品，南迁北徙，几十年栖栖惶惶，保命延生之不暇，思想极为矛盾和痛苦，只能托迹于老、庄与禅学，力追陶潜的超逸与静穆，以求心安与解脱。这位精神与肉体的双重受难者，自他移官密州、在旅途低吟"袖手何妨闲处看"（《沁园春·赴密州早行，马上寄子由》）时，就已开始消减豪气，遁向旷达一路了，以后的半辈子更少"豪放"而更多"清旷"。这是时代使然，境遇使然，个人精神与行为模式选择使然。有学者结合宋代历史环境和苏轼的人生经历与思想变化，把苏轼复杂的文化性格描述成一个由"狂、旷、谐、适"组成的完整性格系统。⑩对于这一探本之论，笔者极表赞同。

只是还想补充一点重要意见：在狂、旷、谐、适四者中，旷与适是带有本质特征的，是苏轼性格系统中占据主导地位的方面。"旷"的含义比较好理解。"适"是指通过内省体验实现个人主体与现实世界之间的亲和谐调，并从普通日常的生活中去细细咀嚼和发现愉悦自身的美。旷与适二者的有机结合，构成了苏轼文化性格中主导与本质的方面——这就是以清高而超旷的情怀自拔于污浊之世，顺应自然，循物之理，无往而不自得，在平静、开朗而达观的心态中悠游卒岁，返本归真。苏轼天性中就有"旷"与"适"的因子，他少年时读《庄子》，即对弟弟苏辙说过："吾昔有见于中，口未能言。今见《庄子》，得吾心矣！"⑪以后他步入仕途，屡经挫折，其得自儒家的用世之志在现实社会中难以畅行，于是更加笃信老、庄，坚固了自己超旷放达的人生观。谪居黄州之后，他又"读释氏书，深悟实相"，最后谪岭南，更"喜陶渊明，追和之（指和陶诗）者几遍"。⑫有这样的生活经历和思想历程的人，他的性格的主流就绝不可能再是"豪放"，而只可能是超逸放达。这样的性格反映到最宜于毫无矫饰地抒写心曲的长短句小词中，其风格基调也相应地只能近似于司空图《诗品》中描述的第二十三品"旷达"：

> 生者百岁，相去几何？欢乐苦短，忧愁实多。何如尊酒，日往烟萝。花覆茅檐，疏雨相过。倒酒既尽，杖黎行歌。孰不有古，南山峨峨。

"旷达"是一种超脱世俗、达观自适的从容风度，也是一种参透物理、冲淡玄远的思想境界和疏放闲逸、与物俱化的审美情味。苏轼词中表现此种风度、境界和审美情味的词，至少有一百余首，它们在全部东坡乐府中形成了一种清疏旷达的主导风格。除了这些表现其主导风格和个性特征的旷达之作以外，那几首历来被人们推许为他"豪放"风格之代表的名作，其实也浸透了旷达的基调。比如咏中秋怀爱弟子由的《水调歌头》：

> 明月几时有？把酒问青天。不知天上宫阙，今夕是何年？我欲乘风归去，又恐琼楼玉宇，高处不胜寒。起舞弄清影，何似在人间。
> 转朱阁，低绮户，照无眠。不应有恨，何事长向别时圆？人有悲欢离合，月有阴晴圆缺，此事古难全。但愿人长久，千里共婵娟。

此词基调，完全是庄周式的旷达。上片写中秋之夜月下饮酒时的逸兴
遄思，意境高古超旷；下片怀念远方的胞弟，虽短暂地怅恨不能见面，但
颇能以理遣情，以宇宙、人生之常理化解愁怀，达观开朗，做到理智与感
情完美地谐洽融合。这种既能入又能出、寓意于物而不留滞于物的情怀，
正是源于庄周的思想。此词写得极为疏放洒脱，清旷飘逸，显出苏轼个性
化的主导词风。拿它与作者一年前写的那首以雄豪为美、以文人雅士之身
客串射虎武将的《江城子·密州出猎》，不得不承认这一首更显苏轼的本
来面目，更像苏轼自己。再如，千古艳称的要由关西大汉执铁板演唱的豪
放词《念奴娇·赤壁怀古》：

> 大江东去，浪淘尽、千古风流人物。故垒西边，人道是、三国周郎赤
> 壁。乱石穿空，惊涛拍岸，卷起千堆雪。江山如画，一时多少豪杰！
> 遥想公瑾当年，小乔初嫁了，雄姿英发。羽扇纶巾，谈笑间、樯橹灰飞烟
> 灭。故国神游，多情应笑我，早生华发。人生如梦，一尊还酹江月。

这首词笔力雄健，意境壮阔，历来推为东坡豪放词的第一篇，乃至一
提苏轼就让人先想到"大江东去"，一提"大江东去"就知道说的是苏轼。
但细加推究，豪壮雄放是其笔力、境界特征，说它"风格豪放"也大致没
有错，若要探求其主题，"豪放"二字则大大不够用了。苏轼写此词的目
的绝不是要畅发一种吞吐八荒的外向进取之志，而是要表现其谪居黄州后
潜思内省产生的放旷自适之怀。全章的灵魂，在开头的"浪淘尽千古风流
人物"及结尾的"多情应笑我，早生华发，人生如梦，一尊还酹江月"等
句上。清人黄苏《蓼园词选》评此词云：

> 题是"怀古"，意是谓自己消磨壮心殆尽也。开口"大江东去"
> 二句，叹浪淘人物，是自己与周郎俱在内也。"故垒"句至次阕"灰
> 飞烟灭"句，俱就赤壁写周郎之事。"故国"三句，是就周郎想到自
> 己，"人生如梦"二句，总结以应起二句。总而言之，题是赤壁，心
> 实为己而发。周郎是宾，自己是主。借宾定主，寓主于宾。是主是
> 宾，离奇变幻，细思方得其主意处。不可但诵其词，而不知其命意所
> 在也。（黑点为引者所加）

黄苏所论极是。此词"命意"，实在不是描写"壮心"之方盛，而是宣泄"消磨壮心殆尽"后的旷适情绪。若是壮心方盛，词风才能始终豪放；但写此词时，刚遭受重大政治打击，反思人生，愈觉与老庄思想契合，壮心既经消磨，自必走向超越宠辱忧乐的"旷达"一路。故此词风格，豪放仅为其表，旷达方为其里。前人妄赞此词"自有横槊气概，固是英雄本色"，[13]显然不符合苏公本意，且歪曲了其衣冠文士的"本色"；今人批判其"消极颓废"思想，更是以现代意识去强求古人。此词风格基调，实近于司空图描绘的"旷达"一品。清人孙联奎疏解《诗品》中的"旷达"时，于"杖藜行歌"一句下发挥道："吾意其时，不唱'大江东'，即诵《赤壁赋》。"苏轼的《念奴娇》词与前、后《赤壁赋》，是在同一地点、同一环境、同一心情下写的同题材、同主题之作，它们仅仅是文体不同，修辞与表现手段不同，但基本的风格情调是一致的，这就是旷达。

此外，东坡词中即事抒怀而尽显其真性情与真气度者，尤当推《定风波》一阕：

> 莫听穿林打叶声，何妨吟啸且徐行。竹杖芒鞋轻胜马，谁怕？一蓑烟雨任平生！　　料峭春风吹酒醒，微冷，山头斜照却相迎。回首向来萧瑟处，归去，也无风雨也无晴。

此词被现代论者竞相推许为东坡豪放词的代表作之一，但它却实在不是那种挟海上风涛之气、有吞吐八荒之概的豪放词，而是一首内省精思、以小事寓哲理的地地道道的旷达词。此词小序有云："三月七日（按即贬居黄州的元丰五年春三月七日，此后四个月零九天，东坡乃作《念奴娇》'大江东去'词），沙湖道中遇雨，雨具先去，同行皆狼狈，余独不觉。已而遂晴，故作此词。"旅途遇雨，本来是生活中习见不鲜的区区小事，但苏公即事寓理，畅写自己参透人生的旷达胸怀。上片写路遇风雨时冒雨徐行的泰然自若之状，下片写雨后景物及自己由此悟出的人生哲理。"回首向来萧瑟处，也无风雨也无晴"二句是全篇之精髓，以自然气象喻示作者经过政治、人生风雨后悟出的清超旷达的哲理境界。这两句词极为形象地反映了苏轼忧乐两忘、任天而动的独特性格和人生态度，因而他自己十分偏爱它们，晚年谪居海南时竟将之原封不动地搬入其《独觉》

一诗中：

> 瘴雾三年恬不怪，反畏北风生体疹。
> 朝来缩颈似寒鸦，焰火生薪聊一快。
> 红波翻屋春风起，先生默坐春风里。
> 浮空眼缬散云霞，无数心花发桃李。
> 倏然独觉午窗明，欲觉犹闻醉鼾声。
> 回首向来萧瑟处，也无风雨也无晴。

风格就是人。以苏轼这样的人生体验、思想境界和行为模式，他的主导词风应该是什么，似已不必多说。王国维说"东坡之词旷，稼轩之词豪"，以"旷"属苏而以"豪"许辛，极有风格辨异的眼光。应该说明的是，正确地体认苏词主导风格为清旷，并不是否认苏词风格因"以诗为词"而形成的多样化，更不是否认苏词的多样化风格中有豪放风格。"豪放"一格，在苏词中确然存在。这种风格，固非苏轼首创，但在五代宋初词中，豪放词的确只有寥寥数首，且被汪洋大海似的软媚柔婉之词掩盖着，难显特色，难成一种艺术趋势。苏轼为了提高词品，开拓词境和强化词的抒情功能，自在密州创作《江城子·密州出猎》开始，即有意援阳刚之气、壮阔之境入词，陆续写出了一批雄豪奔放的长调和令词，使"豪放"成为一种引人注目的倾向，在词的园圃中别立一格，别创一体。这一历史创新与贡献，谁也抹杀不了。但是，由于作家的个性、经历和学养的制约，在苏轼全部词作中，豪放——这里特指作为文学风格的刚硬、雄放和宏大气魄——迄未形成主流。从确认作家的个性气质和主导风格特征的角度来考虑，我们只好承认：苏词的基调是清旷而不是豪放。尽管在传统文论的阳刚、阴柔两大审美倾向与风格类型中，清疏旷达也属阳刚一大类，也是所谓"男子汉"、"大丈夫"风度之一种，但它与同属此一类的"豪放"、"雄浑"等等毕竟有许多气质特征与外在体貌上的差异，不容大而化之地混为一谈。关于风格辨异，古今诸家论著述之甚详，这里不必再来重复一些本属常识的看法。总之，研究苏词，要紧的是探究和阐明其为这一个、这一派与诸家诸派不同的艺术特征，而不必树"豪放"为极品，把许多不属此品此格的作品都往上靠，导致对于苏词独特体貌的迷失。不认清苏词基于苏轼独特个性的

"清旷"风格，势难辨明"东坡体"的流派风格特色，也无从解释宋南渡之后虽然众多词人和词派都学习苏轼"以诗为词"，却为什么大都在风格上与苏词心貌各异、难为同派。关于这一点，本书下两章还将涉及，这里从略。

三、苏轼词派的形成与衍变

苏轼作词，卓然自是一家，艺术成就远远超逾时流，但社会接受却呈现较为复杂的态势。终宋之世，泥于应歌之俗、重女音而鄙雄声、喜"浅斟低唱"而恶男音高唱的受众和词人，纷纷讥议苏词"不协律"、"非本色"，而坚持谨守音律、缘情绮靡的"正宗"路子；而与苏轼气性相近、审美倾向相同且亦视词为陶写士大夫胸怀的言志之体者，则争效苏轼"以诗为词"，致使"言志"的词人群体在南宋衍为大宗；另外还有不少词人，并未参与讥议苏词的"时流"，但在基本艺术方向上与苏轼也格格不入，却默默地吸收和消化了苏轼"以诗为词"的某些具体成果，成为既不同于苏派、也有别于原先的婉约"正宗"的新词家与新派别。这是自北宋后期至南宋一代的几种基本倾向。具体到每一个特殊时段，情况又各有不同。倾向性的变化最显著的是"靖康"南渡前后。大致说来，在北宋王朝覆灭、赵氏皇室渡江南迁之前，虽然社会危机重重，但人们习焉不察，在文人士大夫的生活圈子里和畸形繁荣的商业文化大都市中，一百多年来一直是一派歌舞升平的祥和景象，人们需要维持"诗庄词媚"、"诗言志，词缘情"这种约定俗成的传统格局，以便继续用女音独盛、适宜于在软红场中"浅斟低唱"的艳体小词来满足声色享乐之需。在这种文化环境中，苏轼的"以诗为词"，显然是一种"不和谐音符"，非但应者寥寥，遭受冷落，而且还被大多数笃于时尚的人加以讥评和排斥。加之在北宋后期残酷的党争中，包括苏轼弟兄二人在内的元祐党人最终彻底败于以蔡京等人为首的后期"新党"之手，苏轼贬死外乡。在哲宗朝后期和整个徽宗朝，他本人无论生前身后都是"整肃"对象，乃至在徽宗朝其文字著作遭禁遭毁，文人士大夫或则竞相与苏轼"划清界限"以取容于蔡京之流，或则虽内心倾向和同情于苏轼也不敢公开表露。在这种情况下，文学上学习苏轼亦属禁忌。由于以上两方面的原因，在北宋之世，词坛学苏者寥寥无几，并未如一些论者所想象的那样形成"阵容特壮"的"苏轼豪放词派"。必待"靖康"乱起，如狼似虎的女真军队横扫中原大地，踏破了文人学士"浅斟低唱"的歌台舞榭，摧毁了生产软媚小词的楚馆秦楼，惨酷的家国巨变方才改变了大部分人的文学观与词体观，使他们感觉到了以诗为词、以词言志的需要与必要，于是南渡之际和南宋前期，词坛学苏者才风起而云涌，产生了或像苏或不像苏的新流派。

以上的简述只能勾画出从北宋晚期至南宋前期词坛新体"东坡体"流变的最粗略的线条。在这段时期，尽管有时尚的不同和社会文化环境的变化，因而词坛学苏者始少而终多、始寥落而终"火暴"，但不断有人学苏，却是论者公认的一个基本事实。如何解释和描述这个基本事实，却是词学史上歧见颇多的一个问题。论者或将学苏者笼统划为一个延伸于北宋—南宋两个不同时期的庞大词派——"苏轼豪放词派"，或断然否定有什么由苏轼挂帅的"豪放派"。

笔者以为，偏执一端的观点或视角难于理清复杂的词体词派衍变局面，需要正视当时词坛的全景，作具体的分析。

先说北宋晚期的情况。苏词在当时几十年间，确是反对者多，应和者少。连他最器重的学生秦观、张耒和陈师道，也不以他的"以诗为词"为然，陈师道甚至带头批评苏词"非本色"。但全面考察当时的词风，谓苏轼的新词风应者寥寥则可，谓其毫无应者、在北宋时尚未成派则又嫌绝对。至少，他的门人中，黄庭坚与晁补之二人因与他文艺观相近、疏宕清旷的艺术个性相似而作词也与他同趋一路，这可以证明苏词在北宋已开始衍派，一个虽时机未到而未及衍成大宗、但当时已有羽翼的苏轼词派，在当时是隐隐然存在的。王灼《碧鸡漫志》卷二在表扬苏轼"以文章余事作诗，溢而作词曲"，"指出向上一路"的同时，指出北宋晚期至南宋初有一批走苏轼"向上一路"的词人，他举例道："晁无咎、黄鲁直皆学东坡，韵制得七八。……后来学东坡者，叶少蕴（梦得）、蒲大受亦得六七，其才力比晁、黄差劣。苏在庭、石耆翁入东坡之门矣，短气踢步，不能进也。"王灼生活于苏轼刚去世不久的年代，而与叶梦得等人同时，对当时词坛风气及流派衍变情况非常熟悉，他的描述和判断应该说是比较真实可信的。还应该指出，王灼此书成于大动乱之后的南宋初年（高宗绍兴年间），由于文献资料的散失和他居住的四川盆地与外地的隔绝，他所搜集的信息尚不够全面和充足，因而对当时词坛学苏的盛况他尚描述得不充分。这里仅就他所提到的几位词人来略加分析。这些人中，叶梦得为南渡后学苏成就较大的一位，留待下一章专论南渡时期各词派时来介绍。蒲大受、苏在庭作品失传，石耆翁只有两首难以体现其学苏成就的咏梅小词传世（见《全宋词》第二册），对这三人我们也只好不讨论。现在来看看黄庭坚、晁补之这两位苏门文人作词学苏的情况。

黄庭坚（1045—1105），字鲁直，号山谷道人，晚年又号涪翁，洪州分宁（今江西修水）人。他比苏轼小八岁，为苏门四学士中年最长者，也是苏门文人中唯一的文学名声能与苏轼媲美者。他的诗与苏轼齐名，时称"苏、黄"，甚至实际影响超过苏轼，因为他是宋代最大的诗歌流派——江西诗派的开山祖。但他对词的创作则甚不经意，虽在当时一度有"今代词手，惟秦七（观）、黄九（庭坚）"的品评，但其实际成就，却大致只能预于二流词家之列。黄庭坚词品颇杂。其青年时代浸染都市"狭邪"生活作风，作词受柳永的影响，连他自己也承认是"间作乐府（侧艳小词）以使酒玩世"，曾被别人斥为"笔墨劝淫"（《小山词序》）。因此他的集子里留下不少"亵诨不可名状"的俗艳尘下之作。《四库全书提要》曾列举其《沁园春》、《望远行》、《千秋岁》第二首、《江城子》第二首等等十多首词来批评其鄙俗淫滥的一面。不过，他结识苏轼之后，政治上、文学上及人品、作风上受苏轼影响甚大，因此中年以后作词就自然地倾向于后者。加上他受新旧两党纷争的牵连，连续被贬官流放至涪州、黔州、戎州，最后惨死于宜州（今广西宜山）贬所。在长期流放生涯中，他潜心于佛、老之学，养成与东坡相近的旷达胸怀，于世事人生感慨更深，因而词风更加自觉地趋向东坡。比如其《水调歌头》一词，显然是有意仿苏之作：

> 瑶草一何碧，春入武陵溪。溪上桃花无数，花上有黄鹂。我欲穿花寻路，直入白云深处，浩气展虹霓。只恐花深里，红露湿人衣。
>
> 坐玉石，倚玉枕，拂金徽。谪仙何处？无人伴我白螺杯。我为灵芝仙草，不为朱唇丹脸，长啸亦何为？醉舞下山去，明月逐人归。

上片的"我欲穿花寻路"数句，与苏轼同调词同位的"我欲乘风归去"数句，非但意境相近，连用语和句式也酷肖。全词写出了山谷清旷超逸、不同流俗的士大夫襟怀，与苏词颇有神似之处。

当然，黄庭坚毕竟是黄庭坚，他在文艺创作上一向主张"自成一家"，而不要依傍他人门户。其论书法有云："随人作计终后人，自成一家始逼真。"（《题乐毅论后》）他作词学苏，主要是在"以诗为词"的本体观念上与苏轼认同，在旷达的襟怀上与苏轼相通，但却极为注意表现自己意气倔强的个性和生新瘦劲的风格。比如元符二年（1099）他五十五岁时在戎州（今四川宜宾）贬所写的《鹧鸪天·坐中有眉山隐客史应之和前韵，即席答之》：

> 黄菊枝头生晓寒，人生莫放酒杯干。风前横笛斜吹雨，醉里簪花倒著冠。　　身健在，且加餐，舞裙歌板尽清欢。黄花白发相牵挽，付与时人冷眼看。

这首词，在放旷达观这一点上，与东坡的"竹杖芒鞋轻胜马，谁怕，一蓑烟雨任平生"相仿佛，但细味全阕，其中流露的那一股为山谷所特有的倔强兀傲之气，却与东坡式的"回首向来萧瑟处，也无风雨也无晴"的忧乐两忘、心平气和的"无差别境界"大异其趣。诚如黄苏《蓼园词选》所评：

> 菊称其耐寒则有之，曰"破寒"，更写得菊精神出。"斜吹雨"、"倒著冠"，则有傲兀不平气在。末二句尤有牢骚。然自清迥独出，骨力不凡。

此外缪钺先生《论黄庭坚词》（载《灵溪词说》）论此词，既指出其"襟怀旷达"，又点明其"意气倔强"和"词笔苍老"，所见甚是。凡此种种，都可见出山谷词与东坡词同而不同的特点。此外如其长调名篇《念奴娇》（断虹霁雨）一阕，自宋代人们便公认其"可继东坡赤壁之歌"（胡仔《苕溪渔隐丛话》后集卷三十一）。此词意境之清疏高远，情怀之旷达豪迈，比之东坡原作固无多让。然篇末"老子平生，江南江北，最爱临风笛"云云，颇不同于东坡"人生如梦，一尊还酹江月"的颓放自适的叹息，而透出山谷自身傲岸不羁的本色。

黄庭坚隶属于苏轼词派的最有力的依据是他追步苏轼以诗为词。王灼谓"晁无咎、黄鲁直皆学东坡，韵制得七八"（《碧鸡漫志》），况周颐谓"山谷、无咎皆工倚声，体格与长公（苏轼）为近"（《蕙风词话》）。所谓"韵制"与"体格"，应是指学习苏轼以作诗的精神作词、以诗法入词所形成的一种与"东坡体"相近的艺术体貌和审美情趣。拿黄庭坚的诗和他的词（主要是他中年以后写的雅词）相比较，可以看出二者在题材内容、思想情绪、风骨格调等方面颇多相一致之处。比如黄诗中有不少抒写政治感慨的，黄词中也有；黄诗中颇多反映贬谪"蛮荒"之地的困苦生活的，黄词中也不少；黄诗中喜道饮茶之乐（黄在当时有"分宁茶客"之名），黄词中亦颇多茶词；黄诗中颇多禅理之篇，黄词也不时谈禅等等。这些题材内容一致的各类诗词，其抒情基调与风格都颇有相近之处。比如其后期的许多小诗颇能反映其虽惨遭政治迫害与迁谪之苦却决不屈服的顽强乐观心情，其《雨中登岳阳楼望君山》绝句云：

投荒万死鬓毛斑，生入瞿塘滟滪关。
未到江南先一笑，岳阳楼上对君山。

而他的小词《采桑子》亦云：

投荒万里无归路，雪点鬓繁。度鬼门关，已拚儿童作楚蛮。
黄云苦竹啼归去，绕荔枝山。蓬户身闲，歌板谁家教小鬟。

词虽不如诗写得那么精粹和凝炼，但连用语造句都极相似，反抗现实的精神一以贯之。词中"已拚儿童作楚蛮"云云，则显然用东坡《满庭芳》（归去来兮）中"坐见黄州再闰，儿童尽、楚语吴歌"之意，可见庭坚作词有意学习东坡。不过应该看到，苏轼以诗为词，颇能保持词体要眇宜修之特质，其优秀词篇往往能做到既清雄伉爽而又舒徐流丽，黄词则未能充分融合诗词两种"异量"之美，时时显得过于劲峭乃至多少有些生硬。他的同门晁补之批评他作词"固高妙，然不是当行家语，乃著腔子唱好诗也"。[14]并非毫无依据。只是晁补之并未觉察到，他自己追步苏轼"以诗为词"，其艺术上的所得与所失、所长与所短也与黄庭坚大致相当。

　　晁补之（1053—1110），字无咎，自号归来子，济州巨野（今山东巨野）人。熙宁四年（1071）冬谒苏轼于杭州，受到赏识，从此成为苏门著名文士。元祐中与黄庭坚、张耒、秦观等俱供职馆阁，并与老师苏轼频频诗酒酬唱，度过其一生中最惬意的时期。然亦因此受牵连，被目为元祐党人，绍圣之后及徽宗朝，补之屡遭贬谪，流放边郡多年，又在山东金乡城东筑葺园隐居多年。晚年得除党籍，起知达州，寻改泗州，大观四年（1110）初秋抵达泗州任所，中秋日赋绝笔词《洞仙歌》而卒。

晁补之是苏门文人中受苏轼词风影响最深且学苏最为用功的一位。自北宋末年以来，论者对别的词人评论颇多分歧，唯对晁补之则一致认定他为苏词嫡派。王灼《碧鸡漫志》列举诸多学苏词人，独许黄、晁两家"韵制得七八"，但接下去马上说："黄（庭坚）晚年间放于狭邪，故有少疏荡处"，言下之意似乎认为黄之学苏稍不如晁之"地道"。金人元好问论苏词流派，将晁与黄庭坚并列为上继苏轼、下启辛弃疾的两家。[15]清人更一致认为晁补之是苏派传薪的首选人物。如胡薇元认为："无咎为苏门四学士之一，其词神资高秀，可与坡老肩随"（《岁寒居词话》）；刘熙载指出："东坡词在当时鲜与同调"，唯"晁无咎坦易之怀，磊落之气，差堪骖靳"（《艺概》卷四《词曲概》）。他们都不提黄而专提晁，可见对晁补之词的苏派特色尤为看重。近人张尔田更直截了当地确认："学东坡者，必自无咎始，再降则为叶石林（梦得），此北宋正轨也。"（《忍寒词序》）揆诸晁补之词的创作实际，诸家所评颇为有据。

晁补之词现存一百六十余首，在北宋名家中这个数量不多亦不少，属于中等。按晁词中可编年的一百二十二首来计算，其开始创作词的时间是元丰二年（1079），最后一首词作于大观四年（1110）中秋节，前后达三十余年，不可谓不长。[16]其前期词作中，即有学习苏轼以诗为词，追求高朗旷远境界的明显倾向。比如《八声甘州·扬州次韵和东坡钱塘作》：

> 谓东坡、未老赋归来，天未遣公归。向西湖两处，秋波一种，飞霭澄辉。又拥竹西歌吹，僧老木兰非。一笑千秋事，浮世危机。
> 莫倚平山栏槛，是醉翁饮处，江雨霏霏。送孤鸿挥手，相接眼中稀。念平生、相从江海，任飘蓬、不遣此心违。登临事，更何须惜，吹帽淋衣！

此词作于元祐七年（1092）夏季苏轼以龙图阁学士知扬州时，补之时年四十岁，正任扬州通判，恰巧为苏轼属官。东坡原唱为上一年在杭州寄参寥子之作，写得高旷飘逸，境界特高，前人赞其"寄伊郁于豪宕"（陈廷焯《白雨斋词话》卷八），"骨重神寒，不食人间烟火气"、"云锦成章，天衣无缝"（郑文焯《手批东坡乐府》），一向被公认为"东坡体"的代表作之一。晁氏这篇和章，力追东坡，气势酣畅，笔力豪健，见出襟怀的雄爽旷达，但毕竟模仿别人多，自出己意少，尚未显出自己应有的艺术特色，足见他此时学苏还未能学到家。此外，晁补之前期创作尚未摆脱诗言志、词缘情的传统观念和心理定势，词的内容和境界还比较狭窄，虽然他的词品较黄庭坚为洁，绝少浮艳之作，但前期的作品毕竟流连光景、应酬送别和剪红刻翠者较多，而自抒士大夫襟怀、广泛反映现实生活者则较少。尤其是他的小令，此时还大致在南唐和宋初的轻歌微吟、委婉柔丽的传统词风中徘徊。

和黄庭坚一样，晁补之学苏有所得，从而得心应手地以诗为词，并显现自己独特的艺术个性，主要是在他中年以后——亦即哲宗绍圣之后至徽宗朝他屡遭贬谪、到处迁徙和废退居乡的时期。此时他经历了宦海的风波，加深了人生的体验，接触了广阔的社会，自然就突破了传统"正宗"词的狭隘规范，致力于用词去表现多种思想情感和较为广阔的现实与人生。他的后期词，多喜描写田园风光、乡居生涯，尽兴吐露仕途失意的哀怨和人海浮沉的辛酸，真切地传达对亲友乡人的深挚情意，还生动地描画了所游历各地的山川风物与世态人情，不但题材广泛，而且境界高朗旷远，艺术手法也趋于成熟和个性化。其造境最高妙、传诵也最广远的代表作，便是《摸鱼儿·东皋寓居》：

> 买陂塘、旋栽杨柳，依稀淮岸江浦。东皋嘉雨新痕涨，沙觜鹭来鸥聚。堪爱处，最好是、一川夜月光流渚。无人独舞。任翠幄张天，柔茵藉地，酒尽未能去。　　青绫被，莫忆金闺故步。儒冠曾把身误。弓刀千骑成何事？荒了邵平瓜圃。君试觑，满青镜、星星鬓影今如许！功名浪语。便做得班超，封侯万里，归计恐迟暮。

这首名作写于崇宁二年（1103）补之退居金乡、经营"归来园"以事隐居之时。上片极写隐居之乐，颇得苏轼清旷超逸的韵味；下片则沉郁感喟，寓辛酸悲愤于旷达语中，但又能以坦荡磊落之气将悲怀排遣而出，这就显出了作者自己的个性。前代词论家多看到此词以豪健之笔造宏阔之境，以清超之调遣沉咽之情的艺术特点，以为它足可上承东坡而下启稼轩。如黄苏谓其"语意峻切，而风调自清迥拔俗"（《蓼园词选》）；刘熙载更谓："无咎词堂庑颇大，人知辛稼轩《摸鱼儿》'更能消几番风雨'

一阕，为后来名家所竞效。其实辛词所本，即无咎《摸鱼儿》'买陂塘、旋栽杨柳'之波澜也"（《艺概》卷四《词曲概》）。

由以上这首代表作亦可大致看出，晁补之学苏所得，主要是"以诗为词"、尽兴抒发士大夫主体意识的那种气度和雄爽清健的笔力，而禀性气质的超拔飘逸，则非强力追寻所能获致。他的秉性沉绵伊郁，趋于内向，缺少东坡那种勘破物理、出神入天的旷达襟怀，也达不到陶渊明式的静穆淡泊、北窗高卧的"羲皇上人"之境，这就决定了他的词于放旷豪健中夹以低咽怨抑的基本格调。冯煦以为晁氏"所为诗余，无子瞻之高华，而沉咽则过之"（《宋六十一家词选例言》），所评颇为中肯。无东坡之高华，是其才力短处；而风格之沉咽，又是其独显创作个性的长处。

晁补之的最后一首词《洞仙歌·泗州中秋作》，标志着他对人生境界与艺术审美理想的一次带有终极意味的追求，全篇如下：

> 青烟幂处，碧海飞金镜。永夜闲阶卧桂影。露凉时、零乱多少寒螀，神京远、唯有蓝桥路近。　　水晶帘不下，云母屏开，冷浸佳人淡脂粉。待都将许多明，付与金尊，投晓共、流霞倾尽。更携取、胡床上南楼，看玉做人间，素秋千顷。

这首词，对人生数十年的辛酸烦恼一概忘怀，在思想境界上臻于空明洁净的高境，作者把全部注意力转向大自然，在素秋千顷的月色中陶冶情怀，荡涤心胸，升华人格，将高洁的人格美与清幽的自然美融合为一，达到了抒情的极致，意味着这位苏派词人艺术上的高度成熟。其高旷清健的风格，与东坡咏中秋《水调歌头》相比，无多逊色。东坡的词风在当时能得到如此空谷足音似的高水平、高格调的回应，也算"吾道不孤"了！

北宋灭亡之后，东坡词派一衍为二，南北分流。一派传于女真族立国的中国北方，形成以由宋入金的吴激、蔡松年发端，以金国土地上出生和成长起来的大批北方汉族、女真族、契丹族士人为承传人，以金源文宗元好问为集大成者的一个强大的金源词派。这是当时中华大地上一个特殊的带有典型的北方文学特征的流派，它的流派风格，是苏轼以诗为词的宏大气度和雄爽清超词风与北方各族人民共有的粗犷豪健的民族特性化合而成的一种十足阳刚型的词风。它的艺术渊源来自东坡体，但经过时代、地域和民族性格的变异，其基本特征已与苏派主导风格大有不同。清代词论家称金源词风为"深裘大马之风"（况周颐《蕙风词话》），足见其与宋词几个重要流派的主导风格都大异其趣（包括与苏派的衣冠文士的"逸怀浩气"都不是一回事）。因此，金源词派可称为苏派在异地异时的一个变种，而非嫡派（说这个话只是辨风格之异，丝毫不带任何贬义）。金源词派非本书讨论的范围，这里只略为点到。

另一派则以南渡文人叶梦得、陈与义、张元幹、向子諲、李纲、王以宁、朱敦儒等等为不同代表，随赵宋皇室渡大江而移居南国，并依各人的政治胸怀、身世经历与艺术趋向的不同而分衍为豪壮慷慨、清超旷达、颓放出世三个分支流派。具体情况，留待第五章详加析论。

第二节　折中于柳苏之间、另开浑雅典丽一派的周邦彦

文学流派的产生，归根结蒂是决定于一定的社会文化动向和时代审美思潮。北宋前期文官政治的确立、上层士大夫地位的优越稳定和这个阶层风雅娱乐活动的需要，决定了晏欧词派的产生。而同一时期与士大夫文化异质异趋的都市文化的高涨以及伴随这种高涨而来的新兴市民阶层文化、审美意识的觉醒，使得柳永的新声俗调风靡四海，成为最时髦的"流行歌曲"。而在北宋中期，当晏欧一派的艺术规范已经过时而柳永俗词又不能见容于士大夫主流文化之际，作为士大夫改革派所发动的诗文革新运动在词坛的一种连锁反应，苏轼"以诗为词"的言志词派乃应运而生。但当时应歌合乐、独赏女音的时俗潮流已无可扭转，苏轼的新体新词显得十分不入时和孤立。而北宋晚期由于变法派的彻底变质和元祐党人的彻底失败，一代士人主体意识失落，情绪感伤低迷，歌台舞榭适足以作为精神的遁逃薮，于是，折中于柳派、苏派之间，恢复"浅斟低唱"的审美主调和婉约含蓄的抒情"正宗"的周邦彦词派乘时而兴了。

一、"浅斟低唱"的颓靡时风与感伤低回的抒情词人

周邦彦词的风格基调与艺术特征，既受制于北宋晚期的政坛风云和文化时尚，也决定于那个特定环境中一般士人的颓放纤弱心态。

北宋的国家繁荣和文化昌盛的高潮期，大约是在仁宗、英宗、神宗三

朝和哲宗朝的前期（亦即元祐时期）。自从哲宗亲政，打着"变法派"旗号的后期新党乱政乱国之后，赵宋王朝的"国运"便急遽地转向衰败没落，而繁荣近百年的宋文化也相应地转入低潮期。在北宋，文化和文学的兴衰，与社会政治的关系极为密切。这是因为科举制度与文官政治体制的高度完善，将社会文化精英大批地推上了政治舞台，那时的政治家或官僚政客们往往同时又是主盟文坛的领袖人物和艺术成就很大的作家。因此，北宋文化和文学的繁荣，几与北宋中期以"庆历新政"（范仲淹为首）和"熙宁变法"（王安石为首）为标志的社会政治改革同步。而随着社会政治改革潮流的消退，文化和文学的繁荣从总体上来说也就逐渐成了美好的过去。政治与文化精英人物的升沉穷达，例如范仲淹、欧阳修、王安石、苏轼等人的进退出处、行时背时的生命历程，实在相当程度上象征着北宋中后期的国运与文运。当时政治的衰败、腐败和混乱，是以王安石变法失败、后期变质的新党擅政为起点；而文化与文学的转入低潮，则以虽与王安石政见不同、但实亦主张改革的苏轼及其政友文友们被窜逐南荒以至死亡为标志。自此以后，世风日下，奸党盈朝，人心唯危，"世纪末"的心理普遍滋长，本来就十分封闭内向的一代文士的心态就更加萎缩和柔靡，乘时享乐和消极遁世成为大多数人无可奈何的选择。从哲宗"绍圣"到徽宗"宣和"的几十年间，统治集团内部的矛盾、统治集团与广大城乡士庶百姓的矛盾以及宋朝与辽、金二国的矛盾极为尖锐复杂。吏治腐败，现实黑暗不堪，社会动荡不安，北宋王朝大厦将倾，可是文人墨客们却退避社会，脱离现实，沉醉于花前月下，蜷缩在歌楼酒肆，以"浅斟低唱"的柔媚小词的创作和演唱打发日子。徽宗一朝，由于皇帝本人的爱好和艺术特长，词风最盛，但也最绮靡。腐败的政局与畸形繁荣的都市文化酿就了这股颓靡不振的"浅斟低唱"词风，而这股词风恰好象征着那表面上繁花似锦的"文明之邦"行将遭劫和衰亡。

　　本书前面的有关章节已经说明：所谓"浅斟低唱"，作为一种尚柔、尚艳、尚女音的文化享乐时尚和创作风格，在五代宋初就已形成并成为歌坛主流。但其风之大盛则是北宋晚期的事。北宋前、中期的吟坛名公们，除了"一曲新词酒一杯"地顾影自怜和歌咏柔情之外，毕竟还有许多重大的、正经的事必须做，而北宋晚期事无可为、尘海浮沉的风流词客们则只有以"浅斟低唱"来追欢逐艳这一途了。北宋社会经济与都市文化的畸形的、表面的繁荣，尤以徽宗崇宁年间至宣和之末那段时间为甚。那时奢靡享乐、征歌选舞之风已呈不可收拾之势。尤其是在文人才士聚集的大都会，更是酒香花影，莺娇燕昵，令人目眩神乱。崇宁年间曾卜居汴京的孟元老在其《东京梦华录》中描述当时汴京的文化娱乐盛况道：

> 垂髫之童，但习鼓舞；斑白之老，不识干戈。时节相次，各有观赏，灯宵月夕，雪际花时，乞巧登高，教池游苑。举目则青楼画阁，绣户珠帘，雕车竞驻于天衢，宝马争驰于御路。金翠耀目，罗绮飘香，新声巧笑于柳陌花街，按管调弦于茶坊酒肆。八荒争凑，万国咸通。集四海之珍奇，皆归市易；会寰宇之异味，悉在庖厨。花光满路，何限春游；箫鼓喧空，几家夜宴。

指挥这台以"浅斟低唱"为主旋律的都市交响乐的，自然是富于文艺天才而短于治国之才的亡国之君宋徽宗赵佶。他需要典雅而合律的词章，他需要整理和规范词乐词律以供皇室和整个统治集团宴安娱乐之用，于是特设大晟府，集中音乐文学创作的高手巨匠，讨论古音，审定古调，创作新乐，按调填词，传"八十四调"之声，形成了一个大晟乐的音乐系统。（以周邦彦为首的一批先后在大晟府供过职的词人，则被后世习称为大晟词派。）在这样的歌词创作中，绝对容不了苏轼式的清雄伉爽之气、苏轼式的"以诗为词"的艺术手法和苏轼式的但求表情达意不求处处协律合腔的脱离音乐的倾向，决定性地需要的，倒是典雅工丽的词章、柔婉含蓄的风格和高度专业化的谱曲创调、审音定律的音乐才能。既是学问家又是音乐家、既富于高雅的词章修养又精熟新声俗调、书卷气十足而又性情风流不羁的文学侍从之臣周邦彦，恰好成为这个词派的"带头羊"。这个人不但以自己浑厚和雅的歌词为时流所推重，而且一度被宋徽宗任命为皇家音乐机关——大晟府提举，成为名副其实的词坛领袖。因而，要探究这个被称为"大晟词派"的北宋晚期主流词派的艺术倾向和流派风格特征，自然先得对派主周邦彦的创作个性和独特经历作一番考察。

过去的宋词研究中有一种简单化的贴标签的倾向，即把北宋晚期的词风等同于政风，把周邦彦这个词派定位为替亡国之君和垂死的统治集团服务的宫廷词派，甚至直斥周邦彦本人的词为"亡国之音"。但实际上，周邦彦及其一派词的风格和基调虽与当时的社会风气、文化时尚有着某种同一性，但亦另有其作为宣写词人自身主观情志的个性化文学的不一致性；

他们的创作既有迎合时尚顺应时流的可悲的一面，亦有在词的发展高度成熟之际全面总结和规范一代词艺的积极的一面；既有其象征北宋社会末运的一面，又有其代表词的发展自身的一个历史阶段应有的艺术风貌的一面。要弄清这种艺术现象的复杂性，只有对派主的情况进行基本的分析和描述。

周邦彦（1056—1121），字美成，号清真居士，钱塘（今浙江杭州）人。少年时即博涉百家之书，而性情落拓不羁，不为州里所推重。于是离乡北上，到汴京为太学生。元丰六年（1083）献《汴都赋》，写汴京盛况，颂王安石新法，受到神宗皇帝赏识，自诸生擢为太学正。不久神宗去世，元祐党人执政，邦彦不能迎合旧党，被外放南方任地方官，沉沦州县多年。哲宗绍圣时奉调回京任职。元符元年，奉命重进《汴都赋》，受哲宗赏识，擢为秘书省正字。从此仕途较顺，官阶渐隆，徽宗时位至列卿。政和六年（1116）入拜秘书监，进徽猷阁待制，提举大晟府，在官位上和文艺事业上都达到了他一生的顶点。不久因不肯奉旨填写颂祥瑞之词而得罪徽宗，外放真定府，旋改知顺昌府，迁处州（今浙江丽水）等地。罢官后提举南京（今河南商丘）鸿庆宫，乃居睦州（今浙江建德）。不久方腊乱起，邦彦乃还杭州，又渡长江居扬州。宣和三年（1121）过天长至南京，当年病逝于鸿庆宫斋厅。朝廷得知，赠宣奉大夫。此时距北宋之亡，已只有六年了！

纵观周邦彦的一生，其身世有小波折而无大起落，虽长期任职州郡而无明显政绩。与晏殊、欧阳修、范仲淹、苏轼等人较多地卷入政治斗争、以从政者的身份终其大半生不同，周邦彦是一个纯粹的以词章为业（尽管也一直做官）的士大夫，其看家本领、主要兴趣和毕生精力都在文艺上。与柳永大半生落拓不遇、只能痛苦地流落坊曲和浪迹天涯也不同，周邦彦虽仕途有些波折，毕竟曲线上升，越过越好，终身未离官场，生活相对平稳而富裕，较有细心地雕琢词章的闲情逸致，有充裕的时间和兴趣来真正地"浅斟低唱"，精致地咏写他那些自适情性的篇章。他谈不上有什么像范仲淹、欧阳修、苏轼那样的慷慨用世之志和士大夫的逸怀浩气，虽一度作赋颂扬熙丰新政，并因此而在宦途经受波折，但却从未在政治舞台上"进入角色"，而是钻进他最宜施展自身才华的歌台舞榭去求发展。他是那个文弱之世里典型的"风流情种"，既浪漫多情，又儒雅含蓄，不似柳七郎那样流于俗滥。他的家乡是湖山秀丽的江南名城杭州，他的家庭是"旧有簪缨"(《南浦》词）的封建世家，地域文化与家庭文化的双重滋养，使他禀赋了文柔细腻、温雅蕴藉的个性特质。他自幼苦读而有"博涉百家之书"的时誉（《宋史》本传），他"又性好音律，如古之妙解，'顾曲'名堂，不能自己"（南宋楼钥《清真先生文集序》），是北宋文人中继柳永之后最杰出的音乐专家。凡此种种，投入歌词创作之中，所产生的自然是一种既向五代宋初清切婉丽、协律可歌的"正宗"回归、又投合北宋晚期"浅斟低唱"的绮靡时尚的新雅词流派——陈廷焯《白雨斋词话》中所列十四体中七个"殊途同归"的正体之一的"周美成体"。

周邦彦的既复旧（相对于苏轼词派而言）而又带上北宋晚期时代特色的词风，在当时具有很高的代表性和示范性；他的若干典范词作中所反映出来的思想情绪和精神状态，更可视为那一特定时期文人士大夫的共有心态。

北宋词坛，除了苏轼一派独发阳刚之音、独唱言志之调以外，其他各流派，无论其为雅为俗，都尚柔、尚艳、尚音律、尚女性题材与女性美。而晚出的周邦彦尤为此一审美主流中当行出色的"掩众制而尽其妙"的集大成者。他向以长于抒写个人愁丝恨缕和男女柔情见称，其人文质彬彬，多愁善感，心理细腻，故其词境也多呈清丽婉曲不胜缠绵之态。张炎《词源》中评周词"软媚"，虽带不满之意，却大致切合其基本特征，因为那些词多是在"浅斟低唱"的歌酒软红场中写出来的。在那样一种创作环境中，心态文柔而尚艳的周美成，极善于在缓斟慢饮地欣赏歌儿舞女的柔姿软腔的过程中细细地体味柔情，咀嚼柔情，并别有会心地写出同时代文士人人欣赏却未必能写得出、写得好的柔情。比如："宜城酒泛浮香絮，细作更阑语"（《虞美人》）；"酒边谁使客愁轻，帐底不教春梦到"（《玉楼春》）；"感君一曲断肠歌，送我十分和泪酒"（《木兰花令》）；"玉琴虚下伤心泪，只有文君知曲意，帘烘楼迥月宜人，酒暖香融春有味"（《玉楼春》），等等。周邦彦的词坛先辈柳永是北宋前期流连坊曲、善写酒边柔情和花前艳姿的头号"浅斟低唱大师"，但柳永的那些作品述事造境显得较为浅俗和鄙俚，较为"粗线条"，感情的呈现也较为平直奔放一些，不如周邦彦这样处处写得细致，写得典雅精巧和婉曲多姿。因此周邦彦当之无愧地成为北宋晚期使词风回归"婉约"和"浑雅"传统的领袖人物。

当然，如果周邦彦仅仅是简单地回复"艳科"传统，仅仅在软红场中写香艳小词，那么他的词的审美价值和文化意义也就太小了。他的较显个性特色的地方，在于通过不少作品留下了自己作为那一历史时期文人士大夫的代表人物的心灵之旅的特殊印记，画下了既不同于晏欧、也有异于柳永、更与苏轼大相径庭的情感波动轨迹。这既集中表现在他那些比柳永写得更沉郁的羁旅行役登山临水之作中，也大量散见于他的不少"将身世之感打并入艳情"的恋爱相思词里。

这是一种感伤低回、衰迟颓放的抒情主调。它的出现，标志着北宋本来就尚文主静、内省精思的文化精神更加走向封闭柔弱。

试看周邦彦初到汴京为太学生时，生活何等风流浪漫："冶叶倡条俱相识，仍惯见、珠歌翠舞"（《尉迟杯》）。他因献赋而得官，高高兴兴地步入仕途。那段时间他所写的诗词，情调十分欢愉明朗。曾几何时，神宗崩逝，元祐"更化"，他因未能迎合旧党，被放外任，先后流宦于淮南、荆南和江东，当了大约十来年的下级地方官，尝到了一些沉沦下僚、羁旅异乡的生活苦果。这一点点仕途的小波折，比起柳永的屡试不第、蹉跎大半生和苏轼的坐牢流放、远窜南荒，算得了什么？可是，柳永能作"才子词人，自是白衣卿相"的傲然长吟，苏轼更有"莫听穿林打叶声，何妨吟啸且徐行"的旷达胸怀，而周邦彦却连发一发牢骚、放一放怨气的欲望都似乎没有。他的心是柔弱的，他的性情是委顺而沉静的，他难以由此产生反抗情绪和激烈行为，而只是独自低吟其不如意的哀歌，并更深地潜入歌酒丛中，颓唐下去，麻醉下去。他的"低回不自表襮"的柔弱心态和感伤沉郁的抒情基调，即形成于这段浮沉州县的时期。其代表作《满庭芳·夏日溧水无想山作》：

> 风老莺雏，雨肥梅子，午阴嘉树清圆。地卑山近，衣润费炉烟。人静乌鸢自乐，小桥外、新绿溅溅。凭栏久，黄芦苦竹，疑泛九江船。　　年年，如社燕，飘流瀚海，来寄修椽。且莫思身外，长近尊前。憔悴江南倦客，不堪听、急管繁弦。歌筵畔，先安枕簟，容我醉时眠。

词中"且莫思身外，长近尊前"系化用杜甫《绝句漫兴九首》"莫思身外无穷事，且尽生前有限杯"二句；"歌筵畔"三句则合用陶渊明语"我醉欲眠卿可去"及杜甫《曲江对酒》"暂醉佳人锦瑟旁"。周邦彦是性情沉郁的人，对同为沉郁性格的老杜很感兴趣，词中也常用杜句。但老杜诗中除却个人生活的愁丝恨缕之外，更有对天地古今的深沉思考，对国运民生的深切关注。周邦彦则显然对老杜有所取有所不取，因而我们在他的"沉郁"之作中只看到了个人情怀的低抑和颓放。这首词中"憔悴"之"倦客"形象，更是他自身独特精神面貌的活写真。周邦彦极喜自称"倦客"：流寓江南，自谓"江南倦客"；连在京城做高官，也无限疲惫地自称"京华倦客"（《兰陵王》）。他的词中颇喜用"倦"字，笔者粗略统计，他传世的约二百首词中，用"倦"字多达十三处。一个"倦"字反复使用，标明他心理的衰迟颓放。他的柔弱文静的心灵一受外部世界的刺激，便易生疲惫难禁的劳累感。这是一个多么典型的感伤诗人！

周邦彦虚静退避的文化性格的形成，还与道教的浸染有关。北宋后期，道教颇为兴盛，甚至成为上自皇帝、下至一般文人的精神支柱（宋徽宗就入教并自封为"教主道君皇帝"）。周邦彦中年任溧水（今属江苏）县令，此处地近道教中心茅山，颇受玄风浸染。周邦彦在此时此地潜心信奉道教，把县衙厅堂和县境的一些山水亭台都起上了道家的名称，自己也取外号名"清真居士"，可见其向道之坚。宋人记述周邦彦"学道退然，委顺知命，人望之如木鸡，自以为喜"（楼钥《清真先生文集序》）。于此可见周邦彦大半生低回沉吟、委顺随时的性情与作风确有其深刻的思想渊源。由于思想皈依道家，他不但有不少登山临水、留连光景之作充溢着"道"气，就连许多咏艳情的小词都带上了道教徒式的"游仙"趣味。诸如"醉偎琼树"（《黄鹂绕碧树》），"醉邀仙侣"（《芳草渡》），"醉倒天瓢"（《蝶恋花》），"扶残醉，绕红药……任流光过却，犹喜洞天自乐"（《瑞鹤仙》）等等自命为仙的句子，在其词集中不在少数。他的《蝶恋花·席上赋》一阕，致被论者目为"语带仙气，似赠女冠之作"（陈廷焯《白雨斋词话》）。他就是在这种由几分俗世的真实、几分精神的幻想构成的醇酒美人合一的道家"仙境"中自我满足、自我解脱了。同样是崇奉道教以追求人生之乐和精神的皈依，在不同时代和不同的人们的身上风格气度就大不相同。比如唐代诗人中的道教徒贺知章就以"狂"见称，那位"谪仙人"李白更是激情外射，气吞山河，豪壮感人。而周邦彦则处于一个内向而狭窄的精神小天地中，散发着一种夹带几分感伤、几分无奈和几分消沉的幽婉柔弱气息。从他的自我精神表露的词篇里，我们看到了宋代修文主静、内向封闭的社会风尚对文人心理的软化与"雌"化。周邦彦是北宋最后一位大词人，他的纤弱感伤、低沉颓放的抒情基调，代表了北宋晚期文化精神的无可挽回的衰落与沉沦。

以上的不算全面也未必深入的论述已足可证明，以周邦彦为首的北宋晚期典丽词派，是代表当时士人共有心态与审美趋尚的一个流派。但却不能想当然地将这个词派定性为替必亡的朝廷帮腔的宫廷词派，更不能让这批未曾与闻朝政的专业文艺人士也来为北宋的灭亡负一份责任，把他们的无关乎时政的自我抒情之词诬为什么"亡国哀音"。从历史遗存的资料来分析，曾被选拔到大晟府任职的文人中，流品当然不单一，其中不乏谄媚小人和作应制词及颂德政祥瑞之词去为皇帝奸相捧场的软骨头，但亦有不少像周邦彦这样并无什么恶德恶行而主要是因为有音乐文学修养才被选用的纯专业人士。这些人的主要工作，也主要是如张炎所说的"讨论古音，审定古调……又复增演慢曲、引、近，或移宫换羽，为三犯、四犯之曲"的审音创调工作，这种纯专业工作与时政无涉，不能因为其时正当谁也无法预测的亡国之前夜（顺便说一句，北宋之亡虽与统治集团的腐败有关，但主要是当时强悍的游牧民族对文弱的农耕民族陡然发动劫掠的结果，此不具论），就将这批文人的创作硬往政治气候上拉扯。拿周邦彦本人来说，他任大晟府提举是在政和六年（1116），其时他已六十一岁。他的那些体现其词风、奠定其文学地位的作品，绝大多数作于此前，[17]与大晟府无涉。且其人虽性情文柔委顺，却颇有正义感，并不愿趋炎附势去为皇帝歌功颂德。据宋人记载，其提举大晟府时，徽宗因"近者祥瑞沓至，将使（周邦彦）播之乐府"，令蔡京风示之，周邦彦竟以"某老矣，颇悔少作"为辞加以婉拒。[18]由此得罪徽宗与蔡京，导致任职大晟府的次年即被罢斥出京。作为朝廷首席乐官，皇帝和宰相令其制词，按常理是必须应命的，但周邦彦却公然不奉命，显然是不肯加入那"亡国哀音"的合唱中去的。王国维先生论及此事时称赞说：当时许多汲汲求进的文人投朝廷所好，"以言大乐颂符瑞进者甚多"，但适当此时主持大晟乐府的周邦彦却"绝不言乐"，不加入粉饰虚假太平的大合唱，"不闻有所建议，集中又无一颂圣贡谀之作"。[19]周邦彦这一表现十分难能可贵。在这一点上，他比自称"白衣卿相"的柳永思想境界还高出一筹。柳永为了打开仕进之路，还主动写作和投献了不少颂祥瑞和为皇帝祝寿的"颂圣贡谀之作"（今存《乐章集》中具载此类作品，兹不引），而周邦彦却未曾凑此种"热闹"。可见论者将周邦彦视为"粉饰太平"的"御用文人"，将周词定为"亡国之音"，实在是冤乎哉！

综上所述，可以结论说：北宋晚期的文化低潮和"浅斟低唱"的颓靡时风只能产生周邦彦这样的回归"婉约"传统的词人，他的感伤低回、软媚颓放的词风，反过来又可代表一代文人的精神面貌。但周邦彦及其词派又绝不能与所谓"御用文人"、"宫廷词派"画上等号。鉴于周邦彦及其同派词人都精通音乐并都曾在大晟府进行过群体性艺术创作，鉴于他们艺术趣味、审美规范上的某种趋同性，把他们称为"大晟词派"固然名实相副，但对于这"名"与"实"的解释应该严守文学艺术的本位，而不要生硬地拉扯政治社会背景，导致对这个词派的错误评价和歪曲定位。

二、律精调雅、法密技新的清真词

上一部分主要说明北宋晚期的社会风气与文化主潮必然产生周邦彦一派词，而周邦彦一派词的基本风貌又决定于作家在那种文化环境中养成的特殊心态和审美情趣。这一小节换个角度，从词的艺术本身的进程来考察周邦彦这位宗主式的人物为词史贡献了什么，增添了什么。

作为一种音乐文学的曲子词，在北宋一代高度成熟、高度繁荣，到了北宋晚期，创作的经验已有了极为充分的积累，总结词乐、词调、词法的时机已经成熟。周邦彦秉音乐与词章的长才，恰成为一代词技的集大成者。

柳永、苏轼、周邦彦，是北宋词抒情艺术发展道路上的三个里程碑。而作为殿军的周邦彦，他的一部《清真词》更是对北宋词中占主流地位的应歌合乐词的一个全面总结。

观察北宋词一变而为柳永，二变而为苏轼过程中的利弊得失，清真词的历史地位会显得更加清楚。

柳永词的优长和贡献前已详述。但柳词本身存在五个方面的问题有待后继者解决。一是虽扩大了词境，但思想境界和作品风格不够高。二是柳词多为市井坊曲歌女演唱而作，太重音乐效能，有不少篇什辞句并不讲究，文学性能不够高。三是他以市民题材入词，以俚俗语句入词，固为文人词的一个进步和开拓，但未免过于俗滥，特别是较多露骨的色情描写，颇为当时士大夫所诟病。四是他以铺叙和白描等法作词尚属草创，技法章法尚未实现圆熟浑成和多样化，且有部分作品流于平直滑易，有不讲含蓄、一泻无余之弊，所谓"屯田家法"尚需发展、完善和救偏补弊。五是柳词之合于律调，乃即兴为伶工而作，取其易于迅速入乐歌唱，故格律、音韵、字句并无定格，有时同一词牌若干首词字句参差不齐。如《乐章集》中同属《轮台子》一调的词，有相差至二十七字者；《倾杯》一调竟有七体之多。故柳氏所创大量新声慢词的格律有待进行必要的审理、精炼和规范。苏轼、周邦彦先后起而作词，或与柳氏对立而另开局面，或继轨柳氏而加以雅化和提高，各自从不同角度解决了柳词存在的一些重要问题。但可惜由于各种条件限制，苏、周又都各留下了一些遗憾。

苏轼继柳永而起，病世俗歌词反映生活范围之狭窄和功能之低，鄙柳词之"词语尘下"，乃假社会流行的这一新兴体制，自抒其士大夫之"逸怀浩气"，变歌者之词为诗人之词，音律渐疏而内容却变得丰富，疆域日趋扩大，作者的性灵抱负从此得以较充分地表现于曲子词之中。这样，词的功能提高了，而距文人词的婉美谐律、言美情长的传统却远了。苏轼的大胆突破预示了词的发展新方向和新流派的必然产生，不容以"非本色"而訾议之。但东坡词亦自有其难以掩饰的缺点：一是他对词的创作态度并非都那么严肃认真和一丝不苟，他是天才型的作家，习于纵笔挥洒，意境上开辟固多，而艺术形式上的创新与熔铸则相对地少，甚而有一些粗豪滑易的败笔。清人周济有云："东坡天趣独到处，殆成绝诣，而苦不经意，完璧甚少。"（《宋四家词选·目录序论》）说苏轼作词都不经意，不严肃，只是偶有"绝诣"，这当然是周济出于"退苏进辛（稼轩）"的宗旨而对于苏词的贬低，不尽符合实情。但平心而论，苏轼在他的诗、文、词三类作品中，独视词为"余技"，对词花的功夫相对来说确实较少。他在词的意境、风格、章法、技巧上的研炼琢磨的功夫的确不够。在一部《东坡乐府》中，可有可无的平庸之作和近于文字游戏的恶札远不止十篇八篇。二是词从晏殊、欧阳修等人开始即多少有不协律之病（参见李清照《词论》），至东坡而偏重文学抒情功能，而多少忽略了音韵美和音乐性。因为不为歌唱而作，故有时难免不协律腔。东坡词之所以被宋人普遍认为"非本色"，除了风格上与传统清丽婉约之词大相背离之外，在协律合乐这一点上也使人有"脱轨"之感。这倒主要不是指东坡不懂声律、不会唱曲（事实上如前所述，东坡是懂声律、能唱曲的），而是指他视词为文学抒情之工具，"非醉心于音律者"（王灼语），如元好问《新轩乐府引》所言"情性之外，不知有文字"（指不屑于去细究文字是否谐婉合律），这一创作倾向实有使小词脱离音乐自成一种文体的"危险"。这当然要引起视词为音乐文学、认为不该违背协律合乐的基本规范的大多数人的反对。

能够比较全面地集前人技艺之长，而避柳、苏二派之所短，对北宋应歌合乐的婉美小词作出继承、总结和矫弊救偏之贡献，并大大丰富和发展了词法的，就是生当柳、苏之后的周邦彦。周邦彦的词，既重文学抒情功能，又重其本来应有的娱乐功能；既重篇章辞句之美，又重音律之美；能清能丽，亦雅亦俗，化俗为雅，从风格体貌和艺术技巧上来看，的确称得上是当行本色而且极为出色的"诗客曲子词"。纵观北宋词的发展源流，苏轼词中那些"以诗为词"的惊世骇俗之作，"高处出神入天"（王灼语），自不易为笃于时尚的同时代文人们所理解，必待"靖康"南渡词风巨变时方能衍为大宗；其他自柳永开始的俗词一派，又被士大夫阵营群起抵制，视为"野狐涎"。于是，屏苏轼之"豪"（指不肯细加剪裁以协音律）、避柳永之"俗"（指"词语尘下"），于音律和谐规范之中来兼求词章之浑厚醇雅，以便大家都能接受，这样清真词及其词派就产生了。周邦彦虽着意于炼字锻句，审音谐律，但其词尚不失为"诗人之词"，其若干代表作注重抒写自我的哀思愁怀与爱情经历，并没有简单地回复到柳永之前的类型化、普泛化的代言体路子上去。它们不但有典雅柔婉的音乐美，亦有极为个性化的文学抒情功能，既充分兼顾音乐性，又并未牺牲其文学性。词到了周邦彦手里，发展成了一种较为理想的将音乐语言与文学语言完美地结合起来的抒情艺术形式。因此他成了北宋合乐歌词艺术的总结者，又是南宋中后期主协律、倡"复雅"的词学风气的开启者，是宋代所谓"正宗"词流的承上启下的枢纽。可惜的是，周邦彦的胸襟抱负不如苏轼，艺术上的开阔气度也不如柳永，因而"创意之才"既不如柳更逊于苏，他的整个创作看起来是技术研炼之功多而意境开拓之功少，因而大大限制了自己的成就，未能对词的发展贡献更多。王国维惋惜周邦彦"创调之才多，创意之才少"（《人间词话》），洵为知言。通观清真词，雅则雅矣，精则精矣，但总给人以才气不足的感觉。这就是这位词技词法之"集大成者"给人的总体印象。

话虽如此说，周邦彦之所长毕竟远远超出其所短，他以自己独特的、不可替代的艺术创造，负一代词名，成为北宋最后一个创派大师。那么，清真词究竟有些什么主要的艺术特长，使得同时的词人纷纷向风挥毫，衍成一大词派，又使得南宋后期诸家遥奉圭臬、嗣响承流呢？对此前人多有解释，但或偏于一端，未能把握其几个根本点。比如王国维认为："先生（周邦彦）之词，陈直斋谓其'多用唐人诗句，隐括入律，浑然天成'；张玉田谓其善于融化诗句，然此不过一端。不如强焕云'模写物态，曲尽其妙'，为知言也。"[20]王国维嫌陈振孙、张炎所论仅为"一端"，但他自己选定的强焕之"知言"其实也仅是"一端"，未能概括出周词之特长。周邦彦作为"集大成"型的创派大师，其艺术创获绝不止一端，而是多方面的。但一一列举，又不免琐细繁杂，有只见树木不见森林之弊。贵在提纲挈领，抓住几个主要方面，以显清真词之所长。在这个问题上，我以为南宋沈义父所著《乐府指迷》中的一段话倒是既较为全面而又要言不烦的。他说：

> 凡作词当以清真为主。盖清真最为知音，且无一点市井气，下字运意，皆有法度，往往自唐宋诸贤诗句中来，而不用经史中生硬字面，此所以为冠绝也。

这里实际上是将清真词的艺术特点总结为四点：一、"最为知音"，即高度谐音协律；二、"无一点市井气"，即风格典雅不俗；三、详备作词诸种"法度"；四、修辞造句最富书卷气，尤喜融化唐宋诗成句，通过沿袭唐宋诗流行意象和点化唐宋诗意境，不但形成了一种特殊的语言艺术技巧，而且显示了作词复雅与复古的审美意向。兹分别简要说明之。

（一）知音协律。周邦彦作词，以大音乐家的身份，极为讲究音律，致使音律之高度谐婉成为周词一大艺术特点，对此自宋以来研究者众口一词，予以首肯。《四库全书总目·片玉词提要》云："邦彦本通音律，下字用韵，皆有法度，故方千里和词，一一案谱填腔，不敢稍失尺寸。"该书为南宋方千里《和清真词》所作提要进一步指出："邦彦妙解声律，为词家之冠，所制诸调，不独音之平仄宜遵，即仄字中上、去、入三音亦不容相混，所谓分刌节度，深契微芒。故千里和词，字字奉为标准。"之所以要如此严遵音律，是因为词在当时为合乐应歌的特殊韵文形式，必须"声情"与"文情"高度一致，才能产生特定的审美效应。故王国维云：

> 故先生（周邦彦）之词，文字之外，须兼味其音律。唯词中所注宫调，不出教坊十八调之外，则其音非大晟乐府之新声，而为隋、唐以来之燕乐，固可知也。今其声虽亡，读其词者犹觉拗怒之中，自饶和婉，

曼声促节，繁会相宣，清浊抑扬，辘轳交往。两宋之间，一人而已。㉑

这也就是说，虽然词乐早已失传，但周词因音乐语言和文学语言紧密结合而产生的"声情"与"文情"并茂的艺术效果，我们今天仅读其文辞还能大致体味出来。昔人每将周邦彦比为词中杜甫，若指思想境界和全部艺术成就，当属过誉；但若指音律之造诣，则的确"两宋之间，一人而已"，方之唐诗，唯老杜可比。故近代词学家邵瑞彭为其弟子杨易霖《周词定律》作序，其中有云：

> 尝谓词家有（周）美成，犹诗家有少陵。诗律莫细乎杜，词律亦莫细乎周。观乎千里（方千里）次韵以长谣，君特（吴文英）依声而操缦，一字之微，弗爽累黍，一篇之内，弗紊宫商，良由宋世大晟乐府创自庙堂，而词律未造专书，即以清真一集为之仪埻，后之学者，所宜遵循勿失者也。㉒

周邦彦作词所依之律腔中是否有"大晟乐府之新声"，由于大晟旧谱早已失传，争论起来没有什么意义，但有一点可以肯定：周词高度知音协律，是宋代词律（包括词之音律与文字格律二者）的最高范本。

（二）风格典雅。关于这一点，似不必具体举证论述，只需将《清真词》与《乐章集》对读，即可获得鲜明印象。过去常有论者因周、柳二家都多作慢词，都善铺叙，都以男女恋情和羁旅行役为主要题材，就将他们笼统划为一个流派——婉约派。实则形式的运用、技法的共有和题材的趋近不足以构成流派的本质特征，流派划分的根本标准是在基本风格和审美趣尚方面。柳永词无论在内容情调还是语言运用上都是体现市民趣味，走的是俗文学道路；周邦彦词则力求复士大夫文学之"雅"之"古"，即使写艳情，也不似柳永俚俗直白和追求市民趣味，而是回复五代宋初的清婉含蓄，并通过化用唐宋诗句而使之带上了浓烈的士大夫情味和书卷气。王灼《碧鸡漫志》卷二历论北宋诸名家之短长时，痛诋柳词之"浅近卑俗"，却推许周词名篇为《离骚》式的风雅之作。王灼对于柳永的贬斥我们当然不同意，但他对柳、周二派不同风格和词品的辨识却是极为准确的。清末陈锐《衰碧斋词话》更对柳、周二派基本风格的雅、俗之异有极为形象贴切的比喻，他说：

屯田词在院本中如《琵琶记》，清真词如《会真记》。屯田词在小说中如《金瓶梅》，清真词如《红楼梦》。

《琵琶记》、《会真记》、《金瓶梅》、《红楼梦》在古代戏剧和小说中皆为不可替代的杰作，但它们的文学风格和品位是大不相同的。宋词中的柳、周二家和二派的情况亦复如此！

（三）繁复完密的词法。周邦彦作为在北宋词的"秋收"季节出现的一位带有总结使命的领袖人物，在词的艺术技巧上有诸多创获，其中最有独特性的贡献在于：以辞章家的深厚功力和写作手段改造小词，成功地创造出多种侧重叙事性、描述性的章法，用一整套以曲折多变之笔传达深沉、细致、复杂之情的抒写技巧，来丰富了词的艺术宝库，使得词法更加多样化。回顾词史可知，唐五代及北宋前期，文人词的体制尚未大发展。诸家之词多为容量极为有限的小令，作者们习惯于酒边花前即兴挥毫，略写眼前片断情事或心灵上某种较为短暂的感受。这样的作品，抒情结构必然比较单一，形象必然不够完整、丰富和多样，新意境、新题材的开拓远远不够，因而词法也远远不够完密。柳永创制慢词长调，以表现市民生活、都市风光和失意知识分子的牢骚愁怀，为了表现新题材、新意境，遂将六朝小品文赋和唐人长篇抒情、叙事诗的铺叙描写手段大量纳入词中，大大丰富了词法。但柳永的"家法"究属草创，章法和技艺还未能做到多样、多变和完备。即以"铺叙"手法而论，柳永的铺叙一般说来还是较为平直的。周济谓"柳词总以平叙见长"（《宋四家词选·目录序论》），夏敬观亦谓"耆卿多平铺直叙"（《手评乐章集》）。他们既指出了柳词之所长，同时也由此见出其不足。因为柳永尚未及使铺叙手法完密和多样化，且有时一味铺叙，缺乏高度的提炼、概括和章法上必要的顿挫变化。继柳永之后，苏轼将自己清旷刚健的崭新风格和大开大合的诗文笔法引入词中；秦观则以其细腻清婉的笔触，秀美雅洁的风姿，为长调慢词另开一境。柳、苏、秦各以自身所长来丰富了词境和词法，但未免都各偏于一端，未能达于集成之境。

周邦彦则以集众家之长、弃众家之短的姿态，在词法上惨淡经营，既全面继承了前人的成果，又能越其畛域，自出机杼。他博采前人词的已有技巧，又比柳永更全面地"以赋为词"，遂在长调慢词甚至小令的抒情技法上增益改造，变化多方。单以"铺叙"一点而言，他师承柳永，但青胜于蓝，变平叙为曲笔，变单一为繁复，回环顿挫，一波多折，极尽长短句形式之妙。他往往将倒叙、插叙与顺叙穿插结合起来。他的铺叙，有极强的概括性，其中大量运用了既细致、又集中和能够充分寄托感情的质实描写。某些艺术功力和生活基础不厚的词人写长调慢词往往流于堆砌、凑泊，甚且有句无篇，成为败笔。而周邦彦的作品却大都有句有篇，一以完美浑成为归。他最成功之处，就在于能用曲折多变、操纵如意的丽密笔触，写出复杂多态的情事，而且写得深刻、细致、鲜活而典雅。拙著《周邦彦传论》将周邦彦一整套词法归纳为这样五点：一、在抒情作品中纳入较多的叙事成分和生动曲折的故事情节描写，通过叙事性描写来寄寓感情；二、随着这种叙事性、描述性方法的大量和经常的运用，清真词许多篇章中所写到的人物不再是五代宋初及柳永等人作品中那种类型化、普泛化的歌女形象，而是具体生活环境和事件中的个性化的人物（或为作者自身形象在词中的映现，或为北宋晚期与作者交往过的歌儿舞女之辈），这些人物大都具有较为鲜明、生动而丰满的形象特征；三、为了更生动地写景、叙事、抒情和突出抒情主人公形象特征的目的，周邦彦创用了多种穿插变化、腾挪跌宕以利于表达复杂情事的曲折章法，其章法之繁复多变，至被后人惊叹为"建章千门，非一匠所营"；四、在叙事和写景时，为了不落常套，周邦彦努力求新，采用了一种翻新法（特殊观察法，亦即在写常人之情、常见之景时掘取其中埋藏不显或被人忽视的一面来加以精心描绘，令人一新耳目，如临新境），追求多种角度、多种类型的意境美；五、为了达到使所创意境和故事、人物鲜明感人的目的，周邦彦创用了一种重在工笔细致的形象描绘的写实笔法，这种笔法的普遍运用，使清真词带上了典丽精工、缜密质实的整体风格特征。[23]

　　（四）"点铁成金，夺胎换骨"的融化成句（主要是唐人诗句）之法。融化前人诗句或直接隐括前人的诗篇（主要指唐诗）为词，这是宋词中常用之一法，但由偶然使用、少量使用到成为一种风气，有一个发展过程，周邦彦则为此一语言艺术手段的总其成者。北宋前、中期一些名家如欧阳修、晏幾道、苏轼、秦观等已或多或少地搬用前人诗句入词。苏轼"以诗为词"，除了以作诗的精神作词、视词为一种抒情诗体之外，也包括融化前人诗句入词和隐括前人诗为词，其若干名篇皆搬用唐诗成句，其《水调歌头》（昵昵儿女语）干脆是通篇隐括韩愈《听颖师弹琴》诗。王安石于词非专门名家，然其吊古名篇《桂枝香》一阕，主要就靠融化南朝齐谢脁及唐人杜牧、窦巩的三首诗成篇。但总的看来，北宋前、中期诸家运用前人诗句多属率意为之，尚未形成一种引人注目的风气和艺术倾向。

而到北宋晚期，融化前人诗被周邦彦、贺铸发展成为一种常用的、刻意为之的重要表现手段。这一方面显然是受了苏轼、王安石等人成功之作的启发，另一方面更是因为当时江西诗派已经雄踞诗坛，黄庭坚等人的"无一字无来处"和"点铁成金，夺胎换骨"的诗论已经产生了社会影响并已浸入了词坛。㉔与周邦彦同年辈的词人贺铸就是一个大量融化唐诗入词的高手。但贺铸融化前人诗句，还是偏重于字面。张炎《词源》就指出："贺方回、吴梦窗皆善于炼字面者，多于李长吉、温庭筠诗中来。"周邦彦则有所不同，他沉浸于前人诗歌文学语言材料的海洋之中，兼取前人诗的字面和意境两个方面来为自己的创作服务，比之贺铸，他把这种技巧发展成了一种更完备的语言艺术，使之成为自己典重古雅的独特词风的组合基因之一。仅据宋人陈元龙注《片玉集》来考察，在此本所收一百二十七首清真词中，被注明出自前人的句子（其实还有漏注不少）就不下四五十处。其中大致有两种情况，一是借用前人诗作辞藻，即所谓"炼字面"，二是用前人诗的意境加以点化，造出新的意境，为新的内容服务。其中尤以第二种情况为清真词的特技。如前曾引录的《满庭芳·夏日溧水无想山作》点化杜甫、白居易等人的诗为自己的意境，深切地表现了羁旅漂泊之苦和颓放自适之怀。又如名篇《西河·金陵怀古》一共融化了三首古人诗，其一为古乐府《莫愁乐》，余二首为唐刘禹锡的两首金陵怀古的七绝。全词点化了三首诗的意境，又能不被原诗牵制，借这些诗的意境和特定的语言风味来表达了作者本人此时此地产生的与古人相仿佛却又内涵大不相同的怀古伤今之情。此词传唱一个时代，直至南宋灭亡时，刘辰翁的《大圣乐》词犹云："伤心处，斜阳巷陌，人唱《西河》。"足见周邦彦这种书卷气十足的典重之词流播之久远。柳永作词走的是市民路线，大量吸取市井俚俗之语入词，形成"浅近卑俗"的风格；周邦彦则走的是士大夫路线，向士大夫的文化遗产——包括语言遗产中去吸取营养，引前代诗人的语言和意境入词，形成了典雅工丽的风格。两种不同的审美取向和语言风格，衍成了柳、周两个不同的词派。

总体来看，作为北宋词殿军的周邦彦在词史上的主要作用在于：他以自己典丽精工、和雅浑成的创作在那令人眼花缭乱的北宋词坛上提供了一种规范化的艺术标准，并在词的音律、语言、章法技巧等方面为后人提供了有辙可循的借鉴。

三、"大晟词派"诸名家

大晟府是宋徽宗崇宁四年（1105）建立的国家级音乐机构，罢于宣和七年（1125）十二月，前后存在时间凡二十年。㉕在这不短的时期中，出现了一批在大晟府供职的词人。周邦彦以精通音律、作词浑厚和雅而一度提举大晟府，虽然时间不长（政和六年入府，次年即罢），但以他的崇高名望和早已流播士林的大量典雅词作，大晟词人的领袖地位自然非他莫属（顺便说一句，先后提举大晟府的是蔡攸、周邦彦；此外任大司乐的是刘昺。唯蔡攸以权臣之子为提举，不学无术，不谙音律，当无与于大晟府；刘昺不闻有词名，亦无词作传世。故大晟词人群体，自当以周邦彦为旗帜）。大晟诸词人创作上大致追随周邦彦，多写男女恋情、都市风光、羁旅行役等流行题材（不少人因职责所在而写了一些颂扬升平和应制贡谀之词），并都严守音律，长于雕章琢句，形成了一种与周邦彦相近的流派风格。词论家认定北宋末年有此一个词派，并认为周邦彦是其派主，这是有历史根据的。不过总的看来，大晟府诸词人虽在当时名声颇大，却没有一个人的成就能与周邦彦相提并论，在整个词史上来衡量，这些追随者都只能算二三流的词人。周清真的词风与词法，要到南宋中期以后才能适逢其会、衍为大宗了。

大晟词派的成员，据王国维《清真先生遗事·尚论三》的考述，计有：大晟府典乐徐伸（字干臣）、典乐大司乐田为（字不伐）、协律郎姚公立、大晟府大乐令官晁冲之（字叔用）、制撰官江汉（字朝宗）、万俟咏（字雅言）、协律郎晁端礼（字次膺）等人。除此之外，李文郁《大晟府考略》又补列了大晟府典乐刘诜、任宗尧、裴宗元，二舞色长任道及不详所司何职者马贲，共五人。今按前人所考列的这十多人中，姚公立、刘诜、任宗尧、裴宗元、任道、马贲六人皆无作品流传，无从论述。万俟咏、晁端礼二人，王灼《碧鸡漫志》将他们划为柳永词派。笔者认为，此二人的流派可以两属：就他们词风远追柳永、多俗艳"无韵"及铺写都市风光之作这一点，可划入柳派；但从他们在徽宗年间近习周邦彦词风词法、并共同在大晟府审音度律、创调填词以造成一种时代的与群体的风气这一点，又可归之为周派。更何况，即使派主周邦彦，其词技词法和题材取向上也与柳永有渊源关系，只是变俗为雅而另立体另创派而已。万俟咏、晁端礼二人上一章已作评介，这里只对余下的田为、徐伸等等一干人略作点评。

田为，生卒年不详，善琵琶，无行。政和末年，充大晟府典乐。宣和元年（1119）八月为大晟府乐令。有《洋呕集》，久佚；近人赵万里辑本，仅得词六首。王灼《碧鸡漫志》卷二以为："田不伐才思与雅言（万俟咏）抗行"，并谓其"供职大乐，众谓乐府得人云"；又赞其"极能写人意中事，杂以鄙俚，曲尽要妙，当在万俟雅言之右"。今仅举其运用周邦彦赋体写情之法而作的女子怀人词《江神子慢》一首：

> 玉台挂秋月。铅素浅、梅花傅香雪。冰姿洁。金莲衬、小小凌波罗袜。雨初歇。楼外孤鸿声渐远，远山外、行人音信绝。此恨对语犹难，那堪更寄书说！　　教人红销翠减，觉衣宽金缕，都为轻别。太情切。销魂处、画角黄昏时节。声呜咽。落尽庭花春去也，银蟾迥、无情圆又缺。恨伊不似余香，惹鸳鸯结。

徐伸，生卒年不详。三衢（今浙江衢州）人。政和初，以知音律为太常典乐，出知常州。有《青山乐府》，今不传。其词仅存《转调二郎神》一首，却是宋词中第一流的抒情佳作：

> 闷来弹雀，又搅破、一帘花影。谩试著春衫，还思纤手，薰彻金炉烬冷。动是愁多如何向，但怪得、新来多病。想旧日沈腰，而今潘鬓，不堪临镜。　　重省。别来泪滴，罗衣犹凝。料为我厌厌，日高慵起，长托春醒未醒。雁翼不来，马蹄轻驻，门闭一庭芳景。空伫立，尽日阑干倚遍，昼长人静。

此词据王明清《挥麈录余话》卷二所记，为怀念其去姜之作，情感深挚而赋情婉转，无论其字面、章法和整体风调，皆为典型的周派词。王闿运《湘绮楼词选》评为"妙手偶得之作"，未必确切，看来这应是刻意学周的成果。南宋黄昇及见徐伸《青山乐府》，谓"多杂周词"（《唐宋诸贤绝妙词选》卷八），这种状况即透露出徐伸刻意学周的信息，证明其为周派。

晁冲之，字叔用，初字用道，人称具茨先生，济州巨野（今属山东）人。为晁补之的从弟，南宋著名藏书家晁公武之父。生于书香大族，父兄昆季多才士文人，浸染家族文学气氛，故早年即才华出众，崭露头角。尝从陈师道学诗，自称"九岁一门生"（《过陈无己墓》）；又与吕本中交谊颇厚，亲如兄弟，名列《江西诗社宗派图》中。举进士不第，隐于河南新郑具茨山下。政和间，为大晟府丞。著有《晁具茨先生诗集》十五卷，《晁叔用词》一卷。今其词集不存，赵万里辑本仅得十六首。

　　晁冲之现存词多写柔情离思，风格韶秀清妍，面目婉媚，与其诗的"意度沉阔，气力宽余"和"激烈慷慨"（宋刘克庄《后村大全集》卷九十五）大异其趣。由这些大晟词人身上（周邦彦现存诗内容和风格也与他的词大不一样）可以看到：苏轼"以诗为词"，在北宋影响尚小，北宋后期的大部分词家仍严诗、词之界，继续走"诗庄词媚"的创作路子。晁冲之词的基本风调，近于周邦彦，以音律谐婉、清丽含蓄见长。其代表作之一《汉宫春·梅》：

　　　　潇洒江梅，向竹梢稀处，横两三枝。东君也不爱惜，雪压风欺。无情燕子，怕春寒、轻失佳期。惟是有、南来归雁，年年长见开时。
　　　　清浅小溪如练，问玉堂何似，茅舍疏篱。伤心故人去后，冷落新诗。微云淡月，对孤芳、分付他谁？空自倚，清香未减，风流不在人知。

许昂霄评为"圆美流转，何减美成"（《词综偶评》）；黄苏亦谓其"借梅写照，丰神蕴藉"（《蓼园词选》），可见此词为堪与清真词比美的佳作。晁冲之有两首写汴京灯节的慢词《上林春慢》、《传言玉女》，全用赋体，极力铺陈，将世俗的节日热闹场面写得活灵活现，手法与风格近于柳永。况周颐谓："晁叔用慢词，纡徐排调，略似柳耆卿"（《历代词人考略》卷十六），当主要指这样的纯用赋体之作。他的大部分词，情思精美，笔触细腻，意境倩艳，风神仍是近于周邦彦。

　　江汉，字朝宗，西安（今浙江衢州）人。政和初，以献蔡京词，为大晟府制撰。据《建炎以来系年要录》卷五十三载：绍兴二年（1132）"朝奉郎江汉者，初以本乐府撰词曲得官，宣和末，为明堂司令，至是除通判郴州。言者以为不可，罢之"。五年（1135），以右朝奉郎特差主管台州崇道观。其词今仅存《铁围山丛谈》卷二所录《喜迁莺》一首：

升平无际。庆八载相业，君臣鱼水。镇抚风棱，调燮精神，合是
圣朝房魏。凤山政好，还被画毂朱轮催起。按锦缠。映玉带金鱼，都
人争指。　　丹陛。常注意。追念裕陵，元佐今无几。绣衮香浓，鼎
槐风细。荣耀满门朱紫。四方具瞻师表，尽道一夔足矣。运化笔，又
管领年年，烘春桃李。

录此一首，以见"大晟词派"流品复杂，其中确有巴结时相、溜须拍
马、大作"颂圣贡谀"之词的人在。

第三节　北宋晚期的俳谐词派

前所论述的唐五代北宋诸家诸派词，尽管风格、审美倾向各不相同，
但题旨与内容却大多是正经严肃的。而北宋晚期崛起的俳谐词派，却以滑
稽游戏、打趣嘲笑为特征。这个独具面目的词派的产生，自有其文学的渊
源和社会文化方面的因由。

一、俳谐词的来源及其盛行之因

俳谐词，或称滑稽词、诙谐词、戏谑词、谐谑词、俳词、游戏词等
等。有关的前人词话和今人论著提到这种作品时，各随己意，迄未见约定
俗成之名。笔者鉴于我国宋代以前文学中本来就有"俳谐文"、"俳谐诗"
这类专门名称，而较早论及词中同类作品的北宋人吴处厚在介绍真宗时的
"滑稽之雄"陈亚的药名《生查子》等作时，亦有"此虽一时俳谐之词，
然所寄兴，亦有深意"之语，[26]故用"俳谐词"以统一称谓，并将北宋晚
期以写这种词为主的一批滑稽词人定名为"俳谐词派"。这样做，便于将
这一类词和这个词派置于文学史的大背景下来进行考察。

俳谐词这一名称的含义是什么？这里用得着王国维《人间词话删稿》
中的一段话："诗人视一切外物，皆游戏之材料也。然其游戏，则以热心
为之。故诙谐与严重二性质，亦不可缺一也。"人类的性情本来就兼具
"严重"与"诙谐"二面，作为纯粹的抒情文学的词，便不能不接受表现
这两种内容的任务。相对于那些用"正经"的手法描写重要题材或抒发严
肃情感的词，俳谐词是一种以游戏调笑面目出现的专门表现诙谐、幽默情
感的作品。这种作品，虽然充满戏谑取笑的言辞，但并非一味为了"取

笑"而已，它们常常有"寄兴"，有"深意"，是词人"热心为之"的艺术产品。这就是笔者对于俳谐词的内容和意义的理解。

唐宋词中俳谐一体的产生和兴盛，既受了传统诗文中源远流长的俳谐作品的影响，又与词这种新体诗初起时的娱乐游戏性质有关。

在从先秦到隋唐的漫长历史中，以"载道"、"言志"自尊的正统诗文的巨流里面，一直交织着一条源源不绝的俳谐体的支流。关于俳谐诗自《诗经》中某些篇章至唐末"郑五歇后体"的发展历史，以及俳谐文自先秦子书中的"厄言"至唐末小品文中的某些滑稽幽默之作的层出不穷之状，拙文《唐宋俳谐词叙论》中有较详细的追述，读者如有兴趣，不妨参看，㉗此处从略。这里要说的是，俳谐诗、俳谐文在唐代的发展，不可能不给予作为诗文之"余波"的唐代文人词以强有力的影响。事实上，文人词初起时本来就是酒边歌舞供人笑乐的，它的"以文为戏"的发家史，使它极易于直接继承俳谐体诗文戏谑取笑的手法，来填写娱宾遣兴的歌辞。在文人词刚刚露头、词的各种基本体制和格式尚未建立起来之时，俳谐词这一独特品种却首先萌芽了。笔者提出这一观点，最有力的证据便是初唐时期盛行的《回波乐》。

《回波乐》是燕乐曲调之一，北魏时已开始流行，且配有舞蹈。《北史》卷四十八《尔朱荣传》载，尔朱荣曾与左右连手踏地作舞，唱《回波乐》。可惜曲与词俱已失传。至唐代，此曲已入大曲。崔令钦作《教坊记》，将它列入大曲类（《羯鼓录》作《回婆乐》，为太簇商调）。现在我们所能见到的专用于嘲戏的四首早期《回波乐》词，都是唐中宗时宫廷宴会上创作出来的。它们均为六言四句，押三韵，或平或仄；首句例用"回波尔时"四字起头，下二字必用人名或物名；后三句则接以嘲笑或讽喻的内容。全词语调滑稽，辞句诙谐，演唱时配以舞蹈，充分表现出民间讽刺艺术与文人俳谐诗文的双重影响。这四首小词中，最有典型意义的是那首由不知姓名的优人创作演唱的嘲笑唐中宗惧内（韦皇后）的俳谐词。据孟棨《本事诗·嘲戏第七》载：

中宗朝，御史大夫裴谈崇奉释氏。妻悍妒，谈畏之如严君。尝谓人："妻有可畏者三：少妙之时，视之如生菩萨。及男女满前，视之如九子魔母，安有人不畏九子母耶？及五十六十，薄施妆粉或黑，视之如鸠盘荼，安有人不畏鸠盘荼？"时韦庶人颇袭武氏之风轨，中宗

> 渐畏之。内宴唱《回波词》，有优人词曰："回波尔时栲栳，怕妇也是大好。外边只有裴谈，内里无过李老。"韦后意色自得，以束帛赐之。

清人冯金伯《词苑萃编》卷二十二《谐谑》一开头就引录此首及沈佺期"回波尔时佺期"一首，断之为"俳词之祖"。就现存材料来看，俳谐词的确至迟在中宗朝就已产生了。

俳谐词在中宗朝产生，并非孤立突兀的现象，晚唐、五代至北宋初时有承流嗣响之作，数量虽很少，艺术上却有所进步。如唐宣宗时无名氏《菩萨蛮》：

> 牡丹含露真珠颗，美人折向庭前过。含笑问檀郎："花强妾貌强？"　　檀郎故相恼，须道："花枝好。"一面发娇嗔，碎挼花打人。

《词林纪事》卷一于此词后引《稿斋赘笔》云："宣宗时有妇人断夫两足者，上戏语宰相曰：'无乃碎挼花打人？'盖时有此词云。"可见当时此词已传入宫闱。这是一首艺术性颇高的俳谐词，它描写男女情人戏谑调笑的动人场面，声口逼肖，谐趣十足。晚唐五代词人们虽致力于写雅词，但也不废俳谐。"花间"派鼻祖温庭筠是一位善谈谑、喜嘲戏的风趣文人。《云溪友议》卷十载：

> 裴郎中诚，晋国公次子也。足情调，善谈谐，与举子温岐（庭筠）为友。好作歌曲，既入台，为三院所谴，曰："能为淫艳之歌，有异清洁之士。"其《南歌子》云："不是厨中弗，争知炙里心？井边银钏落，展转恨还深。"又曰："不信长相忆，抬头问取天。风吹荷叶动，无夜不摇莲。"二人又为新声《杨柳枝》词，裴云："思量大似恶因缘，只得相看不得怜。愿作琵琶槽那畔，美人长抱在胸前。"又云："独房莲子没人看，偷得莲时命也拚。若有所由来借问，但道偷莲是下官。"温词云："一尺深红朦朒尘，旧物天生如此新。合欢桃核终堪恨，里许元来别有人。"又云："井底点灯深烛伊，共郎长行莫围棋。玲珑骰子安红豆，入骨相思知不知？"

温庭筠这些谐词虽然具有戏谑性质，但能反映出男欢女爱的情态和相思心理，颇有文学意义。他用民间作品常见的谐音、双关、比喻等修辞方法来写词，这就为俳谐词的表现艺术增添了新的东西，为其成熟、发展与手法多样化打下了基础。

五代词中俳谐之作流传至今者绝少，但并非绝无人创作此类作品。西蜀的情况不得而知，南唐却有以词相戏谑和作词嘲戏讽谏的风气。如马令《南唐书》所记中主李璟与宰相冯延巳互相以警句打趣的掌故，其中涉及的那两首词并非谐词，但这一行为的性质却是以词相戏谑。又如《鹤林玉露》载：李后主于宫中作红罗亭，四面栽红梅，作艳曲歌之。潘佑应命作小词，有"楼上春寒山四面，桃李不须夸烂漫，已失了春风一半"之句。这是借对宫中景物的吟咏，巧妙地讽刺南唐小朝廷国土日削。由这些记载可见南唐词坛习尚之一斑。五代时荆楚、湖湘之地亦有作俳谐词者。如曾为南岳道士的楚人伊用昌有一首《忆江南·咏鼓》：

> 江南鼓，梭肚两头栾。钉著不知侵骨髓，打来只是没心肝，空腹被人谩。

此词形神兼备地为一些表面声气很大、内里空空如也的浮嚣之徒画了一幅漫画像。一读它，你就知道作者是在借物骂人，你不得不称赞其骂得痛快，骂得有理，同时也骂得有趣。伊用昌这位人称"伊风子"的颠狂文士，其实一点也不"风"，而是一个有头脑、有才思的词家。据《词苑萃编》引《十国春秋拾遗》云："用昌爱作《望江南》词，夫妻唱和……其词皆有旨。"可见他夫妻二人曾作过许多"有旨"的俳谐小词。可惜这些作品都失传了！

由上追溯可知俳谐一体在唐五代词中既源远流长，又未得充分发展，只属词人偶尔为之的嘲戏讽刺之作。入宋之后，在新的文化土壤里，此体逐渐得到词人重视，终于在北宋晚期衍为一个词派。但这也有一个缓慢的发展过程。宋初数十年间，整个词体文学尚未获得发展的机会，相应地，俳谐体几乎绝迹。但到了宋真宗时，俳谐词重新抬头，并出现了专作俳谐词的"滑稽之雄"陈亚。

陈亚字亚之，扬州人，咸平五年（1002）进士，年辈长于晏殊等人（陈亚中进士之年晏殊才十二岁）。尝知祥符县，历知越州、润州、湖州，官至太常少卿。有《澄源集》，不传。他兼作俳谐诗与俳谐词，其基本共通的一个做法就是巧嵌药名于每个句子中，让读者在会心地发笑之余领略到作者的用意。陈亚有此一项"特技"，乃是因为个人少年遭遇所致。据《永乐大典》卷八二二引《维扬志》云："陈亚幼孤，育于舅家。舅为医工，人呼作衙推。亚登第，人皆贺其舅。亚有诗云：'张公吃酒李公醉，自古人言信有之。陈亚今年新及第，满城人贺李衙推。'"在医生家里长大的陈亚，耳濡目染，药名烂熟于胸，故其作药名诗词，达到得心应手、无施不可的地步。《青箱杂记》又记陈亚尝言："药名用于诗，无所不可，而斡运曲折，使各中理，在人之智思耳。"可见他作药名诗词，并非卖弄"专业知识"和搞文字游戏，而是认真地运用"人之智思"，使作品"中理"。用本节开头所引吴处厚的话来说，就是要有"寄兴"和"深意"。陈亚的药名诗词多已散佚，《全宋词》仅录得其药名《生查子》词四首。今举其二首为例。其一曰：

> 朝廷数擢贤，旋占凌霄路。自是郁陶人，险难无移处。
> 也知没药疗饥寒，食薄何相误。大幅纸连粘，甘草归田赋。

其二曰：

> 相思意已深，白纸书难足。字字苦参商，故要槟郎读。
> 分明记得约当归，远至樱桃熟。何事菊花时，犹未回乡曲。

二词皆借药名谐音与双关之义，以俗为雅，寓庄于谐，表达特定的严肃主题。前一首为陈情词，据《青箱杂记》载："（陈）亚与章郇公（得象）同年友善，郇公当轴，将用之，而为言者所抑。亚作药名《生查子》陈情献之曰"，即是此词。它借药名"凌霄"、"桃仁"、"没药"、"薄荷"、"大幅纸"、"甘草"等等的谐音，宣泄了自己仕途受压抑的苦闷牢骚。后一首写女子对情人违约逾期不归的怨恨，更是贴切生动、耐人寻味，词论家赞之为"写闺情有乐府遗意"（近人俞陛云《唐五代两宋词选释》）。药名词的规则是每句至少用一个药名（可酌用同音字），整首连起来必须表达出一定的感情和意境。有此难度，非大手笔（既精翰藻音律，又通晓医药知识）莫办。这首闺情词，共用了十一个药名：相思、薏苡（意已）、白芷（纸）、苦参、槟榔（郎）、狼毒（郎读）、当归、远志（至）、樱桃、菊花、茴香（回乡）。陈亚首创的这种词体，在两宋有一定的影响。后之效陈亚作药名俳谐词者如辛弃疾等，多是才富学赡的高手。陈亚是宋词人中第一个专作俳谐词的名家，可视之为北宋后期才成为群体的俳谐词派的初祖。

北宋初期，词基本上是音乐的附庸，体制短小而题材狭窄，尚未成为独立的文体。受这个大背景制约，作为词中一体的俳谐词自然也只能是涓涓细流，难以独自光大其体。待到后来，发展词体、改革词风的大词人柳永、苏轼先后脱颖而出，为词的全盛开出广阔天地。词坛思想解放了，词体发展了，题材拓宽了，流派增多了。尤其是苏轼"无意不可入，无事不可言"的作风和柳永雅俗并举、广采民间生动活泼口语入词的大胆创作，都具有开一代风气的示范作用。

柳永的俗词中，就有一些颇足启示他人的谐谑之作。但更能影响士林风气的，是文坛盟主苏轼的俳谐词。苏轼平生笃于友谊，交游满天下，他的俳谐词，多半就是为了和朋友、同僚、门生及其他亲爱者嬉笑打趣取乐而写的。这是苏轼的俳谐词与他那些庄重严肃的作品明显不同之处，也是其俳谐词思想内容上最显著的特点。天性风趣幽默的苏轼，常将与朋友熟人戏谑取乐作为他日常生活之多方面兴趣中重要的一项。苏轼俳谐词中的佳作，使人如听相声或笑话。例如他携妓访杭州大通禅师，写《南柯子》（师唱谁家曲）取笑这位古板持正的佛门弟子；友人李公择生子三日，设宴庆贺，东坡作《减字木兰花》（惟熊佳梦）以戏之，其中用《世说新语·排调》之典，与公择大开玩笑。又如他在京口（镇江）作《减字木兰花》（郑庄好客）一阕，藏头露尾地嵌上"郑容落籍，高莹从良"八个字，为官妓郑容、高莹向太守请求脱籍，其词极为滑稽风趣，语语有机巧，为俳谐体别开生面。苏轼是一个"但开风气不为师"的大文豪，上述种种滑稽风趣之作，在他自己多属天才流露，率尔为之。但时人视之，则为学习之门径，趋风之端由了。熙宁至元祐间，俳谐词的创作逐渐增多，未必与东坡的流风逸韵无关。苏门文人黄庭坚、秦观、李廌等人都颇有谑浪嬉笑之词，这是治词史者已熟知的。此外，元祐间著名文人陈瓘、郭柜等的调笑戏耍之作，我们至今也还能读到几首。在这种环境中，词坛在柳、苏两大派之外崛起专写俳谐词的一个流派，乃是势所必然的。

北宋晚期俳谐词派的形成，还与当时政治腐败、社会黑暗、士人心态衍变的大气候密切相关。王安石变法失败之后，统治集团对于自己的权威失去了信心，靠镇压、打击政敌和收紧文网、钳制舆论来维系社会的"太平"。正经八百地以诗文讽谏时政者，如苏轼即被囚系御史台、远贬黄州等地；郑侠上《流民图》，立马被下狱治罪，连那位与时政无涉的佳公子晏幾道也因曾有诗赠郑侠，而被牵连下狱。哲宗主"绍述"、徽宗用蔡京之际，政治更加腐败，言论更加不自由，词人愤世之情渐渐加深，但又没有正当的反映表达渠道，于是举凡对社会问题与腐败政局的憎恶、对世道人心的种种不以为然，皆借嬉笑怒骂、冷嘲热讽的小词，一一加以宣泄。只是由于环境的不同，原先仅供日常生活中调笑嘲谑的俳谐词，此时变成了俏皮、尖刻的刺世嫉邪词。这，也就是俳谐词体不早不晚、恰恰会在哲宗、徽宗朝衍成一个流派的主要原因。

二、风行于熙、丰至宣和年间的俳谐体与俳谐派

这个松散的以滑稽嘲戏为特征的词派，与我们已经论述过或将要论述的各个词派都有所不同，它没有众望所归、成就卓异的宗主，也没有成员之间的群体唱和，更没有打出过什么旗号和遵循什么统一的艺术规范，而只是一批生性幽默的文士不约而同地顺着一种风气创作，专门用一些短章小令来调笑嘲谑、讽刺世态或发泄牢骚，后人据其艺术趣味与审美倾向的趋同性，把他们追认为一个流派。比如王灼《碧鸡漫志》虽未用"流派"之名，却实际上是把这些人作为一个派别来论述的。近人刘永济先生则首次明确地认定：北宋词"侧艳之外，复有滑稽一派"，[28]又具体介绍此派产生的背景、主要成员及其艺术特色云：

> 填词在宋代已经从诗的领域中分割出一个疆土来，成为独立的文体……由上述两大派（按：指柳永、苏轼——引者）中，又有滑稽一派发生。这种词，在苏、柳两家的作品中也有，两家以外的作者中如秦、黄诸人也都有一些。但以此出名的，如仁宗元祐（按：当为哲宗——引者）间的王齐叟，徽宗政和间的曹元宠，皆以滑稽语有名于河朔。他们全用人民口语填词，内容又以滑稽调笑为主，而滑稽调笑是后来散曲成分之一，由此可知此派与元曲不无关联。它与里俗新曲为近，与文人学士的雅调不同，因此不为他们所重而流传极少。[29]

刘永济先生是近代以来学者中第一个明确地提出北宋存在一个滑稽词派的

人，他的意见比起那些认为宋词只有"豪放"、"婉约"两派的人，无疑更接近宋词发展的实际，值得我们肯定和珍视。但他的表述过于简单。其实，他划分与认定这个词派的主要材料根据，就是我们前面多次提及的《碧鸡漫志》卷二中论诸家词短长的一段话。王灼这段话，于俳谐词体在北宋的兴起、盛行的历史以及主要作家的概况作了清晰简括的论述，今具引于下：

> 长短句中作滑稽无赖语，起于至和，嘉祐之前，犹未盛也。熙（宁）、（元）丰、元祐间，兖州张山人以诙谐独步京师，时出一两解。……元祐间，王齐叟彦龄，政和间，曹组元宠，皆能文，每出长短句，脍炙人口。彦龄以滑稽语噪河朔。组潦倒无成，作《红窗迥》及杂曲数百解，闻者绝倒，滑稽无赖之魁也。夤缘遭遇，官至防御史。同时有张衮臣者，组之流，亦供奉禁中，号"曲子张观察"。其后祖述者益众，嫚戏污贱，古所未有。

王灼这段论述，突出地表明了俳谐词派兴盛于神宗熙宁、元丰至哲宗元祐年间，而繁衍于徽宗政和之后，其代表人物则为：张山人、王齐叟、曹组、张衮臣等。王灼的论述，于俳谐词派得其梗概，但尚不全面。比如宣和年间的邢俊臣等人，应属此派中之殿军人物。此外"祖述者益众"之"众"，因士大夫之轻视而大多未能留下姓名，但却有少量作品流传下来，我们应予评介。为了尽可能全面地描述这个流派，这里先介绍几位有生平材料和少量词作可考的知名作者（张山人、张衮臣生平不详，且无作品流传下来，只好付之阙如），然后介绍无名氏的俳谐词。

王齐叟，字彦龄，怀州（今河南沁阳）人。他的生平、艺术特长和创作情况，仅见于南宋初范公偁《过庭录》和王灼《碧鸡漫志》。《过庭录》记其艺术才能之广博云：

> 王齐叟彦龄，彦霖弟也。有绝才，九流无所不能。宣和间，上爱琵琶，博选工妙处乐府。彦龄往视工者弹拨，因默问一二，工失措，再拜就学焉。能袒裼舞长曲，左右周旋如神，睹者失色。又以蹴鞠驰天下名。尝画梅影图，形影毫厘不差；万荷图，状极纤细，生意各殊。识者奇宝之。以五行自推，年止三十九。果如其言。临终有禅颂

> 云："醉魂今夜不须寻，请看武陵溪上月。"

由此可知此人为乐、舞、诗、画、术数、禅理无所不通的一位奇才，可惜壮年即逝，未竟其用。

《碧鸡漫志》卷二则专条记述了王齐叟诙谐幽默的个性、大作俳谐词及其夫妇皆能词的详细情形：

> 王齐叟彦龄，元祐副枢岩叟之弟，任俊得声。初官太原，作《望江南》数十曲，嘲府县同僚，遂并及帅。帅怒甚，因众入谒，面责彦龄："何敢尔！岂恃兄贵，谓吾不能劾治耶？"彦龄执手板顿首帅前曰："居下位，只恐被人谗。昨日只吟青玉案，几时曾做望江南？试问马都监。"帅不觉失笑，众亦匿笑去。今别素质曲"此事凭谁知证，有楼前明月，窗外花影"者，彦龄作也。娶舒氏，亦有词翰。妇翁武选，彦龄事之素不谨，因醉酒嫚骂，翁不能堪，取女归，竟至离绝。舒在父家，一日行池上，怀其夫，作《点绛唇》曲云："独自临流，兴来时把栏干凭。旧愁新恨，耗却来时兴。　鹭散鱼潜，烟敛风初定。波心静，照人如镜，少个年时影。"

将范、王二人的记载合在一起，便得出了一个滑稽多才的俳谐词人王齐叟的完整形象。唯范公偁谓王为宣和时人，王灼则说是元祐时人，相差了三十来年，而王只活了三十九岁，不可能元祐时"名噪河朔"（既在山西为官，必已是成年人），还能活到三十来年后的宣和年间。范、王二人的说法，未知孰是。他们的笔记都写于南宋初绍兴年间，想是经过"靖康之难"，北宋之事传闻不一，所得材料来源不同所致。不过大致可以肯定王齐叟为元祐——宣和这个大时段里的俳谐体名家。他生前所作俳谐词甚多，仅《望江南》一调就有几十首。可惜大部分失传，《全宋词》仅辑得其词二首，其中一首便是王灼所举《望江南》。仅凭这二首词难以窥见王齐叟所曾取得的全部艺术成就。

俳谐词派的另一中坚人物，则是北宋末年大名鼎鼎的曹组。他原字彦章，后更字元宠，阳翟（今河南禹县）人。曹纬之弟。以诸生为右列，六举未第，著《铁砚篇》自励（《松窗录》）。宣和中，以阁门宣赞舍人为睿思殿应制，以占对开敏得幸。有《箕颍集》二十卷，今不传。近人赵万里辑有《箕颍词》一卷，共得词三十六首，断句一，这远非曹组词的全貌，且绝大部分并非俳谐词。尤其是传唱一时、令"闻者绝倒"的"《红窗迥》及杂曲数百解"，竟无一首流传下来，使后人无从了解曹组俳谐词的具体内容和艺术特色。曹组俳谐词失传的主要原因，是南宋初年官方视之为异端和恶事，有意加以禁毁。曹组之子曹勋是高宗朝的名臣，受父亲俳谐词之累，至被人呼为"《红窗迥》底儿"（洪迈《夷坚志》）。《碧鸡漫志》卷二又载："（曹）组之子，知阁门事勋，字公显，亦能文，尝以家集刻板，欲盖父之恶。近有旨下扬州，毁其板云。"俳谐词遭到比柳永俗词更惨的命运，乃至毁板灭迹，可见当时士大夫"雅"文化对于"异端"的排斥已达何等程度！于今我们只找到了一条可以约略窥见曹组诙谐放诞性格及其俳谐词之一鳞半爪的历史材料，这就是南宋章定《名贤氏族言行类稿》卷十九的如下记述：

> 　亳人曹元宠，善为谑词，所著《红窗迥》者百余篇，雅为时人传颂。宣和初召入宫，见于玉华阁，徽宗顾曰："汝是曹组耶？"即以《回波词》对曰："只臣便是曹组，会道闲言长语。写字不及杨球，爱钱过于张补。"帝大笑。球、补皆当时供奉者，因以讥之。常著方袍，顶大帽，从小奚奴，负一酒壶。遇贵介必尽醉，又索酒满壶而归。壶上刻铭云："北窗清风，西山爽气。醉乡日月，壶中天地。"组官止班行。见《容轩随笔》。③

　　由此我们知道：曹组在当时是一个有魏晋名士风度的清通放达之士，而不是如王灼所言的"无赖"；同时我们还知道了，曹组的俳谐词，大概并非都是无聊调笑取乐之作，其中还有讥讽皇帝宠臣的有意义之作。

　　另外，与曹组同时的另一个俳谐词名家邢俊臣，也值得表而出之。因为他敢于用俳谐词作为刺世嫉邪的有力武器，公然当面讥刺皇帝、嘲笑权奸。此人生平失考，其好作俳谐词的情况，仅见于南宋初沈作喆所撰《寓简》卷十的如下一条记载：

> 　汴京时有戚里子邢俊臣者，涉猎文史，诵唐律五言数千首。多俚俗语，性滑稽，喜嘲咏。常出入禁中，善作《临江仙》词，末章必用唐律两句为谑，以调时人之一笑。徽皇朝置花石纲，取江淮奇卉石

竹，虽远必致。石之大者曰神运石，大舟排联数十尾仅能胜载。既至；上皇大喜，置之艮岳万岁山下，命俊臣为《临江仙》词，以高字为韵。再拜，词已成，末句云："巍峨万丈与天高，物轻人意重，千里送鹅毛。"又令赋陈朝桧，以陈字为韵。桧亦高五六丈，围九尺余，枝柯覆地几百步。词末云："远来犹自忆梁陈，江南无好物，聊赠一枝春。"其规讽似可喜，上皇容之，不怒也。

内侍梁师成位两府，甚尊显用事，以文学自命，尤自矜为诗。因进诗，上皇称善，顾谓俊臣曰："汝可为好词以咏师成诗句之美。"且命押诗字韵。俊臣口占，末云："用心勤苦是新诗，吟安一个字，撚断数茎髭。"上皇大笑，师成愠见。谮俊臣漏泄禁中语，责为越州钤辖。太守王嶷闻其名，置酒待之。醉归，灯火萧疏。明日携词见帅，叙其寥落之状，末云："扣窗摸户入房来，笙歌归院落，灯火下楼台。"席间有妓秀美而肌白如玉雪，颇有腋气难近，丰甫令乞词，末云："酥胸露出白皑皑，遥知不是雪，为有暗香来。"又有善歌舞而体肥者，词云："只愁歌舞罢，化作彩云飞。"俊臣亦颇有才者，惜其用工止如此耳。

北宋晚期俳谐词派中最活跃的是一些社会地位低下的无名作者，他们的通俗滑稽的政治讽刺词比文人学士来得尖酸泼辣，战斗性极强。如宣和三年宋廷侥幸收复部分燕云失地，昏君佞臣们不知危机将至，弹冠相庆，于是都门盛唱这样一首小词：

> 喜则喜，得入手。愁则愁，不长久。忔则忔，我两个厮守。怕则怕，人来破斗。㉛

又如《中吴纪闻》卷六载：为徽宗办花石纲的朱勔破家亡身之后，有人曾作谑词二首鞭挞之。此二词虽失调名，然正文具在，写得俏皮、通俗而尖刻，有浓厚的民间讽刺艺术风味。其一曰：

> 做园子，得数载。栽培得那花木，就中堪爱。时将介。保义酬劳，反做了，今日殃害。诏书下来索金带。这官诰看看毁坏。放牙笏便担屎担，却依旧种菜。

其二曰：

> 叠假山，得保义。幞头上，带着百般村气。做模样，偏得人憎，又识甚条制？今日伏惟安置，官诰又来索气。不如更叠个盆山，卖八文十二。

无名氏的俳谐词，有的甚至把讽刺的笔锋直接指向皇帝。据《中吴纪闻》卷五载：徽宗即位之初，装模作样地下诏求"直言"，殊不知上书劝谏的大臣和廷试直言的举子通通获罪，于是汴京城里出现了一首讥刺徽宗的《滴滴金》词：

> 当初亲下求言诏，引得都来胡道。人人招是骆宾王，并洛阳年少。　自讼监官并岳庙，都一时闲了。误人多是误人多，误了人多少！㉜

北宋末的政治社会讽刺词中还有不少抨击科举制度、揭露科场弊端的嘲诮之作。这里仅举洪迈《夷坚三志》己卷七所载的一首步贺方回韵以刻画政和年间举子赴试可怜相的《青玉案》词：

> 钉鞋踏破祥符路，似白鹭，纷纷去。试盝幞头谁与度？八厢儿事，两员直殿，怀挟无藏处。　时辰报尽天将暮，把笔胡填备员句。试问闲愁知几许？两条脂烛，半盂馊饭，一阵黄昏雨。

这些有充实的社会内容、有鲜明的艺术特色的政治社会讽刺词，不但为北宋俳谐词派留下了光荣的尾声，而且下启南宋中后期以滑稽嘲笑面目出现的政治社会批判词。

三、俳谐词派在南宋的余波及俳谐词衰落的历史教训

盛极一时的俳谐词派，因"靖康"乱起、北宋灭亡而被截断了发展势头。南宋时期，很少再出现专写俳谐词的文人，也再没有形成流派。但是，俳谐词影响并未消失，尤其是南宋中后期，不断有人拾起这件宜于讽刺世态、宣泄牢骚的轻便武器，向黑暗现实进行抗争，并留下了一批富有

新的时代特色且艺术水平超过北宋的优秀作品。

南渡之初，国难当头，山河破碎，金兵频频南侵，南宋朝野士庶救亡要紧，文人们没有幽默的情趣和嘲谑的闲心，而多倾其才力去写呼唤抗敌的严肃之作，因而俳谐词的创作一时处于消歇状态。

但随着"恢复"事业无成，偏安局面相对稳定下来，人们只好寄悲愤于诙谐嘲谑。于是以辛派词人为代表的宋代俳谐词的第二个创作高潮以政治批判词为主要形态在南宋中期兴起了。

抗金英雄辛弃疾在失意隐居的时候写了俳谐体或带有俳谐意味的词大约六十来首，占其词总数的十分之一左右。他这类词，真可谓嬉笑怒骂，皆成文章。举凡揭露官场黑暗、嘲骂士林群丑、斥责衰世末俗、描绘市侩心理、宣泄政治牢骚，以及表现山林隐逸之乐，活跃亲戚朋友关系等等内容，在他的俳谐词中几乎应有尽有。其中又以批判社会现实、抒写愤世嫉俗之情的作品最有锋芒，最有特色。关于这些，邓魁英先生在其《辛稼轩的俳谐词》一文中析论甚为精当详细，㉝拙著《辛弃疾词心探微》首章之《嫉恶如仇的社会批判意识》一节亦有专论，这里不再重复。辛弃疾的俳谐词，比苏东坡的仅用于日常生活调笑的那些词作更有思想价值，也比北宋后期俳谐词派那几个名家的艺术水平高，它们证明了：在文艺创作活动中，只要有真率的性情和高尚的志趣，则谈笑亦可显露真理，戏谑亦可表现生活，谐谑之作亦能产生与严肃文学媲美的艺术魅力。受辛弃疾影响的一些豪放派词人，都写了数量不等的俳谐词。比如那位倾其主要精力写救国策论文章、连作小词也主张陈述平生"经济之怀"的陈亮，也创作了如《鹧鸪天》（落魄行歌记昔游）、《贺新郎》（镂刻黄金屋）等谐趣很浓的作品。又如刘过的名篇《沁园春》（斗酒彘肩）一阕，是一篇游戏三昧、驱遣古人的奇文，它以追求谐趣、奇趣与妙趣为尚，借白居易、林逋、苏轼三位古人之语，往复成词，在大开玩笑的戏谑调侃之中，表现了作者旷放不羁的豪情逸气。从刘过此词可以看出俳谐文学发展史上从汉代班固的《答宾戏》、唐代韩愈的《进学解》直至南宋辛弃疾的《沁园春》（杯汝来前）的一脉相承的影响。

南宋俳谐词从辛派词人开始，发展到亡国之际，形成了又一个创作高潮。统而观之，它们与北宋俳谐词有如下四个明显的不同点：一是作者多为热心用世的爱国豪放词人；二是多用长调，写篇幅较大、内容较丰富、层次较复杂的作品。这与唐五代北宋俳谐体多用小令形成鲜明对比，证明此体到南宋时，体制格局及题材、艺术方法等皆大大发展。三是作者队伍明显扩大，除了士大夫文人之外，太学生、穷秀才、闺中女子、青楼娼妓等各阶层人皆有俳谐词作者。第四个特点，也是最重要的一点，就是越到南宋后期，随着国势日危和政局黑暗，俳谐词中无聊调笑之作几乎绝迹，而嬉笑怒骂地议论国事、讽刺权奸和抨击弊政的作品日益增多，并且表现出北宋同类作品所没有的心切愤深的感情色彩。对于南宋俳谐词的上述四个特点，这里略举几首作品以见一斑。

其一是绍兴末年太学诸生作的嘲笑洪迈使金时贪生怕死之丑行的《南乡子》：

> 洪迈被拘留，稽首垂哀告彼酋。一日忍饥犹不耐，堪羞，苏武争禁十九秋！　厥父既无谋，厥子安能解国忧？万里归来夸舌辩，村牛，好摆头时便摆头。

其二是南宋末士人陈郁借咏雪挖苦讽刺贾似道的《念奴娇》：

> 没巴没鼻，霎时间、做出漫天漫地。不论高低并大小，平白都教一例。鼓弄滕神，招邀巽二，一恁施威势。识他不破，至今道是祥瑞。　最是鹅鸭池边，三更半夜，误了吴元济。东郭先生都不管，挨上门儿稳睡。一夜东风，三竿红日，万事随流水。东皇笑道："山河元是我底！"

其三是度宗咸淳年间醴陵士人嘲骂贾似道经量土地的《一剪梅》：

> 宰相巍巍坐朝堂，说著经量，便要经量。那个臣僚上一章，头说经量，尾说经量。　轻狂太守在吾邦，闻说经量，星夜经量。山东河北久抛荒，好去经量，胡不经量？

其四是南宋末年词人蒋捷为以"狂"得罪的乡人钱行的《贺新郎》：

> 甚矣君狂矣！想胸中、些儿磊磈，酒浇不去。据我看来何所似，

一似韩家五鬼，又一似、杨家风子。怪鸟啾啾鸣未了，被天公、捉在樊笼里。这一错，铁难铸。　　濯溪雨涨荆溪水，送君归、斩蛟桥外，水光清处。世上恨无楼百尺，装著许多俊气。做弄得、栖栖如此。临别赠言朋友事，有殷勤、六字君听取：节饮食，慎言语。

以上的例证足以表明南宋俳谐词有一定的特色和成就。但比起南宋词坛竞起争胜的各体各派，俳谐体迄未占据显著位置，只是小打小闹，并随着南宋的灭亡而消失，甚至未能像北宋晚期那样形成一个名噪一时的流派。其中的原因是值得探究的。

追求谐趣，表现谐趣，本是人类正常的审美活动。美学家朱光潜曾指出：谐"是一种情趣饱和独立自足的意象"，"能谐所以能在丑中见出美，在失意中见出安慰，在怨中见出欢欣，谐是人类拿来轻松紧张情境和解脱悲哀与困难的一种清凉剂"（《诗范》）。如此看来，俳谐体本应是文学中的正体之一，尤其在本为娱乐文体的曲子词中，俳谐体与俳谐派更该得到充分的发展，取得相当高的成就，并产生大得多的影响。可事实是：唐宋词中的俳谐词并未得到充分的发展，未曾取得巨大的成就，也未曾衍成强大的流派，对后世的影响也甚微。考其原因，言其教训，主要有如下两点。

首先是儒家（特别是宋代理学）正统文学观念的长期压制。我国古代自儒学定于一尊之后，统治阶级钳制文艺创作，传统诗文渐渐摆足了"载道"、"言志"的尊贵面孔，率真任情的诗心骚韵受到了束缚。俳谐体的各类作品因"游戏"之嫌，历来不能登大雅之堂。《文心雕龙·谐隐》虽然将俳谐诗文看得比一般文学次一等，但毕竟还说："虽有丝麻，无弃菅蒯"，承认谐隐之作有一定地位和价值，还算较为通达。赵宋立国之后，轻视乃至否定俳谐文学的说法就愈来愈占据舆论主导地位了。文论家常常用是否有益于儒家"教化"来衡量一切创作，理学家更是公然宣传"文以载道"，甚至认为"作文害道"。如程颐就坚决反对"悦人耳目"之作，以为这种作品与"俳优"无异。[34]到南宋，连一些创作成就较大的诗人也板起面孔讨伐俳谐之作。如著名江湖诗人戴复古就说："时把文章供戏谑，不知此体误人多。"（《论诗十绝》之二）而与南宋后期诗人们同时的金朝诗人元好问也桴鼓相应地说："曲学虚荒小说欺，俳谐怒骂岂诗宜。"（《论诗三十首》之二十三）在这样的时代环境中，俳谐文学备受轻视和鄙弃，是可以想见的。词在宋代虽具有一定的游戏性质，但总的趋向是朝着雅化、诗化（不是指句式与音律，而是指思想内容）和案头化发展，这样，俚俗而滑稽的俳谐词、供酒边花前歌唱嘲谑打趣取乐的俳谐词的生存与发展空间就不大了。随着北宋中期以后"雅"化呼声的高涨，词学批评家们也站出来斥责诙谐戏谑的词风与词派。如前引王灼的话，就对所谓"滑稽无赖语"深恶痛绝，一概贬之为"嫚戏污贱"。张炎《词源》也批评辛弃疾、刘过等人"于文章余暇，戏弄笔墨，为长短句之诗"。这话当然是泛指辛、刘等人的大部分作品，但"戏弄笔墨"云云，显然包括俳谐词在内。俳谐词还遭到朝廷出面打击。前述曹组的"家集"由皇帝下诏毁板，就是一个显例。统治集团打击排斥俳谐词，不但出于"教化"的考虑，还有钳制舆论的政治目的。因为北宋末及南宋中后期的俳谐词多有抨击时政、讽刺现实的内容，这必定使皇帝和权臣十分恼火。俳谐词之不能大显于宋，是文化环境与政治环境双重压迫所致。

其次，俳谐词的作者们自己不大争气，也导致此体不能大振。俳谐词虽表现的是诙谐滑稽的情感，但须以如王国维所说的"热心"为之，内容上不流于鄙俗，艺术上有锤炼，才能成为佳作。但唐宋时（尤其宋代）的许多作者，一味出以游戏，玩弄文字，下流打趣，这样写出的作品，当然容易被社会接受者淘汰。我们推想，许多曾见于记载的俳谐词都失传了，后人再也见不到，这除却统治者的禁毁及兵燹战乱等社会原因之外，必定也有因质量不高而被读者抛弃的因素在内。宋代许多有成就的词人虽不弃俳谐体，但他们往往出之以玩笑的态度，在他们的各类词作中，俳谐词是最不经意、最少艺术熔铸工夫的一类，这就决定了佳作不能经常产生，强大的流派也不可能出现。黄庭坚那些"女边著子"、"门里挑心"之类的"亵诨不可名状"之作不用提了，就连苏、辛二公的俳谐词中，也不免白璧与碔砆杂陈。本节虽称赞了宋代俳谐词的一些成就，但这远远不是令人满意的达到期望值的成就。由于外因与内因的交互作用，宋代俳谐体的词及其流派始终未成什么大气候，这也算是唐宋词史和文学史上的一件憾事吧。

第四节　笃守"本色"而又各树一
帜的三位婉约词名家

在北宋词的流变史上，在晏欧江西词派、柳永俗词派、苏轼"以诗为词"派、周邦彦典雅词派和俳谐词派这五大流派之外，还有几位未曾跟从时流、但又各显特色的第一流词人。他们被明代以来主张划宋词为"豪放"、"婉约"两大派的词论家定位于婉约派。从他们各自的大部分作品都笃守晚唐五代以来清切婉丽之正宗、都着重描写女性题材和女性美、都谐音协律宜于女音演唱这几点看来，笼统称之为婉约派亦无可厚非。但他们的艺术风貌和审美特征远非"婉约"二字所能概括。严格说来，他们既未结成声气相通的一派，也并未倒向同时代的流派中的任何一派。他们与几大流派在艺术上分别有某些相合之处，但又与几大派的流派特征各有歧异。比如他们虽与二晏一欧一样喜写儿女柔情，但二晏一欧只是继承南唐传统、专以小令短章含蓄而概括地写景抒情，而他们却采纳新声时曲、兼用长调慢词，并在内容与风格上显出北宋的特色。又如他们在采纳市井新声、运用长调慢词和铺叙手法上与柳永颇为相近，但在题材取向、风格情调上却大致尚雅，坚持士大夫意识，而力避柳永式的俚俗尘下。再如他们虽也似苏轼那样在词中寓以诗人句法，并注意词的雅洁脱俗，但却绝不像苏轼打通诗词界限、纵意言志抒怀和有意摆脱音律，而是严守诗言志、词缘情的传统，并注意协律可歌，做到"当行"和"本色"。又再如他们虽也似周邦彦那样尚柔、尚雅、尚音律、讲章法，但却绝不似周邦彦那样丽密质实、工巧细腻和流于雕琢与色绘。更不用说他们与俳谐词派在旨趣风格上的巨大差异了。与"时流"的种种不同倒是决定了他们互相有一点趋同：笃守传统词的音律谐美、表意婉约的"本色"，创造各自的"缘情绮靡"之新体。他们是：生活于北宋前中期的张先和生活于北宋中后期的秦观、贺铸。

这三位词人都有创体开派的非凡才力。由于当时社会环境的制约和更有力者（如柳永、苏轼、周邦彦）的竞争，他们在词坛只创了各自的一体，未能各自衍成一个流派。但他们所创之体在宋代地位重要，影响也很大。陈廷焯《白雨斋词话》论列唐宋词十四体，在宋词的十一体中就赫然列有"张子野体"、"秦淮海体"和"贺方回体"。我们论唐宋词流派，如果不了解这三个"体",就难以尽见词在北宋这一重要阶段的发展变化。张先、秦观、贺铸三家词,从传统的婉约正宗词的历时态发展的角度来看,正好纵向连成一道词流,代表着婉约词风从北宋前期到中期、后期的三个阶段的面貌。从这个意义上来讲,可将这三家视为一个宽泛而松散的前后一批人共向一个大的艺术趋势发展的准流派。前人早有将他们并论的倾向。如王灼《碧鸡漫志》卷二谓"张子野、秦少游俊逸精妙";李清照《词论》论"词别是一家"时,点出少数几个"知之者",其中即并列贺、秦。近人詹安泰列宋词八派时,亦将张先、贺铸并列为"奇艳俊秀派"。可见将此三家视为一派有理有据。

一、俊逸精妙的"张子野体"

此体的创立者张先(990—1078),字子野,乌程(今浙江湖州)人。仁宗天圣八年(1030)进士。历任宿州掾、知吴江县、嘉禾判官等。与晏殊关系密切,晏知永兴军,辟为通判。后又知渝州、虢州。英宗治平元年(1064)以尚书都官郎中致仕家居。此后常常往来于杭州、湖州之间,以垂钓和创作诗词自娱,并与苏轼、蔡襄、郑獬等晚辈文人登山临水,吟唱往还。直至逝世之年,尚有词作。他是宋代词人中最为老寿的一位,活了八十九岁,经历了太宗、真宗、仁宗、英宗、神宗五朝,虽比晏殊年长一岁,却晚去世二十三年,因而来得及对北宋中期的词坛直接发生影响。

张先在北宋词中的地位和作用十分独特。他与晏殊、柳永同时,但其词体和词风与晏、柳两大派都有所同而又有所不同,他所独创的"张子野体",实际上标示了笃守"本色"的婉约词人们在晚唐五代遗音(二晏一欧属于这一派)与柳派市井新声的对立中所走的一条中间路线,是北宋词中传统与创新两股势力之间互相转化的桥梁。张先的词今存一百六十五首(据《全宋词》),其中小令七十八调,一百四十五首;慢词(八十字以上者)十七调,二十首。他主要还是习惯于、擅长于写小令,对于作为市井新声的慢词,他采用量远远不如柳永多,但和"小令派"词人晏殊(大晏的慢词仅一调三首)、欧阳修(欧公的慢词仅十调十二首)相比,毕竟已经显示出了有意吸取市井新声以改变抒情小词面貌的动向。他是同辈人中除柳永之外仅有的大作慢词的词人。他处在词的体制由小令独盛转向慢词勃兴的关键时期,能够使出比词坛领袖晏、欧更为开放的艺术胆量和眼光,在慢词的开拓上作了柳永的同盟军,其功虽不及柳永,亦不可埋没。

陈廷焯《白雨斋词话》卷一有如下一段论张先词的话：

> 张子野词，古今一大转移也。前此则为晏、欧，为温、韦，体段虽具，声色未开；后此则为秦、柳，为苏、辛，为美成、白石，发扬蹈厉，气局一新；而古意渐失。子野适得其中，有含蓄处，亦有发越处；但含蓄不似温、韦，发越不似豪苏腻柳。规模虽隘，气格却近古。自子野后，一千年来，温、韦之风不作矣，益令我思子野不置。

陈氏此论，以张先为"古今一大转移"，似嫌过于偏爱和夸大其词，且以晏、欧为张之前，柳永为张之后，不免时序混乱（实则晏、欧、张、柳是同时同辈人，且张之享年比晏、欧、柳都长得多，已跨越北宋前、中期，从某种意义上看，毋宁说张是晏欧、柳永两派崛起之后的折中派词人，因为他的许多名篇都作于前三人去世之后。例如《木兰花·乙卯吴兴寒食》作于神宗熙宁八年（1075），时晏殊去世已二十年，张先已八十五岁；与苏轼等晚辈词人唱和的一些名篇，亦作于这一时期）。但他认为张先在温、韦、晏、欧"含蓄"的古调与柳永以及苏、辛等"发越"的时调之间"适得其中"，则无疑是深悉北宋词发展源流的卓见。"张子野体"的确既有含蓄处亦有发越处，含蓄不及温、韦、晏、欧而发越亦不似柳永及苏、辛，是北宋那股既继承"花间"、南唐而又有所拓新开创的"婉约"正宗势力的第一个范本。其重要表现之一便是，即使作慢词，也不似柳永那样放纵笔势、层层铺叙，而是仍以小令之法行之，讲究提炼和含蓄，绝不让感情过度"发越"。比如其慢词名篇《谢池春慢·玉仙观道中逢谢媚卿》：

> 缭墙重院，时闻有，啼莺到。绣被掩余寒，画幕明新晓。朱槛连空阔，飞絮知多少。径莎平，池水渺。日长风静，花影闲相照。
> 尘香拂马，逢谢女、城南道。秀艳过施粉，多媚生轻笑。斗色鲜衣薄，碾玉双蝉小。欢难偶，春过了。琵琶流怨，都入相思调。

这首在当时"传唱几遍"（《历代诗余》卷一百十四引《古今词话》）的恋情名篇，还有一段活灵活现的本事，这我们暂且不去理会，值得在此一说的是其技法和风格。它虽也有景物的描绘和人物形象的细致勾画，却绝不大事铺陈，笔势并不发露，而只以幽静明丽之景映衬秀艳多媚之人，营造情景相融的优美抒情境界，结尾点出两相爱慕而好事难成的怨情，极为含蓄深婉，用的是"花间"、南唐抒情小令的写法。故近人夏敬观评此词云："长调中纯用小令作法，别具一种风味，晏小山亦如此。"夏氏又云："（张）子野词，凝重古拙，有唐、五代之遗音，慢词亦多用小令作法……在北宋诸家中，可云独树一帜。比之于书，乃钟繇之体也。"㉟夏氏的评论，简洁地阐明了"张子野体"的艺术特征。张先上承唐五代遗风，习于作小令；而又欲在体制上有所创新，试用市井新声创作长调，在作长调时又不愿使曲子词失却"古意"（指传统文人词的柔婉含蓄之美），故以小令之法行长调，使之收敛凝重而保留深婉蕴藉之美。比之于书法，则近于汉末钟繇。钟繇并善隶书与楷书，然其正楷常带隶书之笔意，可看作是书法由隶变楷的过渡。张先以小令法作慢词，亦象征着词风、词体由五代向宋的过渡。

当然张先词的艺术特色，更多的是通过他所最擅长的小令表现出来的。他的大多数作品，恪遵五代宋初应歌小词的题材、意境和风格的规范，以写男女恋情见长。他的集子里颇多赠妓之作，然所赠与所咏之妓，大抵是官妓与家妓，所写内容也较为雅洁，不似柳永赠市井私妓之作那么俚俗。他的《行香子》词有"心中事，眼中泪，意中人"的名句，因而被人称为"张三中"（《苕溪渔隐丛话》前集卷三十七引李颀《古今诗话》）。从其词的主要内容来看，张先确为写男女之间"心中事，眼中泪，意中人"的圣手。如《一丛花令》：

> 伤高怀远几时穷？无物似情浓。离愁正引千丝乱，更东陌飞絮濛濛。嘶骑渐遥，征尘不断，何处认郎踪？　　双鸳池沼水溶溶，南陌小桡通。梯横画阁黄昏后，又还是斜月帘栊。沉恨细思，不如桃杏，犹解嫁东风。

这首为相思女子写怨情的代言体小词，上片情中有景，下片景中含情，开头写愁与恨的来由，结尾写愁恨之余所生的奇想。它用笔细腻而条理清楚，层层推进直至终篇将警语托出，其情感抒写诚如周济所评"无大起落"（《宋四家词选·目录序论》），不似晚出的秦观、周邦彦那样回环往复，在结构上变化多端。这首词正典型地代表了"张子野体"抒情结构和章法上的特色。"不如桃杏，犹解嫁东风"的结尾尤为"无理而妙"

（清贺裳《皱水轩词筌》），可谓奇情横溢，耸人耳目，使作者在当时即赢得"桃杏嫁东风郎中"的美号（宋范公偁《过庭录》）。

善于琢字炼句，以尖新奇巧的警句传达特定的感情，烘托出优美的意境，这也许是张先词最引人注目的艺术特长之一。他的集子里警句之多，在北宋是首屈一指的。宋代词坛有拿作者的警句起绰号的风气，而张先因警句多而成了当时绰号最多的词人之一。除了上述"张三中"、"桃杏嫁东风郎中"之外，他又因《天仙子》词中"云破月来花弄影"的名句，而被呼为"云破月来花弄影郎中"。有趣的是，他不满意于别人给起的绰号，又给自己起号曰"张三影"。据《苕溪渔隐丛话》前集卷三十七引李颀《古今诗话》：

> 有客谓子野曰："人皆谓公张三中，即'心中事，眼中泪，意中人'也。"子野曰："何不目之为张三影？"客不晓。公曰："'云破月来花弄影'，'娇柔懒起，帘压卷花影'，'柳径无人，堕风絮无影'，此余平生所得意也。"

为什么巧用"影"字为其"平生所得意"之技？因为正宗婉约词写景抒情以深婉含蓄为贵，而"影"字的妙用恰在于能充分地表现一种有空间距离感的朦胧清幽、轻倩飘浮的美。清人李调元凑热闹说："'张三影'已盛称人口矣，尚有一词云：'无数杨花过无影'，合之应名'四影'。"（《雨村词话》卷一）其实细究起来张先词中何尝只有"三影"、"四影"？打开《全宋词》，细读张先的一百六十五首词，即可发现其用影字竟达二十九处之多！此中以花影为最多，有十一处；人影次之，有五处；其余则为月影、灯影、旗影、鸟影、秋千影等等。由这些"影"大多为富有阴柔之美的事物之"影"这一点可以看出，张先是在有意调动自己的艺术想象力，来丰富和深化传统婉约小词幽柔轻倩的意境。这一"正宗"抒写传统，从唐五代宋初的率意而为、脱口而出发展到张先的刻意锤炼、语精意新，可以说已经变其面目而跃上了艺术上较为精纯工巧的新阶段。但字句上的求工求巧与务为新奇，既是张先的长处，也表现出张先的局限。他仅在这上面狠下工夫，而未能由句至篇以至在章法结构、意境、格调等方面进行更大规模的布置和拓展。李清照《词论》谓张先的词"虽时时有妙语，而破碎何足名家"。说"破碎"，说"何足名家"，当是故为高论，目无余子，对张先贬抑太甚。但平心而论，张先只注意出"妙语"而忽视在体制、结构、风格和意境等方面的经营和创新，确实导致"张子野体"比较显得单薄而细巧，不足为后人取法之资。这大概也是张先虽然自具面目却未能在当时建立流派的主要原因吧。

二、清新婉约的"秦淮海体"

从张先到秦观，标志着以清切婉丽为宗的"本色"词从开拓体制（兼采市井新声，创制长调雅词）、追求意精语新的阶段过渡到了发挥柔婉纤丽之特质、专写缠绵悱恻之词心的阶段（即回复宗风、讲求本色的阶段）。

秦观（1049—1100），字少游，一字太虚，号邗沟居士，学者称淮海先生。高邮（今属江苏）人。少年丧父，侍母家居，借书苦读，研习文辞。神宗熙宁十年（1077）谒苏轼于徐州，受到赏识，从此成为苏轼的爱徒。元丰八年（1085）三十七岁时方登进士第，授定海主簿，调蔡州教授。哲宗元祐三年（1088）应制科考试，进策论，为宣教郎、太学博士。后迁秘书省正字，并兼国史院编修官。元祐年间，是他一生中仅有的仕途较顺的一段时期。绍圣元年（1094），元祐党人受到清算，秦观因与苏轼兄弟的密切关系而被入党籍，出为杭州通判，继而贬监处州酒税。三年，又被新党罗织罪名，削秩流放郴州，随后又流放横州。元符二年（1099），再贬至雷州（今广东海康）。次年徽宗即位，秦观始得复职北还，中途病逝于滕州（今广西藤县）。

秦观为苏门四学士之一，在四学士中他最受苏轼器重，但作词却不走苏轼一路，而是另辟蹊径，承继"花间"、南唐的传统而参以本人幽微深细之"词心"，沿着主情致、尚阴柔之美的方向，将曲子词要眇宜修、言美情长、音律谐婉的艺术特质发挥到了极致。八百年来，论词者对两宋名家的长短得失及地位作用等颇多争议，唯独对于秦观却几乎众口一词地承认其为"当行本色"的婉约正宗，为词心、词艺最纯正的抒情高手。他在北宋词流派歧出、众议纷纭的当时，即已负和婉醇正之美名。同门文士陈师道誉之为"当代词手"（《后山诗话》）；年辈稍晚的叶梦得则说他"善为乐府，语工而入律，知乐者谓之作家歌，元丰间盛行于淮、楚"（《避暑录话》卷下）；南宋张炎也说："秦少游词，体制淡雅，气骨不衰，清丽中不断意脉，咀嚼无滓，久而知味"（《词源》卷下），如此等等。可见秦观词的正宗本色在宋世已获公认。如果说，上述宋人之论还多半是就秦观论秦观的话，那么清末况周颐则进一步从剖析北宋中后期词坛风尚流别入手，辨明了秦观独特的艺术之路和流派倾向，其《蕙风词话》卷二云：

> 有宋熙、丰间，词学称极盛。苏长公（轼）提倡风雅，为一代斗山。黄山谷、秦少游、晁无咎，皆长公之客也。山谷、无咎皆工倚声，体格于长公为近。惟少游自辟蹊径，卓然名家。盖其天分高，故能抽秘骋妍于寻常濡染之外，而其所以契合长公者独深。张文潜赠李德载诗有云："秦文倩丽舒桃李"。彼所谓文，固指一切文字而言。若以其词论，直是初日芙蓉，晓风杨柳。倩丽之桃李，容犹当之有愧色焉。王晦叔《碧鸡漫志》云："黄、晁二家词，皆学坡公，得其七八。"而于少游独称其"俊逸精妙"，与张子野并论，不言其学坡公，可谓知少游者矣。

这段话内容颇为丰富，撮其要者大约有三点：一、秦观为苏门文人，在苏轼主盟吟坛、苏门干将黄、晁等竞学苏为词之际另走一路，创立有个人特色的婉约新体（陈廷焯称之为秦淮海体）；二、秦词的艺术风格是有如"初日芙蓉，晓风杨柳"那样的清新婉丽；三、王灼论秦词，于其源流体认甚确，秦淮海体与张子野体同归一路，都以"俊逸精妙"见长，都属北宋词中既存"古意"又有所创新的婉约正宗。

秦观究竟是用什么样的艺术风格和表现手段来独辟蹊径、创立别是一家的"秦淮海体"的呢？

统观秦观现存的全部词作，其题材主要为描写男女恋情和哀叹本人不幸身世两大类。这是他以前和同时的"婉约"名家写得烂熟了的题材，光从这个层面上看不出他的创新与独特之处。但若深入一层，探究其述事、写景与寓情的具体手段和个性化的艺术处理方法，则"秦淮海体"的特征就凸现出来了。秦观是一个多愁善感的阴柔型作家，文心极细，文情极敏，最善于对哀伤凄怨的儿女柔情和低徊要眇的个人愁思作出贴切幽微的审美把握。他的作品中单纯写爱情或一味写个人身世的篇什其实不多，大多数作品是把这两方面的内容结合起来写。他非常习惯于将男女的思恋怀想、悲欢离合之情，与个人坎坷际遇水乳交融地结成一体，运用吞吐含蓄的手法、淡雅清丽的语言，通过柔婉低抑的乐律、幽冷深邃的场景、鲜明新颖的意象，曲曲抒发出来，达到情韵兼胜，回味无穷。这是北宋中期兴起"以诗为词"风气之后，一部分坚守传统词风的词人既感到用词述怀的需要、又不愿放弃传统题材而采用的一种折中的方法。其创始者是柳永（柳的许多相思恋情词即夹杂身世之感），而用得最好、最浑雅自然的则是秦观。周济《宋四家词选》评点秦观《满庭芳》（山抹微云）时即谓："将身世之感打并入艳情，又是一法。"现引该词全文如下：

> 山抹微云，天粘衰草，画角声断谯门。暂停征棹，聊共引离尊。多少蓬莱旧事，空回首、烟霭纷纷。斜阳外，寒鸦万点，流水绕孤村。　　销魂！当此际、香囊暗解，罗带轻分。谩赢得青楼，薄幸名存。此去何时见也？襟袖上、空惹啼痕。伤情处，高城望断，灯火已黄昏。

此词据考为作者三十一岁时赴会稽省亲回高邮后所作。他将离情放在一个凄迷幽暗的特定环境中来抒写，以素描笔法勾勒景物，以抒情色彩极浓的感慨之语，绘出一幅精巧工致、情韵兼胜的黄昏男女离别图画。少游自谓"风流寸心易感"（《沁园春·春思》），此词更是渗透了作者特有的低回感伤情绪。它不单写"艳情"，而是将无穷身世之感"打并"于其中。按秦观上一年乡贡落榜，苏轼曾写诗为他叫屈。年过而立的他尚未求到功名，不免有坎坷蹉跎之悲，此种情绪自然而然地会渗入到抒情作品中去。篇中"销魂"数句固是专写男女间的依依不舍，但上片及篇末的景语与情语中，显然还包含着作者因时光流逝、前程渺茫而"伤情"的成分。

此词为秦观哀感顽艳、婉曲深挚词风的主要代表作，在当时即广为流传，备受称赏。苏轼亦赞叹有加，"取其首句，呼之为'山抹微云君'"（严有翼《艺苑雌黄》）。晁补之甚至引此词为证，说明"比来作者，皆不及秦少游"（宋赵令畤《侯鲭录》卷八引）。或又有记载说，苏轼不满此词，指责其中"销魂当此际"云云为"柳七句法"（黄昇《花庵词选》卷二）。此记载漏洞极大，未必可信。㊱即使真有此事，也只能证明东坡先生有点道学气，而无损于此词的完美。"销魂"数句，无非表现儿女之间难分难舍的一片柔情，两宋恋情词中常有此种"句法"，不单柳七为然。且此数句媚则媚矣，但并不鄙俗（顺便说一句，柳永词虽俚俗者多，但完全流于鄙俗者其实也较少，因而即使真是"学柳七作词"，也未必就会变得鄙俗不堪），更未涉淫邪，无伤通篇之雅。秦观词（尤其是慢词）确有学柳永处，甚至有几首作品还专用俚俗语连结成篇，颇近柳永俗调。但这不是其主导方面。秦观学柳，主要学其白描手段、慢词结构和铺叙方法，却并未在学柳之中迷失自我。单以铺叙而论，他主要是学柳永细密妥溜、层层推进的笔法，而未取其纵笔曼衍与大开大合，因而他的慢词仍以淡雅轻灵、秀丽含蓄取胜，是典型的秦观风格。

北宋人在文学创作中大多不约而同地以诗言志，以词言情，诗体端严劲健而词体柔婉绮靡，同一个作者的诗与词往往呈现决然不同的风格面貌。柳永的词以艳丽为美，其仅存的一首诗《煮海歌》却为民请命，慷慨淋漓；周邦彦的词婉媚绮错，其传世的几十首诗却大多疏宕有气骨。苏轼"以诗为词"，打乱了这一传统格局。秦观却又回归传统，在词坛重树婉丽之正宗。他之所以这样做，当然与词坛的主流时尚有关，但更多地还是个人气性使然。他的秉性气质趋向阴柔细腻一面，所以诗风、词风都自然而然地偏于清丽纤柔。他是宋人中少有的诗、词同显阴柔之美的一位文学家。他的诗，尽管有少量晚期作品有"严重高古"的风格，但大多数篇什却是柔丽纤婉有如其词。《王直方诗话》载：苏轼以所作小词示晁补之、张耒，问"何如少游？"二人皆对曰："少游诗似小词，先生小词似诗。"真是妙语解颐！试看秦观"诗似小词"的一首七绝名篇《春日》：

> 一夕轻雷落万丝，霁光浮瓦碧参差。
> 有情芍药含春泪，无力蔷薇卧晓枝。

这首诗充分显示了秦观审美艺术的特点与缺点：精致细密，秀丽有余，然而气魄较弱。以故金人元好问讥之为"女郎诗"（《论诗绝句》），南宋敖陶孙亦谓秦诗"如时女步春，终伤婉弱"（《诗评》）。但按宋人诗词分疆的审美思维定势，施之于诗为不宜者，于词却正好相宜。试看秦观用同样的风格和笔法写的一首小词《浣溪沙》：

> 漠漠轻寒上小楼，晓阴无赖是穷秋。淡烟流水画屏幽。
> 自在飞花轻似梦，无边丝雨细如愁，宝帘闲挂小银钩。

花轻雨细，景幽愁微，完全符合婉约正宗词所要求的文小、质轻、径狭、境隐的审美规范。以故历代论词主"本色"者对之推许备至，或谓其"夺南唐席"（明卓人月《古今词统》），或确认其为"宛转幽怨，温、韦嫡派"（清陈廷焯《词则·大雅集》卷二），可见其影响之大。但即使就词论词，秦观的个人风格还是太过于柔弱。个性与风格之柔弱，导致所创之体虽有偏胜而难以衍为大宗。比之柳、苏、周、辛等气魄雄壮的开派大师，秦词终未成为大派，而仅仅成为婉约词风发展过程中之一环。明人张綖论婉约豪放，以秦观为婉约之代表，但不称其为派，只称其为"体"，还是颇有分寸的。秦观毕竟只是一位创体者，而未足以成为开派之宗师。

三、秾丽与雄奇兼备的"贺方回体"

继张先、秦观之后，贺铸在北宋末年以独创的"贺方回体"显名于当世，成为正宗词流的强大后劲，并预示着两宋词风即将面临一次大的转变。

贺铸（1052—1125），字方回，号庆湖遗老，卫州共城（今河南辉县）人，出身没落贵族家庭，为太祖孝惠后族孙。其家五世任武职，贺铸本人的形象和性情亦极为威猛豪放。他为人"豪爽精悍"，[37]"仪观甚伟，如羽人剑客"，[38]"貌奇丑，色青黑而有英气"，[39]"少时侠气盖一座，驰马走狗，饮酒如长鲸"。[40]其仕宦生涯也从武弁开始。但他并不是一个纯粹的武夫，而是资兼文武、外粗内秀的奇才。他七岁即学诗，后来更"书无所不读"，[41]公事之暇"俯首北窗下，作牛毛小楷，雌黄不去手，反如寒苦一书生"，[42]终至"老于文学，泛观古今，词章议论，迥出流辈"。[43]因此他文名大显，做了几任武官之后，于元祐六年（1091）受苏轼、李清臣的推荐，改入文阶。为承直郎。后迁宣议郎、宣德郎等。徽宗大观三年（1109）以承议郎致仕，居苏州、常州。两年后以荐复起。宣和元年（1119）以朝奉郎再致仕。七年，卒于常州僧舍，年七十四，此时距北宋之亡只有两年了。

贺铸虽然极有才干，但秉性刚直，决不事迎合，"虽贵要权倾一时，小不中意，极口诋之无遗词"，[44]以故不为当道者所喜，一生未得美官，无论任武职文职，都总是屈居下僚。他只好倾其才力于文学。其诗、词、文皆善，但从实际成就来看，其诗词高于文，而词又高于诗。他主要以词名传于当时和后世。其词今尚存二百八十余阕（据钟振振校注《东山词》），数量之多，在北宋词人中仅次于苏轼而居第二位。由于其人个性复杂、身世坎坷而又才富学赡，所以其词虽基本上遵守婉约传统，却呈现刚柔相济、五彩斑斓的大观，是北宋除苏轼一派之外的"正宗"词流中内容最丰富、风格最多样的一家。贺铸的好友、苏门文人张耒在《贺方回乐府序》中这样描绘"贺方回体"的奇特面貌道：

> 是所谓满心而发，肆口而成，虽欲已焉而不得者。若其粉泽之工，则其才之所至，亦不自知也。夫其盛丽如游金、张之堂，而妖冶如揽嫱、施之祛，幽洁如屈、宋，悲壮如苏、李，览者自知之，盖有不可胜言者矣。

这段话可算是古往今来论贺铸词的文字中最能知其本质与全貌者。所谓"满心而发，肆口而成"，是指贺词为真正的抒情文学，是为情造文的心灵之歌。而"盛丽"、"妖冶"、"幽洁"、"悲壮"的概括，更是将贺词以秾丽奇艳为主而又兼融阳刚壮大之美的风格特征全面阐发出来了。

通观全部《东山词》，其中自以抒写艳情绮思的深婉丽密之作为最多，最显其主导风格特色。这类词，远绍"花间"而近承张先、秦观。但他不取张先的细碎尖巧而取其奇逸俊秀，不取秦观的淡雅纤柔而取其婉曲深挚，再益以自己的秾辞丽藻和大量的中晚唐诗的名篇警句，形成了自身奇艳华丽的风格。其炼句修辞的工夫，堪与张先比美，而其"语精意新"（王灼语）的程度，犹且超过后者。其代表作之一《横塘路·青玉案》云：

> 凌波不过横塘路，但目送、芳尘去。锦瑟华年谁与度？月桥花院，琐窗朱户，只有春知处。　　飞云冉冉蘅皋暮，彩笔新题断肠句。若问闲愁都几许？一川烟草，满城风絮，梅子黄时雨。

这首词即景抒情，写自己爱情上的失意"断肠"。全篇思致婉曲而辞藻工丽，修辞极为精妙，特别是结尾处别出心裁，接连使用三个巧妙的比喻：烟草、风絮、梅雨，使抽象的"闲愁"化为具体鲜明的实物形象，在当时即以"兴中有比，意味更长"（宋罗大经《鹤林玉露》甲编卷七）而脍炙人口，以致有"贺梅子"之誉（宋周紫芝《竹坡老人诗话》卷一）。大诗人黄庭坚对之佩服不已，赞曰："解道江南断肠句，只今惟有贺方回。"（《寄方回》）此词一出，时人争相赓和。有人统计，自黄庭坚以下，北宋末、南宋和金国词人作《青玉案》步方回韵者，多达二十五人二十八首。⑤一首词有这样大的"轰动效应"，为唐宋词史上所罕见。

贺铸词在继承传统婉约绮丽风调上与张先、秦观乃至周邦彦相比已毫无愧色，但使他超逾侪辈并足以启南宋新风的，乃是他的少数词能逸出恋情闺思的范围，而着力抒写个人的主体意识、身世经历和某些社会现实。他的性格本近于侠，又是武官出身，向以雄爽刚烈见称于士大夫之林。这样的形象与性情一旦引入词中，自然雄风勃发，使"花间"丽语黯然失色。最有代表性的当是下面这首如侠客自画像的政治抒情词《六州歌头》：

> 少年侠气，交结五都雄。肝胆洞，毛发耸，立谈中，死生同。一诺千金重。推翘勇，矜豪纵。轻盖拥，联飞鞚，斗城东。轰饮酒垆，春色浮寒瓮，吸海垂虹。间呼鹰嗾犬，白羽摘雕弓，狡兔俄空，乐匆匆。　　似黄粱梦。辞丹凤，明月共，漾孤篷。官冗从，怀倥偬，落尘笼。簿书丛。鹖弁如云众，供粗用，忽奇功。笳鼓动，渔阳弄，思悲翁。不请长缨，系取天骄种，剑吼西风。恨登山临水，手寄七弦桐，目送归鸿！

这样的"雄姿壮采，不可一世"之作，显然受了苏轼"以诗为词"、纵笔言志的作风的影响，但气魄比东坡更雄壮，意境比东坡更阔大。盖东坡为衣冠文士，多士大夫清旷放逸之气；方回则为弓刀游侠，秉铁将军威武雄豪之资。风格即人。贺铸的这种充溢着铁血气的慷慨纵横之作，实为南宋辛稼轩一派"英雄之词"的先声。唐五代以迄北宋末，文人词多文柔嘽缓之音，极少用雄豪之调去反映时代风云。自范仲淹《渔家傲》（塞下秋来风景异）至苏东坡《江城子》（老夫聊发少年狂），稍涉边事者不过寥寥几首，还要被泥于"浅斟低唱"之时尚者目为别调（如范仲淹之作即被讥为"穷塞主之词"）。在雄声微弱、难以为继的环境中，贺铸拔出流俗，引吭高唱，喊出"请长缨、系取天骄种"的英雄口号，真是振聋发聩！联系到当时边患严重、北宋即将亡国而朝野上下皆浑然不觉的情况，贺铸的这首词尤为难能可贵。此外，他的托意吊古的《水调歌头》（南国本潇洒）、直抒胸臆的《诉衷情》、《念良游》及发牢骚抒愤懑的《行路难》、《将进酒》等等，都可以看出一位以功业自许的志士的悲慨胸怀。这些作品在《东山词》中虽只占极小的比重，但它们预示的是一个新的审美倾向，隐隐然下开南宋前期那股波澜壮阔的豪放词流。

此外还值得一提的是，贺铸的某些词虽然写的是传统题材，风格仍是柔婉一路，但在思想内容上已大有突破。如《捣练子》六首，写征夫之妇的相思之情，这虽是唐人写得烂熟的题材，但他却能别开生面，从挖掘思妇的内心世界入手，来侧面反映一定的社会问题和普通百姓的痛苦心态。如其中的第四首：

> 斜月下，北风前，万杵千砧捣欲穿。不为捣衣勤不睡，破除今夜夜如年。

思妇为想念久戍不归的丈夫，不能入睡，只好用捣衣来消磨漫漫长夜。这一描写，显得沉哀入骨，令人同情。这一组词，实际上在暴露封建兵役制度给人民带来的苦难，颇得"风人之旨"，不可视为泛泛应歌之作。

总起来看，在周邦彦及其"大晟词派"主宰词坛、软媚之词风靡一时之际，贺铸以其豪情劲气多少改变了婉约正宗的面貌，并在一定程度上回应了苏轼的新词风。龙榆生先生20世纪30年代与胡适辩论宋词发展问题时曾指出：贺铸"在东坡、美成间特能自开户牖，有两派之长而无其短"。[46]这应该是指贺铸在大量创作传统应歌艳词时能避周派"软媚之失"，在作少量壮词时又能兼顾"豪放"与"协律"两端，使其全部作品不失为当行本色之作。这大致就是所谓"贺方回体"的特点及其在北宋晚期诸词派中的"适中"地位。

注　释：

①谢桃坊：《宋词概论》，四川文艺出版社1992年版，第194页。

②吴熊和：《唐宋词通论》，浙江古籍出版社1985年版，第290页。

③王水照：《苏轼的书简〈与鲜于子骏〉和〈江城子·密州出猎〉》，载《唐宋文学论集》，齐鲁书社1984年版。

④以上两个阶段词的系年，据龙榆生《东坡乐府笺》及石声淮、唐玲玲《东坡乐府编年笺注》。

⑤李之仪：《跋〈戚氏〉》，《姑溪居士文集》卷三十八。

⑥参见蔡嵩云《柯亭词论》"《戚氏》为屯田创调"条，《词话丛编》本。

⑦参见《白雨斋词话》卷一"张子野词古今一大转移"条，《词话丛编》本。

⑧杨海明：《唐宋词风格论》，上海社会科学院出版社1987年版。

⑨此未暇详论，读者如有兴趣，请参看《诗与酒》第四章，台北文津出版社1994年版。

⑩王水照：《苏轼的人生思考和文化性格》，《文学遗产》1989年第五期。

⑪⑫苏辙：《亡兄子瞻端明墓志铭》，《栾城后集》卷二十二。

⑬徐釚：《词苑丛谈》卷三《品藻一》，上海古籍出版社1981年版。

⑭赵令畤：《侯鲭录》卷八引晁补之语，亦见《苕溪渔隐丛话》后集卷三十三。

⑮元好问：《新轩乐府引》，《遗山先生文集》卷三十六。

⑯关于晁补之词编年，据乔力《晁补之词编年笺注》，齐鲁书社1992年版。

⑰参见罗忼烈《周清真词时地考略》，《两小山斋论文集》，中华书局1982年版。

⑱周密：《浩然斋雅谈》卷下。

⑲⑳㉑参见王国维《清真先生遗事·尚论三》，《王忠悫公遗书内编》）。

㉒邵瑞彭：《周词定律序》，载开明书店1931年版《周词定律》。

㉓参见刘扬忠《周邦彦传论》第九章《技新法密穷变化》，陕西人民出版社1991年版。

㉔宋词点化唐诗，实际上是一种有丰富底蕴的文化现象。周邦彦喜用唐诗入词，表现了他鄙俗尚雅的士大夫复古意识。本书对此未暇详论。近有论者专文及此，请参陈永宏《试论宋词对唐诗的化用及其文化解读》，《文学遗产》1996年第四期。

㉕关于大晟府详情，参见李文郁《大晟府考略》，《词学季刊》第二卷，第二号。

㉖吴处厚：《青箱杂记》卷一。

㉗刘扬忠：《唐宋俳谐词叙论》，《词学》第十辑，华东师范大学出版社1992年版。

㉘刘永济：《词论》卷上《通论·风会第五》，上海古籍出版社1981年版。

㉙刘永济：《唐五代两宋词简析·总论》，上海古籍出版社1981年版。

㉚此条材料，承南京师范大学中文系诸葛忆兵博士抄示，谨表谢意。又，诸葛君此条材料近已发表于《中国诗学》第四辑。

㉛《苕溪渔隐丛话》后集卷三十九引《复斋漫录》。此词失调名。

㉜龚明之：《中吴纪闻》录此词未记调名，唐圭璋先生《宋词纪事》据《花草粹编》卷四补。

㉝邓魁英：《辛稼轩的俳谐词》，《词学》第六辑，华东师范大学出版社1988年版。

㉞《二程语录》卷十一。

㉟夏敬观：《映庵词评》（葛渭君辑录），《词学》第五辑，华东师大出版社1986年版。

㊱关于此传说之不可信，请详参吴世昌先生《有关苏词的若干问题》一文的有关辨析，吴文载《文学遗产》1983年第二期。

㊲㊳程俱：《宋故朝奉郎贺公墓志铭》，载丁丙八千卷楼钞本《庆湖遗老诗集》卷末。

㊴㊵㊶程俱：《贺方回诗集序》。

㊷陆游：《老学庵笔记》卷八，中华书局1979年点校本。

㊸《中吴纪闻》卷三引李清臣语。

㊷叶梦得：《贺铸传》，《石林居士建康集》卷八，长沙叶氏观古堂刊本。

㊺参见钟振振校注《东山词》，上海古籍出版社1989年版，第156—158页。

㊻龙榆生（沐勋）：《论贺方回词质胡适之先生》，《词学季刊》第三卷，第三号。

第五章 两宋之交的词风巨变
及南渡各词派

　　法国 19 世纪著名的史学家兼文艺批评家丹纳认为：每一种艺术品种和流派只能在特殊的精神气候中产生。他说：

> 　　要了解一件艺术品，一个艺术家，一群艺术家，必须正确的设想他们所属的时代的精神和风俗概况。这是艺术品最后的解释，也是决定一切的基本原因。这一点已经由经验证实；只要翻一下艺术史上各个重要的时代，就可看到某种艺术是和某些时代精神与风俗情况同时出现，同时消灭的。①

　　北宋词与南宋词基本风调及流派的不同，也正是由时代精神气候的巨大变化决定的。

第一节　政治大变局与词风大转变

　　公元 1127 年北宋帝国的覆灭和汉族政权的南迁，不但是宋代、也是中国古代史上的一大变局。这一重大历史事变对后来几百年间中国政治、经济、社会结构及文化承传等诸方面的深远影响，不是本书所要探讨的范围。单就文学领域来看，这一事变好似一场陡然从天而降的特大风暴，顷刻之间把一切都翻了一个"个儿"，文学家的心态改变了，兴趣改变了，创作环境判然而异了，题材取向和反映内容全然不同了，随之而来的是新时期文学风格流派面貌焕然一新了！

一、宋南渡的特殊性及其时间断限

在宋代之前，中国历史上也曾出现过一个由北方少数民族政权占据和统治中原、迫使汉族政权南迁的"南北朝"时代。但在那个时代，南北朝虽在政治上对立，文化上则基本上是统一的。北朝统治者和文人学士们大概承认江左为"华夏正统"所在，北朝文风也大体上依附南朝。除了民歌之外，无论南方或北方，文学基本上仍掌握在出身高门的汉族文士手中。而且，在从"永嘉之乱"到前秦与东晋间爆发"淝水之战"前的七八十年中，乱华之"五胡"——匈奴、鲜卑、羯、羌、氐各少数民族贵族军事集团忙于互相争夺对中原的统治，无暇也无力南侵，南北之间大致相安无事。"淝水之战"后至隋朝建立之前的近二百年中，南北对峙的局面比较稳定，双方并未互相感到有谁消灭谁的巨大危机。因此，那次历史大变局并未普遍地引起文学风格的转变，除了极少数作家作品之外，汉族的民族意识和爱国精神在文学上的反映是十分淡薄的。而宋代这次南北分裂则大不相同。唐末五代十国的大分裂大动乱本就给了宋人极深的历史教训，北宋一代，复兴儒学、重建汉民族政统、道统和文统的运动一浪高过一浪，华夏大地汉民族农耕文明空前昌盛发达。所谓"宋型文化"已经深入各社会阶层的人心。一旦遭到强悍的游牧民族的武力入侵和破坏，汉民族在文化心理上迅即产生反弹机制。加之这次北敌南侵与西晋末年"永嘉之乱"时相比具有大不相同的态势，暴发户式的女真奴隶主军事集团占领了中原、掳走了徽、钦二帝还不肯罢休，在南宋初几十年间还不断挥师渡长江，深入江南腹地，一度把南宋皇室赶到东海之中，必欲灭之而后快。这就激起了整个汉民族同仇敌忾的激情，救亡图存，打退金兵，进而北伐中原，统一祖国，成了全民族的共同愿望和统一行动。从文化心理上来探究，南宋的全民抗金，实际上是要通过保卫赵宋政权和收复华夏故土来维护汉民族悠久的优秀文化统系。因此，在政治风云变幻激荡的这个新时期中，文学不得不变——变为政治色彩极浓的"抗战"文学。而且这种"变"具有永嘉之后那个南北朝时期所无法相比的普遍性与彻底性。因为北宋时汉民族文化已经逐步走向世俗化和大众化，文学也由于文化知识的普及而不复只是少数高门世族文士的专利品（北宋时三教九流的人如妓女乐工穷秀才小市民等都会填词，就是一个证明）。因此，一旦家国有难，各阶层人民在执戈上马的同时也都有了拿起文艺这个武器参与战斗的可能。这样，就使得民族忧患意识的表露和对爱国主义的歌颂成为当时文学中最普遍和最受重视的主题，成为一代审美主潮。

一向徜徉于歌台舞席、仅供文人士大夫声色娱乐之用而很少沾染社会题材与时代风云的曲子词，也因浅斟低唱环境的丧失和词人们身世遭遇及文艺观的根本改变，而被卷进了歌颂抗金北伐主题和直接请缨杀敌的时代主潮之中。政治对于文学的大规模的积极介入，导致苏轼开创的言志派衍成巨流，使得南宋前期七八十年间以颂扬爱国精神为核心内容的"豪放派"独领风骚，形成与北宋词迥然而异的时代特色。吴世昌先生论北宋、南宋词风格之异时一语中的地指出："言情为汴梁所尚，述志以南宋为善。"②这种由"言情"向"述志"的根本性转变，就是在南渡时期完成的。这里对人们习称的南渡时期作一个时间上的大致划分。这一段时间，可以徽宗宣和七年（1125）金兵首次南侵为起始，以孝宗隆兴二年（1164）宋、金对峙局面稳定下来为结束，总共有四十年。这是包括金人入侵、北宋灭亡、高宗南渡和金人不断压迫欺凌南宋等一系列重大事件的一个极为动荡的历史时期。这段时期，一大批随宋室南迁的词人饱受战乱之苦，纷纷转变了词风，加入到南宋抗战文艺的主流之中，完成了宋词发展历程中由北宋词向南宋词的根本转变。这一时期虽然较少出现堪称宗主和大师的词坛公认领袖，但一大批生活和创作年代横跨北、南宋的专业或非专业的词人（前者如张元幹、向子諲、叶梦得、朱敦儒、李清照等等，后者如李纲、赵鼎、王以宁、岳飞、胡铨等等），共同变承平时的欢愉柔婉之调为战乱后的悲壮慷慨之音，开启了一代新词风和新词派。这个庞大的南渡后，词人群体的崛起，并非只意味着由北宋词向南宋词的短暂过渡，而是奠定了南宋词的新风格与新流派的基础，他们自身就足以作为一个历史时期民族精神和审美思潮的代表。过去的有关文学史和词史著作，都只将南渡之际的几位重要词人视为北宋词向南宋词的过渡，或视为辛弃疾等中兴词人群的先导而略加评述。但当我们从群体活动和流派衍变的角度，对南渡词人群及其中的流派作整体的、综合性的考察之后，就不难发现：宋南渡词在宋词发展史上是一个推陈出新的独立阶段，具有不可低估的历史价值与艺术价值。近有学者明确提出："把宋南渡前后的词坛作为两宋词史上的一个独立的发展阶段加以重视和研究。"③笔者对此深有同感。研究宋南渡词的专著，目前已有台湾黄文吉的《宋南渡词人》及湖北大学王兆鹏的《宋南渡词人群体研究》二书先后问世。本书为宋南渡词特设专章，就是要深入一层探究南渡词人群体里的词风与流派及其与此前（北宋中后期）此后（南宋前期）两个时期的词风与流派的联系。

这里还要再说一说对"宋南渡"这个历史时限的理解与界定。前人词话往往用"南渡"指称整个南宋时期，这显然不科学。近人的论著中又常常用"南渡"含含糊糊地概括南宋前期（包括辛弃疾、陆游等人主要活动的孝宗、光宗朝及宁宗朝前期），这样的划分仍嫌时间过长，而且把性质不同因而时代精神也有差异的两个时期混在一起了。照笔者的理解，"南渡时期"是一个特殊的时间概念：一、它指的应是宋室仓促南迁，金人不断南侵，赵宋政权尚未安定下来，宋、金对峙尚未成为定局之前这一段动荡时期。而高宗绍兴末年金帝完颜亮侵宋失败，接着刚继皇位的宋孝宗启用张浚所主持的北伐亦告失败，这两次战争实际上证明了宋、金双方谁也吃不掉谁，于是"隆兴和议"成立，宋、金南北对峙的稳定局面形成，历史进入了一个新阶段。所以，所谓"南渡时期"的下限，应在高宗、孝宗皇位交接之际。二、所谓"南渡词人群"，主要是由一批在北宋时已有词名、南渡后转变了词风的跨时代词人组成的。南渡词坛的词风、词派为这些人所开创、所主持，南渡词的成就和特征由他们来体现，而这些人大致都在高宗绍兴之中、之末和孝宗初年去世（比如向子諲卒于绍兴二十二年，李弥逊继亦于下一年去世，朱敦儒卒于绍兴二十九年，叶梦得卒于绍兴十八年，李纲卒于绍兴十年，李光卒于绍兴二十九年，周紫芝卒于绍兴二十五年，吕本中卒于绍兴十五年，赵鼎卒于绍兴十七年，李清照约卒于绍兴二十五年，张元幹卒年稍晚，为绍兴三十一年）。他们的去世，标志着南渡时期作为一个政治上的动乱时期和文学上的特殊时期的结束。到绍兴末年年轻的抗金英雄辛弃疾南归宋朝，陆游也开始在朝为官，陈亮也已二十来岁的时候，一个新的政治和文学的时代又拉开序幕了。所以本书将宋南渡词的发展阶段定在宣和七年至孝宗隆兴二年这近四十年的时间内，是大致不差的。

二、"靖康之难"与东坡体之大盛

北宋末年，我国东北境内女真贵族建立的金政权迅速强大起来，而契丹贵族的辽政权却无可挽回地衰落下去。这时中原的汉民族政权亦因徽宗重用蔡京、童贯、王黼、朱勔等奸佞小人，以致朝纲大坏，国家机器极度腐朽，表面一片升平景象，实际上已走到崩溃的边缘。徽宗君臣不思自强自救之道，反而欲趁辽衰金盛之机，取巧收复原被辽占据的燕云十六州，定下了联金灭辽的错误国策。狼子野心的金国奴隶主集团，在与宋联合攻辽的过程中，清楚地看到了宋朝军队的腐朽乏力和徽宗君臣的颠顸无能，于是他们灭辽之后，迅即寻衅生事，于宣和七年（1125）冬挥师南侵，年底便直抵宋都汴京城下。徽宗不但不设法退敌，反而逃避责任，禅位于太子赵桓，这就是宋钦宗。宋钦宗改元靖康，以巨额钱财献给金人，才勉强解了汴京之围。可是不到半年，金兵再度南侵，攻陷汴京，于靖康二年（1127）四月索性把徽宗、钦宗父子及后妃、公主、亲王、驸马等等宗室人员三千余人以及百工、技艺、妇女、倡优等类人和中原地区各种珍宝、图书、天文仪器、印版等等一起掳掠而去，北宋宣告灭亡。这场惨酷的历史巨变，史家称之为"靖康之难"。

　　徽宗的另一个皇子康王赵构，于当年五月称帝于河南商丘，改元建炎，这就是南宋第一个皇帝高宗。这个极端懦弱而自私的新皇帝不敢还都汴京收复失土，而是策划南逃以避金兵之锋。他即位才两个月就下诏"巡幸东南"，十月到了扬州。以后又仓促渡江，一再南移，把都城迁到了杭州。于是两河中原地区在建炎四年（1130）全部沦陷，北方广大士庶百姓因金兵的烧杀抢掠而无法生存，遂随赵宋小朝廷而大举南迁。文人士大夫们也纷纷加入到这股南渡的洪流之中。当时，"士大夫皆避地……衣冠奔踏于道者相继"。④ "时而西北衣冠与百姓奔赴东南者，络绎道路，至有数十里或百余里无烟舍者。州县无官司，比比皆是。"⑤不单北人南逃，而且就连世居南方的士绅和平民，也因金兵不断侵入江南腹地，而被迫四处逃亡避乱，致使茫茫江南大地"老弱扶携于道路，饥疲蒙犯于风霜，徒从或苦于驿骚，程顿不无于烦费"。⑥从北方到南方，到处涌动着难民潮。我们所要论述的南渡词人诸君，差不多都卷入了这股至少延续十多年的漂泊奔涌的难民潮中。他们之中有些人当然在金兵围汴京时或后来南迁途中加入了军队，成为守土抗战的官长或谋士，担负了慷慨壮烈的打击民族敌人的任务（比如李纲、张元幹等人参加并领导了汴京保卫战；向子諲作为潭州知州，亲率军民坚守长沙，直至城陷还坚持巷战；王以宁在太原保卫战中浴血奋战，生擒敌兵百余人；岳飞更是屡建奇勋的统兵大帅），但对于大多数手无缚鸡之力、腹无用兵韬略的文弱词人来说，却首先是为了苟全性命于乱世，求生存、求安定是他们此时的第一需要。因此这个庞大词人群的普遍的心态，乃由大动乱前的欢愉、雍容、平和一变而成漂泊逃难途中的凄苦、孤独和伤感。比如那位自称"我是清都山水郎"的西京狂士朱敦儒，在战火延及洛阳时离乡背井而开始了长途跋涉，他经淮河而至金陵（今江苏南京），辗转历江西，奔粤中，寓居南雄（今属广东）。在间关万里的痛苦征途中，他写下了这样一首《卜算子》词：

> 旅雁向南飞，风雨群初失。饥渴辛勤两翅垂，独下寒汀立。
> 鸥鹭苦难亲，矰缴忧相逼。云海茫茫无处归，谁听哀鸣急？

此词中"向南飞"的失群"旅雁"，完全是南奔途中的朱敦儒的自我写照。"旅雁"那种置身异乡的孤独感、忧心矰缴的生命危机感和瞻念前途的茫然感，无一不是作为逃难者的词人的痛切体验。朱敦儒南奔途中三番五次地在词中写到了这只孤雁的形象，比如"征鸿也是关河隔，孤飞万里谁相识"（《忆秦娥》）；"扁舟去作江南客，旅雁孤云，万里烟尘，回首中原泪满巾"（《采桑子》）；"云背水，雁回汀，只应芳草见离魂"（《鹧鸪天》）；"飘萧我是孤飞雁"（《桃源忆故人》），等等。"旅雁"，不单单是朱敦儒自我一人的形象，也成了那个苦难时代的象征，成了漂泊异乡的南渡词人们的群体象征！就连那位抗战派的中坚人物、以刚烈倔强著称的南渡名相赵鼎，也借写旅雁来宣泄自己的天涯漂泊之悲感：

> 霜露日凄凉，北雁南翔。惊风吹起不成行。吊影沧波何限恨，日暮天长。　　为尔惜流光，还是重阳。故人何处舣危樯。寄我相思千点泪，直过潇湘。
>
> ——《浪淘沙·九日会饮分得雁字》

在如此凄惨悲凉的时代环境和感伤痛苦的心态里，本来习于在宣和承平之世偎红倚翠作"浅斟低唱"的这批词人，其词风不得不变！天下未乱前，他们置身汴京等地的软红场中，受时代风习的浸染，填词纷纷"男子而作闺音"，堂堂七尺汉子竟十有八九学黄莺之娇软，效乳燕之呢喃，奏鸣出来的是一派绮靡柔婉的声音。而今，天翻地覆，"谁知沧海成陆，萍迹落南州"（向子諲《水调歌头》"闰余有何好"），歌台舞席摧毁了，软红场化为灰烬了，繁华世界一夜之间消失了，剩下的只是无边的战火，无涯的荒野和无尽的凄风苦雨！于是这批昨日犹作莺娇燕昵的太平词客，今日只能像"旅雁"似地作哀痛乃至凄厉的大声呼喊了。于是雍容舒缓之音变成了悲愤感伤之音，风月场中的吟唱变成了时代风雷的鸣响，刀光剑影取代了花光女影，慷慨悲凉之调取代了柔婉软媚之调，一代词风的转变就在这群体性的迁徙流离的历程中水到渠成般地完成了。

　　两宋之交的这一次词风转变，绝不是个别人或少数人的，而是一代人的整体性转变；也不是表面的或局部的，而是彻底的转变。试以几个代表性词人为例。叶梦得，其早年所作词"婉丽，绰有温、李之风。晚岁落其华而实之，能于简淡时出雄杰"（宋关注《题石林词》）。张元幹早年所作词"多清丽婉转，与秦观、周邦彦可以肩随"，而晚年所写的忧国伤时之作却"慷慨悲凉，数百年后，尚想其抑塞磊落之气"（《四库全书总目·芦川词提要》）。至于李清照，因固守词"别是一家"之说，且自身就是女性，其前期与后期词皆以婉约柔丽为美，但前期欢愉明快，后期感伤低回乃至悲怆凄厉，其基本情调受时代精神变化的影响仍是显然可见的。词风转变最自觉、阶段性最明显的是向子諲。此人出身外戚，"靖康之难"前泡在富贵温柔乡里，多写"花间"风格的香艳婉媚小词。南渡后饱经沧桑，心境全变，词风也全变，多写凄凉感慨之词。他晚年自编平生所作为《酒边词》时，即以"靖康之难"，为界线，在此之前的为一卷，称"江北旧词"，之后的为一卷，称"江南新词"。而且他有意"退江北所作于后，而进江南所作于前"（宋胡寅《酒边集序》），以此显示对转变作风之后的新词的重视。

　　由生存环境与时代精神的改变而导致的词风的彻底转变，造成了南宋词与北宋词之间在总体风貌上的巨大差异。从北宋到南宋的三百二十来年（960—1279），从皇室统序上来讲，是一个朝代，但从政治格局、社会结构的分合与时代精神的转移来看，则显然以南渡为界而分成了两个面貌不同的时代。我们笼统称之为"时代之文学"的宋词，实际上由北宋词与南宋词两大块组成。两大块词的不同风貌由两个不同时代的文化精神所决定，而反过来这两大块词又分别体现了两个不同时代的文化精神。近人王易论及北宋、南宋词风格体貌的巨大差异时有云：

　　　　北宋海宇承平，风尚泰侈，词人伎俩，大率绘景言情；其上者亦仅抒羁旅之怀，发迟暮之感而已。其局势无由而大，其气格无由而高也。至于南渡，偏安半壁，外患频仍，君臣苟安，湖山歌舞。降及鼎革，尚有遗黎。铜驼遂荒，金仙不返。有心人感慨兴废，凭吊丘墟，词每茹悲，情多不忍。斜阳依旧，禹迹都无；关塞莽然，长淮望断。竹西佳处，乔木犹厌言兵；荆鄂遗民，故垒还知恨苦。望四桥之烟草，泪眼东风；消几度之斜阳，枯形阅世。凡兹丧乱，自启哀思，穷苦易工，忧患知道。盖《民劳》、《板荡》之余，《哀郢》、《怀沙》之嗣，所谓极其工、极其变者，岂不信哉？至于状儿女之情，托风月之兴，仍无以越乎北宋也。⑦

　　王易这段论述，微有抑北宋而扬南宋之意，在两个不同时代产生的艺术上各有千秋的北、南两宋词之间来强比"局势"之大小，强分"气格"之高下，未必让人信服。但他正确地指出了政治变局对词人作品的内容与风格影响之深，说明了靖康南渡之际及之后的"丧乱"和"忧患"的时代，必然产生感慨兴废、茹悲含苦的词，所言还是大致合于历史事实的。而南渡诸名家恰巧生活于两宋之交，他们不但大多是政治变局中的重要人物（如李纲、赵鼎、岳飞、陈与义等），而且更都在两宋词风、词体和词派大转变的过程中充当了主力军，成为收北宋词之尾、启南宋词之端和奠定南宋一代词风之基调的一个推陈出新的词人群体。

　　词风的大转变立即导致了词派的重新聚合和倾向性的衍化。在北宋后期被普遍认为"非本色"和不合"时尚"的苏轼一派言志之词，在南渡之际碰到了光大其体、发展流派的历史机遇。南渡词人群体中的绝大多数人，都自觉或不自觉地学习苏轼的词体、词风和词法，在"东坡体"与新的时代精神气候、新的审美倾向的碰撞与"化合"中衍生了或慷慨言志、或旷达抒怀的新流派。本书上一章论苏轼词派时曾经指出，苏轼对词体、词风的革新在北宋后期之所以应者无多，主要有两个原因：一是当时的审美主潮是尚女音、尚柔美、谐音律、喜"浅斟低唱"，而苏轼的视词为抒情言志之诗体、使词独立于音乐之外和以清雄阳刚之调畅写士大夫之"逸怀浩气"的一整套做法，自与词坛"正宗"格格不入；二是哲宗绍圣之后元祐党人遭到残酷镇压，"苏学"被明令禁止，文人士大夫"学苏"要触犯时忌，自无人敢于高张东坡的旗帜。然而，一自金人入侵、"靖康"乱起，天地变色，文化和文学艺术氛围也全然改变，"东坡体"的这两点"不合时宜"一夜之间竟变得完全合乎时宜了。

　　首先，战乱打破了和平梦，摧毁了软红场，逃难、迁徙、呼唤救国之不暇，莺娇燕昵、"浅斟低唱"的作风变得不合时宜，即使有人还想那么做，也暂时没有那种环境和条件了。顺理成章的是，在大动乱中，如《文心雕龙·时序》篇所描述的那种"世积乱离，风衰俗怨，并志深而笔长，故梗概而多气"的"雅好慷慨"的创作风气迅速形成，曲子词这种一向"脱离政治"的文学体裁，自然被卷进了时代风云的旋涡之中，其抒写内容与基本风格不得不朝着时代的主潮而转变。"东坡体"适逢其会，一下子成了南渡词人群体竞相采用的感时伤世、言志抒怀的"陶写之具"。

其次，民族敌人的入侵迫使统治者反省内政，解除了对元祐党籍及学术之禁，使"苏学"重新开放，成为新时期士大夫学术文化的典范。徽宗朝对元祐旧党尤其是苏轼、黄庭坚的学术及文学的打击原是不遗余力的。除了苏、黄等人贬谪、名列"元祐奸党碑"之外，崇宁二年（1103）二月，诏毁刊行《唐鉴》并三苏、秦、黄等文集；同年十一月朝廷又明令：以元祐学术政事聚徒传授者，委监司察举，必罚无赦。⑧直至宣和五年（1123），还重申对元祐学术之禁；次年十月，更下诏：有收藏习用苏、黄之文者，并令焚毁，犯者以大不恭论。⑨朝廷一再禁毁苏轼诗文，使得一般文人不敢学习他的创作，甚至连提都不敢提起。仅举一例以见忌讳之深：宣和五年，阮阅撰《诗总》（后人改篡为《诗话总龟》，已是南宋绍兴三十一年的事），由于时忌，对元祐党人都一概未加收录。在这种环境中，苏轼的词不能行时，当亦是情理中事。但到靖康元年，新即位的钦宗顺应舆论，追究蔡京奸党的乱政之罪，终于正式解除元祐党籍学术之禁。⑩不久"靖康之难"使北宋政权灭亡，南迁至杭州的宋高宗及南宋第二代皇帝孝宗更加尊崇苏轼，除了追赠"文忠"之号，追封"太师"之职外，更力倡苏学，使之风行朝野。陆游《老学庵笔记》卷八云："建炎以来，尚苏氏文章，学者翕然从之。"《东坡七集》卷首所载宋孝宗《赠苏文忠公太师制》更谓当时"人传元祐之学，家有眉山之书"。在崇苏、学苏成为时髦的南渡时期，苏轼的词风自然也会和苏诗、苏文一样得到畅行于世的好机运。再加上，巧而又巧的一点是：主宰南渡时期词坛的这个词人群体，大多是与元祐党人、元祐学术有着直接或间接的交往和有师承关系的文人学士。王兆鹏君的《宋南渡词人群体研究》一书首章设专节讨论了南渡词人群大多"学禀元祐"的盛况，并点明了李清照、张元幹、徐俯、吕本中、陈与义、向子諲、叶梦得等人与苏轼兄弟父子及黄庭坚之间或直接或间接的师承关系，进而令人信服地下结论说："由于与元祐党人具有这种密切关系，加之南渡后高宗皇帝爱好、提倡苏轼、黄庭坚的学术、文章，因而南渡词人群能自觉地接受、继承苏、黄的艺术经验和创作范式。"⑪这就让我们明白了南渡词人中的大多数人作词不学别人而专学苏轼的思想宗尚、文学师承上的重要因由。

如此说来，南渡词人中的大多数人都不同程度地用词反映了时代的苦难和民族的忧患，都不同程度地转变了词风，学习苏轼"以诗为词"，这已是不争的事实。那么，能否仅仅根据这两点，就像许多文学史著作和词学论著那样，认定南渡词风即是苏轼词风、南渡词坛就是苏轼一派呢？

对此应该有具体而认真的分析。

英国诗人雪莱曾经指出："在任何时代，同时代的作家总难免有一种近似之处，这种情形并不取决于他们的主观意愿。他们都少不了要受到当时时代条件的总和所造成的某种共同影响，只是每个作家被这种影响所渗透的程度则因人而异"（《〈伊斯兰的起义〉序言》）。南渡词人群共同生活于国家分裂、战火纷飞的苦难时代，共同感受到了民族与个人生存的巨大危机，共同饱尝了颠沛流离之苦，共同产生了爱国情感和北伐统一的理想，因而他们大多在作品中共同体现了一种悲愤、感伤的时代风格。从时代风格这一宏观角度来考察，把南渡词人群视为一个大"派"、认为在他们身上体现了时代审美思潮的整体性转移，这是没有什么疑问的。但是，如果仅止于此，不从据风格之异同以辨析具体流派的微观视角来仔细审度南渡词坛的全貌，则事情就大谬不然了。因为所谓"南渡词人群体"事实上是一个庞大而复杂的"代群"，其中的成员有好多种社会角色、不同的文化气质和艺术趣味以及相异的身世遭遇，因而从未聚合成为一个统一的文学流派。苏轼的词风与词派也并不是为南渡词坛所有的人所全盘模仿和继承；即使全力学苏"以诗为词"者也因各人身份、才性之殊而所取与所获不同，所呈现的个人或小群体的艺术风貌也有所不同。在"靖康"南渡的成千上万的文化人中，有的是英雄，有的却只可称达士；有的是豪杰，有的则最多算才人；有的是执著于事功的入世者，有的则由于某些原因当了隐士；有的积极奔忙于抗金北伐大业，有的则热心或甘心于为新皇帝当供奉应制的文学侍从之臣。这些人中多数人随时代的变迁而转变了诗风、文风与词风，但也有人仍然沿袭和坚持北宋时的诗风、文风与词风。既然有这么多的不同，就不可能出现单一的群体风格和文学流派。就南渡时期的词坛来看，当时至少并立着六个精神面貌与风格特征不大相同的词人群体，这就是：由直接参加抗金复国大业、有显著的政治社会使命意识的"中兴名臣"组成的英雄豪杰词人群；由虽有爱国忧时情感而乏文韬武略和使命意识、只能徒作感伤之吟的纯粹文人组成的文官词人群；一直远离现实、远离生活的隐逸词人群；在皇帝身边混日子的宫廷应制词人群；徜徉山林寺观、与世无争的僧道词人群；由被当时男尊女卑的封建制度排斥于社会政治生活之外、但创作上自有特色的女性词人李清照、孙道绚及陆藻侍儿美奴、慕容喦卿妻、蒋兴祖女、花仲胤妻、章文虎妻刘彤等等组成的妇女词人群。在这六大群体中，宫廷词人与僧道词人两群艺术成就不高，流派特征不明显，可不详论。但英雄豪杰、文人才士及隐逸词人三个群体却是各有群体风格、各有审美倾向的准流派，在唐宋词流派的画廊里，不能不为他们分别描绘出群体像。此外，南渡妇女词人群力量分散，个体流传的作品极少且不一定都很有特色（除李清照、孙道绚外，其余的人皆只有一二首词传世），限于当时的历史条件她们又不可能声气相通而形成流派，因而不能把她们作为一个派别来论述。但李清照以个人的非凡才力在两宋之交的词坛独树一帜，有与男性词人诸体众派争雄并立之势，历来被公认为"婉约"正宗，她个人虽不成派，但她创立的"李易安体"（南宋词坛名家如辛弃疾等都承认和学习过此体，下文还将涉及）却是南渡时期词派衍变中的一个特例，不能弃而不论。兹按上列次序，分四节对这几个准流派群体及一个流派现象（李清照现象）进行论述。

第二节　慷慨悲壮的英雄豪杰词派

这一派作者多半是投身于疆场或政坛、以自己的文韬武略去保卫国土和主持国政的栋梁人物，他们多半不是专力作词，而是在从军、从政之余以词为"陶写之具"，纵意抒发爱国激情和忧时之思。因而他们一般并不是刻意学习苏轼"以诗为词"，而是因言志之需要不期然而然地接续东坡词中豪雄奔放的那一部分词的作风，而未取（或少取）其清旷放达的主导风格。他们作词是为了自励和鼓舞同僚及部下的斗志，因而一般都无暇或不屑顾及音律的精审和字面的妥帖，只以见真性情、显大气魄为贵。这一派词，在摆脱"正宗"词的拘限、以词为诗之一体这一点上对苏轼词派有所继承，但更多地是为词体灌注了英雄豪杰之气和时代忧患色彩，成为继之而起的辛稼轩豪放词派的先导。这一派词人又可按身份角色和性情学养的差异细分为：以岳飞为代表的将帅、军人词人，以李纲、李光、赵鼎、胡铨等"中兴四大名臣"为代表的宰辅重臣词人和以"二张"（张元幹、张孝祥）为代表的以文人之资而积极参与军国大事的士大夫词人。

一、民族英雄岳飞的"沥血之辞"

岳飞（1103—1142），字鹏举，相州汤阴（今属河南）人。出身农家，却自幼苦读兵书，具备了文韬武略。徽宗宣和七年（1125）金兵首次南侵时，年方二十三岁的岳飞就已从军杀敌。以后在悲壮惨烈的抗金战争中，他屡建奇功，迅速成长为撑持危局的主要军事统帅，他领导的岳家军以鄂中重镇武昌为基地，出师北伐，大败金兵，威震中外。绍兴十年（1140），岳家军北进中原，在河南郾城歼灭金国精锐骑兵"拐子马"，继而又在朱仙镇大破金兵。眼看"直捣黄龙"的战略目标就要实现，卖国权奸秦桧却受金人指使，利用昏君宋高宗苟安一隅的心理和生怕钦宗南归夺帝位的隐衷，强令岳飞班师回朝，并设冤狱，将这位还不满四十岁的壮年民族英雄杀害了！

岳飞本人虽然大业未成而悲惨地死去，但他壮烈的政治、军事行为却最好地体现了民族愿望和时代精神，特别是他传世的几首言志歌词，更是充分反映了当时南宋军民崇高的民族气节和战斗精神。千古传唱的爱国主义颂歌和鼓舞斗志的战歌《满江红》云：

> 怒发冲冠，凭栏处、潇潇雨歇。抬望眼，仰天长啸，壮怀激烈。三十功名尘与土，八千里路云和月。莫等闲、白了少年头，空悲切。
> 靖康耻，犹未雪。臣子恨，何时灭！驾长车踏破，贺兰山缺。壮志饥餐胡虏肉，笑谈渴饮匈奴血。待从头、收拾旧山河，朝天阙。

这首不可以常调常格论的"忠勇沥血之辞"（见吴世昌《罗音室词跋》），在充满英雄气概的强烈抒情中，表达了击败敌人、收复故土的爱国信念，代表了古代中华儿女顽强斗争的民族精神。这位并不以词知名的"业余作者"，唱出的却是南渡词中的时代最强音。八百多年来这首词在我国外患频仍的年代里所起过的战斗号角作用，无须本书再来赘述。当然，忠勇奋发、慷慨纵横，只是岳飞精神世界的一面，另一面则是在他的抗敌大业受到投降派阻挠和破坏时产生的焦虑悲愤之情及知音难寻的孤独感。这另一面的情感，都表现在他的另一首名篇《小重山》里：

> 昨夜寒蛩不住鸣，惊回千里梦，已三更。起来独自绕阶行，人悄悄，帘外月胧明。　　白首为功名。旧山松竹老，阻归程。欲将心事付瑶琴，知音少，弦断有谁听？

词写得极为悲凉悱恻，词体文学要眇宜修、言婉情长的优点，被这位英雄作者发挥得淋漓尽致。它展示的，是一代民族精英的悲剧命运和被压抑的心态。当然，英雄的深沉叹息与他的雄狮般的怒吼，同样具有震撼人心的力量。

二、南渡四名臣的干预时政之词

所谓"南渡四名臣"，指的是南渡时期四位抗战派的文臣领袖人物李纲、赵鼎、李光、胡铨。他们的人生价值和历史作用主要体现在政治功业上，而不是在业余所作的小词上。但从两宋之交词的流变上来看，他们的风格大致相近的创作，反映着时代的审美新潮，形成了一个代表政治家特定心态的艺术流派。他们的艺术水平都未臻一流，在词的体制、风格和意境的开拓上也谈不上有多少独特贡献，但由于他们主张抗金的政治态度比一般人坚决，他们的词里所表现的政治意识和奋发有为的"男子汉"精神就往往为一般的词家所不及。作为以职业政治家的身份吐露从政者的心声的一个特殊派别，唐宋词流派史上应有这个群体的一席之地。清人李慈铭为王鹏运所刻《南宋四名臣词》所作序中，简要地描述这个词派的群体风貌道：

> 四公者，居南北宋之间，未尝以词名。所为文章，忠义奋发，振厉一世，而其立论皆和平中正，字字近情。与朋友言，尤往复三叹，不胜其气下而词敛。间为长短句，皆曲折如志，务尽其所欲言。即至尊俎从容，流连光景，若恐其思之不永而欢之不极，岂非所谓至人者，其气与天地自然流行，无所往而不称其物者乎？四公中，得全居士（赵鼎）之词为最艳发，似晏元献；三公多近东坡，而尤与后来朱子为似。虽处厄穷患难，而浩然自得，无一怨尤不平之语，则非东坡所及焉。⑫

李慈铭所述四名臣道德文章及其词的共同倾向，皆大致不差。唯于赵鼎词风，只看到其"艳发"的一面，而未知其慷慨激烈、清刚沉挚的更重要的一面；对于李纲、李光、胡铨三人，则只看到他们似东坡的旷达平和的一面，而未能看到他们不似东坡的悲壮热烈、金刚怒目的另一面。这是需要补充和纠正的。倒是王鹏运作为《南宋四名臣词》的编印者，似乎对四名臣词慷慨悲壮的时代特色所知更确，他在《〈南宋四名臣词〉跋》中所说的如下一段话，可以视为对于被李慈铭忽略的一面的阐发和强调：

> 兹四公者，夫岂非所谓魁垒闳廓、儒者其人耶？其身系乎长消安危，其人又系乎用与不用，用之而不终用之也。于是则悲天运，悯人穷，当变风之时，自托乎小雅之才，而词作焉。其思若怨悱而情弥哀，吁号幽明，剖通精诚，又不欲以为名也，于是则摧刚藏棱，蔽遏掩抑，所为整顿缔造之意，而送之以馨香芬芳之言，与激昂怨慕不能自殊之音声，盖至今使人读焉而悲，绎焉而慨伉，真洞然大人也。故其词深微浑雄而情独多。鹏运窃尝持此恉以盱衡今古之词人，如四公者亦出而唱叹于其间，则必非闺襜屑越小可者所得傥托。⑬

王鹏运指明了四名臣的词合于风人之旨，有政治家的"精诚"，是政治家"悲天运，悯人穷"的情怀在文学中的自然流露。与视词为"小道""艳科"的游戏笔墨者不同，四名臣的词是政治抒情词，其人品与词品是基本一致的，使人能读其词而原其心、悲其志，迅速产生共鸣，像他们作词时那样充满"激昂怨慕"与"慨伉"之情。四名臣的词风格亦有差异，但群体风格倾向很鲜明，这就是政治感情都极为充沛（情独多），艺术境界都很"深微浑雄"。下面分别看一看这几位政治抒情词人的忧国伤时之怀是怎样与他们慷慨悲壮的词风高度统一的。

李纲（1083—1140），字伯纪，邵武（今属福建）人。政和二年（1112）进士。靖康元年（1126）金兵围汴京，他以尚书右丞为亲征行营使，指挥汴京保卫战，并号召天下兵马勤王。不久却以"专主战议"被罢黜。高宗即位，拜右丞相，上十议，坚主抗金北上，为汉奸黄潜善所沮，在相位仅七十五日，即被罢至鄂州居住。绍兴二年（1132），除湖广宣抚使兼知潭州，后又多次被罢黜。九年，除知潭州、荆湖南路安抚大使。次年卒，年五十八，谥忠定。著有《梁溪先生文集》一百八十卷，《梁溪词》一卷。李纲为南渡第一名相，早期抗战派公认的领袖人物，其一身用舍行藏系宋朝之安危，其精忠大节在南宋一代可以说是有口皆碑。他的词，清刚豪壮一如其人，南宋嘉熙元年（1237）刘克逊跋其词，即谓"豪宕沉雄，风流蕴藉，所谓进则秉钧仗钺，旋转乾坤，不足为之泰；退则裋褐幅巾，徜徉丘壑，不足为之高者"。这就是说，他的豪雄之词，实为一个身处乱世的政治家心路历程的纪录。应该承认，李纲是词史上第一个大量地用词来写政治题材、抒政治情怀的作者（范仲淹、王安石、苏轼、贺铸等人已有政治抒情词，但他们都只有个别篇什或少量篇什如此）。他于靖康元年汴京保卫战期间，即作有咏史组词七首，这些长调咏史词，多写历代帝王临敌战胜之事，旨在借古讽今，激励当时刚登帝位、畏敌怯战的钦宗树立信心，鼓起勇气，领导起抗金救国大业。这些词有如奏章，艺术性虽不高，但用这种原先被目为"小道"的样式来干预政治，无形中推尊了词体，开南宋爱国词派之先河，其功实不可没。李纲词尽洗脂粉气，而专以阳刚之调抒士大夫政治情怀，是真正的"豪放派"。今仅举其作于绍兴之初的《苏武令》一首：

> 塞上风高，渔阳秋早，惆怅翠华音杳。驿使空驰，征鸿归尽，不寄双龙音耗。念白衣，金殿除恩，归黄阁，未成图报。　　谁信我、致主丹衷，伤时多故，未作救民方召。调鼎为霖，登坛作将，燕然即须平扫。拥精兵十万，横行沙漠，奉迎天表。

此词先写北疆荒凉景象及徽、钦二帝蒙尘之惨，次叙孤臣报国之忠忱及救民之宏愿，末叙将统精兵，平戎万里，统一祖国。其精忠大节在篇中尽情吐露，堪为岳飞《满江红》词之先声。然此词气性深沉，怨而不怒，充分体现出李纲作为文官首领从容思考谋划的"宰相风度"，不似岳飞词那样"怒发冲冠"和"壮怀激烈"。由此亦可看出同为南渡词坛英雄豪杰一派，将帅之词与文臣之词风格的明显差异。

赵鼎（1085—1147），字元镇，自号得全居士，解州闻喜（今属山西）人。崇宁五年（1106）进士。累官河南洛阳令。高宗即位，除权户部员外郎。建炎三年（1129），拜御史中丞。次年，签书枢密院事。绍兴四年（1134）拜参知政事，力荐岳飞统军收复襄阳。进右丞相兼枢密使。五年，改左相。绍兴八年，因力主抗战，反对和议，被秦桧所排挤，罢相出知泉州。旋谪居兴化军，移漳州、潮州安置。在潮州五年，又贬吉阳军（今海南省崖县）。在海南居三年，知秦桧必欲杀己，乃绝食而死。卒前自书铭旌曰："身骑箕尾归天上，气作山河壮本朝。"孝宗朝谥忠简。他是南渡名相，与李纲齐名，是抗战派的两面旗帜之一。其词传世者不多，有部分作品诚有如李慈铭所云"艳发"及杨慎所谓"婉媚"（《词品》卷四）的一面，但其基本格调乃是如况周颐所论："清刚沉至，卓然名家。故国故君之思，流溢行间句里"（《蕙风词话》卷二）。仅举其《满江红·丁未九月南渡，泊舟仪真江口作》：

> 惨结秋阴，西风送、霏霏雨湿。凄望眼、征鸿几字，暮投沙碛。试问乡关何处是，水云浩荡迷南北。但一抹、寒青有无中，遥山色。
>
> 天涯路，江上客。肠欲断，头应白。空搔首兴叹，暮年离拆。须信道消忧除是酒，奈酒行有尽情无极。便挽取、长江入尊罍，浇胸臆。

这样的忧患之作，诚如陈廷焯所评："皆慷慨激烈，发欲上指，词境虽不高，然足以使懦夫有立志。"（《白雨斋词话》卷六）它的主要价值，在于它所反映的当时民族志士忧国伤时的博大胸怀。黄苏以为："忠简公此词，当与'身骑箕尾归天上，气作山河壮本朝'二语同其不朽"（《蓼园词选》）。由此亦可见赵鼎的词品与人品的高度一致。

李光（1078—1159），字泰发，越州上虞（今属浙江）人。崇宁五年（1106）进士。钦宗时擢右司谏，为侍御史，即言天下财用竭于朱勔、蔡京、王黼，反对弃地事金。高宗即位，擢秘书少监。绍兴元年（1131），除吏部侍郎。历官至参知政事。以面斥秦桧"怀奸误国"，为桧所恶，上章乞去。除资政殿学士知绍兴府，改提举临安洞霄宫。绍兴十一年（1141）责授建宁军节度副使，琼州（今海南海口）安置。二十年，移昌化军（今海南儋州）。秦桧死后，李光方得北还，复朝奉大夫。行至江州卒，年八十二。谥庄简。李光是南渡诸贤中著名的刚方正直、力主抗金的领袖人物之一，南渡之前即与李纲订交（见《宋史》本传），在后来的长期政治斗争中，二人互相支持，彼此勉励，屡通音问，并频频进行诗词唱和。二人词风也相近似，皆以表现从政士大夫的慷慨悲壮之怀和忧时伤世之思为尚。仅举其过桐江、经严濑所作的一首《水调歌头》：

> 兵气暗吴楚，江汉久凄凉。当年俊杰安在？酌酒酹严光。南顾豺
> 狼吞噬，北望中原板荡，矫首讯穹苍。归去谢宾友，客路饱风霜。
> 　闭柴扉，窥千载，考三皇。兰亭胜处，依旧流水绕修篁。傍有湖光
> 千顷，时泛扁舟一叶，啸傲水云乡。寄语骑鲸客，何事返南荒？

胡铨（1102—1180），字邦衡，号澹庵，江宁（今江苏南京市）人，避地居庐陵（今江西吉安）。建炎二年（1128）进士甲科，为承直郎、权吉州军事判官。绍兴七年（1137）除枢密院编修官。秦桧决策主和，胡铨上书力辟和议，乞斩秦桧等奸党，声震朝野。贬监广州盐仓。次年，改威武军判官。十二年（1142）又除名，编管新州（今广东新兴）。六年后又移送吉阳军（今海南崖县）。秦桧死去之次年，方量移衡州。孝宗即位，复奉议郎，知饶州。历官至工部侍郎，以资政殿学士致仕。卒谥忠简。胡铨是南渡四名臣中年辈稍晚并唯一活到孝宗朝的人物，但他的主要政治活动和文学创作都在主战、主和之争最剧烈的绍兴年间。他与四名臣中的另三人政治主张相同，人品气节相侔，尤与赵鼎、李光关系密切，声气相通。赵鼎、李光、胡铨三人都先后贬居海南岛，这三位政治难友在谪居地相濡以沫，诗词酬唱与书信往来不绝。李光、胡铨在海南所居更是"距不数舍"，⑭来往十分密切。二人于绍兴十八年（1148）冬在儋州唱和的诗作，至今尚存。⑮奸相秦桧亦将这三人视为一党，"大书三人姓名于其家格天阁下曰：赵鼎、李光、胡铨，所必欲杀者也"。⑯赵鼎绝食而死后，胡铨有诗哭曰："阁下特书三姓在，海南惟见两翁还。"⑰这些事实说明四名臣政治上为同党，文学上因思想相通、趣味相投亦为同派。从词的创作来看，胡铨的基本风调亦与李纲、赵鼎、李光相近。因此我们完全可以将胡铨视为南渡词人中这个政治家派别的殿军。今举其最负盛名的《好事近》：

> 富贵本无心，何事故乡轻别！空使猿惊鹤怨，误薜萝风月。
> 　囊锥刚要出头来，不道甚时节！欲驾巾车归去，有豺狼当辙。

这首小令自剖其光明磊落之心志，表明不屈不挠地向恶势力抗争的精神，并直斥秦桧奸党为"当辙"之"豺狼"。词作于谪居新州之时，据宋

王明清《挥麈后录》卷十记载：当时郡守张棣得知此词后，以"讥讪"之罪上报秦桧，秦桧大怒，遂将胡铨移送吉阳军编管。胡铨毫不悔恨，毅然上道，"与其骨肉徒步以涉瘴疠，路人莫不怜之"。从胡铨这一遭遇亦可看出，词到四名臣手中，不但早已不是娱乐小道，甚至也不仅仅是士大夫抒怀之诗体，而已变成干预时政的战斗武器了。

三、张元幹、张孝祥的凛凛雄风

南渡著名词人张元幹和比他晚一辈的另一个喜作英雄之词的词人张孝祥，在南渡时期的词坛上有着承前启后的特殊作用。他们就本性气质来看都是典型的官僚文人，但生在乱世，有忧国忧民之心，有救国抗敌之志，投身于当时的政治、军事斗争中，襄赞抗战派的领袖人物去从事中兴复国大业，以英雄期人亦以英雄自许；并且在从事政治之余用词来抒写政治情怀和参与现实斗争，其抒情基调也同前述将帅、宰臣一样慷慨豪壮，充满政治意味，而不像一般同时代文人那样流入低沉放旷和超逸出世的境界。因此，本书将他们归入与岳飞、四名臣"同路"的"英雄豪杰词派"来评述，以示与下面将要介绍的几个词人群体（纯粹文人群体）有所区别。

张元幹（1091—1161），[18]字仲宗，号芦川居士，又号真隐山人，福州永福（今福建永泰）人。向子𧨳为其舅父。青年时曾游学江西，向徐俯学习作诗，并与舅父向子𧨳及江西派诗人洪刍、洪炎及吕本中等结社唱和。政和初为太学上舍生，宣和末任陈留县丞。靖康元年（1126）金兵围汴，元干入李纲行营使幕府，辅佐李纲指挥战斗，并登城楼与金兵浴血苦战。李纲遭贬，元干亦同时被逐。汴京沦陷后，元干南下避难，漂泊吴越。李纲为相，启用元干为将作监。后因不为主和派所容，乃于绍兴元年（1131）挂冠归福州。绍兴八年，秦桧当国，力主和议，胡铨上书请斩秦桧等以谢天下，时李纲亦反对和议而罢居长乐，元干乃赋《贺新郎》词赠李纲，表示对其抗金主张坚决支持。十二年，胡铨被除名送新州编管，亲属友朋避嫌畏祸，唯恐沾其边，此时元干独持所赋《贺新郎·送胡邦衡待制赴新州》，亲为胡铨送行。至绍兴二十一年，秦桧始闻其送胡铨词，竟以他事将元干追赴大理寺，除名削籍。出狱后，元干漫游江浙各地。绍兴三十一年客死平江（今江苏苏州），年七十一。

张元幹的词，呈现复杂的风格面貌。《四库全书总目提要》只笼统说他既有"慷慨悲凉"之什，又多"清丽婉转，与秦观、周邦彦可以肩随"

之篇，毛晋《芦川词跋》亦惊异于元干作词既"长于悲愤"，而又能"极妩秀之致"，却都未曾指出：张元幹的一部《芦川词》之所以呈现双重乃至多重的风格面貌，完全是他随着时代的变迁和身世遭遇的变化而自觉转变词风词格的结果。他是南渡词坛上变北宋旧词风为南宋新词风的关键词人之一。他在北宋政和、宣和间已有词名，但那时由于生活于歌舞宴乐的承平环境，浸染的是偎红倚翠、"浅斟低唱"的词坛风习，加上生活阅历尚浅，仕途也一帆风顺，还没有产生忧患意识，所以作词不能越出"银烛暖宵，花光照席"（《望海潮·癸卯冬为建守赵季西赋碧云楼》）的境界，所写的自然多是"梦回无处觅，细雨梨花湿"（《菩萨蛮·政和壬辰东都作》）的相思旖旎之情。这些婉媚之作，虽也有一定的艺术特色，但摹拟"花间"及周、秦的痕迹比较明显，尚未形成自己的艺术个性。

"靖康之难"改变了张元幹的一生，也从根本上改变了他的词。主体意识的变化，带来了审美理想、创作观念的变化，从而使他的词由香软绮丽一变而为激昂豪壮，多作感事伤时之篇，不少篇什充满了强烈的现实感和鲜明的时代气息。就中体现了新的时代特色、奠定了个人风格基础并成为其压卷之作的，就是他那两首大气磅礴的政治抒情名篇《贺新郎》：

> 曳杖危楼去。斗垂天、沧波万顷，月流烟渚。扫尽浮云风不定，未放扁舟夜渡。宿雁落、寒芦深处。怅望关河空吊影，正人间、鼻息鸣鼍鼓。谁伴我，醉中舞？　十年一梦扬州路。倚高寒、愁生故国，气吞骄虏。要斩楼兰三尺剑，遗恨琵琶旧语。谩暗拭、铜华尘土。唤取谪仙平章看，过苕溪尚许垂纶否？风浩荡，欲飞举。

——《贺新郎·寄李伯纪丞相》

> 梦绕神州路。怅秋风、连营画角，故宫离黍。底事昆仑倾砥柱，九地黄流乱注？聚万落、千村狐兔。天意从来高难问，况人情老易悲难诉。更南浦，送君去。　凉生岸柳催残暑。耿斜河、疏星淡月，断云微度。万里江山知何处？回首对床夜语。雁不到、书成谁与？目尽青天怀今古，肯儿曹恩怨相尔汝！举大白，听金缕。

——《贺新郎·送胡邦衡待制赴新州》

这两首被《四库全书总目提要》评为"慷慨悲凉，数百年后尚想其抑塞磊落之气"的黄钟大吕之作，是北宋末贺铸《六州歌头》之后、南宋辛弃疾崛起之前写得最好的几首豪放词中的两首。张元幹晚年自订词集时，将这两首南渡后的杰作置于卷首，定为压卷之作，而把其早年所写的"与秦观、周邦彦可以肩随"的婉丽之作置于后面，这种被四库馆臣称为"有深意"的安排，与他的舅父向子諲编《酒边集》时进江南新词于前、退江北旧词于后的作法应该说是出于同一种动机，即更看重、更想突出自己突破北宋风格、反映新时代精神的作品。的确，张元幹之所以在词史上有显著的一席之地，被视为南宋"豪放派"之先驱，主要就是因为有这些豪壮悲慨的扛鼎之作。可以设想，如果他没有转变词风，或者南渡后就没有创作了，那么他就不可能作为新词风、新词派的重要开启者而载入词史，最多被当作秦观、周邦彦的"尾巴"而略略提及。

诚然，张元幹词风的复杂性不但表现在北宋旧作与南渡新作的迥然不同，而且也表现在南渡后的作品中具有多重境界与多种风格。由于政治理想受挫和不断遭到当权的投降派的沉重打击，他后期思想极度苦闷，时时处于矛盾与愤懑状态。他本是一位抱负远大、才略出众的英雄和志士，但屡遭罢斥，不得不浪迹江湖，去当隐士，甚至一度因作词送胡铨而被下狱抄家，连生存都成了问题。因此他在整个绍兴年间，内心不断交织着入世与出世、超然物外与关注现实的矛盾。这在他的词里有十分明显的反映：一方面，天下分崩，二帝北狩，半壁偏安，中原未复，使他悲愤万分，时时"梦绕神州路"（《贺新郎》），慨叹"干戈未定，悲咤河洛尚腥膻"（《水调歌头》），心心念念地"欲挽天河，一洗中原膏血"（《石州慢》）；另一方面，高宗小朝廷怯懦腐败，不思振作，投降派当道，使志在中兴的英雄无用武之地，因此他力排忧愁，希望忘怀一切，于是低吟"千古是非浑忘了，有时独坐掀髯笑"（《蝶恋花》）和"黄粱梦破，投老此心如水"（《永遇乐》）的颓放出世之音。这样，英雄的悲壮情怀与隐士的旷达胸襟交叉地出现在他的词中，使其南渡后的词作中时时交响着两种不同的声音：一种雄豪慷慨，振聋发聩；一种则颓放旷达，翛然出世。前者的代表作如上引两首《贺新郎》及《石州慢·己酉秋吴兴舟中作》、《水调歌头·追和》、《水调歌头·送吕居仁召赴行在所》等等；后者的代表作如《水调歌头》（"平日几经过"）、《永遇乐·宿鸥盟轩》、《蝶恋花》（"燕去莺来春又到"）、《沁园春·漫兴》等等。不过披览其全部词作可以发现，他的旷达出世之作，多是遭受投降派打击、被迫漂泊江湖的晚年出现的。纵览他的创作历程，其词风经历了三个阶段的变化：由南渡前的婉丽香艳，到南渡初期的慷慨悲壮，再到晚年的慷慨悲壮与旷达疏宕两种风格同时并存。但张元幹毕竟是一位始终执著于政治理想的事功型、志士型的人物，尽管中年过后逐渐滋生了消极出世的念头并出现了旷达甚至颓放的词风，但一片"丹衷"始终未灭，在愁苦低吟时还要表明自己尚存"元龙湖海豪气"，"犹有壮心在"（《水调歌头·追和》）。因此他南渡后的词，豪壮悲慨的雄风始终占着主导地位。这就是我们将张元幹划入英雄豪杰词派而不划入下文要论述的旷达文人词派的主要理由。

在辛弃疾显名于词坛之前，继张元幹而起，作词骏发踔厉而颇有豪壮悲慨之气的另一位英雄志士型词人，便是张元幹六十八岁时结识并亲昵地称呼为"吾宗安国"的后起之秀张孝祥。[19]

张孝祥（1132—1169），字安国，别号于湖居士，历阳乌江（今安徽和县）人。绍兴二十四年（1154）进士及第，廷试第一。因及第后立即上书为民族英雄岳飞申冤，触怒秦桧，秦桧使人诬控其父张祁与张浚、胡寅等谋反，于是张祁、胡寅等皆被下狱，次年秦桧死方获释，孝祥也才得入仕。在朝任职期间，屡上奏议，提出了加强边备、抵御金人、扫除积弊、改革政治和培养选拔人才的种种主张，表现了他远大的政治思想。隆兴元年（1163）授集英殿修撰、知平江军府事。张浚北伐，任命他为建康留守。继因积极赞助张浚北伐而遭主和派弹劾落职。后起知静江、潭州，任荆南湖北路安抚使。在地方官任上，他严明法纪，摧抑豪强，赈济灾荒，使"庭无滞讼"。乾道五年（1169）因病以显谟阁直学士致仕，退居芜湖。当年去世，享年才三十八岁。

张孝祥是一位政治使命感极强而又具有从政资质才略的著名爱国者，他"欲扫开河洛之氛祲，荡洙泗之膻腥者，未尝一日而忘胸中"（宋谢尧仁《张于湖先生集序》）。他的词今存二百二十余首，多方面地反映了作为动乱时代政治家的张孝祥丰富的精神世界，其中尤以直抒其忠愤慷慨的爱国激情的篇什成就最高，也最感人。其压卷之作，当推《六州歌头》：

> 长淮望断，关塞莽然平。征尘暗，霜风劲，悄边声，黯销凝。追想当年事，殆天数，非人力。洙泗上，弦歌地，亦膻腥。隔水毡乡，落日牛羊下，区脱纵横。看名王宵猎，骑火一川明。笳鼓悲鸣，遣人惊。　念腰间箭，匣中剑，空埃蠹，竟何成！时易失，心徒壮，岁将零。渺神京。干羽方怀远，静烽燧，且休兵。冠盖使，纷驰骛，若

为情？闻道中原遗老，常南望、翠葆霓旌。使行人到此，忠愤气填膺，有泪如倾。

这首词是张孝祥于隆兴元年创作的。当时，张浚指挥的北伐军在符离失利，宋廷主和派急忙遣使向金国求和，并借机打击抗战派。张孝祥悲愤万分，在建康留守府举行的一次有张浚参加的宴会上即席挥毫填写此调。传说张浚读了之后，悲痛得"罢席而入"（《历代诗余》卷一百十七引《朝野遗记》）。全篇感愤淋漓，笔饱墨酣，确不愧为南渡英雄豪杰政治抒情词中的代表作。清人刘熙载《艺概》卷四《词曲概》将它与张元幹送胡铨之《贺新郎》并论云：

> 词莫要于有关系。张元幹仲宗因胡邦衡谪新州，作《贺新郎》送之，坐是除名；然身虽黜，而义不可没也。张孝祥安国于建康留守席上赋《六州歌头》，致感重臣罢席，然则词之兴、观、群、怨，岂下于诗哉！

在张孝祥《于湖词》中，最有感人魅力、最能体现时代精神的，是这一类感怀时事的豪壮慷慨之作。这是他与当时一般学习苏轼而偏向旷达乃至颓放出世的感伤词人大不相同之处。他在迭遭打击的险恶环境中仍能保持壮心与豪情，不失英雄本色，并把这一切充分地表现于词中，使他的词成为辅翼其抗金事业的一种战斗性的文学，而不同于一般文人的遣怀娱情之作。这是我们将其人同张元幹一样划入英雄豪杰词派的主要理由。张孝祥是这个词派中与苏轼个性气质较相近、因而学苏较自觉也较为成功的一位。南宋陈应行《于湖先生雅词序》中所称赞的"潇散出尘之姿，自在如神之笔，迈往凌云之气"，就是指的这种苏轼式的天才诗人气质和遗世独立的主体意识。最能体现他学苏成就的，是一些抒个人"逸怀浩气"的潇洒出尘之作。如《念奴娇·过洞庭》：

> 洞庭青草，近中秋、更无一点风色。玉鉴琼田三万顷，著我扁舟一叶。素月分辉，明河共影，表里俱澄澈。悠然心会，妙处难与君说。　　应念岭表经年，孤光自照，肝胆皆冰雪。短发萧骚襟袖冷，稳泛沧溟空阔。尽吸西江，细斟北斗，万象为宾客。扣舷独啸，不知

今夕何夕！

此词借湖面月色自写其光明磊落之胸怀，其中明月朗照下水天交辉、澄澈无尘的平湖景色，正是作者高洁人品的象征，而吸江斟斗、宾客万象又表现了作者睥睨尘世的豪迈气概；但从其中短发萧骚、襟袖清冷和小舟独泛、狂饮长啸等描写中，又隐隐透出词人遭受政治打击后内心的寂寞、不平和悲愤。此词之清旷疏放，堪与苏轼咏中秋《水调歌头》媲美。于湖词，以豪壮悲慨为主调，兼具清旷、韶秀、平淡、婉媚等多种风格，已初备大家风度，惜乎其人英年早逝，未能尽其才气实现更多的艺术开拓与创造，尚不足预于开派大宗师之列。这个建一代大词派的历史任务，只有等待紧跟他而起的有大将风度的辛稼轩来完成了。

不过，张孝祥虽未能成为开一代词派的大师，在当时亦确有传其词法而成为一个自觉的小词派者。本书第一章第三节评介南宋人的词派论时曾引滕仲因为郭应祥（遁斋）《笑笑词》所作跋语中的一段话："词章之派，端有自来，溯源徂流，盖可考也。昔闻张于湖一传而得吴敬斋，再传而得郭遁斋，源深流长。"这段话分明是说，张孝祥的词法一传而得吴镒（号敬斋），再传而至郭应祥（号遁斋），形成了一个以张为宗主、绵延至南宋后期（按郭应祥卒年不详，但《笑笑词》中作品大多注有年月，以宁宗嘉泰二年至嘉定三年，亦即公元1202—1210年这九年者为最多，故知郭为南宋后期词人）的词派。《笑笑词》另有詹傅序，亦称郭应祥"足以接张于湖、吴敬斋之源流"。滕、詹二人都认定有这么一个词派。按吴镒、郭应祥皆为江西人（吴为崇仁人，郭为清江人），而又都先后在湘中为官和写作。他们出仕之时，张孝祥早已去世，不可能传授词法，但共同仰慕和学习曾在湘中为官的张孝祥的流风余韵，并非没有可能。滕、詹二人对《笑笑词》的鼓吹，实首开南宋词中有"湘中词派"之说。不过实际考察一下，这个流派很难视为名实相符的于湖词派。今按陈振孙《直斋书录解题》卷二十一著录吴镒的《敬斋词》一卷，但其词早已散佚，于今所见仅有《永乐大典》卷二二六五所录其柳州北湖词二首（《全宋词》据此收录）。这两首《水调歌头》效于湖豪迈之风，确有学于湖之痕迹，然语意浅露，作风流于粗豪，难以臻于迈往凌云之高境。仅凭此二词，不能说已得于湖真传。至于郭应祥《笑笑词》，其中更充斥大量庆寿之词和咏节序之作，肤廓庸滥，殊少词昧，以之上攀于湖词，更有些不伦不类。故滕、詹二人的序、跋显然是为郭应祥抬高身价而拉扯上张孝祥。对于这个自称源于张孝祥却未能继承张孝祥之特色与精华的小流派，可以略而不论，下文论述南宋中后期词时也将不再提及。张孝祥在南宋词流派发展中的作用，主要仍在于继承苏轼一派"以诗为词"而益以慷慨悲壮的时代风格，下启辛弃疾一派。

这里还要说明：南渡时期身负军国重任、亲自参加抗金战争和政坛斗争并喜欢用词来抒发慷慨悲壮的政治感情的英雄豪杰，为数相当不少。本节仅举岳飞、四名臣与二张为其代表，其实这个非自觉组合的流派阵容十分庞大，远远不止几个人或十几个人。比如李纲的部下或战友王以宁、邓肃、胡世将、王之道以及王之望等等，亦属这个词派。于此可见当时词坛主流风气于一斑。

第三节　由感伤转入旷达的学苏派

本节所要论述的这个文士词人群，与前述英雄豪杰词人群有同有异。相同之处是：他们都经历了"靖康之难"和宋政权的南迁，产生了民族忧患意识和爱国思想，转变了词风，并或多或少参加过抗金斗争和南宋初年的政治活动，在一定时期和一定程度上将这些经历也反映到了词中，使他们的词也带上了感伤忧患的时代色彩。相异之处有三点：一、英雄豪杰词人在当时的政治、军事活动中有"舍我其谁"的强烈使命感和角色意识，身为政治家或军事家，"业余"作词，全是为了抒写自己的政治抱负或宣泄对时世的苦闷和不平之情，其作品虽难免感伤，但基调是豪壮慷慨的；而文士词人虽也卷入过当时的政坛风云，也曾激昂慷慨，但使命感与角色意识始终较英雄豪杰之辈为弱，以文人的身份而写到时代的主题，或则如钱钟书先生评论刘子翚的诗句那样："语气已经算比较雄壮了，然而讲的是别人"，[20]或则根本缺乏壮气与豪情，而只能作感伤低回之吟。二、与上一点相关联，英雄豪杰词人虽处困厄，犹如虎在柙，要怒吼狂吟，壮志不衰，豪情仍在（如胡铨痛骂"有豺狼当辙"，李光倔强地"矫首讯穹苍"，张元幹高呼"犹有壮心在"等等），并始终用豪壮之词来宣泄豪壮之情；而文士词人群则因现实政治的黑暗和看不到抗金事业的前途而易生消极情绪，最终徜徉山林，优游卒岁，其为词也不再发雄豪之音，而完全转入清旷颓放之吟。三、与上两点相关联，这两个词人群虽然都学习苏轼，但所取各有侧重，所得也颇有不同。英雄豪杰词人取苏轼思想中"登车揽辔，有澄清天下之志"的积极用世的一面，学苏轼以词言志，词风趋向于苏词中少量的清雄豪放、壮气感人之作；文士词人则偏取苏轼思想中超然物外、心平气和、随缘自适的一面，作词则力追苏词清旷超逸、通脱自然的主导风格，并将之发展成为南渡时期的一种基本风格。

有此三点不同，则可知历来论者将南渡词人群笼统地视为一个学习苏轼而转变词风的流派的观点，是十分粗疏的了。这里实际并立着两个基本风格、基本审美趋向不同的词派。我们的划分，并不是仅仅依据词人的经历和身份，而主要是看作品的思想内容和审美风调。比如向子諲、叶梦得、陈与义等人，虽一度为南渡名臣，政坛骨干（向子諲还一度领兵与金军苦斗），但他们后来都明哲保身，急流勇退（并非受迫害而贬谪，而是自己采取远祸全身的举动），成为隐士，且词风都归于清旷超逸一路。从他们思想与艺术的走向来看，应被归于后一个词派。这是一个标示南渡文士中大多数人的审美倾向的词派。下面仅选取几个有代表性的人物予以论列。

一、"步趋苏堂"的叶梦得和向子諲

在南渡词人中，被公认为有意学习苏轼、风骨格调能登"苏堂"者，首推叶梦得和向子諲二人。

叶梦得（1077—1148），字少蕴，苏州长洲（今江苏苏州）人。绍圣四年（1097）进士，授丹徒尉。累迁翰林学士。历知汝州、蔡州、颍昌府。南渡后，建炎二年（1128）除户部尚书。次年迁尚书左丞。绍兴间，两镇建康，为江东安抚制置大使，兼知建康府、行宫留守，致力于抗金防务，兼总四路漕计，以给馈饷，军用不乏，使诸将得悉力以战。加观文殿学士，移知福州。上章请老，致仕隐居湖州卞山石林谷，自号石林居士，啸咏自娱以终。

叶梦得嗜学早成，博览群书，精熟掌故，经术文章，为世宗儒，歌词只是其"余绪"。统观其传世的一百零二首词，随时代的变迁和身世的转移而改变词风的痕迹是十分明显的。他早年的词，婉约柔丽，"绰有温、李之风"，南渡后词风大变，"落其华而实之，能于简淡时出雄杰，合处不减靖节、东坡之妙"（宋关注《题石林词》）。这一变化，从艺术上来看，当然是有意学苏的结果。王灼《碧鸡漫志》卷二指出，叶梦得作词学苏"亦得六七"，可见他在学苏诸人中算是成就较高的了。耐人寻味的是，此

人早年崇王安石之学，政治上与蔡京等后期新党关系密切，与苏轼等人处于对立面，但南渡后学苏作词却不遗余力。清人冯煦对此表示奇怪，道是："叶少蕴主持王学，所著《石林诗话》，阴抑苏、黄，而其词顾挹苏氏之余波，岂此道与所问学固多歧出耶？"（《宋六十一家词选例言》）其实这个现象丝毫也不奇怪。两宋之交时代环境的巨变，使诸人的词风亦不得不变，要抒写士大夫的忧患意识与悲慨情怀，非走苏轼"以诗为词"的路子不可。叶梦得正是以苏轼式的劲骨与清气，来熔铸自己的江南新词的。比如这首《水调歌头》：

> 霜降碧天静，秋事促西风。寒声隐地初听，中夜入梧桐。起瞰高城回望，寥落关河千里，一醉与君同。叠鼓闹清晓，飞骑引雕弓。　　岁将晚，客争笑，问衰翁：平生豪气安在？走马为谁雄？何似当筵虎士，挥手弦声响处，双雁落遥空。老矣真堪愧，回首望云中。

词为绍兴八年（1138）作者再帅建康时所作。据词前小序，知当年九月望日，他与幕下诸将操练弓箭，因病未能上场"习射"，乃有感而作此篇。词的风格及用语，颇肖苏轼《江城子·密州出猎》，连用典都同用汉代魏尚守云中事。诚如俞陛云所评："此词上阕起、结句咸有峭劲之致。下阕清气往来，十句如一句写出，自谓'豪气安在'，其实字里行间，仍是百尺楼头气概也"（《唐五代两宋词选释》）。这种境阔气豪的壮词，在石林词中尚有好几首，如《水调歌头》（秋色渐将晚）、《八声甘州·寿阳楼八公山》等等，皆是感怀时事，直抒士大夫报国之怀的名作。

不过，苏轼词中占主导地位的那种超旷的情怀、清高的格调和疏淡的韵致，对于中年之后渐生退隐之心，刻意要以啸傲山林为乐、与清风明月为伍的叶梦得更具有吸引力。因此他的词渐销"雄杰"之气，渐多"简淡"之姿和旷达出世之调，终于由悲壮苍凉转入清旷超逸一派。试看《水调歌头·次韵叔父寺丞林德祖和休官咏怀》：

> 今古几流转，身世两奔忙。那知一丘一壑，何处不堪藏？须信超然物外，容易扁舟相踵，分占水云乡。雅志真无负，来日故应长。
> 问骐骥，空矫首，为谁昂？冥鸿天际，尘事分付一轻芒。认取骚人

生此，但有轻篷短楫，多制芰荷裳。一笑陶彭泽，千载贺知章。

这种"超然物外"、视尘事如"一轻芒"的放达出世之怀，已与张元幹那种在愁吟中还要倔强地声明"犹有壮心在"的悲慨之调大不相同。叶梦得这种学苏轼而偏取其旷达之风的道路，其实就是南渡词人中大多数文士共走的道路。

艺术成就不如叶梦得而学苏的旷达词风更偏至的另一个代表人物，是一度为抗金名臣、后来却彻底退隐的向子𬤇。

向子𬤇（1085—1152），字伯恭，号芗林居士，为宋初宰相向敏中五世孙，神宗皇后向氏之再从侄。河南开封人，后卜居临江军清江（今江西清江）。㉑元符三年（1100）以恩荫补官，数迁至知开封府咸平县。宣和初，除江淮发运司主管文字，召对，除淮南转运判官。宣和七年（1125）以直秘阁为京畿路转运副使，寻兼发运副使。建炎元年（1127）统兵勤王，又拘张邦昌所遣使者，迁直龙图阁、江淮发运副使。以素与李纲善，为黄潜善所罢。建炎三年起复知潭州。金兵围城，子𬤇率军民死战。城破，又坚持巷战。绍兴间，历知广州、江州，改江东转运使，进秘阁修撰。绍兴八年（1138）擢徽猷阁待制，徙两浙路都转运使，除户部侍郎。寻以徽猷阁直学士出知平江府。金使议和将入境，子𬤇以不肯拜金诏书而忤秦桧，遂明哲保身，请求致仕，营芗林别墅于临江军清江，隐居十余年而卒。

向子𬤇晚年自编平生所作词为《酒边集》二卷，上卷为南渡词，称"江南新词"；下卷为北宋时旧作，称"江北旧词"。向氏系出名门，又是外戚，少年得官，仕途平达，因此他在南渡前的生活是富贵优裕、风流浪漫的。那时他受北宋晚期燕安纵乐社会风气的浸染，习用艳体小词讴歌文人士大夫醇酒美人的生涯，因此"江北旧词"风格是柔媚的，笔调是轻婉的，情感较少波澜，充溢着闲适享乐的气氛，且以小令短章为最多，无开合之气度与铺叙之章法。可视之为"花间"、南唐及宋初晏欧派在北宋末的一点余波。"靖康之难"惊醒了正在淮南漕运任上的向子𬤇，把他推入了抗金卫国的时代激流，并且一夜之间改变了他的词风。他无暇也不屑再作香艳小词，转而以感慨苍凉之调，抒写作为一个抗战派中坚人士的悲壮情怀和赤子心肠。试看其《阮郎归·绍兴乙卯大雪行鄱阳道中》：

江南江北雪漫漫，遥知易水寒。同云深处望三关，断肠山又山。
天可老，海能翻，消除此恨难。频闻遣使问平安，几时鸾辂还？

用体轻调短的小令来抒发与岳飞"靖康耻，犹未雪，臣子恨，何时灭"之呼喊相同的"天可老，海能翻，消除此恨难"的悲慨之怀，应该说是南渡词人在词的抒情艺术上的一个创造，而向氏这首作于绍兴五年（1135）的壮词，即是这一创造的首批成果之一。

可惜向子諲"江南新词"中这样的悲慨豪壮的"沥血之辞"很少，而且他有心创作这种词的时间也不长。随着绍兴八年他急流勇退、归隐芗林之后，他的思想遁入老庄之道，词风也衍入清超旷达一路，从而与我们上述的慷慨悲壮的时代主旋律绝了缘。南渡时期政坛风云的险恶和官场的黑暗，使饱受佛、老思想浸淫的向子諲选择了隐退江湖的人生道路。张元幹在《芗林居士赞》中称他："虽曰守节仗义，而远迹危机；虽曰正色立朝，而独往勇决（按：指决意退隐）。殆将明哲以保身，优游以卒岁者欤？"汪应辰《向公墓志铭》也说："既而大臣专权，以峻刑箝天下口，非曲意阿附，鲜有免者。公一言不合，见机而作，超然物外，自适其适，于是人始服公不可及也。"这些都是深识子諲内心隐曲的话。"超然物外"、"自适其适"的行为模式选择与人生思想归宿，决定了子諲的词风既摒除江北时期的"绮罗香泽"，又消退南渡之初的悲愤慷慨，而完全归于旷达与平淡。试读其作于绍兴九年高宗诏许其致仕时的这首《蓦山溪》词：

> 挂冠神武，来作烟波主。千里好江山，都尽是、君恩赐与。风勾月引，催上泛宅时，酒倾玉，鲙堆雪，总道神仙侣。　　蓑衣箬笠，更着些儿雨。横笛两三声，晚云中、惊鸥来去。欲烦妙手，写入散人图。蜗角名，蝇头利，着甚来由顾！

在南北分裂、国运惟危的紧急关头，一位曾与金兵浴血苦战的"精忠大节"的名臣，竟义无反顾地遁入"千里好江山"，要做远离硝烟战火的"神仙侣"，这不能不说是时代悲剧带来的个人悲剧。子諲自归隐芗林后，大量写作饮酒、赏花、谈禅、品茶之作，不再关涉时事与国政，将自己后期的词变成了地道的"酒边词"。偶尔在词中忆旧抒悲，却并不写及他那一段抗金杀敌的战斗历程，而多半是回忆南渡之前的"绮罗弦管春风路"（《水龙吟·绍兴甲子上元有怀京师》）的浪漫生涯，感叹少年时"决意作清游"（《水调歌头》"闰余有何好"）的好日子一去不复返。写作这样的归隐闲适遣兴忘忧之作，自然用不上慷慨激昂之调，容不得金戈铁马之声，决定地需要的倒是苏轼式的宠辱皆忘、超然物外的精神状态和苏轼式的以理遣情、自我宽解的基本格调。于是向子諲偏取苏词旷达和平淡自然的一面，从一个侧门走进了"苏堂"。

向子諲后期的隐逸遣兴之作，当然也是有其对于自我人格之肯定与珍爱的审美价值的。特别是一些寄托深远的咏物之作，更是成功地表现了芗林居士"出污泥而不染"的幽峭高洁情怀。比如在《蝶恋花·百花洲老桂盛开》中，他以"老桂"自况，表白道："生怕青蝇轻点污"。另一首咏岩桂的《如梦令》中，他又借李长吉"山头老桂吹古香"的诗句发挥己意道："高古，高古，不著世间尘污"。这类灵魂自白，祖屈原香草美人之意，而与陆游《卜算子·咏梅》异曲同工，表现了士大夫"穷则独善其身"的清高志趣。1152年暮春子諲弃世，其绝笔词《减字木兰花》，实为他的最后一篇灵魂自白，其中以"真香妙质"的瑞香花自比，而把摧残迫害正直之士的恶势力比为戕害鲜花的暴风烈日。此词末句"莫放春光造次归"，却又含蓄地传达出作者预感天年将尽而又不甘心撒手尘寰的一份执著于人生之情。向子諲这些小词，让人一下子就联想起苏轼那几首借物言志、以所咏之物寄寓自己高标独立之人格的名作（比如《卜算子·黄州定惠院寓居作》等等）。他在南渡前即有意学苏，其咏梅《卜算子》之作即步苏轼《黄州定惠院寓居作》一阕原韵，据其词前小序，知是羡东坡原作"类不食人间烟火人语"而仿其意境之作；但那时他年轻，阅世尚浅，故词写成之后感到未臻东坡之境，"终恨有儿女子态"。这一学苏未成的缺憾，终在南渡后弥补起来了。这是因为大半生的人世浮沉，尤其是中年丧乱的经历已使他悟透了个人生存之道，从而接近和认同了苏轼在北宋中期险恶政争中练就的旷达情怀与遗世独立的人品。可叹的是，苏轼的文化行为模式和为人处世风格，在北宋时尚有不迎合浊世的积极意义，而向子諲生当国家兴亡匹夫有责的特殊时代却遁入清旷超逸的世外之境，于个人人格来说固属自我完善，但与时代精神主流却相去甚远，与他本人原先扮演的英雄志士的社会角色也大异其趣了！胡寅在《酒边集序》中谓向子諲的词是"步趋苏堂而哜其胾者"，这话正确地道出了《酒边集》的艺术渊源和流派归属。但对于向子諲学苏所得主要是什么，胡寅是特有所指的，他说："观其（子諲）退江北所作于后，而进江南所作于前，以枯木之心，幻出葩华，酌玄酒之尊，弃置醇味，非染而不色，安能及此？"这就是说，芟林学苏所得，并不是一般人所理解的那种在苏词中并不占主导地位的豪放之风，而是一种清超旷逸、平淡自然、复归"本真"的词格与人品。《四库全书总目提要》以为向子諲"老境渐归平淡"，作为对"酒边词"风格最终走向的认定，是确当之评。这也是南渡大多数词人的风格走向。

二、陈与义、吕本中等江西诗派词人

上述叶梦得、向子諲诸人，都主要以词名世。南渡词的这一流派中还有一批本属江西诗派的作者，他们主要以诗名世，词仅为其"副业"，他们作词时也大致遵循苏轼、黄庭坚"以诗为词"的体式，其词风与叶、向诸人大致趋近而偏向苏轼清旷超逸一路。王灼《碧鸡漫志》卷二谓："陈去非（与义）、徐师川（俯）、苏养直（庠）、吕居仁（本中）、韩子苍（驹）、朱希真（敦儒）、陈子高（克）、洪觉范（释惠洪）佳处亦各如其诗。"所谓"佳处亦各如其诗"，显然是指他们各自作词的成就都得力于以诗法入词，以致其词亦带上了其诗的优长。王灼所举的这些人中，苏庠、朱敦儒、陈克并非江西诗派中人，姑留后介绍。这里以陈与义、吕本中为主，兼及其余诸人，看一看这批江西社中人作词的群体风貌。

陈与义（1090—1138），字去非，号简斋，洛阳（今属河南）人。登政和三年（1113）上舍甲科，授开德府教授，累迁太常博士。"靖康"难起，他仓促南逃，饱受流离之苦。绍兴元年（1131），召为兵部员外郎。二年，迁中书舍人。四年，出知湖州，擢翰林学士、知制诰。七年，拜参知政事。次年，以病辞职退隐。是年冬卒，年方四十九。陈与义主要长于诗，他创"简斋体"，名扬南宋初期，后被方回尊为江西诗派"三宗"之一（另二人为黄庭坚、陈师道）。他的南渡后的诗，力学杜甫，感怀时事，反映战乱的现实，有浓烈的时代气息，沉郁苍凉，其风格和思想都接近杜诗。但他的词却并不直接反映现实，而只以感伤而清旷的笔调，抒写一种如梦如幻的人世沧桑之感和力图超脱尘世的精神意态。他现存词不多，仅有十八首，却比较精美，殆于首首可传，其共同的基调是感伤低回，但艺术境界却清超旷放，风骨劲朗，诗味极浓，却又不失小词言美思深、曲折如意的本色，颇近于苏词中"清丽舒徐，高出云表"的那一类抒怀之作。先看建炎三年（1129）端阳节在岳阳避难时所作的《临江仙》：

> 高咏楚词酬午日，天涯节序匆匆。榴花不似舞裙红。无人知此

意，歌罢满帘风。　　万事一身伤老矣，戎葵凝笑墙东。酒杯深浅去年同。试浇桥下水，今夕到湘中。

这一年作者才四十岁，却颓唐地感叹"万事一身伤老矣"，其因时危世乱而在精神上受到的重压可以想见。但作者毕竟是有苏、黄之旷怀的大诗人，故笔力不凡，在短短的篇幅中能将对自我命运的感伤与对前贤的悲悼、对自然节序循环与社会人生变化的感受都包容无余，在现实感中含蕴了深沉的历史感。近人评其上片"吐语峻拔"，"感喟不尽"，下片"大笔包举，劲气直达"，㉒正是看准了此词"以诗为词"的优长。

陈与义学苏轼为词最优秀的作品，是他那篇堪称压卷之作的《临江仙·夜登小阁忆洛中旧游》：

忆昔午桥桥上饮，坐中多是豪英。长沟流月去无声。杏花疏影里，吹笛到天明。　　二十余年如一梦，此身虽在堪惊。闲登小阁看新晴。古今多少事，渔唱起三更。

此词为作者绍兴五年或六年退居湖州青墩镇僧舍时作，作者回忆北宋时洛中的旧游，百感交集，悲怀难已，却不粘著事实，而是用空灵的笔法，以清超旷达的唱叹出之，一气贯注，疏朗明快，真如张炎所赞是"自然而然"（《词源》卷下）。这样的作品，颇得东坡旷达清疏之作的神理，所以自宋人始，历代评论家都把陈与义与苏轼一派联系起来，认为他的词"语意超绝"，"可摩坡仙之垒"（黄昇《中兴以来绝妙词选》卷一）；又谓其"笔意超旷，逼近大苏"（陈廷焯《白雨斋词话》卷一）。看来陈与义在南渡词人中属于正宗的苏派，是没有什么疑问的。

陈与义之外，江西诗派另一领袖人物吕本中作词虽常有婉丽之篇，但更有趋近东坡清旷之风而"佳处如其诗"的一面。

吕本中（1084—1145），字居仁，学者称东莱先生。其先寿州（今安徽凤台）人，徙居京师。其曾祖吕公著、父吕好问皆为名臣。以荫补承务郎，宣和中除枢密院编修官。汴京沦陷后奔岭南避难。绍兴六年（1136），以赵鼎荐，召赴临安，特赐进士出身，擢起居舍人兼权中书舍人。八年，迁中书舍人兼侍讲，兼权直学士院。本中是抗战派著名人士，曾上疏论恢复大业，主张练兵谋帅，增师长江上流，固守淮甸，使江南先有不可动摇之势，然后伺机北伐。因忤秦桧，且素与赵鼎友善，赵鼎罢相，秦桧遂唆使御史劾罢本中，令其提举太平观。绍兴十五年，本中卒于江西上饶，年六十二。

吕本中以江西诗派重要成员的身份偶作长短句，作品无多（近人辑《紫微词》一卷，仅得二十六首，比陈与义略多），但颇有特色。前人多看到他言情之词婉丽的一面，认为："东莱晚年长短句，尤浑然天成，不减唐《花间》之作"（曾季貍《艇斋诗话》）。其实即使是他的沿袭传统题材吟咏男女相思的小词，亦已一洗"花间"、北宋的绮罗香泽之态，而出以深婉的比兴和清疏淡雅的笔调。如名篇《采桑子》（恨君不似江楼月）、《踏莎行》（雪似梅花）等，都是这样的作品。他的关涉战乱和个人身世遭际的词，则与南渡大多数文士一样，是由感伤转入旷达。试看《南歌子》：

> 驿路侵斜月，溪桥度晚霜。短篱残菊一枝黄。正是乱山深处、过重阳。　　旅枕元无梦，寒更每自长。只言江左好风光，不道中原归思、转凄凉。

此词为高宗建炎年间（1127—1130）作者南奔避难途中某个重阳节在江南某地"乱山深处"所作。词中所写的家国沦丧之悲，漂泊异乡之愁，与前述诸多南渡词人同样深沉感人，充溢着那个苦难时代共有的悲剧气氛。当他晚年被排挤出政坛之外而被迫遁入山林之中时，其词亦与叶梦得、向子諲、陈与义等人一样，进入疏旷自适之境。其代表作为《满江红》：

> 东里先生，家何在、山阴溪曲。对一川平野，数间茅屋。昨夜冈头新雨过，门前流水清如玉。抱小桥、回合柳参天，摇新绿。　　疏篱下，丛丛菊；虚檐外，萧萧竹。叹古今得失，是非荣辱。须信人生归去好，世间万事何时足。问此春、春酿酒何如？今朝熟。

这位勘破"古今得失，是非荣辱"而认定"人生归去好"的隐士，与那位在朝中同赵鼎并肩作战，面折廷争，匡扶抗金大业的中书舍人吕本中，几乎判若两人，但实实在在地是同一个人。残酷的政争、黑暗的现实迫使他在前进的路上退却了。思想改变了，词风也跟着改变了！与他同时的学者胡仔谈到读这首词的审美感受时说："《摸鱼儿》一词，晁无咎所作也；《满江红》一词，吕居仁所作也。余性乐闲退，一丘一壑，盖将老焉。二词能具道阿堵中事，每一歌之，未尝不击节也"（《苕溪渔隐丛话》前集卷五十一）。这首词为什么会赢得"性乐闲退"的胡仔击节赞赏？主要原因是它直率地表露了对于纷纷扰扰的尘世的厌倦，通过描绘那些清幽风雅、超尘脱俗的山林景致，达到返璞归真、净化心灵的高旷境界；这样的境界，这样的风格，正与苏词嫡派晁补之那首代表作《摸鱼儿·东皋寓居》异曲同工，两首词一起被胡仔尊为"能具道阿堵中事"（按：指能写出幽人达士向往的隐居乐趣）的双绝。由这首不加掩饰地抒写作者性灵的代表作可以得知，作词一向以"工稳清润"（《历代诗余》卷七引《啸翁词评》评吕本中咏柳花《清平乐》语）见称的吕本中，其晚年亦"皈依"了清超旷达的苏派。

下面再简介韩驹、徐俯、释惠洪三人。

韩驹（？—1135），字子苍，号牟阳，仙井监（今四川仁寿）人。政和二年（1112）召试，赐进士出身，除秘书省正字，累迁至中书舍人。宣和六年（1124），坐元祐曲学，落职，提举江州太平观。高宗即位，除徽猷阁待制、知江州。绍兴五年卒于抚州（今属江西）。韩驹诗学原出苏轼，后为江西诗派重要作家，吕本中将他列名《江西诗社宗派图》。其词仅存一首，题为《念奴娇·月》，是不折不扣的学苏之作：

> 海天向晚，渐霞收余绮，波澄微绿。木落山高真个是，一雨秋容新沐。唤起嫦娥，撩云拨雾，驾此一轮玉。桂华疏淡，广寒谁伴幽独？
> 不见弄玉吹箫，尊前空对此，清光堪掬。雾鬟风鬟何处问，云雨巫山六六。珠斗斓斒，银河清浅，影转西楼曲。此情谁会，倚风三弄横竹。

杨慎《词品》卷三专条介绍韩驹，赞扬此首为"亚于东坡之作"。

徐俯（？—1141），字师川，洪州分宁（今江西修水）人。为黄庭坚之甥。以父禧死国事，授通直郎，累官司门郎中。靖康二年（1127）张邦昌僭位，遂辞官，并买婢名曰"昌奴"，以示鄙视。高宗朝，起为右谏议大夫。绍兴二年（1132）赐进士出身，累官端明殿学士、签书枢密院事，权参知政事。寻奉祠归。九年，知信州。十一年卒。徐俯受黄庭坚影响较深，又多与曾几、吕本中游，名列《江西诗社宗派图》，为江西派重要诗

人。有《东湖集》，不传。其仅存的十七首词中，除一首仿苏轼风格的
《念奴娇》为长调外，其余全是小令。其中有一半以上为"香旖旎，
酒氤氲"（《鹧鸪天》）一类的应歌之词，大概是南渡前旧作。总体看来，缺少
苏轼、黄庭坚那种开合的气度和疏旷的作风。但由于作者本是黄门诗人，
五七言诗素养很高，故小令亦多寓以诗人句法，往往能做到气韵醇厚而意
致高迥。如这首写相思的《卜算子》：

> 天生百种愁，挂在斜阳树。绿叶阴阴占得春，草满莺啼处。
> 不见生尘步，空忆如簧语。柳外重重叠叠山，遮不断、愁来路。

　　全章构思新巧，极炼如不炼，使天然好语脱口而出，借景寓情，移情
于物，造成哀婉深挚而又清疏流宕的抒情妙境。对照阅读他那些抒情写景
的七绝小诗如《春游湖》等，自会信服其词确如王灼所评"佳处如其诗"。
　　身份特殊的和尚词人惠洪（1071—1128），字觉范，人称"浪子和
尚"，俗姓喻，筠州新昌（今江西宜丰）人。少时曾为县小吏，后得祠部
牒为僧。政和元年（1111）因受张商英、郭天信牵累，决配崖州（今海南
崖县）。建炎二年卒。他与苏轼、黄庭坚为方外交，论诗常常苏、黄并重，
但其创作受黄庭坚影响更大，且与江西派其他诗人如饶节、洪炎、韩驹、
徐俯、谢逸等等唱和颇多。由于吕本中的疏漏，他未被列入《江西诗社宗
派图》，但他实为江西诗派成员。[23]他工诗能文，小词亦颇有特色。《彦周
诗话》谓其"善作小词，情思婉约似少游"，这是只见其一面之说。在他
现存的全部二十一首词中，既有一些趋向"花间"风格的绮丽之作，却不
乏清俊疏朗的写景咏物抒怀之篇，其风格具有双重走向。杨慎《词品》卷
二谓："宋人小词，僧徒惟二人最佳，觉范之作类山谷，仲殊之作似花间。
祖可、如晦俱不及也。"说他的词类于黄庭坚，算是看准了他学习苏、黄
"以诗为词"的一面。他的具有清俊超逸之美的小词，不难找到。尤其是
与黄庭坚唱和的几首词和流配海南期间所作，更富于苏、黄那样的逸怀浩
气和达士之风。其《西江月》云：

> 大厦吞风吐月，小舟坐水眠空。雾窗春晓翠如葱，睡起云涛正涌。
> 往事回头笑处，此生弹指声中。玉笺佳句敏惊鸿，闻道衡阳价重。

　　关于这首赠黄庭坚的词的写作经过，惠洪自己在《冷斋夜话》中详细记述道：

　　　山谷南迁，与余会于长沙，留碧湘门一月，李子光以官舟借之，为憎疾者腹诽，因携十六口买小舟，余以舟迫窄为言，山谷笑曰："烟波万顷，水宿小舟，与大厦千楹，醉眠一榻何所异？道人谬矣。"即解缆去。闻留衡阳作诗写字，因作长短句寄之曰：（词如上略）。时余方还江南，山谷和其词曰："月仄金盆堕水，雁回醉墨书空。君诗秀绝雨园葱，相见衲衣寒拥。　　蚁穴梦魂人世，杨花踪迹风中。莫将社燕笑秋鸿，处处春山翠重。"㉔

　　由此可见作者与黄庭坚二人的旷达自适的胸怀和笑傲人生、超然于苦难之上的处世风度。由此更可见，惠洪虽然去世于南渡之后，但却在北宋晚期干犯时忌而与晚岁遭难的苏、黄密切交往，并公然学习苏、黄作词，俨然在那时就已是苏派词人。这在南渡词人中是罕见的。

三、"多尘外之想"的朱敦儒

　　在南渡时期的苏派词人中，朱敦儒是艺术个性较鲜明、创作成就较大但心路历程也较曲折的一位。

　　朱敦儒（1081—1159），字希真，号岩壑，又称伊水老人、洛川先生，河南（今河南洛阳）人。早岁隐居故里，"志行高洁，虽为布衣而有朝野之望"（《宋史·文苑传》）。朝廷征召为学官，他固辞不就。"靖康"乱后携家南逃，流寓两广，居南雄州。高宗累召入朝授官，皆辞不赴。绍兴五年（1135）因友人力劝，始出山赴临安，赐进士出身，为秘书省正字，兼兵部郎官。十四年（1144）迁两浙东路提点刑狱。后因有人弹劾他与主战派大臣李光交通而被罢官。十九年，退隐嘉禾（今浙江嘉兴）。晚年在秦桧的笼络下再度出山，任鸿胪少卿，为时论所讥。不久秦桧死，他也被罢官。绍兴二十九年（1159）卒，年七十九。

　　朱敦儒的生活道路经历三个阶段：早年清高自许，裘马轻狂，为太平之世的"高士"；中年遭逢国变，漂泊流离，由难民—隐士而变成关心国事、倾向抗战派和主张北伐的从政者；晚年消极退隐，重当岩壑之士，却又性格软弱，为权奸所用，不能全其晚节，从而导致政治上和思想上的沉沦。他的曲子词创作，也与其生活经历大致同步，而呈现三个阶段的明显不同。他南渡前的词，着重表现其无拘无束、啸傲山林的风流隐士的惬意生涯。代表作《鹧鸪天·西都作》云：

> 我是清都山水郎，天教分付与疏狂。曾批给雨支风券，累上留云借月章。　诗万首，酒千觞，几曾着眼看侯王。玉楼金阙慵归去，且插梅花醉洛阳。

这样的作品虽不脱北宋基调，但苏轼式的"逸怀浩气"已渗透其间，表明朱敦儒早期创作已开始走"以诗为词"一路，而未受当时"浅斟低唱"风气太多的束缚。

南渡之初，他饱受战乱之苦，思想转入深沉之境，遂脱却早年清狂气，词风因而大变，变为悲慨苍凉。这是他的创作最富时代感和现实感的一段时期。随着政治参与意识的增强和在实际从政过程中与抗战派的声气相通，他的词不再单纯地感伤时事，而是日益增加了直接呼唤杀敌报国的政治内容。这些词，与前述岳飞、四名臣及二张的英雄豪杰之词桴鼓相应，属于人们常说的"时代最强音"一类。《水龙吟》一阕是这样悲壮感人：

> 放船千里凌波去，略为吴山留顾。云屯水府，涛随神女，九江东注。北客翩然，壮心偏感，年华将暮。念伊嵩旧隐，巢由故友，南柯梦，遽如许！　回首妖氛未扫，问人间英雄何处？奇谋报国，可怜无用，尘昏白羽。铁锁横江，锦帆冲浪，孙郎良苦。但愁敲桂棹，悲吟梁父，泪流如雨！

但是，在朱敦儒漫长一生的创作中，这种主观心灵与时代风云撞击而爆发的耀眼火花并不太多，也燃烧得不长久，因而并不代表他的本色和主流。他的本色和主流，乃是避世出世之思与清超放旷之调。他本来就是一个信奉道家哲学的所谓"神仙中人"，南渡之前就已自得于远引高蹈、懒慢疏狂的"清都山水郎"的生活。"靖康"难起，将这位"世外人"卷进了人间的血与火之中，激起了他的一点忧患意识和报国热情。随着政治形

势的恶化和"中兴"大业的式微，连那些一度叱咤风云的英雄人物如向子
谌等人都急流勇退、超然出世了，朱敦儒这位原非功业场中人的遁世者就
更只能回归他南渡前就走过的"潇洒出尘"之路。以绍兴十九年退居嘉禾
"正在小圃"为界，朱敦儒的人生道路进入第三阶段，其词风衍变也进入
最后阶段——"多尘外之想"的清旷颓放阶段。试看这两首被梁启超赞为
"飘飘有出尘想，读之令人意境翛远"（《艺蘅馆词选》乙卷引）的渔父词
《好事近》：

> 摇首出红尘，醒醉更无时节。活计绿蓑青笠，惯披霜冲雪。
> 晚来风定钓丝闲，上下是新月。千里水天一色，看孤鸿明灭。
> 短棹钓船轻，江上晚烟笼碧。塞雁海鸥分路，占江天秋色。
> 锦鳞拨剌满篮鱼，取酒价相敌。风顺片帆归去，有何人留得？

词中"渔父"的行踪当然是作者终生履践的摆脱尘世羁绊而自由往来
的文化行为方式的具象化。朱敦儒《樵歌》中的半数以上的词，唱的都是
这种调子。这些作品，多为晚年所作。由于这时过的是暮年衰迟的养老生
活，加上失节以事权奸召来朝野的物议，弄得灰溜溜的，因此词中更充满
了浮生若梦的幻灭之感和放纵诗酒的颓废情调。他早年养成的那种"自乐
闲旷"的"麋鹿之性"，在历经中原丧乱和宦海风涛之后，不但没有收敛，
反而因老庄与禅宗思想的浸染而进一步发展成"万事转头皆空"（《西江
月》）的虚无观念和"风景争来趁游戏"（《感皇恩》）的享乐哲学。这时
他的词风，早已不是评论家乐于称道的"自是豪放"（南宋张端义《贵耳
集》评朱氏《念奴娇》［插天翠柳］阕语），而完全是旷适颓放了。他的
若干"于名理禅机，均有悟入"（清王鹏运《樵歌跋》）的颓废寂灭之作，
可以说将苏轼旷达词风中消极的一面发展到了极致。

如果把宋南渡词人群体视为一个合唱团的话，那么岳飞、四名臣及二
张等人可称高音区的歌手，叶梦得、向子谌及江西派的诗人们大致唱的是
中音，而朱敦儒，就其晚年的主调来看则是低音部的领唱人了。这当然是
仅就思想特征和作品基本情调而言的。若从艺术造诣和流派衍化的角度来
看，则朱敦儒的词题材广泛，风格高朗、语言清新晓畅而又明白自然，并
常常以寻常口语度入音律，把士大夫之词引向通俗化，一扫北宋末绮靡雕
琢的习气，继承苏轼而又有发展变化，成为以词言志这个大派别中介于苏

轼与辛弃疾之间的重要一家。南宋中期汪莘在他的《方壶诗余自序》中说："余于词，所爱喜者三人焉。盖至东坡而一变，其豪妙之气，隐隐然流出言外，天然绝世，不假振作。二变而为朱希真，多尘外之想，虽杂以微尘，而其清气自不可没。三变而为辛稼轩，乃写其胸中事，尤好称渊明。此词之三变也。"从变应歌之词为抒情言志的诗人之词这一道"别流"来考察，汪莘为朱敦儒所作的历史定位是不算过高的。

第四节　开径独行的女词人李清照

在宋南渡词人的庞大群体中，有披甲执戈的将帅，有峨冠博带的宰臣，也有布衣麻鞋的普通文士。他们都共同经历了那场历史大变局，感受着、浸润着那苦难时代特有的精神气候，从而转变了北宋词风，开辟了南渡新词风，同时形成了大致与他们各自的身份和社会角色相符合的不同风貌的词派。不过尽管这几个词派有如上文所论述的种种不同，却都是男性词人的组合体，其为词也都带上衣冠须眉者共有的男性特征。其中却有一位以"如今憔悴，风鬟雾鬓"的独特身姿与众男子比肩而立的女词人，她一个人的存在就足抵一个词派的存在。这是因为，她在那个由男性统治的词坛上开径独行，划下了一道与众不同的艺术发展轨迹，另外开放了一朵"色、香、味"皆与众不同的艺术之花。她，就是被认为是真资格的婉约之宗的李清照。

同南渡词人中的众多男性作者一样，李清照的词，也随社会的动乱和时代精神的转移而改变了词风。但她的词风的改变，与众多男性作者和流派有根本的不同。其他人是词的文学功能、抒写内容和风格性质的彻底转变：变以词言情为以词言志，变"男子而作闺音"而成男子而作男音，变儿女之情而为风云之气，变阴柔之调而为阳刚之调。而李清照，却反众男子之道而行之，一如既往地坚持词"别是一家"，南渡之后，仍以诗言志，以词言情；以诗批评国事，忧时伤世，以词抒写个人哀思愁怀；诗风悲慨雄放，词风却一直婉曲柔丽。她的词风转变，仅仅体现在南渡前欢快明畅、清雅缠绵，南渡后则哀婉悲凉、凄恻低回而已。南渡词流中的这一独特的"李清照现象"是怎样产生的？又该如何解释呢？

一、"别是一家"之说与婉约正宗之路

李清照，自号易安居士，山东章丘县明水镇人。生于宋神宗元丰七年（1084），约卒于高宗绍兴二十五年（1155）以后，享年约七十余岁。其父李格非，本"出东坡之门"，"以文章受知于苏轼"，为苏门"后四学士"之一。李清照本人更与苏门的晁补之有直接的交往，其诗受到晁的称赞。㉕她的丈夫赵明诚也是苏轼、黄庭坚的崇拜者，陈师道在写给黄庭坚的一封信中曾说：赵明诚"每遇苏、黄文诗，虽半简数字必录藏"。以这样的家庭文化背景和交游关系，李清照在文学创作上、尤其是在她所最擅长的词的创作上却不接受苏门的影响，而致力于另走自己的路。于此可见这位奇女子心性之高与自主意识之强。事实上她对于曲子词的创作，不但不效法苏门诸人，而且对于几乎所有的北宋名家都不满意，并一一指责诸家之短，所以她不依傍任何一家任何一派，也并没有属于哪一家哪一派，而是开径独行，自成一派。北宋灭亡那一年（1127）她已四十四岁，其创作思想与风格是早年在北宋时期就成熟了的，而她那篇作于南渡前的《词论》，实际上也通过纠弹北宋诸名家而表明了自己与众不同的审美追求与创作法度。因此，要了解所谓"李易安体"的独特的创作门径和审美风貌，还得回过头来重温一下她的争议颇大的《词论》：

> 乐府声诗并著，最盛于唐。……五代干戈，四海瓜分豆剖，斯文道熄；独江南李氏君臣尚文雅，故有"小楼吹彻玉笙寒"、"吹皱一池春水"之词，语虽奇甚，所谓"亡国之音哀以思"也。逮至本朝，礼乐文武大备，又涵养百余年。始有柳屯田永者，变旧声作新声，出《乐章集》，大得声称于世，虽协音律，而辞语尘下。又有张子野、宋子京兄弟、沈唐、元绛、晁次膺辈继出，虽时时有妙语，而破碎何足名家？至晏元献、欧阳永叔、苏子瞻，学际天人，作为小歌词，直如酌蠡水于大海，然皆句读不葺之诗尔，又往往不协音律者，何耶？盖诗文分平侧，而歌词分五音，又分五声，又分六律，又分清浊轻重。且如近世所谓《声声慢》、《雨中花》、《喜迁莺》，既押平声韵，又押入声韵；《玉楼春》本押平声韵，又押上去声，又押入声。本押仄声韵，如押上声则协；如押入声，则不可歌矣。王介甫、曾子固文章似西汉，若作小歌词，则人必绝倒，不可读也。乃知别是一家，知之者

少。后晏叔原、贺方回、秦少游、黄鲁直出，始能知之。又晏苦无铺叙；贺苦少典重；秦即专主情致而少故实，譬如贫家美女，虽极妍丽丰逸，而终乏富贵态；黄即尚故实，而多疵病，譬如良玉有瑕，价自减半矣。

这篇词论，对于词这种音乐文学样式自唐以来的发展史进行回顾与总结，对于作者认为违背传统作词之正道的种种倾向大加挞伐，从而正面阐明了一套求全责备的作词要求，画出了词"别是一家"应有的艺术风貌。概括起来，她对词的要求有这样七点：一、协律（反对"以诗为词"、将小词弄成脱离音乐的"句读不葺之诗"）；二、高雅（反对柳永一派变雅为俗，导致"辞语尘下"）；三、浑成（瞧不起张先、宋祁之辈"有妙语而破碎"）；四、铺叙（惋惜小晏只擅小令不作长调，无铺叙之长）；五、典重（不满贺铸艳丽有余而不典雅庄重）；六、主情致；七、尚故实（既不满秦观之"专主情致而少故实"，也不满黄庭坚之"尚故实而多疵病"）。

可以看出，在被李清照所诟病的五代北宋诸人中，除了曾巩（子固）于词确是门外汉，沈唐、元绛等才非专诣之外，其余几乎都是当时和后世公认的词坛名宿。清照立论甚高，要求甚苛，大有藐视一切、唯我独尊之概。难怪前人有诋之为"蚍蜉撼大树"者（《苕溪渔隐丛话》后集卷三十三）。但我们只需细察这七条主张的内蕴以及她批评诸家时的轻重之差与取舍之异，则可知她并未否定一切，而是从自己的审美理想与艺术趣味出发，在词坛已有的众体众派中有所取亦有所舍，力图从中开出一条合于规范的发展之路。简而言之，在这篇为诗词之分疆立下界石的理论宣言里，李清照提出了士大夫之雅词应"别是一家"的创作纲领，其七条主张则是具体说明如何达到这"一家"的途径。这七条主张也不是平列的，而是有轻有重，有主有从。其中"协律"与"高雅"两条是关涉文体特质的基本标准，最为重要，一点也不能含糊；而其余五条则属于表现手段、修辞手法方面的较为具体的"技术标准"，处于从属位置。她对于不符合"协律"和"高雅"两条中任何一条的词派与词人，采取了基本否定甚至全盘否定的态度。这是因为词为音乐文学，其先决条件是协乐可歌，若不谐音律，则根本不能称为词，只是"句读不葺之诗"；而强烈的士大夫文化意识又使她认定，词除了协律之外，其内容和风格还必须高雅，否则有违传统诗教，沦为"郑卫之声"，纵然协律，亦非文人所宜。于是我们看到，在

"高雅"的标准下，她大致否定和排斥了俗词与艳词：对于作为词之源头的早期民间词，一句也不提；对于镂金错采、偎红倚翠的温庭筠词及五代西蜀词，也一句不提，径以"郑卫之声日炽，流靡之变日烦"二语笼统作了否定，就直接提及和评论南唐词；对于柳永这位俗词大师，先肯定了他"变旧声作新声"、"协音律"，接着一句"辞语尘下"给打入"另册"。在"协律"的标准下，她又基本上否定了王安石、苏轼等一派"以诗为词"的作家，干脆把他们革出词的门户，不承认他们的词是词，而目之为"句读不葺之诗"或"人必绝倒"的外行货。她的语气中包含这样的潜台词：你们学问大、诗才高，尽可以去当你们的文坛泰斗、诗坛巨子，但词这一门你们不懂，写来也不像！

　　而另一方面，李清照对于自南唐君臣以来的大致符合"协律"与"高雅"标准、只是在其他五条从属标准上分别有所欠缺的一大批词家则既有所批评，亦有所肯定，从而在艳词、俗词与"诗人之词"之外理出了一条音律谐婉、风格雅丽的"正宗"词流，作为自己"别是一家"说的基础。对南唐君臣，称许他们"尚文雅"，并列举他们风格旖旎的"奇甚"之词，而只是致憾于他们的抒情基调中有不祥的"亡国哀音"；对张先、宋祁，则肯定他们能写出符合词家审美口味的"妙语"，只是如实指出他们的篇章往往"破碎"，不足称大家。对于小晏、秦郎、山谷、方回等北宋后期高手，则更是首先赞扬他们是不可多得的"始能知之（词）"者，对于他们的成功之处并无微词，只是分别指出他们在技巧上某一方面的欠缺。（至于这篇词论中为什么偏偏没有提及作词全面达到李清照的标准的那位号称"集大成"的周邦彦，人们曾有种种推测，但皆不足以说明问题。本书作者自感缺乏必要的材料依据来说清这个疑点，姑不参与这一争论。）由以上分析可知，李清照所要否定的，是不符合士大夫高雅歌词传统的俗艳之词和诗化的词，而她所认真褒扬和想要继承的，正好是从南唐发端继经张先、小晏、秦观等人扬波振流而至周邦彦集其成的士大夫"当行本色"的所谓"婉约正宗"。扬正抑"变"，坚持传统，承接诗言志、词缘情的习尚，发扬南唐、宋初以来清雅婉丽的主流作风，这就是李清照的词学宗尚和艺术趋向，也是她"别是一家"说的基本含义。

　　洞悉易安的词学主张和艺术继承趋向之后，对这位女性南渡前专写婉约小词、南渡后仍坚持"当行本色"而并不跟随南渡诸家写诗化之词的现象就很好解释了。词从民间转入文人之手以后，由于时代审美习尚与文人心态的作用，被片面地发展成了一种尚阴柔之美、长于描写儿女柔情和女性形象的文学体式，从内容、风格到语言都带上了女性文学的色彩。这种文学样式的创作，在男性作者必须收敛自己的男性特征，改腔换调以适应其风格要求；而在女性作者，则恰好是本色本调，如鱼得水，应付自如。以故李清照在词的风格流派的选择上自然而然地倾向五代以来的"婉约"正宗，而排斥非本色的"变体"和"变调"。男性作者"男子而作闺音"，是受时代风尚的影响和自身娱乐心理的支配；李清照作为女性作者"女子而自作闺音"，则是自鸣天籁，不需做作，只要表现本色即可。故而男性作者在时代风气改变、"浅斟低唱"的基础被摧毁之后，很容易视词为一种长短句诗，改用雄健清刚之调来自作男子汉的豪唱，以迎合南渡时期风雷激荡的时代精神。而李清照作为女性作者，本就视柔婉小词为自己最适合的抒情工具，没有必要改变原来的风调与色彩了。

　　或者有人会问：李清照虽是女性作者，难道就没有感受到南渡时期的政治风云和新的审美浪潮？

　　回答当然是肯定的。不过在李清照那里，诗词分疆、诗庄词媚，诗主言志词主言情，词"别是一家"的观念一直十分牢固，并不因南渡而改变。南渡后，她虽是一个无权过问政事和参加实际斗争的"闾阎鳌妇"，但也产生了与当时广大军民一样深沉的忧患意识和爱国热情，产生了用笔来抒写报国之志、反映苦难时代的强烈愿望。只不过，她的诗词分疆的创作观念比一般人牢固，对这个沉重的"时代任务"和"政治任务"，她不愿意、或甚至根本没有考虑过让柔婉纤弱如二八姝丽的词体来承担，而是由端严凝重的五七言诗来完成了。试看她的慷慨悲歌的《夏日绝句》："生当作人杰，死亦为鬼雄。至今思项羽，不肯过江东"；她的借古讽今斥责伪楚伪齐政权的《咏史》诗："两汉本继绍，新室如赘疣。所以嵇中散，至死薄殷周"；以及她的断句诗"南渡衣冠少王导，北来消息欠刘琨"，"南来尚怯吴江冷，北狩应悲易水寒"等等，其时代性、现实性与战斗性并不弱于岳飞、二张、四名臣的英雄之词，其劲健的风骨、豪壮的格调丝毫不让那些叱咤风云的须眉男子。事实证明李清照并非没有时政之思和阳刚之气，只是不在词中直接表露罢了。新中国建立以来关于李清照的讨论中，有一派意见一直批评李清照"没有考虑到用词这种样式去反映她所处的时代和人民"，抱怨她"未能与其诗歌创作同步地直接地抒发她炽烈的爱国热情"。这种武断的批评，既没有给予李清照独特的文学观念和创作道路以充分的理解，也没有看到南渡词坛上既有转变词风的普遍性又有少数人不转变词风的特殊性，更没有看到抒情文学虽受时代的、社会的和政治的气氛影响，但也有自己的独立性，因而这些意见不是对李清照词的公允的评价。

二、自是花中第一流

以上的论述仅仅是说明李清照作为一个女性文学家在创作观、创作个性上的独特性，并不是说北宋灭亡、南宋偏安的历史大变局对她的词风词情没有影响，更不是说她的词对于南渡时期的精神气候、社会苦难与人生体验毫无反应。恰恰相反，她的词以一个女性作家特有的细腻而敏锐的艺术触觉，深刻地感知和记录了大动乱中人们的心灵波动与情绪变化，成为苦难时代的灵魂绝唱。前述南渡词人们是以直接描写历史事件、直接抒发政治豪情来反映那个时代，而李清照则是以自写心灵隐衷、自抒个人生活中的愁苦悲痛感受来间接反映那个时代。她的传世无多的寥寥几十首词，大多数是她一生心路历程的"实录"，带有"自传体"的性质。她的一生明显地分为三个阶段：天真烂漫的少女时期，婚姻幸福、夫唱妇和的青年与中年时期，大动乱后国破家亡夫死的老年嫠妇时期。每一时期都有描写那一时期作者自我形象、心态与感情经历的优秀词篇作为印证。前两个时期的作品都作于南渡之前。那些作品，诸如《如梦令》（"常记溪亭日暮"、"昨夜雨疏风骤"二阕）、《醉花阴》（"薄雾浓云愁永昼"）、《一剪梅》（"红藕香残玉簟秋"）、《凤凰台上忆吹箫》（"香冷金猊"）、《念奴娇》（"萧条庭院"）等等，都是所谓"婉约正宗"词中脍炙人口的名篇，八百年来几乎每一本词选都选录，每一部文学史都提到过，无须我们再在这里来重复论说其创作个性之鲜明与审美价值之高。只是需要指出：这些词毕竟都是丧乱以前的作品，总体上属于北宋风调。那时她人生阅历不广不深，无非是从一个闺中少女变成闺中少妇，所以作词只能言闺情。尽管是不要男子越俎代庖，而以女子的身份自言闺情，穷尽儿女子之态，并使她这些作品充溢着其他词人所不可能有的女性的本色，但归根到底还是闺情，其内容与风格总未超越从南唐、宋初到小晏、秦观这条"婉约正宗"之流的艺术范式。且从意境、章法、题材、语言修辞手段诸方面来看，她比这条道上的前辈诸名家还有所不及，那时初具体貌的"李易安体"，虽已有不同于诸家的艺术个性，但尚不足与诸家并列而称"别是一家"。

　　"靖康之难"给整个国家民族和李清照个人生活带来了巨大的不幸，但却为她的词注入了新鲜的艺术生命。金兵的入侵和北宋的灭亡结束了李清照平静、幸福但却是十分单调的生活，迫使她过上了一种东漂西泊、流离失所的战乱生活。这样，虽然由于妇女身份的限制和她自己"别是一家"词体观的制约，她南渡后的词仍然咏叹的是闺中人的喜怒悲欢之情，但这种在新的时代环境中产生的感情与在北宋时相比已有很大的不同，是一种与国破家亡的重大事件相联系的沉重悲郁之情，是一种与承平时期的小小情事、淡淡哀愁迥然相异的人事沧桑之感和身世沉沦之哀。这当中，又还渗透着忧国怀乡之思和她个人不幸遭逢的中年丧夫之痛，就使得她南渡后的词有了十分复杂的糅合着个人之愁与家国天下之悲的深刻内容，从而呈现了几乎是全新的风格面貌。仅录其中较有代表性的三首：

　　　　落日熔金，暮云合璧，人在何处？染柳烟浓，吹梅笛怨，春意知几许？元宵佳节，融和天气，次第岂无风雨？来相召，香车宝马，谢他酒朋诗侣。　　中州盛日，闺门多暇，记得偏重三五。铺翠冠儿，捻金雪柳，簇带争济楚。如今憔悴，风鬟雾鬓，怕见夜间出去。不如向、帘儿底下，听人笑语。

　　　　　　　　　　　　　　　　　　　　——《永遇乐》

　　　　风住尘香花已尽，日晚倦梳头。物是人非事事休，欲语泪先流。闻说双溪春尚好，也拟泛轻舟。只恐双溪舴艋舟，载不动、许多愁。

　　　　　　　　　　　　　　　　　　　　——《武陵春》

　　　　寻寻觅觅，冷冷清清，凄凄惨惨戚戚。乍暖还寒时候，最难将息。三杯两盏淡酒，怎敌他、晚来风急？雁过也，正伤心，却是旧时相识。　　满地黄花堆积，憔悴损，如今有谁堪摘？守着窗儿，独自怎生得黑？梧桐更兼细雨，到黄昏、点点滴滴。这次第，怎一个愁字了得！

　　　　　　　　　　　　　　　　　　　　——《声声慢》

　　这些千古传诵的名作在艺术上的多种优长，人们的赞语已连篇累牍。笔者以为它们最显作者个性特色之处就是用极平淡、极自然的语言写出极真挚、极深沉的哀痛。清照最富于"以寻常语度入音律"、以"平淡入调"

（宋张端义《贵耳集》卷上）和"用浅俗之语，发清新之思"（清彭孙遹《金粟词话》）的艺术本领。前人对她的主要艺术优长的这些概括性评论，主要就是针对上述南渡后作品而发的。可见人所公认的"李易安体"的主体艺术风貌，是在南渡后成功地建立起来的。可以看出，这些晚年的杰作虽然在风格上保持了她早期那种自鸣天籁、婉约清新的特征，但由于身世遭遇的巨大变化，其词情已由浅转深，沉哀入骨，从而带上了鲜明的南渡时代色彩。李清照的词风转变，与南渡其他大多数词人有同有不同：相同之处是都由南渡前的欢愉平和之调变为南渡后的伤离念乱、忧时怀旧的悲郁之调；不同之处则在于前者坚持词"别是一家"，维持词的婉约谐律、专抒情而不言志的"正宗"传统，在保留词体文学"本色"的前提下来深化词情、开拓词境，而后者则变抒情为言志，变"以词为词"而为"以诗为词"，变阴柔之调为阳刚之调，变婉约词风为豪壮词风，用词去直接吐纳时代风云和抒写政治情怀。他们都从不同侧面共同反映了时代精神、时代情绪与时代风气的变化，但反映方式和审美倾向则有所不同。这就使得李清照的词在南渡词流中异峰突起，别成一派。她在一首借咏花以自寓性情的《鹧鸪天》中有云："何须浅碧深红色，自是花中第一流。"这话亦可用于评论她自己的词：她不愿与"浅碧深红"的同时代诸家弄成同样的色调和风格，而是开径别行，培育出另具一种审美特征的鲜花——而且是"第一流"的花！

　　这里顺便说说李清照在词的流派衍变史上的实际地位问题。李清照《词论》力辟俗词和不谐音律的诗化之词，为士大夫雅词的发展提出了一整套艺术规范，她自己的创作也大部分遵循了这一套规范，因而被公认为婉约之正宗。但在实际评价其词的贡献和地位时，出现了无限抬高和夸大的偏向。清人王渔洋认为："婉约以易安为宗，豪放惟幼安称首。"虽属偏爱和抬高，毕竟还只是视易安为一派之首。至当代，有人甚至说："她（李清照）流传下来的词只有四十五首，却荟萃了词学的全部精华。"㉖俨然视李清照为超越于众体众派之上的集大成者。实际上，李清照不但不足以充当全部唐宋词的集大成者，即使在婉约一系中（按婉约是一种大的类型风格，而不是贯穿唐宋词始终的流派，前已论证，这里不重复），她的继承和发展也是有所侧重和偏取，而不是（也不可能是）集大成者。她在《词论》中提出的达到婉约正宗的七条标准，她就没有全面遵循（比如责怪秦观"专主情致而少故实"，但她自己的词实际上也是主情致而少故实；

责怪贺铸"少典重",但她自己的词却轻巧尖新,并不怎么"典重")。她历摘婉约正宗的前辈诸名家之短而又善于向他们广泛学习,但在学习中还是依据自己的才性和兴趣而有极明显的偏向性的。她的词,风格虽并不单一,但却有一种占主导地位的倾向性的风格,这就是清新婉约、哀感顽艳。这种风格,从词的发展源流来看,乃是从有意识地吸取李后主、晏小山、秦少游的艺术遗产中形成的。沈谦将"男中李后主,女中李易安"并提(《填词杂说》),张伯驹谓清照词风"自南唐来"(《丛碧词话》),沈曾植谓其"气度极类少游"(《菌阁琐谈》),此类探本之论,前人及近人言及者尚多。总之,李清照在承婉约词之传统时,偏重于其中清新婉约哀感顽艳一派,更益以南渡之际的特殊时代气氛,成为这一派中如况周颐《蕙风词话》所说"笔情近浓至,意境较沉博,下开南宋风气"的承前启后的一家。这,就是李清照在唐宋词风格流派演化史中的恰当位置——既非兼摄众流的广大教化主,亦非一派中之集大成者,而是一派中特定阶段之独秀者与承上启下者。

第五节　供奉词人群与隐逸词人群

在南渡词坛上,在不同程度地表现时代精神、反映时代苦难的几个词派之外,尚有两个基本上游离于时代审美主潮之外的词人群体,这就是混迹于宫廷专事应制之作的供奉词人群和遁迹于山林自咏其世外之乐的隐逸词人群。他们算不上是什么有势力有影响的流派,但在当时的词坛上也是某一类作者、某一种审美倾向的代表者。他们在南渡前后词风并无显著的变化,都和血与火的时代保持着一定的距离,但两个群体的人在词品、词境与词风上又有着明显的差别,以故这里将他们分为两派(并非严格的流派)略加评介。

一、混迹于宫廷的供奉词人群

这是一批所谓"东都故老",南渡后为宫廷文学侍从之臣,活跃于高宗一朝至孝宗朝初期,其词以取悦皇帝的应制之作为多,其行迹与人品有类于南朝之江总与唐初之宗楚客、崔湜等。他们的应制之词,不消说都缺乏思想意义和艺术价值,但其中有些人因曾奉命出使金国,目睹南北分裂的现实,不能无动于衷,故也写下了少量忧时伤世的有意义的词篇。这一派词人中名气较大、成就也较高的是曹勋、康与之、曾觌、史浩、张抡五人。其中康与之为柳永词之嫡派，前第三章已作专门评介，这里列述另外四人。

曹勋（1098—1174），字公显，亦作功显，号松隐，北宋俳谐词名家曹组之子。宣和五年（1123）赐同进士出身。靖康初为阁门宣赞舍人，从徽宗北迁。建炎元年（1127）七月奉徽宗密命自燕山遁归南宋，建议募死士航海入金奉徽宗自海道归，执政难之，使出之外，致使九年未得迁秩。后被起用，曾为使金副使，又为金使伴馆副使、接伴使等。因忤秦桧，奉祠闲居十年。桧死，除知阁门事兼干办皇城司。孝宗朝，授太尉，提举皇城司、开府仪同三司。卒年七十七，谥忠靖。有《松隐文集》三十九卷、《松隐乐府》三卷。曹勋的词，大多是宫廷应制与咏物之作，其基本内容与格调同他的身世经历甚不谐调。但由于几度入金，不能心无所感，故个别涉及边塞的作品亦颇有现实气息。例如《饮马歌》：

> 边头春未到，雪满交河道。暮沙明残照，塞烽云间小。断鸿悲，陇月低。泪湿征衣悄，岁华老。

词前小序云："此腔自虏中传至边，饮牛马即横笛吹之，不鼓不拍，声甚凄断。闻兀术每遇对阵之际，吹此则麾战无还期也。"这是南渡词中一首有特色的"边塞词"，空间境界颇阔大，但意象灰暗凄凉，情调低沉感伤，给人以压抑感。

曾觌（1109—1180），字纯甫，号海野老农，汴京（今河南开封）人。绍兴末为建王（即孝宗）内知客，常与觞咏唱酬。孝宗受禅，以东宫旧人除权知阁门事。淳熙中，除开府仪同三司，加少保、醴泉观使。他人品极劣，曾与另一佞臣龙大渊朋比为奸，怙宠倚势，世号"曾龙"，后人修《宋史》，以他入《佞幸传》。其词亦多为宫中侍宴应制之作，被收入《乾淳起居注》。其中的名篇《壶中天慢》、《阮郎归》、《柳梢青》等，就是当筵挥毫以取悦于高宗、孝宗父子的供奉文字。[27]但他乾道六年（1170）奉使入金途中所作的《金人捧露盘》、《忆秦娥》等作，却感慨淋漓，与南渡诸豪杰同调，被认为"凄然有黍离之悲"（黄昇《中兴以来绝妙词选》）。今举其《忆秦娥·邯郸道上望丛台有感》：

风萧瑟，邯郸古道伤行客。伤行客，繁华一瞬，不堪思忆。

丛台歌舞无消息，金樽玉管空尘迹。空尘迹，连天草树，暮云凝碧。

张抡（生卒年不详），字才甫，号莲社居士，汴京（今河南开封）人。太宗玄孙琼王赵仲偓之婿。绍兴年间多次奉命使金及为金使之接伴使。孝宗朝为宁武军承宣使、知阁门事，兼客省四方馆事。黄昇《中兴以来绝妙词选》谓抡为“南渡故老，及见（北宋）太平之盛者。集中多应制之词”。这些都与曹勋、曾觌相似。他的词中较为可取的，也是少数伤时怀旧的作品。今举其《烛影摇红·上元有怀》：

双阙中天，凤楼十二春寒浅。去年元夜奉宸游，曾侍瑶池宴。玉殿珠帘尽卷。拥群仙、蓬壶阆苑。五云深处，万烛光中，揭天丝管。

驰隙流年，恍如一瞬星霜换。今宵谁念泣孤臣，回首长安远。可是尘缘未断。谩惆怅、华胥梦短。满怀幽恨，数点寒灯，几声归雁。

史浩（1106—1194），字直翁，明州鄞县（今属浙江）人。绍兴十五年（1145）进士；累官至起居郎兼太子右庶子。孝宗朝官至宰相。卒年八十九，为南渡词人中最老寿者。史浩为南宋前期著名政治家，他曾向高宗建议立太子，以此受知。孝宗即位后，他先辩赵鼎、李光无罪，又说岳飞久冤不白，应当平反。孝宗皆依其议而行。其为政亦尚宽厚。但他的词却决不关涉政治现实。他一生久处高位，安享富贵，所以其词最多应制颂圣词、寿词、劝酒词、时令佳节及朋友应酬词，文学价值不高。他对词的贡献主要在于他的集子中所保存的那七套大曲歌词——亦即供歌舞连续表演用的整套脚本。它们是：《采莲》（寿乡词）、《采莲舞》、《太清舞》、《柘枝舞》、《花舞》、《剑舞》、《渔父舞》。这些大曲，诚如近人吴梅所作跋语评介的那样：“有歌词，有乐语，且诸曲之下，各载歌演之状。宋人大曲之详，无有过于此者。”

二、遁迹于山林的隐逸词人群

这是一群比上述供奉词人距离现实生活更远的山林高士。他们仅仅是生活于南渡这一历史时期，但并没有如前几节论述的绝大多数人那样由战乱的中原“南渡”（即播迁流离）到南方，而是本来就出生和成长于山青水秀的江南大地，在山光水色中自得其乐，大宋江山南北分裂之后，他们或许也感受到了时代的变迁和社会的动荡，但根本没有或基本没有改变自己一贯的生活态度与生活方式，相应地，他们在词的创作上一如既往地沿着北宋时的审美艺术倾向继续运动，根本没有或基本没有改变自己的词风。这是南渡词坛上置身于血与火、泪与恨之主潮外的独特的一群或一派。他们人数亦颇不少，其中艺术个性较鲜明、成就也较显著的是苏庠、杨无咎、周紫芝、吕渭老等人。

苏庠（1065—1147），字养直，初因病目，自号眚翁，澧州（今湖南澧县）人。后卜居润州丹阳（今属江苏）之后湖，更号后湖病民。其父为苏轼之诗友苏坚。苏庠南渡前曾与江西诗派徐俯、洪炎、吕本中等人结社唱和，颇有诗名。高宗绍兴间，与徐俯同受征召，独固辞不赴，隐居终老，卒年八十三。他的词，多写其闲适恬淡的生活，幽婉爽洁，兼清旷与柔丽之美，自北宋至南渡，贯穿其一生，并无明显的作风改易。这当然与他终生隐居不仕的经历和志趣是直接相关的。他的友人张元幹说他早在"英妙时已甘心山泽之臞，故词翰似其为人"（《苏养直诗帖跋尾·丙卷》）；又说他"平生得禅家自在三昧，片言只字，无一点尘埃"（《跋苏诏君赠王道士诗后》）。㉘这些话虽是针对他的诗而发的，但也正好可以用来说明他的思想宗尚、生活志趣与其词风的一致性。仅举他的脍炙人口的《鹧鸪天》一阕：

> 枫落河梁野水秋，澹烟衰草接郊丘。醉眠小坞黄茅店，梦倚高城赤叶楼。　　天杳杳，路悠悠，钿筝歌扇等闲休。灞桥杨柳年年恨，鸳浦芙蓉叶叶愁。

总的看来，苏庠的词超然世外，几乎不接触当时大动乱的社会现实。不过细加寻绎，在诸如"年时忆著花前醉，而今花落人憔悴"（《菩萨蛮》）和"白沙烟树有无中，雁落沧洲何处所"（《木兰花》）等凄婉感伤的吟咏中，似也隐隐透露出一丝家国沦亡的迷惘与悲哀。

杨无咎（1097—1171），字补之，自号逃禅老人，又号清夷长者，清江（今属江西）人。高宗朝，以不满秦桧所为，屡被征召而不就，人品甚高。向子諲晚年居芗林，常与之诗酒唱和。工书画，尤善画梅，又工词，故人称"逃禅三绝"。其词今存一百七十余首。《四库全书总目提要》称其

"词格殊工，在南宋之初不乏作者"。多寿词，但亦喜作情语，尤其一些小令，抒情委婉，风格清丽，前人认为它们"不减'花间'、'香奁'及小晏、秦郎得意之作"（南宋刘克庄《杨补之词画跋》）。比如自题其墨梅图的《柳梢青》十首，就是借梅自寓审美理想与人格精神的佳作。今录其中之一：

> 为爱冰姿，画看不足，吟看不足。已恨春催，可堪风里，飞英相逐。 只应自惜高标，似羞伴、妖红媚绿。藏白收香，放他桃李，漫山粗俗。

此外，杨无咎的某些反映山中高士生活情趣的作品如《水龙吟·木樨》、《水调歌头·次向芗林韵》等，亦间有"衣敝貂裘"、"青云失意"的怨叹；有几篇寿词，在颂美应酬中也还能以"当中兴护我边陲，重使四方安堵"（《二郎神·清源生辰》）激励别人，并流露出对于"朝家息马休兵，享逸乐，嬉游太平"（《柳梢青·步观察生辰》）的不满。这些都说明他并未完全忘怀人世。只不过他作品中的这一点点现实气息，比起南渡诸杰来是太微弱了。

周紫芝（1082—1155），字少隐，自号竹坡居士，宣州（今安徽宣城）人。少从游于李之仪、吕本中、汪藻等北宋名流。高宗绍兴十二年（1142），他已六十一岁，始得一微官，不赴。十五年为礼、兵部架阁文字，十七年为枢密院编修官。二十一年出知兴国军。秩满，退隐庐山。紫芝始为隐士，终亦为隐士，只是六七十岁之间出来做了一阵子官，其一生基本上还是隐士。平生著述甚富，有《太仓稊米集》七十卷、《竹坡诗话》一卷、《竹坡词》三卷。他自称"少时酷喜小晏词"（《鹧鸪天》小序），故其词风清丽婉约，亦近晏幾道。明末毛晋《竹坡词跋》借其评他人诗之语以评其词"如江平风霁，微波不兴，而汹涌之势，澎湃之声，固已隐然在其中"。这话前半大致不差，后半则是感觉错位，瞎吹一通。竹坡词的基本风调，不出"花间"与小晏藩篱，并无什么汹涌之势与澎湃之声。兹举其《鹧鸪天》一阕以概见其余：

> 一点残釭欲尽时，乍凉秋气满屏帏。梧桐叶上三更雨，叶叶声声是别离。 调宝瑟，拨金猊，那时同唱《鹧鸪词》。如今风雨西楼

夜，不听清歌也泪垂。

吕渭老（生卒年不详），一作滨老，字圣求，嘉兴（今属浙江）人。徽宗宣和末以诗名世。历经"靖康之难"，曾有忧国诗云："尚喜山河归帝子，可怜麋鹿入王宫。"但其词中却无此种内容，而喜以男子而作闺音，多写儿女之情。有关的记载及其作品中皆未明载其宦迹，唯赵师岌《吕圣求词序》谓其"尝位周行，归老于家"，他自己在一首《水调歌头》中也说："廊庙非吾事，茅屋且安安。"可知他一度为朝官，后归隐故里，是一位山林隐逸。赵师岌的序中称赞吕渭老的词"婉媚深窈，视美成、耆卿伯仲耳"。说吕渭老的词风"婉媚深窈"，这是大致不差的；说他足与周清真、柳耆卿比美，则揄扬过当。冯煦《蒿庵论词》驳正赵说云："赵师岌序吕滨老《圣求词》，谓其婉媚深窈，视美成、耆卿伯仲。实只其《扑蝴蝶》近之，上半在周、柳之间，其下阕已不称。此外佳构，亦不过《小重山》、《南歌子》数篇。"冯说甚是。吕渭老只能算是一个追随北宋后期婉媚词风的二流作家。今举其《薄幸》一阕：

> 青楼春晚。昼寂寂，梳匀又懒。乍听得、鸦啼莺弄，惹起新愁无限。记年时，偷掷春心，花间隔雾遥相见。便角枕题诗，宝钗贳酒，共醉青苔深院。　　怎忘得，回廊下，携手处，花明月满。如今但暮雨，蜂愁蝶恨，小窗闲对芭蕉展。却谁拘管。尽无言、闲品秦筝，泪满参差雁。腰支渐小，心与杨花共远。

在南渡词坛上，除上述隐逸词人之外，尚有一些经历"靖康之难"而没有（或基本没有）转变他们在南渡前的婉媚词风的文人士大夫。比如赵令畤（1051—1134）的词，一向以"重门不锁相思梦，随意绕天涯"（《乌夜啼·春思》）的绮情柔语见称；蔡伸（1088—1156）虽有个别悲歌慷慨之作，但其主导词风仍是缠绵幽婉，主要题材仍是相思离别，被认为"几几入清真之室"（冯煦《蒿庵论词》）；陈克（1081—1137）虽有极个别作品写到了"胡骑直到江城"（《临江仙》）的现实，但绝大多数作品仍写闺情，清丽婉转，俨然是小晏嫡派。类似的词人还有好几位。这些士大夫词人，就其贯穿南渡前后不曾改变婉媚词风这一点来说，与前述隐逸词人应属同派——南渡诸词派中唯一没有词风转变倾向的一派。当时之所以出现这一"例外"现象,大约是一方面因为这群作者自有其不同于众的审美趣味和未受大动乱干扰的创作条件(比如隐居于未遭金兵侵略的安定地区)以及一成不变的对词的传统功能的执著,另一方面还因为自晚唐以来以清切婉丽为尚的主体词风经过二百多年的培植,根基甚为深厚,虽时风陡变,传统仍有极大的"惯性",不可能一下子消失得无影无踪,总还会在一部分作家身上继续表现出它的势力未尽(到了气候条件合适的南宋后期,它甚至还要大规模地卷土重来)。因此这一派词在南渡时期的顽强存在,乃是十分正常的现象。

注　释:

①丹纳:《艺术哲学》第一编第一章《艺术品的本质》。

②吴世昌:《罗音室词存·跋》,载《罗音室诗词存稿》(增订本)。

③王兆鹏:《宋南渡词人群体研究·序》,台北文津出版社1992年版。

④《宋史》卷四,百五十三《赵俊传》。

⑤徐梦莘:《三朝北盟会编》卷一百三十四,建炎三年十一月十三日"刘位知濠州"条。

⑥同上书,卷一百三十四"三日丁未德音"条。

⑦王易:《词曲史》,东方出版社1996年编校再版本,第168—169页。

⑧《宋史》卷十九《徽宗本纪一》。

⑨同上书,卷二十二《徽宗本纪四》。

⑩同上书,卷二十三《钦宗本纪》。

⑪参见王兆鹏《宋南渡词人群体研究》,第21—23页。

⑫⑬二文均载王鹏运辑《南宋四名臣词》,四印斋刻本。

⑭胡铨:《澹庵先生文集》卷三十《通判兄墓志铭》。

⑮⑯参见《瀛奎律髓汇评》卷四十三胡铨《和李参政泰发送行韵》诗,及此诗后方回批注。

⑰胡铨:《澹庵先生文集》卷二十一《哭赵公鼎》。

⑱张元幹卒年,过去一直存疑。一般推测为孝宗乾道六年(1170)左右。近王兆鹏作《张元幹年谱》,据福州新发现的《永泰张氏宗谱》中所载张巽臣撰《宋中奉大夫潭州府路转运判官提举学事借紫张公墓志》,确定张元幹卒年为高宗绍兴三十一年(1161),卒地为平江(今苏州)。王说可信,兹从之。王著《张元幹年谱》,南京出版社1989年版。

⑲见张元幹《跋张安国所藏山水小卷》,《芦川归来集》卷九,上海古籍出版社

1978 年版。

⑳钱钟书：《宋诗选注·陆游小传》，人民文学出版社 1979 年第 3 次印刷。

㉑向子諲籍贯，自《宋史》本传谓为"临江人"以来，自古及今有关论著皆从之。余旧作《简论向子諲及其酒边词》（载《中国社会科学院研究生院学报》创刊号）亦沿其误。王兆鹏《两宋词人年谱·向子諲年谱》（台北文津出版社 1994 年版）据南宋胡宏《向侍郎行状》及汪应辰《向公墓志铭》考定为河南开封人，中年之后卜居临江军之清江。今依王说，特此说明。

㉒唐圭璋：《唐宋词简释》，上海古籍出版社 1981 年版，第 149 页。

㉓参见莫砺锋《江西诗派研究》第四章《北宋的其他江西派诗人》，齐鲁书社 1986 年版。

㉔此据胡仔《苕溪渔隐丛话》前集卷四十八引。

㉕参见邵博《邵氏闻见后录》卷二十四；《宋史》卷四百四十四《李格非传》；朱弁《风月堂诗话》卷上。

㉖黄墨谷：《李清照评论》，载《重辑李清照集》，齐鲁书社 1981 年版。

㉗关于曾觌这三首应制词的创作经过，参见周密《武林旧事》卷七。

㉘此二则引文，均载张元幹《芦川归来集》卷九《题跋》。

第六章　代表南宋前期审美主潮的稼轩词派

"靖康之难"后国运危殆的社会现实，激起了南宋士大夫们"天下兴亡，匹夫有责"的强烈使命感，唤回了自晚唐五代以来沉埋二百多年的"男子汉精神"，在一向重文轻武、尚柔抑刚的宋代文化土壤里陡然间吹起了一股强劲的崇武尚刚之风。这种时代精神的新变反映到文艺创作上，便是慷慨豪壮的吟唱成为众流朝宗的审美主潮。在词坛上，代表这一审美主潮的，最先是以英雄志士为主干的南渡词人群体。到高宗朝与孝宗朝交接之际，因南宋偏安渐成定局，江南人心士气重新陷入低落迷惘之中，且南渡英雄志士们大多数或死或隐，基本上停止了慷慨豪壮的吟唱，这样，这个审美主潮面临落潮退流的危险，一时间声浪渐小，远不如建炎、绍兴之时那样壮阔磅礴了。在这存亡续绝的关键时刻，从北国南下的抗金英雄辛弃疾，以飞将军的雄姿闯入词坛，以其"喑呜鸷悍"之气，光大南渡词风，建立起以他本人为盟主的强大的稼轩词派，从而使新时代的审美主潮重现高潮，并绵延至南宋中后期而余波不绝。稼轩词派，是南宋前期词坛审美主潮的最高代表，也是整个南宋时期人数最多、艺术生命力最强大且影响最深远的第一大词派。

第一节　辛弃疾：稼轩词派的主帅和灵魂

辛弃疾和以他为主帅的稼轩词派雄踞吟坛的时间，主要在孝宗朝及宁宗朝之前半期，为时大约五十年左右。这时，南宋文人士大夫的心态和人文精神已随时局的变化而发生了重大的转移。经过高宗一朝及孝宗即位之初宋、金之间来回往复的较量和斗争，南北双方对峙并存、谁也没法吃掉对方的局面终于形成。金朝因完颜亮南侵丧师败亡而武力大损，加上蒙古部族崛起漠北渐成其威胁，国势遂由盛转衰，再也无力大规模南侵。而南宋君臣本就懦弱不思恢复，此时不但不趁势图谋富国强兵以成就北伐大业，反而因局面之缓和而偷安取乐，在其统治区恢复了比北宋后期更甚的歌舞升平之风，把北方失土和中原父老置诸脑后。在文人士大夫中，崇武精神与求实之风亦逐渐衰退，远离现实的性理之学与空谈之风日甚一日。与辛弃疾和辛派词人同时的朱熹曾对这种士气衰退的现状发感慨云："绍兴渡江之初，亦自有人才，那时士人所做文字极粗，更无委曲柔弱之态，所以亦养得气宇。只看如今，秤斤注两，作两句破头，是多少衰气！"（《朱子语类》卷一〇九）《四库全书总目提要》批评"宋自南渡以后，议论多而事功少，道学盛而文章衰"，所指也并非建炎、绍兴南渡之初，而应是偏安成为定局的孝宗朝以后。在这个时代精神陷入低落状态的时期中，词坛的中流砥柱——辛弃疾和他的政友文友们却能顶衰风衰气而上，承继南渡之雄风，并建立起比南渡时期力量更强大、气势更宏壮的豪放词派，从而保证了这一时期的审美主潮仍沿南渡词人群体开辟的轨道奔涌向前。对于这种衰弱之世偏出豪壮之词的独特现象应该怎样解释呢？明末清初的黄宗羲在其《谢皋羽年谱游录注序》中有这样一段话：

> 夫文章，天地之元气也。元气之在平时，昆仑旁薄，和声顺气，发自廊庙，而豳浃于幽遐，无所见奇。逮乎厄运危时，天地闭塞，元气鼓荡而出，拥勇郁遏，坌愤激讦，而后至文生焉。

所谓"天地之元气"，作为文章之根源，也是指人之情，指一种浩瀚博大之情。黄氏认为这种宏伟的、运动着的情，若在"平时"发出，便"无所见奇"，必待文学家处于"厄运危时，天地闭塞，元气鼓荡而出"，才会有"至文生焉"。由此当然可以解释衰乱黑暗压抑之世反能出宏壮之妙文的一般原因：智能之士不甘压抑闭塞，压抑愈重，闭塞愈紧，"元气"愈会"鼓荡而出"，压抑闭塞的客观环境适成为促使"至文"产生的反作用力。不过，处于"厄运危时"的文学家们，各人因为身世遭遇、个性气质与文化心态不尽相同，受压抑后写出的"至文"，不可能只有一种面貌，一种风格。拿南渡时期来说，面对可悲可叹的时局，有的人慷慨激昂，有的人则只能低徊感伤，有的人则干脆"摇首出红尘"，离开血与火的现实去作隐士。要理解稼轩词派的群体风貌为什么是这样而不是那样，还得对他们本身的身世遭遇和主体意识作出基本的分析和描述。

　　作为稼轩词派无可争议的主帅和灵魂的辛弃疾，他的身世遭遇、创作道路和艺术风格，既有其特殊性，同时又极具代表性和示范性。

一、失意英雄的一生及其主体意识

　　辛弃疾（1140—1207），初字坦夫，后改字幼安，号稼轩居士，济南历城（今山东济南市）人。他出生时，山东沦陷于金已十三年。祖父辛赞因家口之累，未及南渡，被迫仕金，历宿、亳、沂、海诸州，但未曾忘怀故国，时常对幼年的辛弃疾指说攻守形势，教导他寻找机会，报"君父不共戴天之愤"。弃疾少年受学于亳州名儒刘瞻，与党怀英为同舍生，号辛党。曾两随计吏抵燕山，谛观形势，思"投衅而起"。绍兴三十一年，金帝完颜亮举兵南侵，后方空虚，中原抗金义军趁时蜂起。弃疾聚众二千余人，成为游击将军。次年他率领这支义军加入耿京的队伍，被任命为掌书记。旋即劝说耿京决策南向。但当他奉表渡江，与宋廷接洽投南事宜时，耿京被叛徒张安国杀害，义军溃散。弃疾北返的中途得知凶信，亲率五十余骑突袭金营，将叛徒缚住，昼夜驰回南宋，献俘于行在。其英勇壮烈的爱国行为，震动南宋朝廷。他被任命为江阴军金判，从此开始了在南方的曲折生涯。

　　辛弃疾南投宋廷的初衷，是要以江南为根据地，完成抗金北伐、统一祖国的伟大事业。可悲的是这位民族英雄生不逢时，他来到南方直至去世的四十多年，不巧正是南宋抗金的低潮期。他刚到南方时，孝宗启用张浚主持北伐，这次北伐刚挺进到符离即告溃败，宋廷慌忙与金媾和，从此宋、金南北对峙的局面稳定下来，几十年间宋廷上层人物不敢再言战，主和派重占上风。与此同时，在山温水软的偏安环境中，歌舞享乐重新成为时尚，统治集团文恬武嬉，士气泄沓，如陆游所痛愤谴责的"和戎诏下十五年，将军不战空临边。朱门沉沉按歌舞，厩马肥死弓断弦"的病象，正是这几十年间的现实。辛弃疾本人对这种现实状况极为忧虑，乾道年间，他先后向朝廷上《美芹十论》、《九议》，分析形势，规划北伐，智略辐辏，议论英伟，但皇帝和宰相对他的这些建议未予采纳。

　　平心而论，南宋当局也知道辛弃疾是一个难得的文武兼备的人才，但他们不思恢复，长期放弃北伐的打算，因此就不重用辛弃疾。他们也未曾一直绝对地排斥辛弃疾，而是时不时地利用他的才能来解决一些地方治安与民政的问题。在孝宗、光宗、宁宗三朝，他断断续续地担任过知州、提点刑狱、转运副使、安抚使等地方长官，为宋廷平内乱、赈灾荒、办漕运、维持地方治安及整顿吏治等等。这些对于雄才大略的辛弃疾来说，仅是牛刀小试，游刃有余，每每使他有难尽大才、难展大志之憾。他的终生之志在于统兵北伐，但可惜"报国欲死无战场"，宋廷只用他安内而不用他攘外，只用其人而不问其志，这使他后半生陷入无可解脱的精神苦闷之中。这位志在事功的爱国者从来没有被安排到担负军国重任的位置，以他的出将入相之大材，却到老不过一个老从官。他的政治知音陈亮惋惜"真鼠枉用，真虎不用"（《辛稼轩画像赞》），这确是一代英雄的悲剧！

不仅如此，就在辛弃疾的不能尽展其才的地方官任上，他也屡遭罢废，长期投闲置散，在南归的四十多年中，竟有约二十年被迫隐居江西农村田园之中，成为潜伏爪牙卧荒丘的"闲虎"和"废虎"。他被挤出官场的主要原因，无非在于他的时时不忘抗金北伐的尖锐言论，他的敢于任责、雷厉风行的办事作风和他的嫉恶如仇、锋芒毕露的刚烈性格，为南宋那些泄沓疲软、安于现状的当权主和派所难以容忍。他四十余年壮志蹉跎，英气始终不泯，但等到韩侂胄出而谋划北伐的时候，廉颇毕竟老矣！他苦等大半辈子，终于迎来了这最后的一次报国机会，不顾年迈发白，力疾出山，受任新职，为即将开始的北伐出主意、耗心血。不料主事者无谋无识，不但未能信用弃疾以成大业，反而很快又将他罢黜回山。开禧三年（1207），重病僵卧于江西铅山瓢泉别墅的辛弃疾得知南宋最后一次北伐惨败的消息，在绝望悲愤之中高呼"杀贼"数声而亡。

辛弃疾的一生，是英雄失意的一生。他始终是一位战士，而不是传统意义上的"文人"。这就决定了他在曲子词的创作上走的是一条与众不同的特殊道路，划下的是一道独特的审美轨迹。清人王士禛在他写的《倚声初集序》里，将唐宋词按创作主体个性气质与社会角色身份的不同分为四个种类，他说：

> 有诗人之词，唐、蜀、五代诸人是也。有文人之词，晏（殊）、欧（阳修）、秦（观）、李（清照）诸君子是也。有词人之词，柳永、周美成、康与之之属是也。有英雄之词，苏（轼）、陆（游）、辛（弃疾）、刘（过）是也。

姑且无论"诗人"、"文人"、"词人"三类如何严格区分，也姑且无论将苏轼等人的词归为"英雄之词"是否很妥当，但王士禛认为辛弃疾词属于"英雄之词"则是十分准确的。辛弃疾与早于他或与他同时的诗人词客都不相同——无论其个性气质、才情学养、社会角色还是实际经历。义端和尚称他为"青兕"，①友人陈亮赞他为"真虎"，②另一友人姜夔推崇他是"前身诸葛"，③陆游更说他与"管仲萧何实流亚"，④清人陈廷焯亦谓"稼轩有吞吐八荒之概，而机会不来，正则可以为郭（子仪）、李（光弼），为岳（飞）、韩（世忠），变则即桓温之流亚"⑤等等。在词的批评史上，还没有任何一位唐宋词人像辛稼轩这样被人们一致公认为堪与历史上第一流的将相比美的不世之雄。历史上人们常常以成败论英雄，唯独对辛弃疾，虽然他大业未成，人们仍然承认他是英雄。这是因为：他年方二十二岁，就能劝说耿京以几十万之众的起义军投宋；他赤手领五十骑，竟能于敌营五万余众中缚取叛徒，如挟兔兔；他在湖南敢于自行其是，果断地扣压御前金字牌，创置出被金人畏称为"虎儿军"的飞虎军，"雄镇一方，为江上诸军之冠"；⑥他为江西安抚使时，以简驭繁，榜"劫禾者斩，强枭者配"八字以办荒政，使民无浮殍，一境赖以平安；他为南宋规划进取方略的《美芹十论》、《九议》等，更是洞察时局，指陈利害，提出切实可行的北伐方案，迥异于一般士大夫纸上谈兵的书生议论，而表现出政治家兼军事家远见卓识的战略眼光……总之，辛弃疾南归前后的所作所为证明了他是"有大本领、大作用人"（陈廷焯《白雨斋词话》语），是万人之英和盖世之雄。正因为他是这样的本应大有作为、本可建立不世之勋的英雄，一旦理想受挫、壮志消磨，他内心的受伤害感、失落感和不平衡感就远比一般的怀才不遇者强烈和深沉。稼轩词的创作，于是成了其人心灵世界的延伸和补偿，成了其人宣泄英雄情结、申说在现实社会中无法实现的报国之志的主要工具。辛弃疾的门人范开是深知老师的"词心"的，他在《稼轩词序》中说：

> 公一世之豪，以气节自负，以功业自许，方将敛藏其用以事清旷，果何意于歌词哉，直陶写之具耳。

这就确当地指出了辛弃疾的创作道路的特殊性：他并非立意作"词人"，而只是在政治失意之余"敛藏其用"，借歌词为陶写之具来表现自己的气节与功业。清人黄梨庄更具体论述稼轩词的创作原动力和政治抒情特征道：

> 辛稼轩当弱宋末造，负管、乐之才，不能尽展其用。一腔忠愤，无处发泄，观其与陈同父抵掌谈论，是何等人物！故其悲歌慷慨、抑郁无聊之气，一寄之于词。今乃欲与搔头傅粉者比，是岂知稼轩者！王阮亭谓："石勒云：'大丈夫磊磊落落，终不学曹孟德、司马仲达狐媚。'稼轩词当作如是观。"予谓有稼轩之心胸，始可为稼轩之词。[⑦]

这无非是说，什么样的人就写什么样的词，稼轩词乃是作为那个时代失意英雄的辛稼轩自我人品、气节与心志的艺术化的表现。我在此要进一步说：辛稼轩的这条创作道路，既是独特的，又是有代表性和示范性的。因为当时在南渡诸杰谢世之后成长起来的新一代爱国者，他们都尚武主战，以北伐恢复为己任，都向朝廷力陈中兴大计，并奔走呼号，用自己力所能及的方式来推动抗金事业。但由于宋孝宗、光宗及当权主和派的消极退缩，恢复大业如日西坠，志士们悲愤失望之余，不约而同地操起歌词这一"陶写之具"，来宣泄自己的政治情怀。比如陈亮这位主事功的思想家兼实干家，就专以词来抒写其政治主张与情感，并且"每一章就，辄自叹曰：'平生经济之怀，略已陈矣'"（宋叶适《书龙川集后》）。陆游在事业不成、僵卧孤村时，像他那些大气磅礴的爱国诗一样，所作小词之中也充满了"自许封侯在万里，有谁知，鬓虽残，心未死"（《夜游宫·记梦寄师伯浑》）的悲壮吟唱。其他豪杰之士如韩元吉、韩玉、刘过、杨炎正、赵善扛等等，亦莫不如此。可见辛弃疾所走的创作道路，响应、跟从和竞趋者甚众。以这些新一代事功型的英雄志士响彻云天的豪唱为标志，南宋词坛悲壮慷慨的词风继岳飞、四名臣及二张等人之后掀起了第二次高潮——声音更洪亮、气势更酣畅、群体更壮大的高潮。在这新一轮的时代精神大合唱之中，辛弃疾之所以能成为领唱兼指挥，除了他特殊的人格魅力、英雄行为与政治业绩为众人所折服之外，更由于他的词有一种为众人所不及的兴发感动、立懦起衰的巨大精神吸引力——亦即他作为民族英雄、抗敌名将和失意豪杰的独特主体意识。

所谓稼轩词的主体意识，就是指辛弃疾这位出群之雄的既源于时代和群体而又高于时代和群体的特殊思想个性。拙著《辛弃疾词心探微》曾将稼轩词的主体意识归纳为互相关联、互为因果的这样五个方面：一、深沉浩茫的民族忧患意识；二、"舍我其谁"的英雄使命意识；三、尚武任侠的抗战军人意识；四、嫉恶如仇的社会批判意识；五、大胆敏锐的反传统意识。

所谓民族忧患意识，不同于一般文人士大夫的感事忧时的悲伤情绪，而是特指稼轩词中所流露的与他那些政论奏疏一致的对于当时国家的衰落命运和民族的暗淡前途的无限忧虑，对于天下分合大势的沉重思考，对于救国救民、实现北伐统一之道的深入探索。这种意识，具有当时一般忧国者所难以企及的广阔性、一贯性、深刻性和超前性，表现出这位杰出政治家的谋略与胆识。

所谓"舍我其谁"的英雄使命意识，是指由其政治家的民族忧患意识派生的一种责无旁贷的使命感，一种以主人翁的姿态为祖国、民族的命运而谋划、而奋斗的重大历史责任感，一种热心事功、社会角色意识十分鲜明的政治活动倾向。它表现为锐身自任、毫无谦辞的领袖与栋梁的精神姿态，而且还具有穷而不愿独善其身的坚韧性与执著性。

所谓尚武任侠的抗战军人意识，是指辛弃疾本来不是文人，而是一位刚过弱冠之年就投笔从戎的职业军人，一位资兼文武、勇力过人的统兵将领（南宋政府命他统兵平息江西茶商军，就是利用他的军事才能）。他是一位体魄雄壮、尚武善斗的奇男子，青年时鸠众抗金，驰骋疆场。间关万里归宋之后，为了实现统一河山的使命，一再呼吁宋廷整军习武，北伐中原。当他壮志难酬时，少年鞍马刀剑的生涯长期保留在美好的记忆之中，以军事手段实现中兴大业的想法也念念不忘，故此，他的词中闪耀着军人形象，渗透着军人意识，他的暗鸣叱咤、慷慨豪雄的词风，主要地并不是向什么词坛前辈（比如说作为文士的苏轼）学来的，而是他自己身份和气质的自然表露，是他军人的雄壮品性与尚武意识的外化。

所谓嫉恶如仇的社会批判意识，是指稼轩词中时常表露的那种比一般的愤世之情更深刻的对当时黑暗社会的一种清醒认识和尖锐批判。在黑暗的、病态的和疲软的南宋社会中，稼轩忧国忧民有罪，任何时候他只要为实现自己的政治使命而努力奋斗，就立即遭到腐朽顽固势力抵制、破坏、排斥和迫害，于是他愤而使用词章批判黑暗现实和投降派，鞭挞和嘲笑病态社会的各种丑恶世相。他的愤世之作，不是一般的发牢骚，而是一种有深度、广度和力度的政治家批判意识的表现。

所谓大胆敏锐的反传统意识，指的是稼轩由于对现存秩序强烈不满，逐渐用怀疑的眼光去清醒地审度古今而滋生的一种偏离儒家正统的思想倾向。这在他的词中也有鲜明的表现。⑧

稼轩词的主体意识极为丰富复杂，远不止上述五个方面。但鉴于辛弃疾在主导倾向上是一个政治抒情词人（他的各类作品中也以政治抒怀之作写得最好、最有个性），是一个本无意作文士，而只是在事业受挫之后转而以歌词为"陶写之具"来倾泻政治牢骚的特殊作家，因而上述五种内容大致涵盖了这位英雄词人主体意识的主要方面，足以代表他的思想个性。与同时代众多的词人相比较不难看出，这样的一代英豪的主体意识，只有辛弃疾才完全具备，其他的同派与不同派的作家，或者根本不可能具有这样的主体意识，或者虽多多少少具有这样的主体意识的某些方面，但绝对不如辛弃疾这样深刻、彻底而个性鲜明。这种具有高度典范性和不可企及性的时代英雄主体意识，本身就有极强的精神感召力和流派凝聚力，它一旦通过辛弃疾的政治行为和文学创作表现出来，迅即在南宋爱国忧时的志士仁人中产生强烈反响，慕蔺向风者连绵不绝。稼轩词派的干将刘过云："古岂无人，可以似吾稼轩者谁？"（《沁园春·寄辛稼轩》）这句崇仰稼轩、视之为一代英雄豪杰的灵魂与主脑的话，实在代表了群体的心声。这是一个需要英雄而又产生了英雄的苦难时代。当时的情况是：由于宋高宗和秦桧长期奉行苟安求和的国策，严厉打击和压制抗战力量，致使南渡的一代英雄豪杰纷纷抱恨入地，南宋国土上英风沉埋，士气消损，在"东南妩媚，雌了男儿"（宋陈人杰《沁园春·序》）的偏安环境中成长起来的新一代爱国志士群体里，已经不可能有像李纲、赵鼎、岳飞、韩世忠那样的气壮山河的栋梁人物。正在这存亡续绝的关头，禀"中州万古英雄气"的辛弃疾驰骋南来，自然很快成为新一代抗战派的众望所归的领袖人物。尽管辛弃疾的政治事业没有成功，但他通过词的创作所表现出来的抗战领袖的主体意识，不啻在词坛树起了一面新的旗帜，更是凝聚南宋前期爱国豪杰词派的精神力量。

二、以笔代剑的创作观与审美理想

辛弃疾在政治事业受挫之后转而从事文学创作，成为南宋词坛第一大家，传世之词多达六百余首，数量为两宋第一。他虽"本无意作词人"，写作的时候意若不屑，当时和后代的许多论客也说他是在"嬉弄笔墨"，但实际上他"以毕生精力注之"（清谢章铤《赌棋山庄词话》卷九），作词成了他后半生的主要事业。历史老人开了这位英雄人物一个大玩笑，使他本来是要走进这个房间，却走进了另一个房间，把他的本来应该写进政治史、军事史的大名写进了文学史。但只消对一部《稼轩长短句》略加分析就可发现，辛弃疾由从政转入从事文学创作，仅仅是具体行为方式的改变，而并不意味着他与政治事业脱了钩，恰恰相反，他的政治抒情成分很重的词，从一定意义上来说，正是他的未曾成功的政治追求的一种延续和补偿。中国古代诗歌有着关涉政治教化的悠久传统，自孔夫子倡为"兴观群怨"之说以来，以诗言封建士大夫之志、以诗抒写政治情怀和反映社会现实的一派就经常占据着各个时代文学中的主流地位。隋唐之际才萌芽、晚唐五代才成熟的曲子词，由于其固有的酒边花前即兴娱乐的性质，本是一种离政治教化和现实斗争较远的文艺样式。然而北宋中期苏轼等人的崛起，使词部分地带上了士大夫意识，开始向儒家诗教有所倾斜。"靖康"南渡的特殊政治文化背景，使词中违反应歌传统而远接《风》、《骚》之轨的言志一派大行于时。而辛弃疾这位政治、军事人物的适时介入，更使这一派趋于极盛，他本人则成了这股脱离娱乐之"小道"而敢于"拈大题目，出大意义"的言志词流之集大成者。这些都是词学研究者一致公认的事实。值得进一步探讨的是：和古今中外许多有重大成就的文学家一样，辛弃疾虽然没有留下系统和专门的文论，但他确是在一种严肃的文艺创作观和独特的审美理想的支配（或制约）下来从事写作的。在他的词中可以钩稽整理出一套上接古代诗歌"言志"传统、继承唐代现实主义诗论并与南宋血与火的时代要求沟通的创作主张和审美意识。了解这些创作主张和审美意识，不但有助于探寻辛弃疾之"词心"，而且还可借此窥见稼轩词派的思想特征和审美倾向——因为这些在抒情词中自然流露的文学思想和审美理想，实际上具有理论宣言的性质，且与稼轩的同派作家声气相通，趣味相近，是一种群体共识。

辛弃疾文艺观中最显其英雄豪杰个性的一点，就是以"气"为本和以笔代剑的战斗性创作主张。他本是"中州隽人"（宋洪迈《稼轩记》），挟北方豪士忠勇奋发慷慨激昂之气南归。他憎恶江南死气沉沉的偏安局面，迫切地感到要振兴华夏，恢复一统，必先张扬自爱自强的民族精神，唤醒南方民众和士大夫中沉埋已久的凛凛生气。他在自己的文章和诗词中竭力推崇那些往古和当代的生气勃勃的英烈，并常以"元龙（陈登）豪气"、

"刘郎（刘备）才气"自况。他自述从少年时就"横槊气凭陵"（《念奴娇·双陆和陈仁和韵》），在南归后不久作的《美芹十论》中，更论证了抗金大业要成功，"必先内有以作三军之气，外有以破敌之心，故曰：'未战养其气'，又曰：'先人有夺人之心'"；并赞扬"张浚符离之师确有生气"，以此激励人心，驱除暮气。他中年被迫隐居之后，仍顽强地保持和鼓吹这种凛然之"气"，自谓"横空直把曹吞刘攫"（《贺新郎·韩仲止判院山中见访》），并借怀念陶潜而呼唤民族刚烈之气云："须信此翁未死，到而今凛然生气"（《水龙吟》"老来曾识渊明"）。直到晚年，他以六十六岁高龄镇守京口时，还遥望中原而高唱"气吞万里如虎"（《永遇乐·京口北固亭怀古》）的壮烈之曲。可见他一生总是以"气"自勉，也以"气"期人的。他在政治事业中鼓吹"气"，在文学作品中赞扬"气"，在他的文学创作理论意识中，也是主张以"气"为本的。这从他的一些议论军国大事的文字里可以得到间接的证明。在《九议》的第二部分中，他开宗明义地提出了"论天下之事者主乎气"的论断。在同一篇文章的第九部分里，他在进一步痛斥了主和派畏敌如虎的种种谬论之后指出："昔越王见怒蛙而式之，曰：'是犹有气。'盖人而有气然后可以论天下。"这些话虽然是在讨论政治、军事问题，但"论天下"和"论天下之事"这两个观念在语义上是无所不包的（至少凡是与人生重要社会活动有关的东西都是如此）。顺理成章的是：作为"天下之事"之一的文学创作（特别是他本人后半生以主要精力注之的词的创作），要能达到感化人心、振作民气的目的，也应"主乎气"。这，应该说就是作为军人和战士的特殊作家辛弃疾的文艺观的一个基本出发点。这种行气成文的理论意识，不仅遥通上古"文以气为主"的创作主张，而且更与同时代抗战派文学家们所见略同。比如陆游就根据自己的创作实践提出了"文以气为主，出处无愧，气乃不挠"的见解，⑨把"气"与作者的事业和人品联系起来。陆游的意思是说，作者要有坚定不移的事业之心与优良的政治品质，才会有刚勇不挠的气概，从而其作品才能富有凌厉感发的气势。联系南宋时代背景和稼轩词中浓重的民族忧患意识与强烈的使命意识来分析，可知辛弃疾所倡导的"气"，就是中原和南方民众士人赖以救亡图存的民族正气和大丈夫之气，是一种至大至刚的人格力量和精神气势。从这个以"气"自励、以"气"克敌的基本点出发，辛弃疾构建了自己战斗的、功利性的生机勃勃的创作观。

辛弃疾在《水调歌头·席上为叶仲洽赋》一词的上片里，有两句自画像似的赞语："须作蝟毛磔，笔作剑锋长。"这可以视为这位战士词人创作观的一个总纲。东晋名将桓温"豪爽有风概，姿貌甚伟"，刘惔称赞他"眼如紫石棱，须作蝟毛磔，孙仲谋、晋宣王之流亚也"（《晋书·桓温传》）。可见"须作蝟毛磔"一语，是以外貌之威猛雄壮来形容干大事业的男子汉的非凡气概。这样的人物如果提笔创作，自不同于一般曳裾拱手的衣冠文士，而应是"笔作剑锋长"。将文学创作之笔比喻为军人侠士作战杀敌的武器——宝剑，这在辛弃疾以前的文学作品（特别是词）中是十分罕见的。这位"壮岁旌旗拥万夫"的沙场宿将，在小词中禁不住流露了他强烈的军人意识，这就是：将手中之笔视作腰间之剑，用文学来聊代其未竟之武功。这两句词无异于向人们宣布：我辛稼轩既然是一个叱咤风云的威猛武将，那么当我提笔作词的时候，势必要像在沙场挥舞长剑一样，让手中这支笔也成为鼓舞士气、克敌制胜的战斗武器。这一创作意识的美学意义是不言自明的。它使我们明白了，稼轩词中大部分篇什之所以格调高昂，阳刚之气十足，给人以"一意迅驰，专用骄兵"（清邓廷桢《双砚斋词话》）的印象，完全是"笔作剑锋长"的军人创作意识所导致的。它也使我们明白了，过去许多稼轩词研究者极力到苏轼等文士身上去寻找稼轩雄豪词风的根源，其实他们的路子不对，因为稼轩之雄风的根子就在他自己身上，是他自己着意要用词来抒写满脑子的军人意识。

自然，辛弃疾的创作观对前人并非毫无继承。从以笔代剑的要求出发，他进而主张在词的思想内容与风骨格调上应上接古代诗歌"言志"的传统，不要男子而作闺音，而须大丈夫自作壮语，用这种新体诗来抒写战士的豪情壮志。比如他在《贺新郎》（"碧海桑成野"）中庄重地宣称："我辈从来文字饮，怕壮怀激烈须歌者。""文字饮"语出韩愈《醉赠张秘书》诗："长安众富儿，盘馔罗膻荤。不解文字饮，惟能醉红裙。"原指文士在酒席上挥笔作诗文以助兴。"壮怀激烈"则径用岳飞《满江红》词的名句。这里稼轩之意是：历来在酒席上都是创作香艳小词以应歌，而今我们怕是应该抒写自己悲壮激烈的英雄情怀，让善于演唱这种调子的歌者来为我们助兴吧！这里辛弃疾说着与岳飞同样的语言，主张用歌词抒写烈士之壮怀，这证明代表当时民族正气与时代精神的抗金英雄们，对长短句歌词的创作有着多么一致的战斗要求和审美情趣！为了改造词体，让它发挥跟五七言诗同样的"兴、观、群、怨"功能，辛弃疾还将历史上功利性的诗论引入了词的创作中，尤其是对唐代白居易"为君为臣为民为事而作"、"文章合为时而著，歌诗合为事而作"的诗论，他明显地予以吸取。比如其《定风波·再用韵，时国华置酒，歌舞甚盛》一词中，他热切地向友人呼吁道："莫望中州叹黍离，元和圣德要君诗。""元和圣德"一语，是借用韩愈《元和圣德诗》的现成标题；而所谓"元和圣德要君诗"，则又是化用杜牧《上知己文章启》中"伏以元和功德，凡人尽当歌咏记述之"的句子。这里辛弃疾是以唐代"元和中兴"（唐宪宗任用裴度，对叛乱的藩镇用兵，使唐帝国一度出现"中兴"局面）代指南宋抗金北伐、统一祖国的神圣大业，其全部含义应是：文学应该关乎时事与大政，但如果仅仅是感伤时事，仅仅是消极地怀念故土、感叹中原沦丧与故宫离黍，也无助于抗金斗争；正确的态度是用文学创作来反映和赞助北伐，讴歌宋朝的这项"中兴大业"，以激励朝野上下的士气。在我们引证的这首词的下片，稼轩还含蓄地指出，只有这样做了，才能在吟坛"斩将更搴旗"，亦即取得盟主地位。

　　需要指出，以文学作品歌颂"元和圣德"，这仅仅是一种借喻，是专指歌颂民族、国家的中兴统一大业，而不是谀颂南宋孱弱君主的所谓"圣德"。在稼轩词中，并无贡谀趋时媚君之章，反而颇多怨时刺君之什。这是因为他对时局不满，从而主张用文学补察时政，匡救君主之失。其《满庭芳·和洪丞相景伯韵》云："文章手，直须补衮，藻火粲宗彝。""补衮"，用的是《诗·大雅·烝民》："衮职有阙，仲山甫补之"句意，这是主张文学功用之一为补救规谏帝王之失。白居易主张诗歌"裨补时阙"，"愿播内乐府，时得闻至尊"（《读张籍古乐府》）；杜牧也宣称"平生五色线，愿补舜衣裳"（《郡斋独酌》）。辛弃疾即师白、杜之意，要以歌词来干预时政。这类表白，与他的好友陈亮关于词应写"平生经济之怀"的主张正可互为注脚，表明了稼轩词派以词为事功之助的流派共同倾向。在唐宋词史上，以词作为自己主要抒情言志工具的辛弃疾，第一个正面地将带有现实主义色彩的诗论与创作主张引入词的领域，这比苏轼进了一步，它使得词从此真正地做到了"无意不可入，无事不可言"，与五七言诗一样成了可登大雅之堂的抒情言志样式。

　　从以上所说的以笔代剑和反映血与火之现实的创作观出发，辛弃疾的审美理想主要表现为两个基本追求：这就是"意真"、"情真"的境界和"有心雄泰华，无意巧玲珑"的壮美风格。

　　意真情真，是抒情文学赢得读者，引发共鸣，有效发挥其社会效应与美感作用的先决条件之一。为此辛弃疾力倡真情实感，反对虚矫造作。其《丑奴儿·书博山道中壁》上片云：

　　　　少年不识愁滋味，爱上层楼，爱上层楼，为赋新词强说愁。

这首为人熟知的词的主题当然不是表达创作主张，但这几句自嘲的话实际上包含着对虚伪矫情的否定和对真情实感的追求。他所痛加贬抑的"为赋新词强说愁"，就是《文心雕龙·情采》所指斥的"心非郁陶，苟驰夸饰，鬻声钓世"和"为文而造情"的虚矫作风。作为终生追求事业与真理的性情中人，辛弃疾在这个重大审美原则问题上并非偶然表露只言片语，而是一贯地、执著地主张真实。五十九岁时作于铅山瓢泉的《周氏敬荣堂诗》中自谓："我诗聊复再，语拙意则真。"这里"语拙"是谦辞，"意真"才是心腹之言。他又借评陶渊明诗表达自己的审美追求曰："千载后，百篇存，更无一字不清真。"（《鹧鸪天·读渊明诗不能去手，戏作小词以送之》）他说陶诗给他最深的印象是既"清"（纯净朴素）且"真"（真挚感人），于此可见他自己最向往的是什么境界了。他晚年的另一首小令中自谓："岁晚情亲，老语弥真"（《行香子·博山戏呈赵昌甫韩仲止》），这是说：他一贯追求艺术的真实，越到老年，他的作品越臻于亲切感人和语真情真的深厚境地。古往今来，凡真英雄真豪杰皆是至情至性人。辛弃疾的"以笔代剑"的词章，是以他抗战爱国的斗争实践和高尚情怀为根底的，因而他之所以主张写真实，反对为文造情，就不单是一种纯文学的追求，而是由他那战士的性格和理想决定的。后面的论述还将证明，这种"血性文章血写成"的求真倾向，也是整个稼轩词派的群体倾向。

　　众所公认，辛弃疾及其同派词人的主导艺术风格是豪壮悲慨。作为这一词派主帅的辛弃疾，这种以崇高雄豪为美的风格，既是他的英雄豪杰个性的延展和外化，同时也是他的主观审美追求。从他在词中反复宣称"白发自怜心似铁"（《定风波·再和前韵药名》），"男儿到死心如铁"（《贺新郎·同父见和再用韵答之》）等等这些话来看，他深深地以自己是一个刚毅雄杰的男子汉而自豪，完全明白自己的社会作用与文学角色应该不同于一般文质彬彬的词坛君子。以如此一个刚强铁汉而又恰好处于一个血与火的多难时代，内心的军人意识与使命意识使得他在文学创作的审美个性追求上，相当自觉地趋向阳刚与雄壮一路。在一首《临江仙》词中，他在描绘自己开山所得的一座小石壁时庄重而自豪地写道：

> 莫笑吾家苍壁小，棱层势欲摩空。相知惟有主人翁。有心雄泰华，无意巧玲珑。

在这里，雄壮之势直欲"摩空"的苍壁，已经不是一座岩石的形象，而是词人主观心灵的外化，是这位以词笔当长剑的老英雄对自己审美心态与风格追求的生动譬喻。尤其是"有心雄泰华，无意巧玲珑"二句，直可视为作者在歌词创作中无意与莺娇燕昵、风情姿婉的传统词风争长短，而决心自创一种崇高、壮大的风格美的宣言。

稼轩词中许多篇什都反复申说了作者运用健笔刚风，开拓雄豪壮阔之境的审美意向，这里无须一一罗列。其中比较令人感兴趣的是他在写山的名篇《沁园春·灵山齐庵赋》中对山势的这样一段精彩描写：

> 争先见面重重，看爽气、朝来三数峰。似谢家子弟，衣冠磊落；相如庭户，车骑雍容；我觉其间，雄深雅健，如对文章太史公……

以山喻文，其中浓厚的主观审美情趣是十分耐人寻味的。这不正是辛老夫子崇尚壮美的艺术观的夫子自道吗？明人徐士俊曰："雄深雅健四字，幼安可以自赠。"（《古今词统》卷十五）清人邹祗谟亦云："稼轩雄深雅健，自是本色。"（《远志斋词衷》）"雄深雅健"与"有心雄泰华"意思略同，都是辛弃疾审美理想的自我表白。

诚然，说辛弃疾自觉追求崇高壮大之美，说他的词也以体现这种美的雄深雅健风格为主导，这仅仅是就其最显作家艺术个性和代表流派与时代倾向的一面而论之，并不意味着辛弃疾及其同派词人们只追求这种风格与这种美，而鄙弃他种风格与他种美。词坛大家的审美心态是丰富复杂的，其实际审美创造之产品的风格和境界也是丰富复杂的。这一点，留待下文再作适当的解释。

三、高度个性化的稼轩体及其历史地位

英雄词人辛弃疾通过他的风格独特的"稼轩体"而确立了自己在南宋

词史上的高峰地位，并影响了一大批志同道合之士，建立起了强大的稼轩词派。上文的论述已经表明："稼轩体"是一种作者个人主体意识与政治色彩极浓、时代主流文化精神极强的词体。但是，作为一种艺术创造，"稼轩体"并不是作家主体意识、政治思想和南宋时代精神的直接产物，而是通过审美这一中介转化的结果。在充分体认和理解南宋时代环境、稼轩本人的悲剧性经历及心灵世界的前提下，还必须探究和论证稼轩在词的审美艺术活动中的创体衍派之功，方能认清"稼轩体"无可替代的文学意义，从而找到由"稼轩体"推衍而出的稼轩词派在唐宋词流派史上的准确位置。

对辛弃疾及其所创"稼轩体"的研究，一向是词学的热点之一，有关的论著不胜枚举。但人们对"稼轩体"的体认常有甚不准确之处。有两种极为流行的观点，看似褒扬辛氏其人其词，实际上却模糊了"稼轩体"在词史上的独特地位与作用。

一种看法是说：辛弃疾之所以能占据词坛的高峰地位，是因为其词思想性高，特别是其中爱国主义思想性强。比如有的文学史家认为，辛词爱国主义的"种种思想感情"，"表现了我国封建社会一些要求振作有为而受到挫折的人的共同感受，同时形成他在词史上的杰出地位"。⑩另有学者曾将唐宋词分为思想性强和艺术性高的两大派，说是"从艺术角度来看，由晚唐的温庭筠、韦庄到晚宋的张炎、王沂孙等，各有其独特的成就，正如秋菊春兰，各极一时之秀，这是历来所公认的；而从思想角度看，则以辛弃疾为首的南宋诸民族词人的作品，与由花间派到柳永诸人的作品比较，却判若天渊，也是无可争辩的"。⑪这些颇有代表性的说法，都认为辛弃疾及其"稼轩体"在词史上的地位，主要靠其爱国主义的思想价值来决定。无可否认，思想内容是衡量作家作品价值的一个重要尺度，但思想评价永远不能代替艺术分析和审美价值判断。稼轩体和稼轩词派之所以能在词史上占据高峰地位，绝不仅仅由于他们在词的思想内容上有所开拓和提高，而更由于他们对于词的艺术功能、艺术形式和技巧有所变革，有所增加，有所贡献。片面强调政治思想内容，忽略辛弃疾在艺术上的独特创造与贡献，表面看来是在褒扬辛弃疾，实际上却是不承认他的创体开派之功，同样看不清他在词史上的地位。

另一种看法是将苏东坡、辛弃疾笼统划为一个所谓"苏辛豪放词派"，认为辛弃疾在词史上作用是"继承"、"发展"和"壮大"了苏东坡所

"开创"的"豪放派"。这种观点，错将苏、辛的艺术风格加以混同，错将东坡体与稼轩体当成一回事，不认为稼轩是一个开宗立派的大师，忽略了他独特的艺术个性，而把他仅仅放在一个由别人所开创的流派的继任者的位置上。这样，在经过后人夸张渲染的苏东坡光环的笼罩下，稼轩词的艺术个性被淡化了，创新意义被缩小了，因而其艺术地位也被人为地降低了。在口口声声称"苏辛词派"者的眼中，稼轩体与稼轩派似乎不存在了。笔者以为，就同是一反应歌传统的革新型词人、主导词风都大致趋向阳刚一路这一点来说，将北宋的苏轼与南宋的辛弃疾并称是完全可以的。但苏、辛二位大师所处时代环境不同，个人遭际不同，个性气质、主体意识与审美追求也大不相同，因而两家主导风格各趋一途，实在难为同派。对此，前人多有觉察，近十余年不少论者更有专文具体辨析，无须笔者一一引证。此处要指明的是，稼轩体的创立，其中对于东坡体并非没有继承和借鉴，但这种继承和借鉴绝不是在风格情调上亦步亦趋，也不是在手段技巧上向东坡体一一模仿和搬用，而是在"无意不可入，无事不可言"的眼界与魄力方面，在广泛开拓题材和尽兴披露情感方面，在提高、强化词的功能与气格方面，在彻底地变伶工之词为士大夫之词、变"艳科""小道"为抒情言志诗之又一体方面，接东坡始启之端绪，扩东坡粗就之轨迹，拓展东坡未创之境界，成就东坡未能想见之大业，以自己的比东坡更霸蛮的"青兕"才力及独特的审美方式，集"言志"词之大成，将词的艺术推向新的天地。这是稼轩体对东坡体的最积极的继承。这种继承，其中就包含着创新。就稼轩体的包孕宏深、雄浑博大的气度格局来看，我们可以毫不夸张地说，稼轩体对于东坡体，是绝对地创新多于继承，所以它才在东坡体之后成为词坛上另一座无与伦比的艺术高峰，而不是只成为东坡体在南宋的一个"分支"。

纠正了上述只重思想性和忽视辛弃疾的艺术独创性的看法之后，可以进而从艺术体派流变的角度来探讨稼轩体本身的意义和价值了。

本书前几章述及的唐五代北宋词坛诸"体"，其名称多是后人追加的。而稼轩体这一名称，却是在创体者生活的时代就已出现并被公认和推尊了。考察南宋人的文字，可知承认和推尊稼轩词为一"体"者至少有四位著名词人。其一为辛弃疾的门人范开，他在《稼轩词序》中描述了稼轩"其词之为体"的特征。其二为辛弃疾的门客刘过，他在辛氏晚年起知绍兴府时，以"效辛体"之《沁园春》（"斗酒彘肩"）一阕投赠。其三为追随稼轩风的江湖诗人戴复古，其《望江南》词云："诗律变成长庆体，歌词渐有稼轩风。"此一联句子中，"体"与"风"互文，"风"即是"体"。其四为南宋末名家蒋捷，其《水龙吟》词之题注云："效稼轩体，招落梅之魂。"这些例证，说明了稼轩体作为南宋词坛的一种影响甚大的新体，从辛弃疾生前延至南宋灭亡，一直受到推尊和仿效。可惜刘、戴、蒋三家只是提到其体，未曾有具体的评论和描述，使人难以据此窥见南宋中后期人们对于稼轩体的认知和理解究竟如何。难能可贵的是，范开作为亲受稼轩教诲的辛门弟子，对老师的心灵世界和审美创造情况有着深切的体认和理解，因而其《稼轩词序》（此序作于辛氏本人四十九岁之时）对于当时已被公认为词坛一宗的稼轩体作了简括而形象化的描述。其说云：

> 虽然，公一世之豪，以气节自负，以功业自许，方将敛藏其用以事清旷，果何意于歌词哉，直陶写之具耳。故其词之为体，如张乐洞庭之野，无首无尾，不主故常；又如春云浮空，卷舒起灭，随所变态，无非可观。无他，意不在于作词，而其气之所充，蓄之所发，词自不能不尔也。其间固有清而丽、婉而妩媚，此又（东）坡词之所无，而公词之所独也。

范开这一段话，分三个层面，描述了稼轩体的基本面貌和特色。第一层意思，是说明稼轩体的抒英雄之怀、言壮士之志的本质：它绝不同于一般娱情遣兴的"歌词"，而是稼轩在政治理想难以实现的情况下借以陶写自己气节与功业的手段和工具。这与上文论及的稼轩自己流露的战斗的、功利性的创作观是十分吻合的，它表明：范开对于稼轩体的以审美手段表达政治家主体意识的特殊功能有着深切的认知。第二层意思，是以形象化的语言，描述稼轩体的审美特征。"张乐洞庭"语出《庄子·天运》："北门成问于黄帝曰：'帝张咸池之乐于洞庭之野……其声能短能长，能柔能刚，变化齐一，不主故常。'"范开用这个典故，恰切地说明了稼轩词之为体，是一种天才的创造：它不主曲子词之"故常"，而唯创体者自我主体意识之发扬是务，以故随物赋形，因情造境，随所变态，无不可观，其声能短能长，其势能刚能柔，多姿多彩，众体兼备，俨然如诗中杜甫集大成的气象。第三层意思，是说明辛弃疾作为一个创体立派大师风格的多样化。稼轩体与东坡体之间，是有明显的继承关系的。稼轩对词的功能的认识，是向东坡的路子靠拢，借这种原本用以应歌的长短句形式为新诗体，来纵意抒写士大夫的逸怀浩气与主体意识。以故"世言稼轩居士辛公之词似东坡"。但范开深刻地指出，稼轩与东坡的这一点趋同之处，"非有意于学坡也，自其发于所蓄者言之，则不能不坡若也"（《稼轩词序》）。也就是说，是抒怀言志的强烈冲动，使稼轩不期然而然地继东坡而走词体解放与革新的路子。但这种继承和学习，并不意味着苏辛即是同派。风格即人。稼轩与东坡，生活于不同的时代，有不同的人生际遇、不同的个性气质和不同的人生追求，因此他们的词风也异大于同，难为同派。就主导风格来看，虽然二人都趋向阳刚一路，但苏词清旷放逸，富于文人雅士之美；辛词则雄豪悲慨，另具英雄侠客之姿。就非主导风格来看，东坡虽作了不少婉约小词，但多为缺少个性的赠妓词和以清疏淡雅为美的言情词；而稼轩却是一个性情极为复杂丰富并且丝毫不掩饰自己喜好美色之倾向的人，以故他的言情之词极为当行本色，"其秾纤绵密者亦不在小晏秦郎之下"（宋刘克庄《辛稼轩集序》）。夏承焘先生也说："青兕词坛一老兵，偶能侧媚亦多情。"⑫稼轩的婉媚小词，与东坡也大不相同。范开明确地指出："其间固有清而丽、婉而妩媚，此又坡词之所无，而公词之所独也。"这不是否定东坡体的风格多样化，而是辨明稼轩体与东坡体风格之异。范开是词学史上对东坡体与稼轩体进行风格辨异的第一人，他的虽不全面透彻但却抓住了主要特征的辨异，有助于我们在对比之中把握稼轩体独具的艺术特征。

　　以上所引述的范开的议论，大致让人明白了稼轩体自身的面貌和特征。但仅凭这种基本上只是就人论人、就体论体的观点，难以阐明辛弃疾及其所主盟的稼轩派在宋词诸体诸派中的地位和独特存在价值。南宋而后，历代词话中涉及稼轩体的议论虽然不少，一鳞一爪，均可存其真，可惜多是直观感悟式的零碎评点。当代有好几篇专论稼轩体的文章，从体制、结构、章法、表情方式、语言修辞、风格特征诸方面详细论证了稼轩体，使笔者获益匪浅。但从宏观的角度说明稼轩体的文学历史意义者尚不曾见。笔者以为，须超越就人论人、就体论体的狭小视野，站到唐宋词体制衍变和流派发展的高度去审视稼轩体，方能真切地认识辛弃疾在词史上继往开来、创大宗立大派的不世之勋。

　　约而言之，兴于唐、发展于五代而繁荣于北宋的曲子词，作为一种基本上只用于合乐应歌的娱乐文体，在辛弃疾出世之前已如熟透之果。北宋时期，虽然体、派林立，但真正具有里程碑意义的体、派衍变只有三次：第一次，由"花间"、南唐的传统一变而为慢词大衍、俚俗活泼的柳耆卿体与柳永俗词派；第二次，反柳永之道而行之，变而为境界大开、能畅抒士大夫思想感情的东坡体与东坡词派；第三次，调和雅与俗、抒情与应歌的矛盾，折中于柳苏两派之间，变而为典丽工巧、浑厚博雅、集传统婉约体之大成的周清真体与大晟词派。经此三变，在"靖康之难"前夕，词作为一种艺术形式已经达到峰巅，后起者似已难乎为继。"靖康"南渡之后，词乐大量失传，新声新调创制极少，后起的词人们（个别人如姜白石等除外）不可能在创调上下工夫，而基本上只有旧形式可利用。在这种情况下，词人要在创作上有成就，在艺术上就明摆着一个在现存体制和形式中求变、求新、求发展的问题。而上一章所论述过的南渡词人们，他们遭逢家国巨变，在戎马倥偬之中、漂泊流浪之余与失意愁苦之际，是没有闲暇和精力来从事求新求变的艺术创造的，只能在仓促惶惧之中操起旧形式来即兴创作。他们虽然普遍地转变了词风，但却没有创体创派之举，总起来看，南渡时期诸词派尽管风格互异，但艺术渊源上仅是北宋已有词体词派的延续或变异。或许可以将南渡词人中的大多数称为苏轼词派，或曰新时期的学苏派，但这一派的词思想内容虽新，艺术上却基本袭旧，难以视之为新体新派的开辟手。

承接发扬由南渡词人们所开启的新的时代精神并在艺术上又要相应地有所创新，从而建立代表新时代审美主潮的大宗大派的历史任务，顺理成章地落到了南渡时期过后的新生代词人群体的肩头上。

前文已多次提及：唐宋词史上最重大的一次体派衍变，就是变伶工之词而为士大夫之词，变艳科小道为堂堂正正的抒情诗之又一体，变缘情绮靡为言志明道。这一变革经历了漫长的历史过程，它发端于北宋中期的苏轼，至南宋前期始告完成。完成的标志，就是稼轩体的产生和稼轩词派的崛起。这一新体与新派，从词体功能转变与革新的角度看，固然遥承苏轼的传统，但比之东坡体又有丰富得多、深刻得多的时代内容和审美新质。南宋时期之所以能够崛起这个截断众流、独领风骚的新体与新派，当然主要是当时特殊的社会文化环境和时代审美主潮所决定的，但也万万不能缺少一位众望所归的主将的创体建派之功。我们且先撇开已然出现的主将不讲，就未然状况而论，当时要顺应历史的呼唤，完成这一创体建派之大业，则这位领袖人物必须具备以下几个重要条件：

一、这个人必须生于世运大变、天下分崩、新的社会文化环境使得人们有更多的话要说，因而迫切要求原先远离政治、远离主流文化圈子的曲子词走出秦楼楚馆来发挥新功用、表现新内容的时代。

二、这个人除了必须是代表新的时代精神的政治与文化精英人物之外，在文学创作上还必须有超越一般风情词人的反传统的雄大气魄和革新意识，其事业、人品和创作成就在文人群中应享有广泛的尊敬乃至崇拜，以期一呼百应，形成革新的大势力。

三、这个人不能视词为诗文之"余事"和"小道"，偶尔染指作为消遣和游戏，甚至也不能只像苏东坡那样"以文章余事作诗，溢而为词曲"，仅仅以次要精力作词，而必须"以毕生精力注之"，全力为词，将之当作主要的"陶写之具"，用之展现心灵世界的全貌，以便使之成为真正的抒情诗体，并深识此中甘苦，洞悉源流正变，从而改革改在根本上。

四、此人必须具有像杜甫那样的丰厚的学养、读破万卷的功底、不拒众流的海涵气度，深沉执著的事业心与始终一贯的求善求美之欲。

我们知道，在女真奴隶主贵族入侵、宋室南渡、国家分裂的苦难时代，在南渡词人群体虽然转变了词风、但尚未来得及创新体开新派的历史关头，是辛弃疾，也只有辛弃疾，兼以上四项条件而有之，当之无愧地成了新时代词坛无可争议的领袖。兼思想性与艺术性而言之，辛弃疾不但开辟了一个新词体和新流派，而且开辟了一个新时代。陈廷焯有云："南宋而后，稼轩如健鹘摩天，为词坛第一开辟手"（《云韶集》卷二）。这"开辟"二字，颇能形容稼轩体在南宋词坛所起的重大作用。从"史"的角度考察，稼轩体比之南宋以前的各体各派词，有如下几点新变：

一、传统的文人词，无论其趋雅趋俗、尚秾丽尚清婉，亦无论其为欢愉之章或愁苦之辞，大都以缘情为本位，以"香而弱"的风格为美，以"小而好"的体制为极致，沿"狭而深"的途径发展，先天有所不足，功能未曾充分发挥。苏轼对之有所变革，但限于北宋时尚以及他本人不甚着意于词，未能扭转传统的潮流。传统词的这种创作旧轨，已不能适应南宋时新的社会文化环境与新的审美需求。稼轩体为行气入词的崭新词体，创体者以绝大的阳刚之气，将词的"缘情"而至于"绮靡"的势头往《诗》、《骚》的正轨上回拨，以复古（不是小词本身的"古"，而是抒情文学之"古"）求解放，用词言志抒怀，用词来干预家国大事和关涉政教人伦，提高和强化了词的文学功能，挖掘出词的尚未发挥的抒写潜力，使之从单弱的应歌之体彻底衍变成了一种独立、健康和完善的新体抒情诗。

二、旧词一般只表现作者某一方面、某一部分的生活与人格，稼轩却是全力作词，使之变成了体现创作主体完整人格与表现多方面生活的工具，成为反映人的全部心灵世界的多棱镜，从而由"小道"、"余事"成为能登大雅之堂的正经诗体。

三、传统词虽几经变革，艺术手段与表情技巧、语言修辞等尚未尽丰富多样，难以自如而酣畅地表现南宋时代那个国家民族多事之秋的复杂生活内容，为此稼轩体除吸取柳耆卿体的以赋法为词和东坡体的以诗法入词之外，更大量引进古文手段，进一步"以文为词"，这就大大丰富了词的艺术表现力，使之成为穷极其变的长短句抒情体裁。

四、传统词（除东坡派及南渡词人群体外）以婉约之调为正轨，稼轩体则含纳百川，在审美情趣和艺术风格上，成功地使词完成了从单纯的阴柔之美向兼具阳刚阴柔之美和刚柔交融之美的历史性转化，实现了词体文学风格的真正多样化。

对于以上四点，拙著《辛弃疾词心探微》第五章《稼轩词的艺术创新及其历史地位》有较为详细的论述，读者尽可参看，此处不赘。

稼轩体作为一种具有集大成性质的创体，为南宋新生代的词人们提供了新的抒写范式，因而它的推衍和流行，就形成了阵容特壮的稼轩词派。

第二节　稼轩词派的构成和发展

辛弃疾在政治大业上不幸是一个失败者，但他在政治和文学活动中却绝不是一个孤立者，恰恰相反，他以自己卓绝的才华和强大的人格魅力，呼朋引类，广事交游，几十年间在他周围聚集了一大批志同道合的政友兼文友。以他本人为核心的这个文人集团，虽然并无固定的组织形式、团体名称和聚合地点，但却在事实上构成了南宋时期声势最浩大、影响最深远的一个词派。这个词派中的许多人，都曾与辛弃疾联手进行创作，其中陈亮、刘过等数人，更是与辛弃疾"话头多合"的政治、文学的双重知音。吴世昌先生谓："稼轩有二龙（龙洲、龙川）为之辅翼，故能成派。"⑬先生所指，自是稼轩词派最核心的成员。如从风格趋同的角度来观察，则此派囊括了南宋新生代词人中的大多数人。陈洵《海绡说词》有云："南宋诸家鲜不为稼轩牢笼者。"我们虽不必把凡在词风、词法上多少受稼轩影响者都划为稼轩词派，但至少，思想内容上以歌咏抗金爱国为主、审美趋向上以豪壮悲慨为主的一大批人，都应算在稼轩词派之内。如按关系之亲疏和风格趋同程度之大小来分析，则稼轩词派显然是一个以辛弃疾为圆心的三圈同心圆围成的团体：内圈是与辛氏私交最密切、思想最一致且风格最合拍的陈亮、刘过等数人；中圈是虽不像"二龙"那样与辛氏关系密切，但与辛氏有过直接交往和唱和的一大批政友兼文友；外圈是与辛氏并无直接来往、但向慕其人其词、作词追随"稼轩风"的许多同辈与后代词人。由"圆心"——稼轩及其稼轩体向"同心圆"发展的过程，就是稼轩词派构派和衍为巨流的过程。这个过程，时间十分久远，它从稼轩本人中年时起，直至南宋亡国而余波犹劲。现在我们只谈稼轩与派中人的聚合之由——亦即稼轩本人在世时的构派活动。

一、政治与文学的双重因缘——共同的思想基础和审美情调

辛弃疾与他的政友文友们之所以能在词的创作中结为一派，主要原因在于他们有着共同的思想基础。他们都是满腔热血、志在事功的新一代的爱国者，都立志献身于恢复、统一大业，都以改变偏安局面、促成抗金北伐为己任，都对孝宗、光宗二朝及宁宗之初南北对峙的胶着状态极为愤恨和不安，因而都有着满腹的牢骚与怨气。这一批生长于南方的爱国者，与辛弃疾在禀赋气质、行为方式上或多或少有一些差异，但正是由于有了以上的思想上的共同点，使他们声气相通。成为战友或同盟军。史家常谓南宋孝宗一朝，人物之盛不下于北宋的元祐时期。元祐人物之盛，主要靠苏轼的人格魅力和领袖风度为团体之亲和剂；而孝宗朝人物之盛，也主要靠词史上与苏轼并称的辛弃疾而形成众星拱月之大观。不同的是，元祐文人群体的思想基础，是北宋中后期的时代文化精神，而孝宗朝文人群体的思想基础，则是苦难时代特有的民族忧患意识与同仇敌忾的爱国心；元祐时期由于时尚的因素与文人审美趋向之异，苏门文人集团在词的创作上分为不同的流派，而孝宗朝的中兴文人群体由于时代文化精神的趋同与"稼轩体"非凡的范式作用，使大多数人与辛弃疾自觉不自觉地认同，形成了独领风骚的稼轩词派。这个词派，以辛弃疾为无可争议的主帅，以韩元吉、陆游等年辈稍长于辛的友人为同盟军（张孝祥本与陆、韩等为同辈，但他在辛氏归宋后不久即英年早逝，且未及与辛氏有所交往，故已将之归在上一时期介绍），以陈亮、刘过、赵善括、杨炎正、程珌、岳珂、黄机等等与辛氏年辈相若或年辈虽晚但尚及与辛氏交往的豪放词人为之辅翼，以戴复古、刘克庄、吴潜、李曾伯、陈人杰、李好古等等一大批南宋晚期的慕蔺趋风者为强大后劲，彬彬然蔚为百年之盛，这一流派繁盛的坚实基础，就是派中人共同的政治理想，以及由此产生的以豪壮悲慨为美的流派风格。

稼轩词派构派的主要基础，的确就是那一股以收复神州、整顿乾坤相勉励，以英雄许人、亦以英雄自许，共同完成统一祖国的不世勋业的大丈夫凛然正气。这一派人互敬互爱，互相推奖扶掖，全无前代士大夫那种"文人相轻"的陋习，而只有惺惺相惜、同道相助的君子之风。他们就连在送往迎来、喜宴寿庆等交际唱和活动中，也都能摆脱应酬俗套，而以天下国家大业互相勉励。比如韩元吉怀念陆游的《水调歌头·寄陆务观》就唱道："梦绕神州归路，欲乘鸡鸣起舞，余事勒燕然"；他为辛弃疾祝寿的《水龙吟·寿辛侍郎》也勉励道："南风五月江波，使君莫袖平戎手"；陆游解官归田，作为晚辈的刘过写了一阕《水龙吟》寄赠，词中直言不讳地提醒他敬爱的师长要保持斗志，"未可向、香山老"；当辛弃疾自浙东安抚使兼知绍兴府的任上被召入朝时，比他年长十五岁的陆游以兄长般的热情写了《送辛幼安殿撰造朝》一诗相赠，诗中先是以管仲、萧何等古代贤相相期，结句却坦诚地告诫说："深仇积愤在逆胡，不用追思灞陵夜"，这是劝他以抗金北伐大业为重，不必计较个人的恩怨得失。如此等等。在这种志同道合的频繁唱和中，最能反映这一派词人共同的思想和事业基础的，莫过于辛弃疾为韩元吉六十七岁生日而作的《水龙吟·甲辰岁寿韩南涧尚书》：

> 渡江天马南来，几人真是经纶手？长安父老，新亭风景，可怜依旧。夷甫诸人，神州沉陆，几曾回首？算平戎万里，功名本是，真儒事，君知否。　　况有文章山斗，对桐阴，满庭清昼。当年堕地，而今试看，风云奔走。绿野风烟，平泉草木，东山歌酒。待他年、整顿乾坤事了，为先生寿。

此词诚如清人黄苏所评："辞似颂美，实句句是规励，岂可以寻常寿词例之？"（《蓼园词选》）它表达的，是这个特殊历史时期的特殊文人群体——政坛上的抗金派兼词坛上的豪放派共同的政治抱负和爱国信念。正是由于大家都有这种共同的抱负和信念，才使得这批热血男儿同类相求，自觉地聚合到辛稼轩的旗帜下，形成了一个政治大业不能成功就以笔来宣泄爱国激情的词派。

稼轩词派的形成，是南宋各词派中相对说来思想自觉程度最高的一次流派组合。派中之人，特别是几位核心人物都极为看重和有意宣扬彼此之间悠然心会的从政治到文学层面的"知音"关系，这种聚合比之一般文学流派成员之间单纯的艺术趣味上的投契，无疑要牢固和深刻得多。例如刘过一遇辛弃疾，除了在事业、人品、才能上对之倾仰不已之外，最为欣喜的就是庆幸自己终于找到了"知音"。其《念奴娇·留别辛稼轩》一词，开篇就慨乎言之曰："知音者少，算乾坤许大，著身何处？"俨然把辛氏视为不可须臾离之的世间唯一知音。最值得一提的是陈亮与辛弃疾之间从政治思想到文学创作上全面共鸣的那种深挚情谊。陈亮与辛弃疾有长达十六年的密切交往。早在孝宗淳熙五年（1178）辛弃疾在临安任大理少卿时，正在叩阙上书呈献恢复大计的陈亮，就通过吕祖谦的介绍，与心仪已久的抗金英雄稼轩见面定交。二人情投意合，相见恨晚。尔后虽各奔前程，长期不见面，但书信往返，互相倾慕、互相敬重之情与日俱增，陈亮逐渐成为辛弃疾政治上、文学上最知心的密友。

淳熙十五年冬天，布衣豪士陈亮犯寒远行，自浙江到达赣东，与正罢职闲居于带湖别墅的辛弃疾相会了。这次历史性的聚会，因当事人曾携手同游铅山县的鹅湖山，"憩鹅湖之清阴，酌瓢泉而共饮，长歌相答，极论世事"（《辛稼轩诗文钞存·祭陈同甫文》），故而被文学史家美称为"鹅湖之会"。此次相会，主要目的是探讨恢复大计，然亦旁及于社会人生、品行学问，文艺之切磋固在其内。虽时值严冬，天气清冷，二人却兴致勃勃，或携手登山，或并肩游寺，或席地饮酒，或引吭唱曲，极尽友朋之乐，吐尽胸中块垒，两颗心更加密合无间了。二人相聚十日之久，因预先约定与会的另一友人朱熹违约不至，陈亮遂告别稼轩，飘然东归。分别之后，稼轩十分感伤，在一个漫长的不眠之夜里，吟成了如下一首《贺新郎》词，以寄托对于知音的难舍之情：

> 把酒长亭说。看渊明、风流酷似，卧龙诸葛。何处飞来林间鹊，蹙踏松梢微雪，要破帽、多添华发。剩水残山无态度，被疏梅、料理成风月。两三雁，也萧瑟。　　佳人重约还轻别。怅清江、天寒不

渡，水深冰合。路断车轮生四角，此地行人销骨。问谁使君来愁绝？
铸就而今相思错，料当初费尽人间铁。长夜笛，莫吹裂。

事隔五日，陈亮写信给稼轩，要求赠送新词，稼轩就将这首融合着惜别之
情和家国之恨的悲慨之词当作回信相寄。陈亮读此词之后，更加激发起满
腔豪情，当即步原韵填了下面一首《贺新郎》回赠：

老去凭谁说？看几番、神奇臭腐，夏裘冬葛。父老长安今余几？
后死无仇可雪。犹未燥、当时生发。二十五弦多少恨，算世间、那有
平分月！胡妇弄，汉宫瑟。　　树犹如此堪重别。只使君、从来与
我，话头多合。行矣置之无足问，谁换妍皮痴骨！但莫使、伯牙弦
绝。九转丹砂牢拾取，管精金、只是寻常铁。龙共虎，应声裂。

这首词和稼轩原词一样慷慨悲壮，充满了忧国愤世的高尚情感，同为稼轩
词派的典范作品。特别是其中"只使君、从来与我，话头多合"一句，表
明了这两位词人有着共同的思想基础。二人的"话头"，不但有家国天下
等多方面的契合，而且也有文学审美情趣、风格趋向上的高度共鸣，所以
才会如响斯应地出现以上的悲壮慷慨的唱和。稼轩词派，就是在这种思想
基础一致、审美情趣相近的人际交往唱和中逐渐形成的。
　　稼轩收到陈亮这首和词之后，稍停一些时日，到次年春天又用原韵写
了一首《贺新郎》寄给陈亮：

老大那堪说？似而今、元龙臭味，孟公瓜葛。我病君来高歌饮，
惊散楼头飞雪。笑富贵、千钧如发。硬语盘空谁来听？记当时、只有
西窗月。重进酒，唤鸣瑟。　　事无两样人心别。问渠侬：神州毕
竟，几番离合？汗血盐车无人顾，千里空收骏骨。正目断、关河路
绝。我最怜君中宵舞，道男儿、到死心如铁。看试手，补天裂！

这首词有对二人鹅湖之会的深情追忆，有对陈亮品格思想的由衷赞誉，有
二人怀才不遇的共同苦闷，并表达了坚决抗金至死不渝的共同意志。尤可
注意的是"硬语盘空谁来听？记当时、只有西窗月"二句，这里表现的，
既有世间知音难遇的孤独感，又有二人互为知音的欣喜感。所谓"硬语盘

空"，既指他们那些被主和派认为不合时宜的抗战恢复言论，也指他们为寄寓"平生经济之怀"而创作的反传统的阳刚豪壮之词。政治思想上的抗金爱国与文学风格上的阳刚豪壮，这应该说是辛、陈二人在词坛上结成一派的共同基础与原动力。为了答和稼轩这首《贺新郎》，陈亮又用原韵接连写了两首，一首是"酬辛幼安，再用韵见寄"，一首是"怀辛幼安，用前韵"。这两首词除了怀念"鹅湖之会"以外，还进一步批评了偏安的时局，抒发了抗金的政治豪情。稼轩除了对这几首词每首都再用韵奉和之外，又作《破阵子·为陈同甫赋壮词以寄之》一词，以壮士自许亦以许陈亮，抒写壮志难酬的苦闷，哀陈亮亦以自哀。自鹅湖分手之后，辛、陈二人远隔千里，再难见面，然而通过这些频繁的诗词酬答和书信来往，他们进一步发展了友谊。正如陈亮的和词中所说："千里情亲长晤对，妙体本心次骨。"辛、陈之间共同的理想、深挚的友谊和相近的审美趣味，大大地促进了二人的政治事业和文学创作。辛、陈"鹅湖之会"及此后的以词唱和行为，不但是南宋政坛上优秀政治家互觅知音的一段佳话，也是词坛上十分引人注目的一次文学结派活动。从上引唱和之作可以看出，辛、陈的关系远不止一般朋辈的气味相投之交，而是一种最高层次的友谊。这是一种互获对方之心的英雄豪杰之情，也是一种高山流水的知音之乐。在这样心心相印的交往中，二人天然在文学创作上成为同派。论者或谓："文学史上经常提到的辛派，由于其主要反映了一种风格的延续，也不足以视为严格意义上的流派。"⑭这是过分拘泥于现代文学理论关于"流派"的界说，而忽视南宋词坛上实际存在的结派倾向的一种错误判断。事实上，陈亮与稼轩有着共同的作词主张（都以词抒"平生经济之怀"，视之为政治事业无成时的"陶写之具"），陈还自觉地在词的抒写内容与风格情调上趋向稼轩。在辛、陈亲密交往、频繁唱和的孝宗淳熙后期，辛氏所创"稼轩体"已经流行于词坛并已广泛发生影响（以至淳熙十五年正月初一日范开为《稼轩词》作序时，要专门描述和论证稼轩"其词之为体"）。在这种背景下陈亮与稼轩密切往来，除了在政治思想上受其影响之外，作词也深受"稼轩体"的感染和熏陶，其主要代表作都趋向"稼轩风"（关于这一点，下文介绍陈亮时还将述及）。因此，尽管辛、陈等人并没有结成一种固定的团体形式，也没有发表共同宣言，但在词的创作方面事实上已经构成流派。本书限于篇幅，仅举与稼轩最投契的陈亮为证，来详细分析是什么因素使稼轩体能够衍为流派。实际上，陈亮仅为稼轩派中一位骨干人物，而稼轩派单在派主本人健在时就已是一个庞大的群体。辛稼轩本人性豪爽、尚气节，平生喜交天下名士。像苏轼那样，他也笃于情谊，习于呼朋引类。他南归的四十多年中，所与交游者上自名公巨卿、赵宋宗室，中有地方文武官吏、大小乡绅，下至布衣山民，范围极广，人数极多。他的朋友，光是邓广铭先生《辛稼轩年谱》所列，有文献可考、有名字流传的就有六十多人。这些朋友当然并非全是词友，但其中的相当一部分人，就他们留存的作品来看，却无疑地属于稼轩词派，或至少可称稼轩派的同盟军。事实证明，自"稼轩体"问世之后，南宋"中兴"词坛上形成了一个并非仅仅是非自觉的"风格的延续"，而是自觉聚合于稼轩帅旗之下、与之联手进行爱国壮词创作的强大流派。

二、稼轩派第一健将陈亮

陈亮（1143—1194），字同甫（一作同父），号龙川，婺州永康（今浙江永康）人。他是南宋著名的思想家，为"永康学派"的代表。其哲学论文，具有朴素唯物主义思想和历史进化观点。他提倡"实事实功"，有益于国计民生，而对理学家空谈"尽心知性"不以为然，讥之为"皆风痹不知痛痒之人"，并与朱熹多次论辩。所作文章，说理透辟，笔力纵横驰骋，气势慷慨激昂，不同于一般的书生议论，具有政治家的识见才略，自谓"推倒一世之智勇，开拓万古之心胸"（《甲辰答朱元晦书》）。政治上他力主抗金，曾多次上书宋孝宗，反对"偏安定命"，痛斥秦桧等奸邪，倡言恢复，完成北伐统一之大业。他的著名的政论、史论，如《上孝宗皇帝书》、《中兴五论》、《酌古论》等，提出"任贤使能"、"简法重令"等等革新图强言论，皆以功利为依归。凡此种种，都与辛弃疾十分投契，可谓不谋而合，以故深受辛氏赞赏。但他的遭遇远比辛氏悲惨。他由于喜欢慷慨议论时政，反对妥协投降，经常为抗金救国而呼号奔走，其激烈言论和爱国行动因而招致当权主和派嫉恨，曾几度被诬下狱，几乎丢了脑袋，被世俗目为"狂怪"。他大半生以布衣行走于各地，郁郁不得志。五十一岁时才中进士第一名，五十二岁授官，未及到任即不幸病逝。存《龙川词》，有词七十四首传世。

陈亮与辛弃疾一样，有着战斗的、功利性的文学创作观。他曾宣称："亮闻古人之于文也，犹其为仕也。仕将以行其道也，文将以载其道也"（《复吴叔异》）。他所说的"文"，包括一切文体，所以他作词亦以载道为宗旨，每一章都力求陈述其"平生经济之怀"（宋叶适《水心集》卷二十九《书龙川集后》）。他的词可以说是稼轩派诸名家中政治意识最鲜明、现实功利性最强的。试看其政治抒怀的代表作《水调歌头·送章德茂大卿使虏》：

> 不见南师久，漫说北群空。当场只手，毕竟还我万夫雄。自笑堂堂汉使，得似洋洋河水，依旧只流东。且复穹庐拜，会向藁街逢。
>
> 尧之都，舜之壤，禹之封。于中应有，一个半个耻臣戎。万里腥膻如许，千古英灵安在，磅礴几时通？胡运何须问，赫日自当中。

章德茂（名森）于孝宗淳熙十二年（1184）十一月奉命以试户部尚书的身份使金，贺金主完颜雍生辰（在次年三月），陈亮乃作此词相赠。由于宋、金"隆兴和议"，南宋皇帝尊金主为叔父，因此每逢过年和金主生辰（即万春节），南宋就要派使臣去金国表示恭贺。对这种丧失民族尊严的行径，陈亮极为不满，遂借送别使臣抒发爱国壮志和民族耻辱必将洗雪的坚定信念。忠愤之气，随笔涌出，足以振聋发聩，而无暇论用词造语之工拙。陈廷焯《白雨斋词话》卷一谓："同甫《水调歌头》云：'尧之都，舜之壤，禹之封，于中应有，一个半个耻臣戎'。精警奇肆，几于握拳透爪。可作中兴露布读，就词论，则非高调。"这话全面道出了陈亮作词的优点和缺点。就优点而论，其人性情耿直，喜高言大语，创作时也就激昂慷慨，以痛快淋漓地尽吐胸中块垒为极致，词中表现出来的，全然是一种光明俊伟、磊磊落落的非凡气象。这是龙川词最可宝贵和最有个性之处。但同时也须看到，正因为陈亮好"直说"，喜显豁，过多地发议论，不大注意形象，较少使用比兴，此词（广而言之，龙川这类词亦然）便有不够含蓄、忽视文采的缺点，往往给人以思想性很强而艺术造诣稍次之感。陈廷焯所谓"非高调"，如果是指不够含蓄蕴藉和沉郁厚重，则笔者是有同感的。

陈亮以词作为政治斗争武器的另一代表作，便是他那篇策论式的直陈攻守方略之词《念奴娇·登多景楼》：

> 危楼还望，叹此意、今古几人曾会？鬼设神施，浑认作、天限南疆北界。一水横陈，连冈三面，做出争雄势。六朝何事，只成门户私计。　　因笑王谢诸人，登高怀远，也学英雄涕。凭却长江，管不

到、河洛腥膻无际。正好长驱，不须反顾，寻取中流誓。小儿破贼，
势成宁问强对！

淳熙十五年（1188）春，陈亮为驳斥投降派"江南不易保"的谬论，亲赴
京口、建康等地观察地形。他依据实地调查所得，向孝宗皇帝上书，提出
了一系列经营南方、进取中原、统一祖国的方略。与此同时写作此词，把
他的这一系列政治主张形象化。他在《戊申再上孝宗皇帝书》中写道：
"故尝一到京口、建业，登高四望，深识天地设险之意，而古今之论为未
尽也。京口连冈三面，而大江横陈，江傍极目千里，其势大略如虎之出
穴，而非若穴之藏虎也。"此词即以形象化、情感化的语言，演绎出他在
上皇帝书中对京口地形及战守之势的看法，并借嘲笑历史上六朝君臣的
"门户私计"，批评南宋小朝廷偏安江左不图恢复的错误政策；以立誓北伐
的祖逖和打败苻坚的谢玄等人作为正面英雄加以颂扬，希望南宋当权者坚
定信心，消除畏敌如虎的病态心理，去争取抗金事业的胜利。读罢这首
词，让人感受到的是它那慷慨淋漓、心雄万夫的男子汉的威势，不能不佩
服它是能够"起顽立懦"、催人奋起的千古壮词。

　　陈亮这位生于南国而富有阳刚之气的奇男子，与来自北国的钢铁汉辛
弃疾一拍即合，成为同道。二人皆力主抗金北伐，皆注重功利与实学，其
思想基础相同，英雄气概相同，又在实际斗争中彼此呼应，成为知交，作
词也因而同趋慷慨豪壮一路。刘熙载《艺概·词曲概》云："陈同甫与稼
轩为友，其人才相若，词亦相似。"这话很恰切地表明了二人在词坛的同
派关系。陈亮在总的审美倾向上与稼轩一致，但主导词风不如稼轩那样雄
深雅健，也不及稼轩风格、技巧多样化，他斩截痛快有余，而艺术含蕴不
足，故未能成为第一流的词人。但其才力和艺术格局也不似有些论者所说
的那样单调和浅白。他是一个有个性、有"奇气"的艺术独创者，曾自
述："本之以方言俚语，杂之以街谈巷歌，抟搦义理，劫剥经传，而卒归
之曲子之律，可以奉百世豪英一笑。"（《与郑景元提干》）他的心灵世界
是十分丰富的。他虽力追稼轩，纵横豪宕，"不作一妖语、媚语"（明毛晋
《龙川词跋》），但亦颇有幽秀、婉丽而合于词家"本色"之作。如众所称
誉的《水龙吟·春恨》：

　　　闹花深处层楼，画帘半卷东风软。春归翠陌，平莎茸嫩，垂杨金

浅。迟日催花，淡云阁雨，轻寒轻暖。恨芳菲世界，游人未赏，都付与，莺和燕。　　寂寞凭高念远，向南楼、一声归雁。金钗斗草，青丝勒马，风流云散。罗绶分香，翠绡封泪，几多幽怨。正销魂，又是疏烟淡月，子规声断。

此词可见陈亮作为词坛名家风格之复杂性与多面性。这里他一改自己豪放横肆的主调，而出之以幽婉柔丽的比兴之笔，使意境显得格外含蓄曲折，耐人寻味；论其主旨，却与他那些大声疾呼的悲壮之作一样，是伤时忧世。刘熙载评曰："同甫《水龙吟》云：'恨芳菲世界，游人未赏，都付与，莺和燕。'言近指远，直有宗留守大呼渡河之意"（《艺概·词曲概》）。这样的摧刚为柔、心危词苦之作，比起辛词名篇《摸鱼儿》（更能消几番风雨）等，无论其思想境界和艺术造诣，都未遑多让。足见辛、陈这两位同派作家在艺术境界和表现风格上的开拓，颇能桴鼓相应。

三、稼轩派第二健将刘过

刘过（1154—1206）比辛弃疾小十四岁，比陈亮小十一岁，在稼轩派词人中属于晚辈。与陈亮的平揖稼轩、联辔并进的战友姿态不同，他对稼轩更多的是崇拜、追随和潜心学习，他的《呈稼轩》绝句写道："书生不愿黄金印，十万提兵去战场。只欲稼轩一题品，春风侠骨死犹香"（《龙洲集》卷八）。由此可见，他是辛弃疾的最虔诚的崇拜者，是辛氏门下未曾正式行拜师之礼的一位学生。他在词的创作中成就不低于陈亮，是"稼轩体"的重要传人。他字改之，自号龙洲道人，吉州太和（今江西泰和县）人。他出身贫寒，但少怀志节，勤苦向学，读书论兵，好言古今治乱盛衰之变。性狂放，睥睨侪辈，以诗著名于江西。他自幼便立下抗金复国之壮志，并希望通过科举考试得到重用，为北伐大业效力，但却屡试不第。上书直陈恢复方略也如石沉大海，只好浪迹江湖，寄人篱下，与陆游、陈亮、辛弃疾等人交游，布衣终身，最后病逝于昆山（今江苏昆山）。

刘过与辛弃疾直接相交，是在后者晚年。据岳珂《桯史》卷二记载：

嘉泰癸亥（按即嘉泰三年，公元1203年——引者）岁，（刘）改之在中都。时辛稼轩弃疾帅越，闻其名，遣介招之。适以事不及行，作书归辂者，因效辛体《沁园春》一词，并缄往，下笔便逼真。其词曰："斗酒彘肩……"辛得之，大喜，致馈数百千，竟邀之去。馆燕弥月，酬倡亹亹，皆似之，逾喜。垂别，赒之千缗，曰："以是为求田资。"改之归，竟荡于酒，不问也。

这则记载告诉我们，刘过曾有意"效辛体"作词，"下笔便逼真"，致使辛弃疾"大喜"，邀之到馆中，欢宴酬唱达一月之久，其间刘过所作词皆似辛体。这使得辛弃疾愈加心喜，以致厚赠钱财，为之营田产。由此可见刘过作词，并非仅仅因为思想基础相近而在风格上趋向稼轩，而是自觉地、主动地学习"稼轩体"（按：刘、辛定交的这一年，刘过已五十岁，辛弃疾已六十四岁）。刘过《龙洲集》中大部分有"稼轩风"的著名词篇固然都作于此时和此后（包括《沁园春·寄辛承旨，时承旨招，不赴》、《念奴娇·留别辛稼轩》、《六州歌头·题岳鄂王庙》、《沁园春·寄辛稼轩》等等），但我们却不能说刘过是从此时才开始学习"稼轩体"，更不能说刘过是因为与稼轩相交才效辛氏作词以迎合其人。事实上刘过作为一位自幼便有爱国思想、喜谈兵论政的豪士，早年作词便已自觉地趋向慷慨悲壮一路。《龙洲集》中所收词，仅八十首，远非全帙，但仅从这些现存词来看，作于淳熙十年（当年刘过三十岁）的《沁园春·观竞渡》、《沁园春·御阅还上郭殿帅》等篇，[15]就已经是悲壮慷慨的辛派词了。这里仅举《御阅还上郭殿帅》一阕为证：

> 玉带猩袍，遥望翠华，马去似龙。拥貂蝉争出，千官鳞集；貔貅不断，万骑云从。细柳营开，团花袍窄，人指汾阳郭令公。山西将，算韬钤有种，五世元戎。　　旌旗蔽满寒空。鱼阵整、从容虎帐中。想刀明似雪，纵横脱鞘；箭飞如雨，霹雳鸣弓。威撼边城，气吞胡虏，惨淡尘沙吹北风。中兴事，看君王神武，驾驭英雄。

词虽写得浅豁直露，不似稼轩沉郁悲慨、潜气内转，但大致属于稼轩派豪壮雄放的风格。通观一部《龙洲词》，其主调便是此词所流露的"气吞胡虏"的政治情怀和期望"君王神武"，"驾驭英雄"去完成"中兴事"的政治理想。这也是稼轩词派共同奏鸣的主旋律。

刘过一生失意，流落江湖，不但没有辛弃疾那样的传奇身世和陆游那样的从军经历，而且连小官吏也未曾当过，因此他无法像其他南宋爱国词人那样以抒写自身政治、军事经历和感受来表达主体意识，而主要靠颂扬时代精英与民族英雄来宣泄爱国激情，来陈述自己的政治倾向和审美理想。他的颂扬辛弃疾的几首词读者一般都比较熟悉，这里专举其赞美民族英雄岳飞的《六州歌头·题岳鄂王庙》：

> 中兴诸将，谁是万人英？身草莽，人虽死，气填膺，尚如生。年少起河朔，弓两石，剑三尺，定襄汉，开虢洛，洗洞庭。北望帝京，狡兔依然在，良犬先烹。过旧时营垒，荆鄂有遗民。忆故将军，泪如倾。　说当年事，知恨苦，不奉诏，伪耶真？臣有罪，陛下圣，可鉴临，一片心。万古分茅土，终不到，旧奸臣。人世夜，白日照，忽开明。衮佩冕圭百拜，九泉下，荣感君恩。看年年三月，满地野花春，卤簿迎神。

此词写于嘉泰四年（1204）宋廷决策北伐，追封岳飞为鄂王，并追论秦桧主和误国之罪的时候。词中融合着词人五十年忧患余生的深沉感慨，对民族英雄岳飞的抗金业绩进行热烈地颂扬，严厉斥责了秦桧为首的投降派陷害岳飞、卖国媚敌的罪恶行径，寄寓着作者渴望北伐成功、祖国重新统一的政治理想。读着这样的词，首先让人强烈感受到的，就是那股与辛弃疾、陈亮同样炽热的政治激情和阳刚豪壮的凛然正气，这是稼轩派成员共有的流派思想特征。

除了豪壮之作以外，刘过还有学习稼轩而趋向含蓄蕴藉、情味深永的一些短章。如《唐多令》：

> 芦叶满汀洲，寒沙带浅流。二十年、重过南楼。柳下系舟犹未稳，能几日，又中秋。　黄鹤断矶头，故人今在否？旧江山、浑是新愁。欲买桂花同载酒，终不似、少年游。

此词写国事日非的悲感，但却丝毫不叫嚣直露，而是摧刚为柔，出以沉郁委婉之笔，令人"读之下泪"（明李攀龙《草堂诗余隽》）。此类精致含蓄的小词在《龙洲集》中虽然不多，但也足见前人所谓"刘龙洲是稼轩附庸，然得其豪放，未得其婉转"（清冯煦《蒿庵论词》）的论断是太绝对化了。

关于刘过的流派归属，宋人早有确论。黄昇谓："改之，稼轩之客……其词多壮语，盖学稼轩者也"（《中兴以来绝妙词选》卷五）。说明了刘过是稼轩的追随者，是学稼轩作壮词者，因此属于稼轩派。张炎亦谓："辛稼轩、刘改之作豪气词，非雅词也，于文章余暇，戏弄笔墨，为长短句之诗耳。"（《词源》卷下）语虽带"正宗"之偏见，但认定辛、刘二人为同趋"豪气词"与"长短句诗"之一派，亦非无理之说。但延及近代，渐有以为辛、刘非同派者。如《蕙风词话》卷二谓："刘改之词格本与辛幼安不同。"此外刘熙载《艺概》卷四《词曲概》也说："刘改之词，狂逸之中自饶俊致，虽沉着不及稼轩，足以自成一家。其有意效稼轩体者，如《沁园春》'斗酒彘肩'等阕，又当别论。"其对龙洲个人风格之辨认和不如稼轩处之分析，皆甚为准确，但似乎也隐隐然表示龙洲另是一家，不与稼轩同派。平心而论，认定辛、刘同派，仅仅是指刘过作词在基本内容、情调和审美大趋向上接近稼轩，这并不意味着他与稼轩完全雷同（事实上也绝不可能），没有个人的艺术特色和风格。总体来看，刘过是稼轩的追随者和同派作家，但他是效稼轩而有所不及者。他人品、见识远不如稼轩，艺术才力也不及稼轩，他虽无愧为稼轩体的传人，但其效稼轩壮词而不免有时流于粗率，作婉美小词而又时或流于纤刻儇薄（如咏美人指甲、美人足之类）。他是稼轩词派中个人特点比较突出然而缺陷也比较明显的一位偏将。

四、稼轩派的同盟军韩元吉、陆游

韩元吉、陆游作词，都喜抒政治情怀，为抗金北伐而大声疾呼，其主导风格都趋向雄浑、豪放一路，这里之所以将他们称为稼轩派的"同盟军"，而不称为"健将"、"干将"或"派中人"，是因为他们年长于稼轩（韩比辛长二十二岁，陆比辛长十五岁），他们创作爱国壮词，时间早于稼轩，并非学习"稼轩体"的结果；他们与稼轩唱和，不属于"追随"，而是"联合"或"加盟"。为表示与陈亮、刘过及其他一些稼轩派晚辈词人有所区别，这里将他们作为盟友单列。

韩元吉（1118—1187），字无咎，自号南涧翁，颍昌（今河南许昌）人。宋室南渡后，寓居信州（今江西上饶）。二十一岁时在临安拜师于理学家尹焞门下。二十七岁时至福州拜谒南渡词人叶梦得，文学上受其教益颇多。四十岁时为建安县令。隆兴间为司农寺丞，除番阳守。与陆游频频交游，唱和诗词，二人在镇江聚会二月有余，并结集为《京口唱和集》。乾道二年（1166）除江南东路转运判官，乃至建康就任。两年后，辛弃疾通判建康府，遂与元吉定交。元吉旋奉调入朝为大理寺卿。乾道九年（1178）除试礼部尚书，出使金国。淳熙初先后两次出守婺州，一次出守建宁。后除吏部尚书。六十三岁时归老于信州南涧。此后与罢官闲居信州的辛弃疾时相往来，以词唱和，为时七年之久。七十岁时病逝于信州居所。其子韩淲（1159—1224），字仲止，号涧泉，也有文名于当世，成就稍逊于其父。韩淲受父亲影响，亦与辛弃疾交游，作词亦趋向稼轩风，为辛派传人之一。

韩元吉是南宋前期很有名望的抗战派大臣，黄昇称其"文献、政事、文学为一代冠冕"（《中兴以来绝妙词选》），《四库全书总目》称其"诗体文格，均有欧、苏之遗，不在南宋诸人下"。他公开宣布不喜欢"纤艳"的诗和杂以"鄙俚"的歌词，曾将自己所作歌词"未免于俗者取而焚之"（《焦尾集序》），自编词集一卷，题为《焦尾集》。他平生多与陆游、朱熹、辛弃疾、陈亮等当代胜流和爱国志士相友善，以诗词唱和来沟通思想，互相激励，因此他的词风与陆、辛、陈十分接近，虽艺术造诣未臻一流，但壮声英概未遑多让。如《水调歌头·寄陆务观》一阕，就是典型的辛派壮词：

> 明月照多景，一话九经年。故人何在，依约蜀道倚青天。豪气如今谁在，剩对岷峨山水，落纸起云烟。应有阳台女，来寿隐中仙。
>
> 相如赋，王褒颂，子云玄。兰台麟阁，早晚飞诏下甘泉。梦绕神州归路，却趁鸡鸣起舞，余事勒燕然。白首待君老，同泛五湖船。

陆游称赞韩元吉的文学作品"落笔天成，不事雕镂，如先秦书，气充力全"（《祭韩无咎尚书文》）。他的词也是当得起陆游这一评价的。如果说，上引这首用于交际的作品还多少有一些模拟群体风格的痕迹的话，那么他的一些感事抒怀的小词则完全出以己意，充分体现着自己凄恻沉哀、深于造境的个人特色了。比如《好事近·汴京赐宴闻教坊乐有感》：

> 凝碧旧池头，一听管弦凄切。多少梨园声在，总不堪华发。
> 杏花无处避春愁，也傍野烟发。惟有御沟声断，似知人呜咽。

关于此词，唐圭璋先生有十分简要而中肯的评点，其说曰："此首在汴京作。公使金贺万春节，金人汴京赐宴，遂感赋此词。起言地，继言人；地是旧地，人是旧人，故一听管弦，即怀想当年，凄动于中。下片，不言人之悲哀，但以杏花生愁，御沟呜咽，反衬人之悲哀。用笔空灵，意亦沉痛"（《唐宋词简释》）。这一评点使人明白了，表达政治感情和爱国思想，可以有多种艺术方式和风格，并非一定要直抒胸臆和大喊大叫。韩元吉是辛派词人中艺术含蕴较深沉、审美感觉比较空灵宛转的一位。他很善于以短小的篇幅、凝炼的字句和高远壮阔的境界，来寄寓自己浩茫深沉的忧患意识。最有代表性的，莫过于下面这首被人誉为"未有能继之者"（元吴师道《吴礼部词话》）的《霜天晓角·蛾眉亭》：

> 倚天绝壁，直下江千尺。天际两蛾凝黛，愁与恨、几时极。
> 怒潮风正急，酒醒闻塞笛。试问谪仙何处？青山外，远烟碧。

此词约为隆兴二年（1164）作者以新番阳守省亲镇江途经采石矶时感怀之作（作者此年行迹，参见陆游《渭南文集》卷十四《京口唱和序》）。采石矶乃是三年前宋朝军队打败金军的地方。采石之战后两年，宋军北伐，先胜后败，与金重新议和，成立"隆兴和议"，国家依旧南北分裂。当此之际，作者伫立矶上，俯仰天地，所"愁"所"恨"者为何，是不言自明的。无限悲愤之情借景物摇曳传达，更显得沉郁而婉曲。韩元吉迹近辛派而又自具个性的词风，于此可见一斑。

陆游（1125—1210），字务观，号放翁，越州山阴（今浙江绍兴）人。他是人所熟知的南宋第一大诗人。与辛弃疾专力于词不同，陆游的主要成就在诗不在词。他存诗近万首，其诗内容极富，题材极广，举凡当时重大政治生活、时代之巨变、人民之苦难、个人之不幸以及隐居闲适之趣、内心情感波澜等等，无不被他写进诗中。他不但是宋代，而且是中国古代最重要的大诗人之一。但他在词史上的地位远远不及他在诗史上的地位显赫和重要。这是因为他对词意存轻视，基本上还像北宋人那样，仅仅把这一新兴体裁视为"小道"和"余事"。他的词学观，在"靖康"南渡、词人普遍转变词风而以词作为抒怀言志之一体的时代背景下，显得十分保守和不合时宜。总的说来，他十分轻视词体，对词的抒情性质有一种矛盾和迷惘的态度，甚而菲薄旧作，对自己"未能免俗"

地写过一些小词感到后悔。比如他在《长短句序》（载《渭南文集》卷十四）中这样说道：

> 风、雅、颂之后，为骚，为赋，为曲，为引，为行，为谣，为歌。千余年后，乃有倚声制辞，起唐之季世，则其变愈薄，可胜叹哉！予少时汩于世俗，颇有所为，晚而悔之，然渔歌菱唱，犹不能止。今绝笔已数年，念旧作终不可掩，因书其首以识吾过。

在另外一篇《花间集跋》中，他更通过谴责花间诸人而菲薄词体道：

> 《花间集》皆唐末五代时人作，方斯时天下岌岌，生民救死不暇，士大夫乃流宕如此，可叹也哉！或者亦出于无聊故耶？

这两篇文字大约写于他六十五岁前后。他到晚年（八十岁以后）所写的几篇谈词的文字，其词学观点略有变化，对词体的态度有褒有贬，对其"摆落故态"而能表现"跌宕意气"的抒情功能有所肯定和赞扬。但无论如何，他大半生对于词的保守偏激的轻视态度以及他对于词的独特审美方式的缺乏了解，毕竟使他对于词的创作失去了应有的热情，从而未能投注较多的精力，去发挥他本来具有的天才和优势。因而词在陆游那里，成了名副其实的"余事"和"末技"，与其数量近万的诗相比，其《放翁词》总数才一百三十余首，其质量远不如其诗，也不如南宋词中几位第一流的大家。

但是陆游的词毕竟具有一个厚积薄发的文学大师的独特风采和鲜明的南宋时代特色，足以在南宋中兴词人群体中自成一家而毫无愧色。他为人豪放飘逸，时人呼为"小太白"，其论词又推重苏轼，谓苏词"歌之曲终，觉天风海雨逼人，学诗者当以是求之"（《跋东坡七夕词后》），再加上南渡以来词坛以诗为词的时代风气的影响，于是《放翁词》以雄放悲慨为主调，以他在诗中反复咏唱的忧时爱国之情为主要内容，成为在风格、旨趣上颇为接近辛弃疾的一家。由于他并非全力为词，仅视之为"余事"，偶尔率意为之，并无执著而一贯的风格追求，因此很难让人用准确的概念来概括他的词风。不过，他在词坛虽非大家，但其词风却像一些成熟的大家那样达到了多样化。刘克庄曾评论说："放翁长短句，其激昂感慨者，稼轩不能过；飘逸高妙者，与陈简斋、朱希真相颉颃；流丽绵密者，欲出晏

叔原、贺方回之上。"（《后村诗话续集》）刘克庄在这里实际上将放翁词
划为风格和内容不同的三大类：一、抒写匡复河山、忧时爱国之雄心壮志
者，其风格"激昂感慨"；二、寄情山水风月的闲适词，其风格"飘逸高
妙"；三、艳情词，其风格"流丽绵密"。刘克庄这种划分和论述，大致符
合放翁词的实况。只是这三类作品和三种风格并非平列的关系，其中"激
昂感慨"似稼轩的爱国壮词乃是其主调，也是最显作者主体意识和南宋时
代精神的一部分好作品。也正是这些作品，使放翁赢得了在词坛与稼轩并
称"辛陆"的美誉（刘克庄谓"放翁、稼轩，一扫纤艳，不事斧凿"，开
始将辛、陆视为同派；清初曹贞吉《沁园春·读子厚新词却寄》云："更
爱长篇，嵚崎历落，辛陆遥遥一瓣香"，正式将"辛与陆"并称）。试读放
翁词中那些与"稼轩风"笙磬同音的壮词，我们可以确知辛、陆在词坛是
联辔并进的同盟军。《汉宫春·初自南郑来成都作》：

> 羽箭雕弓，忆呼鹰古垒，截虎平川。吹笳暮归，野帐雪压青毡。淋
> 漓醉墨，看龙蛇飞落蛮笺。人误许，诗情将略，一时才气超然。　　何
> 事又作南来，看重阳药市，元夕灯山。花时万人乐处，攲帽垂鞭。闻歌
> 感旧，尚时时流涕尊前。君记取，封侯事在，功名不信由天。

此词为爱国心志遭受打击后不甘闲散的抒愤之作，其悲壮之怀、强项之
态，正与辛稼轩相似。黄梨庄谓稼轩"当弱宋末造，负管、乐之才，不能
尽展其用，一腔忠愤，无处发泄"，以故其"悲歌慷慨，抑郁无聊之气，
一寄之于词"，读放翁词，亦可作如是观，因为放翁词与稼轩词一样都是
多难时代失意英雄之词。近人俞陛云正是看准了辛、陆二人心志相同，对
现实生活的感受相同，因而其词风一拍即合这一点，故评此词而及于二人
词风之趋同曰：

> 人当少年气满，视青紫如拾芥，几经挫折，便颓废自甘。放翁独老犹
> 作健，当其上马打围，下马草檄，何等豪气！迨漫游蜀郡，人乐而我悲，
> 怆然怀旧，而封侯凤志，尚欲以人定胜天，可谓壮矣。此词奋笔挥洒，其
> 才气与东坡、稼轩相似。汲古阁刻其词集，谓"超爽处更似稼轩耳"。
>
> 　　　　　　　　　　　　　　　　　　　——《唐五代两宋词选释》

如果说，上引这首词虽然豪壮有余，还嫌过于直露而含蓄蕴藉不足的话，那么放翁晚年废退闲居山阴时所作的那些忆旧抒怀之词就显得更加深沉悲慨，充溢着"壮士拂剑，浩然弥哀"的失意英雄的苦闷之情，因而其风调更接近同一时期闲居于江西农村的辛稼轩了。试先读下列两首短章：

　　雪晓清笳乱起，梦游处、不知何地？铁骑无声望似水。想关河，雁门西，青海际。　　睡觉寒灯里，漏声断、月斜窗纸。自许封侯在万里。有谁知，鬓虽残，心未死！

　　　　　　　　　　　　　　——《夜游宫·记梦寄师伯浑》

　　当年万里觅封侯，匹马戍梁州。关河梦断何处？尘暗旧貂裘。胡未灭，鬓先秋，泪空流。此生谁料，心在天山，身老沧洲！

　　　　　　　　　　　　　　　　　　——《诉衷情》

再将辛弃疾《鹧鸪天·有客慨然谈功名，因追念少年时事，戏作》与之对读：

　　壮岁旌旗拥万夫，锦襜突骑渡江初。燕兵夜娖银胡䩮，汉箭朝飞金仆姑。　　追往事，叹今吾，春风不染白髭须。却将万字平戎策，换得东家种树书。

这几首词，都是辛、陆二人失意废退期间不甘寂寞的抒愤之作，都是代表辛、陆主导词风的名篇。从对比中我们不难看出，二人的作品虽各有自己的个性特色，但由于思想基础相近，现实遭遇相似，老骥伏枥志在千里的英雄情怀更是相合，因而几首词所呈现的豪纵而悲郁的风调，竟如出一人！冯煦评放翁词有"迤峭沉郁之概"（《宋六十一家词选例言》），当是针对这一类与"稼轩风"相近的作品而言的。由辛、陆二人主导词风不期然而然地趋向一路这一现象足可证明：南渡后的新生代词人之所以聚合成为阵容强大的稼轩派，除了派主的吸引力与号召力之外，更多的是忧国伤时的时代精神主潮使然，是失意英雄们共同的思想基础使得他们在词坛自觉地联手创作，从而形成了一个彼此呼应的战斗群体。

以上偏重于描述和评论放翁词的"主调"——接近"稼轩风"、同时也就是与时代主潮合拍的"激昂感慨"的那一面。至于他的并非主调的另两类词——闲适词与艳情词，论者多有评析，这里不再多说。只需补充说明的是：放翁词中这两类"非主调"的作品，并不妨碍我们将他视为稼轩派。他的闲适词，是在他壮志难展、被迫蛰居的情况下寄情于田园山水以求精神暂时解脱之作。在那些作品中，他的豪雄之气渐化而为平淡清旷，以致与朱敦儒等人极为相近。但他并非一心为此，正如辛弃疾闲居期间亦多闲适词，但绝非一心闲适。他们都未曾像朱敦儒晚期那样彻底地"摇首出红尘"，遁入清旷颓放之境。陆游是临死都还盼望"王师北定中原日"的积极入世者，所以他不管在政治上、文学上都只能与辛弃疾同派。至于他的艳情词，亦属至情至性的英雄豪杰词人皆曾染指写作的表现心灵世界丰富性的必不可少之作。正如豪侠之士辛弃疾"偶能侧媚亦多情"一样，陆放翁词中少量言儿女之情的佳作，更加衬托出其人其词的多彩多姿。他的艳情词，刻画了诸多美丽的女性形象和她们微妙的心理状态，虽有风流旖旎的艺术描绘，但却不流于低俗或绮靡。其中，千古传诵的《钗头凤》一阕，不但是放翁词中最佳作品之一，亦可称词史上优秀的爱情珍品：

> 红酥手，黄縢酒，满城春色宫墙柳。东风恶，欢情薄，一怀愁绪，几年离索，错，错，错！　　春如旧，人空瘦，泪痕红浥鲛绡透。桃花落，闲池阁，山盟虽在，锦书难托。莫，莫，莫！

这首词历来都被认为是陆游为被迫离异的妻子唐氏而作，近年有学者发表考证文章，认为非为唐氏而作，乃是陆游蜀中冶游之作。笔者以为，实事求是地考清此词写作背景及描写对象是必要的，但不管原来传说的本事是否可靠，从其所反映的封建社会里真正爱情横遭扼杀的悲剧和词章描写这种悲剧时的深挚哀婉、动摇人心的艺术感染力来看，《钗头凤》的历史价值和审美价值都是确定无疑的。

第三节　南宋中后期的稼轩派词人

上一节所举，仅是稼轩派中名声最大、成就最显的几位代表人物。实际上，辛弃疾在世之时，自觉追随他作词的人很多，因门生、亲属关系而属于辛词嫡派的人也不少。可惜有些重要辛派人物作品失传，无从描绘他们的艺术面貌了。这里仅举出两个人，以见一斑：

一是稼轩的门人范开。此人字廓之，后避宋宁宗讳改字先之，洛阳人，为北宋元祐党人之后裔。他于淳熙九年（1182）来到江西上饶，受学于稼轩门下。稼轩称："廓之与予游八年，日从事诗酒间，意相得欢甚。"（《醉翁操》序）范开也自述："开久从公游，其残膏剩馥，得所霑焉为多。"（《稼轩词序》）范开对于老师的词学，体认最深切，所得也甚多，以致编辑刻印《稼轩词》的任务于淳熙十五年历史地落到了他的肩上。今《稼轩词》中与范开酬唱之作甚多（尤其是"带湖之什"中）。可以断定，范开本人作词不少，而且词风是比一般人更趋向老师的，是正宗的辛派弟子。只可惜，范开的词全部失传了！

二是稼轩的女婿陈成父。据《万姓统谱》卷十八载：成父"字汝玉，克承家学。辛弃疾持宪节来闽，闻其才名，罗致宾席而妻以女"。此人曾学习岳父作词，有《和稼轩词》，今亦不传。

除了如范开、陈成父这样的由稼轩亲传"家法"的嫡派之外，南宋中后期在"歌词渐有稼轩风"的时代风尚中还涌现了难以统计清楚人数的许许多多稼轩派词人。现仅据有作品流传者将他们大致划为三类：一是年辈晚于稼轩，但犹及与稼轩本人交游唱和，作词趋向稼轩风者；二是生活年代与稼轩中晚年相重合或稍后，虽未曾与稼轩本人交游，但在稼轩风方盛的环境中受到感染和哺育，作词趋向稼轩风者；三是稼轩辞世之后才成长起来的一批词人，虽生活于时代风尚、文化精神已经转移的南宋后期，但仍遥承稼轩风、接续稼轩体者。限于篇幅，每一类中仅择几位有代表性者略作评介。至于宋末遗民词人中以刘辰翁等为代表的一批江西籍作者，其艺术渊源本出于稼轩派，但一则他们时代太靠后，二则他们已有了"江西词派"这个专门名称，故留待本书末章另作评述。

一、亲炙稼轩风的杨炎正、程珌、黄机、岳珂等人

杨炎正（1145—1216?），字济翁，庐陵（今江西吉安）人。为杨万里之族弟。庆元二年（1196），年五十二始中进士，为宁县簿。六年，为架阁指挥，不久罢去。嘉定三年（1210）在大理司直任上以臣僚论劾，诏与在外差遣，知滕州。嘉定七年又被论罢，改知琼州。官至安抚使。炎正工于词，其词集名《西樵语业》，今存三十八首。他与辛弃疾交谊甚厚，多有酬唱，其唱和词今犹存六首，词风也与辛氏十分相近。其《水调歌头》云：

　　把酒对斜日，无语问西风。胭脂何事？都做颜色染芙蓉。放眼暮
江千顷，中有离愁万斛，无处落征鸿。天在阑干角，人倚醉醒中。
千万里，江南北，浙西东。吾生如寄，尚想三径菊花丛。谁是中州豪
杰，借我五湖舟楫，去作钓鱼翁。故国且回首，此意莫匆匆。

　　炎正为力主抗金的仁人志士，但大半生郁郁不得志，故借此词一抒胸
中块垒。一开始以夸张之笔营造浓愁万斛之氛围。在此氛围中他欲进不
能，欲退不忍，虽以三径五湖为念，意欲归隐；但回首多难之"故国"，
又转而踌躇，报国之心难泯，牢骚也只是说说而已。本篇笔墨奇矫，意境
深沉而曲折，由"离愁万斛"写到归隐五湖三径，已造成消沉纤缓之势，
然结尾陡然一转，别开生面，方抖落出自己的思想矛盾的底蕴。陈廷焯谓
此词"悲壮而沉郁，忽纵忽擒，摆脱一切"（《词则·放歌集》）。从章法、
立意上看，炎正此类作品颇有稼轩风。他的《水调歌头·登多景楼》之
"可怜报国无路，空白一分头"；《满江红》（典尽春衣）之"功名事，云
霄隔；英雄伴，东南坼"等等咏叹，更是俨然与稼轩你呼我应，几乎"一
个鼻孔出气"。至于他的那些幽畅清婉之作，也深得辛词的情趣。如《诉
衷情》：

　　露珠点点欲团霜，分冷与纱窗。锦书不到肠断，烟水隔茫茫。
征燕尽，塞鸿翔，睇风樯。阑干曲处，又是一番，倚尽斜阳。

另如《蝶恋花》（离恨做成春夜雨）等，皆逼肖稼轩体中那些幽婉绵密之
什。《四库全书总目》称其"纵横排奡之气，虽不足敌（辛）弃疾，而屏
绝纤秾，自抒清俊，要非俗艳所可拟。一时（与辛弃疾）投契，盖亦有由
云"。所论炎正词之艺术特点及其与稼轩的同派关系，十分允当。

　　程珌（1164—1242），字怀古，休宁（今属安徽）人。先世居河北洺
水，因自号洺水遗民，以示不忘中原故土。绍熙四年（1193）进士。授昌
化主簿，调建康府教授，改知富阳县。嘉定十三年（1220）除秘书丞。明
年为著作佐郎、军器少监。迁国子司业、起居舍人、权中书舍人，拜翰林
学士、知制诰。绍定间，知福州兼福建安抚使。以端明殿学士致仕。卒年
七十九。有《洺水集》二十四卷，《洺水词》一卷。

程珌晚辛弃疾二十四岁，二人为忘年之交。他属于抗战派人士，且颇通治国方略，"至于论备边蠲税诸疏，则拳拳于国计民瘼，详明剀切，利病井然"（《四库全书总目·洛水集提要》）。因此与辛弃疾十分投契，对辛氏的政治见解和兵家韬略十分佩服。以致直到辛弃疾去世之后十年，他还在上给朝廷的《丙子轮对札子》中详细引用辛氏在开禧北伐前所发表的政治军事言论。因此他作词也追随辛氏，成为稼轩派"后续部队"中有力的一员。冯煦《蒿庵论词》云："有与幼安周旋而即效其体者，若西樵、洛水两家。惜怀古味薄，济翁笔亦不健。"既指明了杨炎正、程珌是稼轩派重要词家，也批评了他们艺术上的不足：程珌比起稼轩，艺术性比较淡薄，杨炎正则笔力不如稼轩矫健。冯煦这一评判是十分允当的。不过这是与宗主稼轩相比显出的不足，在稼轩派内比陈亮、刘过晚一辈的词人中，程珌仍算是较有成就的一位。他的词风虽然总的说来流于肆放质直，但也有济以委婉含蓄而得稼轩体之神者。如《水调歌头·登甘露寺多景楼望淮有感》：

> 天地本无际，南北竟谁分？楼前多景，中原一恨杳难论。却似长江万里，忽有孤山两点，点破水晶盆。为借鞭霆力，驱去附昆仑。
>
> 望淮阴，兵冶处，俨然存。看来天意，止欠士雅与刘琨。三拊当时顽石，唤醒隆中一老，细与酌芳尊。孟夏正须雨，一洗北尘昏。

此词与陆游、韩元吉、陈亮等人登多景楼的词主题略同，都是抒写北伐恢复的政治胸怀的。但程珌在这里不重在议论，而是讥讽宋廷的懦弱无能，呼吁起用祖逖、刘琨那样的英雄人物，以鞭击雷霆之力，去"一洗北尘昏"——驱逐金人、收复北方失土。由于在情景相融的大笔挥洒中适当地运用了含蓄的比兴手法，此词遂自具豪放而能沉郁的特色，从而与稼轩体较为接近了。

黄机（生卒年不详），字几仲，一云字几叔，东阳（今属浙江）人。主要活动于宁宗朝（1195—1224）。曾举进士第。仕宦于湘南。庆元中，曾与退居江西铅山瓢泉的辛弃疾唱和。开禧元年（1205）与岳珂、刘过等在京口（今江苏镇江）聚会，"暇日相与蹢奇吊古，多见于诗，一郡胜处皆有之"（岳珂《桯史》卷二）。今存黄机《竹斋诗余》中，与岳珂酬赠之词多至七首，即作于同寓京口之时，时间为开禧初及此后数年内。而开禧元年辛弃疾适在镇江守任土，岳珂曾于上一年拜谒请益于稼轩幕下，刘过也于同一时期赴镇江访晤稼轩。嘉泰末至开禧中辛、刘、岳、黄诸人的交游唱和，乃是稼轩词派的一次重大的群体聚合和创作活动。黄机本为"有愁万斛，有才八斗，慷慨时惊俗眼"（《鹊桥仙·次韵湖上》）的豪杰之士，又在这样的创作环境中与这样一批爱国豪放词人联手创作，其词自然沉郁苍凉，以稼轩风为依归。如《六州歌头·次岳总干韵》：

> 将军何日，去筑受降城。三万骑，貔貅虎，戮鲵鲸。洗沧溟。试上金山望，中原路，平于掌，百年事，心未语，泪先倾。若若累累印绶，偏安久，大义谁明？倚危栏欲遍，江水亦吞声。目断蘋汀，海门青。　　停杯与问，焉用此，手虽子，积如京。波神怒，风浩浩，勃然兴。卷龙腥。似把渠忠愤，伸恳请，翠华巡。呼壮士，挽河汉，荡欃枪。长算直须先定，如细故、休苦营营。正清愁满抱，鸥鹭却多情，飞过邮亭。

词题中的岳总干，即岳珂，因他任户部侍郎淮东总领，故称。词为在镇江与岳珂唱和之作。全篇写故国之思和收复中原的热切希望，大声疾呼，慷慨激烈，气势凌云，深沉感人。结尾处以疏淡的景语作结，独标新警，言"鸥鹭却多情"，更加含蓄而耐人寻味。

此外其《虞美人》有云：

> 十年不作湖湘客，亭堠催行色。浅山荒草记当时，筱竹篱边羸马、向人嘶。　　书生万字平戎策，苦泪风前滴。莫辞衫袖障征尘，自古英雄之楚、又之秦。

陈廷焯《白雨斋词话》卷六举其中"书生万字平戎策，苦泪风前滴"，与赵鼎《满江红》、张元幹《贺新郎》、朱敦儒《相见欢》、张孝祥《浣溪沙》、刘仙伦《念奴娇》、刘克庄《玉楼春》、刘过《沁园春》、方岳《满江红》、陈人杰《沁园春》等等慷慨悲壮的名篇并列，认为"此类皆慷慨激烈，发欲上指，词境虽不高，然足以使懦夫有立志"。上举之例，足以证明黄机作词自觉趋从南宋前期审美主潮，以稼轩体为自己的创作典范。

黄机作词效稼轩风、学稼轩体，并非浮浅地跟从潮流，而是出于对辛弃疾其人其词的深切理解与由衷敬佩。这有他的《乳燕飞·次徐斯远韵寄稼轩》为证：

> 兴泼元同宇。唤君来、浮君大白，为君起舞。满袖斑斑功名泪，百岁风吹急雨。愁与恨、凭谁分付。醉里狂歌空漫触，且休歌、只倩琵琶诉。人不语，弦自语。　诗成更将君自赋。渺楼头、烟迷碧草，云连芳树。草树那能知人意，怅望关河梦阻。有心事、笺天天许。绣帽轻裘真男子，政何须、纸上分今古。未办得，赋归去。

全篇对辛弃疾这位失路英雄深表同情和理解，认为他不仅仅是一位词家，更主要的是一位可立盖世功名而不幸未能施展才略的"真男子"。黄机的确不失为辛弃疾的知音，他作词自觉加入稼轩一派也就不足为怪了。

岳珂（1183—?），字肃之，号亦斋、东几，晚号倦翁，汤阴（今属河南）人。岳飞之孙，岳霖之子。嘉泰末为承务郎监镇江府户部大军仓，为辛弃疾属下。弃疾偶读其《通名启》而喜，念其为英烈之后，特别优待，逢府中歌舞之会，时一招去。弃疾有新作，每令侍姬歌之，然后令岳珂等"摘其疵"而"味改之"，岳珂因"一语之合"而使弃疾对之"益加厚"（见《桯史》卷三）。于此可见辛、岳交往之由及岳珂在文学创作上与辛氏的渊源关系。后历光禄丞、司农寺主簿、军器临丞、司农寺丞。嘉定十年（1217）出知嘉兴。十二年，为承议郎、江南东路转运判官。十四年，除军器监、淮东总领。宝庆三年（1227），为户部侍郎、淮东总领兼制置使。卒于淳祐元年（1241）之后，享年六十岁以上。

岳珂生前著述颇丰，有《棠湖诗稿》、《玉楮集》、《愧剡录》、《桯史》、《金陀粹编》、《宝真斋法书赞》、《读史备忘》等等，惜其词散佚殆尽，今仅存八首。从这些现存作品来看，岳珂作词远承其祖遗风，近效稼轩体制，虽亦有婉媚之作，然其主调为悲歌慷慨、豪壮沉郁。如《祝英台近·北固亭》：

> 淡烟横，层雾敛，胜概分雄占。月下鸣榔，风急怒涛飐。关河无限清愁，不堪临鉴。正霜鬓，秋风尘染。　漫登览，极目万里沙场，事业频看剑。古往今来，南北限天堑。倚楼谁弄新声？重城正掩。历历数、西州更点。

杨慎《词品》卷五评曰："此词感慨忠愤，与辛幼安'千古江山'一词相伯仲。"虽略嫌溢美，但将它与辛弃疾相联系，对岳珂其人其词的风格流派归属的体认无疑是正确的。

二、应合稼轩风的戴复古、刘仙伦、刘学箕、崔与之、葛长庚等人

南宋中期，浙江金华出了一个满身豪气但不能见用于时的山人。他姓宋名自逊，字谦父，号壶山居士，隐居于南昌。所著词集名《渔樵笛谱》，可惜失传。从后人所辑得的壶山居士的七首词来看，纯然是一派稼轩风。如《满江红·秋感》：

> 举扇西风，又十载、重游秋浦。对旧日、江山错愕，鬓丝如许。世事兴亡空感慨，男儿事业谁堪数。被老天、开眼看人忙，成今古。　江上路，喧鼙鼓。山中地，纷豺虎。谩乾坤许大，著身何处？名利等成狂梦寐，文章亦是闲言语。赖双投、酒熟蟹螯肥，忘羁旅。

宋自逊的好友、江湖诗人戴复古也是作词宗尚稼轩风的。他在接到宋自逊寄赠的"新刊雅词"之后，读到其中"自说平生"的《壶山好》三十阕（按即《双调望江南》三十首，已失传），嫌其"犹有说未尽处"，遂为之续四首。[⑯]其中第三首云：

> 壶山好，文字满胸中。诗律变成长庆体，歌词渐有稼轩风。最会说穷通。　中年后，虽老未成翁。儿大相传书种在，客来不放酒尊空。相对醉颜红。

"歌词渐有稼轩风"不单是称赞宋自逊的词风，也是自述作词的审美方向，同时更是概括描述当时词坛的审美主潮。事实上，在辛弃疾的中、晚年及他去世之后一段时期，词坛上从其风者甚众，宋自逊、戴复古只不过是其中意识较强烈者。在那样一种环境中，稼轩词派早已逾出亲属、门生、密友、僚属的"近亲"范围，而成为一个泛流派，或者更准确些说，成了一种时代风会。现仅择取几位较有代表性者评介之。

戴复古（1167—1252?），字式之，天台黄岩（今属浙江）人。所居有

石屏山，因自号石屏。终生未曾仕进，浪迹江湖。尝登陆游之门，而诗艺益进。为江湖诗派之前辈名家。好游历，二十年间，走东湖，过江汉淮粤，凡空迥奇特荒怪古僻之迹，无不登历。除四川外，足迹几乎遍及南中国各重要地区。晚年归隐于故乡南塘石屏山下，约卒于理宗淳祐末，享年约八十余岁。

戴复古主要从事诗歌创作，他推崇杜甫、陈子昂，常常以诗反映社会现实，抒写忧国伤时的情怀，创作了不少眷念中原失地、渴望祖国统一和指斥朝廷苟安的力作。他以余力作词，其词也如其诗一样具有极强的现实性，气势雄壮，风格豪放。其《满江红·赤壁怀古》等作，有意模仿苏轼《念奴娇·赤壁怀古》。但他更倾心于辛弃疾，其若干代表作都专写爱国情怀，慷慨悲凉，逼近辛词的格调。如《水调歌头·题李季允侍郎鄂州吞云楼》：

> 轮奂半天上，胜概压南楼。筹边独坐，岂欲登览快双眸？浪说胸吞云梦，直把气吞残虏，西北望神州。百载一机会，人事恨悠悠。
>
> 骑黄鹤，赋鹦鹉，谩风流。岳王祠畔，杨柳烟锁古今愁。整顿乾坤手段，指授英雄方略，雅志若为酬？杯酒不在手，双鬓恐惊秋。

南宋是一个使爱国志士备受压抑的病态时代。但受压抑的情况又有所不同。辛弃疾、陆游等人虽然迭遭打击，毕竟曾经参与政治，在仕途上显过身手，只是未得尽展其用，最终赍志以没；如戴复古这类布衣遭遇就更悲惨，他们自始至终被统治集团遗弃，仅作为山野江湖诗人、词人终其一生，四方奔走，生计维艰，求食之不暇，更无论士大夫们那种清旷飘逸的儒雅风度。这一类人在稼轩派中自成一个主体意识与士大夫词人有差异的小派，他们的代表人物首推戴复古。其词作中除了抒写派中人共有的忧国伤时之情外，最引人注目的一项内容就是自抒其困顿失意的身世之感。如《沁园春》：

> 一曲狂歌，有百余言，说尽一生。费十年灯火，读书读史，四方奔走，求利求名。蹭蹬归来，闭门独坐，赢得穷吟诗句清。夫诗者，皆吾侬平日，愁叹之声。　　空余豪气峥嵘。安得良田二顷耕。向临邛涤器，可怜司马；成都卖卜，谁识君平。分则宜然，吾何敢怨，蝼

蚁逍遥戴粒行。开怀抱，有青梅荐酒，绿树啼莺。

词意虽嫌直露，但形象鲜明而叙事生动，不失为以词言志、以词作自叙传的佳作。自苏轼开"以诗为词"、以词述志之先河以来，中经南渡词人群体的大力实践及辛弃疾等人的发扬光大，至戴复古之辈的手中，这种言志述怀的诗化体式已经烂熟。《四库总目提要》对戴复古词的艺术特征的概述是比较中肯的："方回《瀛奎律髓》称其（诗）豪迈清快，自成一家。今观其词，亦音韵天成，不费斧凿。其《望江南》自嘲第一首云：'贾岛形模元自瘦，杜陵言语不妨村，谁解学西昆。'复古论诗之宗旨，于此具见。宜其以诗为词，时出新意，无一语蹈袭也。"

刘仙伦（生卒年不详），一名儗，字叔儗，号招山，庐陵（今江西吉安）人。与同郡刘过齐名，时称庐陵二布衣。毕生不仕，以布衣终。有《招山乐章》，存词三十一首。关于刘仙伦的才性和文学风格，岳珂《桯史》卷六曾有评说："叔儗名儗，才豪甚，其诗往往不肯人格律。……大概皆一轨辙，新警峭拔，足洗尘腐而空之矣。独以伤露筋骨，盖与改之为一流人物云。"这主要是说他的诗风，其实他的词风也大致如此。在稼轩派中，他虽与刘过齐名，但艺术成就不如后者。他的词，亦多感慨时事，以议论纵横、昂扬激越见长。其《念奴娇·送张明之赴京西幕》云：

> 艅艎东下，望西江千里，苍茫烟水。试问襄州何处是，雉堞连云天际。叔子残碑，卧龙陈迹，遗恨斜阳里。后来人物，如君瑰伟能几？　　其肯为我来耶？河阳下士，差足强人意。勿谓时平无事也，便以言兵为讳。眼底河山，楼头鼓角，都是英雄泪。功名机会，要须闲暇先备。

此词风调，酷肖稼轩体中那种"以论为词"的作品，其刚硬激烈处尤且过之。陈廷焯《云韶集》卷六评此词云："此词议论纵横，无限感喟，真是压倒古今。魄力不亚辛稼轩，并貌亦与之仿佛。而一二名贵处，直欲驾而上之。"又云：此词"置之稼轩集中，亦是高境"。

刘仙伦并非一味豪纵恣肆，其词中亦有韶秀清婉之作。如《一剪梅》：

> 唱到阳关第四声，香带轻分，罗带轻分。杏花时节雨纷纷，山绕

孤村，水绕孤村。　　更没心情共酒尊，春衫香满，空有啼痕。一般离思两销魂，马上黄昏，楼上黄昏。

况周颐《蕙风词话续编》卷一评曰："词有淡远取神，只描取景物，而神致自在言外，此为高手。然不善学之，最易落套。亦如诗中之假王孟诗也。刘招山《一剪梅》过拍云：'杏花时节雨纷纷，山绕孤村，水绕孤村。'颇能景中言情。昔人但称其歇拍三句'一般离思'云云，未足尽此词佳胜。"刘仙伦的例子说明了：稼轩风的追随者们并非像某些主"正宗"的论者所指斥的那样一味"粗豪叫嚣"，他们中的成功者大都能像稼轩那样能豪能婉、刚柔兼备，是做得出"当行本色"的佳词来的。

刘学箕（生卒年不详），字习之，自号种春子，崇安（今福建武夷山市）人。理学家刘子翚之孙，刘玶之子。恬于仕进，淡于功名，年近五十，即南山之下隐居。家饶池馆，有堂曰"方是闲"，故又自号方是闲居士。有《方是闲居士小稿》。善诗词，但主要以词名世。今存词三十八首。关于他的文学创作，南宋刘淮序其集，谓其"笔力豪放，诗摩香山（白居易）之垒，词拍稼轩之肩"。谓其诗可比白居易，词可与辛弃疾并列，当属溢美，然于此亦可见刘学箕是当时"诗律变成长庆体，歌词渐有稼轩风"审美潮流中之佼佼者。他的词，自觉学习稼轩体，甚至步稼轩词原韵来抒写忧国情怀。例如《贺新郎》：

> 往事何堪说。念人生、消磨寒暑，漫营裘葛。少日功名频看镜，绿鬓髟髦未雪。渐老矣愁生华发。国耻家仇何年报？痛伤神、遥望关河月。悲愤积，付湘瑟。　　人生未可随时别。守忠诚、不替天意，自能符合。误国诸人今何在？回首怨深次骨。叹南北、久成离绝。中夜闻鸡狂起舞，袖青蛇、戛击光磨铁。三太息，眦空裂。

由这篇激扬悲壮的乐章可以得知，"方是闲"居士心并不闲，而是在热切地关注着时局，心心念念地要一雪"国耻家仇"。关于此词的写作缘起，作者于词前冠有一长序加以说明："近闻北虏（按指金国）衰乱，诸公未有劝上修饬内治以待外攘者。书生感愤不能已，用辛稼轩金缕词韵述怀。此词盖鹭鸶林寄陈同甫者，韵险甚。稼轩自和凡三篇，语意俱到。捧心效颦，辄不自揆，同志勿以其迂而废其言。"说是"效颦"，固是震于稼轩、陈亮盛名的谦辞，实际上这首词即使置之稼轩集中也属上品。毋怪《四库全书总目·方是闲居士小稿提要》评曰："（刘学箕）集中诸词，魄力少逊辛弃疾。然如其和辛弃疾金缕词韵述怀一首，悲壮激烈，忠孝之气，奕奕纸上，不愧为（刘）餂之子孙。虽置之《稼轩集》中，殆不能辨。"从宋自逊、戴复古、刘仙伦、刘学箕这些江湖山林居士都竞学辛弃疾作词这一盛况足可看出：南宋中后期稼轩体与稼轩风是如何流行南部中国城乡各地并衍为大词派的。

崔与之（1158—1239），字正之，一字正子，号菊坡，广州增城（今属广东）人。光宗绍熙四年（1193）进士。授浔州司法参军，调淮西提刑司检法官，特授广西提点刑狱，渡海巡视朱崖（今海南），奖廉惩贪，兴利除弊，多行善政，琼人编次其事迹为《海上澄清录》。宁宗嘉定中，权发遣扬州事、主管淮东安抚司公事。蜀中兵乱，与之迁知成都府、兼本路安抚使，到任后即安抚将士，整饬边防，一境贴然而安。蜀人肖其像于成都仙游阁，以配张咏、赵抃，名三贤祠。端平元年（1234），授广东经略安抚使兼知广州。二年，除参知政事。三年，拜右相兼枢密使。嘉熙三年致仕，卒，年八十二，谥清献（据《宋史》本传）。有《崔清献公集》五卷。存词仅二首。其《水调歌头·题剑阁》云：

> 万里云间戍，立马剑门关。乱山极目无际，直北是长安。人苦百年涂炭，鬼哭三边锋镝，天道久应还。手写留屯奏，炯炯寸心丹。
>
> 对青灯，搔白发，漏声残。老来勋业未就，妨却一身闲。梅岭绿荫青子，蒲涧清泉白石，怪我旧盟寒。烽火平安夜，归梦到家山。

作者为南宋后期有所作为的政治家，此词自写心志，全篇悲壮沉郁，在给人以一种崇高、雄豪、庄严之感的同时，又具有很强的人性与人情的感染力。近人麦孟华评曰："菊坡虽不以词名，然此词豪迈，何减稼轩"（《艺蘅馆词选》丙卷引）。崔与之可以称为当时将相重臣中学习稼轩体的一位代表。

葛长庚（1194—?），字白叟，号白玉蟾，闽清（今属福建）人。幼时父亡母嫁，乃弃家游海上，至雷州，继白氏后，改姓白，家琼州（今海南海口）。博览群书，善篆隶草书，工画梅竹。后入武夷山为道士。宁宗嘉定中，诏征赴临安，馆太乙宫，封紫清明道真人。传说后来于鹤林羽化。

著有《海琼集》，附词二卷，存词一百三十余首。他并非一开始就超然世外的道教徒，他也曾为在尘世有一立足之地而南北奔走，尝过人间种种况味；入道之后，也还时时流露对生活的满腔热情。所以他的词无一般道士词那种"方外气"，而是一片热肠，感情沉挚，豪气贯串，近于稼轩。历来论葛长庚词风者，或谓其效东坡，或谓其近稼轩。其实，他的词既得东坡清旷飘逸之气，也富有稼轩沉挚激壮之风，而以近稼轩者为较多。近东坡者如《酹江月·武昌怀古》：

> 汉江北泻，下长淮、洗尽胸中今古。楼橹横波征雁远，谁见鱼龙夜舞。鹦鹉洲云，凤凰池月，付与沙头鹭。功名何处，年年惟见春絮。　　非不豪似周瑜，壮如黄祖，亦随秋风度。野草闲花无限数，渺在西山南浦。黄鹤楼人，赤乌年事，江汉亭前路。浮萍无据，水天几度朝暮。

作者以一个道教徒的眼光来审视古今，将大自然的永恒与人生的虚幻感表现得淋漓尽致，这当然与东坡赤壁怀古时"浪淘尽千古风流人物"的感喟及"人间如梦，一尊还酹江月"的无奈同一机杼，所以这一类作品风格近于东坡。杨慎《词品》卷二谓："此调雄壮，有意效坡仙乎？"不是没有道理的。其实说此词"雄壮"并不很准确，应该说是超旷放达。

葛长庚更多的词作风格是趋近稼轩——不是趋近稼轩那些债张粗犷之作，而是趋近那些沉挚俊爽之作。陈廷焯《白雨斋词话》卷二谓："葛长庚词，一片热肠，不作闲散语，转见其高。其《贺新郎》诸阕，意极缠绵，语极俊爽，可以步武稼轩，远出竹山（蒋捷）之右。"特录一首充满稼轩式的身世之感与苍凉之气的《贺新郎》：

> 且尽杯中酒。问平生、湖海心期，更如君否？渭树江云多少恨，离合古今非偶。更风雨，十常八九。长铗歌弹明月堕，对萧萧客鬓闲携手。还怕折，渡头柳。　　小楼夜久微凉透。倚危栏、一池倒影，半空星斗。此会明年知何处？蘋末秋风未久。漫输与、鹭朋鸥友。已办扁舟松江去，与鲈鱼莼菜论交旧。因念此，重回首。

这样的作品，表现了"方外人"执著于世情的一面，故风格趋向稼轩。葛长庚的词，反映了这位道教徒复杂的内心世界和多样化的艺术风格。至于他的集子里那些作为道士不可免的悟道、炼丹词，并没有什么审美感和艺术性可言，可置而不论。

三、南宋后期稼轩派主将刘克庄及其他同派词人

南宋后期，随着国势衰弱，恢复无望，偏安成习，时代精神转为在苟安环境中燕安歌舞，于是审美风尚发生巨大变化，北宋后期"浅斟低唱"的词风趁时复活并挤占了词坛主流地位（详情见下章）。在这种文化氛围中，一批志切恢复、热心事功的豪杰之士仍在做着悲壮的"中兴"梦，坚持南渡时期形成的政治理念和斗争精神，作词学习稼轩体，发扬稼轩风，将稼轩词派延续了下来。这个新时期的稼轩派人数不少，大致包括士大夫词人与江湖布衣词人两种人。其中成就较显著、特色最鲜明的，便是以江湖诗派主将而兼做豪壮词的刘克庄。为了展示稼轩词派繁衍流布的连续性和历时性的特征，本书将属于下一时期的刘克庄及其同派词人放在本章之末一并评介。

刘克庄（1187—1269），字潜夫，号后村，莆田（今属福建）人。嘉定二年（1209）以恩补将仕郎。次年调靖安主簿。宝庆元年（1225）知建阳县。因《落梅诗》尾联"东风谬掌花权柄，却忌孤高不主张"被言官指为讪谤权相史弥远，卷入"江湖诗案"，经郑清之为之力辩得释，受免官处分。淳祐六年（1246）赐同进士出身，除秘书少监兼国史院编修官兼实录院检讨官。迁御史兼崇政殿说书，暂兼中书舍人。因忤史嵩之，被劾罢。十一年春复入朝为起居舍人，半年即被罢。景定元年（1260）再入朝，官至权工部尚书兼侍读，出知建宁府。五年，以焕章阁学士致仕。卒年八十三，谥文定。他一生四立朝，敷奏剀切，有直声。诗为江湖派大家。词尤有特色，为南宋后期稼轩派主将。有《后村先生大全集》二百卷，内长短句五卷，存词二百六十余首。

刘克庄作词，极为自觉地趋向辛稼轩一路，这首先是因为他有一套与稼轩、陈亮等人相近的视长短句为《风》、《骚》之苗裔的词体文学观。他写过一首咏歌妓的词《贺新郎·席上闻歌有感》：

> 妾出于微贱。少年时、朱弦弹绝，玉笙吹遍。粗识《国风·关雎》乱，羞学流莺百啭。总不涉、闺情春怨。谁向西邻公子说，要珠

鞍、迎入梨花院。身未动，意先懒。　　主家十二楼连苑。那人人、靓妆按曲，绣帘初卷。道是华堂箫管唱，笑杀街坊拍充。回首望、侯门天远。我有平生《离鸾操》，颇哀而不愠微而婉。聊一奏，更三叹。

此词表面看来是以代言体叙述一位洁身自好的民间歌妓的身世遭遇和人品艺德，实际上是在写他自己——在歌妓的躯壳里注入辛派词人的人品观和文学观，借以表现自己的胸怀意气和审美趋向。有两位前代学者深识此中奥妙。刘熙载云："刘后村词，旨正而语有致。其《贺新郎·席上闻歌有感》云：'粗识《国风·关雎》乱，羞学流莺百啭。总不涉、闺情春怨。'又云：'我有平生《离鸾操》，颇哀而不愠微而婉。'意殆寓其词品耶？"（《艺概·词曲概》）俞陛云谓：此乃"托彼美（歌妓）以通辞，表余心之高洁"（《唐五代两宋词选释》）。词中的几个关键句子："粗识《国风·关雎》乱，羞学流莺百啭，总不涉、闺情春怨"以及"我有平生《离鸾操》，颇哀而不愠微而婉"等，确乎是在用托寓的方式表达作者和他所隶属的稼轩派的歌词创作观。这几个句子的意思是说：写作歌词应该继承《诗经》以来的优秀传统，不能流连风月花柳；风格要刚健清新，不能柔弱软媚；内容应该突破儿女之情和闲愁琐事，应该用词来表现志士仁人悲慨豪壮的博大襟怀和高尚的政治理想。

这是刘克庄一贯的文学主张。

刘克庄强烈反对将词视为偎红倚翠的"小道"和玩物，而主张用这种样式来抒怀言志，即所谓"丽不至亵，新不犯陈，借花卉以发骚人墨客之豪，托闺怨以寓放臣逐子之感"（《跋刘叔安感秋八词》）。因此他对前辈词人最崇仰辛弃疾。他少年时代正值辛弃疾的晚年（1207年辛去世时克庄二十一岁），当时稼轩风正畅行海内，克庄受时尚感染，对稼轩及其词深怀钦佩之情，对辛词"幼皆成诵"，并"读其书而深悲（其志）焉"（《辛稼轩集序》）。他虽没有辛氏那样的文韬武略，但却自少年读稼轩作品时即已有心要学其做人和填词。他中年之后为《辛稼轩集》作序，将柳永和辛弃疾进行对比，认为虽然二百年来"有井水处皆唱柳词"，但柳词仅仅"留连光景歌咏太平"，远不如稼轩词"大声鞺鞳，小声铿锵，横绝六合，扫空万古，自有苍生以来所无"。他之所以给稼轩词以最高的赞赏，并且不无夸大地推之为古今第一，主要原因即在于稼轩词决然不同于一般留连光景歌咏太平的侧艳小词，也不同于一般失意之士遣兴排忧的牢骚之词，而是严肃高雅的英雄豪杰之词。这样的词，自然不屑于在"闺情春怨"和一般生活感受的"闲言语"中打圈子，而是以抒写贤人君子忧时念乱、济世安邦之怀为贵。这样的词，既然所写的是壮怀，所抒的是豪情，当然不能让娇娆女郎用"流莺百啭"的风格来演唱，只能由关西大汉、东州壮士操铜琵琶铁绰板来高歌。由于有了思想上对于稼轩词的这种深刻理解和认同，刘克庄才会在南宋后期那一片"浅斟低唱"的颓靡时风中奋然回头承接稼轩之雄风壮调，发展稼轩之流派。他鄙弃柔媚婉转之时风，而"欲托朱弦写悲壮"（《贺新郎·再用实之来韵》），所以这位稼轩派的新"琴手"在"朱弦"上弹出来的，就必然是一曲曲稼轩式的刚健雄豪之歌。试看《贺新郎·送陈真州子华》：

> 北望神州路。试平章、这场公事，怎生分付？记得太行山百万，曾入宗爷驾驭。今把作、握蛇骑虎。君去京东豪杰喜，想投戈下拜真吾父。谈笑里，定齐鲁。　　两河萧瑟惟狐兔。问当年、祖生去后，有人来否？多少新亭挥泪客，谁梦中原块土？算事业、须由人做。应笑书生心胆怯，向车中、闭置如新妇。空目送，塞鸿去。

此词为后村的代表作之一，它承继稼轩悲歌慷慨之风，以爱国的思想、雄辩的议论和昂扬的激情来造成一种宏壮凌厉的气势以打动人心。杨慎《词品》卷五谓此词"壮语亦可起懦"，正是看出了稼轩派词这种以壮气感人的特长。

刘克庄之所以"羞学流莺百啭"，而一心一意效稼轩作壮词，除了个人才性及对稼轩的倾仰有以致之以外，更直接的历史原因在于：南宋晚期危殆的国势使志士仁人无暇顾及儿女闲情，羞于留恋花月美人。刘克庄生活的时代，先是宋、金依旧对峙，神州难以收复；继而比女真更为残暴凶狠的蒙古军事贵族霸占中原，挥师南侵，南宋灭亡的厄运迫在眉睫。这使得刘克庄比辛弃疾更加忧巨而愤深，所写的词也更加悲凉慷慨。他劝告友人说："男儿西北有神州，莫滴水西桥畔泪"（《玉楼春·戏林推》）。试看他的另一首代表作《贺新郎·实之三和，有忧边之语，走笔答之》：

> 国脉危如缕。问长缨、何时入手，缚将戎主？未必人间无好汉，谁与宽些尺度？试看取当年韩五。岂有毂城公付授，也不干曾遇骊山

　　母。谈笑起，两河路。　　　少时棋枰曾联句。叹而今、登楼揽镜，事机频误。闻说北风吹面急，边上冲梯屡舞。君莫道、投鞭虚语。自古一贤能制难，有金汤便可无张许？快投笔，莫题柱。

　　由此词可知：克庄身处末世，却毫不颓唐，而是高唱爱国壮歌，高扬献身精神。这一片忧国丹心，真可羞杀"流莺百啭"之辈了！

　　刘克庄在稼轩派"三刘"（另二人为刘过、刘辰翁）中艺术成就最大，甚至被认为"与放翁、稼轩，犹鼎三足"（冯煦《宋六十一家词选例言》）。平心而论，后村词总的成就超过放翁，但尚不足与稼轩并称。自南宋末以来，也有对后村词瞧不上眼者。如张炎以为他的词"直致近俗，乃效稼轩而不及者"（《词林纪事》引《历代诗馀》录张炎语）。《四库全书总目》亦认为后村"纵横排宕，亦颇自豪，然于此事究非当家。"实际上，刘克庄于词这一道十分内行，他的集子里以壮词为主调，但也不乏清切婉丽之作。如咏海棠的《卜算子》、咏舞女的《清平乐》、悼亡妻的《风入松》等词即是。后村词的缺点，主要在于过于议论化、散文化，于词体文学之审美特色时有一定背离；无聊应酬的寿词、自和词太多，亦是一病。

　　本章之末，再择取几位与刘克庄同时的稼轩派词人略加评介。

　　吴潜（1196—1262），字毅夫，号履斋，宣城（今属安徽）人，生于德清（今属浙江）。宁宗嘉定十年（1217）进士第一。理宗端平元年（1234）以直论忤时相，罢职奉祠。后知福州，徙知绍兴府兼浙东安抚使。淳祐十一年（1251）入朝为参知政事。次年，拜右丞相兼枢密使。封许国公。后受贾似道排挤，贬至循州（今广东龙川）安置。死于贬所，年六十七。吴潜为人忠直而豪迈，不肯阿附权要，其铮铮傲骨，为时所重。其词亦类其为人，豪迈悲壮，多抒写其壮怀远志及对国事时政的感慨，富于时代感和积极进取的精神。其词集名《履斋诗余》，存词近二百六十首，数量可观，亦有一定思想艺术特色。《满江红·送李御带珙》：

　　红玉阶前，问何事、翩然引去？湖海上、一汀鸥鹭，半帆烟雨。报国无门空自怨，济时有策从谁吐？过垂虹、亭下系扁舟，鲈堪煮。

　　拚一醉，留君住。歌一曲，送君路。遍江南江北，欲归何处？世事悠悠浑未了，年光冉冉今如许。试举头、一笑问青天，天无语。

借送别友人抒发自己既忧时愤世而又不忍遽然退隐的复杂矛盾的思想感情。杨慎以为："'报国无门空自怨，济时有策从谁吐'，亦自道也"（《词品》卷五）。

吴潜作词，不作"昵昵儿女语"，而是时时处处表现自己的忧国情怀和政治品节。他不但在许多政治抒情词中尽兴倾诉自己抗战复国、重整山河的壮怀，而且在一些闲游览景、咏物酬和之作中也时时流露其逸品劲气和雅量高致。如《满江红·九日郊行》：

> 岁岁登高，算难得、今年美景。尽敛却、雨霾风障，雾沉云暝。
> 远岫四呈青欲滴，长空一抹明于镜。更天教、老子放眉头，边烽静。
>
> 数本菊，香能劲。数朵桂，香尤胜。向尊前一笑，几多清兴。安
> 得便如彭泽去，不妨且作山翁酩。尽古今、成败共兴亡，都休省。

此词表现了这位国之重臣精神世界的另一面，然而在清放旷达中仍流露其倔强之态。况周颐《蕙风词话》卷三谓："履斋词《满江红·九日郊行》云：'数本菊，香能劲'，'劲'韵绝隽峭，非菊之香不足以当此。"这还只是看到用字之确与修辞之美，实际上，菊之"香能劲"，乃是作者自喻其人品。《四库全书·履斋遗集提要》评吴潜词云："其诗余则激昂凄劲，兼而有之，在南宋不失为佳手。"所言颇为允当。

李曾伯（1198—?），字长孺，号可斋，怀州（今河南沁阳附近）人。寓居嘉兴。曾通判濠州，迁淮东、淮西制置使。后知静江府、广西经略安抚使兼广西转运使，以京湖安抚制置使兼知江陵。宝祐元年（1253）拜端明殿学士。素知兵。宝祐二年蒙古军威胁四川，曾伯进资政殿学士、四川宣抚使兼京湖制置大使，赴前线主持大局。召赴阙，特赐同进士出身。后又屡任方面大帅。咸淳元年（1265），为贾似道所嫉，罢职。有《可斋词》，存词二百余首，其中长调占绝大多数。他是热心事功的用世之臣，自言："要流芳、相期千载，肯区区、徒恋片时欢？"（《八声甘州·自和》）所以他的词不愿作莺娇燕昵之语，而喜用慷慨悲壮之调，抒忧时爱国之情。他明确地表示自己作词的流派倾向曰："愿学稼轩翁"（《水调歌头·寿刘舍人》），故其词风格与内容多有与稼轩相似之处。如《沁园春·丙午登多景楼和吴履斋韵》：

　　天下奇观，江浮两山，地雄一州。对晴烟抹翠，怒涛翻雪，离离塞草，拍拍风舟。春去春来，潮生潮落，几度斜阳人倚楼。堪怜处，怅英雄白发，空敝貂裘。　　淮头，虏尚虔刘，谁为把中原一战收？问只今人物，岂无安石？且容老子，还访浮丘。鸥鹭眠沙，渔樵唱晚，不管人间半点愁。危栏外，渺苍波无极，去去归休。

此词对景抒情，感慨身世，怀念中原，期望北伐，悲愤之意宛然可见。前人评论他"才气纵横，颇不入格，要亦戛戛异人，不屑拾慧牙后"（《四库全书总目》），概括了可斋词的特点。但因不讲含蓄和议论过多，有些篇章流于粗豪，显得枯燥，形象性差。

　　方岳（1199—1262），字巨山，号秋崖，歙州祁门（今属安徽）人。理宗绍定五年（1232）进士。淳祐中为赵葵所重，辟为参议官。移知南康军、邵武军，以忤贾似道而罢。宝祐中，起知袁州，复以忤丁大全而罢。有《秋崖先生词》四卷。其词与刘克庄、陈人杰等人同调，走稼轩一路。陈廷焯《云韶集》评曰："巨山词与龟峰（陈人杰）相伯仲。"况周颐《秋崖词跋》云：巨山词"疏浑中有名句，不坠宋人风格。应酬率意之作，亦较他家为少。置之六十家中，不在石林（叶梦得）、后村（刘克庄）下也。"录其《满江红·九日冶城楼》一首：

　　且问黄花，陶令后、几番重九？应解笑、秋崖人老，不堪诗酒。宇宙一舟吾倦矣，山河两戒天知否？倚西风、无奈剑花寒，虬龙吼。

　　江欲醑，谈天口。秋何负，持螯手。尽石麟芜没，断烟衰柳。故国山围青玉案，何人印佩黄金斗。倘只消、江左管夷吾，终须有。

　　陈人杰（1218—1243），又名经国，号龟峰，长乐（今福建长乐）人。少年时为应举而寓居临安（今杭州），二十岁时曾在建康（今南京）应试，不第。尝以才气自负，浪游淮、湘间。嘉熙四年（1240）回临安。三年后卒，才活了二十六岁。有《龟峰词》一卷，调皆用《沁园春》，凡三十一首。他年少气盛，胸怀壮志而未得一伸，故对时局忧巨愤深，用词为陶写之具，宣泄报国无门的悲痛之情和对现实社会的愤懑。他对南宋偏安的现状的批判，远比同时代其他词人更为尖锐激烈。最著名的，要数《丁酉岁感事》一阕：

谁使神州，百年陆沉，青毡未还？怅晨星残月，北州豪杰；西风斜日，东帝江山。刘表坐谈，深源轻进，机会失之弹指间。伤心事，是年年冰合，在在风寒。　　说和说战都难，算未必江沱堪宴安。叹封侯心在，鳣鲸失水；平戎策就，虎豹当关。渠自无谋，事犹可做，更剔残灯抽剑看。麒麟阁，岂中兴人物，不画儒冠？

丁酉岁为嘉熙元年（1237），这一年蒙古军大举南侵，进攻四川、襄阳、江淮等地，宋军战多败绩，诸镇将帅多有弃官逃遁者。此词及时反映这一重大时事，猛烈抨击致使神州沉沦的南宋统治者。另一首写于嘉熙四年的同调词，则直斥"诸君傅粉涂脂，问南北战争都不知"，并在题序中引用友人"东南妖媚，雌了男儿"之句，对南宋民气的柔弱及朝廷上下文恬武嬉、醉生梦死的苟安习俗表示了强烈的愤慨。其他如《次韵林南金赋愁》、《南金又赋无愁……故用韵以反骚》、《问杜鹃》诸阕，也均构思新颖，语意精警，在在表现了一位报国无路的奇男子渴求有所作为的壮志豪情。陈人杰笔力雄放劲健，词风逼近辛弃疾。在前辈词人中，他最服膺的也是辛弃疾，在《浙江观澜》一阕中，他这样写道："尤奇特，有稼轩一曲，真野狐精"（按：指稼轩《摸鱼儿·观潮上叶丞相》）。他的《龟峰词》中提到了许多著名历史人物，但对于唐宋词人，唯独提到了辛弃疾一人，并赞其为"野狐精"（按：此原为苏轼赞美王安石用语）。于此可见其词学稼轩体并非偶然。他的三十一首《沁园春》，全是有感而作，不写"闲言语"，只抒英雄情，激昂慷慨而又能深沉浑朴，的确深得稼轩派艺术的精髓。稼轩派在宋末有以上几位笔力豪壮的殿军人物，真可谓传薪有人了！

　　除了上文评介和提到姓名的诸人之外，南宋中后期属于稼轩派的词人还很多，限于本书篇幅，这里仅再罗列其中知名度较高的十位的姓名、籍贯及作品集，稍补遗珠之憾：袁去华（生卒年不详），字宣卿，豫章奉新（今属江西）人，有《宣卿词》；王质（1135—1189），字景文，号雪山，东平（今属山东）人，有《雪山词》；李泳（生卒年不详），字子永，号兰泽，扬州（今属江苏）人，词见《李氏花萼集》；京镗（1138—1200），字仲远，豫章（今江西南昌）人，有《松坡词》；赵善括（生卒年不详），字无咎，宋宗室，有《应斋词》；韩玉（生卒年不详），本金人，隆兴初南归，有《东浦词》；李好古（生卒年不详），高安（今属江西）人，有

《碎锦词》；王埜（？—1260），字子文，号潜斋，金华（今属浙江）人，词见《全宋词》；李昴英（1201—1257），字俊明，番禺（今广州）人，有《文溪词》；陈德武（生卒年不详），三山（今福州）人，有《白雪遗音》。

注　释：

①⑥《宋史》卷四百一《辛弃疾传》。

②陈亮：《龙川集》卷十《辛稼轩画像赞》。

③姜夔：《永遇乐·次稼轩北固楼词韵》："前身诸葛，来游此地，数语便酬三顾。"

④陆游：《剑南诗稿》卷五十七《送辛幼安殿撰造朝》。

⑤陈廷焯：《白雨斋词话》卷六。

⑦徐釚：《词苑丛谈》卷四引《借荆堂词话》，上海古籍出版社1981年版。

⑧关于辛弃疾主体意识的主要方面及其特征的详细论述，请参拙著《辛弃疾词心探微》第一章《稼轩词的主体意识》，此不赘。

⑨陆游：《傅给事外制集序》，《渭南文集》卷十五。

⑩游国恩等：《中国文学史》第三册，人民文学出版社1964年版，第114页。

⑪沈祖棻：《宋词赏析》，上海古籍出版社1980年版，第207页。

⑫夏承焘：《瞿髯论词绝句》，中华书局1979年版，第34页。

⑬吴世昌：《罗音室词札》，载《罗音室学术论著》第二卷《词学论丛》。

⑭张宏生：《清词流派的发展状况及其文化特性》，《中国诗学》第四辑。

⑮关于刘过这几首词的写作时间，请参看华岩《刘过生平事迹系年考证》，《文学遗产增刊》十七辑。

⑯见戴复古《望江南》小序，《全宋词》第四册，中华书局1980年版，第2308页。

第七章　崇尚雅正和讲求词法的南宋
中后期词坛及其主要流派

　　上两章关于南宋前期词坛风格流派状况的描述表明：在自"靖康"南渡至辛弃疾称雄词苑这七八十年间，士大夫精英人物或心系故国，表达抗战恢复的愿望与激情，或感叹世变，抒写黍离麦秀之悲，以诗化、言志化的词体来负载慷慨豪壮的民族忧患意识，成为创作的主潮。但是，南宋词并未一直沿着这个主潮单线发展。就在"歌词渐有稼轩风"的同时，北宋晚期的典雅词风也在悄然地并且大规模地回潮，审美风尚在发生着逆向的移变。这一新变，是由当时的历史发展大势和既定的社会文化结构所决定的。

第一节　南宋中后期的文化
环境与词派的衍变

　　文学是时代的风向标和晴雨表。当我们谈到南宋中后期时代精神与文化习尚的变化时，不必过多地引证史实和进行理论阐释，只从文人作品风格情调的各趋异途，便可得知事情的大概。宋孝宗淳熙年间（1174—1189），或许是在辛弃疾满怀忧国之情吟唱"休去倚危栏，斜阳正在，烟柳断肠处"（《摸鱼儿·淳熙己亥……为赋》）的前后，或许是在陈亮激烈地呼喊"尧之都，舜之壤，禹之封，于中应有，一个半个耻臣戎"（《水调歌头·送章德茂大卿使虏》）的同时，在花柳繁华的享乐之都杭州，有一位来自江西临川的年轻太学生叫俞国宝的，跑到西湖去尽兴冶游，在断桥边小酒店的屏风上乘醉写下了这样一首《风入松》词：

　　　　一春长费买花钱，日日醉湖边。玉骢惯识西湖路，骄嘶过、沽酒楼前。红杏香中箫鼓，绿杨影里秋千。　　暖风十里丽人天，花压鬓云偏。画船载取春归去，余情付、湖水湖烟。明日重扶残醉，来寻陌上花钿。

关于这首回复北宋绮丽艳冶之风的小词，据周密《武林旧事》卷三记载，还有这么一则轰动当时的本事：

> 淳熙间，寿皇（孝宗）以天下养，每奉德寿三殿游幸湖山。……一日，御舟经断桥，桥旁有小酒肆，颇雅洁，中饰素屏，书《风入松》一词于上，光尧（高宗）驻目，称赏久之，宣问："何人所作？"乃太学生俞国宝醉笔也。其词云："一春长费买花钱，日日醉湖边。玉骢惯识西湖路，骄嘶过、沽酒楼前。红杏香中箫鼓，绿杨影里秋千。　　暖风十里丽人天，花压鬓云偏。画船载取春归去，余情付、湖水湖烟。明日重携残酒，来寻陌上花钿。"上（孝宗）笑曰："此词甚好，但末句未免儒酸。"因为改定云："明日重扶残醉"，则迥不同矣。即日命解褐云。

这真是"一叶落而知天下秋"！这首词，单从艺术欣赏的角度看，的确写得流美绮丽，浪漫多姿。但仔细品味，则衰世末俗中的一种无可奈何的迟暮与哀愁之感扑面而来。当时国运惟危，祖国的一半河山被敌人踩在铁蹄下，生活在风雨如晦的东南半壁的文人学士啊，你们乐些什么？又怎么乐得起来？此词所代表的南宋文化人的寒窘、颓唐与空虚的心态，集中表现在第二个"醉"字上。据周密的记载，可知词的结拍原为"重携残酒"，偏安皇帝为之改为"重扶残醉"。这个酒醉意境，乃是原作者与偏安皇帝共同创造的。历代词评家都竞相称赞这御笔一改，将原词的寒酸改成了风流蕴藉。其实，从病态享乐者心理上的共同点来看，不管是"携残酒"或是"扶残醉"，都没有脱离那个刺目的"残"字，都反映出一种在那种时代环境中难免的颓唐丧气、空虚无聊的情态。表面看来，一切都在"醉"中变得很美，实际上衰乱偏安社会所特有的没落柔靡气息仍从"归去"、"余情"、"残醉"等字句中透发出来。而这样的词，竟受到高宗、孝宗父子的一致称赏，作者还因此得到即日释褐为官的殊荣，可见此词表达的思想信息和审美倾向引起了统治者（也即文化思潮的引导者）的高度共鸣。与此形成鲜明对比的是，辛弃疾作于同一时期的忧国伤时名篇《摸鱼儿》（更能消几番风雨）却使宋孝宗"颇不悦"（宋罗大经《鹤林玉露》）。一"称赏"，一"不悦"，淳熙年间时代精神和审美思潮的微妙变化已显然可见。难怪辛弃疾在与陈亮唱和的《贺新郎》词中要感叹："硬语盘空谁来听？记当时、只有西窗月"了！仅举以上一例，已足见自那时起，与主盟词坛的稼轩词派异向的另一股词流开始浮上词坛，并已得到当权者的扶掖了。

为什么适当其时会开始出现文化精神和审美倾向的新变？

一、偏安之局的凝定与时代风会的转移

当宋室南渡之初，面对金兵的进攻，南宋国势岌岌可危，在那种极度紧张的气氛中，朝野上下反而能够同仇敌忾，民族心态总体上处于昂奋状态。恰如陆游《跋傅给事帖》所描述的那样："绍兴初，某甫成童，亲见当时士大夫相与言及国事，或裂眦嚼齿，或流涕痛哭，人人自期以杀身翊戴王室，虽丑裔之方张，视之蔑如也。"当时广大文士阶层外愤于金人肆虐，内痛于秦桧之流投降卖国，于是抗敌御侮的英雄主义精神得以较长时间地灌注诗苑词坛。尔后在高宗绍兴末和孝宗隆兴、乾道年间及淳熙之初，先是辛弃疾以抗金义军领袖的身份飞驰南下，壮声英概震动朝野；不久陆游到川陕襄赞军务，亲临前线；继而陈亮以布衣问政，多次上书孝宗，纵论国事，力陈恢复大计。这些政坛、文坛中坚人物的活动正值高宗退位、孝宗继立因而中兴在望的那段时期，以故南渡时形成的英雄主义精神持续高涨，作为这种精神之代表的稼轩词派占据着词坛主流地位，乃是毫不足怪的。

可是，以宋孝宗、张浚北伐失败为开端，时局缓缓地、但却是无可挽回地发生了逆转。张浚北伐之师符离败绩，导致了屈辱的"隆兴和议"的签订。自此，抗战精神与英雄主义逐渐退潮，不行于时，而"和平"、"稳重"的论调与苟安行乐之风却日益得势。"隆兴和议"使宋金之间有了持续四十年之久的"和平"。韩侂胄无谋浪战、发动"开禧北伐"失败后，南北之间又"通好"十八年。这半个多世纪的外加若干屈辱条件的"和平"环境，使得南宋偏安东南半壁的局面凝定下来，永远地失去了北伐恢复的机会。风雨如磐、残山剩水的偏安局面，适足以使南宋人普遍地变得心灵残缺，情绪感伤，士气大大衰落，民风重归柔靡。与此同时，赵宋小朝廷复活了他们祖宗传下来的享乐之风。举朝侈靡，湖山歌舞，文恬武嬉，胜于北宋宣和之世。早在高宗时，靖康年间废置的礼乐制度就已渐渐恢复。绍兴十二年（1142），也就是杀掉民族英雄岳飞的第二年，下诏开天下乐禁。两年之后，复置教坊。缙绅之家、富豪之门的声色之好早就蓄足其势，只待朝廷乐禁一开，朝野歌舞燕乐之风遂呈燎原之势，再也不可阻遏。至乾道、淳熙间，以宋孝宗公开奉太上皇（高宗）出宫游赏湖山为标志，南宋歌舞升平的颓风已与北宋晚期看齐而毫无"愧色"。在文人们的笔下，杭州这个"销金锅儿"处处流溢着"东都（汴京）遗风"。实际上，杭州的宴安享乐，愈到后来，就愈比"东都"炽盛。试看周密《武林旧事》记载：杭州每年灯节时"终夕天街鼓吹不绝，都民士女罗绮如云，盖无夕不然也"。该书又载：元宵之夜"伶官奏乐，称念口号，致语；其下为大露台，百艺群工，竞呈奇伎。……宫漏既深，始宣放烟火百余架。于是乐声四起，烛影纵横，而驾始还矣。……翠帘销幕，绛烛笼纱。遍呈舞队，密拥歌姬。脆管清吭，新声交奏，戏具粉婴，鬻歌售艺者，纷然而集"。只消将这类记载与孟元老《东京梦华录》所述情况稍作对比就不难看出：在偷安一隅的南宋病态社会里，无论是节日还是平日，也无论是皇家庆典还是民间娱乐，其规模、其排场、其奢侈淫靡之程度，都赛过当年北宋末世。无怪乎淳熙年间杭州士人林升作《题临安邸》一诗谴责道：

> 山外青山楼外楼，西湖歌舞几时休？
> 暖风熏得游人醉，直把杭州作汴州！

相似的文化环境必然产生相似的文化行为模式，相似的审美风会必然伴随着相似的审美需求。于是，在南宋偏安享乐的土壤里，北宋晚期"浅斟低唱"、应歌合乐的绮靡词风复活了。这种复活，当然并不是北宋词风在南宋的简单的重现与重演，而是旧种子在新的气候和土壤里的生长和发展，它无疑地带上了某些新的时代特色和审美内质（这一点下文谈新词派的形成时还将述及）。但是无论如何，在这种新的文化环境氛围中，慷慨豪壮的抗战呼喊已经成了刺耳的"不和谐音"，人们需要的是柔婉谐律、适合于十七八女郎执红牙拍板娇声演唱的"花间"、北宋之调；豪放派的"风云之气"已与软红场中细细品味的"儿女之情"格格不入，人们热衷的是花前月下"密拥歌姬"、"脆管清吭"的风流旖旎生活。偏安之局的凝定导致了时代文化与审美风会的转移，稼轩派一派独盛的局面逐渐被复活、发展北宋词风的流派所挤占和取代，这还不是明摆着的事实吗？

上文引用俞国宝的《风入松》可作为文人心态和审美时尚变化之一例。但这并不意味着，复活北宋词风、重奏虚幻的升平之调的责任要由俞国宝们来承担。恩格斯曾谓：歌德在德国文学中的出现是由这个历史结构所安排好了的。[①]孝宗朝后期词风的变化，亦无以超出当时历史发展的规定性。在那样的历史趋势下，俞国宝们（还有与之同时的、词名更大而为人却柔弱得"气貌若不胜衣"的姜夔们）瘦削的双肩怎能担负国运、道义和事功的千斤重担？别说他们是纯粹的文人，并不具备叱咤风云的雄肝铁胆，即使文韬武略兼备如辛弃疾者，此时不也正被一心维持偏安局面的朝廷投闲置散，而只能自嘲"莫说弓刀事业，依然诗酒功名"（《破阵子》）吗？所以他们趋时代之颓风，托歌酒以自遣，逞风流之才性，作娱乐之小词，弃南渡之豪雄，返宣和之婉媚，就是势所必然的了！

从另一角度看，是苟安宴乐之风鼓励和刺激了朝野上下的声妓之好，声妓之好使得"靖康之难"后沉寂了一段时期的唱词之风勃然复兴并趋于极盛，唱词之风的极盛又呼唤着审音协律、风调柔婉的应歌合乐之词的大量创作。而南渡以来士大夫以诗为词的刚硬粗豪之调显然是不适宜这种女音复盛、柔调畅行的新时尚的，于是几十年来不被提起的北宋晚期词家词派（如周邦彦及其一派）重新被尊为作词之典则，绕过南渡词流而遥承"花间"、北宋传统的新词风、新词派产生了。这一风会之转移，大约起始于稼轩派全盛的淳熙年间，而完成于金国灭亡、蒙古孛儿只斤氏转而继续南侵之际。如果说，孝宗朝后期及宁宗朝崛起的姜白石及其一派词，尚有调和稼轩派刚硬之风与北宋柔婉之调而取其中的色彩的话，那么到了理宗朝则是周邦彦遗风大行于时，音律化、柔婉化的词派已占上风了。词法之密无过清真。在清真词风畅行的南宋晚期，讲论词法成为时尚，一直延续到南宋覆亡之后，斤斤于作词"要诀"的词法专书尚不绝如缕。其实词法与词风是彼此呼应、互为影响并且都是共同受制约于南宋晚期的历史发展大势与文化潮流的。简单说来，稼轩风退潮、清真风上涨的 13 世纪五六十年代，正是蒙古孛儿只斤氏灭金之后图谋进一步灭宋之际。国脉危如缕，而昏聩腐败的临安小朝廷却一如既往地留连湖山，征歌选舞，像宣和君臣那样，对于大厦将倾的厄运浑然不觉。周密《武林旧事·序》夸耀说："乾道、淳熙间，三朝授受，两宫奉亲，古昔所无。一时声名文物之盛，号'小元祐'。丰亨豫大，至宝祐、景定，则几于政（和）、宣（和）矣。"此话适足以证明，南宋晚期的社会风气与文化时尚，与北宋末的政和、宣和间一样。同样的留连光景、耽玩岁月，同样的文恬武嬉、及时行乐，因此这两个历史时期的词风和词派的衍变大势亦复相似。政、宣之际是苏轼词风难以畅行，而周邦彦及其典丽词派独盛之时；理宗、度宗朝则是稼轩词风缩小了地盘，而姜夔、周邦彦二派音律化、典雅化和柔婉化的趋向则变本加厉，成为词坛主流。杨缵、沈义父、张炎以及他们之后的陆行直等人的大讲词法，特为此种传统应歌合乐词风复活之潮流的一端而已。而这些"词法"著作中对稼轩派豪壮词风的谴责和挑剔，表面看来是在维护词体文学之"本色"，实际上却是对一种他们认为不入时、不合自己风格流派规范的审美趋向的排斥和否定，如此而已！稼轩派的被非难，实际上意味着一种"过时"的审美风尚的被抛撇！

二、复雅之风的劲吹与新旧词派的消长

上文说到南宋后期出现北宋词风的回潮，当然是就审美大趋势的某些相似之点而言的。事实上，由于南宋社会里具体的文化背景和文学创作思潮的不同，南宋后期词的风格和流派并未简单地回复到北宋晚期的状态和格局里去，而是旧中有新、有因有创地演出了有一定时代特色的新局面。首先是北宋晚期那种一派独盛的局面再也没有出现，而呈现的是一个众派并立的多元格局。其次是相对势力强大的走"婉约正宗"之路的诸家词，也并未简单地回归北宋末年软媚绮靡的风格，纯粹的只写儿女之情、只唱婉约之调的词家已十分稀少，而是多多少少都带上了南宋特有的某些审美新质和时代风貌。导致这种变化的，主要有以下三个因由。

一是稼轩词派的强大影响和牵制。正如前一章所论述，具有某种集大成性质的稼轩体，不但在思想特质上堪为南宋时期民族正气与时代精神的代表，而且在艺术上较全面地继承了词体文学的优秀传统，并在此基础上完成了南北词风、刚柔之美的融合。面对这座艺术高峰，南宋中后期的任何一个词人和词派都不可能再重走"花间"和柳、周的老路了。钦仰、追随稼轩体的词人们固不必说，就是不满和抗拒"稼轩风"而想另辟蹊径的诸家也难以无视它的强大的存在，而只能参酌于稼轩风与花间、北宋传统之间，去开辟第三条道路。事实上，南宋中后期词坛上几乎所有风格、所有流派都不同程度地向稼轩体倾斜，受稼轩体影响。陈洵《海绡说词》

谓："南宋诸家鲜不为稼轩牢笼者。"说的全是实情。稼轩之后南宋最杰出的词人姜夔，就是明显地参酌吸取稼轩体的某些因素而另创新体新派的。周济指出："白石脱胎稼轩，变雄健为清刚，变驰骤为疏宕"（《宋四家词选目录序论》）；刘熙载亦谓："稼轩之体，白石尝效之矣。集中如《永遇乐》、《汉宫春》诸阕，均次稼轩韵，其吐属气味，皆若秘响相通"（《艺概·词曲概》）。此外，史达祖、王沂孙、周密、吴文英等非稼轩派词人，都或多或少有趋向稼轩风的作品；即使是大肆贬抑辛弃疾、刘过"豪气词"的张炎，其作品中亦不乏与稼轩吐属气味相通者（关于这一点，下文论及诸家时再具体举例说明）。

　　二是理学的兴盛对于南宋中后期词体词派所起的思想规范和风格净化作用。理学思想体系的形成，是在北宋中后期。南渡之初，兵荒马乱，理学尚未及对思想文化领域产生广泛影响。至南宋中后期，先是朱（熹）、张（栻）、吕（祖谦）、陆（九渊）等各立门户，理学呈现鼎盛局面；继则朝廷大力倡导扶持理学，使之成为官方哲学和统治思想；后来真德秀、魏了翁等又接续道统，巩固程朱之学，并用以规范士人，匡正士风。理学这一发展态势和从民间之学变为统治思想的过程，不可能不给予文学创作（包括曲子词的创作）以巨大的影响。理学主张禁欲，但并不否定"人欲"的存在，也不是笼统地禁绝一切情欲，而认为情乃"性之动"，是"已发"之物，其中有"善"有"不善"，因此主张人们要"性其情"，使情"发而中节"，"中则无不正"，如此则情必"善"，"善"即合于"理"，即合于纲常名教。[②]这种文化哲学观念，自然要求文艺作品抒发情致时"中节"而趋于"善"，即须以"理"节"情"，合乎礼义道德。在这种理学观念的熏染和规范下，宋代（尤其是南宋）文人士大夫大都追求一种高雅不俗的生活情趣和审美趣味，而与唐人的浪漫多情、外向热烈而不重理性的时代风格大异其趣。拿南北宋来相比较，理学盛行后的南宋儒生士人比起北宋更加温文尔雅、举止"中节"而合"理"，其文化行为（包括创作）更加重守道义，潇洒而又厚德，山水云林、清笙幽笛、品竹赏梅等等，成为主要的好尚。而接触和描写声色花柳时，也要讲究"好色而不淫"，鄙视那种溺于艳情、荡而不返的作风。北宋时，周敦颐指斥"妖声艳辞"（《通书》），程伊川反对"亵渎上苍"的艳词，但在当时并未引起词坛回应。至南宋中后期则情况大不相同了。写词、评词者竞相应合理学家的词学观，主张写爱情相思要发乎情，止乎礼义，大旨归于雅正。如黄昇《中兴词话》评马古洲的闺情词"断章凛然,有以礼自防之意,所谓发乎情,止乎礼义";张镃为史达祖《梅溪词》作序,称赞其"有瑰奇、警迈、清新、闲婉之长,而无诡荡汗淫之失";张直夫为李彭老词作序,主张"靡丽不失为国风之正,闲雅不失为骚雅之赋……则情为性用"(周密《浩然斋雅谈》卷下引);曾丰《知稼翁词序》也力倡作词"要其情性则适,揆之礼义而安";张炎《词源》更明确地主张好词应该是"屏去浮艳,乐而不淫"等。有这样一种理学思想规范的制约,南宋中后期稼轩派之外的诸家诸派虽然力复北宋应歌合乐的传统,力避辛、刘之"粗豪"而拼命讲求音律之谐和与风格之柔婉,但比起艳冶绮靡的北宋词,风貌自有差别。北宋词写男女之情的特多,写得也比较直率和放荡,内容"严肃"的较少,而歌酒场合赠妓咏妓者较多;南宋此类词一般写得比较含蓄,语言也比较雅洁,广义的、掺合作者身世之感的"抒情"之作大量增加,而俗艳的、缺少个性的纯粹狎妓、赠妓之作则相对较少。

三是与理学兴盛多少有联系的词坛"复雅"之风的影响。

"复雅"是南宋词坛上一直占主导地位的审美主张。早在南渡之初,此风就刮得甚劲。最早明确提出"复雅"这一口号并对之进行全面深刻的理论阐述的,是鲖阳居士。他于南渡后不久搞了一部大规模的、有明确选录标准的词选《复雅歌词》。其冠于卷首之《复雅歌词序略》,③是一篇以崇雅正、黜淫俗的观点来论歌曲源流和词风衍变的重要词论。此序作于绍兴十二年壬戌(1142),正当朝廷"弛天下乐禁"之时,鲖阳居士鉴于北宋歌词"流为淫艳猥亵不可闻之语"、"荡而不知所止"之失,乃以"复雅"为号召,力主歌词作品须"韫骚雅之趣"。这一理论主张在南宋词坛影响颇为深远,张炎《词源》力倡词须"雅正",称赞姜白石之"骚雅",其说盖出于鲖阳居士。就在《复雅歌词》问世之后七年,王灼完成了其词学论著《碧鸡漫志》。王灼在该书卷一首倡"中正则雅,多哇则郑",先从音乐上论歌词雅郑之别,继则以柳永为打击对象,在书中屡屡阐发扬苏轼、抑柳永的见解,以此示人以崇雅黜俗之旨。与鲖阳居士、王灼倡为"雅"论大约同时,绍兴十六年(1146)曾慥编成《乐府雅词》,其《乐府雅词·序》提出了自己的"雅词"定义和标准,明确表示排斥和"删除"所谓"涉谐谑"之词和"艳曲"。鲖阳居士、曾慥、王灼之后,词的雅化理论继有发展,"复雅"的呼声越来越高。关注《石林词跋》(1147)、曾慥《东坡词拾遗跋》(1151)、胡寅《酒边词序》、汤衡《张紫微雅词序》（1171）、陈应行《于湖先生雅词序》（1171）等著名词论，皆从不同角度鼓吹"雅正"、斥责淫俗。在这样的舆论环境中，创作"雅词"、排斥俗艳谐谑之词成为时尚，乃至各种词集纷纷以"雅"命名。影响最大的雅词总集是《乐府雅词》和《复雅歌词》。前者三卷，选录宋词人三十四家作品七百一十三首，《拾遗》二卷。收一百七十一首。后者篇幅多达五十卷，录唐至北宋宣和词四千三百多首，并附词话。其次为佚名《典雅词》。此书有数十册，所收皆南渡诸家词（见朱彝尊《曝书亭集》卷四十三《跋典雅词》）。自此类总集出来以后，南宋人别集亦纷纷命名为"雅词"，如张孝祥《紫微雅词》（又名《于湖先生雅词》）、程垓《书舟雅词》、赵彦端《宝文雅词》、林正大《风雅遗音》，如此等等，可见南渡以来词风转变之动向。南宋后期，"复雅"的口号被非稼轩派的一部分词家接过来之后，于原先的反"俗"、"淫"、"谑"之外，又新添了反对辛、刘等人"粗豪"的内容。这是因为：一则时代精神变化、审美主潮转移之后，柔婉谐律的应歌之作重新走红于时，而代表原先抗敌御侮时代精神的慷慨豪壮的稼轩一派词则成了难以纳入"浅斟低唱"系统的"不和谐音"；二则，词原有"软媚"的缺陷，苏、辛等人为阳刚豪放之词加以矫正，但至南宋中后期，也确有一些外行词人，并无苏、辛之雅量高致，却动辄托苏、辛以自高，袭其貌而未能得其神，一味偾张叫嚣，从而产生了破坏词体文学艺术美的"粗豪"词风。"复雅"的主张就是在对词坛的这些老毛病、新弊端的不断斗争中被反复加以强调的。张炎《词源》就是在对北宋词的"软媚"、"为情所役"之弊和稼轩派之"粗豪"作风实施左右开弓的打击之中来表达自己的"雅正"理论的。他在该书卷下一方面批评同时代学周邦彦的一派人"多效其体制，失之软媚，而无所取"，进而批评周邦彦本人"为情所役，则失其雅正之音"、"意趣却不高远"；另一方面又讥讽"辛稼轩、刘改之作豪气词，非雅词也。于文章余暇，戏弄笔墨为长短句之诗耳"；在这种批评中抬出"不惟清空，又且骚雅"的姜夔作为"雅正"词的楷模。

对于"豪气词"的不满和批评，并不自张炎始。南宋初，胡仔评时人所和苏轼"大江东去"词，就用了"粗豪"这一贬语（《苕溪渔隐丛话》前集卷五十九）。尔后，与稼轩大略同时的王炎为自己的《双溪诗余》作序，就不点名地批评时人的风尚曰："今之为长短句者，字字言闺阃事，故语懦而意卑。或者欲为豪壮语以矫之，夫古律诗且不以豪壮语为贵，长短句命名曰曲，取其曲尽人情，惟婉转妩媚为善，豪壮语何贵焉？"既反对"字字言闺阃事"的"语懦而意卑"之词，又不满意南渡以来慷慨纵横的"豪壮语"，其折中于两派之间另开骚雅词路子的倾向已很明显。张炎的"雅正"之说，正源于此。继之嘉定三年（1210），亦即辛弃疾死后三年，詹傅为郭应祥《笑笑词》作序，亦谓："近世词人，如康伯可，非不足取，然其失也诙谐；如辛稼轩，非不可喜，然其失也粗豪。惟先生（郭应祥）之词，典雅纯正，清新俊逸，集前辈之大全而自成一家之机轴。"郭应祥的词固远远不足当詹傅之过誉，然而詹傅在这里既反对康与之一流的俚俗谐谑之调，又反对辛稼轩一派"粗豪"之风（按稼轩派的主导风格并非以粗豪为美，此乃论词主"本色"者对稼轩派的一种偏见，本书对此姑不旁涉），一心期望所谓"典雅纯正，清新俊逸"词派的出现，其意向已十分明确。南宋中后期这种既批淫俗软媚、又反"粗豪"之风的议论尚多，兹不备举。于此可见，在南宋中后期，这种折中于俗艳与豪壮之间以求词之骚雅俊逸的"复雅"风潮，乃是一个势力不小的审美倾向。张炎《词源》中阐述的"雅正"理论，与其说是姜、张一派的宗派主张，不如视之为对这股"复雅"风潮的总结更为恰当。正是这股"复雅"之风的持续吹送，使得一度独盛于词坛的稼轩派受到了遏制而退出中心位置；使得极盛于北宋的柳永俗词派在南宋再也找不到发展机会而终归于消亡；使得在征歌选舞、讲究乐律和词法的时尚中复活的周邦彦词派并未简单地重复北宋时的风貌，而是带上了南宋特色；使得折中于周、辛两派之间的姜张"骚雅"词派大行于世，成为南宋中后期影响最大的一个词派。

　　马克思主义经典作家关于文化创造有这么一段精辟的论断：人们自己创造自己的历史，但是他们并不是随心所欲地创造，并不是在他们自己选定的条件下创造，而是在直接碰到的、既定的、从过去承继下来的条件下创造。④南宋中后期词坛新旧流派的消长起伏的状况，正是受"直接碰到的、既定的、从过去承继下来的"各种社会历史文化条件综合作用的结果。在当时那样一种特定的半壁偏安的社会文化环境中，又受前述三个重要的文化——文学现象（即稼轩词派的强大影响、理学的鼎盛、文学"复雅"之风的劲吹）的综合制约，南宋中后期词坛形成了稼轩派、学周（清真）派、姜张骚雅词派三足鼎立而以姜张派最盛的基本格局。至于以丽密质实为特征的吴梦窗（文英）一派，乃是学周（清真）而在词风、词法上趋于极致的一个特殊派别，仍在三大派的基本格局之内。宋亡后的遗民词，基本上是这三大派的延续和余响。另外，南宋晚期东南一带曾出现过一些集群唱和的词社之类，一则他们并无十分明确的理论主张和口号，二则未曾形成有一定流派特征的群体风格，三则实际创作成就也十分有限，远不如上述三大派影响深远，故略去不述。

这里还须驳正一种将南宋中后期词派简单地进行归并的观点。清初浙西词派尊崇白石、玉田，为夸示宗风，将南宋中后期及元初非稼轩派的名家几乎悉数纳入姜夔一派。朱彝尊《黑蝶斋诗余序》略谓：

> 词莫善于姜夔，宗之者张辑、卢祖皋，史达祖、吴文英、蒋捷、王沂孙、张炎、周密、陈允平、张翥、杨基，皆具夔之一体。

汪森《词综序》更详论曰：

> 西蜀南唐而后，作者日盛。宣和君臣，转相矜尚，曲调愈多，流派因之亦别。短长互见，言情者或失之俚，使事者或失之伉。鄱阳姜夔出，句琢字炼，归于醇雅。于是史达祖、高观国羽翼之，张辑、吴文英师之于前，赵以夫、蒋捷、周密、陈允衡、王沂孙、张炎、张翥效之于后。譬之于乐，舞箾至于九变，而词之能事毕矣。

朱彝尊、汪森这种划分，受到现代主张将宋词自始至终划为"豪放"、"婉约"两大派者的赞同，他们援此说而认定：南宋中后期词，无非是豪放派（辛派）与"婉约派"（姜派）两派的并立。实则朱、汪所开这两个名单，将审美追求与风格趋向不同的几个流派混为一派了。陈廷焯《白雨斋词话》卷八即驳斥汪森之说云：

> 汪玉峰森之序《词综》云："言情者或失之俚，使事者或失之伉。鄱阳姜夔出，句琢字炼……"此论盖阿附竹垞之意，而不知词中源流正变也。窃谓白石一家，如闲云野鹤，超然物外，未易学步。竹屋所造之境，不见高妙，乌能为之羽翼？至梅溪则全祖清真，与白石分道扬镳，判然两途。东泽得诗法于白石，却有似处，词则取径狭小，去白石甚远。梦窗才情横逸，斟酌于周、秦、姜、史之外，自树一帜，亦不专师白石也。虚斋乐府，较之小山、淮海，则嫌平浅，方之美

成、梅溪，则嫌尤坠，似郁不纾，亦是一病，绝非取径于白石。竹山则全袭辛、刘之貌，而益以疏快，直率无味，与白石尤属歧途。草窗、西麓两家，则皆以清真为宗，而草窗得其姿态，西麓得其意趣，草窗间有与白石相似处，而亦十难获一。碧山则源出《风》、《骚》，兼采众美，托体最高，与白石亦最异。至玉田乃全祖白石，面目虽变，托根有归，可为白石羽翼。仲举则规模于南宋诸家，而意味渐失，亦非专师白石。总之，谓白石拔帜于周、秦之外，与之各有千古则可，谓南宋名家以迄仲举皆取法于白石，则吾不谓然也。

陈廷焯这一篇议论，虽然对少数词人的流派归属和风格趋向辨识有误（如对张辑、王沂孙二家），但正确地指出南宋中后期词坛远远不只姜夔一派，并具体点明了一些名家的师承渊源及派别，则大体上是符合历史实况的确当之说。陈氏在这里清晰地为我们划出了南宋中后期词派图：姜夔、张炎词派；以周清真为宗的史达祖、陈允平、周密等一派；取法周清真、秦少游而斟酌于诸家之外另树一帜的吴文英派；"袭辛、刘之貌"的南宋后期稼轩词派。关于稼轩派，上一章已经作了历时态的完整叙述，不再重复。这里依次叙述评论姜、周、吴三派。至于宋末元初"江西词派"，则视之为稼轩派的遗响而置于最末一节予以评介。

第二节　清空骚雅的姜张词派

辛弃疾、姜夔是南宋成就最高的两位宗主式的大词人。姜夔约比辛弃疾小十五岁，是辛弃疾的崇拜者之一（他曾赞辛氏为"前身诸葛"），并曾有意仿效辛氏作词。以故清人往往将辛、姜并称（如周济、刘熙载等），理由是"辛、姜气味相通"（刘熙载《艺概·词曲概》），或"白石脱胎稼轩"（周济《宋四家词选目录序论》）。但使得姜夔足以与稼轩并立而毫无愧色的，并不是他与辛的相通或相同处，而是相异处。今按白石词作年可考者，最早为孝宗淳熙三年（1176），最迟为宁宗开禧三年（1207）。虽起步比稼轩迟十四年（辛词作年可考的最早为孝宗隆兴元年，即1163年，见邓广铭《稼轩词编年笺注》增订本），但截止之时适当稼轩去世之年。两家从事词的创作的主要年代，是在同一时期。其时正当稼轩体风行海内、稼轩派如日中天之际，姜夔既与时尚相通相应却又不完全追随时尚，而是匠心独运，有意于稼轩之外另立一宗。他与稼轩同为创新体、开新派的大师，所不同的是：稼轩派代表的是南宋前期的时代精神和审美主潮，白石派代表的则是南宋后期的时代风尚和审美趋向；稼轩生前，因有陈亮、刘过等人为辅翼，陆游、韩元吉等人为同盟军，其词已形成强大流派，而姜夔词则是在他身后亦即南宋后期（直至宋亡之后）才因追风效体者之众而逐渐形成流派。

在南宋孝宗朝后期至宁宗朝那个特定环境中，姜夔是如何在词坛创体立派的呢？

一、独树风雅大旗的姜夔

文学流派，往往是文化气质和审美意识相近的作家的群体聚合或前后互相追随。姜夔作词之所以会在举世尊奉稼轩风的环境中另树一帜，首要的原因在于他是才性禀赋、身世遭遇、行为方式、艺术观念等都与辛稼轩之辈大不相同的另一类型的文化人，因而其审美创作必然另具一种风貌。

姜夔（1155—1221?），字尧章，饶州鄱阳（今江西波阳）人。其父姜噩于绍兴三十年（1160）中进士，知湖北汉阳县，姜夔自幼即随父旅居沔鄂。十四岁父殁，遂寄居于湖北汉川其姊家。二十岁以后，北游淮楚，南历潇湘。淳熙十三年（1186）结识著名诗人千岩老人萧德藻于长沙，萧极爱其才，以为"四十年作诗始得此友"，因以侄女妻之。次年随萧德藻同归湖州，卜居苕溪之上，与弁山之白石洞天为邻，后因此而号白石道人。当时大诗人杨万里称其"于文无所不工，甚似陆天随（龟蒙）"，另一大诗人范成大称其"翰墨人品皆似晋宋之雅士"，皆折节与之为"忘年交"。⑤绍熙元年（1190），姜夔再客合肥，作《淡黄柳》、《凄凉犯》、《长亭怨慢》诸词怀念昔日情侣。此年冬，赴苏州石湖别墅谒范成大，与范共赏梅花，并应范之请，自度新腔为咏梅词《暗香》、《疏影》两阕。成大将此新词交家妓传习演唱，深赏其音节、意境之美，乃留姜夔盘桓月余，临别以歌女小红为赠，姜夔除夕自苏州归湖州诗中因有"自琢新词韵最娇，小红低唱我吹箫"之句。绍熙四年（1193），姜夔出入贵胄张鉴（南渡大将循王张俊之后）之门，依之十年。后萧德藻因贫病随子离湖州，姜夔遂于宁宗庆元二年（1196）后迁居杭州。次年向朝廷上《大乐议》、《琴瑟考古图》，建议整理国乐，未得重视。其后两年，又上《圣宋铙歌鼓吹》十四首，诏免解，参加礼部进士试。不第，遂以布衣终身。嘉泰三、四年间

（1203—1204），辛弃疾被当局起用筹措北伐，姜夔作词以示激励，二人酬唱甚欢，虽词风有所不同，辛对姜却"深服其长短句"，此两大词人可谓并世知音。

姜夔虽文名籍籍，却困踬场屋，终身沉沦，只能过湖海飘零、寄人篱下的生活。晚年生计益加寒窘，张鉴死后，他贫无所依，只得旅食于浙东、嘉兴、金陵、扬州等地，晚境牢落困苦。约在嘉定十三四年之际卒于杭州，贫不能殡，在吴潜等人资助下，才得葬于杭州钱塘门外之西马塍。

姜夔生活于宋金对峙成为定局、南宋再也无力恢复故土的死气沉沉的年代。那时当权者忘怀国耻，一味歌舞湖山；江南大地士气泄沓，文风重归柔靡。在这种政治、文化气候下，如姜夔这样的多才多艺却又清高自恃的文士更加感到出路之难。他感叹"文章信美知何用"（《玲珑四犯》），自嘲"老夫无味已多时"（《浣溪沙》），却又不得不奔走权门，低首科场，以求其才之一售。当这一切都落空之后，他不得不以"野云孤飞"似的半隐居、半游食的生活方式了其一生。他未曾沦入社会下层，更广泛深入地接触一般民众的生活，也未曾跻身官宦阶层而参与军国大政，因而也无从滋生匡时济世的才略和在事功上有所建树，只成了一个漂荡于江湖山林而无所依归的清客式人物。像他这样的人在文化审美创造活动中便不可能如辛弃疾、陆游、陈亮等事功型、英雄志士型的作家那样发雄狮之吼、抒风云之怀，而只能"仗酒祓清愁，花销英气"（《翠楼吟》），表现这一阶层的文士特有的风神意态和喜怒悲欢。这是姜夔及其一派词与稼轩派在风格情调和审美倾向上各趋一路的主要原因。

姜夔虽是清客和江湖游士，但却与同时代那些仰人鼻息的食客和依傍权门以拥厚赀的江湖诗人不同。他有着清高雅洁的人品，十分珍视自己作为文化人的非凡品格和才能。他为人恬淡寡欲，不趋时媚俗，其体质瘦弱，气貌若不胜衣，望之如神仙中人。他家居不问生产，但图书古董，摆满几榻。虽贫无隔夜之储，却每饭未尝不待客。他除了以诗词名世之外，还精于赏鉴，精通音乐，工于书法，品评法帖有"书家申、韩"之称。因而，他从来不是巴结权门的可怜文人，而是靠自己高雅的人品和卓绝的文艺才能而自立于当代名公巨卿间的。他是一位人品与词品高度一致的作家。其人清雅绝俗，风神潇洒，意度高远，其词因而也相应地以素淡幽远、清疏雅洁见长，读之每觉有一股令人挹之不尽的冷香逸气，让人鲜明感受到的是在他之前的词家们绝少有的一种清虚隐秀之美。关于白石词的独特艺术个性，前代词话家品评颇多，见仁见智，难免偏于一端，就中唯郭麐《灵芬馆词话》的一段形象化的描述颇能得其仿佛，他说：

> 姜（夔）、张（炎）诸子，一洗华靡，独标清绮，如瘦石孤花，清笙幽磬，入其境者，疑有仙灵，闻其声者，人人自远。

此话并论白石词派诸家风格，然张炎诸人虽追步白石，其人品与词品实不足以当此，唯白石堪比瘦石孤花、清笙幽磬而毫无愧色。此外刘熙载《艺概·词曲概》中关于白石词的艺术个性亦有两段颇精彩的描述，与郭麐之说可以互相发明。其一曰：

> 姜白石词如幽韵冷香，令人挹之不尽，拟诸形容，在乐则琴，在花则梅也。

其二曰：

> 词家称白石曰白石老仙，或问毕竟与何仙相似，曰：藐姑冰雪，盖为近之。

郭麐、刘熙载对白石词的审美特征的体认是颇为准确而深刻的。约而言之，白石词同词史上柔婉艳丽与雄放豪壮两大类型皆有不同，他一洗华靡而又摒除粗豪，别创一种清疏飘逸、幽洁瘦劲之体，用以抒写自己作为浊世之清客、出尘之高士的幽怀雅韵与身世家国之感。姜夔与仕宦无缘，长年浪迹江湖山林，经常与大自然为友，这大大助成了他满怀的清气雅韵，他在与大自然中的客观外在之物的会心交流中陶冶了自己的清高雅洁之性，因而在创作时就常常以绝尘之物与清幽之景作为主要吟咏对象，借以寄寓自己淡泊高古的个性，表现自己幽香冷韵的审美情趣。他的词中咏物写景之作比重极大，恐与这一审美倾向不无关系。其咏物词中以咏梅者为最多，即是一个证明。白石词今存八十四首，其中专咏梅以及提到梅的竟有二十八首，可见刘熙载论其词品时认为"在花则梅"是譬喻得当的。关于白石咏梅诸词的艺术特点及其与作者本人生活感受、审美体验之间的水乳交融关系，论者述之甚详，这里不拟重复。只想补充说明的是，白石咏梅词之外的其他许多咏物、写景之作，亦处处表现其幽香冷韵的独特体验和追求。比如咏荷花荡的《念奴娇》一阕：

> 闹红一舸，记来时、尝与鸳鸯为侣。三十六陂人未到，水佩风裳无数。翠叶吹凉，玉容销酒，更洒菰蒲雨。嫣然摇动，冷香飞上诗句。　　日暮，青盖亭亭，情人不见，争忍凌波去？只恐舞衣寒易落，愁入西风南浦。高柳垂阴，老鱼吹浪，留我花间住。田田多少，几回沙际归路。

这首词的小序与词作颇能情意相发，映衬出白石词特有的清疏冷峭的艺术境界，一并引录如下：

> 予客武陵，湖北宪治在焉。古城野水，乔木参天。予与二三友日荡舟其间，薄荷花而饮，意象幽闲，不类人境。秋水且涸，荷叶出地寻丈。因列坐其下，上不见日，清风徐来，绿云自动，间于疏处窥见游人画船，亦一乐也。揭来吴兴，数得相羊荷花中，又夜泛西湖，光景奇绝，故以此句写之。

　　咏物而不留滞于物，借客观物象的描写来寄寓自己清空高雅的意趣，乃是白石词的特点和优长。此词及其小序所共同体现的迷人境界，就典型地代表了白石这一优长。小序先说明作者在武陵赏荷时的审美感受，继言到吴兴（湖州）后又几度留连荷塘美景，最后说到近来夜泛杭州西湖赏荷，觉"光景奇绝"，因成此词。可见词中所写之荷，非粘滞于一时一地之实景，而是把自己所见过的武陵、吴兴、西湖三地荷池美景综合融化为一体，巧妙组织成为一幅秋风赏荷图。全篇不但以空灵的笔调写出了人格化的荷花的绵邈风神和冷香幽韵，而且通过赏荷的美的感受传达出作者清远幽峭的生活情趣和艺术追求。诚如俞陛云《唐五代两宋词选释》所评："此调工于发端。'闹红'四字，花与人皆在其中。以下三句咏荷及赏荷之人，皆从空际着想。'翠叶'三句略点正面。接以'嫣然'二句，诗意与花香俱摇漾于水烟渺霭之中。下阕怀人而兼惜花，低回不去，而留客赏荷者，托诸'柳阴'、'鱼浪'，仍在空处落笔。通首如仙人行空，足不履地，宜叔夏读之，'神观飞越'也。"俞陛云对白石词艺术个性的把握是十分准确的。好一个"诗意与花香俱摇漾于水烟渺霭之中",这正是典型的白石词境。篇中的警句"冷香飞上诗句"可谓白石自己词风的表白。此词全篇都充溢着这秋荷的幽韵冷香,大而言之,这种"冷香"(无论其为梅花之冷香、秋荷之冷香抑或寒菊之冷香,总之白石最爱吟咏的就是"冷香"、"寒香"、"幽香"、"暗香")遍及白石几乎所有的词作,可视为白石主体词风的譬喻之语了。而所谓"空际着想"、"空处落笔"及"仙人行空,足不履地"云云,看似玄虚,却是与张炎对白石词的"清空"、"古雅峭拔"、"野云孤飞,去留无迹"的感受同一机杼,都是指白石词因抒写幽韵冷香的高士情怀而达到的空灵疏宕的艺术境地。

论者或谓:姜夔一味走这种"高人雅士"的路,这"使得他的创作具有一种比较真诚高洁的感情,但又严重地局限了他反映生活的深度和广度"。这实际上是拿稼轩派的作品为尺度,来责备姜夔不能慷慨激昂地像稼轩、放翁等人那样歌咏时代风云和抗金斗争。这种责备或许不无一些道理,但其失在于没有顾及不同的作家在社会生活中的不同处境、遭遇、角色身份以及他们不同的思想意识、审美方式及风格趋向。姜夔即是如我们前面所介绍的那样一个被排斥于社会主流生活与统治阶级之外的贫苦文士,一个纯粹从事文艺创造的才人,我们焉能强求他具有辛、陆、陈(亮)式的"经济之怀"和随时抒写政治豪情的创作冲动?而事实上,姜夔也并非绝无伤时忧国感情,并非绝对地游离于现实生活之外,只不过他表达这种感情、描写这种题材的方式和作风与别人不同罢了。姜夔并非绝对"不关心政治"的世外人,只是因为一直不为当局所用,才被迫浪迹江湖,进行另一种文化选择,然而在涉及国家民族的关键问题上,他是一直倾向于抗战派的。他一生所结交的名公巨卿如杨万里、范成大、辛弃疾、朱熹、京镗等等,几乎全是当时爱国抗战的领袖人物,于此亦可见他本人的政治倾向与品节。特别是他对辛弃疾无比钦仰,将北伐成功的希望寄托于这位"前身诸葛"身上,他与辛氏唱和的四首词,纯然是一派豪壮悲慨的稼轩风。只不过他不似辛、陆、陈等人那样较多地写政治抒情词,且在涉及这种题材时,更愿意按自己特有的情调、风格和表现方式来创作而已。比如他年轻时写的忧时名篇《扬州慢》:

> 淮左名都,竹西佳处,解鞍少驻初程。过春风十里,尽荠麦青青。自胡马窥江去后,废池乔木,犹厌言兵。渐黄昏、清角吹寒,都

在空城。　　杜郎俊赏，算而今、重到须惊。纵豆蔻词工，青楼梦好，难赋深情。二十四桥仍在，波心荡、冷月无声。念桥边红药，年年知为谁生！

此词极写名城扬州被金兵烧杀掳掠之后的荒凉破败之状，借以抒发对现实的悲愤，痛惜朝廷无意恢复。不过他并非岳飞、辛弃疾那样的英雄豪士，而只是一个儒雅秀气的文士，因此不会（也不习惯于）作慷慨激昂的呼喊，而只能（也只擅长于）以唱叹出之，以含蓄蕴藉的比兴之笔写之。比起稼轩派豪壮悲慨的同题材作品，此词显得"意愈切而辞愈微"（清宋翔凤《乐府余论》），其特点是"感慨全在虚处，无迹可寻"（陈廷焯《白雨斋词话》），因而历来都被推许为体现姜夔思想个性和艺术特色的代表作。缪钺先生论此词与稼轩体风格之异云："窥江胡马伤离黍，金鼓长淮寓壮心。若比稼轩豪宕作，笙箫钟鼓不同音"（《灵谿词说》）。认为姜、辛二家词主体风格不同，但艺术价值同样很高，所论甚为平允。

南宋中期，姜夔在稼轩派独盛的词坛上另树清空骚雅一帜，为词的艺术宝库增添了有别于传统的几种类型风格的异量之美，这昭示着一个新的流派的崛起。姜夔的创新体开新派之功，主要在于他斟酌取舍于传统的刚、柔两极与秾丽、清疏两美之间，熔铸出一种刚柔适中、亦清亦丽、清劲骚雅而又韵度高绝的艺术风格。前代某些词话家，或因白石词有近清真之处，即将之划为清真"婉约"派，或因白石心折稼轩并曾学习仿效稼轩体，就将他附属于稼轩派，这两种划分都是错误的。姜夔既不属于周派，也不属于辛派，他是对周、辛两大家都有所取并有所弃，从而按自己的审美情趣和艺术观念创立了第三派。白石词与清真词确有明显的渊源关系，但并非全盘继承，而是有因有革：继其浑厚和雅、研词炼句、讲究章法结构；继其音律谐婉、协乐可歌；弃其风格之软媚与色泽之秾丽，变其软媚为清劲骚雅，变其秾丽为疏淡空远，从而另开宗派。白石与稼轩确亦有声气相通之处，但并非亦步亦趋，而是有取有舍。他与稼轩有直接交往的朋友关系，政治上崇仰稼轩，艺术趣味亦有合拍之处。其词集中的四首与稼轩唱和之作，有意效稼轩体，其他一些感怀身世之作，亦都不同程度地有稼轩沉郁而雄健的风格因素的渗入。但总的来看，他对稼轩体与稼轩派是取其清劲之气而不取其激烈浓挚之情，学其风骨凛凛之长而不学其末流的粗犷直率之态。周济《宋四家词选》将姜夔列为稼轩附庸，固然不对，但指出"白石脱胎稼轩，变雄健为清刚，变驰骤为疏宕"，毕竟体会到了白石学习稼轩而变其面目另开一种词风的事实，这还是能辨识两大家之异的。

姜夔之所以能另开新词派，除了对周、辛两大派词的有选择的继承和改造之外，还与他的诗学渊源大有关系。姜夔兼工诗词，其诗在南宋亦为重要一家。他本人是江西人，早年对盛行于世的江西诗派下过一番模仿学习的苦功，曾"三薰三沐"学习黄庭坚诗法达数年之久。中年摆脱黄庭坚，自求独造，乃从江西派窠臼出来，上窥晚唐诗。终于完成了诗风的转变，"其诗似唐人"。⑥他学诗的历程，不能不影响到他建树新词体的工作。谢章铤《赌棋山庄词话》卷十二有云："读其说诗诸则（按：指姜夔《白石道人诗说》），有与长短句相通者。"这是因为他学江西派诗法及晚唐诗之所得，适可用来纠周、辛两大词流之偏，以建立清劲骚雅的白石词风。关于这一点，夏承焘先生《论姜白石的词风》一文有十分精当的发明。⑦夏先生说：

> 白石的诗风是从江西派出来走向晚唐的，他的词正复相似，也是出入于江西和晚唐的，是要用江西派诗来匡救晚唐温（庭筠）、韦（庄）、北宋柳（永）、周（邦彦）的词风的。

夏先生又说：

> 白石在婉约和豪放两派之外，另树"清刚"一帜，以江西诗瘦硬之笔救周邦彦一派的软媚，又以晚唐诗的绵邈风神救苏辛派粗犷的流弊。这样就吸引了一部分作家。我们看宋末柴望自序《凉州鼓吹》（即《秋堂诗余》）有云："……词起于唐而盛于宋，宋作尤莫盛于宣、靖间，美成、伯可各自堂奥，俱号作者；近世姜白石一洗而更之，《暗香》、《疏影》等作，当别家数也。大抵词以隽永委婉为尚，组织涂泽次之，呼噪叫啸抑末也。惟白石词登高眺远，慨然感今悼往之趣，悠然托物寄兴之思，殆与古《西河》、《桂枝香》同风致，视青楼歌、红窗曲万万矣。故余不敢望靖康家数，白石衣钵或仿佛焉，故以'鼓吹'名，亦以自况云尔。……"柴氏于"组织涂泽""呼噪叫啸"之外，特别拈出白石的"隽永委婉"；虽然以"隽永委婉"四字

概括白石词风，未尽确切，但宋季词坛，确有此一派。……所以我说，白石在苏辛、周吴两派之外，的确自成一个派系。

夏先生的论述和引证，已经将姜夔创派的因由、宋季相当一部分词人的审美倾向以及他们自觉继承白石衣钵以致衍成一个词派的过程都说得很清楚了。下面对于南宋后期乃至宋末元初追随白石以成一派的重要词人进行评介。

二、承白石衣钵的张辑、赵以夫、柴望

张辑（生卒年不详），字宗瑞。号庐山道人、东泽、东泽诗仙、东仙等，饶州鄱阳（今江西波阳）人。父履信为当时著名诗人，曾为连州守。张辑主要活动于宁宗、理宗二朝。一生未入宦途，优游山林江湖，终老布衣。他是姜夔的同乡晚辈，身世经历与布衣身份又复相似，遂为姜夔的崇拜者和学生。曾学诗法于姜夔，并作《白石小传》。朱湛卢为张辑词集作序，谓其"得诗法于姜尧章，世所传《欸乃集》，皆以为采石月下，谪仙复作，不知其又能词也"。⑧他不但作诗学白石，作词亦仰白石宗风，亦步亦趋，然终因才力不足，胸襟亦远逊，故所得较为浮泛，成就与白石相去较远。其词集名《东泽绮语债》，饶宗颐《词籍考》卷五评介曰："（张辑）词传四十一首，皆以篇末三数字另立新名，盖贺方回《东山寓声乐府》例。词中颇用白石歌曲语，如'象笔鸾笺'、'高柳晚蝉'之类，其浅显者也。有《贺新郎·寿湛卢先生》，殆即序其词之朱湛卢，亦似乙未、丙申同舟赴淮海之高邮朱使君也。"通观张辑的词，虽有如饶宗颐所说的伤于"浅显"之弊，诚为效白石而大不及者，但作为一位虔心师法白石而志在传其衣钵的作者，他也确有一些既得白石精髓又具自家风貌的佳词。试看《疏帘淡月·寓〈桂枝香〉·秋思》：

> 梧桐雨细。渐滴作秋声，被风惊碎。润逼衣箪，线袅蕙炉沉水。悠悠岁月天涯醉，一分秋、一分憔悴。紫箫吟断，素笺恨切，夜寒鸿起。　　又何苦、凄凉客里。负草堂春绿，竹溪空翠。落叶西风，吹老几番尘世。从前谙尽江湖味。听商歌、归兴千里。露侵宿酒，疏帘淡月，照人无寐。

此词写天涯作客者的一股羁旅之愁、蹉跎之恨与思乡之情，作者并不黏滞于满怀的愁绪，而是以白石似的清冷幽峭之境寓主观的凄清哀怨之思。造境幽远清疏，语言风雅有韵味，结构细密而浑成，其间字琢句炼，如"秋声被风惊碎"、"线袅蕙炉"、"一分秋，一分憔悴"及"落叶西风，吹老几番尘世"等等，皆是典型的白石家数。王闿运《湘绮楼词选》评此词云："轻重得宜，再莽不得"。正是看准了此词的姜派特色：斟酌于周派之"轻"与辛派之"重"而适得其中，具刚柔相济之长。至于黄蓼园《蓼园词选》评此词"英雄失路，岁月易徂，回想故乡，能无耿耿"云云，则显然于风格辨识有误了，因为此篇并无稼轩式的"英雄失路"的悲慨凄壮之意，而只有白石式的山林高士漂泊歧路时的凄冷感伤之味。

张辑词虽仅四十余首，但风格却并不单一。除却学习姜夔而具清空幽韵或有淡雅含蓄之美的作品之外，他尚有好几首受稼轩风影响的苍凉悲壮之作。比如抒写爱国激情的《月上瓜洲·寓〈乌夜啼〉·南徐多景楼作》：

> 江头又见新秋，几多愁？塞草连天何处是神州？　　英雄恨，古今泪，水东流。惟有渔竿明月上瓜洲。

以小令写大题材，发大感慨，正是稼轩派的长技之一。足见陈洵《海绡说词》所谓"南宋诸家鲜不为稼轩牢笼者"之说并非虚言。

赵以夫（1189—1256），字用父，号虚斋，郓（今属山东）人，居长乐（今福建长乐）。为宋宗室。嘉定十年（1217）进士。历知漳州，提举江南西路常平茶盐公事、两浙转运判官。嘉熙元年（1237），以直焕章阁、枢密院副都承旨兼国史院编修官。二年，除沿海制置副使兼知庆元府，同知枢密院事。淳祐五年（1245）除宝章阁待制、沿江制置使兼知建康府、行宫留守、江东安抚使。迁吏部尚书兼侍读，改礼部尚书，进资政殿学士。卒年六十八。有《虚斋乐府》二卷，存词六十七首。前有淳祐九年（1249）自序，自称"芝山老人"。赵以夫终生为官，是名利场中人，而词风却趋向姜夔。其词善长调，多为咏物及酬和之作。这些词大多表现士大夫生活的闲雅清高的情致，间亦透露出对世道人生的某些复杂感受。自浙派汪森将赵以夫划为姜夔一派以来，词学界对此基本没有异议。陈廷焯《白雨斋词话》虽力辨赵以夫"绝非取径于白石"（见上引），但其《词坛丛话》却又将同一个人与张辑、张炎、王沂孙诸人一起列入"未有出白石之范围者"。陈氏之说自相矛盾，不足为凭。但他指出赵以夫词有"平浅"、"伉坠"和"说得太显，不耐寻味"之病（均见《白雨斋词话》卷八），则不为无见。要之，赵以夫为效白石而大不及者，其成就在姜派词人中应居于张辑之下，更不用说在张炎、王沂孙之下了。他在《虚斋乐府》自序中谓，向来作词者"语工则音未必谐，音谐则语未必工，斯其难也。余平时不敢强辑，友朋间相勉属和，随辄弃去"。于此可见他颇有自知之明，知道要像姜夔那样既能"语工"、又能"音谐"，琢字炼句与谋篇布局一归于醇雅，实在是十分不容易的。但赵以夫之词并非全是艺术上低劣、一味平浅直露者，他也颇有能窥白石堂奥的清空雅洁之作。朱彝尊《词综》选其词达九首之多，皆非平庸之作。这里仅举《孤鸾·梅》一阕：

　　江南春早。问江上寒梅，占春多少？自照疏星冷，只许春风到。幽香不知甚处，但迢迢、满汀烟草。回首谁家竹外，有一枝斜好。

　　记当年、曾共花前笑。念玉雪襟期，有谁知道？唤起罗浮梦，正参横月小。凄凉更吹塞管，漫相思、鬓华惊老。待觅西湖半曲，对霜天清晓。

李调元《雨村词话》卷三评此词："可谓一尘不染。其时张方叔桀次'好'字韵云：'此际虚斋心事，与此花俱好。'相去不啻万里。"于此可见在南宋后期学白石的词人中，赵以夫算是不俗者。

　　柴望（1212—1280），字仲山，号秋堂，又号归田，衢州江山（今属浙江）人。绍定、嘉熙间为太学上舍生。淳祐六年（1246）元旦日蚀，诏求直言，柴望因上所著《丙丁龟鉴》十一卷，忤贾似道，诏下府狱。后为人疏救放归。景炎二年（1277），以布衣特旨授迪功郎、国史馆编校。宋亡不仕，自名宋逋臣，与其从弟随亨、元亨、元彪，称柴氏四隐，有名于时。元至元十七年（1280）卒，年六十九。有《道州台衣集》一卷，词集《凉州鼓吹》一卷。《凉州鼓吹》原本已佚，今存者仅十三首词。柴望作词，全以姜夔为依归，其《凉州鼓吹自序》推崇姜词"登高眺远，慨然感今悼往之趣，悠然托物寄兴之思，殆与古《西河》、《桂枝香》同风致，视青楼歌、红窗曲万万"，因而自谓其词能继承"白石衣钵"。由此可见柴望是南宋末年最自觉的一位姜派词人。今举其《桂枝香》一首，以见其姜派风格特色：

今宵月色。叹暗水流花，年事非昨。潇洒江南似画，舞枫飘柞。
谁家又唱江南曲，一番听、一番离索。孤鸿飞去，残霞落尽，怨深难
托。　　又肠断、丁香画雀。记牡丹时候，归燕帘幕。梦里襄王，想
念王孙飘泊。如今雪上萧萧鬓，更相思、连夜花发。柘枝犹在，春风
那似，旧时宋玉。

三、姜派最佳传人和理论家张炎

在推尊和学习姜夔的南宋词人中，以张炎的艺术成就为最高。大约在
姜夔死后近三十年才出生的张炎，在词艺上以姜夔为圭臬，奋起直追，融
合着他自己在宋亡前后那一特殊历史时期获得的审美感受，创作了既得白
石意度、又有自家特色的"张玉田体"（陈廷焯《白雨斋词话》所列唐宋
词十四体之一），并对姜夔一派的词法进行了系统的理论总结，从而赢得
了与其宗主并称"姜张"和"双白"（姜词集名《白石道人歌曲》，张词
集名《山中白云词》）的崇高地位，到清代浙西词派那里，遂有"家白石
而户玉田"之盛。词史上称"姜张"，则为南宋后期清空骚雅词派的同义
语。

张炎的审美选择和创作道路，与他特殊的家世、经历及从中养成的艺
术才性密切相关。

张炎（1248—1319后），字叔夏，号玉田，晚号乐笑翁，西秦（今陕
西）人，寓居临安（今浙江杭州）。为南渡大将循王张俊六世孙。曾祖张
镃、父张枢均为精通音律、讲究词法、词风与姜夔相近的著名词人。因此
他的家庭，既是累世簪缨，又有姜派词学渊源。张炎生活于这样一个在京
城少有其比的显贵家庭，如果不是遭逢家国之变，他完全可以在锦绣丛
中、湖山影里过一辈子风流快活的日子。不料他二十八岁时，元军的铁骑
就踏破了他的富贵梦。比一般王孙公子更悲惨的是，他的祖父张濡于杭州
城破的前一年在独松关误杀了元朝的劝降使者廉希贤，因而遭到残酷报
复，元兵入杭州后将其处以"磔刑"（分裂肢体而死的酷刑），张氏家资被
抄没，张炎之父也不知所终。国亡加上家破，使他成了远比姜夔孤贫无依
的浪迹江湖之士。他在元朝统治下南迁北徙、东飘西荡四十多年，一直落
魄不堪，靠投奔朋友、卖字画或设帐授徒为生。四十三岁时，一度北游燕
京，次年春后南归。最穷困的时候，甚至潦倒到在浙江宁波街头卖卜算

卦。约卒于元延祐四年之后，年七十余，上距宋亡已四十多年。特殊的经历和特殊的社会角色决定了他特殊的创作道路。像一些虽有故国之思但又无力无胆作复国之争、不甘心投效元朝但又无法有所作为的遗民诗人词客一样，张炎这只柔弱无依的"孤雁"在清苦单调的江湖山林流浪生涯中做得最多的一件事就是：寄情山水与其他自然之物，在清幽旷远的艺术境界的创造中寻求心灵的慰藉和精神的解脱。因此，他继承姜夔的词法，不以激昂豪壮为美而以清刚疏宕为美；羡慕和仿效姜夔那"野云孤飞，去留无迹"的文化行为模式，标榜和力追姜夔清空骚雅之风，这就是一种顺理成章的审美选择了。

张炎的《山中白云词》存词约三百首，数量不可谓不多，内容也不可谓不丰富，但其主导风格却可以通过一二咏物写景名篇体现出来。宋代一直有用词人的名篇妙句来起外号的习俗，张炎本人也因此而得了两个著名的外号："张孤雁"和"张春水"。前一个外号来源于他咏孤雁的《解连环》，后一个则来源于他写春水的《南浦》。这两首词是《山中自云词》中的压卷之作，它们在空灵蕴藉的姜夔式艺术境界中颇多亡国遗黎的身世盛衰之感与苍凉低回之音，不但反映出张炎的特殊心态和情感，而且代表着他的艺术成就。略评此二词，可以看出张炎是如何既继承又变化姜夔词风的。

先看《解连环·孤雁》：

> 楚江空晚，怅离群万里，怳然惊散。自顾影欲下寒塘，正沙净草枯，水平天远。写不成书，只寄得、相思一点。料因循误了，残毡拥雪，故人心眼。　　谁怜旅愁荏苒，谩长门夜悄，锦筝弹怨。想伴侣、犹宿芦花，也曾念春前，去程应转。暮雨相呼，怕蓦地、玉关重见。未羞他、双燕归来，画帘半卷。

这首词以姜夔式的幽冷色调、姜夔式的借物寓情的空灵笔法，咏写了一只失群孤雁的形象，借以寄托张炎自己亡国破家后的心情和遭遇。作者在《词源》卷下专论姜派咏物词法之时，在列举了史达祖《绮罗香》、《双双燕》及姜夔《暗香》、《疏影》、《齐天乐》等典范作品之后，指出咏物之作须"全章精粹，所咏了然在目，且不留滞于物"。他自己的这首咏物之作，正是完美地达到了这一要求，寄托深远，形神兼备，情韵尤高。全篇将雁与人打并成一体来抒写，自始至终紧扣题面，渲染一个亡国破家者的"孤"——处境之孤与心情之孤。开头"楚江空晚"以楚天空阔凄冷幽暗的背景来映衬"孤"字；"怅离群"二句则直接点出这个"孤"字；以下"顾影"而只有"自"身，愈显其"孤"；接着旅愁之荏苒、长夜之幽悄、锦瑟之哀怨等等，兼从客观环境与主观感受两方面来烘托、形容其"孤"；"想伴侣"几句也是以思念群体来反衬目前离群之"孤"。结尾"双燕归来，画帘半卷"云云，则更是以"双燕"的团圆来对照"孤雁"的形单影只和没有归宿。所有这些，全是张炎本人落魄江湖、漂流四方的遗民生涯的自我写照。

尤可注意的是，此词不但以孤雁自比，而且推己及人，在时事政治上有意味深长的寄托。他除了用雁喻示自己的境遇和心情，还用比兴手法暗写了宋末士大夫的三种人。第一种是"残毡拥雪"的苏武式的节士。从"因循误了"等语气来看，张炎自己作为一个软弱的逃世者对他们是深感愧疚的。第二种是"犹宿芦花"的"伴侣"们，张炎渴望与他们重新聚首。第三种是亡国之后居然能再居"画堂"的"燕子"，这种人虽然自在归家，得意穿帘，但张炎并不羡慕他们。不少评论家已经指出，这第一种人是指文天祥等被囚于北国的爱国志士；第二种人指那些逃匿江湖、隐居不仕的南宋遗民；第三种人则指那些投靠元朝而保住富贵利禄的新贵（如宰相留梦炎之流）。这种分析和理解，结合词中意象和当时的实情来看，是可以成立的。从张炎对这三种人的不同态度，大致可以看出他在宋、元易代之际的基本政治立场和爱憎倾向。这首词由于具有如此丰富的内容和感情，所以它不愧为南宋咏物词中兴会淋漓、寄托深远的上乘之作。

再看《南浦·春水》：

> 波暖绿粼粼，燕飞来，好是苏堤才晓。鱼没浪痕圆，流红去、翻笑东风难扫。荒桥断浦，柳阴撑出扁舟小。回首池塘青欲遍，绝似梦中芳草。　和云流出空山，甚年年净洗，花香不了。新绿乍生时，孤村路、犹忆那回曾到。余情渺渺。茂林觞咏如今悄。前度刘郎归去后，溪上碧桃多少！

此词描写杭州西湖春水，运笔工细，景物如画。但细加品味，这"荒桥断浦"与"孤村小路"，实非承平富丽气象，而是宗邦覆灭后的衰残之景。试看梦中芳草，本是虚无；盛时觞咏，已属前尘；而刘郎重到，旧景难寻；溪上碧桃，尽是新栽。物是人非、改朝换代之悲，更是流于言外！可见"春水"词与"孤雁"词，题材虽异，但表现的同是"世纪末"的哀痛，虽然它们学的都是白石词法和白石作风，但情调之绝望哀切，比之白石的凄冷感伤，又不可同日而语了。关于此词的空灵含蓄的姜派家法的成功运用，沈祖棻先生有一段评点可助我们体认与理解，谨录如下：

> 起三句写景如画，便觉春光骀荡，春水溶溶，如在目前。咏物之最上乘，所谓取神者也。"鱼没"句，体物极工细。"流红去"句，翻陈出新，用意更进一层。"荒桥"二句，暗点荒凉，其宋邦沦覆以后之作欤？"回首"二句，用谢灵运梦惠连而得"池塘生春草"之句事，如此活用，极融化变幻之奇，刘熙载《艺概》所谓"实事虚用"也。换头处不断曲意，最是作者所长，此"和云"二句，亦复如是。如《莲子居词话》所云，"刻画精巧，运用生动，所谓空前绝后"者也。"新绿"二句，亦宛然在目。"余情"以下，皆作者自谓"用事不为事使"之例。《词源》云：咏物之词，"体认稍真，则拘而不畅；模写差远，则晦而不明。要须收纵联密，用事合题，一段意思，全在结句，斯为绝妙"。此作……庶几近之。⑨

由上述代表作可见张炎学姜夔作词而自成一家所达到的艺术高度。由于他论词专尊姜夔，主"清空"与"骚雅"之说，实际创作也大致遵循这一艺术方向和规范，并且取得了几乎可以与姜夔并驾齐驱的成就，因而从他尚在人世的时候起，至清及近代，论者均将他与姜夔并提，视之为晚宋至元初清空骚雅词派的第二号人物。张炎的词友，比他年长一岁的南宋遗民仇远即指出："读《山中白云词》，意度超玄，律吕协洽，不特可写青檀口，亦可被歌管荐清庙，方之古人，当与白石老仙相鼓吹。"⑩此外，元初与张炎有过交往的郑思肖、戴表元、邓牧、舒岳祥等人为《山中白云词》题辞，皆以张炎与姜夔相联系。至清初，浙派并尊姜、张，"家白石而户玉田"，于是姜、张同派遂成不易之论。清人先著以为玉田才力及实际成就与白石难分高下，他说："与白石并有中原者，后起之玉田也。"又说："白石老仙以后，只有此君（玉田）与之并立。以上两词（指姜、张二人的《探春慢》），工力悉敌，试掩姓氏观之，应不辨孰为尧章，孰为叔夏"

（见《词洁》）。甚至有偏爱张炎，以为其成就超越姜夔的。如元初邓牧将张炎与周邦彦、姜夔相比，断言"今玉田张君无二家之短而兼所长"（《伯牙琴张叔夏词序》）；晚清邓廷桢则谓"白石硬语盘空，时露锋芒，玉田则返虚入浑，不啻嚼蕊吹香"（《双砚斋词话》）。这些都是过度欣赏张炎词低回哀婉的一面而不满姜夔词清刚劲健的一面所作出的拔高前者艺术地位之论。其实张炎从总体上看主要是姜夔词风、词法的追随者，虽然在学习白石的同时亦兼师其他传统词家，并因时代环境变化等客观因素的影响，其面貌与白石已有所不同，但总的看来仍是在白石宗风的笼罩之下，且其气局、才力皆较白石为弱，并未有"出蓝"之处。刘熙载对这一点说得比较中肯，他说："张玉田词，清远蕴藉，凄怆缠绵，大段瓣香白石，亦未尝不转益多师，即《探芳信》之次韵草窗，《琐窗寒》之悼碧山，《西子妆》之效梦窗可见。"此外陈廷焯对于张炎词的流派渊源及实际成就与地位的衡估也堪称准确，其《云韶集》卷九论曰："玉田词亦是取法白石，而风度高远，襟期旷达，不独入白石之室，几欲与之颉颃。"其《白雨斋词话》卷八亦谓："玉田乃全祖白石，面目虽变，托根有归，可为白石羽翼。"看来，张炎作为姜夔所创宗风的最佳传人和历时态的姜张词派的后期主将的地位是确定无疑的。

　　谈到姜张词派的艺术渊源和风格面貌，就不能无视稼轩派的强大影响。姜夔效稼轩体的情况已如前述，现在要进一步追问：作为白石词风最佳传人的张炎，是否也曾受稼轩影响？张炎论词和作词，"正宗"意识十分鲜明，他力主恢复传统士大夫之词的浑厚和雅，不喜南渡以来慷慨壮烈之调，力斥稼轩、刘过的"豪气词"。但实际上，自稼轩派的艺术高峰耸立于世之后，任何主张"复雅"的词派和词人都不可能绕过这座高峰去完全走五代北宋的老路，而只能或多或少、或自觉或不自觉地向它倾斜，不同程度地接受其风格与范式的渗透。姜夔之自觉地、热心地与稼轩进行壮词的唱和，已经证明了自南宋以来很难再产生传统意义上的"婉约派"；力主"清丽舒徐"、"体制淡雅"和"风流蕴藉"的张炎，其实词风也并不完全"传统"，而是时不时地因抒发特定胸怀之需而情不自禁地创作类似稼轩体的词。这里仅录其名篇之一的《壶中天·夜渡古黄河与沈尧道曾子敬同赋》：

　　　　扬舲万里，笑当年底事，中分南北。须信平生无梦到，却向而今游历。老柳官河，斜阳古道，风定波犹直。野人惊问：泛槎何处狂客？　　迎面落叶萧萧，水流沙共远，都无行迹。衰草凄迷秋更绿，惟有闲鸥独立。浪挟天浮，山邀云去，银浦横空碧。扣舷歌断，海蟾飞上孤白。

　　关于此词的豪壮特征，俞陛云《唐五代两宋词选释》有简约而精当的评点："此为集中杰作，豪气横溢，可与放翁、稼轩争席。写渡河风景逼真，起句有南渡时神州分裂之感。'闲鸥独立'句，谓匹夫志不可夺。夏闰庵云：'非特苍凉悲壮，且确是渡河，而非渡江。'下阕虽写景，而'衰草'、'闲鸥'句，兼以书感，名句足敌白石。"这样的以悲壮苍凉为美的词，在玉田词中非仅个别，另有《甘州》（记玉关踏雪事清游）等阕，皆属此类。它们是玉田并不单一的艺术风格中之一种。这一类词诚如论者所云是玉田词中的"别调"，但我们如果忽略了对这类词的分析与理解，则张炎就不是一个完整的张炎，玉田词也就不成其为主体风格统率下的多样化格局的玉田词了。

　　末了应该谈一谈作为姜派词艺词法的理论总结者的张炎。宋末元初，讲论词法、探讨词艺之风甚盛，张炎的《词源》就是这个风潮中产生的一部较系统的词学著作。论者或谓此风之盛反映了宋末词人回避现实生活而专门去讲求音律技巧，这是过于注重文学社会政治功能的偏蔽之论。就文学本身的发展来看，宋词作为"一代之文学"有三百年的辉煌历史，有极为丰富的创作经验需要总结和进行理论升华。在这种客观要求面前，一批南宋遗民存总结故国文献之心，作弘扬故国文化精华之想，精研一代词艺词法，对之进行一定的理论提炼与阐述，这一文化行为是十分难能可贵的。张炎便是从事这一理论总结工作的人们中具有集大成性质的专家。他的《词源》与宋代常见的那些即兴评点与叙说掌故本事的诗话词话有所不同，它具有一定的（虽是不完备的）理论形态，上卷专论乐律，下卷兼论词法与词的批评。上卷论乐律的十四篇，是张炎对词学最有贡献的部分，其价值高于王灼《碧鸡漫志》，有待于精通民族传统音乐的专家作深入整理和研讨。其下卷较有系统地讨论词的作法和审美标准，其中包含着这位作家而兼理论家的经验之谈和甘苦之言，也有对于唐宋著名词人的批评。下卷的核心部分是论词的如下三项标准：一、"意趣高远"，二、"雅正"，三、"清空"。前两项关乎词的思想内容和文化品位，第三项则是风格要求。前两项应该说并非张炎的一家之说，而是对于南渡以来词坛"复雅"

思潮的回应、肯定和总结，而"清空"一项，则属他独创的风格论。这一风格理论，是立足于本词派的创作经验，以派主姜夔为最高典型，并以吴文英一派的质实晦涩风格作为对立面加以否定而建立起来的。"清空"之论，对于宋末吴文英一派的软媚秾艳、凝滞晦涩之风具有补弊纠偏的意义，应予充分肯定；但以"清空"论姜夔，不免偏而不全，且显得表面。姜夔词更显其个性气质和审美趋向的特征是清刚疏宕、瘦劲幽冷，这其中既有白石本人的意趣，也有"稼轩风"的渗透和影响。张炎意识不到这一点（或虽然可能意识到却不愿取这一点），仅取符合自己口味的"清空"加以张扬，在较为正确地反对质实晦涩之风的同时，荒谬地、不分青红皂白地排斥稼轩派的"豪气词"，这就抛撇了宋词优秀遗产中的一部分，而在理论上陷入了偏颇。《词源》一书，由于是第一次以一定的理论架构和批评标准系统地探讨与总结词艺词法，因而在词学史上具有开创意义——自此书开始，词才成为专门之学。但由于浓厚的宗派意识和偏颇的艺术趣味所致，此书在很大程度上只能算是姜张词派一派的创作经验的不算全面的总结。夏承焘先生指责此书"称许姜夔，也偏而不全，反对辛弃疾豪放派词尤是全书的大疵病"，并认为此书"原不够我们理想的词学批评著作的标准"。[11]夏先生的批评是很有道理的。

四、"得白石意度"的王沂孙等人

姜夔开创的词派，历经几十年，至宋末元初不衰反盛，主要就是靠了张炎、王沂孙两位遗民词人传薪续火，光大宗风。王沂孙作词兼取清真、白石两家，而以白石为主要效法对象，以故张炎赞其"琢语峭拔，有白石意度"（《山中白云词》卷一《琐窗寒》序）。王沂孙的艺术成就大致与张炎相埒，因而被词话家称为"张、王"。清人刘熙载就说："今观张、王两家，情韵极为相近。如玉田《高阳台》之'接叶巢莺'，与碧山《高阳台》之'浅莫梅酸'，尤同鼻息。"（《艺概·词曲概》）近人蔡嵩云《柯亭词论》更明确地指出张、王的流派归属道："白石词在南宋，为清空一派开山祖，碧山、玉田皆其法嗣。"

王沂孙（生卒年不详），字圣与，又字咏道，有碧山、中仙、玉笥山人等别号，会稽（今浙江绍兴）人。其生年大致在周密之后，张炎之前。工文词，广交游，尤与周密、张炎、唐珏、仇远等浙中遗民词人关系密切。宋亡前几年中，与周密在杭州、会稽等地多有交往。景炎三年

（1278），在越中与李彭老、周密、唐珏、张炎、仇远等同赋《天香》、《齐天乐》等等诸调，托意龙涎香、莲、蝉等物，以抒家国沦亡之悲。至元中，一度出任元朝的庆元路学正。晚年往来于杭州、会稽间，卒年大约六十来岁。张炎等曾有词悼之。

　　王沂孙有《花外集》一卷，又名《碧山乐府》，又名《玉笥山人词集》，存词六十多首，咏物词几乎占了一半。其艺术成就和个人风格特征就主要体现在这些咏物词上，他之所以被目为姜派苗裔，也主要是因为这些咏物词最得白石真传，咏物而不留滞于物，能以凄冷清苦的物象和空灵蕴藉的意境表达自己特定的"托意"。戈载《宋七家词选》论王沂孙与姜夔之间的流派渊源关系道："予尝谓白石之词，空前绝后，匪特无可比肩，抑且无从入手，而能学之者则惟中仙。其词运意高远，吐韵妍和；其气清，故无粘滞之音；其笔超，故有宕往之趣。是真白石之入室弟子也。"这就把碧山学白石所得都说全了。有人甚至认为在同一派中，碧山还比玉田高一筹，如周济《介存斋论词杂著》说："中仙最近叔夏一派，然玉田自逊其深远。"从总体成就上来看，王沂孙未必就超得过张炎，但他的诸多咏物词，的确运意深远，笔势清超，无限"黍离"、"麦秀"之感，只以唱叹出之，非仅得"白石意度"，而且有鲜明的个人特色，与张炎可谓各有千秋。现在先并录张、王的两首被刘熙载认为"情韵相近"，"尤同鼻息"的《高阳台》如下：

　　　　接叶巢莺，平波卷絮，断桥斜日归船。能几番游，看花又是明年。东风且伴蔷薇住，到蔷薇、春已堪怜。更凄然，万绿西泠，一抹荒烟。　　当年燕子知何处？但苔深韦曲，草暗斜川。见说新愁，如今也到鸥边。无心再续笙歌梦，掩重门、浅醉闲眠。莫开帘，怕见飞花，怕听啼鹃。

　　　　　　　　　　　　　　　　　　　　　　　　　（张炎）

　　　　残萼梅酸，新沟水绿，初晴节序暄妍。独立雕栏，谁怜枉度华年？朝朝准拟清明近，料燕翎、须寄银笺。又争知、一字相思，不到吟边？双蛾不拂青鸾冷，任花阴寂寂，掩户闲眠。屡卜佳期，无凭却恨金钱。何人寄与天涯信？趁东风、急整归船。纵飘零、满院杨花，犹是春前。

　　　　　　　　　　　　　　　　　　　　　　　　（王沂孙）

二词皆借春景以抒亡国之感，皆充满盛时不再的无限低回掩抑之思。张惠言评张炎的一首"词意凄咽，兴寄显然，疑亦黍离之感"（《词选》）；麦孟华亦谓其"亡国之音哀以思"（《艺蘅馆词选》丙卷引）。关于王沂孙的一首，麦孟华谓是："言半壁江山，犹可整顿也。睠怀君国，盼望中兴，何减少陵？"（同上引）可见二词主题相近，基本情调亦相近。细品之，二词于相近的流派风格之外实亦各有个人特色。张炎于写景中直泻胸怀，"东风"等句及结拍处"莫开帘"云云，颇有激迫凄劲之势，足见与白石清刚之趣更近；王沂孙则托闺情以寄怨怀，风格更趋含蓄柔婉，其基本格调恰如《香海棠词话》评其篇末所云"结笔低回掩抑，荡气回肠"。低回掩抑而至于凄苦怨断，实是碧山词，尤其是其咏物诸作的基本特征。一部《花外集》中，最能代表王沂孙成就和风格的当推《齐天乐·蝉》：

> 一襟余恨宫魂断，年年翠阴庭树。乍咽凉柯，还移暗叶，重把离愁深诉。西窗过雨。怪瑶佩流空，玉筝调柱。镜暗妆残，为谁娇鬓尚如许？　铜仙铅泪似洗，叹携盘去远，难贮零露。病翼惊秋，枯形阅世，消得斜阳几度。余音更苦。甚独抱清高，顿成凄楚。谩想熏风，柳丝千万缕。

这首词，古人及时贤皆论定为寄寓亡国之恨的咏物佳作，对此本书不持异议。但作者是如何通过咏写一种小昆虫来发大感慨、抒大悲痛的，则词话家们多语焉不详。唯沈祖棻之诠释最为谛当，其说云："作者的用意却在拿他当时亲身领略的家国兴亡之感，通过蝉的生活情态来表现。题目虽是咏蝉，主旨却在抒感。作者既然着重后者，读者也就不能专看表面，因为在这种情形之下，言外之旨常常比题中之义更其深挚动人。"又云：此词"处处切着蝉讲，将蝉人格化了，不但描摹其形态神情，并且写出了它的身世之感。情词宛转，一气贯穿，构成了一个很完整的艺术形象。但是，这首词还是明显地使人看出，它是别有寄托。因为蝉本来不过是一种小动物，到了秋天，渐近死亡，也是自然现象。若非作者别有用意，是不会以这样深沉的悲哀和巨大的痛苦来咏叹它的。同时，如果不是涉及君国之感，词中也就不会使用'宫魂'、'铜仙'等词和发出'消得斜阳几度'、'余音更苦'这种哀音。"⑫

　　王沂孙的咏物词，不似姜夔那样清疏健朗和一气流走，而往往呈现凄黯晦涩、欲吐又吞的面貌。其掩抑低回之状超过张炎。张炎尚时有清绝高朗之作和豪健壮阔之调，王沂孙则大致只能愁肠百结、吞声哀泣。于是碧山词给人的总体印象是情感低沉，用意深曲，又常常不愿直说，而极好使事用典，因而风格流于朦胧低黯。对于姜张词派内部这种风格变异，我们应结合当时政治文化背景，给予充分的理解。

　　元灭南宋，既是一次民族间的武力征服，同时也伴随着一场网罗严密的对南方被征服者的思想文化控制。元灭南宋之初，统治方式极为残暴，文网十分苛酷。当时法律明文规定："诸妄撰词曲"以"犯上恶言者"，一律"处死"；"诸乱制词曲为讥议者，流（充军流放）"。这些杀气腾腾的律条，主要是针对不甘屈从新朝而隐匿于江湖草野的广大南宋遗民诗人词客的。淫威所向，倒霉的大有人在。刘辰翁因为做了一首感叹尘世沧桑的六言咏月诗，被人告发，几乎被杀。梁栋因为写了"浮云暗不见青天"的诗句，涉嫌攻击新朝，被投进监狱，病死于铁窗之下。元兵攻入杭州后，不仅磔杀曾经敢于抵抗的南宋将士和官僚士大夫，籍没他们的财产，而且对各地战败不屈、不肯投降的士兵民众，多施以断舌、割鼻、斩脚之刑，"悉坑其民"，"车裂之，屠其民，血流有声"……史籍所载的这类惨象，当时遍及大江南北。在这种大屠杀之外又辅以对"思想罪"、"言论罪"的苛酷追究，可以想象有多少文人家破人亡，多少词客日日夜夜提心吊胆，噤若寒蝉！在这种时代环境中，南宋文人士大夫分化为三种人。一种是如文天祥、谢枋得那样的慷慨高歌、英勇战斗、最终杀身成仁的男子汉大丈夫。一种是如留梦炎、赵孟頫那样的投效元人，觍颜事敌，重做高官，再享富贵的失节者。第三种就是像王沂孙、张炎这样文弱而孤高的江湖文士。他们既无民族英雄们那种心志和胆量，又不愿像变节者那样媚事新朝（王沂孙一度任庆元路学正，那仅是无关乎政局的地方学官，与立朝为官者不同），而只能潜身草野，怡情山水，吟咏风月花草以求精神解脱。他们内心里有绵绵不尽的亡国之戚和身世之悲，但由于社会环境的险恶和自身的软弱（王沂孙的个性比张炎更趋文弱），不敢"直说"，只能假托于他们日日涵咏的自然风物意象，以曲笔宣泄出来。这就是宋亡之际曲折隐晦、意境朦胧的咏物词大量涌现的主要原因。在这个大致趋同（因为抗元志士和投靠元朝者都只是少数人）的创作潮流中，最具代表性的便是王沂孙的《碧山乐府》。

南宋后期至宋末元初之际作词趋近姜夔之风的作者，尚有严仁、黄昇、仇远等人。严仁（生卒年不详），字次山，号樵溪，邵武（今属福建）人。与严羽、严参齐名，称邵武三严。有词集名《清江欸乃集》。多庆寿、赠行等作。其佳者洒然脱俗，有清空新远之致。如《鹧鸪天·别意》：

> 行尽春山春事空，别愁离恨满江东。三更鼓润官楼雨，五夜灯残客舍风。　　寒淡淡，晓胧胧，黄鸡催断丑时钟。紫骝嚼勒金衔响，冲破飞花一道红。

黄昇（生卒年不详），字叔旸，号玉林，又号花庵词客，晋江（今属福建）人。早弃科举，雅意读书，以吟咏自适。辑有《花庵词选》。自著《散花庵词》一卷。《四库提要》评其词"上逼少游，近摹白石，（游）九功赠诗所云'晴空见冰柱'者庶几近之"。集中有《阮郎归·效姜尧章体》云：

> 粉香吹暖透单衣，金泥双凤飞。闲来花下立多时，春风酒醒迟。桃叶曲，柳枝词，芳心空自知。湘皋月冷佩声微，雁归人不归。

此外，宋遗民中的仇远（1247—?），也是姜夔、张炎词派的追随者，但成就不大，自谓所作"岂足与叔夏比"（《山中白云词序》），兹不论。

第三节　南宋中后期的学清真派

号称北宋婉约正宗词之集大成者的周邦彦卒于徽宗宣和三年（1121）。五年之后，金兵南下，北宋覆亡，沧桑巨变引起词风巨变。南宋前期，抗战爱国成为歌词创作主旋律，慷慨豪壮成为主要的风格基调，稼轩词派成为独盛一时的占据词坛主流的大派，于是极盛于北宋晚期的"周清真体"及其"大晟词派"几十年间暂告消歇。除了一些词话家和笔记小说作者追记"宣和遗事"时还提到周邦彦其人其词之外，南宋前期词坛很少有人再树他为典则，亦未见有以学周相标榜的词家和词派。但随着偏安成为定局，征歌选舞、"浅斟低唱"重新成为时尚，以诗为词、悲歌慷慨不再为时俗所喜，而审音度律、讲求词法重新为时人所需，周邦彦自然就被作为最有号召力的祖师爷请了出来，以便复活他的传统，帮助人们推演出符合士大夫"典雅"标准的歌词创作新局面。

周邦彦词重新受到重视和效法，大约始于孝宗朝的中期。淳熙中，晋阳人强焕到周邦彦做过县令的江宁府溧水任县令。暇日宴宾客，发现歌者以周邦彦词为首唱，大喜过望，于是广事搜求，辑得周词一百八十二首，编为上下卷，以薪俸之余鸠工锓木，并冠之以序，于淳熙七年（1180）正月印行。⑬继此之后，搜集、刊刻周邦彦作品者不乏其人。一些名公巨卿也加入了编辑、宣传周邦彦作品的队伍。如宁宗嘉泰年间（1201—1204），明州籍大官僚楼钥与周邦彦的曾孙周铸合作编成《清真先生文集》二十四卷，楼钥亲自作序，由明州太守陈杞予以刊行。南宋后期，各种版本、各种体例用途的周邦彦词集竞相出现，刊刻周词成为时风，⑭以致"宋时（清真词）别本之多，他无与匹，又和者三家，注者二家，自士大夫以至妇人女子，莫不知有清真"。⑮

在这个举世好尚清真词的风气的熏染下，南宋中后期词坛学清真者日益增多，形成与稼轩、白石两派鼎足而三的格局。这一派发展到吴文英那里，已大变面目，成为一个丽密质实的新流派。吴文英留待下一节单独论述，本节只介绍一批专学清真而在主导风格上没有大变异的词人。本书称这批词人为"学清真派"，并不意味着他们有较为完整的流派组织和像稼轩派那样的群体活动，只是借此标明一种审美趋向、一种风格的复活与蔓延。

一、"清真之苗裔"史达祖

史达祖（生卒年不详），字邦卿，号梅溪，汴（今河南开封）人。同时代的张镃为史达祖词集作序，称之为"生"，并谓"余老矣，生须发未白"；该序署"嘉泰元年"，合公元1201年。今按张镃生于绍兴二十三年（1153），比姜夔大两岁，为梅溪词作序时已四十九岁，宜其自称"老矣"。据此可知史达祖于张镃、姜夔等人为后生晚辈。假设他嘉泰元年为三十多岁的话，他约生于孝宗乾道年间（1165—1173）。从现存史料及作品可知，他与长辈词人张镃、姜夔及同辈词人高观国、卢祖皋等交往颇密，艺术上颇有相通之处。

关于史达祖的生平，史籍载之甚略，仅知他曾在宰相韩侂胄府中为堂吏，韩对之极为赏识和倚重。叶绍翁《四朝闻见录》丙集谓，韩有大事

"初议于苏师旦,后议之史邦卿";戊集又谓"韩为平章,事无决,专倚堂吏史邦卿,奉行文字,拟帖撰旨,俱出其手,权炙缙绅,侍从简札,至用申呈"。由此可见,史达祖既有政治见识和行政办事能力,文章也写得很漂亮,原非纯粹的"词人",而是一个如他自称的有"经世术"的从政人才。开禧元年(1205),史达祖随李壁出使金国,途经汴京及真定、定兴等地时,作词多首,抒写爱国之情和北伐统一之志。开禧三年(1207),宋军伐金失败,韩侂胄被杀,史达祖也受牵连,被送大理寺根究,受黥刑,贬逐而死。过去时代的一些史学家,以成败论英雄,将抗金失败的韩侂胄定为"奸臣",这自然影响到对史达祖的评价,一般介绍史达祖生平时,总要指责他攀附奸相弄权、人品不高,甚至连带对其词品也有所讥议。这是十分不公平的。韩侂胄其人,专横跋扈,作风不佳,但与秦桧、贾似道等卖国贼毕竟不同。他力主抗金北伐,收复中原,虽因谋划不周和南宋军队自身的腐败无能而招致此次北伐失败,但其志可嘉,其情可原。史达祖作为其掌文书之堂吏,更不该负什么罪责。至于史达祖的文学成就,更与此风马牛不相及了!

史达祖有《梅溪词》一卷,以词名世,其诗文作品未见流传。关于他的词风及其师承渊源,张镃《题梅溪词》有过描述和论证,其略云:"生之作,辞情俱到。织绡泉底,去尘眼中,妥帖轻圆,特其余事。至于夺苕艳于春景,起悲音于商素,有瑰奇、警迈、清新、闲婉之长,而无诡荡汗淫之失,端可以分镳清真,平睨方回,而纷纷三变行辈,几不足比数。"这里将梅溪词清新秀逸、绮丽柔婉而又绝无柳永俗词派末流"诡荡汗淫之失"的艺术特征形容得淋漓尽致,认为梅溪乃是周邦彦典雅词派之支脉,其成就足以与贺铸比肩。张镃是南宋中期填词名家,曾与辛弃疾、姜夔、洪迈、项平斋等名流相唱和,其词风趋近周邦彦,尤长于咏物,细腻入神,为时所称。因此他对梅溪词艺术特色和流派归属的体认和论证,可以代表当时重新好尚清真词的审美风习。梅溪词确为南宋中后期学清真派中最为优秀的一家,可视为清真之苗裔。对于这一点,历代词话家均有共识。如邹祇谟《远志斋词衷》谓:张镃关于史达祖"端可分镳清真,平睨方回"之说"非虚言也";戈载《宋七家词选》进而为之确定流派统系云:"予尝谓梅溪乃清真之附庸,若仿张为作词家主客图,周为主,史为客,未始非定论也。"陈廷焯《白雨斋词话》以为:"梅溪全祖清真,高者几于具体而微,论其骨韵,犹出梦窗之右。"近人陈匪石《宋词举》亦谓:

"史达祖步趋清真，几于笑颦悉合。虽非戛戛独造，而南渡以降，专为此种格调者，实无其匹。"诸家所论，皆甚有据有理。事实上，史达祖之所以足称南宋学清真派之第一人，不但因为外在风格逼肖清真，更因为其思致神理、表情方式、章法结构乃至遣词造语皆能得清真之法乳。其《三姝媚》一阕云：

　　烟光摇缥瓦，望晴檐多风，柳花如洒。锦瑟横床，想泪痕尘影，凤弦常下。倦出犀帷，频梦见、王孙骄马。讳道相思，偷理绡裙，自惊腰衩。　　惆怅南楼遥夜，记翠箔张灯，枕肩歌罢。又入铜驼，遍旧家门巷，首询声价。可惜东风，将恨与、闲花俱谢。记取崔徽模样，归来暗写。

周邦彦的词，以咏写与歌儿舞女的恋情为主要内容，以忆旧、说故事的方式曲曲传达一种深挚哀婉的情思，章法曲折回环而风格典丽缜密。梅溪此作，全学清真，并有出蓝之势。全篇叙述一个哀婉缠绵的爱情故事。词人早年与一歌妓热恋，后因故分手。那位多情的女子对词人思念不已，终于像唐代河中娼崔徽思念裴敬中那样憔悴而死。词人远游归来重访故人，不料锦瑟虽在，弹瑟人却已夭亡！词人听别人谈起"她"生前深于情、专于情的种种表现，不禁抚今追昔，而写下这首伤悼之词。《三姝媚》一调，始见于史达祖的词集，可能是他的自度曲。音乐上是新调子，文学表现手法却主要是学习周邦彦。此词在章法结构上极似《清真集》中的压卷之作《瑞龙吟》。周邦彦的长调词，吸取了六朝小赋的铺陈手段及汉晋以来叙事诗的技法，因而章法多变。《瑞龙吟》一篇，即是通过层层忆旧、联想，前后左右、回环吞吐地抒写一种"人面桃花型"的恋妓之情。⑯而史达祖这首词，正是力效清真技法，今昔穿插，有叙事，有写景，写景又虚实相间，将看到的、想到的、眼前的与记忆中的全部熔于一篇，将若干画面交错穿插，顺叙、倒叙、插叙交替使用，头绪虽多却始终围绕爱情这一主线，故能收纵自如而一气流贯，臻于清真式的典丽浑成之境。唐圭璋先生评此词"忆旧游，辞情俱胜，最得清真之神理"，并谓其"与清真《瑞龙吟》之'事与孤鸿去'作法相同"。⑰认为史达祖基本艺术手段来自清真，所论极是。

史达祖在词史上最负盛名的是他的咏物词。以长调咏物，借以寓性情，寓身世之感，这是周邦彦的长技之一。周词中如《侧犯》咏新月，《大酺》咏春雨，《玉烛新》、《花犯》、《丑奴儿》、《品令》咏梅花，《水龙吟》咏梨花，《蝶恋花》四首咏柳，《六丑》咏蔷薇等等，都是北宋咏物词中辞情兼美的代表作。南宋前期，歌咏抗金成为词的主要题材，除了少数感伤失意而遁入"旷达"之境的词人在山林江湖偶有咏物之作外，此技在词坛消歇了不短的时间。南宋中后期，咏物之风复炽，其规模，其技艺，骎骎然超逾北宋及周邦彦，成为一代之大观。发展变化周邦彦的咏物技巧，而更加精雕细琢，刻意研炼而分析入微的，首推姜夔和史达祖。不过姜夔咏物虽对周邦彦有所继承，但已更多地融入江西诗派瘦硬笔法和晚唐诗绵邈风神，而形成自己清劲骚雅的风格，成为另一流派。而史达祖则较多地保持着清真式的柔婉典丽，从这个方向上把咏物词写得更加工细幽秀，出神入化。他的咏物名篇《绮罗香·咏春雨》、《双双燕·咏燕》及《东风第一枝·咏春雪》，被张炎《词源》作为咏物词的典范而加以推崇，赞为"此皆全章精粹，所咏了然在目，且不留滞于物"。这里仅举《绮罗香·咏春雨》一首：

> 做冷欺花，将烟困柳，千里偷催春暮。尽日冥迷，愁里欲飞还住。惊粉重、蝶宿西园，喜泥润、燕归南浦。最妨他，佳约风流，钿车不到杜陵路。　　沉沉江上望极，还被春潮晚急，难寻官渡。隐约遥峰，和泪谢娘眉妩。临断岸、新绿生时，是落红、带愁流处。记当日、门掩梨花，剪灯深夜语。

此词咏春雨，却通篇无一"雨"字，完全从物象来写词人意中的"春雨"，其中也无一字正面透露个人的感情，而物象中饱含着此种感情。上片极写春雨之神态。起句八字，便将春雨神色拈出。以下以蝶、燕的活动来烘托春雨，以人物的活动来刻画春雨。下片更拓开写去，由咏春雨而及阻雨不归的天涯游子。"难寻官渡"四字，隐隐吐露出有家难归的愁怀。接着改从女性意象着笔：远山隐约，似谢娘带泪。从雨中新绿的生长和落红的漂流，更使词人产生韶光难再、美好事物一去不回的叹惜。结拍三句，以温馨的回忆，暗示眼下满怀的身世飘零的孤寂与惆怅。全词针线细密，层层烘托，将物象精神曲曲传出，不但画面优美，色泽清丽，而且寄寓了抒情主人公身世之感和思乡恋家之情。只消将本篇与周邦彦同一题目的名作《大酺·春雨》对读，即可明显地看出史达祖对周邦彦咏物寄情的技巧深有所得，以及周派咏物词艺术到南宋愈加走向"言情体物，穷极工巧"的状况。

但当我们仔细品读史达祖的全部作品之后，不能不指出，这位词人继承前人多而自辟新境少，软媚有余而气魄不足，长于炼字锻句之工巧清新而短于艺术境界之开拓创造。史达祖在词艺上显然只是能工巧匠而非宗师巨擘。这就是他虽与姜夔齐名，但姜夔能成为开宗立派之巨匠而他只能成为北宋词派的嗣响传薪者的原因。周济《介存斋论词杂著》摘史达祖之短云："梅溪甚有心思，而用笔多涉尖巧，非大方家数，所谓一钩勒即薄者。"这并非挑剔和苛求，而是切中其弊的。

要更为全面地了解和评价史达祖的词，当然还须顾及当时的政局以及盛行于世的稼轩词风对他的影响。史达祖作词，承清真之余绪，长于描写儿女柔情，并以工巧清新的咏物词耸动时辈。但他的集子中有好几首堪称"别调"的慷慨豪壮之词，为历代词话家所忽视，论其词者多只注意其清丽闲婉的一面，从而把他一直定位于纯粹的"婉约派"。这是不全面的。史达祖一度参与宁宗朝前期的政治活动，在筹措北伐的壮烈时代氛围中激发起外向雄放的政治热情，因而一度摆脱自己的主体风格而创作了一些与稼轩体波澜莫二的壮词。这些词既反映了他精神世界的另一面，同时也代表了他审美追求的另一面，值得表而出之。《满江红·九月二十一日出京怀古》：

> 缓辔西风，叹三宿、迟迟行客。桑梓外，锄耰渐入，柳坊花陌。双阙远腾龙凤影，九门空锁鸳鸯翼。更无人、擫笛傍宫墙，苔花碧。
> 天相汉，民怀国。天厌虏，臣离德。趁建瓴一举，并收鳌极。老子岂无经世术，诗人不预平戎策。办一襟、风月看升平，吟春色。

此词作于宁宗开禧元年（1205）九月二十一日。当时史达祖作为李壁、林仲虎的随员出使金国，一行人七月初七从临安出发，八月二十七日抵达金中都（今北京），贺完金主完颜璟的生辰（九月初一）后，旋即南下。途经北宋故都汴京，逗留三日，于九月二十一日重新上路。史达祖本是汴京人，他本人此次得返桑梓，自然感慨万千，所以在这首词中除了抒写爱国之情外，还融入了自己对故乡风物的恋爱不舍之意。所以此词格外显得悲凉而壮烈。词中除了写黍离麦秀之悲外，还倾诉报国热情。此词与辛弃疾的《永遇乐·京口北固亭怀古》作于同一年，虽不及辛词那样有"气吞万里如虎"之概，但主体意识相似，"老子岂无经世术，诗人不预平戎策"的牢骚，与辛词之"凭谁问，廉颇老矣，尚能饭否"也有异曲同工之妙。梅溪词中与此词吐属相近的风格壮美的篇什尚有：《龙吟曲·陪节欲行留别社友》、《鹧鸪天·卫县道中有怀其人》、《齐天乐·中秋宿真定驿》、《惜黄花·九月七日定兴道中》、《满江红·书怀》，《满江红·中秋夜潮》等等。这七八首壮词，虽然在一百余首梅溪词中连十分之一也不到，并不代表史达祖的主导审美倾向，但它们的存在足可说明：在宋朝南渡、词风巨变、特别是代表新时代审美主潮的稼轩词派建立之后，已经不再可能产生纯粹属于"艳科"的所谓"婉约"词派。尽管在南宋中后期有北宋词风回潮，但在这种回潮中出现的词家和词派再也没有像北宋人那样把词仅仅视为应歌合乐写艳情的"小道"，而是多多少少向稼轩体和稼轩派倾斜，在大量写柔美小词的同时也多少写一些壮美的"别调"，在以"缘情绮靡"为主的同时也创作抒怀言志和关切时事的诗化之词（下文将要论述的周密、吴文英等人也是如此）。我们之所以不称史达祖等一干人为"清真派"而称之为"学清真派"，便是为了标示出上述差异的客观存在。

二、肩随史达祖的高观国、卢祖皋及宋末的周密等人

在史达祖的同辈词人中，高观国、卢祖皋二人与他艺术趣味相近，主导词风趋同，应属同一流派。宋末元初遗民词人周密作词主要学清真，我们把他视为南宋中后期学清真派的一位殿军。

高观国（生卒年不详），字宾王，号竹屋，山阴（今浙江绍兴）人。其生平事迹可知者甚少。仅从其词题、词序等可知：他与史达祖同时，二人趣味相投，常相唱和，为同社之友。其《东风第一枝·壬戌春日访梅溪雨中同赋》，作于宁宗嘉泰二年（1202），又同调《为梅溪寿》云："调羹雅意，好赞助清时廊庙。"当时史达祖正任韩侂胄相府堂吏。再从其《八归·重阳前二日怀梅溪》中"万里西风"、"关河迥隔"、"倦客音尘"等语可以推断，史达祖受黥刑被贬逐之后，观国一直关怀想念他。观国与老诗人陆游亦有交往。陆游于嘉泰二年奉诏入朝修国史，观国作《水龙吟·为放翁寿》贺其七十八岁生日。此外，观国复与另一老诗人陈造交往较

深，有《凤栖梧·湖头即席与长翁同赋》词。黄异《中兴以来绝妙词选》卷六"高观国"条引陈造为观国词集所作序，称高与史达祖"皆秦（观）、周（邦彦）之词，所作要是不经人道语，其妙处少游、美成若唐诸公亦未及也"。按陈造卒于嘉泰三年（1203），[⑱]此序当然作于此前，所评论的史、高二家词，自不包括嘉泰中至开禧后二人那些感怀时事、关切政治的凄壮悲慨之词。不过史、高二人的词主要是学周、秦，陈造对他们的师承渊源和流派归属还是大致说对了的。

高观国亦似周邦彦、史达祖一样喜欢咏物和长于咏物。《历代诗余》卷八引《古今词话》云："高观国精于咏物，《竹屋痴语》中最佳者有《御街行》咏轿、咏帘，《贺新郎》咏梅，《解连环》咏柳，《祝英台近》咏荷，《少年游》咏草，皆工而入逸，婉而多风。"所论极是。"工而入逸，婉而多风"不但是高观国咏物词的艺术特点，也是一部《竹屋痴语》的主导审美特征。试看其《解连环·柳》：

> 　　露条烟叶。惹长亭旧恨，几番风月。爱细缕、先窣轻黄，渐拂水藏鸦，翠阴相接。纤软风流，眉黛浅、三眠初歇。奈年华又晚，萦绊游蜂，絮飞晴雪。　　依依灞桥怨别。正千丝万绪，难禁愁绝。怅岁久，应长新条，念曾系花骢，屡停兰楫。弄影摇晴，恨闲损、春风时节。隔邮亭，故人望断，舞腰瘦怯。

此词咏柳，全篇却无一"柳"字，只运用大量语典、事典加以形象化的描写，生动鲜明地表现出柳的千姿百态。作者对无情之柳注入了有情人的感受，结尾处并将咏柳与对故人的怀念巧妙地结合起来，这就使得全篇咏物而不留滞于物，意境清新婉丽，所咏物象细腻熨帖而萦拂有情，达到了因物感怀的写作目的。联系周邦彦《兰陵王·柳》、《蝶恋花》（咏柳）四首，以及史达祖咏物诸篇，我们会对高观国此词所体现的清真家数有更深的理解。

高观国作词，嗣响清真，应合梅溪，既得二家的典雅精粹和柔婉工丽，又能融入自己的特色：清俊疏快。比如其名篇《齐天乐·中秋夜怀梅溪》：

> 　　晚云知有关山念，澄霄卷开清霁。素景分中，冰盘正溢，何啻婵

娟千里。危阑静倚。正玉管吹凉，翠觞留醉。记约清吟，锦袍初唤醉魂起。　　孤光天地共影，浩歌谁与舞，凄凉风味。古驿烟寒，幽垣梦冷，应念秦楼十二。归心对此。想斗插天南，雁横辽水。试问姮娥，有谁能为寄？

这首词为开禧元年（1205）史达祖出使金国时观国怀念友人之作。在这个中秋之夜，史达祖宿于河北真定驿，也写了一首《齐天乐》。本词说"记约清吟"，史说"江南朋旧在许，也能怜天际，诗思谁领"，显然，中秋之夜异地同赋《齐天乐》，是达祖与观国分手前约定的。这在南宋词坛上是一段佳话。姜夔称赞高观国这首词"徘徊宛转，交情如见"（《历代诗余》卷八引），可见当时此词备受词苑赏爱，连姜夔这样的宗师都服其工致。但姜夔只说到了它缠绵宛转的一面，而未曾注意到它清峭疏快的特征。作者紧扣住清宵素月这个中心意象来寄寓思友之情，使全篇的艺术境界都渗透了空濛幽远的月亮色彩。作者纯熟地运用借代修辞手法，不说"皓月"而说"素景"，不言"月轮"而言"冰盘"，不曰"酒杯"而曰"翠觞"，不曰"竹笛"而曰"玉管"，不称"高空"而称"澄霄"……这不但没有因为频繁使用替代字而造成一般难免的境界之"隔"，反而因为"素"、"冰"、"翠"、"玉"、"澄"等色调清冷素淡的字眼的有意选择集合，而渲染烘托出一种清澈澄复之境，再结合"凄凉"、"烟寒"、"梦冷"等具体描写，此词遂呈现了如陆机《应嘉赋》所形容的"体逸怀遐，意邈澄霄，神夷静波"的风格美。

和史达祖一样，高观国词中也有少许关切时政、系心家国的悲慨凄壮之作。比如《雨中花》表示"倦吟西湖风月，去看北塞关山"，赞扬主持北伐大计的人们"平戎手段，小试何难"；《思佳客·题太真出浴图》借咏"安史之乱"暗讽南宋岌岌可危的现实，等等。高观国在南宋词坛享誉不低，与史达祖并称"高史"。但他的实际成就比史达祖有所不及。清代词话家们纷纷驳斥南宋人对高观国的过高称誉，认为他不足与史达祖并列。其中陈廷焯的意见较近于正确，他说："竹屋词最隽快，然亦有含蓄处。抗行梅溪则不可，要非竹山（蒋捷）所及"（《白雨斋词话》卷二）。认为高观国在同派词人中虽不足以与史达祖并列，但亦自有其特长，这是公平之论；至于蒋捷，本不与史、高同派，扯来硬比，不足服人。陈氏对蒋捷词本来就有偏见，对此下文论及蒋捷时再予澄清。

卢祖皋（生卒年不详），字申之，又字次夔，号蒲江，永嘉（今浙江温州）人。宁宗庆元五年（1199）进士。嘉定十一年（1218），为主管刑部架阁文字。十三年除秘书省正字，改校书郎、秘书郎。次年迁著作佐郎，除著作郎。十五年为将作少监，寻兼直学士院。祖皋为楼钥之外甥，学有渊源；与永嘉四灵为友，以诗相唱和。今诗集不传，有《蒲江词稿》一卷，存词近百首。其词以审音谐律、纤丽典雅见称。黄昇《中兴以来绝妙词选》卷八谓其"乐章甚工，字字可入律吕，浙人皆唱之"；又《中兴词话》谓其《贺新郎·钓雪亭》词"无一字不佳，每一咏之，所谓如行山阴道中，山水映发，使人应接不暇。"另，张端义《贵耳集》称其"貌宇修整，作小词纤雅"。黄、张二家的评语，大致说出了卢祖皋词的长处。卢祖皋词与高观国齐名，称为"卢、高"，但其才气不但不如史达祖，也逊于高观国。他的词，虽然大多写得工整明隽，但思力较弱，长调一般都枯寂平直，小令则时有佳篇妙境，是南宋学清真派中以小令偏胜者。今举其二首：

> 风不定。移去移来帘影。一雨林塘新绿净，杏梁归燕并。翠袖玉屏金镜，日薄绮疏人静。心事一春疑酒病，鸟啼花满径。
>
> ——《谒金门》
>
> 画楼帘幕卷新晴。掩银屏，晓寒轻。坠粉飘香，日日唤愁生。暗数十年湖上路，能几度，著娉婷。　　年华空自感飘零。拥春醒，对谁醒？天阔云闲，无处觅箫声。载酒买花年少事，浑不似，旧心情。
>
> ——《江城子》

前一首，麦孟华认为有"静境妙观"之美（《艺蘅馆词选》丙卷引）；后一首，况周颐认为其后段"与刘龙洲词'欲买桂花同载酒，终不似，少年游'，可称异曲同工"（《蕙风词话》卷二）。蒲江小词，大都具有这种清雅秀美的风致。

周密（1232—1298），字公谨，号草窗、蘋洲，又号四水潜夫、弁阳老人、弁阳啸翁。其先济南人，南渡后流寓吴兴（今浙江湖州）。少从父周晋宦游浙、闽。景定二年（1261）入临安府幕僚，监和剂局。约景炎初（1276）为义乌令。工诗词，与杨缵、施岳、李彭老等结西湖吟社唱和词篇，研讨音律。兼善书画，尤长于梅竹兰石。宋亡入元，不仕，迁居杭州，以故国文献自任，潜心著述。著作宏富，计有《齐东野语》、《癸辛杂识》、《浩然斋雅谈》、《志雅堂杂钞》、《武林旧事》、《澄怀录》、《云烟过眼录》等等多种。其文化贡献在宋遗民中首屈一指。词集有《草窗词》、《蘋洲渔笛谱》。并编选有一部表明其清丽婉约、雅致细腻作词宗尚的词选《绝妙好词》。

　　周密作词，主要取法于周邦彦。他年轻时即登紫霞翁杨缵之门学词。杨缵是精于音律、专门钻研传授清真词法的名宿，著有《紫霞洞谱》、《圈法周美成词》、《杨守斋作词五要》等。今《紫霞洞谱》、《圈法周美成词》俱佚，《作词五要》则附录于张炎《词源》卷下。周密以杨缵为师，所得自然多为清真语丽律协的大晟词法。如景定四年（1263），三十二岁的周密作成《木兰花慢》西湖十景词，先给友人张成子看，成子"惊赏敏妙"；然后呈给杨缵，杨缵读后评曰："语丽矣，如律未协何？"于是师生"相与订正，阅数月而后定"。周密为此感叹道："是知词不难作，而难于改；语不难工，而难于协。"（《木兰花慢·西湖十景》小序）王楙为《蘋洲渔笛谱》作跋，亦谓："昔登霞翁之门，翁为予言，草窗乐府妙天下。因请其所赋观之，不宁惟协比律吕，而意味迥不凡。花间、柳氏真可为舆台矣。"由此可见周密学词有成，皆是周邦彦法乳滋溉所致。称他为宋末学清真派最成功的一家，大概不算过誉。其集中诸名篇，或多或少，皆可见步骤清真的痕迹。先举《拜星月慢》：

　　　　腻叶阴清，孤花香冷，迤逦芳洲春换。薄酒孤吟，怅相如游倦。想人在、絮幕香帘凝望，误认几许，烟樯风幔。芳草天涯，负华堂双燕。　　记箫声、淡月梨花院，研笺红、谩写东风怨。一夜落月啼鹃，唤四桥吟缆。荡归心、已过江南岸。清宵梦、远逐飞花乱。几千万缕垂杨，剪春愁不断。

此词有小序云："癸亥（按即景定四年，1263 年）春，沿檄荆溪，朱墨日宾送，忽忽不知芳事落鹃声草色间。郡僚间载酒相慰荐，长歌清醼，正尔供愁，客梦栩栩，已飞度四桥烟水外矣。醉余短弄，归日将大书之垂虹。"由此知道，此词乃景定四年暮春，任职于临安府幕僚的周密，奉命往宜兴督买公田时所作。词的内容，无非是伤春感怀，思家思友，此为词家几百年写滥的题材，毫无新鲜感可言。然细品其造句构境及章法结构，不能不叹服其清真式的婉丽浑成，清真式的缠绵深至。这一点，只要对照阅读清真词中《拜星月慢》（"夜色催更"）、《绕佛阁》（"暗尘四敛"）、《齐天乐》（"绿芜凋尽台城路"）等阕。自会一目了然。以故先著、程洪《词洁辑评》评此词云："后段步骤美成，并学尧章用字，可见当日才人降心折服大家。此道必有源流，不讳因袭，徒欲倔强自雄，应是尉佗未见陆生耳。"所谓艺术手法、风格上"步骤美成"之作，在草窗词中远不止三五首，而是一贯的倾向。例如《绣鸾凤花犯·赋水仙》、《大圣乐·东园饯春即席分题》、《玉京秋》（烟水阔）、《解语花》（晴丝胃蜨）、《夷则商国香慢·赋子固凌波图》等等名篇，无不可见师法清真、登堂入室的流派轨迹。

周密毕竟生活于宋、元易代的特殊历史关头，其生存方式、文化心态与创作思想不可能不受到那一场家国覆亡的沧桑巨变的影响。因而他的词也不可能一成不变地承袭清真范式与清真风格。大致说来，在宋亡之前，亦即周密四十五六岁之前，他基本上沉潜于歌舞湖山、留连花酒的风气里，作词是跟随讲求音律、追求"本色"、矜夸词法的那股时流，因而那时的作品基本上倾向清真一路。但宋亡之后，那一派悲凉痛苦的时代情绪不可能不奔注于他的笔端，促使他的创作内容和风格产生较大的变化。如《一萼红·登蓬莱阁有感》：

> 步深幽，正云黄天淡，雪意未全休。鉴曲寒沙，茂林烟草，俯仰千古悠悠。岁华晚，漂零渐远，谁念我、同载五湖舟。磴古松斜，崖阴苔老，一片清愁。　　回首天涯归梦，几魂飞西浦，泪洒东州。故国山川，故园心眼，还似王粲登楼。最怜他、秦鬟妆镜，好江山、何事此时游！为唤狂吟老监，共赋消忧。

这是周密后期词中写作时间最早的一首亡国悲歌，作于端宗景炎元年（1276）冬。上一年（恭帝德祐元年），沉沦下僚近二十载的周密被起用为婺州义乌县令。次年初，元兵破临安，恭帝与太皇太后、太后被掳北上。不久元兵继续南下，婺州等地相继陷没。周密潜出义乌，北返途中路经会稽，登蓬莱阁凭吊故国江山，遂吟成此阕。这首词，已经完全摆脱了清真派惯有的那种曼声低吟、绸缪宛转之态，而全出之以悲凉感慨之音。陈廷焯谓：此词"苍茫感慨，情见乎词，当为草窗集中压卷。虽使美成、白石为之，亦无以过。惜不多觏耳"（《白雨斋词话》卷二）。此话大致不差，但其实这样的亡国悲歌周邦彦、姜夔是写不出来的，因为他们虽然才气比周密大，但并没有经历国破家亡的惨剧。清人周尔墉又评此词云："草窗擅美在缜密，如此章稍空阔，愈益佳妙"（《周批绝妙好词笺》）。周密后期部分词作之所以变婉丽为悲凉，变缜密为空阔，主要原因即在于时代巨变导致了他审美趣尚的改变。周密为人，本就有豪爽外向的一面，其《弁阳老人自铭》自称"刚肠疾恶，闻见不平，怒发抵掌，毅然亦不少贷也"。这种个性，使得他后期所唱的亡国悲歌比起张炎、王沂孙等人更为大胆、直率和雄快。当然，从他一贯的艺术倾向来考察，还不能说他后期已经衍变成了稼轩派。

总起来看，周密的词继承周邦彦格律精严、雅艳浑融之风，造句用意，十分矜慎，声律节度，辨析入微。他在《弁阳老人自铭》中虽云"间作长短句，或谓似陈去非、姜尧章"，但就基本倾向而言，他仍以缜密为主，清空如姜夔者并不多见。戈载《宋七家词选》又谓周密能"尽洗靡曼，独标清丽，有韶秀之色，有绵渺之思，与梦窗旨趣相侔。二窗并称，允矣无忝"。说周密与吴文英"旨趣相侔"，也不合实情，周密所作，并无吴文英那种质实晦涩的特征。周密既非姜张派，亦非梦窗派，当然也不是稼轩派，而只能是清真派。他在继承和发展清真一派的词艺上有一定贡献，不失为清真派的殿军。但其词往往"立意不高，取韵不远"（《宋四家词选目录序论》），过多地追求格律的严谨与字面的精美，影响了意境的浑成高远。从周密的词，我们看到了清真派的余威，也看到了清真派的终结。

三、遍和清真词的方千里、杨泽民和陈允平

在南宋后期词坛竞学清真的潮流中，有一批在形式上走极端的作者，他们奉清真词为不可丝毫改易的艺术经典，一音一字皆为效法的准则，甚至逐首、逐句、逐字按腔死填，不敢稍越雷池一步，以机械地模仿前贤之作为能事。他们当中的三个代表人物就是方千里、杨泽民和陈允平。

方千里（生卒年不详），衢州信安（今属浙江）人。曾官舒州签判。李薰《宋艺圃集》曾录其题真源宫一诗，其余生平事迹则已不可考。他有《和清真词》一卷，共有词九十三首，编次与同时代人陈元龙注《片玉集》相同，自第一卷首篇《瑞龙吟》起，至第八卷末《满路花》止，对清真词

逐阕和作；其第九、十两卷及第八卷之《归去难》、《黄鹂绕碧树》两阕，则付阙如，未知何故。《四库全书总目提要》评介方千里《和清真词》云："周邦彦妙解音律，为词家之冠。所制诸调，不独音之平仄宜遵，即仄字中上、去、入三音，亦不容相混。所谓分刌节度，深契微芒，故千里和词，字字奉为标准。"这种带有形式主义倾向的创作，自然难以产生优秀的作品。夏承焘先生抨击道："南宋方千里、杨泽民、陈允平三家都和过周邦彦的《清真集》，字字依周词填四声，弄得文理欠通，语意费解，像杨泽民的《丁香结》有'堪叹萍泛浪迹，是事无长寸'；方千里的《西河》有'比屋乐逢尧世，好相将载酒寻歌立对'等等。这批词人的作品照文字尚且读不懂，哪里还能听得懂！"[19]夏先生所纠弹的，还只是三人和词中为迁就字声而弄得文理欠通的几个例子。从更主要的方面看，这种只重形式、为文造情的所谓"创作"（其实多半只是形式上的模仿），一般都内容空虚，格调凡庸。这并非创调者周邦彦之过，而是他的崇拜者们不懂艺术创作规律、一味在形式上死抱经典和教条之过。但由此三家死腔盲填清真词的现象确可洞见：南宋后期由于时代文化精神的衰退，不少词人思想空虚，只好专在词律、词法上下工夫，于是看上了本来就有过分讲求形式美之弊的清真词；学清真之风的兴起，既使清真词派在新时期得到复活和发展，同时也因形式主义的模仿，导致了清真词派终于走向没落。

　　当然，尽管是刻意模仿，缺乏创造精神，但毕竟长期浸润其中，于清真词的风神体貌不会毫无所得。方、杨、陈三家的和清真词中，也还各自有少量与清真词形神皆肖的可读之作。方千里的作品，这里录一首《塞翁吟》为例：

　　　　暮色催更鼓，庭户月影胧腑。记旧迹、玉楼东。看枕上芙蓉。云屏几幅江南画，香篆烬暖烟空。睡起处，绣衾重。尚残酒潮红。
　　忡忡。从分散，歌稀宴少，怀丽质，浑如梦中。苦寂寞、离情万绪，似秋后、怯雨芭蕉，不展愁封。何时细语，此夕相思，曾对西风。

赵闻礼《阳春白雪》卷五选此首，并评曰："千里《和清真词》一集，可取者仅此耳。"虽嫌标准太苛刻（《词综》卷十八选录方千里词四首，都可算佳作），但于此也可见，方千里选择的艺术道路，大体上是不成功的，在当时就没有得到词坛的首肯。清初刘体仁《七颂堂词绎》评曰:"千里遍和美成词,非不甚工,总是堆炼法,不动宕。"说出了他的弊病。近人汪东则进一步将和清真三家相比较,说:"和清真者三家,千里守律谨严,斯可为法。若以词论,则次于西麓(陈允平),高于泽民。视美成犹滕、薛之于晋、楚也"(《唐宋词选评语》)。

杨泽民(1182—1242后),乐安(今属江西人)。其生平事迹可知者甚少。饶宗颐《词籍考》卷五云:"观其《蕙兰芳》题,知曾为赣州推官。又《六么令》题云:'壬寅四月,扶病外邑催租,寄内'。有句云:'今岁更重甲子'。是泽民生年为壬寅岁。按南宋有两壬寅,前者为淳熙九年(1182),后者为淳祐二年(1242)。泽民殆生于淳熙,而《六么令》作年为淳祐也。词中宦迹,不出赣、浙、湘、鄂。"饶说甚是。杨泽民亦有《和清真词》一卷,词凡九十二首,编次亦与陈元龙注本《片玉集》同,惟较方千里《和清真词》少《垂丝钓》一首,另又易《过秦楼》调名《选冠子》。明末毛晋《宋六十名家词》本《和清真词跋》说:"美成当徽庙时,提举大晟乐府。每制一调,名流辄依律赓唱。独东楚方千里、乐安杨泽民有《和清真词》各一卷,或合为《三英集》行世。"按此,则南宋时已有周邦彦、方千里、杨泽民三人词合刻本《三英集》,然未见流传。

杨泽民和清真词的得失,大致同于方千里,而总的成就更比方、陈二家低一些。今录其《满庭芳》一阕:

> 春过园林,雨余池沼,嫩荷点点轻圆。昼长人静,芳树欲生烟。一径幽通邃竹,松风漱、石齿溅溅。平生志,功名未就,先觅五湖船。 　　不如归去好,良田二顷,茅舍三椽。任高歌月下,痛饮花前。果解忘情寄意,又何在、琴抚无弦。烟波客,扁舟过我,相伴白鸥眠。

陈允平(1205?—1280?),字君衡,一字衡仲,号西麓,四明(今浙江宁波)人。少从杨简学,试上舍不遇,乃放情山水。淳祐三年(1243)为余姚令。德祐间,授沿海制置司参议官。祥兴初(1278)与苏刘义书,期九月以兵船下庆元,当为内应。为王姓仇家所告发,元将张弘范遣使围捕,同官袁洪为之解脱,乃得释。自此杜门不出,匾山中楼曰"万叠云"。后被元朝征至大都,不受官,放还。善诗词。诗有《西麓诗稿》一卷,方回为之序。词存《西麓继周集》一卷，《日湖渔唱》一卷，共有词二百零七首。其中《西麓继周集》一百二十三首，和清真词者竟达一百二十一首，比方千里、杨泽民都多。

　　陈允平作词，刻意取法周邦彦，其全部词作中和清真者超过一半，其词集取名"继周"，更是公开标明以周邦彦为宗师，以自己是清真派传人为荣。但那一卷对清真词亦步亦趋、字字奉为标准的《西麓继周集》，却实在平庸浮廓，无甚艺术创造，恰如周济所批评他的那样："西麓和平婉丽，最合世好，但无健举之笔，沉挚之思"（《宋四家词选》）。在遍和清真词的三家中，他之所以比方千里、杨泽民成就较高，一则因为他经历了宋、元易代的巨大变局，生活感受比方、杨丰富深刻；二则他除了和清真词的《西麓继周集》之外，也还有一卷并不对清真亦步亦趋、而能多多少少按己意抒己情的《日湖渔唱》。统观宋以来词选本，有一个发人深省的现象：凡选录陈允平词者，都不选《西麓继周集》，而只取其不事邯郸学步的《日湖渔唱》里的作品。这是因为后一个集子虽然基本风格仍属清真派，但不少作品富于真情实感，艺术表现上亦颇有可取之处。张炎称陈允平词艺术上的优点是"平正"（《词源》卷下），周济称其"和平婉丽"，陈廷焯亦谓"陈西麓词，和平婉雅，词中正轨"（《白雨斋词话》卷二）。看来，"和平婉丽"是陈允平词（主要是《日湖渔唱》中词）的主要艺术特征。他的词，即使是抒写亡国之悲的作品，也不似其他遗民词那样激烈或凄厉，而是幽情孤绪，格调低缓，徐徐抒写，娓娓道出。例如《八宝妆·秋宵有感》：

　　　　望远秋平。初过雨，微茫水满烟汀。乱蒹疏柳，犹带数点残萤。待月重帘谁共倚，信鸿断续两三声。夜如何，顿凉骤觉，纨扇无情。
　　　　还思骖鸾素约，念凤箫雁瑟，取次尘生。旧日潘郎，双鬓半已星星。琴心锦意暗懒，又争奈、西风吹恨醒。屏山冷，怕梦魂、飞度蓝桥不成。

　　此词写亡国后凄黯的心绪，却托秋宵之感以出之。上片铺写秋夜所见外物景观，以雨后萧索之气象，映衬出词人处境之冷落。下片宣泄愁情，箫、瑟生尘，双鬓半白，屏风阴冷，梦魂受阻，凡此等等，无不显现词人经历世变之后哀思凄绝、心伤身老的精神状态。陈廷焯谓："西麓《八宝妆》云：'琴心锦意暗懒，又争奈西风吹恨醒'。其有感于为制置司参议官时乎？然不肯仕元之意，已决于此矣。正不必作激烈语"（《白雨斋词话》卷二）。伤感哀怨而不激烈，正是陈允平这类抒情词的风格特色。所以陈廷焯又说："西麓《八宝妆》起句云：'望远秋平'。起四字便耐人思，却似《日湖渔唱》词境，用作西麓全集赞语，亦无不可"（同上）。陈允平以其平正和婉之风，在宋末学清真派中独树一帜，虽未臻高境，亦算得有成就的一家了。

第四节　丽密质实的梦窗词及其同派

在南宋后期词人中，吴文英是一个比较特殊的创派者。他作词从清真家数入手，又变其面目另成一家，终于成为与稼轩、白石争雄的流派。

一、吴文英的独特词风与审美倾向

南宋词坛上最后的一个创派大家吴文英，是一位才秀人微的布衣词人。他字君特，号梦窗，晚号觉翁，四明鄞县（今浙江宁波）人。本为翁姓，与翁逢龙（字际可，号石龟，宁宗嘉定十年进士）、翁元龙（字时可，号处静，亦为词人）为亲兄弟，可能以翁氏子过继吴氏而改姓吴。他的生卒年已难以确考，现今学术界大都依从夏承焘《吴梦窗系年》，推断其约生于宁宗庆元六年（1200），约卒于理宗景定元年（1260）。文英未登科第，未入宦籍，游幕终身。约在理宗绍定五年（1232）曾为苏州仓台（即江南东路提举常平司）幕宾，淳祐十年（1250）前后入浙东安抚使吴潜幕，景定元年（1260）前后为嗣荣王赵与芮门客。他一生中无远游记载，足迹所至未出今江、浙两省，而以在苏州、杭州、越州（今浙江绍兴）三地居留为最久，是宋代大词人中游历较少、视界较窄的一位。柔弱的江南文士性格、不如意的漂泊江湖的人生以及虽然漂泊异地但又仅仅局限于山温水软的苏杭一隅的狭窄阅历，这些主客观因素在很大程度上决定了吴文英作词不可能有辛派的豪情壮志、姜派的清虚骚雅，而只可能如周邦彦那样作多愁善感的曼声低吟。他生活遭遇远不如周邦彦顺畅，因而内心积累了太多的盘曲郁结之情；他艺术天分不及周邦彦，但研炼之功则过之。于是他在词境的深曲密丽上惨淡经营，在词藻的秾艳新奇上狠下工夫，参酌吸取清真词法而又较多地出以己意，在宋末词坛另开一派。

吴文英的词，无论为质为量，在南宋都允称大家。他的《梦窗甲乙丙丁稿》，存词三百四十首，数量在各家中仅次于辛弃疾而位居第二。从艺术质量上来看，尽管自宋以来许多词话家对其优劣长短颇有争论，但都难以否认梦窗词为自具面目的独特一派。梦窗词，主要取法于清真，为南宋学清真成就最高的一家，以故词史上常常周、吴并称。梦窗的友人尹焕甚至夸赞说："求词于吾宋，前有清真，后有梦窗，此非焕之言，天下之公言也"（《花庵词选》引）。得吴文英亲授词法的宋末词学家沈义父，也在其《乐府指迷》中说："梦窗深得清真之妙"，并说吴文英向他传授的基本词法是："音律欲其协，不协则成长短之诗；下字欲其雅，不雅则近乎缠令之体；用字不可太露，露则直突而无深长之味；发意不可太高，高则狂怪而失柔婉之意"。吴文英与沈义父讲论的这些，其实就是清真词法。但吴文英之所以能超逾南宋一般的学清真派的词人（包括史达祖、陈允平、周密等）而自立门户、自成流派，关键就在于他既能继承和恢复周邦彦的传统，却又不固守这个传统，而能推陈出新，摆落凡庸平正，在奇险艰涩处另辟一般人无所措手足的新词境。因此，从总体上看，梦窗词已经有了大大不同于清真词的艺术个性和风格特征，不能把他简单地视为"学清真派"而与陈允平、周密等人同列。郑文焯谓："君特为词，用隽上之才，别构一格，拈韵习取古谐，举典务出奇丽，如唐贤诗家之李贺，文流之孙樵、刘蜕，锤幽凿险，开径自行，学者非造次所能陈其细趣也"（郑校《梦窗词跋》）。此话说出了梦窗作词的创派意向，但对其独特风格和审美方式尚语焉不详。人们常常将宋词中风格独创的几位巨匠与唐诗名家相比较，例如苏轼的清旷飘逸让人想起李白，柳永的直致近俗让人想起白居易，周邦彦的词法细密让人联想起杜甫的诗律精切，辛弃疾的奇险纵横让人联想起韩愈的以文为诗大放厥词，等等。品读一部《梦窗词》，但见其运思深窈，风格秾丽，造语幽曲，用典繁富，呈现出一种不同凡艳的炫人眼目之美。这种美在唐诗中像谁？几百年来梦窗词的欣赏者有一个共同感觉：像李贺和李商隐。尽管诗、词各有体，而且吴文英的个性和才情也与二李有所不同，但在风格面貌与审美趣味上，梦窗词确与二李诗有异代同调、异体（一为诗一为词）同趣之妙。

最早作这种联想的是吴文英的同时代人张炎，他说梦窗词极"善于炼字面，多于温庭筠、李长吉（贺）诗中来"（《词源》）。此后清人孙麟趾进而说："余谓词中之有梦窗，如诗中之有长吉"（《词径》）。这种联想主要是着眼于吴文英与李贺共有的构思奇巧和色彩瑰丽之处。更多的研究者则由于梦窗词的秾丽深曲和运思绵密，把他比为词家中之李商隐。如《四库全书总目提要》就说："词家之有文英，亦如诗家之有李商隐。"刘熙载《艺概·词曲概》亦谓："词品喻诸诗……梦窗，义山（李商隐）也。"近人严复进而具体发挥道："梦窗词旨，实用玉溪（李商隐）诗法，咽抑凝回，辞不尽意，而使人自遇于深至"（《与朱彊村书》）。梦窗词，的确是吸取了二李诗的若干优长和特点（当然也包括缺点），因而是兼似二李诗的。

但是，梦窗词之近似二李诗，这既是他的得誉之由，也是他遭受讥评的一个原因。他的词有点像二李诗的遭遇那样，在长期流播过程中，既以其所呈现的夺目异彩而对人有特殊的吸引力，又因其"腾天潜渊"（周济语），异于常调常格而不易于为人所理解、所接受。就像二李诗不免于引起某些争议一样，对梦窗词的评价向来也是或誉或毁，歧见迭出。最早向梦窗词发难的，是与之异派的张炎。他的《词源》在肯定梦窗词的某些技巧之长的同时，对其丽密质实、色彩繁复的主体风格全无好感，意欲一概抹倒。其说云：

> 词要清空，不要质实。清空则古雅峭拔，质实则凝涩晦昧。姜白石词如野云孤飞，去留无迹；吴梦窗词如七宝楼台，眩人眼目，碎拆下来，不成片段。

这段评语的片面性是不待多说的。张炎在南宋后期词派中独尊白石，偏爱"清空"，自然要讥议不同派的梦窗，反对其"质实"。张炎这种倡导一种风格而绝对化地贬斥否定另一种风格，推尊一个流派而贬损另一个流派，从而把文学创作纳入单一化模式的议论，本不足为训。但几百年来，凡贬抑梦窗词者都把张炎"七宝楼台"的蹩脚之喻当成经典来引用，这却是必须一辩的。所谓"七宝楼台，眩人眼目，碎拆下来，不成片段"，前八个字算是说对了，梦窗词的确总体上给人以镂金错彩、珠翠满目之感；但后八字却自相矛盾，全然不通情理。好端端的、美仑美奂的七宝楼台，珍之护之尚恐不及，你为什么要想着把它拆碎？凡建筑物，既经"碎拆"，还有成"片段"的吗？再说，"碎拆下来，不成片段"，难道一定是个缺点吗？这岂不是证明这座七宝楼台内部结构紧密而精严，因而是拆不得的吗？

其实，对于梦窗词这座异彩奇光闪耀夺目的"七宝楼台"，我们大可不必跟着前人凑热闹去嗤点它、"碎拆"它，而应该寻找一个恰当的视角来鉴赏它、理解它，指出其组织结构及"建筑风格"上的长处和短处。

应该看到，梦窗词和宋词中大部分优秀作品一样，是纯正的抒情词。与清真词相似，梦窗词抒写的，多半都是男欢女爱春恨秋悲的人之常情，这种内容本身并无什么难以理解之处。但由于吴文英在继承清真词法的同时又较多地创用了一些异于常格的表现手段，因而比起风格介于"疏"、"密"二派之间的周邦彦的词，梦窗词的确是不大容易读懂的。乍一接触，一般读者都会对其中相当多的作品产生一种雕绘满眼、五色迷人而脉络难寻的隔膜感。究其原因，除了作者喜用典故、多用替代字和过于注重彩绘有以致之外，更重要的一点在于：他不按一般抒情的常规来写作，而喜欢调动密集的意象群，用时空杂糅的手段来加以组合，凭内心意识流动的感觉来落笔造境。这样，他的词，无论小令或长调，除了少数疏快空灵之什以外，大多让人觉得迷离惝恍，跳跃动荡，线索交错，深幽曲折，不好把握其题旨和中心。但只要充分理解他的审美个性，细心找寻具体篇章的抒写主线，抓准其意识流向，披文入情，沿波讨源，就能打开"迷宫"之门，领略到这座"七宝楼台"中门户错落、曲廊回合的"神秘美"。

仅举一首《浣溪沙》为例：

> 门隔花深梦旧游，夕阳无语燕归愁。玉纤香动小帘钩。
> 落絮无声春堕泪，行云有影月含羞。东风临夜冷于秋。

此词通篇写梦境，所以前人将它和唐人张泌那首"别梦依稀到谢家"的绝句联系起来。但张泌的原诗是记一个温馨的梦，情感单纯而意境鲜明。此词却是写一种复杂、幽隐而时空交错的幻觉。这种梦境中的幻觉和"感觉"，带有一种如同现代小说"意识流"的意味，其所造境界，除了无比美艳幽曲之外，更罩上凄冷、朦胧而神秘的李贺诗那样的氛围。试看其情景安排："门"内，是词人自己；"门"外，花深如海，幽艳而神秘。时间又正当黄昏，一片安静中似乎潜藏着什么。燕子归来，仿佛含愁带恨。忽然，帘钩在动，伸进了一只纤纤玉手（梦窗词中这只玉手经常神秘地出现），把人吓了一跳——原来是"她"搴帘而入了！以下是一片更加神秘而朦胧的境界。梦中的男女二人被隐到了景物之中，迷离惝恍，似有若无。从黄昏到深夜，景物悄悄变化，落絮无声，行云有影。"堕泪"、"含羞"的不单是絮和月，亦应是"她"。但这里是情是景，是人是物，几乎不可分，也不必分。这就是梦窗的境界！结末是一句带鬼气的"东风临夜冷于秋"。花月良宵竟然如此阴森惨淡，这完全是李贺式的冷鬼秋坟之笔。显然，梦窗怀恋已死的情人到了如痴如狂的程度，所以游思飘渺、缠绵往复，转而托为梦幻境界，以凄迷冷艳之调毕现之。由此可知梦窗词的艺术表现有神秘主义的倾向，需要原其词心，仔细寻绎，方能得解。

梦窗作词由于意存神秘，追求朦胧飘忽之美，这就不免带来了晦涩之弊。上引这首小令，虽意境朦胧神秘，情思飘忽跳荡，但毕竟用笔还算疏快，加上篇幅短小，所以头绪尚易理清。他的许多长调，辞藻太多，意象太密，用典太僻，线索太乱，笔触跳荡太大，所以就更难顺畅地为人所接受。几百年来，人们对梦窗词艺术的长短评论极多，但都不及他的词友沈义父所评中肯简当："梦窗深得清真之妙，其失在用事下语太晦处，人不可晓"（《乐府指迷》）。梦窗部分篇什，确有雕琢过甚、堆砌辞藻之病，难免"晦涩"、"零乱"之讥。那种偏爱梦窗，只见其得，不见其失，否认其有堆砌晦涩之病的观点；那种一笔抹煞梦窗，只见其失，不见其得，甚至偏激到认为梦窗词"几乎没有一首可读"的观点，同样都是极为片面的。

吴文英是一个艺术独创意识十分自觉而鲜明的词人。他的好用浓墨重彩、喜欢密集意象、意境求深求曲、故意用僻典和替代字等等做法，其实都和他力避凡庸平淡、刻意追求幽奇生新的审美倾向相关。他不愿随人作计和拾人牙慧，而力求多写未经人道之语，呕心沥血地营造奇逸警耸的艺术境界。这种作风，令人联想到李贺。他的许多精心研炼的奇诵、夸诞而冷艳的警句，如"飞红若到西湖底，搅翠澜、总是愁鱼"（《高阳台》）；"箭径酸风射眼，腻水染花腥"（《八声甘州》）；"倒照秦眉天镜占，秋明白鹭双飞处"（《蝶恋花》）；"歌边拌取，醉魂和梦，化作梅边瘦"（《青玉案》）；"倚银屏、春宽梦窄，断红湿、歌纨金缕"（《莺啼序》）；"黄蜂频扑秋千索，有当时、纤手香凝"（《风入松》）；"障滟蜡、满照欢丛，嫠蟾冷落羞度"（《宴清都》）等等，其所体现的风格，在词中原甚少见，清真、稼轩、白石诸派作品中均罕见此类境界，而这正是梦窗词独具面目的创造，成为他的艺术特点之一。

还值得一提的是，梦窗词中占主要地位的虽然是那些继承清真派传统题材的莺娇燕昵、缠绵悱恻的作品，但即使是这些作品也都带上了南宋的时代特色和梦窗本人的特殊审美意趣，与清真词心貌各别。梦窗作词，很少直接触及政局时事，而喜欢以一支秾艳凄婉的笔，娓娓动人地描叙自己的爱情故事和不如意生活中产生的哀愁。但是，他既生活于夕阳西下的南宋晚期，则时代思潮、时代情绪就不可能一点也不渗透到他的词里。特别是自从稼轩词派崛起之后，任何想回复"正宗"词风的作者再也无法完全按照五代、北宋应歌合乐的规范来创作了，而是多多少少都向稼轩体倾斜，部分地把词视为抒情言志的工具之一；不论其风格如何，许多作品实已融入了身世家国之感，成了一种抒情诗。梦窗词中的少数作品如《八声甘州·灵岩陪庾幕诸公游》、《贺新郎·陪履斋先生沧浪看梅》、《齐天乐·与冯深居登禹陵》等，奇情壮采，大笔振迅，论者早就指出它们的雄阔疏宕与稼轩词派并无二致。即使那些哀怨凄艳的"本色"名篇，亦已与五代北宋"小道"、"艳科"异趣，不失为反映南宋末世知识分子忧伤、幻灭、衰迟心态的抒情杰作。仅举二例：

　　修竹凝妆，垂杨系马，凭阑浅画成图。山色谁题？楼前有雁斜书。东风紧送斜阳下，弄旧寒、晚酒醒余。自消凝，能几花前，顿老相如！　　伤春不在高楼上，在灯前欹枕，雨外熏炉。怕舣游船，临流可奈清曜？飞红若到西湖底，搅翠澜、总是愁鱼。莫重来，吹尽香绵，泪满平芜。

　　　　　　　　　　　　——《高阳台·丰乐楼分韵得如字》

　　湖山经醉惯，渍春衫、啼痕酒痕无限。又客长安，叹断襟零袂，涴尘谁浣？紫曲门荒，沿败井、风摇青蔓。对语东邻，犹是曾巢，谢堂双燕。　　春梦人间须断。但怪得当年，梦缘能短。绣屋秦筝，傍海棠偏爱，夜深开宴。舞歇歌沉，花未减、红颜先变。伫久河桥欲去，斜阳泪满。

　　　　　　　　　　　　——《三姝媚·过都城旧居有感》

这两首词乍读之无非是习见的伤春、感旧的传统题材，细品其情调与内涵，实寄寓着深沉的伤时哀世之意。前一首，分韵填词，能不落俗套，抒发胸中无穷之哀愁，由丰乐楼前美景渐入伤春话题，由实而虚，摇曳生姿,"飞红"、"愁鱼"全系心中之景,意象奇幻而艳丽,显示国破家亡之前的凄惶心态,又反映出梦窗词特有的审美风味。全篇感今伤昔,满怀悲慨,身世之感十分浓烈:以"身"言则"能几花前,顿老相如",美人迟暮,能不哀伤?以"世"言则"东风紧送斜阳下",国势日危,能不担忧?两种情感煎熬人心,宜其惊惧惨怛,"泪满平芜"矣!后一首,虽然写的是过杭州旧居的怀人伤逝之情,但同时也融入了身世家国之悲,充分地反映出杭州在南宋政权接近覆亡之时那一派荒凉凋敝的景象。当时蒙古王朝南侵的威胁日益严重,词中"春梦人间须断"、"梦缘能(如此)短"等句,曲折地表示了词人的忧时之念,以及对家国将亡的准确预感。这两首词从基本情调和自叙口气来看,都是作者暮年之作,而作者暮年恰值宋室行将灭亡的风雨飘摇之际,故身世与家国之悲一并爆发,不可抑遏,乃即小事而发兴,写成此类沉痛感人之作。如果说,张炎、王沂孙、周密等人的作品是亡国后之哀音的话,那么吴文英这些词无异于是南宋亡国的一种预告。这是吴文英词中一大创作倾向,也是他的词具有一定历史价值而不单单具有应歌娱乐价值的重要原因。过去许多评论者仅仅将吴文英视为一个纯粹的"艳科"词人和只知雕章琢句堆砌辞藻的"词匠",而无视其作为一个反映时代情绪、关切家国命运的优秀抒情词人的客观存在,故特表而出之。

二、梦窗派词人尹焕、翁元龙、黄孝迈、楼采、李彭老等

吴文英的词,以其明显不同于稼轩派、白石派和他所师承的清真派的艺术独创性而在南宋词坛另开一派。清人陈廷焯《白雨斋词话》卷八划分唐宋词流派时,单列"吴梦窗为一体";近人詹安泰《宋词风格流派略谈》划宋词为八派,称吴文英一派为"密丽险涩"派。可见梦窗词自成一派是唐宋词流派发展史上的客观事实。但吴文英生活于南宋晚期,他死后不久南宋即告灭亡,宋词的发展很快合上了帷幕,梦窗词的独特风格和繁密词法,要到"词学中兴"的清代(尤其是清中晚期)才获得发扬光大的历史契机。而在宋末,追随者尚不太多。明显地看出走梦窗一路的宋末词人有尹焕、翁元龙、黄孝迈、楼采、李彭老等。今对诸人略加评介,以存一派之真。

尹焕(生卒年不详),字唯晓,号梅津,福州长溪(今属福建)人,寓居山阴(今浙江绍兴)。宁宗嘉定十年(1217)进士。自畿漕除右司郎

官。理宗淳祐八年（1248），以朝奉大夫太府少卿兼尚书左司郎中及敕令所删定官。有《梅津集》，不传。存词仅三首。尹焕与吴文英是密友，作词推尊梦窗，他为梦窗词集作序，说是"求词于吾宋，前有清真，后有梦窗"，可见其倾心于梦窗词已达无以复加的地步。梦窗词集中与尹焕唱酬者多达十首，可见二人以词相交情谊之深。从尹焕现存三首词来看，他是力学梦窗而深挚婉美有所不及者。今举《霓裳中序第一·茉莉咏》一阕：

> 青蝟粲素靥。海国仙人偏耐热。餐尽香风露屑。便万里凌空，肯凭莲叶。盈盈步月。悄似怜、轻去瑶阙。人何在，忆渠痴小，点点爱轻搋。　　愁绝。旧游轻别。忍重看、锁香金箧。凄凉清夜簟席，杳杳诗魂，真化风蝶。冷香清到骨。梦十里、梅花霁雪。归来也，恹恹心事，自共素娥说。

翁元龙（生卒年不详），字时可，号处静，四明鄞县（今浙江宁波）人。为吴文英之胞弟。其生平为人所知者甚少，仅知其于理宗朝曾为右丞相杜范门下客，大约也与胞兄吴文英一样，是一位游幕寄食的江湖布衣。翁元龙在宋末词坛亦称名家。周密《浩然斋雅谈》卷下云："翁元龙时可，号处静，与吴君特为亲伯仲，作词各有所长。世多知君特，而知时可者甚少。予尝得一编，类多佳语，已刊于集（《绝妙好词》）矣。"沈义父《乐府指迷》云："壬寅（1242）秋，始识静翁（翁元龙）于泽滨。癸卯（1243），识梦窗。暇日相与唱酬，率多填词。"于此可见翁元龙与兄吴文英同时活跃于当时，并都与讲论词法的专家沈义父共同切磋词艺，频繁唱和。联系梦窗词集中有唱和关系的词人名字有尹焕、黄中（澹翁）、万俟绍之、施枢、冯去非（深居）、李彭老、沈义父、姜石帚等等多人的情况来看，吴文英昆仲在当时词坛常常进行群体联手创作的活动，在这种活动中产生一个以梦窗为旗手的新词派，乃是水到渠成之事。关于翁元龙词的风格，周密《浩然斋雅谈》说是与梦窗"各有所长"，又说其佳作"真花间语"。杜范《清献集》卷十七跋翁处静词又称："时可之作，如絮浮水，如荷湿露，萦旋流转，似沾未著。"周、杜二人，大致看重翁元龙词轻倩婉转、圆润绵丽的一面。其实元龙作词，颇似其兄，追求造语之工曲、意象之繁密、色泽之秾丽及境界之幽奇，并不仅仅以轻婉圆融见长。今仅举其《水龙吟·雪霁登吴山见沧阁闻城中箫鼓声》一首：

　　　画楼红湿斜阳，素妆褪出山眉翠。街声暮起，尘侵灯户，月来舞地。官柳招莺，水荭飘雁，隔年春意。黯梨云散作，人间好梦，琼箫在，锦屏底。　　乐事轻随流水。暗兰消、作花心计。情丝万轴，因春织就，愁罗恨绮。昵枕迷香，占帘看夜，旧游经醉。任孤山、剩雪残梅，渐懒跨，东风骑。

　　将此词与吴文英那些登临抒感之作对读，不难看出弟弟对兄长风格的追寻之迹。"情丝万轴，因春织就，愁罗恨绮"云云，更是典型的梦窗笔法和梦窗意境。元陆行直《词旨》将"愁罗恨绮"与吴文英"醉云醒雨"（《解蹀躞·别情》）等句一起列为"词眼"；另又将元龙《齐天乐·游胡园书感》的"种石生云，移花带月"与吴文英《法曲献仙音》的"落叶霞飘，败窗风咽"等句一起列入"属对"，并非没有道理的。

　　黄孝迈（生卒年、籍贯、仕履皆不详），字德文，号雪舟。从刘克庄《再题黄孝迈长短句》的语气看，他的年岁应比刘克庄晚一辈。关于他的词，刘克庄曾评论说："孝迈英年，妙才超轶，词采溢出，天设神授，朋侪推独步，耆宿避三舍，酒酣耳热，倚声而作者，殆欲摩刘改之、孙季蕃之垒"（《黄孝迈长短句跋》）。又说："复睹新腔一卷……其清丽，叔原、方回不能加；其绵密，疆驭秦郎'和天也瘦'之作矣"（《再题黄孝迈长短句》）。可惜刘克庄所看到的两卷黄孝迈长短句均已失传，让人无从了解其某些作品是如何具有刘过（改之）、孙惟信（季蕃）、晏幾道、贺铸等人之美的。黄孝迈传世的词仅仅二首、二残篇，从这些作品看，其风调更近吴文英。最杰出的作品为《湘春夜月》：

　　　近清明，翠禽枝上消魂。可惜一片清歌，都付与黄昏。欲共柳花低诉，怕柳花轻薄，不解伤春。念楚乡旅宿，柔情别绪，谁与温存？
　　　空樽夜泣，青山不语，残月当门。翠玉楼前，惟是有、一波湘水，摇荡湘云。天长梦短，问甚时、重见桃根？这次第，算人间没个并刀，剪断心上愁痕。

　　此词与梦窗借自然景物和男女情事寄寓身世家国之感那些杰作同一机杼。"可惜一片清歌，都付与黄昏"等句，实从一般的伤春引出时风衰迟、国运危殆的哀叹。这大约是时代情绪的渗透，未必是有意为之。下片"空樽"、"残月"、"湘云"、"梦短"等象征性描写，无不与梦窗词中"东风紧送斜阳下"、"晚酒醒余"、"梦缘能短"等名句可以——对应。万树《词律》赞此词"风度婉秀，真佳词也"，还只是看到了表面的风格美；唯近人麦孟华评曰："时事日非，无可与语，感喟遥深"（《艺蘅馆词选》丙卷引）。算是说出了梦窗派词人共有的感伤凄惶、低回欲绝的思想特征。

楼采（生卒年不详），字君亮，明州鄞县（今浙江宁波）人。嘉定十年（1217）进士。其词仅存六首，见于周密《绝妙好词》卷四。他的词风颇近梦窗，以致个别作品如《玉漏迟》被误收入梦窗词集。沈雄《古今词话·词评上卷》谓楼采传世的几首词"词意具足，而又工力悉敌"。今举其《法曲献仙音》一首：

> 花匣么弦，象奁双陆，旧日留欢情意。梦到银屏，恨裁兰烛，香篝夜阑鸳被。料燕子重来地。桐阴锁窗绮。　　倦梳洗。晕芳钿、自羞鸾镜，罗袖冷，烟柳画栏半倚。浅雨压荼蘼，指东风、芳事余几。院落黄昏，怕春莺、惊笑憔悴。倩柔红约定，唤取玉箫同醉。

李彭老（生卒年不详），字商隐，号筼房，德清（今属浙江）人。理宗淳祐中，为沿江制置司属官。与吴文英、周密交游，以词唱和。其弟李莱老（生卒年不详），字周隐，号秋崖。曾为朝请郎，度宗咸淳六年（1270）六月出任严州知州，才两月即丁母忧离任。兄弟二人宋亡后隐居不仕。周密《浩然斋雅谈》卷下谓："李秋崖莱老，与其兄筼房竞爽，号龟溪二隐。"彭老、莱老词风皆近吴文英，有二人合集《龟溪二隐词》一卷传世，其中收彭老词二十一首，莱老词十七首。

李彭老的词，周密《浩然斋雅谈》卷下曾引张直夫的评语云："靡丽不失为国风之正，闲雅不失为骚雅之赋，摹拟玉台不失为齐梁之工，则情为性用，未闻为道之累。"这就是说，他的词既有齐梁诗和《玉台新咏》那样的秾艳靡丽，又能不离"雅正"之道。其实这也是梦窗一派的基本风格规范。他与梦窗更相近的一点是刻意求新求工，研炼字句，以营造奇逸警耸的抒情境界。如其《高阳台·落梅》云：

> 飘粉杯宽，盛香袖小，青青半掩苔痕。竹里遮寒，谁念减尽芳

云？么凤叫晚吹晴雪，料水空、烟冷西泠。感凋零，残缕遗钿，迤逦成尘。　　东园曾趁花前约，记按筝筹酒，戏挽飞琼。环佩无声，草暗台榭春深。欲倩怨笛传清谱，怕断霞、难返吟魂。转消凝。点点随波，望极江亭。

此词显然借落梅之凋零成尘寓身世家国之悲，其低回怨抑、心摧神伤的基本情调，与梦窗、草窗、玉田、碧山等人相同，而审美趣味与修辞技巧却更近梦窗。查礼《铜鼓书堂词话》将吴文英、李彭老、李莱老三人同调同题的落梅词加以比较说：

> 如《高阳台》一解赋落梅者，吴梦窗云："宫粉雕痕，仙云堕影，无人野水荒湾。"又云："南楼不恨吹横笛，恨晓风千里关山。半飘零，庭院黄昏，月冷阑干。"李笘房云："竹里遮寒，谁念减尽芳云。么凤叫晚吹晴雪，料水空、烟冷西泠。"又云："环佩无声，草暗台榭春深。欲倩怨笛传清谱，怕断霞、难返吟魂。转销凝，点点随波，望极江亭。"李秋崖云："门掩香残，屏摇梦冷，珠钿糁缀芳尘。"又云："薜梢空挂凄凉月，想鹤归、犹怨黄昏。黯销凝，人老天涯，雁影沉沉。"又云："烟湿荒村，背春无限愁深。迎风点点飘寒粉，怅秋娘、满袖啼痕。"三人写落梅之情景魂魄各有不同，其雅正淡远、柔婉深长之处，令人可思可咏。

从查礼的这段评点中可见龟溪二隐与梦窗风格意趣之息息相通。李彭老这首词，还在字声的选择上下了一番工夫，形成了一种峭折拗怒之美。况周颐《蕙风词话》卷二谓此词："前段'谁念''念'字、'么凤''凤'字、后段'草暗''暗'字、'欲倩''倩'字、'断霞''断'字，他宋人作此调并用平声。商隐别作《寄题荪壁山房》阕，亦用平声，唯此阕用去声。以峭折为婉美，非起调毕曲处，于宫律无关系也。"

关于李莱老的风格，从上引查礼的评论中，已可略知大概。他的实际成就稍逊其兄，但也不乏个人特色。如其《小重山》一阕：

> 画檐簪柳碧如城。一帘风雨里，近清明。吹箫门巷冷无声，梨花月，今夜负中庭。　　远岫敛修颦。春愁吟入谱，付莺莺。红尘没马

　　　翠埋轮，西泠曲，欢梦絮飘零。

全篇情思婉转，凄恻冷艳，且造语极工。况周颐指出："'簪'字、'没'字、'埋'字，并力求警炼，造语亦佳"（《蕙风词话》卷二）。彭老、莱老昆仲，堪称宋遗民中梦窗词派之双璧。

第五节　宋末元初的江西词派

一、得名之由及流派范围

　　元代初年，江西庐陵（今吉安）的凤林书院刊印了一部不著编者姓氏的《名儒草堂诗余》（亦名《续草堂诗余》，现通称《元草堂诗余》或《凤林书院草堂诗余》）。此书以上、中、下三卷收六十三人词共二百零三首。所选除首二人为元词人外，其余均为南宋遗民词人，这些遗民多为江西人，就中又以庐陵籍者居多。此书明代晦迹，清初始显。雍正二年（1724），浙派词人厉鹗得一抄本过录，后以朱彝尊所藏抄本校补，并作《论词绝句》云：

　　　送春苦调刘须溪，吟到壶秋句绝奇。
　　　不读凤林书院体，岂知词派有江西？

此绝句下原注云："壶秋，罗志仁。凤林书院体：元凤林书院词三卷，多江西人。"在这里，厉鹗对于一个确曾存在于宋末元初江西土地上的词派进行了追认和论证。按照厉鹗的意思，这个词派的成员，即是《名儒草堂诗余》所列的一批以江西人为主的南宋遗民词人；这个词派的代表人物，就是吟唱"送春苦调"、表达亡国之哀的刘辰翁（须溪）、罗志仁等人；这个词派的流派风格，无疑也就是由刘辰翁、罗志仁的词体现出来的沉郁悲慨、苍凉激楚的风格。此外，厉鹗在《名儒草堂诗余》的《题记》中还指出：这些遗民"词多凄恻感伤，不忘故国"；"每当会意，辄欲作碧落空歌、清湘瑶瑟之想"。[20] 由此可见，厉鹗之所以提出"江西词派"这一流派名称，乃是因为宋末元初，以江西庐陵为中心，确曾聚合过一个吟咏内容相一致（悼宋室之亡，不忘故国，坚持民族意识）、风格大致相近（苍凉遒劲，清朗高远）、有杰出领袖人物（文天祥、刘辰翁、罗志仁、赵文等）

的遗民词人群体。厉鹗将他们划为一个文学流派，是有充分根据和理由的。

自厉鹗之后，词学史上有了"江西词派"这一专用名称。但到晚清及现代，"江西词派"这一概念内涵发生了歧异和无限制的扩大。有的词话家用它来另指北宋时晏殊、欧阳修等江西籍词人；有的甚至将两宋三百多年凡占籍江西的词人笼统划为一个"江西词派"。对此，本书第三章第四节已作过辨析，并已描绘论证过北宋时期那个以"二晏一欧"为骨干的江西词派。这里要专门评介的，乃是厉鹗所界定的这个江西词派。为了表示和北宋那个江西词派相区别，我们称之为"宋末元初的江西词派"。

二、稼轩派在特定地域和特定时期的遗响与变奏

《名儒草堂诗余》所选遗民优秀词人，其名节声威与悲慨词风并著者，主要有庐陵的文天祥、邓剡、刘辰翁、赵文，涂川的罗志仁、鄱阳的黎廷瑞等人。这些人在宋、元易代之际，高张爱国旗帜，以凛然不可犯的民族气节、威武不屈的浩然正气，进行抗元斗争。失败之后，或英勇就义，杀身成仁；或潜身草野，义不仕元，抱节以终。在从事政治斗争或坚持政治气节的同时，他们像南渡时期的英雄豪杰词人和稼轩派诸君那样，用词为陶写之具，纵意抒写悲慨壮烈的政治情怀和悲苦沉重的亡国哀思，以他们群体的大合唱为南宋一代的爱国主义文学留下了一串凄壮高亢的尾声。这批江西遗民词人，与聚集于江浙一带的白石派、梦窗派词人虽然吟唱的都是亡国哀音，但两边的基本情调和风格却大大不同：江西这边是激昂地呼喊，江东那边是低沉地细语；江西这边多直陈其事、直抒胸臆，江东那边多咏物寄情、曲折言怀；江西这边以悲壮慷慨为主调，江东那边以婉转缠绵为极致；江西这边以咏怀言志为目的，不暇计文字之工拙，音律之抗坠，江东那边却起劲地讲论词法，推敲乐律……江西词派之所以会趋从这种审美倾向、追求这种群体风格，除了因为他们多是一些英雄豪侠节士、其禀赋气性有以致之外，显然还与稼轩词派艺术传统的滋养有莫大关系。

江西是稼轩词派建立和繁衍的主要基地。远一点追溯，作为稼轩派前导的南渡时期许多英雄豪杰、达人高士词人，就是江西人或流寓江西终老其地的南渡北人。南渡之后的南宋新生代许多抗战派士大夫词人，也是江西人。比如，卜居清江终老其地的抗金名臣向子諲，其南渡后所作"江南新词"（主要写于江西），即可视为稼轩派先导之一。"靖康"南渡的好几

位江西派诗人如陈与义、吕本中、徐俯、韩驹等等，所作多为清刚放逸之词。同时期的鄱阳人洪皓，虽不以词名，所作亦趋向高逸豪旷的苏派。稍后，庐陵籍的著名诗人杨万里、周必大等偶尔作小词，亦与"花间"、北宋异趣而趋向阳刚一路。庐陵人刘过、刘仙伦、杨炎正，南昌人赵善括等人，更是著名的"豪放"词人。此外，南宋时期存词五十首至百首以上的江西词人如鄱阳洪适、南昌石孝友、京镗、新干赵师侠等十余人，其中多数人作词都倾向阳刚豪壮一路。更为重要的是，南宋豪放词派的宗主和集大成者辛弃疾南归后的四十多年中，多半时间是居住在江西并以江西为自己的创作基地的。辛弃疾在这里呼朋引类，展开交游唱和活动，与江西地区旺盛的豪放词风一拍即合，建立起了强大的稼轩词派，其余威一直及于南宋中后期。

由以上简略的追述可知，江西自南宋建立以来的作词风气，极易培养出追随和认同稼轩派的作者。宋末元初江西遗民词人们，本就在这块稼轩派的基地上出生、成长，受地域与时代审美风尚的熏染和滋育，加上猝逢家国巨变，像一百多年前的"靖康"之变那样，客观环境使得他们感到有许多话要说，于是自然而然地继承稼轩词风，以悲慨直率或沉郁雄浑之调，寓身世家国之悲，抒愤懑哀痛之怀。恰如况周颐《餐樱庑词话》评这些人的抒情风格所云："多真率语，满心而发，不假追琢。"这样，这一派词人在艺术上所发扬的，自然主要就是稼轩风了。从流派渊源上来追溯，宋末元初江西词派，应被视为南宋主流词派——稼轩派的余响，或曰该派在特殊地域、特殊历史时期的延续与变奏。

三、江西词派的翘楚刘辰翁

刘辰翁（1232—1297），字会孟，号须溪，庐陵（今江西吉安）人。幼年丧父，家贫力学。二十三岁举于乡。景定元年（1260）至临安，补太学生，受知于国子祭酒江万里。景定三年举进士，廷试对策，因触忤权奸贾似道，被置进士丙等，由是得鲠直名。后因亲老，请为赣州濂溪书院山长。度宗咸淳元年（1265）出任临安府学教授。四年，在太平州江东转运使江万里处为幕僚。德祐元年（1275）五月，丞相陈宜中荐居史馆，辞而不赴。十月又授太学博士，其时元兵已进逼临安，江西至临安通道被截断，未能成行。当年文天祥起兵抗元，辰翁参与其江西幕府。宋亡后隐居不仕，埋头著书，以此终老。兼善诗、文、词创作及文学批评，而主要成就在词。有《须溪集》一百卷；《须溪词》三卷，存词三百多首。

刘辰翁生逢宋、元易代之际，愤权奸误国，痛宋室倾覆，曾亲身参加抗元武装斗争，失败后坚守民族大义，抗节不仕新朝，而把满腔爱国热情时时寄于词中。在南宋末年的词人中，他的爱国思想和民族情绪反映得最为直接，最为强烈，是稼轩词派的爱国政治抒情传统最有力的继承者。《四库全书总目》称他"于宗邦沦覆之后，睠怀麦秀，寄托遥深，忠爱之忱，往往形诸笔墨，其志亦多有可取者"。这是对刘辰翁为人和词作思想内容的正确评价。与其他稼轩派词人一样，刘辰翁最有价值的作品，就是那些感怀时事、忧国伤世的政治抒情词。还在南宋亡国前，他的某些词就直接干预时政，强烈地反映社会现实。比如《六州歌头》一阕，小序云："乙亥二月，贾平章似道督师至太平州鲁港，未见敌，鸣锣而溃。后半月闻报，赋此。"此词就恭帝德祐元年乙亥（1275）贾似道丧师败绩之事，猛烈抨击当时的腐败政治，对奸臣误国表示了极度的痛恨。当时尽管国事已经不可收拾，但他仍怀有杀敌报国的雄心壮志，不似同时期许多白石派、梦窗派词人那样只知寄情湖山或低回伤叹。比如《念奴娇》写道："吾年如此，更梦里、犹作狼居胥意。"但他更多的抒发爱国伤时情怀的佳作则是写于南宋灭亡之后。这些词，从山河变色的现实处境出发，结合自己"乱后飘零独在"（《临江仙》）的身世，抒写对故国、故土的眷恋与哀思。这时，国家已灭亡，"恢复"已无望，他不能再发豪言壮语，而只能通过描写时令相代、景物变迁来寄寓亡国哀思，表达民族意识。他在许多词中反复描写元宵、端午、重阳等节令，反复写春天、秋天的气候变化，这些都不是伤春悲秋的陈辞滥调，而是用象征手法寄寓作者无比沉痛的故国故土之思。比较起来，他的伤春、送春词写得最为沉哀入骨，字字血泪，令人不忍卒读，是须溪词中最具艺术个性因而也最有代表性的杰作。现举被厉鹗称为"送春苦调"的《兰陵王·丙子送春》：

送春去，春去人间无路。秋千外，芳草连天，谁遣风沙暗南浦？依依甚意绪，漫忆海门飞絮？乱鸦过，斗转城荒，不见来时试灯处。

春去，最谁苦？但箭雁沉边，梁燕无主，杜鹃声里长门暮。想玉树凋土，泪盘如露，咸阳送客屡回顾。斜日未能度。　　春去，尚来否？正江令恨别，庾信愁赋，苏堤尽日风和雨。叹神游故国，花记前度。人生流落，顾孺子、共夜语。

丙子，即宋恭帝德祐二年（1276）。这一年二月，元兵破临安，南宋君臣投降。辰翁悲痛之余作词"送春"，实以象征手段寄托亡国之痛与故土之思。陈廷焯《云韶集》评曰："题是送春，词是悲宋，曲折说来，有多少眼泪。"正确地说明了此词的题旨和基本表现方法。词中三片皆以重笔发端振起，然后曲折述怀，处处流露出抑制不住的深哀巨痛。全篇以春天为南宋王朝的象征，反复渲染春景骤逝之可悲可叹，言外之意令人一目了然。与王沂孙、张炎、周密、陈允平等人的同题材之作的朦胧隐约、低黯吞吐相比，此篇语意更明，锋芒更露，但又含蕴深刻，处处耐人寻味。作者极好地将委婉含蓄与辞意畅达结合起来，使此篇与稼轩词中摧刚为柔、心危词苦的代表作《摸鱼儿》（更能消几番风雨）等有异曲同工之妙。词中设问句、反问句的反复运用，使人触目惊心，魂悸魄动，这不仅具有制造悬念、耸动读者听闻的艺术效果，也充分显现了词人乍睹国破家亡之巨变时茫然不知所措、惶然无所依归的精神状态。此词由于悲剧色彩之浓厚、比兴手法之纯熟，而被视为须溪词最有代表性的作品。

　　须溪词的另一篇心危词苦的代表作是下列这首仿效"易安体"而又融入稼轩风的《永遇乐》：

　　　　璧月初晴，黛云远淡，春事谁主？禁苑娇寒，湖堤倦暖，前度遽如许！香尘暗陌，华灯明昼，长是懒携手去。谁知道，断烟禁夜，满城似愁风雨。　　宣和旧日，临安南渡，芳景犹自如故。缃帙流离，风鬟三五，能赋词最苦。江南无路，鄜州今夜，此苦又谁知否？空相对，残釭无寐，满村社鼓。

此词小序云："余自乙亥上元，诵李易安《永遇乐》，为之涕下。今三年矣，每闻此词，辄不自堪。遂依其声，又托之易安自喻。虽辞情不及，而悲苦过之。"由此可知，此词作于端宗景炎三年（1278），离临安沦陷已有二年。南渡初年，虽凄风苦雨，犹有半壁江山；如今宋室彻底覆亡，纵"芳景如故"，自觉与南渡时的李清照的感触相比"悲苦过之"。词中用回忆对比的手法，以临安旧时的盛况来反衬目前国破家亡的深悲巨痛，写李清照怀念"宣和旧日"，但尚及"临安南渡，芳景犹自如故"，而他自己所面临的却是"江南无路"、"春事谁主"的亡国惨境了！因而此词较之李清照原词，苍凉悲慨尤有过之，自具极为鲜明的时代特征。

刘辰翁作词，不同于其他南宋遗民的一味低回掩抑、凄凄切切，而是时时表现出一种英雄失路的悲壮感情。这主要是因为他自己的志节胸襟和艺术才性与辛弃疾相近，作词有意学习稼轩体的结果。他在为宜春张清则所刻《稼轩词》而作的序言中，对于辛弃疾的志节才略、身世遭遇及悲慨词风有如下一段深刻的理解：

> 斯人北来，喑呜鸷悍，欲何为者；而谗摈销沮，白发横生，亦如刘越石。陷绝失望，花时中酒，托之陶写，淋漓慷慨，此意何可复道。而或者以流连光景、志业之终恨之，岂可向痴人说梦哉！为我楚舞，吾为若楚歌，英雄感怆，有在常情之外，其难言者未必区区妇人孺子间也。㉑

在他的思想意识中有这样的对稼轩其人其词的共鸣和向慕，这就难怪他在家国巨变之中、之后作词要像稼轩那样，将"陷绝失望"之中产生的"淋漓慷慨"的"英雄感怆"之情"托之陶写"了！他的思想境界远比同辈为高，而在艺术上则喜用中锋突进的手法来表现自己激昂奔放的感情，既不流于晦涩，更不假手雕琢，真挚自然，生动流畅，因而具有感人的力量。他的词，颇能在沉痛悲苦之中透发出豪壮激越之气，如《霜天晓角》云："老来无复味，老来无复泪"；《莺啼序》云："我狂最喜高歌去，但高歌不是番腔底"；《摸鱼儿》云："临分把手，叹一笑论文，清狂顾曲，此会几时又"；《西江月》云："梦从海底跨枯桑，阅尽银河风浪"，等等。所以况周颐论其审美个性和艺术特征说："须溪词，风格道上似稼轩，情辞跌宕似遗山。有时意笔俱化，纯任天倪，竟能略似坡公。往往独到之处，能以中锋达意，以中声赴节。世或目为别调，非知人之言也"（《蕙风词话》卷二）。刘辰翁是宋末元初江西词派中艺术成就最高的一家。

四、江西词派名家文天祥、邓剡、罗志仁、黎廷瑞及赵文昆仲

文天祥（1236—1282），字宋瑞，一字履善，号文山，庐陵（今江西吉安）人。理宗宝祐四年（1256）进士第一。历任刑部郎官，知瑞州、赣州等。恭帝德祐元年（1275）元兵东下，天祥乃在赣州任上组织义军，入卫宋都临安。次年，任右丞相兼枢密使，受命出使元营谈判，痛斥敌帅伯

颜，被拘留。后于镇江脱险，逃至温州，拥立端宗，力图恢复，率兵转战东南。景炎三年（1278）兵败被俘，押往大都（今北京）。被囚四年，誓死不屈，终于从容就义。他的诗文，悲歌慷慨，表现爱国精神和民族气节。词仅存数首，几乎每首都直抒胸臆，倾吐其顽强战斗、视死如归的心声，风格豪雄悲壮，有强大的思想艺术感染力。今录其《酹江月》一首：

> 乾坤能大，算蛟龙、元不是池中物。风雨牢愁无著处，那更寒虫四壁。横槊题诗，登楼作赋，万事空中雪。江流如此，方来还有英杰。 堪笑一叶漂零，重来淮水，正凉风新发。镜里朱颜都变尽，只有丹心难灭。去去龙沙，江山回首，一线青如发。故人应念，杜鹃枝上残月。

陈廷焯《云韶集》卷九评文天祥词："气极雄深，语极苍秀。其人绝世，词亦非他人所能到。"

邓剡（1232—1303），又名光荐，字中甫，又字中斋，庐陵（今江西吉安）人。理宗景定三年（1262）进士。与文天祥为友。随天祥募兵抗元。端宗即位，任宣教郎、宗正寺簿。祥兴元年（1278）从驾至广东厓山，除秘书丞，兼权礼部侍郎，迁直学士院。厓山兵败后，他投海自杀，为元兵打捞，不得死。不久被遣送与前此被俘的文天祥一起北上。途中与天祥时相唱和。至金陵，因病羁留。屡乞为道士，不许。后教授元将张弘范之子张珪，始得以放回。卒于武昌。邓剡的诗文曾有名于时。其词往往以悲壮苍凉之语，写国破家亡之痛，感慨遥深，后人评为"气冲斗牛，无一毫委靡之色"（《历代诗余》卷八引明陈子龙语）。今录其代表作《念奴娇·驿中言别》：

> 水天空阔，恨东风、不惜世间英物。蜀鸟吴花残照里，忍见荒城颓壁。铜雀春情，金人秋泪，此恨凭谁雪？堂堂剑气，斗牛空认奇杰。 那信江海余生，南行万里，属扁舟齐发。正为鸥盟留醉眼，细看涛生云灭。睨柱吞嬴，回旗走懿，千古冲冠发。伴人无寐，秦淮应是孤月。

罗志仁（生卒年不详），字寿可，一字伯寿，号壶秋，庐陵（今江西吉安）人。宋末中乡试。曾作诗颂文天祥，讥留梦炎，几得祸，逃而免。
元初授天长书院山长。与方回、戴表元及刘辰翁之子刘将孙交游，酬答诗
文。词仅存七首，见《元草堂诗余》。刘辰翁赞其"小词他人莫能及也"
（《新元史·刘辰翁传》）。今录其《金人捧露盘·丙午钱塘》：

> 湿苔青，妖血碧，坏垣红。怕精灵，来往相逢。荒烟瓦砾，宝钗
> 零乱隐鸾龙。吴峰越巘，翠鬒锁，苦为谁容？　　浮屠换，昭阳殿；
> 僧磬改，景阳钟。兴亡事，泪老金铜。骊山废尽，更无宫女说元宗。
> 角声起，海涛落，满眼秋风。

此词作于元成宗大德十年丙午（1306），此时距南宋之亡已三十年，作为
前朝遗老的罗志仁来到故国京城，民族意识依然强烈，亡国之痛未曾减轻
一丝一毫。面对倾圮荒芜的故国宫殿，回想当年繁华，不胜沧桑之感。通
篇即景抒情，将秋日的萧条凄冷、故宫的破败凋零及作者内心的悲怆愁苦
和谐地融合在一起，结合典故的运用，使意境十分沉郁，风格冷艳奇诡。
罗志仁存词虽少，却大多数作品皆属此种精品，如《风流子·泛湖》、《霓
裳中序第一·四圣观》、《扬州慢》（危榭摧红）等篇，皆是题旨与《金人
捧露盘》相近的风格奇绝之作。所以厉鹗论江西词派，将罗志仁与刘辰翁
并提，说"吟到壶秋句绝奇"，是颇有眼光的。

　　黎廷瑞（1250—1308），字祥仲，号芳洲，鄱阳（今江西波阳）人。
度宗咸淳七年（1271）进士，授迪功郎、肇庆府司法参军。入元隐居不
仕。有《芳洲集》三卷，词附第三卷中，凡三十二首。其词多写遗民的黍
离麦秀之悲，风格雄劲而颇近稼轩。他较有名的作品，是那篇咏项羽的
《大江东去·题项羽庙》：

> 鲍鱼腥断，楚将军、鞭虎驱龙而起。空费咸阳三月火，铸就金刀
> 神器。垓下兵稀，阴陵道隘，月黑云如垒。楚歌哄发，山川都姓刘
> 矣。　　悲泣呼醒虞姬，和伊死别，雪刃飞花髓。霸业休休骓不逝，
> 英气乌江流水。古庙颓垣，斜阳老树，遗恨鸦声里。兴亡休问，高陵
> 秋草空翠。

清人李调元评此词"用笔颇有鞭虎驱龙之势，应为咏项羽第一词"（《雨

村词话》卷三）。陈廷焯《白雨斋词话》卷六则谓：此词"魄力雄大，劲气直前，更不作一浑厚语。开其年（陈维崧）、板桥（郑燮）一派。此学稼轩而有流弊者，稼轩不任其咎也"。这是将黎廷瑞词的长处和短处都看到了。

赵文（1239—1315），初名凤之，字惟恭，又字仪可，号青山，庐陵（今江西吉安）人。三贡于乡，景定、咸淳间，入太学为上舍生。与弟彊同出文天祥之门，从天祥勤王入闽，与谢翱、王炎午同佐幕府。兵败被俘至燕，备受艰苦，后获释南归。元初授东湖书院山长，迁南雄路学教授。有《青山集》八卷。词存三十一首。

赵文身处宋、元易代之际，目睹南宋的灭亡，沉痛反思文学风气与世运升沉之间的关系，视一定的词体、词派的兴盛与衰落为当时政治气候变化之表征，其《青山集》卷二《吴山房乐府序》中有云：

> 渡江后，康伯可未离宣和间一种风气，君子以是知宋之不能复中原也。近世辛幼安跌宕磊落，犹有中原豪杰之气。而江南言词者宗美成，中州言词者宗元遗山，词之优劣未暇论，而风气之异，遂为南北强弱之占，可感已！

赵文赋予文学以这么沉重的政治负担，其观点容有过于偏激之处，但他以为南宋中晚期言词者不宗辛稼轩而宗周美成，这反映了民族精神的衰落，标志着南宋之不可复振乃至必然灭亡，这却是颇有见地的。从这段议论也可以明确无误地看出，赵文自己于作词一道是必然推尊和跟从稼轩派的。赵文现存词，多为豪壮悲慨的长调词，充溢着苍凉激楚的失意英雄之叹，其基本风格，与刘辰翁、文天祥等一致，其宏阔劲朗之气魄，有时犹且过之。比如词调中字数最多的《莺啼序》，原是梦窗一派用来从容叙写男女情事的"软"调，赵文却利用它的大容量，为之注入雄豪之气，借以抒写自己浩茫深沉的身世家国之感，尽兴倾吐男子汉抑塞磊落之怀。这里仅录其《莺啼序》两首中的《有感》一首：

> 秋风又吹华发，怪流光暗度。最可恨、木落山空，故国芳草何处？看前古、兴亡堕泪，谁知历历今如古。听吴儿唱彻，庭花又翻新谱。　　肠断江南，庾信最苦，有何人共赋？天又远，云海茫茫，鳞

鸿似梦无据。怨东风、不如人意，珠履散、宝钗何许？想故人、月下沉吟，此时谁诉？　　吾生已矣，如此江山，又何怀故宇？不恨赋归迟，归计大误。当时只合云龙，飘飘平楚。男儿死耳，嘤嘤昵昵，丁宁卖履分香事，又何如、化作胥潮去？东君岂是无能，成败归来，手种瓜圃。　　膏残夜久，月落山寒，相对耿无语。恨前此、燕丹计早，荆庆才疏，易水衣冠，总成尘土。斗鸡走狗，呼卢蹴鞠，平生把臂江湖旧，约何时、共话连床雨？王孙招不归来，自采黄花，醉扶山路。

赵文之弟功可，号晚山，存词八首，皆载《元草堂诗余》卷中。功可词风与乃兄相近，而气魄、韵味较逊。今录其《柳梢青·怀青山兄，时在东湖》：

一健如仙，东湖烟柳，坐拥吟翁。几许功名，百年身世，相见匆匆。　　别来三度秋风，怕看见、云间过鸿。酒醒灯寒，更残月落，吾美楼中。

五、江西词派同盟军蒋捷、汪元量

宋末元初江西词派，是一个人员众多、影响颇大的词派。它实际上是一个超出江西人范围、而由宋遗民中民族意识最强烈且喜欢用豪壮悲慨之词表现这种民族意识的文士们汇合而成的流派。如果我们不拘泥于"江西"这个地域概念，而着眼于词人的思想特征和审美趋向来观察流派现象，那么这个流派的成员就不仅仅限于《元草堂诗余》所列那些江西人，而应包括词风与他们相近、表现内容与审美情调与他们大致相同的一些外地遗民词人。清沈雄《古今词话·词话上卷》引《松筠录》云：

宋季高节，盖推庐陵、吉水、涂川，亦同一派。如邓剡字光荐，刘会孟号须溪，蒋捷号竹山，俱以词鸣一时者。更如危复之于至元中，累征不仕，隐紫霞山，卒谥贞白。赵文自号青山，连辟不起，与刘将孙为友，结青山社。王学文号竹涧，与汪水云为友，不知所之。至若彭巽吾名元逊，罗壶秋名志仁，颜吟竹名子俞，吴山庭名元可，萧竹屋名允之，曾鸥江名允元，王山樵名从叔，萧吟所名汉杰，尹碉民名济翁，刘云闲名天迪，周晴川名玉晨，皆忠节自苦，没齿无怨者。必欲屈抑之为元人，不过以词章阐扬之，则亦不幸甚矣。

这里列举了一批知名的江西词派作者，其中邓剡、刘辰翁、危复之（江西抚州人）、赵文、彭元逊（江西庐陵人）、颜子俞（江西永新人）、尹继翁（江西庐陵人）、萧汉杰（江西吉水人）、王从叔（江西庐陵人）、吴元可（江西永新人）、刘天迪（江西太和人）、曾允元（江西太和人）等皆为江西籍人，而蒋捷、王学文、汪元量、周玉晨等则非江西人。但这几位非江西人在创作旨趣与风格趋向上显然与江西诸君一致，所以《松筠录》的著者认为他们"亦同一派"。其中尤以蒋捷、汪元量二人创作成就最显，值得单独加以介绍。为了和上述江西籍的刘辰翁、文天祥、邓剡、罗志仁等人略加区别（特别是蒋捷与江西诸子无甚交游唱和），我们姑称他们为江西词派的同盟军。

蒋捷（生卒年不详），字胜欲，号竹山，阳羡（今江苏宜兴）人。先世为宜兴巨族，先辈中多人在北宋为显官。族祖蒋兴祖，靖康初为阳武县令，死于抗金之役，《宋史》有传。蒋捷登度宗咸淳十年（1274）进士第。宋亡后，遁迹不仕。元大德中，宪使臧梦解、陆垕交章荐其才，皆坚拒不出，其气节为时人所称。有《竹山词》一卷，存词九十余首。

蒋捷的词，风格多样，有炼字精巧，造境瑰丽缜密者；有融化俗语谐语，风趣幽默，构境清新流畅疏朗者；其中尤以感慨苍凉、情调凄清、学稼轩体以抒身世家国之悲者为最富时代特色、最显作者的高尚品节。他的集子中有标明"效稼轩体"的个别篇什，但那仅仅是效稼轩词中"楚骚"一体的语言形式，并不表明他学稼轩体的成就。他学习稼轩真正有所得的地方是：在沉郁悲苦的抒情之中绝不流于低抑软弱和凄黯晦味，而能透发豪迈健朗之气，开拓雄壮清远之境。他在南宋灭亡时大约只有二十多岁，[22]大半生都在元朝统治下过遗民生活，其词也大多作于宋亡之后。但他没有正面地直接反映时代的巨变，而喜欢采用"待把旧家风景，写成闲话"（《女冠子》）的方式，于落寞愁苦中寄寓其眷怀故国的一片深挚之情。如"飞莺纵有风吹转，奈旧家、苑已成秋"（《高阳台·送翠英》）；"星月一天云万壑，觅茫茫宇宙知何处"（《贺新郎·吴江》）；"梦也梦也，梦不到、寒水空流"（《梅花引·荆溪阻雪》）等等，都包含着山河变色、无处容身的巨痛深悲。但他这些抒悲写恨之作，并不一味地低回怨叹，而是时时悲中有壮，哀而能达，笔带劲气，境界高朗而清远。其名篇《虞美人·听雨》：

> 少年听雨歌楼上，红烛昏罗帐。壮年听雨客舟中，江阔云低、断雁叫西风。　　而今听雨僧庐下，鬓已星星也。悲欢离合总无情，一任阶前、点滴到天明。

通过"听雨"一事，概括了作者少年、壮年、晚年三个时期不同的生活感受，身世家国之感极为痛切，上片后二句尤其显得苍凉悲壮，是典型的稼轩词笔。此词写法，显然受稼轩《丑奴儿·书博山道中壁》一阕将"少年不识愁滋味"与"而今识尽愁滋味"对比抒写的影响，但袭用中有变化和创新：不似稼轩那样直陈其事和直抒其情以显示一生不同时期的心态变化，而是通过具体意象描写来反映自己的身世遭遇和心理情感的流程，因而词情十分隽永有味。由于作者有阅历，有豪气，因而此词虽写哀情悲感，却不流于凄黯沉抑，而是示人以勘破世道人生的清通旷达之境。另如《贺新郎·秋晓》本写"万里江南吹箫恨"，却于月影微黄的院落中点缀上青花与红枣，再写出白雁横空、楚山隐约的远景，遂使词中表现的愁苦忧伤之情不致过分沉重压抑。又如《一剪梅·舟过吴江》本写哀情，但纳入清疏明丽的"风又飘飘，雨又萧萧"及"红了樱桃，绿了芭蕉"等句，也冲淡了伤逝怀归的悲凉气氛。周济称许蒋捷词"思力沉透处，可以起懦"（《宋四家词选》），应是看到了他悲而不失其壮，郁而能转为达的特点。之所以能有这种艺术境界，除了作者作为抗节之高士胸中浩气不灭之外，显然与他继承稼轩词风，行气入词，以清壮雄放为美的审美选择有关。

蒋捷极善于以纪实性的笔法，通过叙写自身在亡国后的流亡生活，来反映一代知识分子的悲惨命运，唱出那个苦难时代的一曲曲挽歌。比如《贺新郎·兵后寓吴》：

> 深阁帘垂绣。记家人、软语灯边，笑涡红透。万叠城头哀怨角，吹落霜花满袖。影厮伴、东奔西走。望断乡关何处？羡寒鸦、到著黄昏后。一点点，归杨柳。　　相看只有山如旧。叹浮云、本是无心，也成苍狗。明日枯荷包冷饭，又过前头小阜。趁未发、且尝村

酒。醉探枯囊毛锥在，问邻翁、要写牛经否？翁不应，但摇手。

词作于元兵破临安后作者流亡到苏州一带的期间。作者用对比手法，选取具体的生活细节，如实地描绘亡国前后自己生活的变化。在他的笔下，我们看到：亡国前家人团聚、生活温馨幸福的他，如今却如丧家之犬，东奔西窜，四处漂泊，没有寄身之所；他钱囊空空，却无谋生之术，只有一支毛笔在身，可以为人抄抄写写。无奈乡村老翁生活也朝不虑夕，根本不需要请人抄写什么养牛经与种树书。于是他只好继续流浪……这首词，是宋末战乱中知识分子流亡生活及其痛苦心态的真实写照。蒋捷词这种纪实性的特点，与其他遗民词人多用咏物写景的象征手法曲传心事可谓大异其趣，这在宋末词人中是独树一帜的。

对蒋捷的词，清代评论家们意见分歧很大。贬之者如冯煦，认为其"词旨鄙俚"、"不可谓正轨"（《宋六十一家词选例言》）；陈廷焯更认为蒋捷词"理法气度，全不讲究"，"外强中干"，甚至认为在南宋词人中"竹山虽不论可也"（均见《白雨斋词话》）。这些说法，是用周邦彦、姜夔、张炎的词作为典则来衡量与之异派的蒋捷，实属偏见。论词注重"词品"的刘熙载的看法则完全相反，他说："蒋竹山词未极流动自然，然洗炼缜密，语多创获，其志视梅溪较贞，其思视梦窗较清，刘文房（长卿）为五言长城，竹山其亦长短句之长城欤！"（《艺概·词曲概》）称蒋捷为长短句之长城，固属过誉，但如实指出竹山词"志贞"、"思清"、"洗炼缜密"、"语多创获"这些思想艺术优长，还是颇有眼光的。竹山词在宋遗民中成就不下于张炎、王沂孙、周密等人，不失为南宋高手之一。

汪元量（1241—1317后），字大有，号水云、水云子、楚狂，又自称江南倦客、江淮倦客等，钱塘（今浙江杭州）人。度宗咸淳间，为宫廷琴师。恭帝德祐二年（1276），元兵陷临安，元量随三宫北行到大都。文天祥兵败被俘，囚于大都，元量曾屡到囚所探视，诗文往还，并激励天祥为国尽节。恭帝被迁往上都及西北地区，元量仍随行，到达祁连山一带。留北凡十三载，至元二十五年（1288），得以黄冠道人的身份南归。次年春回杭州。后频频往来于江西庐山、鄱阳湖之间。以后又有入湘之行。约卒于元延祐四年（1317）之后，享年在七十七岁以上。元量工诗善词，知乐能琴。其诗真实反映宋亡前后的现实，有宋亡诗史之称。

其词今人辑得五十二首，内容丰富，而格调不凡。由于具有浓烈的爱国思想和反映当时历史事变的热情，加上他多与江西词派名家文天祥、刘辰翁、赵文、李珏等密切交往，思想、艺术倾向较为一致，因此他作词大致倾向这一派。

与"靖康"南渡诸词人相似，汪元量的词以南宋亡国为界限，而有前后期内容、格调和词风的迥然不同。他前期的词，典丽工致，辞采华美，主要描写宫廷生活。宋亡之后，他的词风产生了巨大的变化。这时他写的词，继承辛弃疾、陈亮的传统，不事雕琢，直抒爱国悲怀，言显意真，风格沉雄凄壮，俨然稼轩派嫡传。在北上大都途中所作《水龙吟·淮河舟中夜闻宫人琴声》一阕中，他就发出了"目断东南半壁，怅长淮、已非吾土"的悲愤叹息。在大都期间所作以宋宫人为题材或与宋宫人唱和的词中，他也冲破了传统"宫怨"作品幽情暗恨的老调子，而表达了被俘的亡国奴们的苦楚和眷恋故国之情。如《人月圆》："不堪回首，离宫别馆，杨柳依依"；《满江红·和王昭仪韵》："更那堪杜宇，满山啼血"，都感人至深。南归之后，他更以咏叹天下兴亡、倾诉爱国情怀为主要创作内容。其代表作当推《莺啼序·重过金陵》一阕：

金陵故都最好，有朱楼迢递。嗟倦客、又此凭高，槛外已少佳致。更落尽梨花，飞尽杨花，春也成憔悴。问青山、三国英雄，六朝奇伟。　麦甸葵丘，荒台败垒。鹿豕衔枯荠。正潮打孤城，寂寞斜阳影里。听楼头，哀笳怨角，未把酒、愁心先醉。渐夜深，月满秦淮，烟笼寒水。　凄凄惨惨，冷冷清清，灯火渡头市。慨商女不知兴废。隔江犹唱庭花，余音蔼蔼。伤心千古，泪痕如洗。乌衣巷口青芜路，认依稀、王谢旧邻里。临春结绮。可怜红粉成灰，萧索白杨风起。　因思畴昔，铁索千寻，谩沉江底。挥羽扇、障西尘，便好角巾私第。清谈到底成何事？回首新亭，风景今如此。楚囚对泣何时已！叹人间、今古真儿戏。东风岁岁还来，吹入钟山，几重苍翠。

清许昂霄《词综偶评》谓此词"慨古实以伤今，当与《麦秀》之歌、《黍离》之诗并传"，信然。宋遗民周方《书汪水云诗后》论汪元量诗有云："水云生长钱塘，晚节闻见其事，奋笔直情，不肯为婉娈含蓄，千载之下，人间得不传之史。山阳夜笛，闻之者四壁皆为悲咽；正平操挝，听之者三台俱无声韵。噫！水云之诗，真能使人至如是，至如是其感哉！"㉓读汪元量词，亦可作如是观，因为他作词的精神与作诗是基本一致的。

注　释：

①恩格斯：《诗歌和散文中的德国社会主义》，《马克思恩格斯全集》第四卷。

②参见《河南程氏文集》卷八；《河南程氏遗书》卷二十一；《河南程氏粹言》卷一。

③《复雅歌词》原书已佚，此《序略》见于祝穆《新编古今事文类聚》续集卷二十四。

④马克思：《路易·波拿巴的雾月十八日》，《马克思恩格斯全集》第八卷。

⑤⑥以上萧、杨、范对姜夔之赞语，以及"内翰梁公"以为姜夔"诗似唐人"的话，均见周密《齐东野语》卷十二引姜夔《自述》。

⑦夏承焘文载《姜白石词编年笺校》卷首，此文又题作《姜夔的词风》，收入《月轮山词论集》，中华书局 1979 年版。

⑧厉鹗：《宋诗纪事》卷六十四引。

⑨沈祖棻：《宋词赏析》，第 169—170 页。

⑩仇远：《山中白云词序》，载《山中白云词》，清龚翔圝刻本。

⑪夏承焘：《读张炎〈词源〉》，载《月轮山词论集》。

⑫沈祖棻：《宋词赏析》附录《清代词论家的比兴说》。

⑬以上据汲古阁本《片玉词》所载强焕《序》。

⑭参见王国维《清真先生遗事·著述二》。

⑮王国维：《清真先生遗事·尚论三》。

⑯参见吴世昌《论词的读法》第三章《论词的章法》，《罗音室学术论著》第二卷《词学论丛》。

⑰唐圭璋：《唐宋词简释》，第 202—203 页。

⑱参见申屠骃《宋故淮南夫子陈公墓志铭》，载《江湖长翁集》卷首。

⑲夏承焘：《月轮山词论集·李清照词的艺术特色》。

⑳参见《精选名儒草堂诗余》，宛委别藏本。

㉑刘辰翁：《辛稼轩词序》，《须溪集》卷六，文渊阁四库全书本。

㉒参见杨海明《关于蒋捷的家世和事迹》，文载《唐宋词论稿》。

㉓孔凡礼辑校《增订湖山类稿》附录一：《汪元量研究资料汇辑》，中华书局 1984 年版。

结　束　语

　　本书对于唐宋词重要流派的描述和评论到此就要画上句号了，但著者本人对于唐宋词流派问题的思考和研究并未结束。唐五代两宋，是词体文学发展的黄金时期，现存作品逾二万二千多首，词人约一千五百余家，如作全面细致深入的考察和分析，其中的流派应远远多于本书所列这些。著者意在构建唐宋词流派史基本框架，画出流派产生发展的粗略轮廓，因此只能择取在当时较有影响、在词史上地位较显的流派来加以描述。以本书四十余万字的篇幅，难以尽赅唐宋词发展中极为丰富的流派现象，更难以将唐宋词中实际存在的所有流派包容无遗。尤其是南宋时期，词人结社唱和之风甚盛，东南一带词社蜂起，不少词社具有结派性质，著者尚未及对这些词社一一爬梳整理，将它们纳入本流派史的框架之内。这一工作，只能俟诸未来了。即使是已经列入本书加以探讨论证的这些重要流派，著者也只能作总体的把握，重在揭示它们形成的文化条件、历史背景及其兴衰流变的大致过程，读者只能从我的描述中粗线条地看到这些词派"流"的历史时序、"派"的阵容规模，以及它们各自的时代特色、群体审美倾向及应有的历史地位等，而不可能了解到它们的方方面面。这是本书的一大遗憾，也是一般筚路蓝缕的学术著作难以避免的一种只见粗而不见精的缺陷。但著者自信，从文化大背景切入，从时代精神和群体审美选择的角度来考察某种文学的风格流派衍化之规律，这个路子是正确的。对词体文学的发展历史进行群体的、流派的把握，远比那种不进行规律性、整体性考察而徒作"点鬼簿"式的作家作品汇录的研究模式意义要大得多。本书原就不想写成"作家作品论"的合集，而是要通过流派的考察和描述从一个侧面窥见特定历史时期时代精神与审美思潮的发展变化。读者如能充分理解著者的意图，则对本书的所得与不足就一定会了然于心了。

　　唐宋词流派研究，是一个有待深入的词学课题。本书只是陈述了我对这个课题的一些初步思考和粗略的探索。我的研究还在继续，今后对本书所涉及的问题可能还会有所修正、补充和发展。唯愿本书所论的问题能引起读者及词学界同行的共鸣和争论，并提出匡正与启迪的意见，那将大大有助于我下一步的研究工作。

校 后 记

这部书稿发排之后，出版社为保证质量，两次寄来清样，由我本人细细校订。今校毕付印，觉得有必要说几句并非应酬的感谢话。

在当前学术著作出版难的形势下，福建人民出版社独具眼力和胆识，专门派人到我院科研局，挑选了我这部书稿，赔钱予以出版。对于他们扶助学术事业的这一善举，我十分铭感。这里我还要提到本书的责任编辑卢和同志。他并不因拙稿是已经专家鉴定、全国社科规划办验收的项目而例行公事，草率放"过关"，而是以认真负责的工作态度仔细审读稿子，将原稿中尚存在的大大小小的问题（包括某些具体观点的表述、引文的错误、表意含混或易生歧义的语句及参考资料的编排等等）皆一一列出，并数次致函或电话商谈，提出修订意见和要求，从而使本书减少了疏误，提高了学术质量。

此书校毕付印之日，正值虎年将尽、兔年来临之时，我的心情十分激动。谨以这项凝聚着我多年心血的科研成果，纪念我本人从事学术事业二十周年，并作为对我们伟大国家改革开放二十周年的一份献礼！

刘扬忠　1998 年岁杪于中国社会科学院文学研究所

主要参考书目

（明）毛晋：《宋六十名家词》，清光绪十四年（1888），钱唐汪氏据汲古阁原本重校刊本

（清）王鹏运：《四印斋所刻词》，光绪十四年王氏家塾本

（今人）张璋等《全唐五代词》，上海古籍出版社1986年版

（近人）唐圭璋：《全宋词》，中华书局1980年版

（今人）孔凡礼：《全宋词补辑》，中华书局1981年版

（今人）李一氓：《花间集校》，人民文学出版社1958年版

（近人）王重民：《敦煌曲子词集》，上海商务印书馆1956年版

（宋）黄昇：《花庵词选》，中华书局1958年版

（宋）赵闻礼：《阳春白雪》，上海古籍出版社1993年版

（宋）周密辑《绝妙好词笺》，（清）查为仁等笺，上海古籍出版社1984年版

（元）缺名：《精选名儒草堂诗余》，宛委别藏本

（清）朱彝尊、汪森：《词综》，中华书局1975年版

（清）周济：《宋四家词选》，古典文学出版社1958年版

（清）戈载：《宋七家词选》，曼陀罗华阁重刊本

（清）陈廷焯：《云韶集》，清抄本（藏南京图书馆）

（近人）俞陛云：《唐五代两宋词选释》，上海古籍出版社1985年版

（近人）梁令娴：《艺蘅馆词选》，广东人民出版社1981年版

（近人）龙榆生：《唐宋名家词选》，上海古籍出版社1980年新一版

（近人）胡适：《词选》，上海商务印书馆1927年版

（近人）刘永济：《唐五代两宋词简析》，上海古籍出版社1981年版

（近人）俞平伯：《唐宋词选释》，人民文学出版社1979年版

（近人）唐圭璋：《唐宋词简释》，上海古籍出版社1981年版

（近人）胡云翼：《宋词选》，上海古籍出版社 1982 年新二版

（近人）沈祖棻：《宋词赏析》，上海古籍出版社 1980 年版

（近人）詹安泰编注《李璟李煜词》，人民文学出版社 1958 年版

（今人）薛瑞生：《乐章集校注》，中华书局 1994 年版

（宋）张先：《张子野词》，彊村丛书本

（今人）黄畬：《欧阳修词笺注》，中华书局 1986 年版

（近人）龙沐勋：《东坡乐府笺》，上海商务印书馆 1936 年版

（今人）石声淮、唐玲玲：《东坡乐府编年笺注》，华中师范大学出版社 1990 年版

（今人）钟振振校注《东山词》，上海古籍出版社 1989 年版

（今人）乔力：《晁补之词编年笺注》，齐鲁书社 1992 年版

（近人）杨易霖：《周词定律》，开明书店 1931 年版

（近人）吴则虞校点《清真集》，中华书局 1981 年版

（今人）罗忼烈笺注《周邦彦清真集笺》，三联书店香港分店 1985 年版

（近人）夏承焘、（今人）吴熊和笺注《放翁词编年笺注》，上海古籍出版社 1981 年版

（近人）邓广铭：《稼轩词编年笺注》（增订本），上海古籍出版社 1993 年版

（近人）夏承焘：《姜白石词编年笺校》，上海古籍出版社 1981 年新一版

（近人）杨铁夫：《吴梦窗词笺释》，广东人民出版社 1992 年版

（宋）郭茂倩编撰《乐府诗集》，中华书局 1979 年版

（清）曹寅等编《全唐诗》，上海古籍出版社缩印清康熙扬州诗局本

（南朝梁）萧统：《文选》，中华书局 1977 年版

（清）董诰等《全唐文》，中华书局影嘉庆内府刊本

（今人）钱钟书：《宋诗选注》，人民文学出版社 1979 年版

（唐）元稹：《元稹集》，中华书局 1982 年版

（清）王琦等《李贺诗歌集注》，上海古籍出版社 1978 年版

（清）曾益等《温飞卿诗集笺注》，上海古籍出版社 1980 年版

（清）冯浩：《玉溪生诗集笺注》，上海古籍出版社 1979 年版

（宋）欧阳修：《欧阳文忠公集》，四部丛刊本

（宋）程颐、程颢：《二程集》，中华书局1981年版

（宋）苏轼：《苏轼诗集》，中华书局1982年版

（宋）苏轼：《苏轼文集》，中华书局1986年版

（宋）苏辙：《栾城集》，上海古籍出版社1987年版

（宋）李之仪：《姑溪居士文集》，丛书集成初编本

（宋）贺铸：《庆湖遗老诗集》，宋人集乙编本

（宋）叶梦得：《建康集》，长沙叶氏观古堂刊本

（近人）王仲闻：《李清照集校注》，人民文学出版社1979年版

（宋）李光庄：《简集》，文渊阁四库全书本

（宋）张元幹：《芦川归来集》，上海古籍出版社1978年版

（宋）胡铨：《澹庵先生文集》，乾隆间练月楼刊本

（宋）王十朋：《梅溪先生文集》，四部丛刊本

（宋）韩元吉：《南涧甲乙稿》，丛书集成初编本

（宋）陆游：《陆放翁全集》，中国书店1986年版

（宋）张孝祥：《于湖居士文集》，上海古籍出版社1980年版

（宋）陈造：《江湖长翁集》，文渊阁四库全书本

（宋）陈亮：《陈亮集》（增订本），中华书局1987年版

（宋）叶适：《水心先生集》，四部丛刊本

（宋）刘过：《龙洲集》，上海古籍出版社1978年版

（宋）刘克庄：《后村先生大全集》，四部丛刊本

（宋）刘辰翁：《须溪集》，文渊阁四库全书本

（宋）赵文：《青山集》，文渊阁四库全书本

（今人）孔凡礼辑校《增订湖山类稿》，中华书局1984年版

（金）元好问：《遗山先生文集》，万有文库本

（清）朱彝尊：《曝书亭集》，文渊阁四库全书本

（清）厉鹗：《樊榭山房文集》，四部丛刊初编本

（清）何文焕辑《历代诗话》，中华书局1981年版

（近人）丁福保辑《历代诗话续编》，中华书局1983年版

（近人）唐圭璋辑《词话丛编》，中华书局1986年版

（清）徐釚辑《词苑丛谈》，上海古籍出版社1981年版

（清）厉鹗编《宋诗纪事》，上海古籍出版社1981年版

（近人）唐圭璋编《宋词纪事》，上海古籍出版社1982年版

（明）张綖：《诗余图谱》，明崇祯刻本

（清）万树：《词律》，上海古籍出版社影清光绪刊本

（清）王奕清等撰《钦定词谱》，中国书店影清康熙内府刻本

（近人）龙榆生编撰《唐宋词格律》，上海古籍出版社1978年版

（近人）吴藕汀编《词名索引》（修订本），中华书局1984年版

中国社会科学院文学所《中国文学史》，人民文学出版社1962年版

（今人）林庚：《中国文学简史》，北京大学出版社1988年版

（今人）程千帆、吴新雷：《两宋文学史》，上海古籍出版社1991年版

（近人）刘毓盘：《词史》，上海书店1985年影印本

（近人）王易：《词曲史》，东方出版社1996年编校再版本

（今人）杨海明：《唐宋词史》，江苏古籍出版社1987年版

（近人）薛砺若：《宋词通论》，开明书店1949年版

（近人）刘永济：《词论》，上海古籍出版社1981年版

（近人）吴世昌：《罗音室学术论著》第二卷：《词学论丛》，中国文联出版公司1991年版

（近人）夏承焘：《月轮山词论集》，中华书局1979年版

（近人）夏承焘：《瞿髯论词绝句》（增订本），中华书局1983年版

（近人）詹安泰：《詹安泰词学论稿》，广东人民出版社1984年版

（近人）詹安泰：《宋词散论》，广东人民出版社1980年版

（近人）胡云翼：《宋词研究》，巴蜀书社1989年重排本

［日］村上哲见著，杨铁婴译：《唐五代北宋词研究》，陕西人民出版社1987年版

［日］青山宏著，程郁缀译：《唐宋词研究》，北京大学出版社1995年版

（今人）叶嘉莹：《迦陵论词丛稿》，上海古籍出版社1980年版

（近人）缪钺、（今人）叶嘉莹：《灵谿词说》，上海古籍出版社1987年版

（今人）罗忼烈：《两小山斋论文集》，中华书局1982年版

（今人）吴熊和：《唐宋词通论》，浙江古籍出版社1985年版

（今人）杨海明：《唐宋词风格论》，上海社会科学院出版社1987年版

（今人）杨海明：《唐宋词论稿》，浙江古籍出版社1988年版

刘扬忠：《辛弃疾词心探微》，齐鲁书社1990年版

刘扬忠：《周邦彦传论》，陕西人民出版社 1991 年版

（今人）王水照：《唐宋文学论集》，齐鲁书社 1984 年版

（今人）谢桃坊：《宋词概论》，四川文艺出版社 1992 年版

（今人）方智范等《中国词学批评史》，中国社会科学出版社 1994 年版

（今人）黄文吉：《宋南渡词人》，台湾学生书局 1985 年版

（今人）王兆鹏：《宋南渡词人群体研究》，台北文津出版社 1992 年版

（今人）莫砺锋：《江西诗派研究》，齐鲁书社 1986 年版

（近人）龙沐勋主编《词学季刊》（1—12 期），民智书局、开明书店 1933—1936 年出版

《词学》编辑委员会编，词学（1—11 辑），华东师范大学出版社 1981—1993 年出版

（汉）司马迁：《史记》，中华书局 1959 年版

（汉）班固：《汉书》，中华书局 1962 年版

（唐）房玄龄等：《晋书》，中华书局 1974 年版

（南朝梁）沈约：《宋书》，中华书局 1974 年版

（唐）魏征、令狐德棻：《隋书》，中华书局 1973 年版

（后晋）刘昫：《旧唐书》，中华书局 1974 年版

（宋）欧阳修、宋祁：《新唐书》，中华书局 1977 年版

（宋）王溥：《唐会要》，中华书局股份有限公司 1955 年版

（唐）杜佑：《通典》，上海商务印书馆 1935 年版

（清）高宗敕撰《续通典》，台北新兴书局 1963 年影印本

（宋）薛居正：《旧五代史》，中华书局 1976 年版

（宋）欧阳修：《新五代史》，中华书局 1974 年版

（清）吴任臣：《十国春秋》，中华书局 1983 年版

（宋）马令：《南唐书》，四部丛刊续编本

（宋）陆游：《南唐书》，丛书集成本

（宋）范坰、林禹：《吴越备史》，文渊阁四库全书本

（宋）张唐英：《蜀梼杌》，丛书集成本

（元）脱脱等：《宋史》，中华书局 1977 年版

（明）陈邦瞻：《宋史纪事本末》，中华书局 1977 年版

（宋）徐梦莘：《三朝北盟会编》，上海古籍出版社 1987 年版

（宋）李心传：《建炎以来系年要录》，中华书局 1988 年版

（宋）李心传：《建炎以来朝野杂记》，丛书集成初编本

（近人）王国维：《清真先生遗事》，王忠悫公遗书本

（近人）夏承焘：《唐宋词人年谱》，上海古籍出版社 1979 年版

（今人）王兆鹏：《两宋词人年谱》，台湾文津出版社 1994 年版

（今人）王兆鹏：《张元幹年谱》，南京出版社 1989 年版

（唐）崔令钦：《教坊记》，说郛本

（唐）赵璘：《因话录》，文渊阁四库全书本

（宋）李昉等编《太平广记》，中华书局 1981 年版

（宋）孙光宪：《北梦琐言》，上海古籍出版社 1981 年版

（宋）沈括：《梦溪笔谈》，中华书局 1957 年版

（宋）张舜民：《画墁录》，文渊阁四库全书本

（宋）欧阳修：《归田录》，中华书局 1981 年版

（宋）惠洪：《冷斋夜话》，稗海津逮秘书刻本

（宋）赵令畤：《侯鲭录》，知不足斋丛书本

（宋）江少虞：《宋朝事实类苑》，上海古籍出版社 1981 年版

（宋）严有翼：《艺苑雌黄》，《宋诗话辑佚》本

（宋）吴处厚：《青箱杂记》，中华书局 1985 年版

（宋）魏泰：《东轩笔录》，中华书局 1983 年版

（宋）徐度：《却扫编》，学津讨原本

（宋）叶梦得：《避暑录话》，丛书集成初编本

（宋）周辉：《清波杂志》，四部丛刊续编本

（宋）吴曾：《能改斋漫录》，上海古籍出版社 1979 年版

（宋）陆游：《老学庵笔记》，中华书局 1979 年版

（宋）岳珂：《桯史》，中华书局 1981 年版

（宋）罗大经：《鹤林玉露》，中华书局 1983 年版

（宋）张端义：《贵耳集》，中华书局 1958 年版

（宋）俞文豹：《吹剑录全编》，古典文学出版社 1958 年版

（宋）赵与时：《宾退录》，上海古籍出版社 1983 年版

（宋）岳珂：《宝真斋法书赞》，武英殿聚珍版

（宋）邵博：《邵氏闻见后录》，中华书局 1983 年版

（宋）洪迈：《夷坚志》，中华书局 1981 年版

（宋）孟元老：《东京梦华录》，中华书局 1982 年版

（宋）吴自牧：《梦粱录》，浙江人民出版社 1984 年版

（宋）周密：《癸辛杂识》，中华书局 1988 年版

（宋）周密：《武林旧事》，西湖书社 1981 年版

（宋）周密：《浩然斋雅谈》，武英殿聚珍版

（宋）周密：《齐东野语》，中华书局 1983 年版

（宋）胡仔：《苕溪渔隐丛话》，人民文学出版社 1962 年版

（近人）丁传靖：《宋人轶事汇编》，中华书局 1981 年版

（宋）陈振孙：《直斋书录解题》，上海古籍出版社 1987 年版

（清）永瑢等：《四库全书总目》，中华书局 1965 年影印本

（元）刘应李：《新编事文类聚翰墨大全》，明刊本

（今人）施蛰存编《词籍序跋萃编》，中国社会科学出版社 1994 年版

（今人）张惠民编《宋代词学资料汇编》，汕头大学出版社 1993 年版

［法］丹纳著，傅雷译：《艺术哲学》，人民文学出版社 1983 年版

［法］吕西安·戈德曼：《文学社会学方法论》，工人出版社 1989 年版

（今人）马良春等编《中国现代文学思潮流派讨论集》，人民文学出版社 1984 年版

（今人）陈伯海：《中国文化之路》，上海文艺出版社 1992 年版